国家古籍工作规划项目

“十四五”时期国家重点出版物出版专项规划项目

广西民族文化保护与传承研究中心学术著作资助出版项目

广西铸牢中华民族
共同体意识
经典文献系列

古壮字
《董永传说》
影印译注

广西壮族自治区少数民族古籍保护研究中心
广西民族语文研究中心
广西民族文化保护与传承研究中心
编

主　编　蒙元耀

副主编　樊圣林

广西教育出版社·南宁

图书在版编目（CIP）数据

古壮字《董永传说》影印译注 / 广西壮族自治区少数民族古籍保护研究中心，广西民族语文研究中心，广西民族文化保护与传承研究中心编；蒙元耀主编 . -- 南宁：广西教育出版社，2024. 11. -- ISBN 978-7-5435-9552-1

Ⅰ. I277.3

中国国家版本馆 CIP 数据核字第 2024RZ1771 号

古壮字《董永传说》影印译注

GUZHUANGZI《DONG YONG CHUANSHUO》YINGYIN YIZHU

项目统筹：韦胜辉　熊奥奔

策划编辑：熊奥奔

特约编辑：韦林池

责任校对：陆婳澄　何　云　龙一新　唐　雯

组稿编辑：韦胜辉　熊奥奔

责任编辑：熊奥奔　黄　明　陈逸飞

美术编辑：杨　阳

责任技编：蒋　媛

出 版 人：石立民

出版发行：广西教育出版社

地　　址：广西南宁市鲤湾路 8 号　　邮政编码：530022

电　　话：0771－5865797

本社网址：http://www.gxeph.com

电子信箱：gxeph@vip.163.com

印　　刷：广西民族印刷包装集团有限公司

开　　本：889 毫米 ×1194 毫米 1/16

印　　张：31.5

字　　数：503 千字

版　　次：2024 年 11 月第 1 版

印　　次：2024 年 11 月第 1 次印刷

书　　号：ISBN 978-7-5435-9552-1

定　　价：220.00 元

扫码浏览更多资源

目录

前言

董永传说在壮族聚居地区广泛流传，不仅有口头唱诵的口承文献在民间辗转流布，还有用古壮字抄写的韵文体文本在各地相互传承，在八桂大地形成了中华经典演绎文本的特殊文学现象。系统搜集、整理研究这类中华经典演绎文本，不仅对中国民间文学研究有所补益，对研究各民族文化间的交往交流交融也有重要的启示作用，也能为铸牢中华民族共同体意识提供文化滋养。

一、董永传说源流

董永行孝传说是家喻户晓的民间传说，不少人对于董永的印象源于黄梅戏电影《天仙配》的经典唱段“树上的鸟儿成双对，绿水青山带笑颜……从今不再受那奴役苦，夫妻双双把家还”。2006年，董永传说被列入第一批国家级非物质文化遗产名录。

三国时期曹植《灵芝篇》中“天灵感至德，神女为秉机”是董永传说浪漫主义叙事的开端。到了晋人干宝的《搜神记》，董永传说的故事情节已经比较完整，而且特别突出了行孝主题。此后的董永传说经过诸多的故事嬗变与文学移植，产生了不少的文学作品。

学术界对于董永传说的研究成果颇丰。有一些是对不同版本董永传说的搜集整理。如杜颖陶的《董永沉香合集》一书，收录了14种不同形式的董永传说，包括变文、杂剧、传奇、小曲、宝卷、挽歌、评讲、弹词、地方戏等，足可见董永传说传播范围之广，文学形象之深刻。李建业、董金艳主编的《董永与孝文化》一书，分考证篇、史料篇、传说篇、研究篇、争鸣篇、纪念篇、孝道篇、艺文篇8个部分，书中不仅收录了山东嘉祥县武翟山武氏墓群武梁石室壁上董永鹿车载父、田间劳作的资料，钩稽了历代关于董永传说的记载，还收录了文人赞颂董永孝行的种种诗文，将与董永传说相关的各种资料呈现给学界。

有些学者专注于董永传说的系统研究。如郎净著《董永故事的展演及其文化结构》一书，书中不仅探究了董永传说的源头，还纵向爬梳了各个历史时期董永传说的演变线索，并从文化结构来阐述这一民间传说的社会价值。此外，郎净还著有《董永传说》一书，该书以灵动活泼的笔调，将董永传说演变的叙述逻辑进行系统梳理，观点颇有新意。

部分学者将视角聚焦于董永传说的关键情节。如纪永贵著《董永遇仙传说研究》，该书从黄梅戏《天仙配》切入，对董永遇仙传说的文化背景和社会背景进行分析，梳理了董永传说的演变轨迹以及在山东博兴、湖北孝感、江苏东台—丹阳一带的流传形式，探究了佛教、道教因素对董永传说的影响，还考究了董永的历史原型以及这一传说的民俗研究状况。纪永贵认为，董永虽为千乘郡（西汉所置郡名，治所在今山东高青县）人，但不一定就是千乘县人，董永遇仙传说是以两汉之间的历史人物高昌侯董永行孝、封侯事迹为基础，杂糅东汉时期的神仙观念而形成的，此后又吸收了道教与佛教的因素，内容不断丰富。纪氏这一观点在学术界影响较大，学者都较为认可此观点。

部分学者在前人文本研究的基础上，结合田野调查，对董永“原生地”进行了细致的考证，大致有山西运城万荣说、山东青州（千乘）说、江苏东台说以及湖北孝感说等。

关于董永传说的最早文献记载，学术界亦无定论。有学者认为该传说最早镌刻于山东嘉祥县武梁祠的东汉石刻画像上；也有学者认为三国时期曹植的《灵芝篇》是董永遇仙传说的最早文献记载；还有学者认为董永传说最早见于汉代刘向的《孝子传》。[①]

① 黄霜.董永传说研究述评［J］.文学教育，2013（7）：134—137.

综上所述，董永其人的历史真实性、出生地以及最早的文献记载仍存在争议，但董永作为孝子的形象则毫无争议。作为一个流传了几千年的民间传说，它不仅深受各民族群众的喜爱，而且还不断地得到美化和传扬。

据中央民族大学周国炎教授调查，贵州望谟、罗甸一带还流传有用布依文抄写的董永传说抄本。

彝族聚居地区也有用彝文记录和用彝语传唱的董永传说流传。据普学旺、龙珊提供的信息，彝族不仅有《董永记》《赛特阿育》《董永卖身》等彝文抄本，还有《董仲书寻母记》《猎人遇仙女》《借钱葬父》《董永与七仙女》《董永卖身》《四仙姑下凡》《八字天书》等与董永相关的口传故事。①朱万曙在《董永故事的汉、彝说唱文本》中通过对比彝文的《董永记》和汉文的《大孝记》，认为清宣统三年（1911年）刊刻的《大孝记》或许是彝文《董永记》的母本。2008年，在云南新平老厂发现了彝文《董永记》，为民国十四年（1925年）抄写；2014年，另一部彝文唱本又被发现，其抄写年代不晚于清代，内容与民国十四年（1925年）抄本有较大的一致性，后者是前者的母本。②2010年6月，彝文《董永与七仙女》入选第三批《国家珍贵古籍名录》，此后少数民族聚居地区的董永传说逐渐受到学界的重视，被誉为多民族文化交往交流交融的佳例。

二、古壮字董永传说抄本

事实上，不仅布依族和彝族人民喜爱董永传说，壮族人民对董永传说也是非常喜闻乐见的。壮族民间也有诸多以古壮字传抄的董永传说抄本。这些抄本主要是韵文体，大致分为两类，一类是民间歌师抄写的歌本，另一类是壮族师公、道公使用的科仪经书。

我们现今搜集到的壮族董永传说抄本中，具有代表性的是如下几种。

---

① 普学旺，龙珊．清代彝文抄本《董永记》整理与研究［J］．民族文学研究，2018，36（2）：135—154.

② 朱万曙．董永故事的汉、彝说唱文本［J］．民族文学研究，2019，37（5）：116—125.

《大东永古事全阳》，搜集于广西来宾市忻城县果遂镇同乐村加也屯，旧抄本，是董永故事的民歌本。原收藏人为蓝光荣，他是忻城县果遂镇同乐村加也屯人，壮族，农民歌师，20世纪90年代末去世，享年70余岁。樊圣林先生从蓝光荣处搜集到50多本民歌抄本，《大东永古事全阳》为其中之一。该抄本与《顺儿古事全阳》合为一册，《大东永古事全阳》在前，占37页;《顺儿古事全阳》在后，占16页。“东”与“董”音近，“东永”即“董永”。抄本为绵纸，楷体，墨书，毛装；每半页抄有4组32句，共312组2496句，为五言勒脚歌体。该抄本是民间用来劝孝的唱本，抄本中把董永视为举办丧事来安葬父母的孝子，这是壮族与汉族文化交往交流交融的一个佳例。

董永传说传入壮族聚居地区之后，成为师公、道公做道场时劝世行孝的绝佳教材，由此产生了董永传说的壮族师公、道公使用的科仪经书。

《古事董永灯科》，搜集于广西来宾市忻城县思练镇毛洞村，清光绪三十二年（1906年）罗玄文抄本，为壮族道公举行民间仪式时用于教育孝男孝女的唱本，通常由壮族道公唱诵。罗玄文为抄本原持有者法号，真名罗照峰。其原籍是来宾市忻城县毛洞村里相屯，出生年月不详，成年后到毛洞屯入赘，平时务农，兼行道公事，1978年病故。妻子罗氏前夫早逝，罗氏与前夫生有一子，名叫罗增祥。罗增祥继承了继父罗照峰（罗玄文）的道公衣钵，是罗照峰的传承人。罗增祥于20世纪80年代初去世，无后。罗增祥去世后，部分资料由同屯罗志恒收藏。罗志恒是村干部，除了《古事董永灯科》外，他还收藏有毛洞村一带流传的几十本壮族民间歌本。1987年，忻城县文化局组织编辑《忻城县民间文学三套集成：歌谣、谚语辑》，樊圣林先生便从罗志恒手上搜集到罗玄文抄本《古事董永灯科》。抄本封面上竖写三行字，从右往左依次是“羽士罗玄文子孙承用”“光绪三十二年丙午岁秋旬订□”“古事董永灯科”。中间一行的最末字已漫漶不清。内封一页同样竖写有三行字，从右往左依次是“光绪三十二年丙午岁次丙午八月初一订立吉”“罗玄文子孙十方应用”“古士董永灯”。因“事”与“士”同音，故在古壮字抄本中两者同义。由于抄本长期使用或保管不善，抄本边缘有破损，许多地方受到虫蛀，以致个别文字很难辨认。文末有“上林舌耕覃鸿恩代笔全卷”之句。由此得知，抄本是上林人覃鸿恩替罗玄文抄写的。“舌耕”二字表明，覃鸿恩似是彼时在忻城县思练镇一带教书的老师。抄本书写规整，笔力颇健，可以推测覃鸿恩受过良好的教育，有一定的文化程度。

《古士董永灯一卷》同样为董永传说的壮族师公、道公使用的科仪经书，搜集于广西来宾市忻城县城关镇弄洪村加现屯，为清光绪三十一年（1905年）石道戢抄本。石道戢系忻城县城关镇弄洪村加现屯人，壮族，生卒时间不详。据调查，该抄本已经多次转手。其传承情况大体是：石道戢（已故）→石佛胜（已故）→石寿章（已故）→石再合（已故）→石再生→韦强→石增国。石再生、韦强、石增国不做道公后便将抄本返还给石再合的家人，由石再合的家人进行保管。2012年，樊圣林先生从石再合的女婿樊保手上获得该抄本，后将之交给广西壮族自治区少数民族古籍保护研究中心收藏。

通过比对多个古壮字董永传说文本，发现《古事董永灯科》无论是内容的完整性，还是文字书写的规范性，它都属古籍抄本的精品。同时，《古事董永灯科》在故事情节上有异于其他版本的特色。故本书把《古事董永灯科》作为影印译注的底本，而把《古士董永灯一卷》原样影印附后，便于研究者对比研究。至于其他更多版本和口传类文献，通过“董永文化数字资源专库”进行汇集与分享，为研究者提供更广泛的视角和更坚实的文献基础。

三、整理研究古壮字董永传说经典的意义

作为壮族和汉族文化交往交流交融的结晶，古壮字董永传说文本已成为壮族聚居地区反映中华孝道文化的经典，受到各族群众广泛推崇传诵，用以教化世人崇尚孝义，严守孝道，践行孝举，积极营造尊老爱幼、团结友爱、亲仁善邻的人际关系和社会道德风尚，寄托着各族人民共同创造和守护和谐、美好家园的良好愿望。古壮字董永传说文本融合了中华孝道的

养分，吸收了儒、释、道等传统文化元素，把壮族先民对世界的体察、对人生的感悟、对价值的追求等娓娓道来，将孝道礼仪视为伦理之首，劝喻世人尊崇推广。因此，系统搜集保护与整理研究古壮字董永传说经典，至少具有三方面的积极意义。

一是有利于传承弘扬中华孝道文化，培育和践行社会主义核心价值观。古壮字董永传说经典广泛流传于壮族聚居地区，既有古壮字抄本，也有口头传唱，作为用于劝喻世人善待父母、尊老爱幼、诚实守信等的民间传统教材。古壮字董永传说经典通常以唱述父母生养子女的艰辛、创业立家的艰苦以及生死离别的无限悲痛，劝导世人恪守孝道，团结邻里，振兴家业。如《古事董永灯科》中唱道“母生儿辛苦，照顾咱成人。何人懂诗书，就别亏父母”，强调父母养育孩儿的艰辛，父母之恩不能亏欠。“父即为天母为地，何人知理自有缘。哪个生来不知理，欺天罔地无寿延”，崇尚行孝为首德，若悖孝道必遭天谴。这些观念与“重民本、守诚信、崇正义、尚和合、求大同”的中华传统精神是一脉相承的，这也正是社会主义核心价值观的重要组成部分。整理研究古壮字董永传说经典，有利于传承和弘扬千百年来形成的中华孝道文化，加强家庭、家教、家风建设，推动文明培育、文明实践、文明创建，在全社会倡导弘扬劳动精神、奋斗精神、奉献精神，为培育和践行社会主义核心价值观注入新的动力。

二是有利于深化中华文化认同，进一步铸牢中华民族共同体意识。孝道文化是中华文化的重要组成部分，是中华民族优秀传统文化的根基与本色，是各民族在长期的交往交流交融中相互借鉴和吸收的精神滋养，是各民族精神相依、文化相通的重要体现。孝道成为各民族文化中趋于一致的价值认同元素，是铸牢中华民族共同体意识的思想文化基础。古壮字董永传说经典既反映了壮族的文化特点，又融合了中华文化儒、释、道的文化思想，如出现了“三清”“三宝”“目连”等文化元素，壮族民众认为行孝之风源于董永，且将董永视为本民族的一员，表明了壮族行孝之风古已有之，且出自正统，这其实是壮族民众对中华文化的自觉认同。中华文化的传播和影响使壮族孝道文化得到不断充实和丰富，从而形成了以儒家文化为底色而又带有边疆民族特色的孝道文化，这是民族交往交流交融的生动体现。古壮字董永传说经典在壮族民间流传面广、影响力深，通过对其进行整理研究，有利于深化中华孝道文化与壮族孝道文化的共性研究，并从中提取共有文化基因，深化中华文化认同，构建各民族共有精神家园，进一步铸牢中华民族共同体意识。

三是有利于扩展深化民族经典的阐释利用，厚植各民族交往交流交融的文化基础，增强中华民族凝聚力。董永行孝故事在中国大地上流传了两千余年，几乎达到家喻户晓的地步。就古壮字董永传说经典而言，具有多方面的文化研究价值。

首先是思想研究价值。“孝”是儒家文化的内核，是礼教的基础，同时也是中华文化的传统之一。壮族道公、师公在民间仪式过程中常常直接引用中华孝道故事来劝孝，如董永卖身葬父、目连救母、丁兰刻木事亲等，都是被改编用来劝世行孝的重要题材。董永是古代著名的孝子，在改编的壮族经典中，既有壮族单篇故事的唱本，也有以二十四孝故事连缀成篇的科仪经书。在长期受到中华文化的影响和对中华文化的认同中，儒、道、佛的核心观念随文化交流而深入壮族民众的精神生活领域，对民众的道德观、价值观等都产生了重大的影响。通过对古壮字董永传说经典的整理研究，可以深入探究壮族民间对中华文化思想的接纳路径、吸收方式、趋同心态以及转化为道德规范的意识形态模式。

其次是民俗学研究价值。古壮字董永传说经典既是壮族聚居地区的民间长歌抄本，也是民俗文化的重要载体，记载着大量的壮族民俗文化事项，特别是家庭、婚姻、伦理、丧葬等习俗在该经典中有大量的描述，通过发掘这些材料，为我们了解历史上壮族民间生活实况提供了一扇观察的窗口。

再次是文学价值。古壮字董永传说经典作为具有一定规模的长歌，其承载的内容十分丰富。从格式看，长歌的句式有五言、七言。五言歌句是八句为一组，用来提示随后要吟唱的大致内容。七言歌句用来叙述故事发展的内容。就表现技巧而言，歌词运用现实主义白描手法，刻画了诸多人物的心态，成功塑造了许多性格鲜明的人物形象。比如武爷的狡诈奸猾和贪婪，又比如舅娘的刁蛮无赖和撒泼，还有董永的老实和憨厚，这些栩栩如生的人物让人在一览这部经典之后就留下非常深刻的印象。在塑造仙女的人物形象时，歌词采用现实主义和浪漫主义相结合的手法，把仙女美丽、聪明、果决而又善良、勤劳的形象描写得活灵活现，仿佛一个活生生的美貌仙子出现在人们的视野当中。她没有因天仙的身份居高临下，而是与董永赤诚相待，相互扶持过日子。这种很接地气而又忠于爱情的生活态度，备受普通民众的青睐。加上故事情节曲折离奇，以行善终得善果的结局来收尾，很符合普通人对美好生活的期盼。

最后是文字学价值。汉字系民族文字是少数民族借用或仿造汉字创造字符，用于记录本民族语言而产生的民族古文字，是中华文化多元一体格局的重要体现。古壮字董永传说经典在文本构成上属于壮汉合璧文献，其中既有传统汉字韵文，又有古壮字五言和七言韵句，两者交融互嵌，是各民族文化相互融合的结果。此外，古壮字与方块白文、方块侗文、方块瑶文以及京族喃字等同为汉字文化圈的重要成员，都是在汉字的直接影响下形成的，彼此有着共同的成长和发展基因，是民族间交往交流交融的生动体现，如文本中出现的“伝”“岜”等字，属于古壮字与汉字的同形字，有着各自的造字理据。古壮字董永传说经典是一份珍贵的文化遗产，承载着古壮字的形、音、义等内容，对其进行整理和研究，有利于科学保护少数民族古籍及其承载的民族古文字，同时可以从文字学的角度进一步探讨古壮字的形成与汉字的传播之间存在的内在联系，促进汉字系民族文字之间的比较研究，为汉字文化圈相关理论的构建提供参考。

《孝经》云：“夫孝，德之本也。”中华孝道不仅是中华民族的传统美德，也是维系家庭和社会和谐的重要纽带。奉养、敬亲、侍疾、立身、谏诤、善终等是中华民族每个成员的头等大事。在快速变化的现代社会中，传承和发展中华孝道文化对于促进个人品德修养和社会稳定具有重要作用。就此而言，搜集保护与整理研究古壮字董永传说经典意义深远。

凡例

一、工作底本

影印译注底本《古事董永灯科》来源于广西壮族自治区来宾市忻城县思练镇毛洞村，为清光绪三十二年（1906年）罗玄文抄本，绵纸，毛装，楷体，墨书。页面高26.6厘米，宽23.5厘米。全书43页（含封面、内封、封底、正文、空白页），半页8行，每行14字或20字。原文五言或七言，五言即一行四句，七言则一行两句，全书计1357句（完整底本参见“董永文化数字资源专库”）。保存基本完好，抄本今藏于广西壮族自治区少数民族古籍保护研究中心。

附录影印的抄本《古士董永灯一卷》来源于广西壮族自治区来宾市忻城县城关镇弄洪村加现屯，为清光绪三十一年（1905年）石道戬抄本，绵纸，毛装，楷体，墨书。页面高24厘米，宽20.5厘米。全书41页（含封面、内封、封底、正文、空白页），半页8行，每行14字或20字（完整底本参见附录《古士董永灯一卷》或“董永文化数字资源专库”）。保存基本完好，抄本今藏于广西壮族自治区少数民族古籍保护研究中心。

石道戬抄本比罗玄文抄本早一年。比对内文，发现两本的字句多处存在同中有异的现象，属于大同小异。但罗玄文抄本内容更完整，篇幅更长，故选择罗玄文抄本作为影印译注底本，并将石道戬抄本《古士董永灯一卷》影印附后，方便学界比较研究。

二、内容编排

本书分为四大部分：一是《古事董永灯科》影印译注部分，含抄本影印及“五对照”译注；二是古壮字字表部分，按笔画顺序收录文本全部古壮字的“四对照”；三是董永研究部分，对董永传说的在地化、人物形象及语言文字特点进行相关研究；四是《古士董永灯一卷》影印部分，是对石道戬抄本的原文影印。

三、译注体例

本书采用“五对照”体例进行译注。第一行为古壮字原行，是按抄本原文字原貌所录；第二行为国际音标行，按抄本搜集地发音人的实际读音进行记音；第三行为拼音壮文行，按《壮文方案》规范转写；第四行为汉文直译行，是古壮字原行字、词对应的汉文含义；第五行为汉文意译行，是古壮字原行的现代规范汉文表达。

为了方便读者阅读理解，整理者在整理时根据故事情节发展划分了章节，并增加了汉文标题。

四、注释格式

本书注释为页中注，即把注释集中放在每一面古籍底本对应“五对照”内容之后，注释号标注在需要注释的古壮字右上角。涉及特有文化含义的字词，包括人名、地名，特殊字义和语法现象，或需要说明才能理解的字词和句子，均加以注解，以帮助读者理解原文。

五、校勘说明

抄本有误、衍、脱等情况，整理者进行了必要的校勘。

误字，即把甲字写成乙字。如第436句的“在間”，文意不通，第1244句的末二字原亦写为“在間”，后来抄者在“間”的右边补写一小字“陽”，如此，“間”属“陽”字的笔误。故第436句和第1244句的“間”后加“（陽）”以提示，直接按“陽”的音义处理。第1333、1335句，按情景应是董宝跟国师在对话，但抄本错写为“董永”。查石道戬抄本，发现这两句在同样位置写作“童宝”。今据石道戬抄本《古士董永灯一卷》在

“永”之后加“(寳)”，同样按“寳”的音义处理。

衍字，即多字。如第648句在抄本里是“殀盂百押草蓉”，按全文格式，这里应是整齐的五言句。查石道戢抄本《古士董永灯一卷》对应之处，此句无“盂”字，可见“盂”是衍字，整理时直接把“盂”忽略，并作注说明，不翻译。

倒字，即文字前后次序颠倒，把某一字句误抄到不恰当的位置。整理时直接按照正确语序给予调整，并作注说明。比如抄本正文第二页有“妑嫽 恨叐总斗煭”之句，其实这是误抄了后一页的第39句，原抄本此处其下用红笔写上“罗道典十方应用”，以示提醒。整理时直接忽略该句，并在第37句末做注以示提醒。

脱字（句），即漏字少句。如第981句是董永回应仙女的第五句话，第1019句是董永回应仙女的第六句话，故第1005句之前应该有“仙女叮嘱第六句”等内容才符合行文风格。查石道戢抄本《古士董永灯一卷》，此句之前的确还有“仙女等旬弟六語，孝服父母莛墓文”两句。对这种情况，为保证内容的完整性，整理时加注说明。

抄本中用“匕”“⺀”等符号表示重复的字，译注时直接写上重复的字，不再保留“匕”“⺀”等符号。

六、语音说明

（一）抄本流传地壮语基本情况

抄本流传地的忻城壮语为壮语北部方言，该地壮语分属两大土语，即柳江土语和红水河土语。以城关镇、思练镇与安东乡之间的连线为界，该线北侧主要使用壮语北部方言的柳江土语，而该线南侧则使用红水河土语。对当地居民而言，两个土语区之间不存在沟通障碍，只是语音在听感上略有差别，调值的语调差异略微明显。

抄本发音人樊圣林，是忻城县果遂镇加书村人，1955年生，曾在忻城县思练镇毛洞村任教三年，对周边壮语较为熟悉。

（二）抄本流传地壮语的主要语音特点

1. 忻城壮语和壮语北部方言区的多数地方壮语一样，无送气声母。

2. 忻城壮语与壮语标准音相比，有独立的 r 声母。但 r 声母在忻城各地读音不完全一致。在县城及其周边一带，壮文的 r 声母多读 [ð]，在果遂镇、思练镇一带则读 [r]。

3. 壮语标准音 c 的声母是舌面擦音 [ɕ]，但在忻城多数地方含这个声母的字多数读塞擦音 [ts]，如“七”的壮语标准音为 caet [ɕat^{7}]，忻城壮语读 [tsat^{7}]；“丑”的壮语标准音为 couj [ɕou^{3}]，忻城壮语读 [tsou^{3}]。个别字读齿间音 [θ]，如“十”的壮语标准音为 cib [ɕip^{8}]，忻城壮语读 [θip^{8}]；“状元”的壮语标准音为 canghyienz [ɕaːŋ^{6} jiːn^{2}]，忻城壮语读 [θɯːŋ^{6} juːn^{2}]。

4. 壮语标准音韵母 -i 在忻城县果遂镇有对应变化为 -ei 的现象。如“有”，壮语标准音为 miz [mi^{2}]，忻城壮语读 [mei^{2}]；不定量词“些”，壮语标准音为 di [ti^{1}]，忻城壮语读 [tei^{5}]；“年”“岁”，壮语标准音为 bi [pi^{1}]，忻城壮语读 [pei^{1}]。

5. 受汉语西南官话的影响，壮语标准音韵母 -ou，在忻城县果遂镇有一部分仍然读 -ou。如“猪”的壮语标准音为 mou [mou^{1}]，忻城壮语仍读 [mou^{1}]，“门”的壮语标准音为 dou [tou^{1}]，忻城壮语仍读 [tou^{1}]。另有一部分读 [iːu]，如“九”的壮语标准音为 gouj [kou^{3}]，忻城壮语读 [kjiːu^{3}]；“就”的壮语标准音为 couh [ɕou^{6}]，忻城壮语读 [tsiːu^{4}]；“秋”的壮语标准音为 cou [ɕou^{1}]，忻城壮语读 [tsiːu^{1}]。但也有例外的情况，比如“我”的壮语标准音为 gou [kou^{1}]，忻城壮语却读作 [ku^{1}]，与上述的语音规律不一致。

6. 壮语标准音韵母 -ieng 在忻城壮语语音中一分为二，包含 [iːŋ] 和 [ɯːŋ] 两种读音。如“浆糊”的壮语标准音为 giengh [kiːŋ^{6}]，忻城壮语也读 [kiːŋ^{6}]；“亭子”的壮语标准音为 diengz [tiːŋ^{2}]，忻城壮语也读 [tiːŋ^{2}]。而“水沟”的壮语标准音为 mieng [miːŋ^{1}]，忻城壮语读 [mɯːŋ^{1}]；“墙”的壮语标准音为 ciengz [ɕiːŋ^{2}]，忻城壮语读 [tsɯːŋ^{2}]。

7. 壮语标准音带 -i 元音的韵母，忻城壮语变为 -u 元音。比如“缘”的壮语标准音为 yienz [jiːn^{2}]，忻城壮语则读 [juːn^{2}]；“愿”的壮语标准音为 nyienh [ȵiːn^{6}]，忻城壮语读 [ȵuːn^{6}]；“羊”的壮语标准音为 yiengz [jiːŋ^{2}]，忻城壮语读 [juːŋ^{2}]。

8. 忻城壮语无派调现象，但一些音节有跑调变化。比如“又”的壮语标准音为 youh [jou⁶]，但忻城壮语读作 [jou⁴]；“找”的壮语标准音为 ra [ra¹]，但忻城壮语读 [ra⁴]；“不”的壮语标准音为 mbouj [ʔbou³]，忻城壮语则读 [ʔbou⁵]。

由于壮族聚居地区不同区域的语音存在一定的差异，国际音标记音与壮文并不完全一致，对语音的细微变化，不进行归并处理，只是根据发音人的实际读音进行如实描写。国际音标记录发音人的实际读音，拼音壮文按对应音节的书写形式来转写，既可以还原抄本流传地的语音原貌，又能体现忻城壮语跟壮语标准音的语音差异。

（三）抄本流传地壮语音系

1. 声母共23个，如下表。

表1　抄本流传地壮语音系声母表

声母	例词
p	pai¹（去）、pei¹（年）、poi²（赔）、pan²（成）
ʔb	ʔbin¹（飞）、ʔbou⁵（不）、ʔbɯn¹（天）、ʔbaːŋ¹（薄）
m	mou¹（猪）、ma¹（狗）、maːi⁵（寡）、miŋ⁶（命）
f	fai⁴（树）、faːn⁶（万）、faːŋ²（鬼）、fan²（砍）
w	waːi²（水牛）、wun²（人）、wei⁶（为）、wuːŋ²（皇）
t	taːu⁵（回）、tai⁵（帝）、tin¹（脚）、toi⁶（伙伴）
ʔd	ʔdai³（得）、ʔdaŋ¹（鼻子）、ʔdaːŋ¹（身）、ʔdei¹（好）
n	na³（脸）、naŋ¹（皮）、naːi¹（问候）、naɯ⁴（女）
θ	θou⁶（粥）、θe³（写）、θip⁸（十）、θaːm¹（三）
l	li⁴（还）、laːi¹（多）、lum³（像）、liːn²（连）
k	kam¹（拿）、ki²（处）、ko¹（棵）、kaːi¹（卖）
ŋ	ŋon²（日）、ŋu⁶（无花果）、ŋan²（银）、ŋei⁶（义）
h	ham⁵（问）、haɯ³（给）、hau⁴（米）、han⁵（紧急）
ȵ	ȵik⁸（逆）、ȵuŋ⁵（糟乱）、ȵaːu⁴（闹）、ȵuːn⁶（愿）
ts	tsau⁵（跟）、tsa¹（差）、tsɯ²（黄牛）、tsi⁵（借）

续表

声母	例词
r	ron^{1}（路）、rau^{2}（咱们）、rum^{2}（风）、roːŋ^{6}（亮）
j	jin^{4}（引）、juːn^{2}（缘）、ja^{4}（也）、jauː^{3}（看）
pj	pja^{1}（鱼）、pjaːi^{1}（梢）、pjak^{7}（菜）、pjaːi^{3}（走）
kj	kja^{5}（架）、kjaːi^{5}（界）、kjaːŋ^{2}（叹息）、kjai^{2}（爱）
mj	mjaːi^{4}（溶烂）、mja^{2}（涂）、mjaːi^{2}（口水）
kw	kwa^{5}（过）、kwei^{5}（绣）、kwaːŋ^{4}（巡）、kwaːn^{1}（丈夫）
ŋw	ŋwa^{4}（瓦）、ŋwaːi^{3}（抓挠）、ŋwei^{2}（骨髓）、ŋwei^{6}（粒）
ʔ	ʔaːu^{1}（叔叔）、ʔiːt^{7}（伸）、ʔam^{5}（背）、ʔiːu^{1}（腰）

2. 韵母共80个，其中单元音6个，皆读长音；复元音12个。鼻韵尾31个，塞韵尾31个。按主要元音的舌位高低及发音长短从低到高、从长到短依次排列如下。

表2　抄本流传地壮语音系韵母表

韵母	例词
a	pja^{1}（山）、ka^{1}（腿）、ta^{1}（眼睛）、ha^{5}（嫁）、tsa^{1}（差）
aːi	haːi^{1}（开）、taːi^{1}（死）、naːi^{5}（疲乏）、laːi^{1}（多）、ŋaːi^{2}（饭）
ai	tai^{3}（哭）、mai^{4}（妻子）、pai^{1}（去）、fai^{4}（树）、rai^{2}（长）
aːu	ʔaːu^{1}（叔叔）、kjaːu^{1}（交）、laːu^{1}（怕）、haːu^{1}（白）、laːu^{2}（牢）
au	ʔau^{1}（要）、kau^{1}（角）、nau^{2}（说）、ʔbau^{1}（轻）、rau^{5}（吠）
aɯ	laɯ^{2}（何、哪）、tsaɯ^{3}（主）、kaɯ^{5}（句）、ȵaɯ^{6}（玉）、ʔdaɯ^{1}（内）
aːm	jaːm^{5}（迈步）、taːm^{1}（贪）、haːm^{2}（咸）、tsaːm^{1}（问）、θaːm^{1}（三）
am	nam^{3}（想）、tam^{2}（塘）、ham^{2}（苦）、tam^{5}（低）、ram^{3}（砍）
aːn	kwaːn^{1}（丈夫）、taːn^{6}（但）、faːn^{1}（翻）、laːn^{1}（孙）、raːn^{2}（房屋）
an	fan^{2}（坟）、ran^{1}（见）、pan^{2}（成）、fan^{6}（份）、ŋan^{2}（银）
aːŋ	θaːŋ^{1}（高）、ŋaːŋ^{4}（仰）、ʔaːŋ^{5}（高兴）、kjaːŋ^{1}（中间）、tsaːŋ^{5}（健壮）
aŋ	paŋ^{2}（布）、taŋ^{2}（到）、raŋ^{1}（筛）、tsaŋ^{2}（未曾）、laŋ^{2}（阻拦）
aːp	ʔaːp^{7}（押）、raːp^{7}（挑担）、tsaːp^{7}（插）、faːp^{7}（法）、tsaːp^{8}（铡）
ap	ʔap^{7}（吠）、hap^{8}（咬）、tap^{8}（叠）、kap^{7}（捆绑）、lap^{7}（黑暗）

续表

韵母	例词
a:t	ta:t^{7}（山崖）、tsa:t^{7}（刷）、fa:t^{7}（发）、θa:t^{7}（竹篁）、pa:t^{7}（盆）
at	hat^{7}（早上）、tsat^{7}（七）、ʔat^{7}（好）、pat^{8}（神佛）、rat^{8}（剪）
a:k	ma:k^{7}（果）、ta:k^{7}（晒）、ja:k^{7}（恶劣）、tsa:k^{8}（绳）、ha:k^{8}（学）
ak	rak^{7}（断）、jak^{7}（将要）、mak^{8}（墨）、tsak^{8}（贼）、fak^{8}（孵）
o	kjo^{6}（可怜）、ho^{3}（穷苦）、no^{6}（肉）、tso^{2}（年青）、to^{6}（渡）
oi	hoi^{2}（回）、poi^{2}（赔）、toi^{1}（推）、noi^{4}（小）、ʔoi^{3}（甘蔗）
ou	θou^{6}（粥）、tsou^{4}（接）、fou^{3}（斧）、jou^{1}（忧）、pou^{3}（补）
o:m	ro:m^{6}（清晨）、tso:m^{2}（聚集）、ko:m^{2}（低洼）、ho:m^{5}（泥泞）
om	ʔom^{1}（闷热）、lom^{5}（陷落）、tom^{5}（拆毁）、hom^{3}（倒扣）、kom^{5}（盖）
o:n	θo:n^{1}（教）、ko:n^{1}（宽松）、ho:n^{2}（松动）、ʔdo:n^{3}（钻）、ro:n^{2}（贯穿）
on	tson^{2}（句）、hon^{2}（烟）、kon^{5}（断）、ʔon^{1}（刺）、ron^{4}（溢出）
o:ŋ	θo:ŋ^{1}（二）、kjo:ŋ^{1}（鼓）、ro:ŋ^{1}（叶子）、fo:ŋ^{1}（缝）、mo:ŋ^{1}（灰）
oŋ	toŋ^{2}（同）、roŋ^{2}（下）、hoŋ^{2}（红）、koŋ^{1}（公）、θoŋ^{1}（松）
o:p	ko:p^{7}（镶）、ho:p^{7}（周岁）、ro:p^{7}（抱）、po:p^{7}（泡）、ho:p^{8}（合适）
op	ʔop^{7}（敷）、kop^{7}（黑斑蛙、田鸡）、mop^{8}（揍）、ʔbop^{7}（瘪）
o:t	to:t^{7}（啄）、ko:t^{7}（搂抱）、lo:t^{7}（破皮）、mo:t^{8}（蛀虫）
ot	ʔot^{7}（塞）、kot^{7}（骨）、mot^{8}（蚂蚁）、hot^{8}（搅拌）、tot^{8}（凸）
o:k	ʔo:k^{7}（出）、ro:k^{8}（外边）、ʔdo:k^{7}（骨头）、to:k^{8}（独）、ko:k^{7}（谷）
ok	rok^{8}（鸟）、kok^{7}（根）、tok^{8}（毒）、pok^{7}（趟）、mok^{7}（埋）
e	re^{1}（提防）、he^{6}（切割）、tse^{6}（种子）、kwe^{3}（割）、me^{6}（母）
ei	θei^{1}（丝）、kei^{3}（几）、tsei^{3}（纸）、θei^{2}（时）、pei^{2}（扇子）
eu	ʔdeu^{1}（一）、heu^{1}（青）、teu^{2}（逃）、meu^{2}（猫）、peu^{3}（收拾）
e:m	ke:m^{3}（减）、te:m^{6}（垫）、re:m^{3}（烧焦）、he:m^{5}（喊）、ʔe:m^{1}（芭芒）
e:n	ʔe:n^{5}（燕子）、pe:n^{3}（板）、ke:n^{4}（瘠瘦）、he:n^{4}（啃）、me:n^{6}（慢）
e:ŋ	he:ŋ^{1}（砧板）、te:ŋ^{1}（挨）、θe:ŋ^{1}（生）、pe:ŋ^{2}（贵）、me:ŋ^{2}（盲）
e:p	ke:p^{7}（块）、ne:p^{7}（夹）、he:p^{7}（嘶哑）、re:p^{8}（谷壳）、te:p^{8}（碟）
e:t	pe:t^{7}（八）、ke:t^{7}（烈）、he:t^{8}（磨损）、ke:t^{8}（吝啬）、ʔe:t^{7}（蕉叶糍粑）
e:k	ʔe:k^{7}（轭）、tse:k^{7}（拆）、he:k^{7}（客）、te:k^{7}（裂）、pe:k^{7}（拍）

续表

韵母	例词
i	hi^{4}（亦）、ʔdi^{3}（与）、tsi^{5}（借）、ʔdi^{1}（不）、tsi^{4}（就）
i:u	θi:u^{3}（少）、ri:u^{1}（笑）、ti:u^{5}（吊）、ʔi:u^{1}（腰）、ȵi:u^{2}（牛）
i:m	ji:m^{2}（阎）、ti:m^{2}（甜）、li:m^{7}（镰刀）、ki:m^{5}（剑）
im	θim^{1}（心）、kim^{1}（金）、rim^{1}（满）、tsim^{2}（品尝）、jim^{1}（音）
i:n	tsi:n^{1}（千）、θi:n^{1}（仙）、ni:n^{2}（年）、ji:n^{2}（言）、ti:n^{6}（殿）
in	jin^{4}（引）、tin^{1}（脚）、nin^{2}（睡）、θin^{1}（辛）、pin^{1}（攀爬）
i:ŋ	li:ŋ^{2}（凉）、ki:ŋ^{6}（浆糊）、θi:ŋ^{5}（相貌）、ni:ŋ^{2}（娘）、tsi:ŋ^{1}（章）
iŋ	liŋ^{2}（灵）、piŋ^{2}（平）、tsiŋ^{2}（情）、kiŋ^{1}（京）、tiŋ^{1}（丁）
i:p	tsi:p^{7}（接）、ri:p^{7}（蚊帐）、ti:p^{7}（贴）、ji:p^{8}（页）、ti:p^{8}（踏）
ip	θip^{8}（十）、kip^{8}（及）、ʔdip^{7}（生）、rip^{8}（收缴）、kjip^{7}（捡）
i:t	ʔi:t^{7}（一）、tsi:t^{7}（节日）、ti:t^{7}（铁）、ki:t^{7}（结）、θi:t^{8}（蚀）
it	ʔit^{7}（伸）、pit^{7}（鸭）、fit^{8}（甩）、mit^{8}（匕首）、lit^{8}（拆）
i:k	ki:k^{7}（基础）、ti:k^{7}（踢）
ik	pik^{7}（匹）、tsik^{7}（炽）、kik^{7}（懒）、tik^{8}（敌）、θik^{7}（撕）
u	ku^{1}（我）、pu^{6}（衣服）、hu^{5}（货）、kju^{1}（盐）、mu^{2}（磨）
u:i	mu:i^{1}（熊）、lu:i^{3}（铜元）、tsu:i^{5}（淋雨）
u:m	ju:m^{3}（害怕）、fu:m^{4}（黄昏）、tsu:m^{2}（停栖）、lu:m^{3}（闪亮）
um	ʔum^{3}（抱）、lum^{3}（像）、kum^{2}（坑）、rum^{1}（草）、mum^{6}（胡子）
u:n	ȵu:n^{2}（原）、ru:n^{2}（爬）、mu:n^{2}（瞒）、ku:n^{1}（官）、pu:n^{5}（贩）
un	tsun^{2}（巡）、wun^{2}（人）、kun^{1}（君）、pun^{2}（盆）
u:ŋ	fu:ŋ^{2}（房）、nu:ŋ^{4}（弟妹）、wu:ŋ^{1}（慌）、mu:ŋ^{2}（忙）、tsu:ŋ^{5}（放）
uŋ	juŋ^{1}（凶）、huŋ^{1}（大）、fuŋ^{1}（封）、ȵuŋ^{5}（糟乱）、tuŋ^{4}（肚）
u:p	lu:p^{7}（吸吮）、pu:p^{7}（壳）、fu:p^{8}（起伏、晃荡）
up	ʔup^{7}（掩门）、tsup^{7}（吻）、jup^{7}（怯）、hup^{8}（拃）、tup^{8}（捶）
u:t	ȵu:t^{8}（月）、θu:t^{7}（说）、mu:t^{8}（没）、pu:t^{8}（拨）、ʔu:t^{7}（擦）
ut	ʔut^{7}（弯）、kut^{7}（蕨草）、kut^{8}（掘）
u:k	θu:k^{7}（包）、ku:k^{7}（国）、pu:k^{7}（驳）、ru:k^{8}（吐）、lu:k^{8}（坡谷）
uk	ʔuk^{7}（脑）、huk^{7}（蠢）、θuk^{8}（熟）、kuk^{7}（虎）、muk^{8}（鼻涕）

续表

韵母	例词
ɯ	kɯ^4（老是）、fɯ^2（荒凉）、ȵɯ^3（青草）、lɯ^1（剩余）
ɯːi	kɯːi^6（骑）、θɯːi^5（洗）、fɯːi^1（蒸汽）、rɯːi^1（蜜蜂）
ɯːn	tɯːn^1（提及）、ʔdɯːn^1（月）、ʔɯːn^5（巴望）、lɯːn^5（发红）
ɯn	pɯn^1（毛发）、kɯn^2（上面）、ʔdɯn^3（吞咽）、θɯn^6（顺）
ɯːŋ	tsɯːŋ^4（养）、jɯːŋ^6（样）、rɯːŋ^2（跟）、fɯːŋ^2（稻草）、mɯːŋ^1（沟）
ɯŋ	fɯŋ^2（手）、mɯŋ^2（你）、tɯŋ^4（拐杖）、θɯŋ^1（升）
ɯːt	kɯːt^8（扛）、fɯːt^8（翅膀）、hɯːt^7（腰）、lɯːt^8（血）
ɯt	tsɯt^7（刺入）、θɯt^7（挪移）、fɯt^8（撸）
ɯːk	pɯːk^7（别离）、kɯːk^7（沉淀物）、hɯːk^7（惊吓）、nɯːk^8（溶烂）
ɯk	lɯk^8（子）、tɯk^8（是）、hɯk^7（鳃）、nɯk^7（黏糊）、ʔbɯk^7（大）

3. 调类共有8个，调值如下表。

表3　抄本流传地壮语音系调类调值表

调类	调值	例词
第一调	53	kɯn^1（吃）、ran^1（见）、pan^1（分给）、piŋ^1（兵）
第二调	42	wun^2（人）、tsiːn^2（钱）、fɯn^2（柴）、rai^2（长）
第三调	55	θou^3（守）、ha^3（五）、ka^3（杀）、ma^3（生长）
第四调	24	fai^4（树）、ma^4（马）、liŋ^4（领）、ram^4（水）
第五调	33	kwa^5（过）、ha^5（嫁）、wa^5（裤子）、ʔba^5（肩膀）
第六调	21	ta^6（河）、po^6（父）、no^6（肉）、pu^6（上衣）
第七调 长	33	paːk^7（嘴）、heːk^7（客）、tiːt^7（铁）、puːt^7（跑）
第七调 短	55	ak^7（胸）、rak^7（断）、tak^7（舀）、tap^7（肝）
第八调 长	21	tsaːk^8（绳）、paːk^8（劈）、haːk^8（学）、hoːp^8（盒）
第八调 短	24	lak^8（勒）、mak^8（墨）、tsak^8（贼）、tup^8（捶打）

一　见羊生嵬悟母艰

扫码听音频

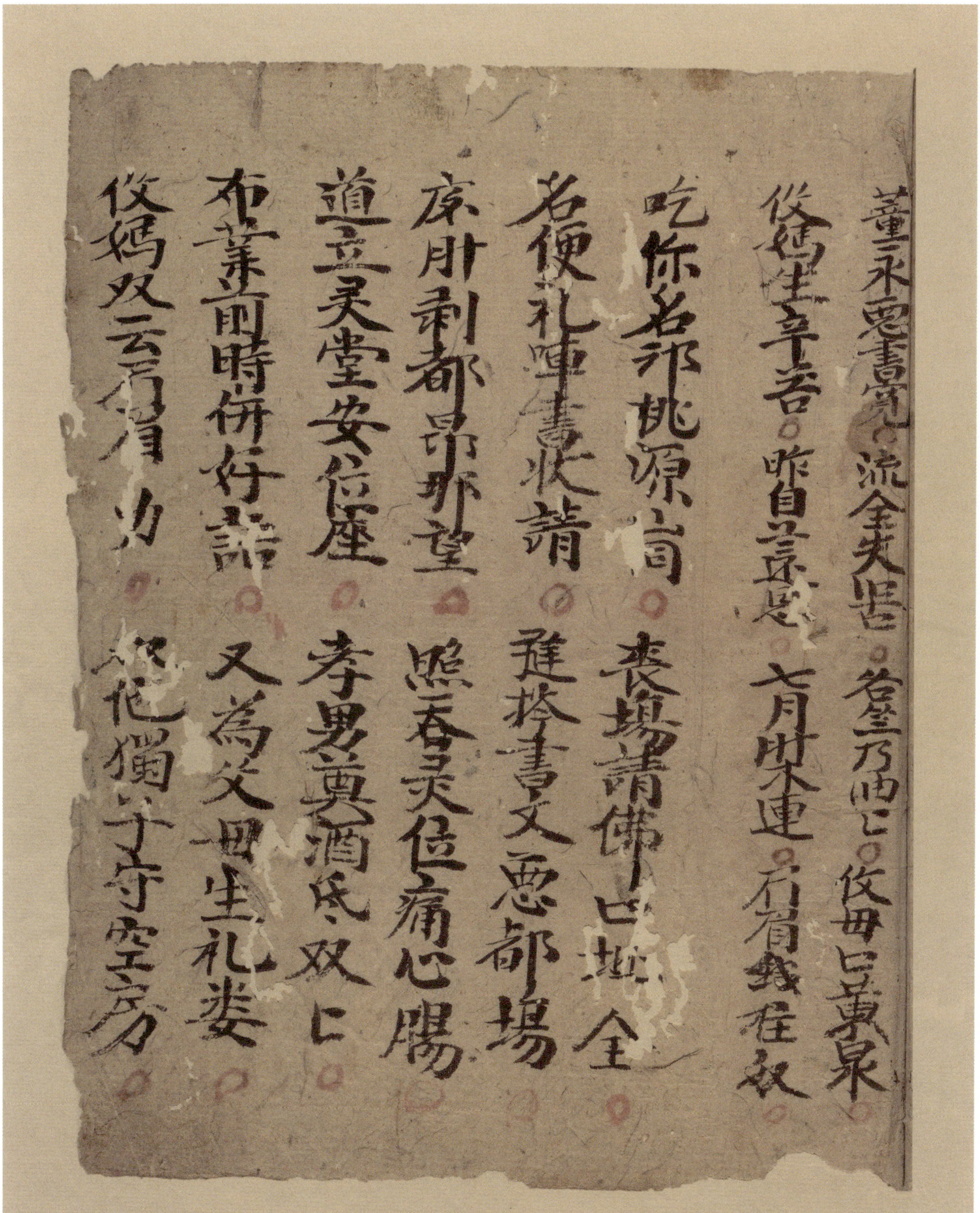

1

董	**永**	**恶**	**書**	**寬**①
toŋ^{3}	wiŋ^{4}	ʔo:k^{7}	θaɯ^{1}	wu:n^{1}
Doengj	Vingx	ok	saw	fwen
董	永	出	书	歌

董永编成歌，

2

流	**全**	**失**	**旧**	**古**
li:u^{2}	tsu:n^{2}	θat^{7}	ku^{6}	ko^{3}
louz-	cienz	saet	guh	goj
流	传	留	做	古

故事永流传。

3

各	**竺**	**乃**	**油**	**油**②
ka:k^{8}	tok^{7}	na:i^{5}	jou^{1}	jou^{1}
gag	doek-	naiq	you-	you
自	落	弱	幽	幽

自哀伤连连，

4

伩	**毋**	**口**	**黄**	**泉**
po^{6}	me^{6}	hau^{3}	wu:ŋ^{2}	tsu:n^{2}
boh	meh	haeuj	vuengz-	sienz
父	母	入	黄	泉

父母入黄泉。

5

伩	**媽**	**生**	**辛**	**苦**
po^{6}	me^{6}	θe:ŋ^{1}	θin^{1}	ho^{3}
boh	meh	seng	sin-	hoj
父	母	生	辛	苦

父母辛苦养，

6

昨	**自**	**兰**	**还**	**恩**
tso:k^{8}	θei^{6}	ro^{4}	wa:n^{2}	ʔan^{1}
cog	seih	rox	vanz-	aen
将来	自	会	还	恩

将来会还恩。

7

七	**月**	**肼**	**木**	**連**③
tsat^{7}	ȵu:t^{8}	taŋ^{2}	mok^{8}	li:n^{2}
caet	nyied	daengz	moeg-	lienz
七	月	到	目	连

七月目连节，

8

尼	**眉**	**錢**	**柱**	**奴**④
ʔdi^{1}	mei^{2}	tsi:n^{2}	tsaɯ^{4}	no^{6}
ndi	miz	cienz	cawx	noh
没	有	钱	买	肉

没有钱买肉。

9

吃	**你**	**名**	**邧**	**桃**	**源**	**峝**⑤
hat^{7}	nei^{4}	mɯŋ^{2}	jɯ^{5}	ta:u^{2}	ju:n^{2}	toŋ^{6}
haet-	neix	mwngz	youq	Dauz-	yienz	doengh
早	这	你	在	桃	源	垌

今早你在桃源村，

10

丧	**塲**	**請**	**佛**	**口**	**批**	**全**
θa:ŋ^{1}	tsu:ŋ^{2}	tsiŋ^{3}	fat^{8}	hau^{3}	pai^{1}	tsu:n^{2}
sang-	ciengz	cingj	baed	haeuj-	bae	cienz
丧	场	请	神	进	去	传

请神相邀赴丧场。

11

名	便	礼	呢	書	状	請
muɯŋ^{2}	piːn^{6}	ʔdai^{3}	ȵi^{1}	θaɯ^{1}	θaːŋ^{6}	tsiŋ^{3}
mwngz	bienh	ndaej-	nyi	saw-	sangh	cingj
你	即	得	听	书	状	请

你若听到文书请，

12

𨅝	搇	書	文	恶	都	塲⑥
fɯŋ^{2}	kam^{1}	θaɯ^{1}	fan^{2}	ʔoːk^{7}	tou^{1}	tsɯːŋ^{2}
fwngz	gaem	saw	faenz	ok	dou	ciengz
手	握	书	文	出	门	墙

手握文书出大门。

13

庲	肨	剥	都	昂	那	望
ma^{1}	taŋ^{2}	paːk^{7}	tou^{1}	ŋaːŋ^{4}	na^{3}	muːŋ^{6}
ma	daengz	bak-	dou	ngangx	naj	muengh
来	到	口	门	仰	脸	望

来到门口仰头望，

14

照	吞	灵	位	痛	心	腸
tsiːu^{5}	ran^{1}	liŋ^{2}	wei^{6}	toŋ^{6}	θim^{1}	tsɯːŋ^{2}
ciuq	raen	lingz-	veih	doengh	sim-	ciengz
瞧	见	灵	位	动	心	肠

看见灵位伤断肠。

15

道	立	灵	堂	安	位	座
taːu^{6}	lip^{8}	liŋ^{2}	taːŋ^{2}	ʔaːn^{1}	wei^{6}	naŋ^{6}
dauh	laeb	lingz-	dangz	an	veih	naengh
道	立	灵	堂	安	位	坐

道立灵堂安灵位，

16

孝	男	奠	酒	氐	双	双
jaːu^{5}	naːm^{2}	tiːn^{6}	lau^{3}	tai^{3}	θoːŋ^{4}	θoːŋ^{4}
hauq-	namz	dienh	laeuj	daej	songx-	songx
孝	男	奠	酒	哭	涟	涟

孝男奠酒哭涟涟。

17

布	業	前	時	併	好	語
ʔbou^{5}	ȵiːp^{8}	tsiːn^{2}	θei^{2}	piŋ^{6}	haːu^{3}	ŋei^{4}
mbouj	nyieb	cienz	seiz	bingh	hauj	ngeix
不	讲	前	时	并	好	语

不论前时和好言，

18

又	為	父	母	生	礼	娄
jou^{4}	wei^{6}	fou^{6}	mu^{4}	θeːŋ^{1}	ʔdai^{3}	rau^{2}
youh	vih	fouh	mux	seng	ndaej	raeuz
又	为	父	母	生	得	咱

只为父母养育咱。

19

仪	媽	双	云	片	眉	力
po^{6}	me^{6}	θoːŋ^{1}	wun^{2}	ʔdi^{1}	mei^{2}	lɯk^{8}
boh	meh	song	vunz	ndi	miz	lwg
父	母	二	人	没	有	子

父母二人无儿子，

20

双	他	獨	子	守	空	房
θoːŋ^{1}	te^{1}	θoːk^{8}	θei^{6}	θou^{3}	hoŋ^{5}	fuːŋ^{2}
song	de	dog-	seih	souj	hoengq	fuengz
二	他	独	自	守	空	房

他俩独自守空房。

① 寛 [wuːn¹]：同“欢”，为壮语对民歌、山歌的称谓。既可作名词，为“歌”的总称，也可作动词，指唱歌。

② 此处原抄本写为“匕”，是一种省略号，用以指代其所在位置的字与前一字同形同音。下同。

③ 木連 [mok⁸ liːn²]：指目连节，也称“鸭节”“鬼节”。在壮族聚居地区，目连节一般从农历七月十三日开始，持续四天，其中农历七月十四这天尤为热闹。节日期间，民众杀鸡宰鸭、焚香烧纸、祭祀祖先。

④ 这句是整部长歌的情感基调，过节没钱祭祀已足够悲哀，更何况是父母过世，其悲哀之情更甚。

⑤ 桃源峝 [taːu² juːn² toŋ⁶]：桃源垌，地名。据说在今广西来宾市忻城县安东乡桃源村。

⑥ 都埸 [tou¹ tsɯːŋ²]：本义是“门墙”，此处指正门。

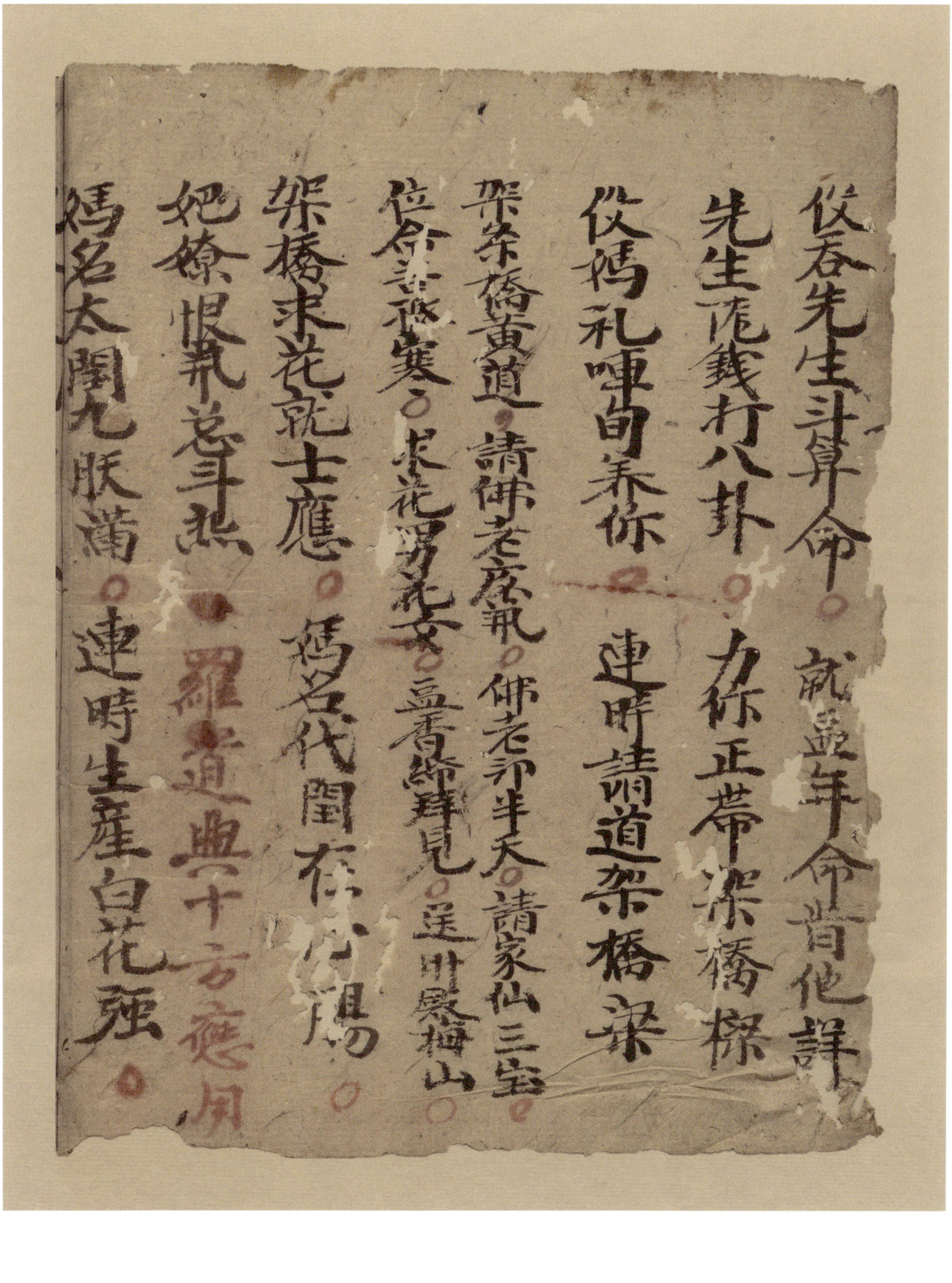

仪呑先生斗算命○就盂年命肯他詳
先生𠫩錢打八卦○力你正帯架橋樑
仪媽礼哩白养你○連時請道架橋梁
架条橋黄道○請佛老原氣○佛老可半天○請家仙三宝
位命差忌寒○求花男女○盂香錦拜見○送册殿梅山○
架橋求花就士應○媽名代閏在小陽○
妑嫽恨氣老年悲●羅道典十方應用
媽名太閒九朕滿○連時生產白花匝○

21

仪	吞	先	生	斗	算	命
po^{6}	ran^{1}	θi:n^{1}	θe:ŋ^{1}	tau^{3}	θu:n^{5}	miŋ^{6}
boh	raen	sien-	seng	daeuj	suenq	mingh
父	见	先	生	来	算	命

父见先生来算命，

22

就	亞	年	命①	肯	他	詳
tsi:u^{4}	ʔau^{1}	ni:n^{2}	miŋ^{6}	haŋ^{3}	te^{1}	θɯ:ŋ^{2}
couh	aeu	nienz-	mingh	haengj	de	siengz
就	要	年	命	给	他	参详

就拿年庚给参详。

23

先	生	陇	錢	打	八	卦
θi:n^{1}	θe:ŋ^{1}	roŋ^{2}	tsi:n^{2}	ta^{3}	pe:t^{7}	kwa^{5}
sien-	seng	roengz	cienz	daj	bet-	gvaq
先	生	下	钱	打	八	卦

先生撒钱打八卦，

24

力	你	正	帯②	架	槗	樑③
lɯk^{8}	nei^{4}	tsiŋ^{5}	ta:i^{5}	kja^{5}	kji:u^{2}	li:ŋ^{2}
lwg	neix	cingq	daiq	gyaq	giuz-	liengz
子	这	正	带	架	桥	梁

此儿正需架桥梁。

25

仪	媽	礼	呻	旬	养	你
po^{6}	me^{6}	ʔdai^{3}	ȵi^{1}	tson^{2}	jɯ:ŋ^{6}	nei^{4}
boh	meh	ndaej-	nyi	coenz	yiengh-	neix
父	母	得	听	句	样	这

父母听到这句话，

26

連	時	請	道	架	槗	梁
li:n^{2}	θei^{2}	tsiŋ^{3}	ta:u^{6}	kja^{5}	kji:u^{2}	li:ŋ^{2}
lienz-	seiz	cingj	dauh	gyaq	giuz-	liengz
连	时	请	道	架	桥	梁

连忙请道架花桥。

27

架	条	槗	黄	道④
kja^{5}	ti:u^{2}	kji:u^{2}	wu:ŋ^{2}	ta:u^{6}
gyaq	diuz	giuz	vuengz-	dauh
架	条	桥	黄	道

架条黄道桥，

28

請	佛	老⑤	庥	𢌬
tsiŋ^{3}	fat^{8}	la:u^{4}	ma^{1}	ra:n^{2}
cingj	baed	laux	ma	ranz
请	神	大	来	家

请大神到家。

29

佛	老	㕦（叩）	半	天
fat^{8}	la:u^{4}	jɯ^{5}	pu:n^{5}	ti:n^{1}
baed	laux	youq	buenq	dien
神	大	在	半	天

大神在半天，

30

請	家	仙	三	宝⑥
tsiŋ^{3}	kja^{1}	θi:n^{1}	θa:m^{1}	pa:u^{3}
cingj	gya	sien	sam	bauj
请	家	仙	三	宝

请家仙三宝。

31

位	**命**	**苦**	**孤**	**寒**
wei^{6}	miŋ^{6}	ho^{3}	ko^{1}	haːn^{2}
vih	mingh	hoj	go-	hanz
为	命	苦	孤	寒

因命苦孤寒，

32

求	**花**	**男**	**花**	**女**
kjiːu^{2}	wa^{1}	naːm^{2}	wa^{1}	naɯ^{4}
gouz	va	namz	va	nawx
求	花	男	花	女

求男花女花。

33

𠺼	**香**	**紪**	**拜**	**見**
ʔau^{1}	jɯːŋ^{1}	tsei^{3}	paːi^{5}	kiːn^{5}
aeu	yieng	ceij	baiq-	gienq
要	香	纸	拜	见

用香烛拜祭，

34

送	**肼**	**殿**	**梅**	**山**
θoŋ^{5}	taŋ^{2}	tiːn^{6}	moi^{2}	θaːn^{1}
soengq	daengz	dienh	Moiz-	san
送	到	殿	梅	山

送到梅山殿。

35

架	**槗**	**求**	**花**	**就**	**士**	**應**
kja^{5}	kjiːu^{2}	kjiːu^{2}	wa^{1}	tsiːu^{4}	θei^{6}	ʔɯŋ^{5}
gyaq	giuz	gouz	va	couh	seih	wngq
架	桥	求	花	就	是	应

架桥求花就应验，

36

媽	**名**	**代**	**閏**	**在**	**心**	**腸**⑦
me^{6}	mɯŋ^{2}	taːi^{5}	ȵun^{6}	jɯ^{5}	θim^{1}	tsɯːŋ^{2}
meh	mwngz	daiq	nyinh	youq	sim-	ciengz
母	你	带	孕	在	心	肠

你母带孕在腹中。

37

媽	**名**	**太**	**閏**	**九**	**�**	**滿**⑧
me^{6}	mɯŋ^{2}	taːi^{5}	ȵun^{6}	kjiːu^{3}	ʔdɯːn^{1}	rim^{1}
meh	mwngz	daiq	nyinh	gouj	ndwen	rim
母	你	带	孕	九	月	满

你母带孕满九月，

38

連	**時**	**生**	**産**	**白**	**花**	**强**
liːn^{2}	θei^{2}	θeːŋ^{1}	θaːn^{3}	peːk^{8}	wa^{1}	kjɯːŋ^{2}
lienz-	seiz	seng-	sanj	beg	va	giengz
连	时	生	产	白	花	强

当即生得白花男。

① 年命 [niːn^{2} miŋ^{6}]：年庚、命书，即生辰八字。

② 带 [taːi^{5}]：本义是“带”，此处意为命中注定。

③ 架𣏾樑 [kja^{5} kjiːu^{2} liːŋ^{2}]：架桥梁，指民间架花桥求子仪式。

④ 𣏾黄道 [kjiːu^{2} wuːŋ^{2} taːu^{6}]：黄道桥。壮族聚居地区民间举行架花桥求子仪式一般要挑选黄道吉日，因此所架花桥也被称为“黄道桥”，取吉祥如意之意。

⑤ 老 [laːu^{4}]：“老”字的借词，引入壮语体系后延伸出“大”的意思。

⑥ 三宝 [θaːm^{1} paːu^{3}]：指道教的三清（上清、玉清、太清），与师公崇拜的唐、葛、周三元相对应。

⑦ 心腸 [θim^{1} tsɯːŋ^{2}]：本义是“心肠”，此处指“腹中”。壮族文化语境中“心”“肠”同时作为思维器官，故“心肠”也作双关用，指代母亲因怀有身孕而时时挂虑担忧。

⑧ 原抄本此句之前误抄了一句，抄写者在其下用红笔写上“罗道典十方应用”，以示提醒。此处直接把衍出之句忽略。

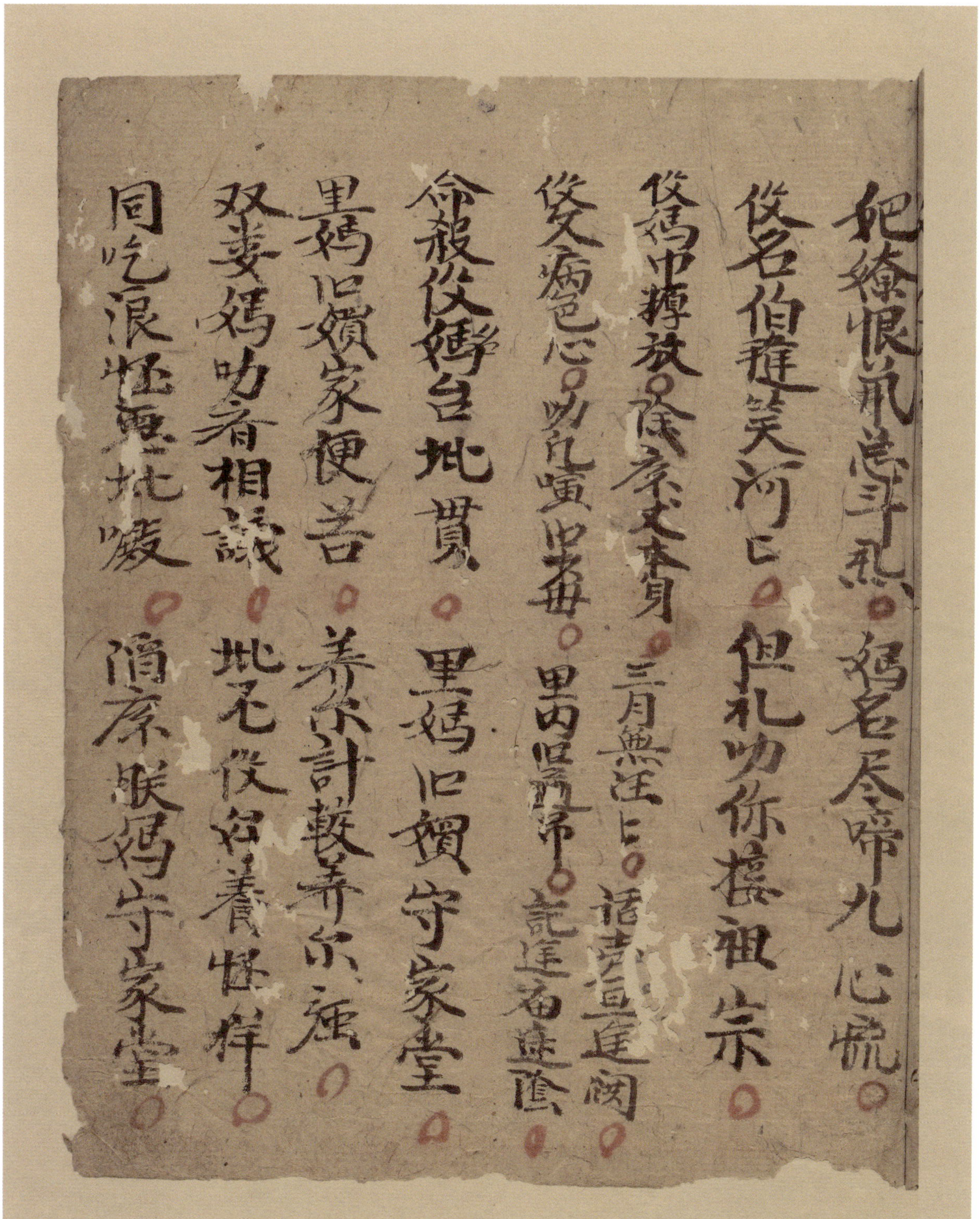

39

妑	**嫽**	**恨**	**𠘊**	**总**	**斗**	**𤍒**
pa^{3}	li:u^{2}	hɯn^{3}	ra:n^{2}	tsuŋ^{3}	tau^{3}	nai^{5}
baj-	liuz	hwnj	ranz	cungj	daeuj	naeq
伯母	婶娘	上	房屋	总	来	睨

妯娌都来家中看，

40

媽	**名**	**尽**	**啼**	**九**	**心**	**慌**
me^{6}	mɯŋ^{2}	tsan^{6}	tai^{3}	ku^{1}	θim^{1}	wu:ŋ^{1}
meh	mwngz	caenh	daej	gou	sim-	vueng
母	你	尽	哭	我	心	慌

你母喜极放声哭。

41

仪	**名**	**伯**	**𢴤**	**笑**	**河**	**河**
po^{6}	mɯŋ^{2}	pe:k^{7}	fɯŋ^{2}	ri:u^{1}	ha^{1}	ha^{1}
boh	mwngz	bek-	fwngz	riu	ha-	ha
父	你	拍	手	笑	哈	哈

你父拍手笑哈哈，

42

但	**礼**	**叻**	**你**	**接**	**祖**	**宗**①
ta:n^{6}	ʔdai^{3}	lɯk^{8}	nei^{4}	tsi:p^{7}	tso^{3}	tsoŋ^{1}
danh	ndaej	lwg	neix	ciep	coj-	coeng
但	得	子	这	接	祖	宗

但得此儿续香火。

43

仪	**媽**	**巾**	**粰**	**放**②
po^{6}	me^{6}	kɯn^{1}	hau^{4}	wu:ŋ^{3}
boh	meh	gwn	haeux-	fiengj
父	母	吃	米	粟

父母吃粟米，

44

除	**𢈱**	**丈**	**本**	**身**
taɯ^{2}	ma^{1}	tsɯ:ŋ^{4}	po:n^{3}	ʔda:ŋ^{1}
dawz	ma	ciengx	bonj-	ndang
拿	来	养	本	身

靠杂粮度日。

45

三	**月**	**無**	**汪**	**汪**③
θa:m^{1}	ȵu:t^{8}	fou^{2}	wa:ŋ^{5}	wa:ŋ^{5}
sam	nyied	fouz	vangq-	vangq
三	月	浮	荡	荡

三月身虚浮，

46

话	**声**	**亘**	**途**	**阔**
wa^{6}	θiŋ^{1}	ka:ŋ^{3}	tou^{1}	ʔdɯ:k^{7}
vah	sing	gangj	dou	ndiek
话	声	讲	我们	吭声

小孩嗷嗷叫。

47

仪	**文**	**病**	**色**	**心**
po^{6}	pan^{2}	piŋ^{6}	θak^{7}	θim^{1}
boh	baenz	bingh	saek	sim
父	成	病	塞	心

父生病堵心，

48

叻	**凢**	**嗔**	**旧**	**毐**
lɯk^{8}	fa:ŋ^{2}	hɯn^{2}	ku^{6}	kja^{4}
lwg	fangz-	hwnz	guh	gyax
儿	鬼	夜	做	孤

儿梦成孤儿。

49

里	内	旧	通	吊④
lei^{4}	noi^{4}	ku^{6}	toŋ^{1}	ti:u^{5}
lij	noix	guh	doeng	diuq
还	小	做	通	跳

幼小会操劳，

50

記	途	庙	途	陰⑤
kei^{5}	tu^{2}	mi:u^{6}	tu^{2}	jim^{1}
geiq	duz	miuh	duz	yaem
记	只	庙	只	阴

记庙神阴神。

51

命	殺⑥	仪	媽（名）	台	批	貫
miŋ^{6}	θa:t^{7}	po^{6}	mɯŋ^{2}	ta:i^{1}	pai^{1}	ko:n^{5}
mingh	sat	boh	mwngz	dai	bae	gonq
命	煞	父	你	死	去	先

你父命煞早离世，

52

里	媽	旧	嫚	守	家	堂
lei^{4}	me^{6}	ku^{6}	ma:i^{5}	θou^{3}	kja^{1}	ta:ŋ^{2}
leix	meh	guh	maiq	souj	gya-	dangz
剩	母	做	寡妇	守	家	堂

母亲独自守家屋。

53

里	媽	旧	嫚	家	便	苦
lei^{4}	me^{6}	ku^{6}	ma:i^{5}	ra:n^{2}	pan^{2}	ho^{3}
leix	meh	guh	maiq	ranz	baenz	hoj
剩	母	做	寡妇	家	成	苦

母亲守寡家渐穷，

54

养	尔	計	較	养	尔	强
jɯ:ŋ^{6}	laɯ^{2}	kei^{5}	kja:u^{5}	jɯ:ŋ^{6}	laɯ^{2}	kja:ŋ^{2}
yiengh-	lawz	geiq-	gyauq	yiengh-	lawz	gyangz
样	哪	计	较	样	哪	叹

盘来算去唯叹息。

55

双	娄	媽	叻	齐	相	議
θo:ŋ^{1}	rau^{2}	me^{6}	lɯk^{8}	tsai^{2}	θɯ:ŋ^{1}	ŋei^{4}
song	raeuz	meh	lwg	caez	sieng-	ngeix
二	咱	母	儿	齐	商	议

咱母子俩齐商议，

56

批	兀	仪	好	養	怌	羊
pai^{1}	ʔdi^{3}	po^{6}	ʔa:u^{1}	tsɯ:ŋ^{4}	wa:i^{2}	ju:ŋ^{2}
bae	ndij	boh-	au	ciengx	vaiz	yiengz
去	跟	父	叔	养	水牛	羊

去跟叔父养牛羊。

57

同	吃	浪	怌	恶	批	嚹⑦
toŋ^{4}	hat^{7}	la:ŋ^{6}	wa:i^{2}	ʔo:k^{7}	pai^{1}	tɯ:n^{2}
doengx-	haet	langh	vaiz	ok	bae	dwenz
些	早	放	水牛	出	去	干活

早起出门去放牛，

58

陷	庥	朕	媽	守	家	堂
ham^{6}	ma^{1}	rɯ:ŋ^{2}	me^{6}	θou^{3}	kja^{1}	ta:ŋ^{2}
haemh	ma	riengz	meh	souj	gya-	dangz
晚	回	跟	母	守	家	堂

晚归跟母守家屋。

---

① 接祖宗 [tsiːp7 tso3 tsoŋ1]：本义是“接祖宗”，意指传宗接代，承接祖宗留下的基业。

② 粡放 [hau4 wuːŋ3]：粟米，小米。粟米为旱地作物，耐贫瘠，耐干旱，即便是灾荒之年也有收成。壮族聚居地区多以稻米为主食，而将粟米视为杂粮、粗粮。此处以吃杂粮隐喻生活艰辛。

③ 無汪汪 [fou2 waːŋ5 waːŋ5]：浮荡荡。过去农业生产水平低下，贫困农户粮食短缺，人们腹中饥饿，内心忧虑。

④ 吊 [tiːu5]：本义是“跳”，此处引申为“挣扎、操劳”。

⑤ 此处通过董永祭奠“神灵鬼物”以求父亲“亡灵”归来,表明董永懂事、有孝心。

⑥ 命殺 [miŋ6 θaːt7]：指命带凶煞，即注定寿命短暂，英年早逝。

⑦ 批𪽚 [pai1 tɯːn2]：本义是“去田”，这里指下田干活。“𪽚 [tɯːn2]”按音义当是“田”字的借词读音。

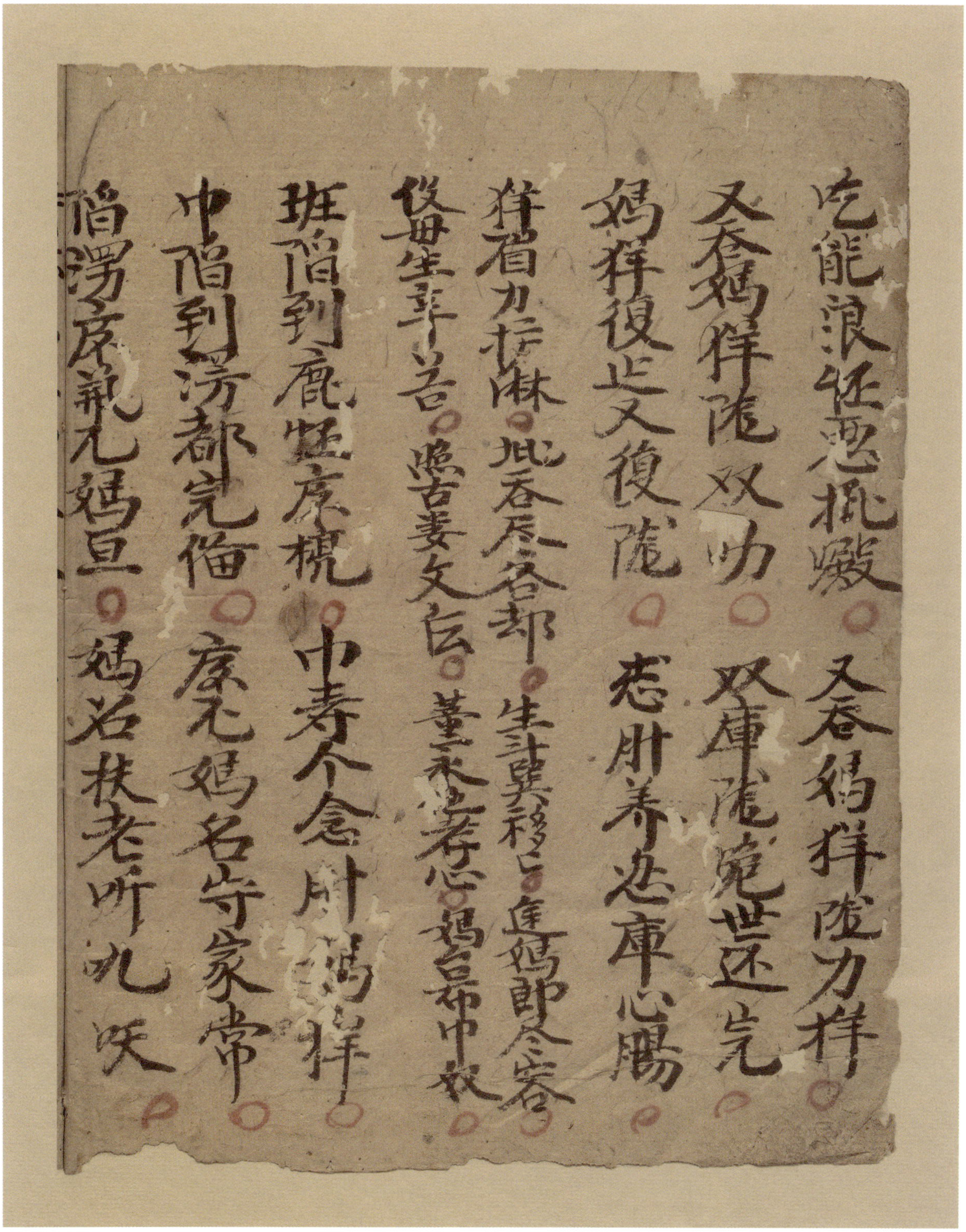

59

吃	能	浪	怀	恶	批	⿰口殿
hat^{7}	naŋ^{2}	la:ŋ^{6}	wa:i^{2}	ʔo:k^{7}	pai^{1}	tɯ:n^{2}
haet	naengz	langh	vaiz	ok-	bae	dwenz
早	常常	放	水牛	出	去	干活

早起出门去放牛，

60

又	吞	媽	⿰犭羊	陇	力	⿰犭羊
jou^{4}	ran^{1}	me^{6}	ju:ŋ^{2}	roŋ^{2}	lɯk^{8}	ju:ŋ^{2}
youh	raen	meh	yiengz	roengz	lwg	yiengz
又	见	母	羊	下	崽	羊

又见母羊生小羊。

61

又	吞	媽	⿰犭羊	陇	双	叻
jou^{4}	ran^{1}	me^{6}	ju:ŋ^{2}	roŋ^{2}	θo:ŋ^{1}	lɯk^{8}
youh	raen	meh	yiengz	roengz	song	lwg
又	见	母	羊	下	二	崽

又见母羊生二崽，

62

双	庫	陇	跪	世	还	完[1]
θo:ŋ^{1}	ho^{5}	roŋ^{2}	kwei^{6}	θei^{5}	wa:n^{2}	ju:n^{2}
song	hoq	roengz	gvih	seiq	vanz	yienz
二	膝盖	下	跪	世	还	完

双膝下跪还生恩。

63

媽	⿰犭羊	復[2]	⿺廴上	又	復	陇
me^{6}	ju:ŋ^{2}	θok^{8}	hɯn^{3}	jou^{4}	θok^{8}	roŋ^{2}
meh	yiengz	soeg	hwnj	youh	soeg	roengz
母	羊	舔	上	又	舔	下

母羊舔上又舔下，

64

态	肼	养	忍	庫	心	腸
θɯ:ŋ^{3}	taŋ^{2}	jɯ:ŋ^{6}	ȵan^{4}	ho^{3}	θim^{1}	tsɯ:ŋ^{2}
siengj	daengz	yiengh-	nyaenx	hoj	sim-	ciengz
想	到	样	这	苦	心	肠

想到这些心里苦。

65

⿰犭羊	眉	力	护	淋
ju:ŋ^{2}	mei^{2}	lɯk^{8}	ʔdaɯ^{1}	rum^{1}
yiengz	miz	lwg	ndaw	rum
羊	生	崽	里	草

羊草丛生崽，

66

批	吞	尽	各	却
pai^{1}	ran^{1}	tsan^{6}	ka:k^{8}	tso^{6}
bae	raen	caenh	gag	coh
去	见	尽	自	可怜

见了尽怜惜。

67

生	斗	巽	移	移
θe:ŋ^{1}	tau^{3}	tsu:n^{5}	ʔei^{1}	ʔei^{1}
seng	daeuj	cuenq	ei-	ei
生	来	转	依	依

生来傍身转，

68

途	媽	卽	尽	容[3]
tu^{2}	me^{6}	ʔda:ŋ^{1}	tsan^{6}	juŋ^{2}
duz	meh	ndang	caenh	yungz
只	母	身	尽	融

母羊身发软。

69

仪	**毋**	**生**	**辛**	**苦**
po^{6}	me^{6}	θeːŋ^{1}	θin^{1}	ho^{3}
boh	meh	seng	sin-	hoj
父	**母**	**生**	**辛**	**苦**

父母辛苦养，

70

照	**古**	**娄**	**文**	**伝**
tsiːu^{5}	ku^{5}	rau^{2}	pan^{2}	wun^{2}
ciuq-	goq	raeuz	baenz	vunz
照	**顾**	**咱**	**成**	**人**

照顾咱成人。

71

董	**永**	**他**	**孝**	**心**
toŋ^{3}	wiŋ^{4}	te^{1}	jaːu^{5}	θim^{1}
Doengj	Vingx	de	hauq-	sim
董	**永**	**他**	**孝**	**心**

董永有孝心，

72

媽	**台**	**布**	**巾**	**奴**[4]
me^{6}	taːi^{1}	ʔbou^{5}	kɯn^{1}	no^{6}
meh	dai	mbouj	gwn	noh
母	**死**	**不**	**吃**	**肉**

誓不吃母肉。

73

班	**陌**	**到**	**鹿**	**怌**	**庅**	**梳**
paːn^{1}	ham^{6}	taːu^{5}	loːk^{8}	waːi^{2}	ma^{1}	rɯːŋ^{6}
ban-	haemh	dauq	log	vaiz	ma	riengh
时	**晚**	**到**	**赶**	**水牛**	**回**	**栏**

傍晚赶牛回栏厩，

74

巾	**寿**	**个**	**念**	**肸**	**媽**	**狋**
kɯn^{1}	θou^{6}	ko^{5}	nam^{3}	taŋ^{2}	me^{6}	juːŋ^{2}
gwn	souh	goj	naemj	daengz	meh	yiengz
吃	**粥**	**也**	**想**	**到**	**母**	**羊**

吃饭也想到母羊。

75

巾	**陌**	**到**	**澇**	**都**	**完**	**偹**
kɯn^{1}	ham^{6}	taːu^{5}	laŋ^{1}	to^{5}	waːn^{2}	pei^{6}
gwn	haemh	dauq	laeng	doq	vanz-	beih
吃	**晚**	**到**	**后**	**都**	**完**	**备**

晚饭过后诸事毕，

76

庅	**兀**	**媽**	**名**	**守**	**家**	**常**
ma^{1}	ʔdi^{3}	me^{6}	mɯŋ^{2}	θou^{3}	kja^{1}	tsɯːŋ^{2}
ma	ndij	meh	mwngz	souj	gya-	ciengz
回	**跟**	**母**	**你**	**守**	**家**	**常**

来跟母亲聊家常。

77

陌	**澇**	**庅**	**兰**	**兀**	**媽**	**亘**
ham^{6}	laŋ^{1}	ma^{1}	raːn^{2}	ʔdi^{3}	me^{6}	kaːŋ^{3}
haemh	laeng	ma	ranz	ndij	meh	gangj
晚	**后**	**回**	**家**	**跟**	**母**	**讲**

次晚归家与母说，

78

媽	**名**	**扶**	**老**	**听**	**叽**	**吠**
me^{6}	mɯŋ^{2}	pou^{4}	laːu^{4}	tiŋ^{5}	ku^{1}	tɯːn^{1}
meh	mwngz	boux-	laux	dingq	gou	dwen
母	**你**	**人**	**老**	**听**	**我**	**提及**

母亲大人听我言。

① 此处引用“羔羊跪乳”的典故。

② 復 [θok^8]：“嗍”字的借词读音，本义是“吮吸”，此处做“舔”解。

③ 容 [juŋ^2]：本义是“融”，此处引申为“软、发软”之义。

④ 吃人肉情节是董永传说进入壮族聚居地区后的重要改编，此处指董永立誓母亲过世后决不允许别人吃自己母亲的肉，自己从此也拒吃他人父母的肉。

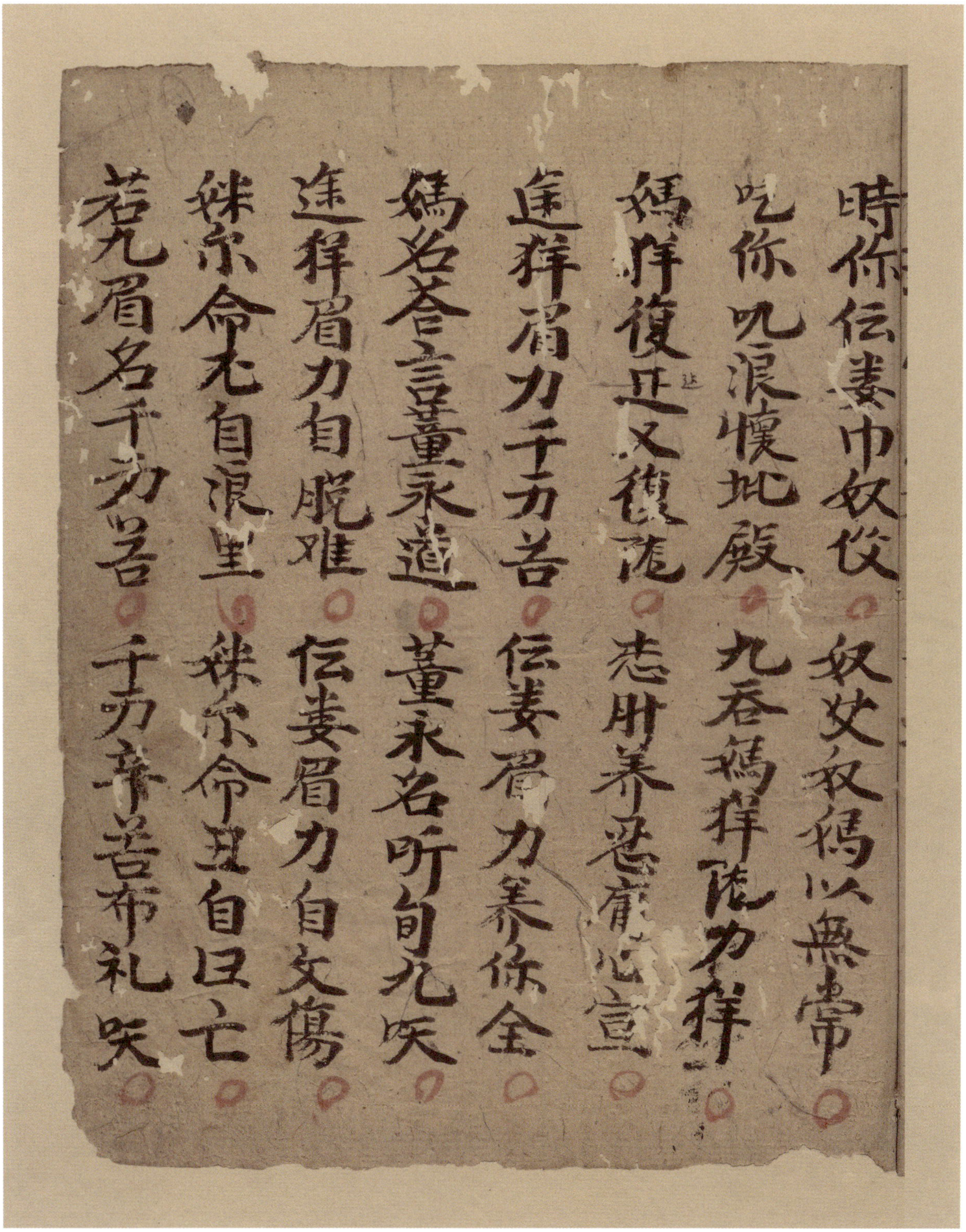

時你伝妻巾奴仪○奴丈叔偶以無常○
吃你吃浪懐地殿○九吞媽羘陀力羘○
媽羘復乒又復陀○志用养恙肩心宣○
達羘眉力千万苦○伝妻眉力养你全○
媽名荅言董永道○董永名听旬九矢○
達羘眉力自脱难○伝妻眉力自文傷○
徕尔命无自浪里○徕尔命丑自曰亡○
荛九眉名千万苦○千万辛苦布礼矢○

79

時	你	伝	娄	巾	奴	仪
θei^{2}	nei^{4}	wun^{2}	rau^{2}	kɯn^{1}	no^{6}	po^{6}
seiz-	neix	vunz	raeuz	gwn	noh	boh
时	这	人	咱们	吃	肉	父

现今人们吃父肉，

80

奴	父	奴	嫣	以	無	常①
no^{6}	po^{6}	no^{6}	me^{6}	hei^{3}	fou^{2}	tsɯːŋ^{2}
noh	boh	noh	meh	heij	fouz	ciengz
肉	父	肉	母	已	无	常

长久以来已习惯。

81

吃	你	叽	浪	懷	批	殿
hat^{7}	nei^{4}	ku^{1}	laːŋ^{6}	waːi^{2}	pai^{1}	tɯːn^{2}
haet-	neix	gou	langh	vaiz	bae	dwenz
早	这	我	放	水牛	去	干活

今早放牛我干活，

82

九	吞	嫣	羊	陇	力	羊
ku^{1}	ran^{1}	me^{6}	juːŋ^{2}	roŋ^{2}	lɯk^{8}	juːŋ^{2}
gou	raen	meh	yiengz	roengz	lwg	yiengz
我	见	母	羊	生	崽	羊

我见母羊生小羊。

83

嫣	羊	復	延(处)	又	復	陇
me^{6}	juːŋ^{2}	θok^{8}	hɯn^{3}	jou^{4}	θok^{8}	roŋ^{2}
meh	yiengz	soeg	hwnj	youh	soeg	roengz
母	羊	舔	上	又	舔	下

母羊舔上又舔下，

84

态	肼	养	忍	痛	心	宣
θɯ̯ːŋ^{3}	taŋ^{2}	jɯːŋ^{6}	ȵan^{4}	toŋ^{6}	θim^{1}	θuːn^{1}
siengj	daengz	yiengh-	nyaenx	doengh	sim	suen
想	到	样	这	动	心	酸

想到这些心又酸。

85

途	羊	眉	力	千	万	苦
tu^{2}	juːŋ^{2}	mei^{2}	lɯk^{8}	tsiːn^{1}	faːn^{6}	ho^{3}
duz	yiengz	miz	lwg	cien	fanh	hoj
只	羊	生	崽	千	万	苦

母羊生崽千万难，

86

伝	娄	眉	力	养	你	全
wun^{2}	rau^{2}	mei^{2}	lɯk^{8}	jɯːŋ^{6}	nei^{4}	tsuːn^{2}
vunz	raeuz	miz	lwg	yiengh-	neix	cienz
人	咱们	生	儿	样	这	全

咱人生产也如此。

87

嫣	名	苔	言	董	永	道
me^{6}	mɯŋ^{2}	taːp^{7}	jiːn^{2}	toŋ^{3}	wiŋ^{4}	taːu^{6}
meh	mwngz	dap	yienz	Doengj	Vingx	dauh
母	你	答	言	董	永	道

母亲回答董永道，

88

董	永	名	听	句	九	吠
toŋ^{3}	wiŋ^{4}	mɯŋ^{2}	tiŋ^{5}	tson^{2}	ku^{1}	tɯːn^{1}
Doengj	Vingx	mwngz	dingq	coenz	gou	dwen
董	永	你	听	句	我	提及

董永你且听我说。

89

途	**徉**	**眉**	**力**	**自**	**脱**	**难**
tu^{2}	juːŋ^{2}	mei^{2}	lɯk^{8}	θei^{6}	tuːt^{7}	naːn^{6}
duz	yiengz	miz	lwg	seih	duet	nanh
只	**羊**	**有**	**崽**	**自**	**脱**	**难**

母羊生崽就脱难，

90

伝	**娄**	**眉**	**力**	**自**	**文**	**傷**
wun^{2}	rau^{2}	mei^{2}	lɯk^{8}	θei^{6}	pan^{2}	θɯːŋ^{1}
vunz	raeuz	miz	lwg	seih	baenz	sieng
人	**咱**	**有**	**儿**	**自**	**成**	**伤**

咱人生儿身带伤。

91

妹	**尔**	**命**	**兀**	**自**	**浪**	**里**②
me^{6}	laɯ^{2}	miŋ^{6}	ʔdei^{1}	θei^{6}	laːŋ^{6}	lei^{4}
meh	lawz	mingh	ndei	seih	langh	lix
母	**哪**	**命**	**好**	**自**	**放**	**生**

产妇命好就能活，

92

妹	**尔**	**命**	**丑**	**自**	**归**	**亡**
me^{6}	laɯ^{2}	miŋ^{6}	tsou^{3}	θei^{6}	kwei^{1}	muːŋ^{2}
meh	lawz	mingh	couj	seih	gvi	muengz
母	**哪**	**命**	**丑**	**自**	**归**	**亡**

谁人命差就归阴。

93

若	**九**	**眉**	**名**	**千**	**万**	**苦**
jo^{1}	ku^{1}	mei^{2}	mɯŋ^{2}	tsiːn^{1}	faːn^{6}	ho^{3}
yo	gou	miz	mwngz	cien	fanh	hoj
看	**我**	**有**	**你**	**千**	**万**	**苦**

看我生你千般苦，

94

千	**万**	**辛**	**苦**	**布**	**礼**	**吠**
tsiːn^{1}	faːn^{6}	θin^{1}	ho^{3}	ʔbou^{5}	ʔdai^{3}	tɯːn^{1}
cien	fanh	sin-	hoj	mbouj	ndaej	dwen
千	**万**	**辛**	**苦**	**不**	**得**	**提及**

千辛万苦不堪提。

---

① 以無常 [hei^{3} fou^{2} tsɯːŋ^{2}]：已无常。此处是指长期以来人们对吃人肉已经习以为常。从吃人肉的蒙昧状态觉醒，意识到要报答父母之恩，这是人类跨入文明时代门槛的表现之一。壮族民间仪式人员把董永视为拒吃父母肉、卖身葬父母的第一人。

② 浪里 [laːŋ^{6} lei^{4}]：本义是"放生"，此处引申为"存活"，意为能够得到阎罗王放生，自然就能够活下来。这也反映出过去医疗卫生条件差，妇女因生产而死亡的概率非常大。

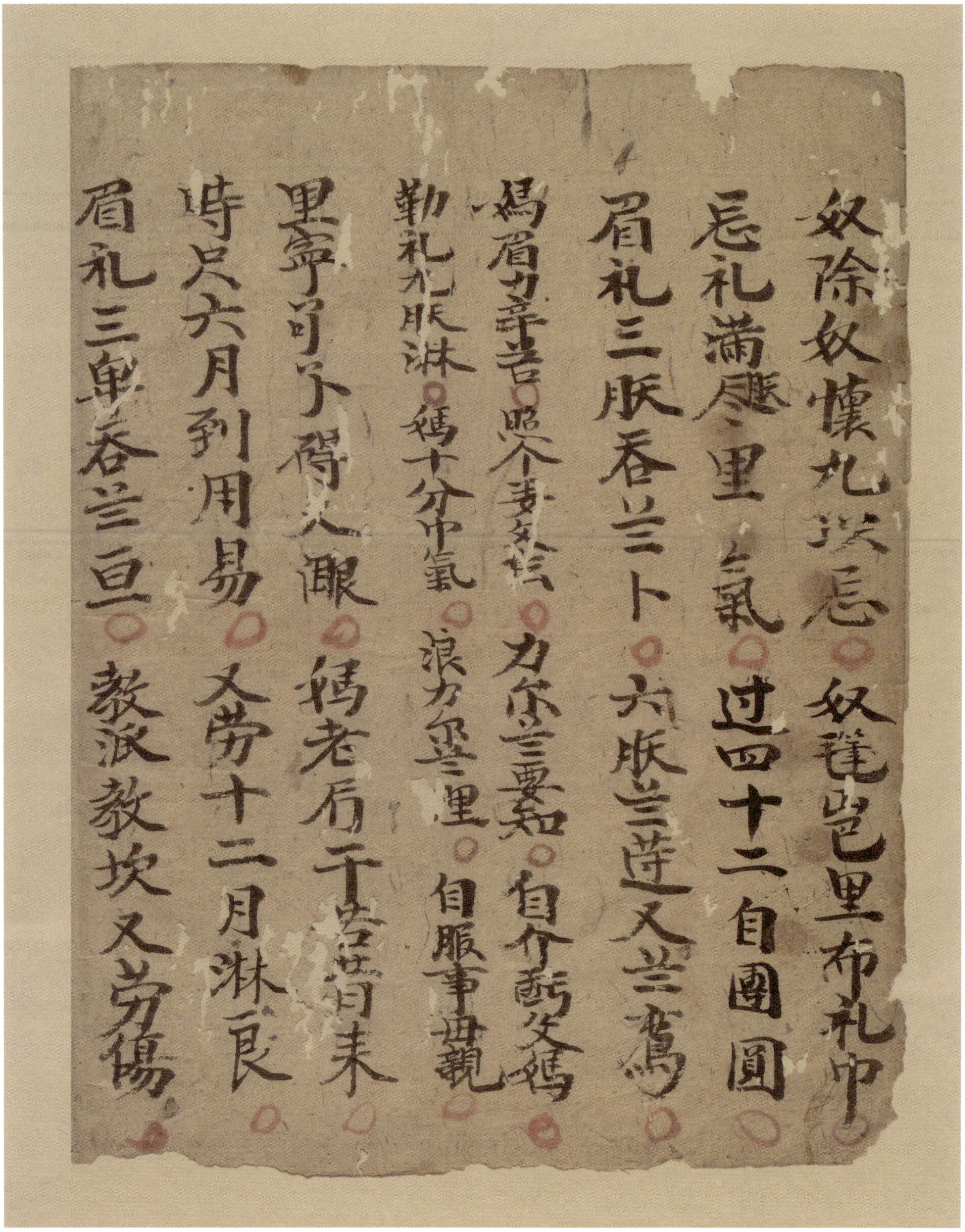

奴除奴懐九㧈㤥○奴𨋍邑里布礼巾○
㤥礼满歷里氣○过四十二自圍圓○
眉礼三胅吞兰卜○内胅兰逆又兰鷂○
媽眉力㝵善○照个妻女忟○力你兰要知○自介㪿文媽○
勒礼九礼胅淋○媽十分巾氣○浪力伞兰里○自服事毋親○
里寧可下得人眼○媽老后千苦苦来○
時只六月到用易○又劳十二月淋良○
眉礼三車吞兰亘○教派教坎又劳傷○

95

奴	**除**	**奴**	**懷**	**九**	**以**	**忌**
no^6	tsɯ^2	no^6	waːi^2	ku^1	hi^4	kei^6
noh	cwz	noh	vaiz	gou	hix	geih
肉	**黄牛**	**肉**	**水牛**	**我**	**亦**	**忌**

各种牛肉我皆忌，

96

奴	**鵯**	**芭**	**里**	**布**	**礼**	**巾**
no^6	pit^7	pja^1	lei^4	ʔbou^5	ʔdai^3	kɯn^1
noh	bit	bya-	leix	mbouj	ndaej	gwn
肉	**鸭**	**鱼**	**鲤**	**不**	**得**	**吃**

鸭肉鲤鱼不能吃。

97

忌	**礼**	**滿**	**朕**	**尽**	**里**	**氣**
kei^6	ʔdai^3	muːn^4	ʔdɯːn^1	tsan^6	lei^4	hei^5
geih	ndaej	muenx	ndwen	caenh	lij	heiq
忌	**得**	**满**	**月**	**尽**	**还**	**忧虑**

忌得满月还忧虑，

98

过	**四**	**十**	**二**	**自**	**團**	**圓**①
kwa^5	θei^5	θip^8	ŋei^6	tsi^4	tuːn^2	juːn^2
gvaq	seiq	cib	ngeih	cix	duenz-	yuenz
过	**四**	**十**	**二**	**就**	**团**	**圆**

过四十二方圆满。

99

眉	**礼**	**三**	**朕**	**吞**	**兰**	**卜**
mei^2	ʔdai^3	θaːm^1	ʔdɯːn^1	ran^1	ro^4	pok^7
miz	ndaej	sam	ndwen	raen	rox	boek
有	**得**	**三**	**月**	**见**	**会**	**翻身**

小孩三月会翻身，

100

六	**朕**	**兰**	**踭**	**又**	**兰**	**鶱**
rok^7	ʔdɯːn^1	ro^4	naŋ^6	jou^4	ro^4	ruːn^2
roek	ndwen	rox	naengh	youh	rox	ruenz
六	**月**	**会**	**坐**	**又**	**会**	**爬**

六月会坐又会爬。

---

① 團圓 [tuːn^2 juːn^2]：圆满、完美。指母亲产下婴儿并顺利度过四十二天，才算是脱离危险期。

二　母逝不愿守旧俗

扫码听音频

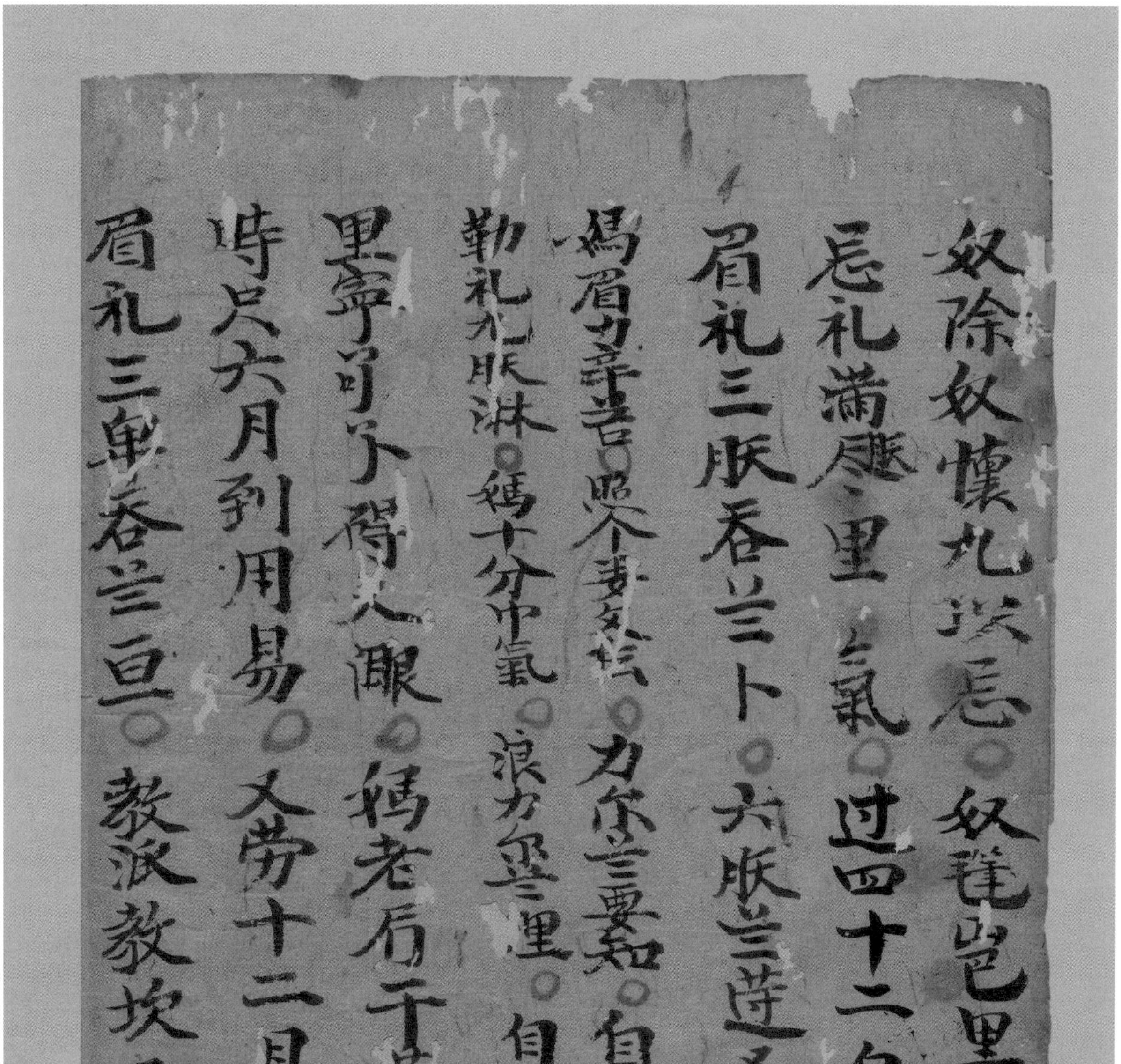

奴除奴懷九歲忌○奴蓬邑里布礼巾○
忌礼滿歷、里氣○过四十二自圓圓○
眉礼三朕吞兰卜○六朕兰莲又兰鳥○
媽眉力言吾照个妻文怯○力你兰要知○自个醉父媽○
勒礼九朕淋○媽十分巾氣○浪力恩兰里○自服事母親○
里寧可下得又眼○媽老后千苦苦未○
時只六月到用易○又劳十二月淋良○
眉礼三朕吞兰旦○教浪教坎又劳傷○

101

媽	眉	力	辛	苦
me^{6}	mei^{2}	lɯk^{8}	θin^{1}	ho^{3}
meh	miz	lwg	sin-	hoj
母	生	儿	辛	苦

母生儿辛苦，

102

照	个	娄	文	伝
tsiːu^{5}	ko^{5}	rau^{2}	pan^{2}	wun^{2}
ciuq-	goq	raeuz	baenz	vunz
照	顾	咱	成	人

照顾咱成人。

103

力	尔	兰	要	知①
lɯk^{8}	lauɯ^{2}	ro^{4}	ʔau^{1}	θauɯ^{1}
lwg	lawz	rox	aeu	saw
儿	哪	会	要	书

何人懂诗书，

104

自	介	虧	父	媽
θei^{6}	kai^{5}	fei^{1}	po^{6}	me^{6}
seih	gaej	vei	boh	meh
自	别	亏待	父	母

就别亏父母。

105

勒②	礼	九	朊	淋
rak^{7}	ʔdai^{3}	kjiːu^{3}	ʔdɯːn^{1}	rim^{1}
raek	ndaej	gouj-	ndwen	rim
挂	得	九	月	满

怀胎满九月，

106

媽	十	分	巾	氣
me^{6}	θip^{8}	fan^{1}	kɯn^{1}	hei^{5}
meh	cib-	faen	gwn-	heiq
母	十	分	吃	气

母十分担忧。

107

浪	力	尔	兰	里
laːŋ^{6}	lɯk^{8}	lauɯ^{2}	ro^{4}	lei^{4}
langh	lwg	lawz	rox	leix
若	儿	哪	知	理

何人明事理，

108

自	服	事	母	親
θei^{6}	fuk^{8}	θai^{6}	mu^{4}	kjin^{1}
seih	fug-	saeh	mux-	caen
自	服	侍	母	亲

就服侍母亲。

109

里	寍	可	了	碍	又	㶕
lei^{4}	niŋ^{5}	ʔum^{3}	ʔam^{5}	ŋaːi^{2}	jou^{4}	ȵaːm^{6}
lij	ningq	umj	aemq	ngaiz	youh	nyamh
还	小	抱	背	饭	又	哺

幼时背抱又哺饭，

110

媽	老	屌	干	苦	昔③	耒
me^{6}	laːu^{4}	ʔdi^{1}	kaːn^{5}	ho^{3}	θik^{7}	laːi^{1}
meh	laux	ndi	ganq	hoj-	sik	lai
母	老	不	看护	可	惜	太

母老不顾太可怜。

111

時	**只**	**六**	**月**	**到**	**用**	**昜**
θei^{2}	tsik^{7}	lok^{8}	ȵuːt^{8}	taːu^{5}	juŋ^{2}	hei^{6}
seiz	cik	loeg	nyied	dauq	yungz-	heih
时	**炽**	**六**	**月**	**倒**	**容**	**易**

六月炽热倒容易，

112

又	**劳**	**十**	**二**	**月**	**淋**	**良**
jou^{4}	laːu^{1}	θip^{8}	ŋei^{6}	ȵuːt^{8}	rum^{2}	liːŋ^{2}
youh	lau	cib	ngeih	nyied	rumz	liengz
又	**怕**	**十**	**二**	**月**	**风**	**凉**

又怕腊月寒风吹。

113

眉	**礼**	**三**	**卑**	**吞**	**兰**	**亘**
mei^{2}	ʔdai^{3}	θaːm^{1}	pei^{1}	ran^{1}	ro^{4}	kaːŋ^{3}
miz	ndaej	sam	bi	raen	rox	gangj
有	**得**	**三**	**岁**	**见**	**会**	**讲**

长到三岁会说话，

114

教	**派**	**教**	**坎**	**又**	**劳**	**傷**
kjaːu^{5}	pjaːi^{3}	kjaːu^{5}	jaːm^{5}	jou^{4}	laːu^{1}	θɯːŋ^{1}
gyauq	byaij	gyauq	yamq	youh	lau	sieng
教	**走**	**教**	**迈步**	**又**	**怕**	**伤**

教学走路又怕伤。

---

① 要知 [ʔau^{1} θaɯ^{1}]：本义是“要书”，此处指“读书掌握知识”“知书明理”。
② 勒 [rak^{7}]：本义是“挂”，引申为“怀孕”。因胎儿挂在母腹中，足月后才诞下，故有此说。
③ 咅昔 [ho^{3} θik^{7}]：本义是“可惜”，此处是“可怜”的意思。

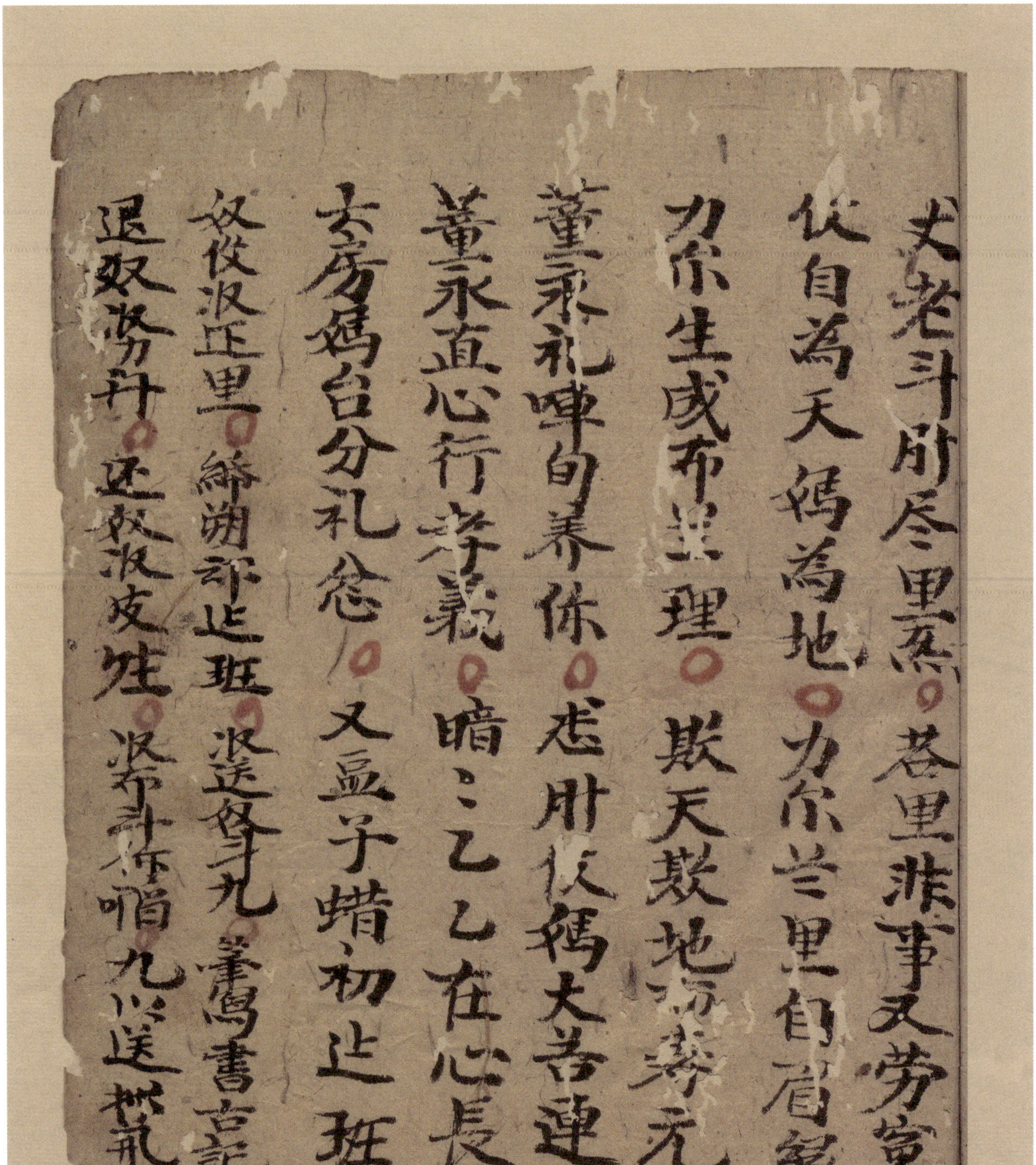
丈老斗所尽里烝○否里非事又劳覔○
仪自為天媽為地○力尔笁里自眉缘○
力尔生成布呈理○欺天欺地布寿元○
董永礼𠼝句养佅○迭肝仪媽大吉連○
董永直心行孝義○暗〻乙乙在心長○
古房媽台分孔忿○又盈子蜡初𨒫班○
奴仪汲𨒫里○䊷朔𧦠𨒫班○汲𨑨奴寸九○董寫書古記○
退奴洛升○还奴汲皮姓○汲养斗佅啃九以送𢒆○

115
丈　老　斗　肝　尽　里　烝①
tsɯːŋ^{4} laːu^{4} tau^{3} taŋ^{2} tsan^{6} lei^{4} hei^{5}
ciengx laux daeuj daengz caenh lij heiq
养　大　来　到　尽　还　担忧
养儿到大还担忧，

116
荅　里　非　事　又　劳　寃
ta^{3} lei^{4} fei^{5} θai^{6} jou^{4} laːu^{1} juːn^{1}
daj- leix feiq saeh youh lau ien
打　理　费　事　又　怕　冤
恐因不慎遭冤屈。

117
仪　自　為　天　媽　為　地
po^{6} θei^{6} wei^{6} tiːn^{1} me^{6} wei^{6} tei^{6}
boh seih vih dien meh vih deih
父　自　为　天　母　为　地
父即为天母为地，

118
力　尔　兰　里　自　眉　緣
lɯk^{8} laɯ^{2} ro^{4} lei^{4} θei^{6} mei^{2} juːn^{2}
lwg lawz rox leix seih miz yienz
儿　何　知　理　自　有　缘
何人知理自有缘。

119
力　尔　生　成　布　兰　理
lɯk^{8} laɯ^{2} θeːŋ^{1} pan^{2} ʔbou^{5} ro^{4} lei^{4}
lwg lawz seng baenz mbouj rox leix
儿　何　生　成　不　知　理
哪个生来不知理，

120
欺　天　欺　地　布　寿　元
kei^{1} tiːn^{1} kei^{1} tei^{6} ʔbou^{5} θou^{6} juːn^{2}
hei dien hei deih mbouj souh yienz
欺　天　欺　地　不　寿　延
欺天罔地无寿延。

121
董　永　礼　呻　旬　养　你
toŋ^{3} wiŋ^{4} ʔdai^{3} ṇi^{1} tson^{2} jɯːŋ^{6} nei^{4}
Doengj Vingx ndaej- nyi coenz yiengh- neix
董　永　得　听　句　样　这
董永听到这句话，

122
态　肝　仪　媽　大　苦　連
θɯːŋ^{3} taŋ^{2} po^{6} me^{6} taːi^{6} ho^{3} liːn^{2}
siengj daengz boh meh daih hoj- lienz
想　到　父　母　太　可　怜
想到父母太可怜。

123
董　永　直　心　行　孝　義
toŋ^{3} wiŋ^{4} θo^{6} θim^{1} heːŋ^{2} jaːu^{5} ŋei^{6}
Doengj Vingx soh sim hengz hauq ngeih
董　永　直　心　行　孝　义
董永诚心行孝义，

124
暗　暗　乙　乙②　在　心　長
ʔaːm^{5} ʔaːm^{5} jat^{7} jat^{7} jɯ^{5} θim^{1} tsɯːŋ^{2}
amq- amq yaet- yaet youq sim- ciengz
暗　暗　嘀咕　在　心　肠
暗自在内心叨念。

125

六	房	媽	台	分	礼	忿③
lok^{8}	fu:ŋ^{2}	me^{6}	ta:i^{1}	fan^{1}	ʔdai^{3}	fan^{6}
loeg	fuengz	meh	dai	faen	ndaej	faenh
全	房	母	死	分	得	份

房族人死分得肉，

126

又	盁	子	蜡	初	辻	班④
jou^{4}	ʔau^{1}	tsei^{3}	la:p^{8}	tso^{5}	kɯn^{2}	pa:m^{1}
youh	aeu	ceij	lab	coq	gwnz	bam
又	要	纸	腊	放	上	楼层

又要纸包楼上腊。

127

奴	仪	収	还	里
no^{6}	po^{6}	θou^{1}	ja^{4}	lei^{4}
noh	boh	sou	yax	leix
肉	父	你们	也	还有

你父肉还在，

128

締	朔	邵	辻	班
tsei^{3}	θu:k^{7}	jɯ^{5}	kɯn^{2}	pa:m^{1}
ceij	suek	youq	gwnz	bam
纸	包	在	上	楼层

纸包放楼上。

129

収	送	奴	斗	九
θou^{1}	θoŋ^{5}	no^{6}	tau^{3}	ku^{1}
sou	soengq	noh	daeuj	gou
你们	送	肉	来	我

你们送肉来，

130

筆	寫	書	古	記
pit^{8}	θe^{3}	θaɯ^{1}	ko^{5}	kei^{5}
bit	sij	saw	goj	geiq
笔	写	字	也	记

均做好标记。

131

退	奴	収	力	閅
toi^{5}	no^{6}	θou^{1}	lɯk^{8}	la:n^{1}
doiq	noh	sou	lwg	lan
退	肉	你们	子	孙

退肉给子孙，

132

还	奴	収	皮	𠇷
wa:n^{2}	no^{6}	θou^{1}	pei^{4}	nu:ŋ^{4}
vanz	noh	sou	beix	nuengx
还	肉	你们	兄	弟

还肉给兄弟。

133

収	布	斗	你	啗
θou^{1}	ʔbou^{5}	tau^{3}	nei^{4}	ham^{5}
sou	mbouj	daeuj	neix	haemq
你们	不	来	这	问

你们不来问，

134

九	以	送	𢫔	𫟅
ku^{1}	hi^{4}	θoŋ^{5}	pai^{1}	ra:n^{2}
gou	hix	soengq	bae	ranz
我	亦	送	去	家

我也送到家。

① 炁 [hei⁵]：本义是“气”，引申为“担忧、忧虑”，指人将死时呼吸急促、断断续续。

② 暗暗乙乙 [ʔaːm⁵ ʔaːm⁵ jat⁷ jat⁷]：声貌词，“暗自下决心”的意思。此处指董永时常在心里提醒自己，孝敬父母就不能吃他们的肉。

③ 忿 [fan⁶]：本义是“份”，即按份数分得的东西。此处指蒙昧时代吃人肉习俗，房族中他人父母去世时，全族会按户头分逝者的肉。

④ 此处是说董永立志行孝，下定决心不让他人分自己父母的肉，也拒食他人父母的肉。因此在分到肉时，他用纸把他人父母的肉包好进行腊制。一旦自己父母过世别人来分肉，他便将别人父母的肉退还。班 [paːm¹]，楼层。指农家搁置粮食、农具或其他平时不常用之物的简易楼层。

介奴又眉字書記 ○ 各主个里祁近班 ○
到礼乇卑佼名老 ○ 恨匕病逗祁近床 ○
董永吞佼文病逗 ○ 又盃佈苐種都場 ○
佼名又吞言董永力 ○ 刘名董永听九吠 ○
時佈㧒郎九眉难 ○ 劳𫩏大限命白亡 ○
時佈氣娄家平苦 ○ 址借氣林盃怪錢 ○
董永礼啤旬养悲 ○ 就㭘搭帽恩都場 ○
址肝吳家氣外舅 ○ 康克康内喽寃匕 ○

135
介 奴 又 眉 字 書 記
ka:i^{5} no^{6} jou^{4} mei^{2} tsei^{6} θaɯ^{1} kei^{5}
gaiq noh youh miz cih saw geiq
块 肉 又 有 字 书 记
肉块皆用字标记，

136
谷 主① 个 里 ⿰六阝 ⿺廴上 班
ka:k^{7} tsauɯ^{3} ko^{5} lei^{4} jɯ^{5} kɯn^{2} pa:m^{1}
gak cawj goj lij youq gwnz bam
各 主 也 还 在 上 楼层
各家肉还在搁楼。

137
到 礼 己 卑 仪 名 老
ta:u^{5} ʔdai^{3} kei^{3} pei^{1} po^{6} mɯŋ^{2} la:u^{4}
dauq ndaej geij bi boh mwngz laux
回来 得 几 年 父 你 老
过了几年父年迈，

138
哏 哏 病 迺 ⿰六阝 ⿺廴上 床
ŋon^{2} ŋon^{2} piŋ^{6} nak^{7} jɯ^{5} kɯn^{2} ʔbo:n^{5}
ngoenz ngoenz bingh naek youq gwnz mbonq
日 日 病 重 在 上 床
日日重病躺在床。

139
董 永 呑 仪 文 病 迺
toŋ^{3} wiŋ^{4} ran^{1} po^{6} pan^{2} piŋ^{6} nak^{7}
Doengj Vingx raen boh baenz bingh naek
董 永 见 父 成 病 重
董永见父生重病，

140
又 盃 佈 茀② ⿰禾垂 都 塲
jou^{4} ʔau^{1} ʔbaɯ^{1} fot^{8} tsa:p^{7} tou^{1} tsɯ:ŋ^{2}
youh aeu mbaw foed cap dou ciengz
又 要 叶 青枝 插 门 墙
便用青枝插门墙。

141
仪 名 荅 言 董 永 力
po^{6} mɯŋ^{2} ta:p^{7} ji:n^{2} toŋ^{3} wiŋ^{4} lɯk^{8}
boh mwngz dap yienz Doengj Vingx lwg
父 你 答 言 董 永 儿
父亲吩咐董永道，

142
刘 名 董 永 听 九 ⿰口天
nau^{2} mɯŋ^{2} toŋ^{3} wiŋ^{4} tiŋ^{5} ku^{1} tɯ:n^{1}
naeuz mwngz Doengj Vingx dingq gou dwen
说 你 董 永 听 我 提及
董永孩儿听我说。

143
時 你 护 郎 九 眉 ⿱辶马
θei^{2} nei^{4} ʔdaɯ^{1} ʔda:ŋ^{1} ku^{1} mei^{2} na:n^{6}
seiz- neix ndaw ndang gou miz nanh
时 这 里 身 我 有 难
此时我身患重病，

144
劳 兰 大 限 命 归 亡③
la:u^{1} ro^{4} ta:i^{6} ha:n^{6} miŋ^{6} kwei^{1} mu:ŋ^{2}
lau rox daih- hanh mingh gvi muengz
怕 或 大 限 命 归 亡
或恐大限命归阴。

145

時	你	𠁥	娄	家	辛	苦
θei^{2}	nei^{4}	ra:n^{2}	rau^{2}	kja^{1}	θin^{1}	ho^{3}
seiz-	neix	ranz	raeuz	gya	sin-	hoj
时	这	家	咱	家	辛	苦

现在咱家太艰辛，

146

批	借	𠁥	林	𥁞	咥	錢
pai^{1}	tsi^{5}	ra:n^{2}	lim^{2}	ʔau^{1}	tei^{5}	tsi:n^{2}
bae	ciq	ranz	limz	aeu	di	cienz
去	借	家	邻	要	些	钱

去向邻家借些钱。

147

董	永	礼	呢	旬	养	恐
toŋ^{3}	wiŋ^{4}	ʔdai^{3}	ȵi^{1}	tson^{2}	jɯ:ŋ^{6}	ȵan^{4}
Doengj	Vingx	ndaej-	nyi	coenz	yiengh-	nyaenx
董	永	得	听	句	样	这

董永听从父亲话，

148

就	掺	培	帽	恶	都	墙
tsi:u^{4}	kam^{1}	ʔan^{1}	ma:u^{6}	ʔo:k^{7}	tou^{1}	tsɯ:ŋ^{2}
couh	gaem	aen	mauh	ok	dou	ciengz
就	拿	个	帽	出	门	墙

拿起雨帽出门去。

149

批	肹	吳	家	𠁥	外	舅
pai^{1}	taŋ^{2}	hu^{2}	kja^{1}	ra:n^{2}	wa:i^{6}	kou^{6}
bae	daengz	Huz-	gya	ranz	vaih-	gouh
去	到	吴	家	家	外	舅

去到吴家外舅屋，

150

庅	宂	庅	内	喽	宼	宼
ma^{1}	huŋ^{1}	ma^{1}	ȵai^{5}	rau^{5}	ȵa:n^{2}	ȵa:n^{2}
ma	hung	ma	nyaeq	raeuq	nyanz-	nyanz
狗	大	狗	小	吠	汪	汪

大狗小狗吠汪汪。

---

① 主 [tsauɯ^{3}]：本义是“主”，此处是“物主”之义。

② 茀 [fot^{8}]：指可做肥料和牛羊青饲料的植物嫩枝叶。过去壮族民众认为久病不愈是被“鬼”缠上，故将青茅、艾草、菖蒲等青枝叶插在门楣、门墙上，用以驱邪除祟。

③ 归亡 [kwei^{1} mu:ŋ^{2}]：本义是“归亡”，这里是“死亡”的委婉表达。“亡[mu:ŋ^{2}]”指“逝者”。

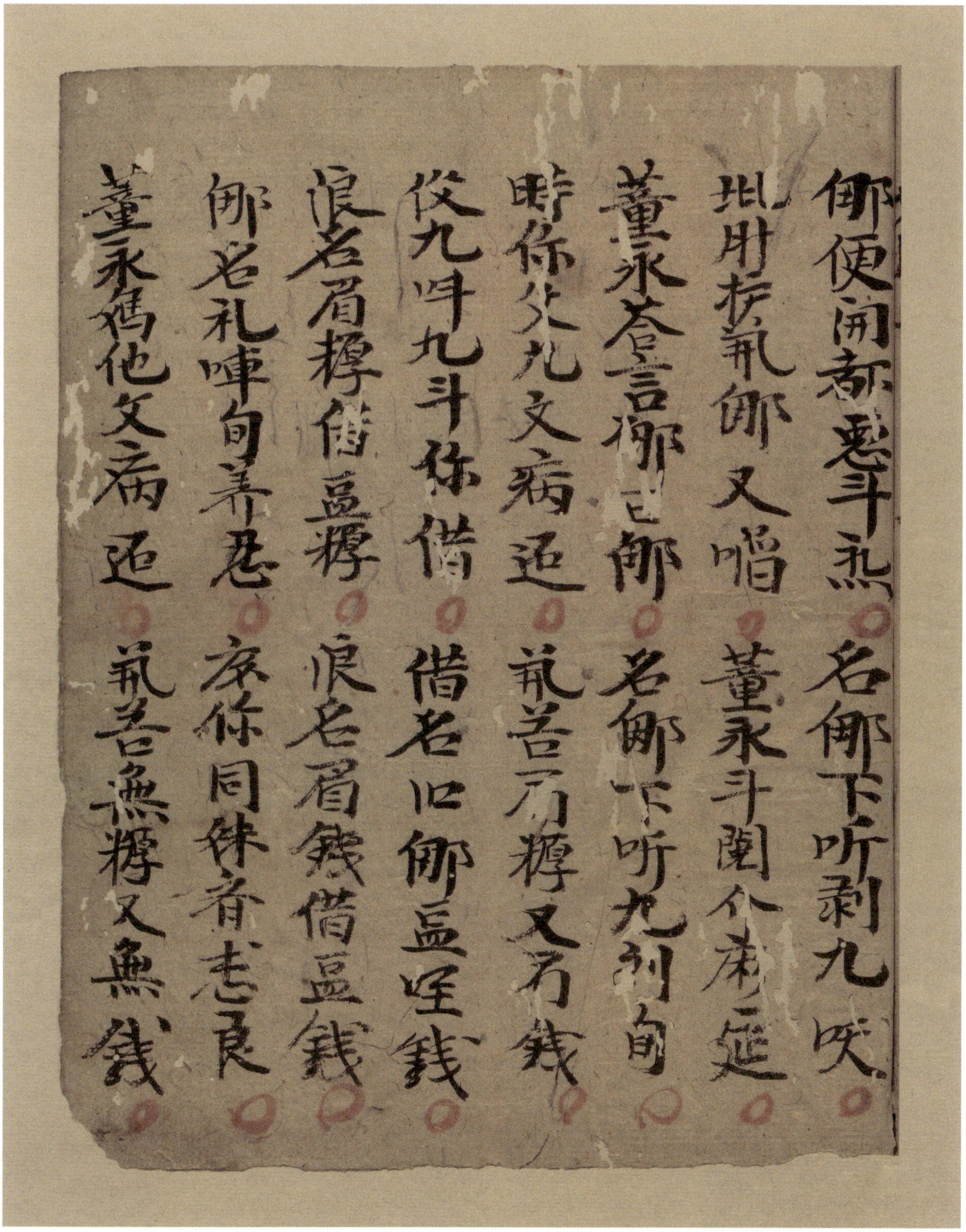

151

㑚	便	閞	都	恶	斗	㶳
na^{4}	pi:n^{6}	ha:i^{1}	tou^{1}	ʔo:k^{7}	tau^{3}	nai^{5}
nax	bienh	hai	dou	ok	daeuj	naeq
舅	便	开	门	出	来	睨

舅即开门出来看，

152

名	㑚	下	听	剥	九	呑
mɯŋ^{2}	na^{4}	ja^{4}	tiŋ^{5}	pa:k^{7}	ku^{1}	tɯ:n^{1}
mwngz	nax	yax	dingq	bak	gou	dwen
你	舅	也	听	嘴	我	提及

舅舅你且听我说。

153

批	肼	护	𥚃	㑚	又	㗖
pai^{1}	taŋ^{2}	ʔdaɯ^{1}	ra:n^{2}	na^{4}	jou^{4}	ham^{5}
bae	daengz	ndaw	ranz	nax	youh	haemq
去	到	里	家	舅	又	问

进到屋里舅舅问，

154

董	永	斗	閬	介	庅	延
toŋ^{3}	wiŋ^{4}	tau^{3}	kwa:ŋ^{4}	ka:i^{5}	ma^{2}	ju:n^{2}
Doengj	Vingx	daeuj	gvangx	gaiq-	maz	yienz
董	永	来	巡	块	何	缘故

董永来访为何事？

155

董	永	荅	言	㑚	叵	㑚
toŋ^{3}	wiŋ^{4}	ta:p^{7}	ji:n^{2}	na^{4}	hɯ^{2}	na^{4}
Doengj	Vingx	dap	yienz	nax	hwz	nax
董	永	答	言	舅	呀	舅

董永答言舅呀舅，

156

名	㑚	下	听	九	刘	旬
mɯŋ^{2}	na^{4}	ja^{4}	tiŋ^{5}	ku^{1}	nau^{2}	tson^{2}
mwngz	nax	yax	dingq	gou	naeuz	coenz
你	舅	也	听	我	说	句

舅舅你且听我说。

157

時	你	父	九	文	病	逽
θei^{2}	nei^{4}	po^{6}	ku^{1}	pan^{2}	piŋ^{6}	nak^{7}
seiz-	neix	boh	gou	baenz	bingh	naek
时	这	父	我	成	病	重

此时我父患重病，

158

𥚃	苦	㞒	粰	又	㞒	錢
ra:n^{2}	ho^{3}	ʔdi^{1}	hau^{4}	jou^{4}	ʔdi^{1}	tsi:n^{2}
ranz	hoj	ndi	haeux	youh	ndi	cienz
家	苦	没	米	又	没	钱

家贫没粮又没钱。

159

仪	九	吽	九	斗	你	借
po^{6}	ku^{1}	heu^{6}	ku^{1}	tau^{3}	nei^{4}	tsi^{5}
boh	gou	heuh	gou	daeuj	neix	ciq
父	我	叫	我	来	这	借

父亲叫我来舅家，

160

借	名	旧	㑚①	昷	啑	錢
tsi^{5}	mɯŋ^{2}	ku^{6}	na^{4}	ʔau^{1}	tei^{5}	tsi:n^{2}
ciq	mwngz	guh	nax	aeu	di	cienz
借	你	做	舅	要	些	钱

向舅舅你借些钱。

161

浪	名	眉	粰	借	盃	粰
laːŋ^{6}	mɯŋ^{2}	mei^{2}	hau^{4}	tsi^{5}	ʔau^{1}	hau^{4}
langh	mwngz	miz	haeux	ciq	aeu	haeux
若	你	有	米	借	要	米

你若有米借些米，

162

浪	名	眉	銭	借	盃	銭
laːŋ^{6}	mɯŋ^{2}	mei^{2}	tsiːn^{2}	tsi^{5}	ʔau^{1}	tsiːn^{2}
langh	mwngz	miz	cienz	ciq	aeu	cienz
若	你	有	钱	借	要	钱

你若有钱就借钱。

163

㑚	名	礼	唓	旬	养	恐
na^{4}	mɯŋ^{2}	ʔdai^{3}	ȵi^{1}	tson^{2}	jɯːŋ^{6}	ȵan^{4}
nax	mwngz	ndaej-	nyi	coenz	yiengh-	nyaenx
舅	你	得	听	句	样	这

舅舅听完董永话，

164

庅	你	同	姝	斉	态	良
ma^{1}	nei^{4}	toŋ^{2}	mai^{4}	tsai^{2}	θɯːŋ^{1}	liːŋ^{2}
ma	neix	doengz	maex	caez	sieng-	liengz
来	这	同	妻	齐	商	量

去跟妻子齐商量。

165

董	永	媽②	他	文	病	砸
toŋ^{3}	wiŋ^{4}	me^{6}	te^{1}	pan^{2}	piŋ^{6}	nak^{7}
Doengj	Vingx	meh	de	baenz	bingh	naek
董	永	母	他	成	病	重

董永母亲生重病，

166

𭓨	苦	無	粰	又	無	銭
raːn^{2}	ho^{3}	fou^{2}	hau^{4}	jou^{4}	fou^{2}	tsiːn^{2}
ranz	hoj	fouz	haeux	youh	fouz	cienz
家	苦	无	米	又	无	钱

家贫无粮又无钱。

---

① 旧㑚 [ku^{6} na^{4}]：当舅舅的。这里的“旧 [ku^{6}]”是一种强调式的用法，意指董永对其舅舅说，今天我来找你，只因你是我舅舅。以前我们家对你多有照顾，如今外甥有难，只好登门求援。

② 媽 [me^{6}]：母亲。结合上下文可知，此处的“媽 [me^{6}]”应为“仪 [po^{6}]”，即父亲，在举行丧葬仪式时，民间仪式人员会因逝者的身份选择相应的唱词内容。

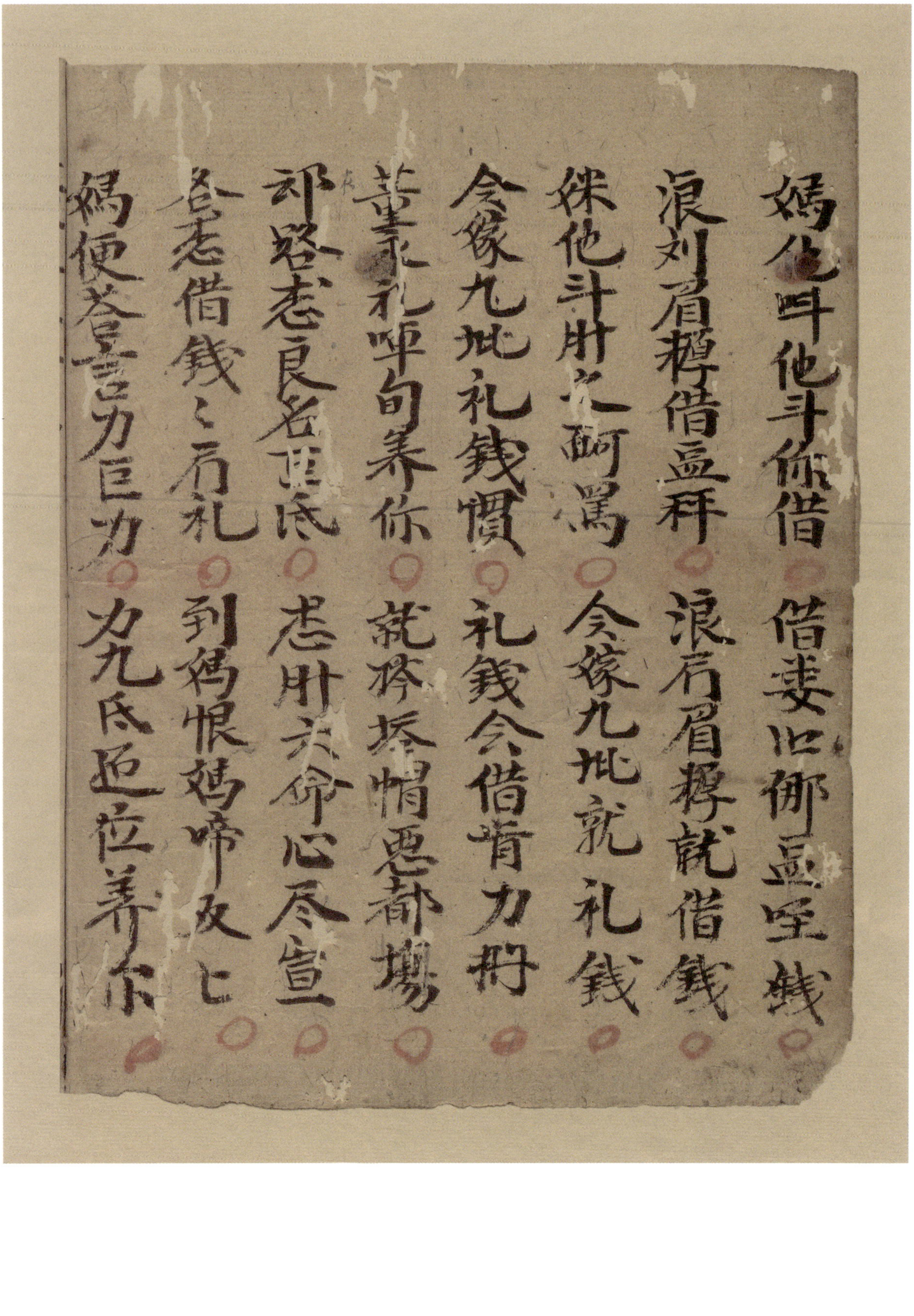

媽佗吽他斗你借 ○ 借妻叱㑚豆坚錢 ○

浪刘眉樗借豆拜 ○ 浪肩眉樗就借錢 ○

徕他斗肝之酮罵 ○ 今嫁九地就礼錢 ○

今嫁九地礼錢買 ○ 礼錢今借背力将 ○

董永礼呷句养你 ○ 就㚉坼悄恶都塲 ○

邓咯恙良名甲氏 ○ 恙肝大命心尽宣 ○

各恙借錢〻肩礼 ○ 到媽恨媽啼及七 ○

媽便叁言力巨力 ○ 力九氏逈位养你 ○

167

媽 他 吽 他 斗 你 借

me^{6} te^{1} heu^{6} te^{1} tau^{3} nei^{4} tsi^{5}

meh de heuh de daeuj neix ciq

母 他 叫 他 来 这 借

其母叫他来这借，

168

借 娄 旧 㑚 盃 咥 銭

tsi^{5} rau^{2} ku^{6} na^{4} ʔau^{1} tei^{5} tsiːn^{2}

ciq raeuz guh nax aeu di cienz

借 咱 做 舅 要 些 钱

来向咱家借些钱。

169

浪 刘 眉 糇 借 盃 秤①

laːŋ^{6} nau^{2} mei^{2} hau^{4} tsi^{5} ʔau^{1} tsaŋ^{6}

langh naeuz miz haeux ciq aeu caengh

若 说 有 米 借 要 秤

若是有米借一秤，

170

浪 启 眉 糇 就 借 銭

laːŋ^{6} ʔdi^{1} mei^{2} hau^{4} tsiːu^{4} tsi^{5} tsiːn^{2}

langh ndi miz haeux couh ciq cienz

若 没 有 米 就 借 钱

若是无米就借钱。

171

妹 他 斗 肝 之 靣可 罵

mai^{4} te^{1} tau^{3} taŋ^{2} tsi^{1} na^{3} ʔda^{5}

maex de daeuj daengz ci naj ndaq

妻 他 来 到 指 脸 骂

舅娘听罢指舅骂，

172

会 嫁 九 坒 就 礼 銭

ro^{4} ha^{5} ku^{1} pai^{1} tsiːu^{4} ʔdai^{3} tsiːn^{2}

rox haq gou bae couh ndaej cienz

或 嫁 我 去 就 得 钱

不如嫁我去换钱。

173

会 嫁 九 坒 礼 銭 惯②

ro^{4} ha^{5} ku^{1} pai^{1} ʔdai^{3} tsiːn^{2} kwaːn^{1}

rox haq gou bae ndaej cienz gvan

或 嫁 我 去 得 钱 贯

把我嫁了换来钱，

174

礼 銭 会 借 肯 力 抍

ʔdai^{3} tsiːn^{2} ro^{4} tsi^{5} haŋ^{3} lɯk^{8} laːn^{1}

ndaej cienz rox ciq haengj lwg lan

得 钱 或 借 给 儿 甥

拿这钱去给外甥。

175

董 永 礼 呻 旬 养 你

toŋ^{3} wiŋ^{4} ʔdai^{3} n̥i^{1} tson^{2} jɯːŋ^{6} nei^{4}

Doengj Vingx ndaej- nyi coenz yiengh- neix

董 永 得 听 句 样 这

董永听到这些话，

176

就 挎 培 帽 恶 都 塲

tsiːu^{4} kam^{1} ʔan^{1} maːu^{6} ʔoːk^{7} tou^{1} tsɯːŋ^{2}

couh gaem aen mauh ok dou ciengz

就 拿 个 帽 出 门 墙

就拿雨帽出门走。

177

邳	**路**	**忞**	**良**	**名**	**巨**	**㕧**
jɯ^{5}	lo^{6}	θɯːŋ^{3}	liːŋ^{6}	mɯŋ^{2}	kɯ^{4}	tai^{3}
youq	loh	siengj	liengh	mwngz	gwx	daej
在	路	想	量	你	老是	哭

一路思量泪直淌，

178

忞	**肼**	**六**	**命**	**心**	**尽**	**宣**
θɯːŋ^{3}	taŋ^{2}	loːk^{8}	miŋ^{6}	θim^{1}	tsan^{6}	θuːn^{1}
siengj	daengz	log	mingh	sim	caenh	suen
想	到	条	命	心	尽	酸

想到此命尽心酸。

179

各	**忞**	**借**	**錢**	**錢**	**肩**	**礼**
kaːk^{8}	θɯːŋ^{3}	tsi^{5}	tsiːn^{2}	tsiːn^{2}	ʔdi^{1}	ʔdai^{3}
gag	siengj	ciq	cienz	cienz	ndi	ndaej
自	想	借	钱	钱	不	得

自想借钱不得钱，

180

到	**媽**	**恨**	**媽**	**啼**	**双**	**双**
taːu^{5}	ma^{1}	ran^{1}	me^{6}	tai^{3}	θoːŋ^{4}	θoːŋ^{4}
dauq	ma	raen	meh	daej	songx-	songx
回	来	见	母	哭	涟	涟

回来见母泪涟涟。

181

媽	**便**	**荅**	**言**	**力**	**巨**	**力**
me^{6}	piːn^{6}	taːp^{7}	jiːn^{2}	lɯk^{8}	ʔɯ^{5}	lɯk^{8}
meh	bienh	dap	yienz	lwg	wq	lwg
母	便	答	言	儿	呀	儿

母亲问道儿呀儿，

182

力	**九**	**氏**	**䢄**	**位**	**养**	**尔**
lɯk^{8}	ku^{1}	tai^{3}	nak^{7}	wei^{6}	jɯːŋ^{6}	laɯ^{2}
lwg	gou	daej	naek	vih	yiengh-	lawz
子	我	哭	重	为	样	哪

我儿大哭为哪样？

---

① 秤 [tsaŋ^{6}]：秤，名动同形，这里做宾语，指称一次米的重量，约四五十斤。

② 慣 [kwaːn^{1}]：贯，古时货币单位，一贯钱等于一千枚铜钱，这里泛指大钱。

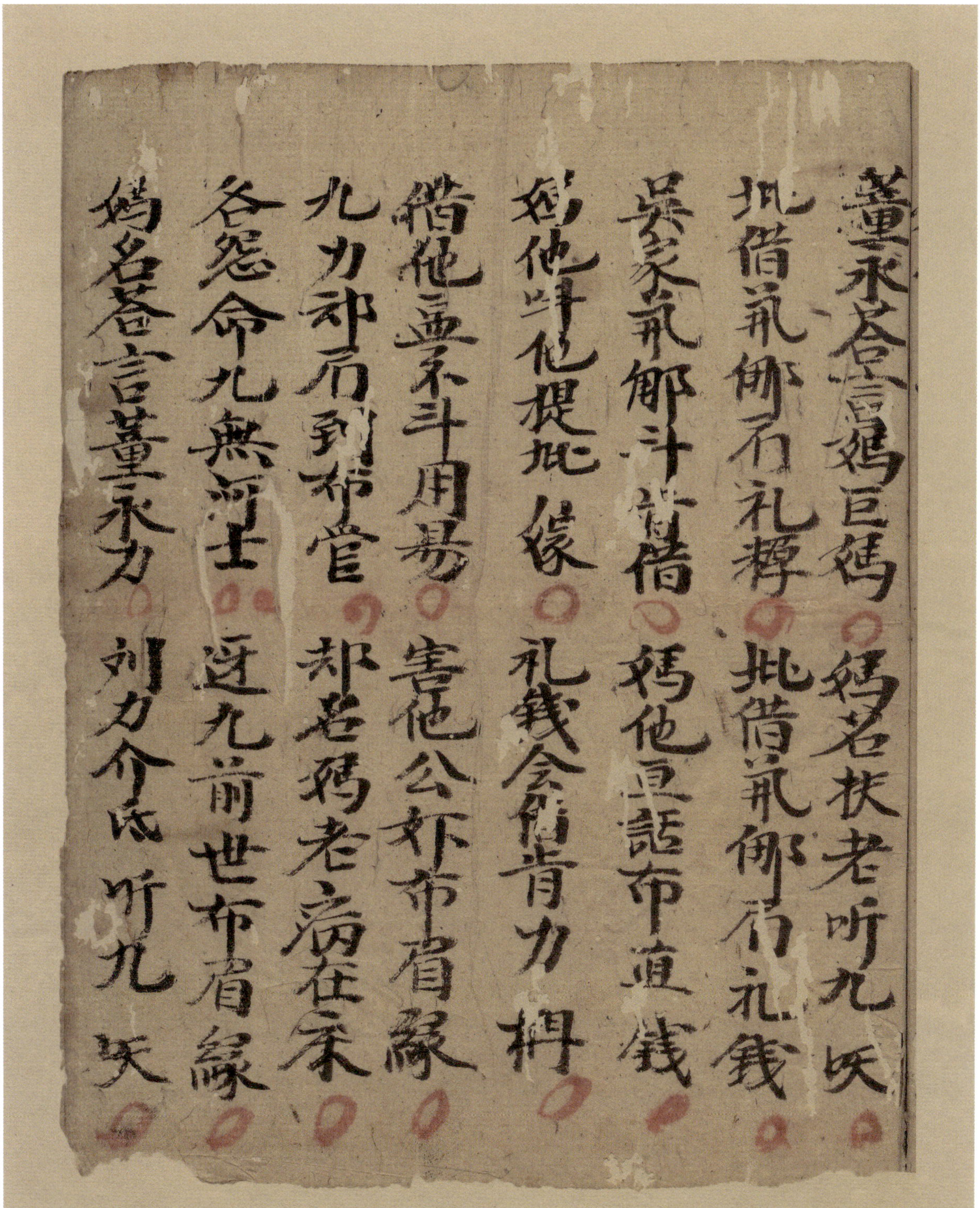

董永答言媽巨媽　媽若扶老听九妖
批借氣鄉石礼捋　批借氣鄉石礼錢
吴家氣鄉斗昔借　媽他旦話布直錢
媽他些他提批緣　礼錢会借青力料
措他亚不斗用易　害他公奸布眉緣
九力动石到布官　却老媽老病在床
各怨命九無河士　逆九前世布眉緣
媽名答言董永力　刘力介氏听九妖

183

董 永 荅 言 媽 叵 媽

toŋ^{3} wiŋ^{4} taːp^{7} jiːn^{2} me^{6} ʔɯ^{5} me^{6}

Doengj Vingx dap yienz meh wq meh

董 永 答 言 母 呀 母

董永答言母呀母，

184

媽 名 扶 老 听 九 吠

me^{6} mɯŋ^{2} pou^{4} laːu^{4} tiŋ^{5} ku^{1} tɯːn^{1}

meh mwngz boux- laux dingq gou dwen

母 你 人 老 听 我 提及

母亲大人听我说。

185

批 借 𥘑 伽 㞒 礼 糄

pai^{1} tsi^{5} raːn^{2} na^{4} ʔdi^{1} ʔdai^{3} hau^{4}

bae ciq ranz nax ndi ndaej haeux

去 借 家 舅 不 得 米

向舅家借不到米，

186

批 借 𥘑 伽 㞒 礼 錢

pai^{1} tsi^{5} raːn^{2} na^{4} ʔdi^{1} ʔdai^{3} tsiːn^{2}

bae ciq ranz nax ndi ndaej cienz

去 借 家 舅 不 得 钱

从舅家借不来钱。

187

吳 家 𥘑 伽 斗 肯 借

hu^{2} kja^{1} raːn^{2} na^{4} taːu^{5} haŋ^{3} tsi^{5}

Huz- gya ranz nax dauq haengj ciq

吴 家 家 舅 倒 给 借

吴家舅舅倒肯借，

188

媽① 他 亘 話 布 直 錢

mai^{4} te^{1} kaːŋ^{3} wa^{6} ʔbou^{5} tsik^{8} tsiːn^{2}

maex de gangj vah mbouj cig cienz

妻 他 讲 话 不 值 钱

其妻讲话太刻薄。

189

媽 他 叫 他 提 批 嫁

mai^{4} te^{1} heu^{6} te^{1} taɯ^{2} pai^{1} ha^{5}

maex de heuh de dawz bae haq

妻 他 叫 他 拿 去 嫁

她说不如将她嫁，

190

礼 錢 会 借 肯 力 捫

ʔdai^{3} tsiːn^{2} ro^{4} tsi^{5} haŋ^{3} lɯk^{8} laːn^{1}

ndaej cienz rox ciq haengj lwg lan

得 钱 或 借 给 儿 甥

得钱或可借外甥。

191

借 他 奟 𠂊 斗 用 易

tsi^{5} te^{1} ʔau^{1} ma^{1} taːu^{5} juŋ^{2} hei^{6}

ciq de aeu ma dauq yungz- heih

借 他 要 来 倒 容 易

和舅借钱倒容易，

192

害 他 公 奷 布 眉 緣②

haːi^{6} te^{1} koŋ^{1} ja^{6} ʔbou^{5} mei^{2} juːn^{2}

haih de goeng yah mbouj miz yienz

害 他 公 婆 不 有 缘

害他夫妻闹离散。

193

九	**力**	**䢵**	**扃**③	**到**	**布**	**晋**
ku^1	lɯk^8	jɯ^5	ʔdɯːi^1	taːu^5	ʔbou^5	kuːn^3
gou	lwg	youq	ndwi	dauq	mbouj	guenj
我	子	在	空闲	倒	不	管

我自闲着倒无妨，

194

却	**名**	**媽**	**老**	**病**	**在**	**床**
tso^6	mɯŋ^2	me^6	laːu^4	piŋ^6	jɯ^5	ʔboːn^5
coh	mwngz	meh	laux	bingh	youq	mbonq
可怜	你	母	老	病	在	床

只怜母亲病在床。

195

各	**怨**	**命**	**九**	**無**	**河**	**士**
kaːk^8	juːn^5	miŋ^6	ku^1	fou^2	ha^1	θai^6
gag	ienq	mingh	gou	fouz	ha	saeh
自	怨	命	我	无	匹配	事

自怨命运不如人，

196

迓	**九**	**前**	**世**	**布**	**眉**	**缘**
ȵa^6	ku^1	tsiːn^2	θei^5	ʔbou^5	mei^2	juːn^2
nyah	gou	cienz-	seiq	mbouj	miz	yienz
恼怒	我	前	世	不	有	缘

恼我前生无良缘。

197

媽	**名**	**荅**	**言**	**董**	**永**	**力**
me^6	mɯŋ^2	taːp^7	jiːn^2	toŋ^3	wiŋ^4	lɯk^8
meh	mwngz	dap	yienz	Doengj	Vingx	lwg
母	你	答	言	董	永	子

母亲安慰董永道，

198

刘	**力**	**介**	**氐**	**听**	**九**	**呋**
nau^2	lɯk^8	kai^5	tai^3	tiŋ^5	ku^1	tɯːn^1
naeuz	lwg	gaej	daej	dingq	gou	dwen
说	子	莫	哭	听	我	提及

孩儿莫哭听我说。

---

① 媽 [mai^4]：指“妻子”。此处董永用第三人称来称呼舅舅，并用“他的妻子”来称呼舅娘，表达他对这个舅娘的厌恶之情，甚至不愿认舅娘这个亲戚。

② 此处指因借钱粮导致舅舅家闹矛盾，破坏了舅舅、舅娘的夫妻感情。

③ 䢵扃 [jɯ^5 ʔdɯːi^1]，本义是“闲着”，此处指作为儿子，董永借不到钱粮空手回家，自称闲着，不用干活，实则表达出董永内心十分无奈与无助。

佼名當初兲富貴 ○ 佛名斗借首礼錢 ○
眈你兲娄長辛苦 ○ 手辛力苦布礼吠 ○
昨娄除聖要堪當 ○ 礼錢程糯名介慌 ○
礼錢程糯底布氣 ○ 正勞儒些命归亡 ○
迯儒名亘辛苦 ○ 儒力亘苦布亘完 ○
儒力亘苦布半尽 ○ 各恶条命係吉連 ○
佅名等名氣尽絶 ○ 連時棊口布礼吠 ○
董永又吞儒斷氣 ○ 淰𥅡滴淚陈双匕 ○

199

仪	名	當	初	兂	富	貴
po^{6}	mɯŋ^{2}	taːŋ^{1}	tso^{1}	raːn^{2}	fou^{5}	kwei^{5}
boh	mwngz	dang-	co	ranz	fouq	gviq
父	你	当	初	家	富	贵

你父当初家富贵，

200

㑚	名	斗	借	自	礼	錢
na^{4}	mɯŋ^{2}	tau^{3}	tsi^{5}	tsi^{4}	ʔdai^{3}	tsiːn^{2}
nax	mwngz	daeuj	ciq	cix	ndaej	cienz
舅	你	来	借	就	得	钱

你舅借钱也都给。

201

時	你	兂	娄	長	辛	苦
θei^{2}	nei^{4}	raːn^{2}	rau^{2}	tsɯːŋ^{2}	θin^{1}	ho^{3}
seiz-	neix	ranz	raeuz	ciengz	sin-	hoj
时	这	家	咱	长	辛	苦

此时咱家陷贫困，

202

千	辛	万	苦	布	礼	呋
tsiːn^{1}	θin^{1}	faːn^{6}	ho^{3}	ʔbou^{5}	ʔdai^{3}	tɯːn^{1}
cien	sin	fanh	hoj	mbouj	ndaej	dwen
千	辛	万	苦	不	得	提及

千辛万苦无处说。

203

昨	娄	除	𡎝	要	批	當
tsoːk^{8}	rau^{2}	taɯ^{2}	na^{2}	ʔau^{1}	pai^{1}	taːŋ^{5}
cog	raeuz	dawz	naz	aeu	bae	dangq
明日	咱	拿	田	要	去	典当

明日咱拿田去当，

204

礼	錢	柱	粡	名	介	慌
ʔdai^{3}	tsiːn^{2}	tsaɯ^{4}	hau^{4}	mɯŋ^{2}	kai^{5}	wuːŋ^{1}
ndaej	cienz	cawx	haeux	mwngz	gaej	vueng
得	钱	买	米	你	莫	慌

换钱买米你别慌。

205

礼	錢	柱	粡	庅	布	氣
ʔdai^{3}	tsiːn^{2}	tsaɯ^{4}	hau^{4}	ma^{1}	ʔbou^{5}	hei^{5}
ndaej	cienz	cawx	haeux	ma	mbouj	heiq
得	钱	买	米	回	不	忧

得钱买米不忧虑，

206

正	劳	媽	𡋟	命	归	亡
tsiŋ^{5}	laːu^{1}	me^{6}	laːu^{4}	miŋ^{6}	kwei^{1}	muːŋ^{2}
cingq	lau	meh	laux	mingh	gvi	muengz
正	怕	母	老	命	归	亡

只怕娘亲命归阴。

207

名	兀	媽	名	亘	辛	苦
mɯŋ^{2}	ʔdi^{3}	me^{6}	mɯŋ^{2}	kaːŋ^{3}	θin^{1}	ho^{3}
mwngz	ndij	meh	mwngz	gangj	sin-	hoj
你	跟	母	你	讲	辛	苦

董永与母聊艰辛，

208

媽	力	亘	苦	布	兰	完
me^{6}	lɯk^{8}	kaːŋ^{3}	ho^{3}	ʔbou^{5}	ro^{4}	juːn^{2}
meh	lwg	gangj	hoj	mbouj	rox	yienz
母	子	讲	苦	不	知	完

母子诉苦说不完。

209

媽	**力**	**亘**	**苦**	**布**	**兰**	**尽**
me^{6}	lɯk^{8}	kaːŋ^{3}	ho^{3}	ʔbou^{5}	ro^{4}	tsan^{6}
meh	lwg	gangj	hoj	mbouj	rox	caenh
母	子	讲	苦	不	知	尽

母子诉苦讲不尽，

210

各	**怨**	**条**	**命**	**你**	**苦**	**連**
kaːk^{8}	juːn^{5}	tiːu^{2}	miŋ^{6}	nei^{4}	ho^{3}	liːn^{2}
gag	ienq	diuz	mingh	neix	hoj-	lienz
自	怨	条	命	这	可	怜

自怨此命真可怜。

211

姝	**名**	**芌**	**名**	**氣**	**尽**	**绝**
me^{6}	mɯɯŋ^{2}	taŋ^{5}	mɯɯŋ^{2}	hei^{5}	tsan^{6}	tsoːt^{8}
meh	mwngz	daengq	mwngz	heiq	caenh	cod
母	你	叮嘱	你	气	尽	绝

嘱托未毕气已绝，

212

連	**時**	**禁**	**口**①	**布**	**礼**	**吠**
liːn^{2}	θei^{2}	kim^{5}	hau^{3}	ʔbou^{5}	ʔdai^{3}	tɯɯn^{1}
lienz-	seiz	gimq	haeuj	mbouj	ndaej	dwen
连	时	禁	口	不	得	提及

随即闭口不能言。

---

① 禁口 [kim^{5} hau^{3}]：本义是“禁口”，这里是说董永不想让别人知道母亲已经过世，因此他吞声忍泪，不敢声张。

三　卖身为奴以葬母

扫码听音频

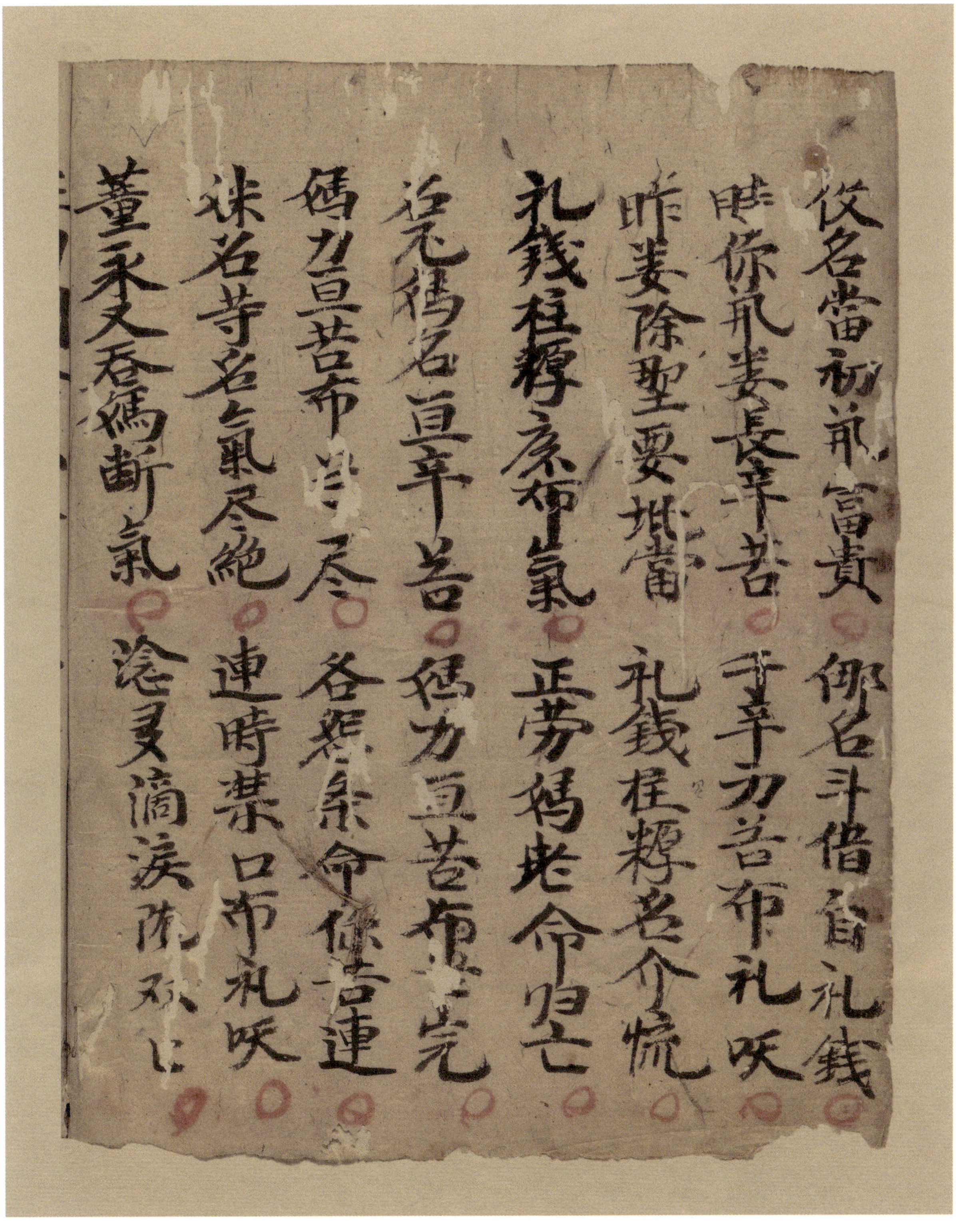

伩名當初亂富貴　卿名斗借畜礼錢
眭偌亂婁長辛苦　于辛力苦布礼呋
昨婁除聖要堪當　礼錢程糬名介慌
礼錢程糬底布氣　正勞媽老命归亡
羌媽名亘辛苦　媽力亘苦布羌
媽力亘苦布尽　各老余命保苦連
誅名哼名氣尽絕　連時桊口布礼呋
董永又吞媽斷氣　淪叉滴淚陈殃

213

董	**永**	**又**	**吞**	**媽**	**断**	**氣**
toŋ^{3}	wiŋ^{4}	jou^{4}	ran^{1}	me^{6}	tuːn^{6}	hei^{5}
Doengj	Vingx	youh	raen	meh	duenh	heiq
董	**永**	**又**	**见**	**母**	**断**	**气**

董永见到母断气，

214

淰	**彐**	**滴**	**淚**	**陇**	**双**	**双**
ram^{4}	ta^{1}	tik^{7}	lai^{1}	roŋ^{2}	θoːŋ^{4}	θoːŋ^{4}
raemx-	da	dik	lae	roengz	songx-	songx
水	**眼**	**滴**	**流**	**下**	**涟**	**涟**

眼泪落下滴连滴。

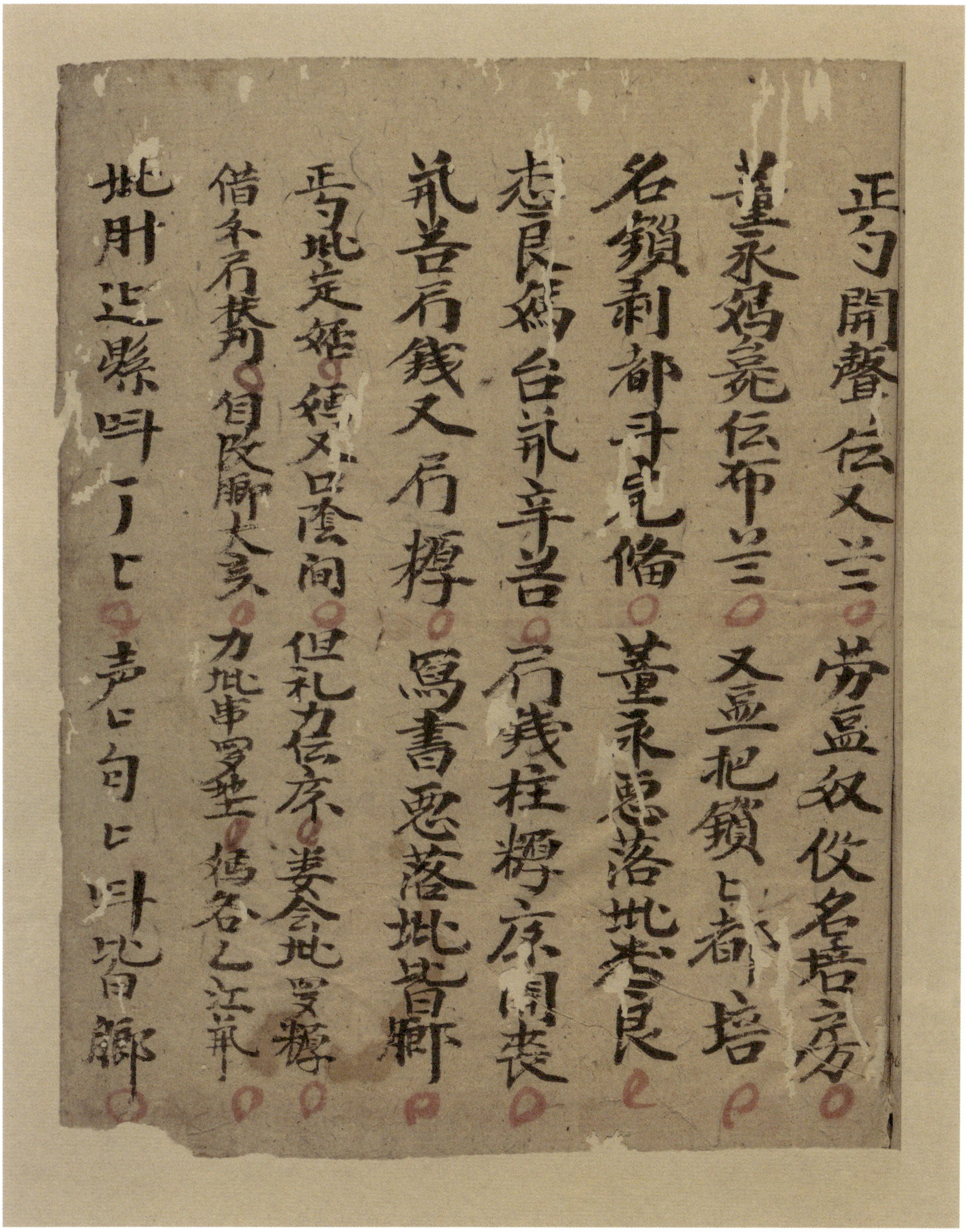

215

正	勺	開	聲	伝	又	兰
tsiŋ^{5}	jak^{7}	haːi^{1}	θiŋ^{1}	wun^{2}	jou^{4}	ro^{4}
cingq	yaek	hai	sing	vunz	youh	rox
正	欲	开	声	人	又	知

欲放声哭怕人知，

216

劳	畐	奴	仪①	名	培	房
laːu^{1}	ʔau^{1}	no^{6}	po^{6}	mɯŋ^{2}	poi^{2}	fuːŋ^{2}
lau	aeu	noh	boh	mwngz	boiz	fuengz
怕	要	肉	父	你	赔	房

怕拿母肉去偿还。

217

董	永	媽	臱	伝	布	兰
toŋ^{3}	wiŋ^{4}	me^{6}	taːi^{1}	wun^{2}	ʔbou^{5}	ro^{4}
Doengj	Vingx	meh	dai	vunz	mbouj	rox
董	永	母	死	人	不	知

董永母逝人未知，

218

又	畐	把	鎖	鎖	都	培②
jou^{4}	ʔau^{1}	pa^{3}	θu^{3}	θu^{3}	tou^{1}	poi^{2}
youh	aeu	baj	suj	suj	dou	boiz
又	要	把	锁	锁	门	赔

大门上锁拒分肉。

219

名	鎖	剥	都	斗	完	俻
mɯŋ^{2}	θu^{3}	paːk^{7}	tou^{1}	tau^{3}	waːn^{2}	pei^{6}
mwngz	suj	bak-	dou	daeuj	vanz-	beih
你	锁	口	门	来	完	备

大门上锁完备后，

220

董	永	悪	落	批	态	良
toŋ^{3}	wiŋ^{4}	ʔoːk^{7}	roːk^{8}	pai^{1}	θɯːŋ^{3}	liːŋ^{6}
Doengj	Vingx	ok	rog	bae	siengj	liengh
董	永	出	外	去	想	量

董永外出去思量。

221

态	良	媽	台	𫗡	辛	苦
θɯːŋ^{3}	liːŋ^{6}	me^{6}	taːi^{1}	raːn^{2}	θin^{1}	ho^{3}
siengj	liengh	meh	dai	ranz	sin-	hoj
想	量	母	死	家	辛	苦

寻思母死家境难，

222

启	銭	柱	粡	床	開	丧
ʔdi^{1}	tsiːn^{2}	tsaɯ^{4}	hau^{4}	ma^{1}	haːi^{1}	θaːŋ^{1}
ndi	cienz	cawx	haeux	ma	hai	sang
没	钱	买	米	来	开	丧

无钱买米开丧场。

223

𫗡	苦	启	銭	又	启	粡
raːn^{2}	ho^{3}	ʔdi^{1}	tsiːn^{2}	jou^{4}	ʔdi^{1}	hau^{4}
ranz-	hoj	ndi	cienz	youh	ndi	haeux
家	苦	没	钱	又	没	米

家穷无钱又无米，

224

寫	書	悪	落	批	皆	腳
θe^{3}	θaɯ^{1}	ʔoːk^{7}	roːk^{8}	pai^{1}	kaːi^{1}	ʔdaːŋ^{1}
sij	saw	ok	rog	bae	gai	ndang
写	字	出	外	去	卖	身

写文外贴去卖身。

225

正	勺	批	定	娝
tsiŋ^{5}	jak^{7}	pai^{1}	tiŋ^{6}	paɯ^{4}
cingq	yaek	bae	dingh	bawx
正	欲	去	定	媳妇

正要定媳妇，

226

媽	又	口	陰	间
me^{6}	jou^{4}	hau^{3}	jim^{1}	ka:n^{1}
meh	youh	haeuj	yaem-	gan
母	又	入	阴	间

母又入阴间。

227

但	礼	力	伝	⿸广示
ta:n^{6}	ʔdai^{3}	lɯk^{8}	wun^{2}	ma^{1}
danh	ndaej	lwg	vunz	ma
但	得	子	人	回

但得人女归，

228

娄	会	批	罗	糇
rau^{2}	ro^{4}	pai^{1}	ra^{4}	hau^{4}
raeuz	rox	bae	ra	haeux
咱	会	去	找	米

咱会去寻米。

229

借	⿱夂小	启	扶	刋
tsi^{5}	tsi:n^{2}	ʔdi^{1}	pou^{4}	ha:n^{1}
ciq	cienz	ndi	boux	han
借	钱	没	人	应

借钱无人应，

230

自	改	脚	大	亥
θei^{6}	ka:i^{1}	ʔda:ŋ^{1}	ta^{6}	ra:i^{4}
seih	gai	ndang	dah-	raix
自	卖	身	果真	

果真自卖身。

231

力	批	串	罗	埅
lɯk^{8}	pai^{1}	tsu:n^{6}	ra^{4}	tɯ:k^{8}
lwg	bae	cienh	ra	dieg
子	去	转	找	地

外出寻墓地，

232

媽	各	乙③	江	𫇭
me^{6}	ka:k^{8}	ʔi:t^{7}	kja:ŋ^{1}	ra:n^{2}
meh	gag	iet	gyang	ranz
母	自	伸	中	家

母尸停屋里。

233

批	肝	迠	縣	吽	了	了
pai^{1}	taŋ^{2}	kɯn^{2}	ju:n^{6}	heu^{6}	leu^{3}	leu^{3}
bae	daengz	gwnz	yienh	heuh	leuj-	leuj
去	到	上	县	叫	嘹	嘹

去到县城直吆喝，

234

声	声	旬	旬	吽	皆	腳
θiŋ^{1}	θiŋ^{1}	tson^{2}	tson^{2}	heu^{6}	ka:i^{1}	ʔda:ŋ^{1}
sing	sing	coenz	coenz	heuh	gai	ndang
声	声	句	句	叫	卖	身

声声句句叫卖身。

① 仪 [po^{6}]: 父亲。此处按文意应为“母亲”。抄本中说拿父亲的肉来还旧债，此非笔误，而是丧葬仪式上仪式人员会根据逝者的身份来调整唱词，灵活换用。

② 培 [poi^{2}]: 本义是“赔”，这里是恢复原样的意思。此处大意是母亲过世，董永本应告知亲友，但他不愿别人分食母亲的肉，故而把门锁上，自己思考如何才能妥善安葬母亲。、

③ 乙 [ʔiːt^{7}]：本义是“伸”，此处指“小殓”，即给逝者净身后换上寿衣并裹上白布，停灵在屋里。

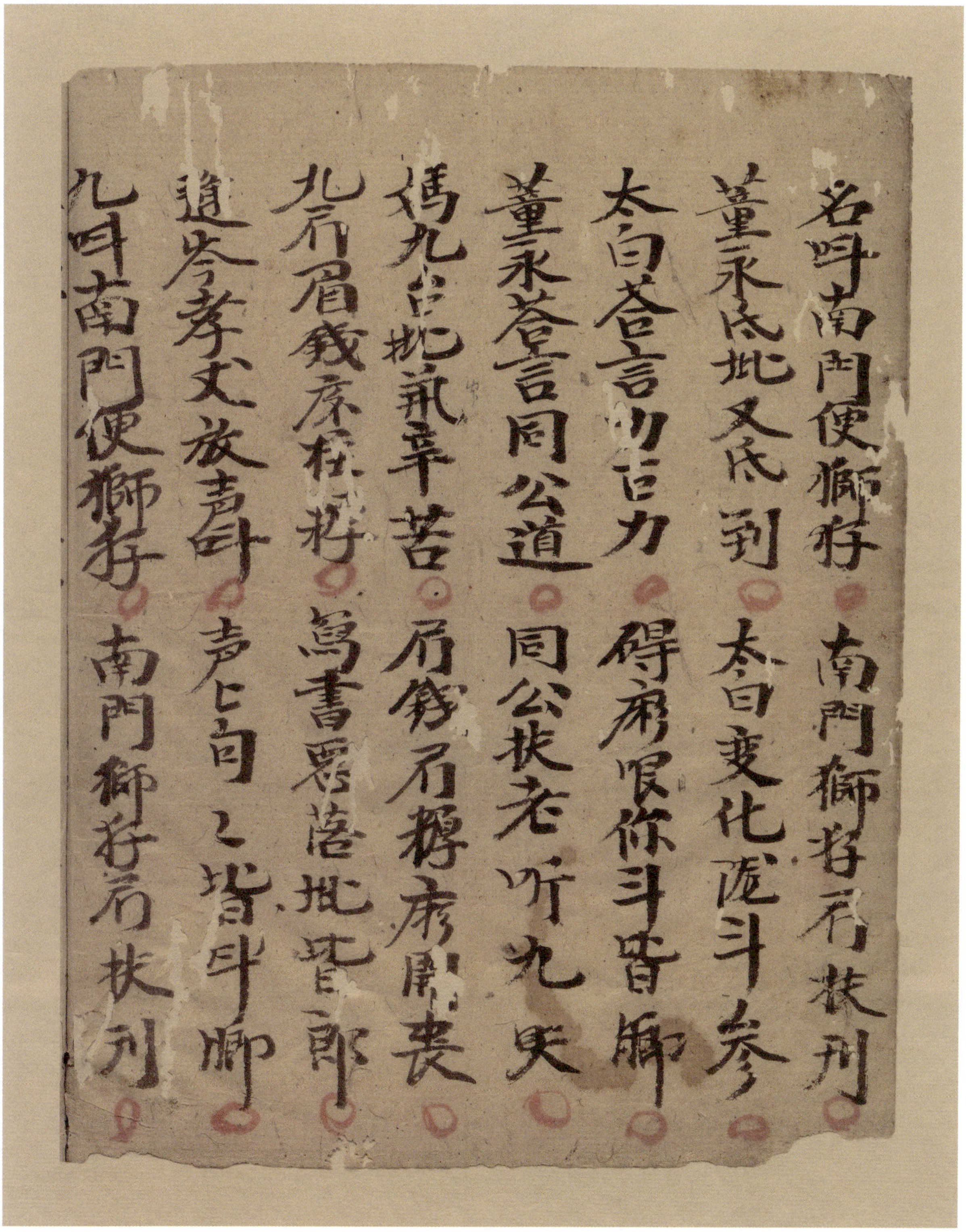

名呼南門便獅子 南門獅子后扶刑
董永氐地又氐到 太白變化庞斗參
太白答言如旨力 得彌假你斗昏鄉
董永答言同公道 同公扶老听九笑
媽九占地氣辛苦 后錢后糈彌鬧裘
九后眉錢彌在糈 爲書惡落地望郎
道答孝丈放青斗 青七句之皆斗鄉
九呼南門便獅子 南門獅子后扶刑

235

名	呌	南	門	便	獅	犭子[①]
mɯŋ^{2}	heu^{6}	na:m^{2}	mo:n^{2}	pi:n^{6}	θai^{1}	tsei^{3}
mwngz	heuh	namz	monz	bienh	sae-	ceij
你	叫	南	门	便	狮	子

你在南门狮府叫，

236

南	門	獅	犭子	㞕	扶	刋
na:m^{2}	mo:n^{2}	θai^{1}	tsei^{3}	ʔdi^{1}	pou^{4}	ha:n^{1}
namz	monz	sae-	ceij	ndi	boux	han
南	门	狮	子	没	人	应

大户人家无人应。

237

董	永	氏	批	又	氏	到
toŋ^{3}	wiŋ^{4}	tai^{3}	pai^{1}	jou^{4}	tai^{3}	ta:u^{5}
Doengj	Vingx	daej	bae	youh	daej	dauq
董	永	哭	去	又	哭	回

董永哭来又哭去，

238

太	白	变	化	陇	斗	参
ta:i^{6}	pe:k^{8}	pi:n^{5}	wa^{5}	roŋ^{2}	tau^{3}	tsa:m^{1}
Daih-	beg	bienq-	vaq	roengz-	daeuj	cam
太	白	变	化	下	来	问

太白变身下凡问。

239

太	白	荅	言	力	㕦	力
ta:i^{6}	pe:k^{8}	ta:p^{7}	ji:n^{2}	lɯk^{8}	hɯ^{2}	lɯk^{8}
Daih-	beg	dap	yienz	lwg	hwz	lwg
太	白	答	言	儿	呀	儿

太白问道儿呀儿，

240

碍	庅	哏	你	斗	皆	腳
ŋa:i^{6}	ma^{2}	ŋon^{2}	nei^{4}	tau^{3}	ka:i^{1}	ʔda:ŋ^{1}
ngaih-	maz	ngoenz-	neix	daeuj	gai	ndang
奈	何	日	这	来	卖	身

为何今日来卖身？

241

董	永	荅	言	同	公	道
toŋ^{3}	wiŋ^{4}	ta:p^{7}	ji:n^{2}	toŋ^{6}	koŋ^{1}	ta:u^{6}
Doengj	Vingx	dap	yienz	doengh	goeng	dauh
董	永	答	言	些	公	道

董永回复众老道，

242

同	公	扶	老	听	九	吠
toŋ^{6}	koŋ^{1}	pou^{4}	la:u^{4}	tiŋ^{5}	ku^{1}	tɯ:n^{1}
doengh	goeng	boux-	laux	dingq	gou	dwen
些	公	人	老	听	我	提及

众位老者听我说。

243

媽	九	台	批	爫	辛	苦
me^{6}	ku^{1}	ta:i^{1}	pai^{1}	ra:n^{2}	θin^{1}	ho^{3}
meh	gou	dai	bae	ranz	sin-	hoj
母	我	死	去	家	辛	苦

母亲去世家境难，

244

㞕	錢	㞕	糇	庅	開	丧
ʔdi^{1}	tsi:n^{2}	ʔdi^{1}	hau^{4}	ma^{1}	ha:i^{1}	θa:ŋ^{1}
ndi	cienz	ndi	haeux	ma	hai	sang
没	钱	没	米	来	开	丧

无钱无米开丧场。

245

九	**尼**	**眉**	**錢**	**庥**	**柱**	**粰**
ku^{1}	ʔdi^{1}	mei^{2}	tsiːn^{2}	ma^{1}	tsauɯ^{4}	hau^{4}
gou	ndi	miz	cienz	ma	cawx	haeux
我	**没**	**有**	**钱**	**来**	**买**	**米**

我无银钱去买米，

246

寫	**書**	**悪**	**落**	**批**	**皆**	**郎**
θe^{3}	θauɯ^{1}	ʔoːk^{7}	roːk^{8}	pai^{1}	kaːi^{1}	ʔdaːŋ^{1}
sij	saw	ok	rog	bae	gai	ndang
写	**字**	**出**	**外**	**去**	**卖**	**身**

只能写帖来卖身。

247

搓	**岑**	**孝**	**丈**	**放**	**声**	**吽**
fɯːŋ^{2}	kam^{1}	jaːu^{5}	tsɯːŋ^{6}	tsuːŋ^{5}	θiŋ^{1}	heu^{6}
fwngz	gaem	hauq-	ciengh	cuengq	sing	heuh
手	**执**	**孝**	**杖**	**放**	**声**	**叫**

手持孝杖放声哭，

248

声	**声**	**句**	**句**	**吽**	**皆**②	**胂**
θiŋ^{1}	θiŋ^{1}	tson^{2}	tson^{2}	heu^{6}	kaːi^{1}	ʔdaːŋ^{1}
sing	sing	coenz	coenz	heuh	gai	ndang
声	**声**	**句**	**句**	**叫**	**卖**	**身**

声声句句叫卖身。

249

九	**吽**	**南**	**門**	**便**	**獅**	**犴**
ku^{1}	heu^{6}	naːm^{2}	moːn^{2}	piːn^{6}	θai^{1}	tsei^{3}
gou	heuh	namz	monz	bienh	sae-	ceij
我	**叫**	**南**	**门**	**便**	**狮**	**子**

我喊南门狮子府，

250

南	**門**	**獅**	**犴**	**尼**	**扶**	**刋**
naːm^{2}	moːn^{2}	θai^{1}	tsei^{3}	ʔdi^{1}	pou^{4}	haːn^{1}
namz	monz	sae-	ceij	ndi	boux	han
南	**门**	**狮**	**子**	**没**	**人**	**应**

大户人家无人应。

---

① 獅犴 [θai^{1} tsei^{3}]：本义为“狮子”，此处是借代用法，指门前有石狮的府邸，即大户人家。

② 此处底本顺序为“皆吽”，但根据上下文推断正确顺序应为“吽皆”，故按正确顺序进行整理。

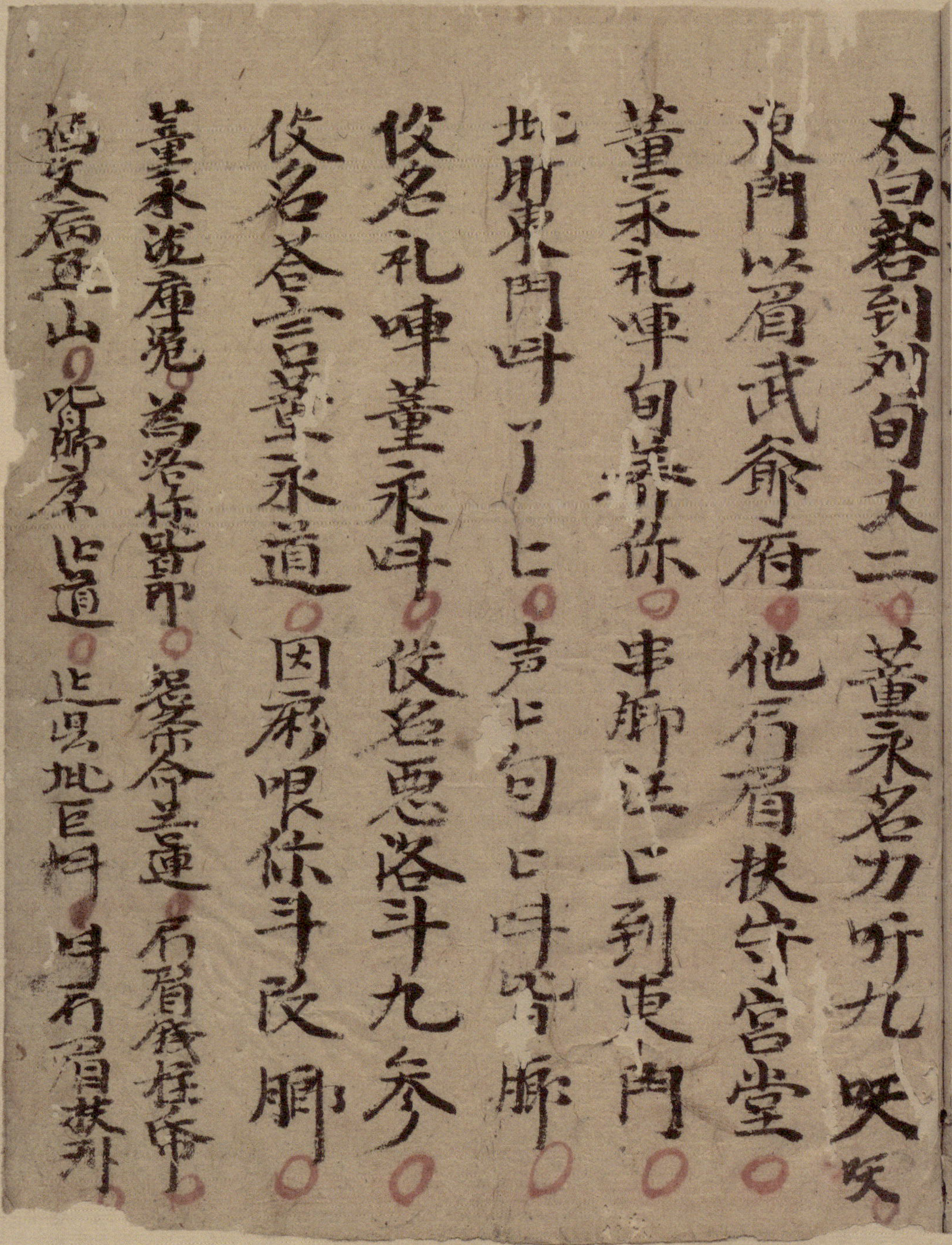
太白客到刘句太二○董永名力吓九哭
浪門以眉武爺府○他行眉扶守宫堂○
董永礼啤句義你○串卿法匕到東門○
批用東門吽了丿匕○声匕句匕吽等卿○
佊名礼啤董永吽○佊名恶洛斗九参○
佊名荅言董永道○因形哏你斗皮卿○
董永送庫宪○為洛你暑卵○袈宗令董蓮○行眉我梯郎
𨒂文后亚山○吖卿京匕道○匕昊批巨吽○吽行眉获刑

251

太	**白**	**到**	**刘**	**旬**	**大**	**二**
ta:i^6	pe:k^8	ta:u^5	nau^2	tson^2	ta:i^6	ŋei^6
Daih-	beg	dauq	naeuz	coenz	daih-	ngeih
太	白	回来	说	句	第	二

太白又说第二句，

252

董	**永**	**名**	**力**①	**听**	**九**	**吠**
toŋ^3	wiŋ^4	mɯŋ^2	lɯk^8	tiŋ^5	ku^1	tɯ:n^1
Doengj	Vingx	mwngz	lwg	dingq	gou	dwen
董	永	你	儿	听	我	提及

董永孩儿听我说。

253

東	**門**	**以**	**眉**	**武**	**爺**②	**府**
toŋ^1	mo:n^2	hi^4	mei^2	fou^4	je^2	fou^3
doeng	monz	hix	miz	Foux-	yez	fouj
东	门	亦	有	武	爷	府

东门有个武爷府，

254

他	**启**	**眉**	**扶**	**守**	**宫**	**堂**
te^1	ʔdi^1	mei^2	pou^4	θou^3	koŋ^1	ta:ŋ^2
de	ndi	miz	boux	souj	goeng-	dangz
他	没	有	人	守	公	堂

他那缺人守公堂。

255

董	**永**	**礼**	**呻**	**旬**	**养**	**你**
toŋ^3	wiŋ^4	ʔdai^3	ȵi^1	tson^2	jɯ:ŋ^6	nei^4
Doengj	Vingx	ndaej-	nyi	coenz	yiengh-	neix
董	永	得	听	句	样	这

董永听到这句话，

256

串	**腳**	**汪**	**汪**	**到**	**東**	**門**
tsu:n^5	ʔda:ŋ^1	wa:ŋ^5	wa:ŋ^5	ta:u^5	toŋ^1	mo:n^2
cienq-	ndang	vangq-	vangq	dauq	doeng	monz
转	身	慌	慌	到	东	门

转身慌忙到东门。

257

批	**肼**	**東**	**門**	**呌**	**了**	**了**
pai^1	taŋ^2	toŋ^1	mo:n^2	heu^6	leu^3	leu^3
bae	daengz	doeng	monz	heuh	leuj-	leuj
去	到	东	门	叫	嘹	嘹

去到东门直吆喝，

258

声	**声**	**旬**	**旬**	**呌**	**皆**	**腳**
θiŋ^1	θiŋ^1	tson^2	tson^2	heu^6	ka:i^1	ʔda:ŋ^1
sing	sing	coenz	coenz	heuh	gai	ndang
声	声	句	句	叫	卖	身

声声句句喊卖身。

259

仪	**名**③	**礼**	**呻**	**董**	**永**	**呌**
po^6	mɯŋ^2	ʔdai^3	ȵi^1	toŋ^3	wiŋ^4	heu^6
boh	mwngz	ndaej-	nyi	Doengj	Vingx	heuh
父	你	得	听	董	永	叫

武爷听到董永叫，

260

仪	**名**	**恶**	**洛**	**斗**	**九**	**参**
po^6	mɯŋ^2	ʔo:k^7	ro:k^8	tau^3	ku^1	tsa:m^1
boh	mwngz	ok	rog	daeuj	gou	cam
父	你	出	外	来	我	问

随即出门来相问。

261

仪	名	荅	言	董	永	道
po^{6}	mɯŋ^{2}	taːp^{7}	jiːn^{2}	toŋ^{3}	wiŋ^{4}	taːu^{6}
boh	mwngz	dap	yienz	Doengj	Vingx	dauh
父	你	答	言	董	永	道

武爷询问董永道，

262

因	庅	哏	你	斗	改	腳
juːn^{2}	ma^{2}	ŋon^{2}	nei^{4}	tau^{3}	kaːi^{1}	ʔdaːŋ^{1}
yienz	maz	ngoenz-	neix	daeuj	gai	ndang
缘	啥	日	这	来	卖	身

为何今日来卖身？

263

董	永	泷	庫	洈
toŋ^{3}	wiŋ^{4}	roŋ^{2}	ho^{5}	kwei^{6}
Doengj	Vingx	roengz	hoq	gvih
董	永	下	膝盖	跪

董永即下跪，

264

為	洛	你	皆	即
wei^{6}	lo^{6}	nei^{4}	kaːi^{1}	ʔdaːŋ^{1}
vih	loh	neix	gai	ndang
为	路	这	卖	身

说卖身缘由。

265

怨	条	命	苦	連
juːn^{5}	tiːu^{2}	miŋ^{6}	ho^{3}	liːn^{2}
ienq	diuz	mingh	hoj-	lienz
怨	条	命	可	怜

怨自身命苦，

266

启	眉	錢	柱	帋④
ʔdi^{1}	mei^{2}	tsiːn^{2}	tsaɯ^{4}	tsei^{3}
ndi	miz	cienz	cawx	ceij
没	有	钱	买	纸

没钱买香纸。

267

媽	文	病	还	山
me^{6}	pan^{2}	piŋ^{6}	waːn^{2}	θaːn^{1}
meh	baenz	bingh	vanz	san
母	成	病	还	山

母病逝归山，

268

皆	腳	庅	旧	道
kaːi^{1}	ʔdaːŋ^{1}	ma^{1}	ku^{6}	taːu^{6}
gai	ndang	ma	guh	dauh
卖	身	来	做	道

卖身做道场。

269

廷	县	批	巨	吽
hɯn^{3}	juːn^{6}	pai^{1}	kɯ^{4}	heu^{6}
hwnj	yienh	bae	gwx	heuh
上	县城	去	老是	叫

上县城叫卖，

270

吽	启	眉	扶	刊
heu^{6}	ʔdi^{1}	mei^{2}	pou^{4}	haːn^{1}
heuh	ndi	miz	boux	han
叫	没	有	人	应

叫也无人应。

---

① 力 [lɯk^{8}]：本义是“孩子”，这里指董永，此处是同位语做主语。太白金星化身老翁教导董永，他称董永为“孩子”。称晚辈为“孩子”是壮族民众的表达习惯，壮族民众在交谈时不管是否认识对方，往往用上亲属称谓以拉近对话者之间的情感距离。

② 武爺 [fou^{4} je^{2}]：武爷，董永传说中的虚构人物。在其他版本的抄本中记作“富爷”“傅爷”“老富”等。在壮语老借词里，“武”“富”“傅”因音近，抄本常混用作记音之字。

③ 仪名 [po^{6} mɯŋ^{2}]：本义是“父亲”，这里指武爷。这个词有时也引申为“父辈”，指跟父亲年龄相仿的男性。

④ 㡳 [tsei^{3}]：本义是“纸”，这里指代香烛、纸钱等物。

董永苍言父奔道○父奔名听句九㕧○
媽九毙批乖辛苦○無朩柱榜康開丧○
九冇眉朩柱香鄉○写書恩咯批啱鄉○
父奔苍言董永力○錢價在邓刵名譚○
董永又亘六月四○父奔又旨六丑三○
守孝公房出門利○算七两二銀價鄉○
聶筆写書句分断○慌乖来往尽名當○
枚河冇眉仰名要○草馬冇眉仰名當○

271

董	永	荅	言	父①	斧	道
toŋ^{3}	wiŋ^{4}	ta:p^{7}	ji:n^{2}	fou^{4}	je^{2}	ta:u^{6}
Doengj	Vingx	dap	yienz	Foux-	yez	dauh
董	永	答	言	武	爷	道

董永又对武爷道，

272

父	斧	名	听	旬	九	呹
fou^{4}	je^{2}	mɯŋ^{2}	tiŋ^{5}	tson^{2}	ku^{1}	tɯ:n^{1}
Foux-	yez	mwngz	dingq	coenz	gou	dwen
武	爷	你	听	句	我	提及

武爷你且听我说。

273

媽	九	臰	批	萳	辛	苦
me^{6}	ku^{1}	ta:i^{1}	pai^{1}	ra:n^{2}	θin^{1}	ho^{3}
meh	gou	dai	bae	ranz	sin-	hoj
母	我	死	去	家	辛	苦

母亲去世家穷苦，

274

無	尒	柱	粡	庲	開	丧
fou^{2}	tsi:n^{2}	tsaɯ^{4}	hau^{4}	ma^{1}	ha:i^{1}	θa:ŋ^{1}
fouz	cienz	cawx	haeux	ma	hai	sang
无	钱	买	米	来	开	丧

无钱买米开丧场。

275

九	㞘	眉	尒	柱	香	綈
ku^{1}	ʔdi^{1}	mei^{2}	tsi:n^{2}	tsaɯ^{4}	jɯ:ŋ^{1}	tsei^{3}
gou	ndi	miz	cienz	cawx	yieng	ceij
我	没	有	钱	买	香	纸

我无银钱买香纸，

276

寫	青	恶	洛	𰁜	皆	胸
θe^{3}	θaɯ^{1}	ʔo:k^{7}	ro:k^{8}	pai^{1}	ka:i^{1}	ʔda:ŋ^{1}
sij	saw	ok	rog	bae	gai	ndang
写	字	出	外	去	卖	身

写文外贴去卖身。

277

父	斧	荅	言	董	永	力
fou^{4}	je^{2}	ta:p^{7}	ji:n^{2}	toŋ^{3}	wiŋ^{4}	lɯk^{8}
Foux-	yez	dap	yienz	Doengj	Vingx	lwg
武	爷	答	言	董	永	子

武爷回应董永道，

278

錢	價	在	祁	剥	名	譚
tsi:n^{2}	kja^{5}	tsa:i^{6}	jɯ^{5}	pa:k^{7}	mɯŋ^{2}	ta:m^{2}
cienz	gyaq	caih	youq	bak	mwngz	damz
钱	价	随	在	口	你	谈

价钱随你开口谈。

279

董	永	又	亘	六(七)②	㒳	四
toŋ^{3}	wiŋ^{4}	jou^{4}	ka:ŋ^{3}	tsat^{7}	li:ŋ^{4}	θei^{5}
Doengj	Vingx	youh	gangj	caet	liengx	seiq
董	永	又	讲	七	两	四

董永说要七两四，

280

父	斧	又	肯	六(七)	㒳	三
fou^{4}	je^{2}	jou^{4}	haŋ^{3}	tsat^{7}	li:ŋ^{4}	θa:m^{1}
Foux-	yez	youh	haengj	caet	liengx	sam
武	爷	又	给	七	两	三

武爷回价七两三。

281

守	**孝**	**公**	**房**	**出**	**門**	**利**③
θou^{3}	jaːu^{5}	koŋ^{1}	fuːŋ^{2}	ʔoːk^{7}	moːn^{2}	lai^{1}
souj-	hauq	goeng-	fuengz	ok	monz	lae
守	**孝**	**公**	**房**	**出**	**门**	**梯**

守孝公房出门来，

282

算	**七**	**两**	**二**	**銀**	**價**	**腳**
θuːn^{5}	tsat^{7}	liːŋ^{4}	ŋei^{6}	ŋan^{2}	kja^{5}	ʔdaːŋ^{1}
suenq	caet	liengx	ngeih	ngaenz	gyaq	ndang
算	**七**	**两**	**二**	**银**	**价**	**身**

算七两二身价银。

283

盁	**筆**	**寫**	**書**	**句**	**分**	**断**
ʔau^{1}	pit^{8}	θe^{3}	θaɯ^{1}	tson^{2}	fan^{1}	tuːn^{6}
aeu	bit	sij	saw	coenz	faen	duenh
要	**笔**	**写**	**书**	**句**	**分**	**断**

笔写文书说清楚，

284

慌	**[illegible]**	**來**	**往**	**尽**	**名**	**當**
hoːŋ^{1}	raːn^{2}	waːi^{3}	waːŋ^{1}	tsan^{6}	mɯŋ^{2}	taːŋ^{2}
hong	ranz	vaij-	vang	caenh	mwngz	dangz
工	**家**	**来**	**往**	**尽**	**你**	**承担**

家务跑腿全你干。

285

校	**河**	**𡰪**	**眉**	**仰**	**名**	**罗**
fɯn^{2}	ha^{2}	ʔdi^{1}	mei^{2}	ȵɯːŋ^{4}	mɯŋ^{2}	ra^{4}
fwnz	haz	ndi	miz	nyiengx	mwngz	ra
柴	**草**	**没**	**有**	**仰赖**	**你**	**找**

柴草缺了由你找，

286

草	**馬**	**𡰪**	**眉**	**仰**	**名**	**當**
ȵɯ^{3}	ma^{4}	ʔdi^{1}	mei^{2}	ȵɯːŋ^{4}	mɯŋ^{2}	taːŋ^{2}
nywj	max	ndi	miz	nyiengx	mwngz	dangz
草	**马**	**没**	**有**	**仰赖**	**你**	**承担**

马草少了由你割。

---

① 父 [fou^{4}]：“父”字作为老借词，其音与“武”相近，此处为近音替代用字。

② 此处的“六”及下一句的“六”为“七”之误。按后两句文意，武爷以守孝期满后才能出门帮佣为由，将董永的卖身价压至七两二，因此董永自己的叫价应为七两四才符合逻辑。《古士董永灯一卷》抄本亦可佐证董永的报价为“七两四”。

③ 門利 [moːn^{2} lai^{1}]：指门前的石阶。过去壮族住宅多是干栏式建筑，分上下两层，上层住人，下层圈养牲畜或堆放杂物，故需楼梯方可出入。

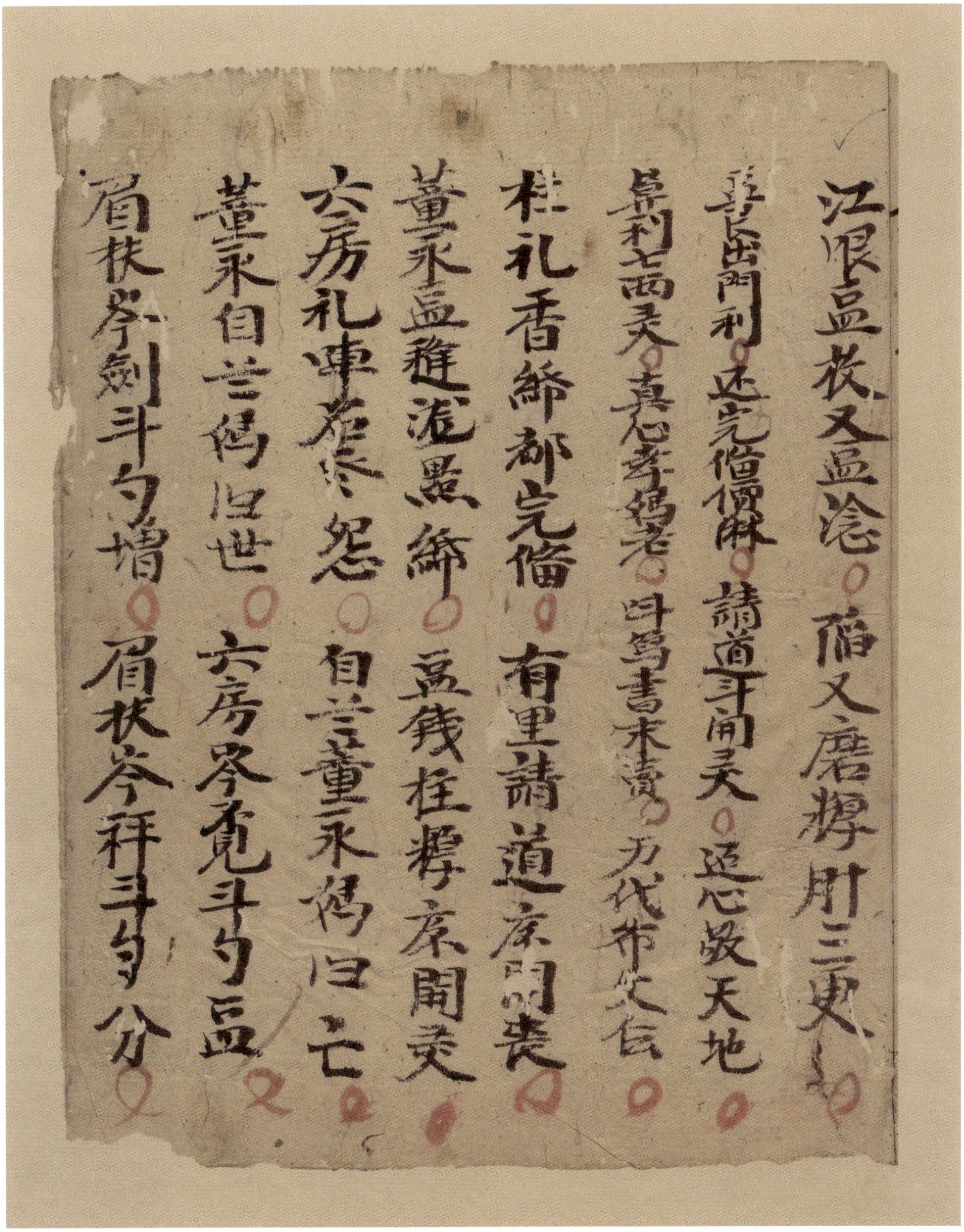
江限益衣又益滄　宿又居擇用三更
善長出門利　還完偕價林　請道弓問吏　返心敬天地
鼻利七西吏　真右孝偶老　叫寫書朱賣　方代布又衣
桂礼香縣都完偕　有里請道康問吏
董永益進泥黑縣　益錢往擇康開吏
六房礼卑花長怨　自芸董永偶曰亡
董永自芸偶曰世　六房界覓斗勻益
眉林岑劍斗勻增　眉林岑拜斗勻分

287

江	哏	讴	校	又	讴	淰
$kja:ŋ^1$	$ŋon^2$	$ʔau^1$	$fɯn^2$	jou^4	$ʔau^1$	ram^4
gyang-	ngoenz	aeu	fwnz	youh	aeu	raemx
中	日	要	柴	又	要	水

白天打柴又挑水，

288

陷	又	磨	粠	肼	三	更
ham^6	jou^4	mu^6	hau^4	$taŋ^2$	$θa:m^1$	$ke:ŋ^1$
haemh	youh	muh	haeux	daengz	sam-	geng
夜	又	磨	米	到	三	更

夜晚磨米到三更。

四　拒分母肉杀牛还

扫码听音频

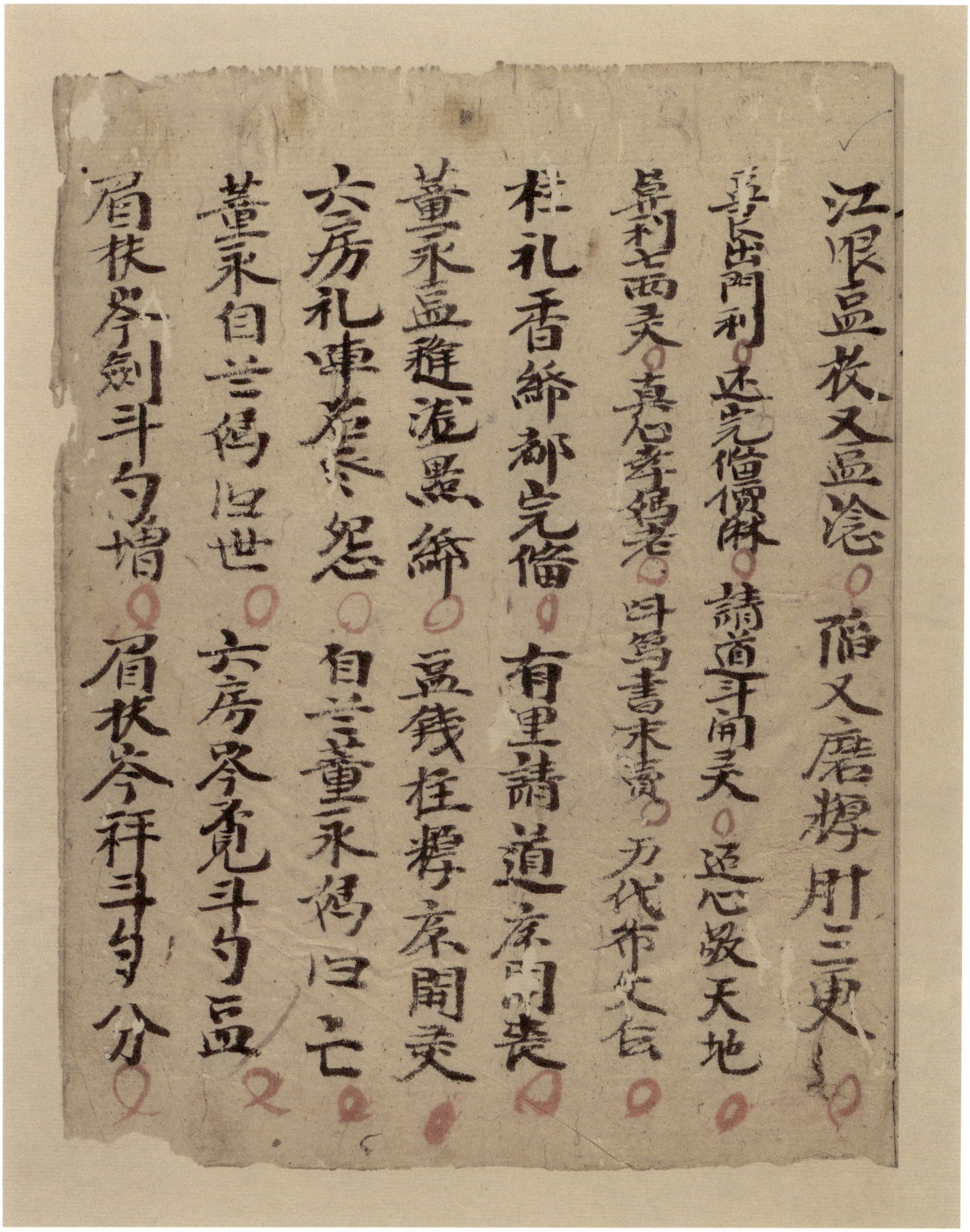

289

⿱亚皿	艮	出	門	利
ʔau^{1}	ŋan^{2}	ʔo:k^{7}	mo:n^{2}	lai^{1}
aeu	ngaenz	ok	monz	lae
要	银	出	门	梯

拿钱出厅门，

290

⿺辶丕	完	俻	價	淋①
wa:n^{2}	wa:n^{2}	pei^{6}	kja^{5}	rim^{1}
vanz	vanz-	beih	gyaq	rim
还	完	备	价	满

付清卖身钱。

291

請	道	斗	閞	灵
tsiŋ^{3}	ta:u^{6}	tau^{3}	ha:i^{1}	liŋ^{2}
cingj	dauh	daeuj	hai	lingz
请	道	来	开	灵

请道公开灵，

292

⿺辶石	心	敬	天	地
nak^{7}	θim^{1}	kiŋ^{5}	ti:n^{1}	tei^{6}
naek	sim	gingq	dien	deih
重	心	敬	天	地

专心敬天地。

293

算	利	七	两	灵
θu:n^{5}	lei^{6}	tsat^{7}	li:ŋ^{4}	liŋ^{2}
suenq	leih	caet	liengx	lingz
算	利	七	两	零

算利七两零，

294

真	心	孝	媽	老
tsan^{1}	θim^{1}	ja:u^{5}	me^{6}	la:u^{4}
caen	sim	hauq	meh	laux
真	心	孝	母	老

真心孝老母。

295

呌	寫	青	末	賣②
heu^{6}	θe^{3}	θaɯ^{1}	mu:t^{8}	ka:i^{1}
heuh	sij	saw	mued	gai
叫	写	字	绝	卖

写字据卖断，

296

万	代	布	文	伝
fa:n^{6}	ta:i^{6}	ʔbou^{5}	pan^{2}	wun^{2}
fanh	daih	mbouj	baenz	vunz
万	代	不	成	人

万代翻身赎。

297

柱	礼	香	締	都	完	俻
tsaɯ^{4}	ʔdai^{3}	jɯ:ŋ^{1}	tsei^{3}	to^{5}	wa:n^{2}	pei^{6}
cawx	ndaej	yieng	ceij	doq	vanz-	beih
买	得	香	纸	都	完	备

香烛纸钱买完备，

298

有	里	請	道	庅	開	丧
jou^{4}	lei^{4}	tsiŋ^{3}	ta:u^{6}	ma^{1}	ha:i^{1}	θa:ŋ^{1}
youh	lij	cingj	dauh	ma	hai	sang
又	还	请	道	来	开	丧

还请道公开丧场。

299
董 永 盃 𨆍 滝 點 絺
toŋ^{3} wiŋ^{4} ʔau^{1} fɯŋ^{2} roŋ^{2} tiːm^{3} tsei^{3}
Doengj Vingx aeu fwngz roengz diemj ceij
董 永 要 手 下 点 纸
董永亲手烧纸钱，

300
盃 錢 柱 糈 庅 開 灵
ʔau^{1} tsiːn^{2} tsaɯ^{4} hau^{4} ma^{1} haːi^{1} liŋ^{2}
aeu cienz cawx haeux ma hai lingz
要 钱 买 米 来 开 灵
用钱买米开道场。

301
六 房 礼 哖 名 𠹹 怨
lok^{8} fuːŋ^{2} ʔdai^{3} ȵi^{1} mɯŋ^{2} tai^{3} juːn^{5}
loeg fuengz ndaej- nyi mwngz daej ienq
全 房 得 听 你 哭 怨
族人听到哀声哭，

302
自 兰 董 永 媽 归 亡
θei^{6} ro^{4} toŋ^{3} wiŋ^{4} me^{6} kwei^{1} muːŋ^{2}
seih rox Doengj Vingx meh gvi muengz
自 知 董 永 母 归 亡
就知董永母已亡。

303
董 永 自 兰 媽 归 世
toŋ^{3} wiŋ^{4} θei^{6} ro^{4} me^{6} kwei^{1} θei^{5}
Doengj Vingx seih rox meh gvi seiq
董 永 自 知 母 归 世
董永自知母去世，

304
六 房 岑 覔 斗 勺 盃
lok^{8} fuːŋ^{2} kam^{1} ʔiːn^{3} tau^{3} jak^{7} ʔau^{1}
loeg fuengz gaem ienj daeuj yaek aeu
全 房 拿 提篮 来 欲 要
族人提篮来分肉。

305
眉 扶 岑 劍 斗 勺 增
mei^{2} pou^{4} kam^{1} kiːm^{5} tau^{3} jak^{7} θiŋ^{1}
miz boux gaem giemq daeuj yaek sing
有 人 执 剑 来 欲 争
有人执剑欲来争，

306
眉 扶 岑 秤 斗 勺 分
mei^{2} pou^{4} kam^{1} tsaŋ^{6} tau^{3} jak^{7} fan^{1}
miz boux gaem caengh daeuj yaek faen
有 人 拿 秤 来 欲 分
有人拿秤欲分肉。

---

① 第 289、290 句属于倒叙结构。大意是武爷付清卖身银两，董永才能拿钱回家办丧事。这种表述顺序强调了董永想回家葬母的急切心情。

② 末賣 [muːt^{8} kaːi^{1}]：卖断，即卖身之后不许赎回，不许反悔。“末 [muːt^{8}]”是“末”字借词。在壮语中，这个音有“没”“淹没”“漫”等义，引申为“没”“终”“尽”等义项。所以做买卖一旦卖断，绝了后路，不能再反悔纠缠。

寻用剥都初𠰳望　望吞董永正烧香

六房仓言董永道　董永名听句九哶

贯𫢗都台名礼𫻊　到盈奴𫢗名培还

董永苍言六房道　六房名皮听九哶

贯伩名台分礼𫻊　奴叮师朔罚上桩

介奴又眉字书記　各主个里邓肴全

皮牲礼奴秆刘小　迷争迷骂闹宽匕

到巾奴本身　布肯巾大交　肘十王饿㑼　兰花罪迷腰

里𫢗伍伺癞　加腮培六房　九布肯收盈　里𫢗牛𰀀代

307

斗	肼	剥	都	初	靣可	望
tau^{3}	taŋ^{2}	pa:k^{7}	tou^{1}	jo^{1}	na^{3}	mu:ŋ^{6}
daeuj	daengz	bak-	dou	yo	naj	muengh
来	到	口	门	伸	脸	望

来到门口伸头看，

308

望	吞	董	永	正	燒	香
mu:ŋ^{6}	ran^{1}	toŋ^{3}	wiŋ^{4}	tsiŋ^{5}	θi:u^{1}	jɯ:ŋ^{1}
muengh	raen	Doengj	Vingx	cingq	siu	yieng
望	见	董	永	正	烧	香

看见董永正烧香。

309

六	房	荅	言	董	永	道
lok^{8}	fu:ŋ^{2}	ta:p^{7}	ji:n^{2}	toŋ^{3}	wiŋ^{4}	ta:u^{6}
loeg	fuengz	dap	yienz	Doengj	Vingx	dauh
全	房	答	言	董	永	道

族人劝说董永道，

310

董	永	名	听	旬	九	呋
toŋ^{3}	wiŋ^{4}	mɯŋ^{2}	tiŋ^{5}	tson^{2}	ku^{1}	tɯ:n^{1}
Doengj	Vingx	mwngz	dingq	coenz	gou	dwen
董	永	你	听	句	我	提及

董永你且听我说。

311

貫	媽	都	台	名	礼	忿
ko:n^{5}	me^{6}	tou^{1}	ta:i^{1}	mɯŋ^{2}	ʔdai^{3}	fan^{6}
gonq	meh	dou	dai	mwngz	ndaej	faenh
先前	母	我们	死	你	得	份

前咱母死你得肉，

312

到	畐	奴	媽	名	培	还
ta:u^{5}	ʔau^{1}	no^{6}	me^{6}	mɯŋ^{2}	poi^{2}	wa:n^{2}
dauq	aeu	noh	meh	mwngz	boiz	vanz
倒	要	肉	母	你	赔	还

今要你母肉偿还。

313

董	永	荅	言	六	房	道
toŋ^{3}	wiŋ^{4}	ta:p^{7}	ji:n^{2}	lok^{8}	fu:ŋ^{2}	ta:u^{6}
Doengj	Vingx	dap	yienz	loeg	fuengz	dauh
董	永	答	言	全	房	道

董永回答族人道，

314

六	房	名	皮	听	九	呋
lok^{8}	fu:ŋ^{2}	mɯŋ^{2}	pei^{4}	tiŋ^{5}	ku^{1}	tɯ:n^{1}
loeg	fuengz	mwngz	beix	dingq	gou	dwen
全	房	你	兄	听	我	提及

房族兄长听我说。

315

貫	仪	名	台	分	礼	忿
ko:n^{5}	po^{6}	mɯŋ^{2}	ta:i^{1}	fan^{1}	ʔdai^{3}	fan^{6}
gonq	boh	mwngz	dai	faen	ndaej	faenh
先前	父	你	死	分	得	份

以前分你亡父肉，

316

奴	叩	絺	朔	邳	𨑗	木班
no^{6}	kau^{5}	tsei^{3}	θu:k^{7}	jɯ^{5}	kɯn^{2}	pa:m^{1}
noh	gaeuq	ceij	suek	youq	gwnz	bam
肉	旧	纸	包	在	上	楼层

用纸包好置楼上。

317

介	**奴**	**又**	**眉**	**字**	**書**	**記**
ka:i^{5}	no^{6}	jou^{4}	mei^{2}	tsei^{6}	θaɯ^{1}	kei^{5}
gaiq	noh	youh	miz	cih	saw	geiq
块	肉	又	有	字	书	记

肉块上有文字记，

318

各	**主**	**个**	**里**	**祁**	**齐**	**全**
ka:k^{7}	tsaɯ^{3}	ko^{5}	lei^{4}	jɯ^{5}	tsai^{2}	tsu:n^{2}
gak	cawj	goj	lij	youq	caez-	cienz
各	主	也	还	在	齐	全

各家肉块皆齐全。

319

皮	**牲**	**礼**	**奴**	**秤**	**刘**	**小**
pei^{4}	nu:ŋ^{4}	ʔdai^{3}	no^{6}	tsaŋ^{6}	nau^{2}	θi:u^{3}
beix	nuengx	ndaej	noh	caengh	naeuz	siuj
兄	弟	得	肉	称	说	少

众人称肉均嫌少，

320

途	**争**	**途**	**罵**	**閙**	**寃**	**寃**
to^{4}	θiŋ^{1}	to^{4}	ʔda^{5}	ȵa:u^{4}	ju:n^{1}	ju:n^{1}
dox-	sing	dox-	ndaq	nyaux	yuen-	yuen
相	争	相	骂	闹	汹	汹

叫骂相争闹汹汹。

321

到	**巾**	**奴**	**本**	**身**①
ta:u^{5}	kɯn^{1}	no^{6}	po:n^{3}	θin^{1}
dauq	gwn	noh	bonj-	sin
回	吃	肉	本	身

要分董母肉，

322

布	**肯**	**巾**	**大**	**亥**
ʔbou^{5}	haŋ^{3}	kɯn^{1}	ta^{6}	ra:i^{4}
mbouj	haengj	gwn	dah-	raix
不	给	吃	果真	

董永不给分。

323

肝	**十**	**王**②	**懺**	**悔**
taŋ^{2}	θip^{8}	wu:ŋ^{2}	tsa:m^{5}	hoi^{3}
daengz	cib	vuengz	camq-	hoij
到	十	王	忏	悔

十王前忏悔，

324

兰	**犯**	**罪**	**途**	**陰**
ro^{4}	fa:m^{6}	tsoi^{6}	tu^{2}	jim^{1}
rox	famh	coih	duz	yaem
知	犯	罪	个	阴

知冒犯阴神。

325

里	**媽**	**怀**	**佝**	**頼**
lei^{4}	me^{6}	wa:i^{2}	kau^{1}	ȵa:i^{4}
leix	meh	vaiz	gaeu	nyaix
剩	母	水牛	角	歪

余一歪角牛，

326

加	**腮**	**培**	**六**	**房**③
ka^{3}	θa:i^{1}	poi^{2}	lok^{8}	fu:ŋ^{2}
gaj	sai	boiz	loeg	fuengz
杀	分派	赔	全	房

宰杀取肉补。

327

九	**布**	**肯**	**収**	**﨤**
ku^{1}	ʔbou^{5}	haŋ^{3}	θou^{1}	ʔau^{1}
gou	mbouj	haengj	sou	aeu
我	**不**	**给**	**你们**	**要**

母肉不能给，

328

里	**媽**	**牛**	**当**	**代**
lei^{4}	me^{6}	waːi^{2}	taːŋ^{1}	taːi^{6}
leix	meh	vaiz	dang	daih
还有	**母**	**水牛**	**当**	**代**

有牛肉替代。

---

① 本身 [poːn^{3} θin^{1}]：本义是“本身”，此处指众人愚昧，不知自己是父母的血肉所生，吃父母肉等同于吃自身。这里引申为“董母的肉身”。

② 十王 [θip^{8} wuːŋ^{2}]：指“十殿阎王”，简称“十王”。在壮族民间传说中，阴间有十殿阎王，即秦广王、初江王、宋帝王、伍官王、阎罗王、变成王、泰山王、平等王、都市王、五道转轮王。

③ 第 325、326 句是说，董永退还之前分到的别人父母的肉，因肉已腊干，分量不足，只好宰杀仅剩的一头歪角老牛，将肉补给族人。

董永刋田句大二○氷衆皮灶吖九吠○
媆生先便里迈○時㑊叙迷布眉完○
浪汲皮往秤刋小○九加媽怪倍六房○
六房礼呻句奔丢○各主提叙批京完○
提叙批原都完偹○斗乙董永守老場○
董永孝子句旦过○就加媽懐培六房○
六房礼呻衆肯嫐○斗乙董永行孝瘂○
董永當初嗜媼老○双庫沱浇世迳源○

329

董	**永**	**到**	**囬**	**旬**	**大**	**二**
toŋ^{3}	wiŋ^{4}	taːu^{5}	hoi^{2}	tson^{2}	taːi^{6}	ŋei^{6}
Doengj	Vingx	dauq	hoiz	coenz	daih-	ngeih
董	永	回来	回	句	第	二

董永回复第二句，

330

収	**衆**	**皮**	**炷①**	**听**	**九**	**吠**
θou^{1}	tsoŋ^{5}	pei^{4}	nuːŋ^{4}	tiŋ^{5}	ku^{1}	tɯːn^{1}
sou	gyoengq	beix	nuengx	dingq	gou	dwen
你们	众	兄	弟	听	我	提及

众位兄弟听我说。

331

里	**奴**	**生**	**先**	**便**	**里**	**迺**
lei^{4}	no^{6}	θiŋ^{1}	θiːn^{1}	piːn^{6}	lei^{4}	nak^{7}
leix	noh	singj-	sien	bienh	lij	naek
还有	肉	新	鲜	便是	还	重

肉尚新鲜分量重，

332

時	**你**	**奴**	**迷**	**布**	**眉**	**完**
θei^{2}	nei^{4}	no^{6}	me^{6}	ʔbou^{5}	mei^{2}	waːn^{2}
seiz-	neix	noh	meh	mbouj	miz	vanz
时	这	肉	母	没	有	还

此时母肉无法还。

333

浪	**収**	**皮**	**⿸𠂊生**	**秤**	**刘**	**小**
laːŋ^{6}	θou^{1}	pei^{4}	nuːŋ^{4}	tsaŋ^{6}	nau^{2}	θiːu^{3}
langh	sou	beix	nuengx	caengh	naeuz	siuj
若	你们	兄	弟	称	说	少

若众兄弟嫌少秤，

334

九	**加**	**媽**	**怌**	**倍**	**六**	**房**
ku^{1}	ka^{3}	me^{6}	waːi^{2}	poi^{2}	lok^{8}	fuːŋ^{2}
gou	gaj	meh	vaiz	boiz	loeg	fuengz
我	杀	母	水牛	赔	全	房

我加牛肉还族人。

335

六	**房**	**礼**	**呻**	**旬**	**养**	**恐**
lok^{8}	fuːŋ^{2}	ʔdai^{3}	ȵi^{1}	tson^{2}	jɯːŋ^{6}	ȵan^{4}
loeg	fuengz	ndaej-	nyi	coenz	yiengh-	nyaenx
全	房	得	听	句	样	这

族人听到这句话，

336

各	**主**	**提**	**奴**	**批**	**庥**	**完**
kaːk^{7}	tsaɯ^{3}	taɯ^{2}	no^{6}	pai^{1}	ma^{1}	juːn^{2}
gak	cawj	dawz	noh	bae	ma	yienz
各	主	拿	肉	去	回	完

各人拿肉全回家。

337

提	**奴**	**批**	**庥**	**都**	**完**	**倄**
taɯ^{2}	no^{6}	pai^{1}	ma^{1}	to^{5}	waːn^{2}	pei^{6}
dawz	noh	bae	ma	doq	vanz-	beih
拿	肉	去	回	都	完	备

各自拿肉回家后，

338

斗	**卮**	**董**	**永**	**守**	**丧**	**塲**
tau^{3}	ʔdi^{3}	toŋ^{3}	wiŋ^{4}	θou^{3}	θaːŋ^{1}	tsɯːŋ^{2}
daeuj	ndij	Doengj	Vingx	souj	sang-	ciengz
来	跟	董	永	守	丧	场

来跟董永守丧场。

339

董	**永**	**孝**	**子**	**旬**	**亘**	**过**
toŋ^{3}	wiŋ^{4}	ja:u^{5}	tsei^{3}	tson^{2}	ka:ŋ^{3}	kwa^{5}
Doengj	Vingx	hauq-	ceij	coenz	gangj	gvaq
董	**永**	**孝**	**子**	**句**	**讲**	**过**

孝子董永讲完话，

340

就	**加**	**媽**	**懐**	**培**	**六**	**房**
tsi:u^{4}	ka^{3}	me^{6}	wa:i^{2}	poi^{2}	lok^{8}	fu:ŋ^{2}
couh	gaj	meh	vaiz	boiz	loeg	fuengz
就	**杀**	**母**	**水牛**	**赔**	**全**	**房**

杀牛还肉给族人。

341

六	**房**	**礼**	**唓**	**衆**	**齐**	**娚**②
lok^{8}	fu:ŋ^{2}	ʔdai^{3}	n̥i^{1}	tsoŋ^{5}	tsai^{2}	la:ŋ^{3}
loeg	fuengz	ndaej-	nyi	gyoengq	caez	langj
全	**房**	**得**	**听**	**众**	**齐**	**讲**

族人听后齐声讲，

342

斗	**叿**	**董**	**永**	**行**	**孝**	**强**
tau^{3}	ʔdi^{3}	toŋ^{3}	wiŋ^{4}	he:ŋ^{2}	ja:u^{5}	kjɯ:ŋ^{2}
daeuj	ndij	Doengj	Vingx	hengz	hauq	giengz
来	**跟**	**董**	**永**	**行**	**孝**	**强**

来跟董永行孝道。

343

董	**永**	**當**	**初**	**嗜**	**媽**	**老**
toŋ^{3}	wiŋ^{4}	ta:ŋ^{1}	tso^{1}	kjai^{2}	me^{6}	la:u^{4}
Doengj	Vingx	dang-	co	gyaez	meh	laux
董	**永**	**当**	**初**	**爱**	**母**	**老**

董永当初爱母亲，

344

双	**庫**	**泷**	**洈**	**世**	**还**	**源**
θo:ŋ^{1}	ho^{5}	roŋ^{2}	kwei^{6}	θei^{5}	wa:n^{2}	ju:n^{2}
song	hoq	roengz	gvih	seiq	vanz	yienz
二	**膝盖**	**下**	**跪**	**世**	**还**	**恩缘**

两膝下跪还世恩。

① 炷 [nu:ŋ^{4}]：意为“弟、妹”，疑为形近字“殅”的笔误字。

② 娚 [la:ŋ^{3}]：按字形结构，“娚”从“男”字得声，与“喃”字同音。在壮语中，“喃”意为“嘟哝、叨念、吟诵、低语、说”等，“娚”与“喃”为同音同义不同形，故“娚”可解释为“说”。不过，发音人此处读“娚”与第 383 句的“狼 [la:ŋ^{3}]”同音同义，故国际音标记音为 [la:ŋ^{3}]。按“男女交合则女方易受孕”，故“娚”也有可能是会意字，为“怀孕”之意。“怀孕”在壮语有 [ra:ŋ^{3}]（rangj）之说，专指动物怀孕，用于指人怀孕则含贬义。[ra:ŋ^{3}]（rangj）与 [la:ŋ^{3}]（langj）音近，借含“野合”贬义的会意字“娚”表 [la:ŋ^{3}]（langj），则是曲折表音。这是古壮字表音性质的佳例，今二说并存。

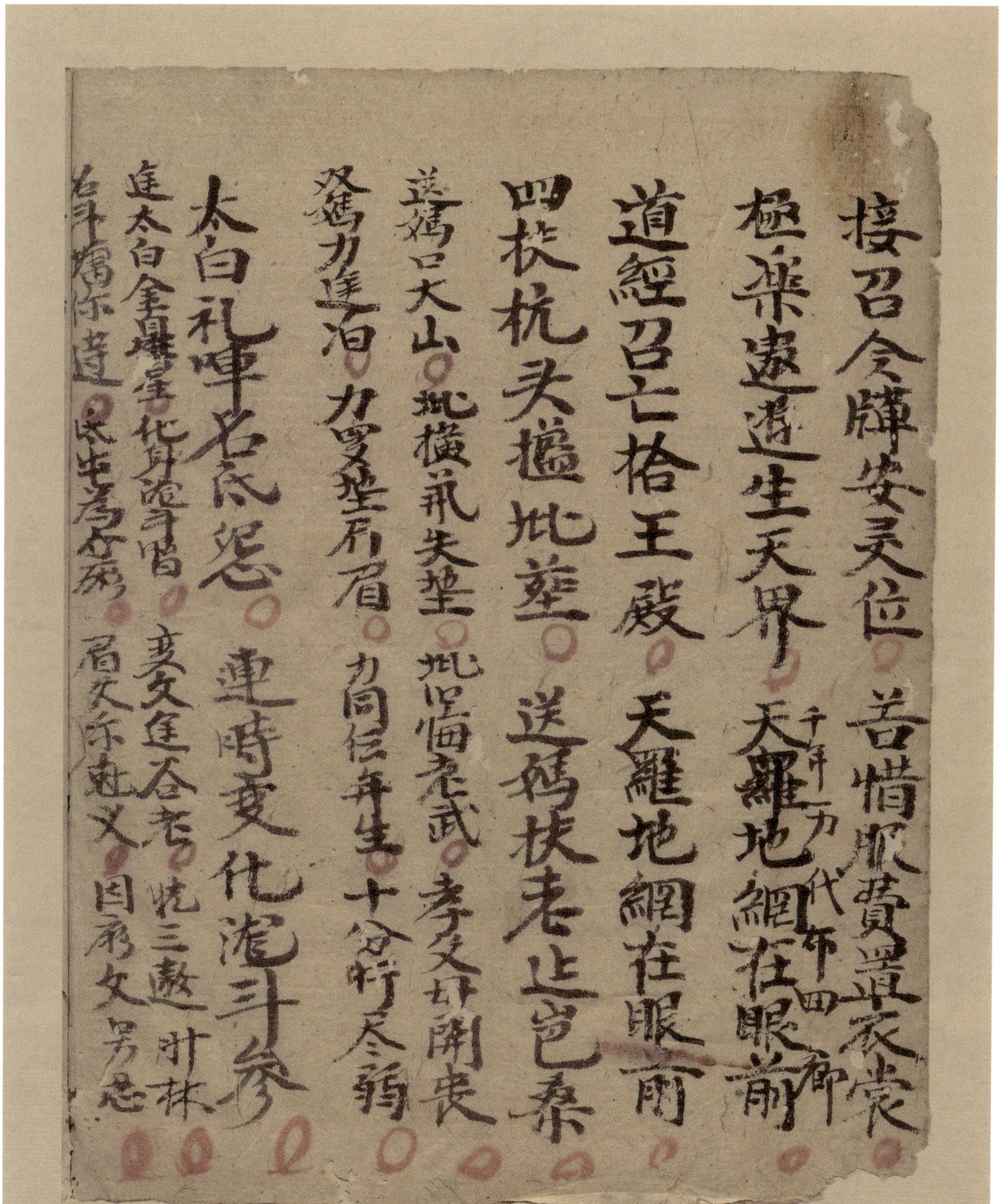

345

接	**召**	**令**	**牌**	**安**	**灵**	**位**
tsiːp^{7}	tsiːu^{1}	liŋ^{2}	paːi^{2}	ʔaːn^{1}	liŋ^{2}	wei^{6}
ciep	ciu	lingz-	baiz	an	lingz-	veih
接	招	灵	牌	安	灵	位

设置灵牌安灵位，

346

苦	**惜**	**服**	**費**①	**置**	**衣**	**裳**
ho^{3}	θik^{7}	fuk^{7}	fei^{5}	tsai^{5}	ʔei^{1}	tsɯːŋ^{2}
hoj-	sik	fuk	feiq	ceiq	ei-	ciengz
可	惜	复	费	置办	衣	裳

花钱为母置纸衣。

347

極	**楽**	**遨**	**遊**	**生**	**天**	**界**
kik^{8}	laːk^{8}	ʔaːu^{5}	jou^{2}	θɯŋ^{1}	tiːn^{1}	kjaːi^{5}
gig-	lag	auq-	youz	swng	dien-	gyaiq
极	乐	遨	游	升	天	界

极乐遨游升天界，

348

千	**年**	**万**	**代**	**布**	**回**	**鄉**
tsiːn^{1}	niːn^{2}	faːn^{6}	taːi^{6}	ʔbou^{5}	hoi^{2}	jɯːŋ^{1}
cien	nienz	fanh	daih	mbouj	hoiz	yieng
千	年	万	代	不	回	乡

千年万代不回乡。

349

道	**經**	**召**	**亡**	**拾**	**王**	**殿**
taːu^{6}	kiŋ^{1}	tsiːu^{1}	muːŋ^{2}	θip^{8}	wuːŋ^{2}	tiːn^{6}
dauh	ging	ciu	muengz	cib-	vuengz	dienh
道	经	招	亡	十	王	殿

道经招魂过十殿，

350

天	**羅**	**地**	**網**	**在**	**眼**	**前**②
tiːn^{1}	la^{2}	tei^{6}	muːŋ^{4}	tsaːi^{6}	ŋaːn^{4}	tsiːn^{2}
dien	laz	deih	muengx	caih	nganx-	cienz
天	罗	地	网	在	眼	前

天罗地网在眼前。

351

四③	**扶**	**抗**	**头**	**擸**	**吡**	**垄**
θei^{5}	pou^{4}	kɯːt^{8}	kjau^{3}	raːm^{1}	pai^{1}	tsaːŋ^{5}
seiq	boux	gwed	gyaeuj	ram	bae	cangq
四	人	扛	头	抬	去	葬

合力扛棺抬去葬，

352

送	**媽**	**扶**	**老**	**𨑜**	**岜**	**桑**
θoŋ^{5}	me^{6}	pou^{4}	laːu^{4}	hɯn^{3}	pja^{1}	θaːŋ^{1}
soengq	meh	boux-	laux	hwnj	bya	sang
送	母	人	老	上	山	高

送老母亲上高山。

353

送	**媽**	**口**	**大**	**山**
θoŋ^{5}	me^{6}	hau^{3}	taːi^{6}	θaːn^{1}
soengq	meh	haeuj	daih	san
送	母	入	大	山

送母入大山，

354

吡	**横**	**𭓨**	**失**	**埊**①
pai^{1}	waːŋ^{1}	raːn^{2}	θat^{7}	tɯːk^{8}
bae	vang	ranz	saet	dieg
去	荒芜	房屋	留	地

弃屋丢田地。

355

払	**旧**	**悔**	**老**	**武**
pai¹	ku⁶	hoi⁵	laːu⁴	fou⁴
bae	guh	hoiq	Laux-	foux
去	做	奴仆	老	武

去武府为奴，

356

孝	**父**	**母**	**開**	**丧**
jaːu⁵	fou⁶	mu⁴	haːi¹	θaːŋ¹
hauq	fouh	mux	hai	sang
孝	父	母	开	丧

开丧孝父母。

357

双	**媽**	**力**	**途**	**泊**
θoːŋ¹	me⁶	lɯk⁸	to⁴	pɯːk⁷
song	meh	lwg	dox-	biek
二	母	子	相	别

母子俩相别，

358

力	**罗**	**埅**④	**启**	**眉**
lɯk⁸	ra⁴	tɯːk⁸	ʔdi¹	mei²
lwg	ra	dieg	ndi	miz
儿	找	地	没	有

儿无处可倚。

359

力	**同**	**伝**	**年**	**生**
lɯk⁸	toŋ²	wun²	niːn²	θeːŋ¹
lwg	doengz	vunz	nienz	seng
儿	同	人	年	生

儿与人同年，

360

十	**分**	**行**⑤	**尽**	**弱**
θip⁸	fan¹	reːŋ²	tsan⁶	ɳoːm⁵
cib-	faen	rengz	caenh	nyomq
十	分	力	尽	弱

力单势又薄。

---

① 服费 [fuk⁷ fei⁵]：枉费。壮族民间认为，活人穿布衣，死者穿冥衣，故有人去世，亲友要给逝者焚烧纸衣，古人认为给逝者置办冥衣是重复花费钱财。

② 第 347 至 350 句是道士念诵的经文，以期超度亡灵，使亡灵摆脱十殿阎王的审讯和天罗地网的折磨，得以往生。

③ 四 [θei⁵]：原义为“四”，此处指抬棺出殡的人数。但抬棺出殡一般是四人一头，至少需要八人。

④ 埅 [tɯːk⁸]：本义为“地”，这里引申为“可倚靠之地”。

⑤ 行 [reːŋ²]：力量，包括能力、财力、物力等。

五　董永行孝感天地

扫码听音频

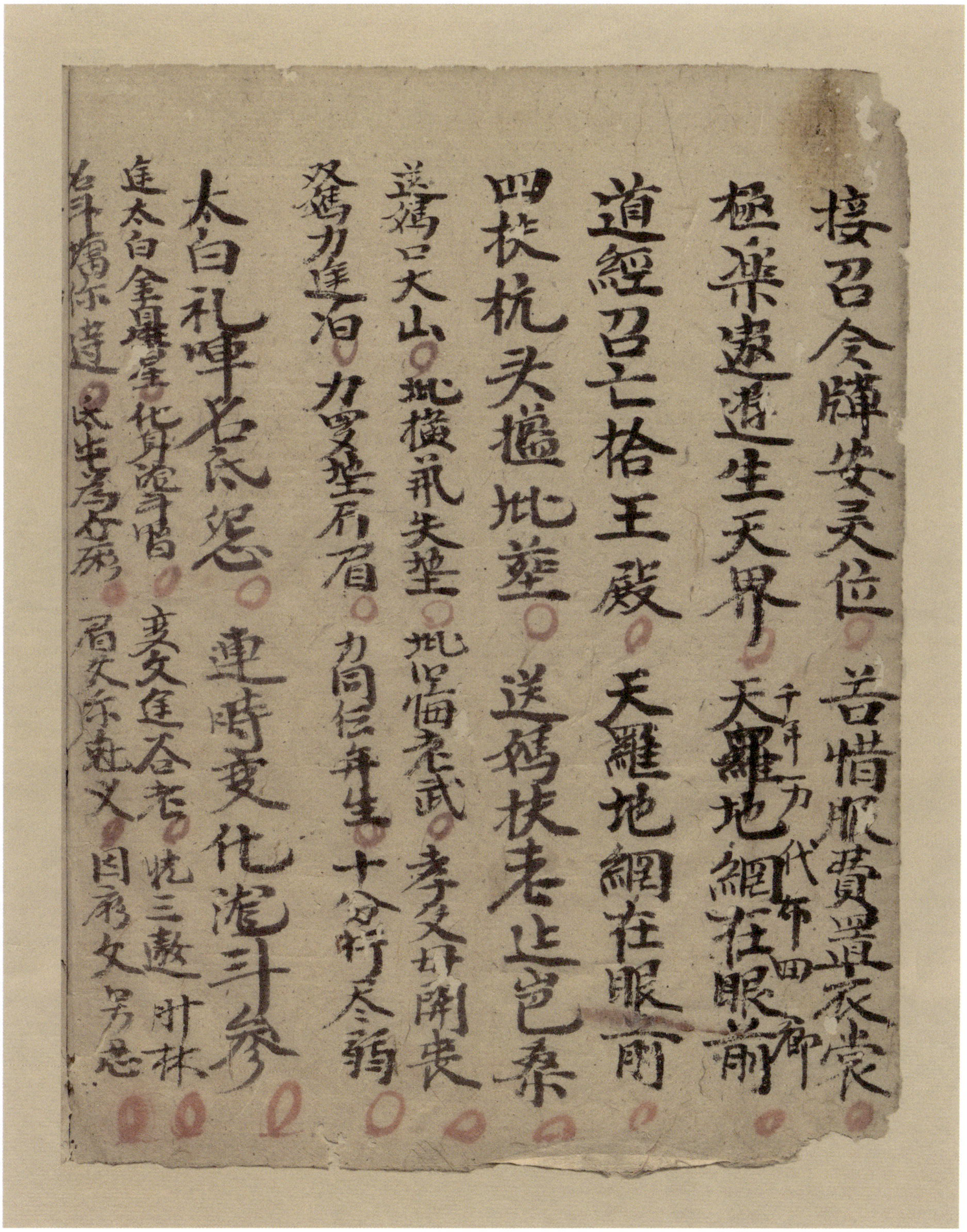
接召令牌安灵位。若惜服費置衣裳。
極樂逍遥生天界。天羅地網在眼前。
道經召亡拾王殿。天羅地網在眼前。
四拔杭头擋地塹。送媽扶老止邑來。
送媽口大山。地擋飛失塹。地陷老武。孝文妍開喪。
叒媽力運石。力罗又墾原眉。力同仁再生。十分行天参弱。
太白礼軍名衣怨。連時變化泥斗参。
建太白金星化身泥斗眉。孝文廷谷老。忧三遨。卅林。
右斗媽你道。依生為子房。眉文你典文。曰房文另忌。

361

太	白	礼	啤	名	氏	怨
ta:i^{6}	pe:k^{8}	ʔdai^{3}	ȵi^{1}	mɯŋ^{2}	tai^{3}	ju:n^{5}
Daih-	beg	ndaej-	nyi	mwngz	daej	ienq
太	白	得	听	你	哭	怨

太白听到你哭诉，

362

連	時	变	化	滝	斗	参
li:n^{2}	θei^{2}	pi:n^{5}	wa^{5}	roŋ^{2}	tau^{3}	tsa:m^{1}
lienz-	seiz	bienq-	vaq	roengz	daeuj	cam
连	时	变	化	下	来	问

当即化身下来问。

363

途	太	白	金	星
tu^{2}	ta:i^{6}	pe:k^{8}	kim^{1}	θiŋ^{1}
duz	Daih-	beg	Gim-	sing
个	太	白	金	星

这太白金星，

364

化	身	滝	斗	啗
wa^{5}	θin^{1}	roŋ^{2}	tau^{3}	ham^{5}
vaq	sin	roengz	daeuj	haemq
化	身	下	来	问

化身下来问。

365

变	文	途	谷	老
pi:n^{5}	pan^{2}	tu^{2}	kuk^{7}	la:u^{4}
bienq	baenz	duz	guk	laux
变	成	只	虎	大

变成大老虎，

366

哤	三	遨	肝	林
ro:ŋ^{4}	θa:m^{1}	ŋa:u^{2}	hau^{3}	ʔdoŋ^{1}
rongx	sam	ngauz	haeuj	ndoeng
吼	三	通	入	林

吼三声入林。

367

名	斗	壨	你	逪
mɯŋ^{2}	tau^{3}	ʔdoi^{1}	nei^{4}	naŋ^{6}
mwngz	daeuj	ndoi	neix	naengh
你	来	坡	这	坐

你来这坡坐，

368

氏	屯	為	介	庅
tai^{3}	tan^{6}	wei^{6}	ka:i^{5}	ma^{2}
daej	daenh	vih	gaiq-	maz
哭	抽泣	为	块	啥

为何哭凄凄？

369

眉	父	尔	尅	义
mei^{2}	pou^{4}	laɯ^{2}	ka:k^{8}	tsa^{1}
miz	boux-	lawz	gag	ca
有	人	哪	独自	差

非独你命苦，

370

因	庅	文	号	忍
ʔin^{1}	ma^{2}	pan^{2}	ha:u^{6}	ȵan^{4}
aen	maz	baenz	hauh-	nyaenx
因	啥	成	如	此

何故悲若此？

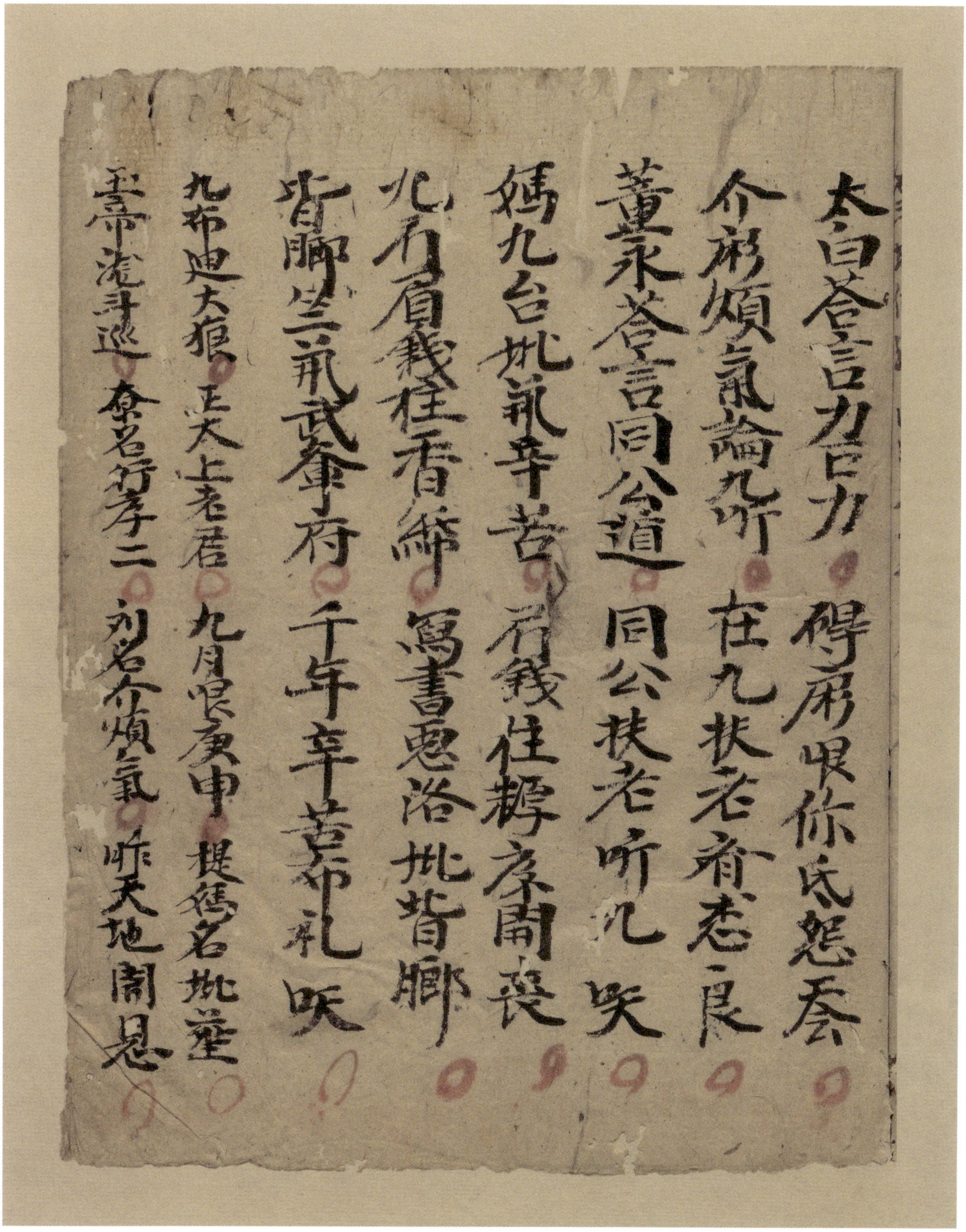
太白荅言力㔾力 得郎哏你氏怨吞
介郎煩氣論九听 在九扶老脊志二艮
董永荅言同公道 同公扶老听九咲
媽九台地亂辛苦 石錢住耨孝闹喪
九石肩錢柱香𥿁 寫書惡浴地背鄉
背脚些亂武拿府 千年辛苦帝礼咲
九布迎大狼 正太上老君 九月哏庚申 提侹名地莲
玉帝流斗巡 奈名行孝二 列名介煩氣 𠯋天地闹恩

371

太	白	荅	言	力	曰	力
ta:i^{6}	pe:k^{8}	ta:p^{7}	ji:n^{2}	lɯk^{8}	hɯ^{2}	lɯk^{8}
Daih-	beg	dap	yienz	lwg	hwz	lwg
太	白	答	言	儿	呀	儿

太白问道儿呀儿，

372

碍	麻	哏	你	氐	怨	丕
ŋa:i^{6}	ma^{2}	ŋon^{2}	nei^{4}	tai^{3}	ju:n^{5}	ʔbɯn^{1}
ngaih-	maz	ngoenz-	neix	daej	ienq	mbwn
奈	何	日	这	哭	怨	天

为何今日哭怨天？

373

介	麻	煩	氣	論	九	听
ka:i^{5}	ma^{2}	fa:n^{2}	hei^{5}	lɯn^{6}	ku^{1}	tiŋ^{5}
gaiq-	maz	fanz	heiq	lwnh	gou	dingq
块	啥	烦	忧	告诉	我	听

有何烦忧说我听，

374

在	九	扶	老	齊	恋	良
tsa:i^{6}	ku^{1}	pou^{4}	la:u^{4}	tsai^{2}	θɯ:ŋ^{1}	li:ŋ^{2}
caih	gou	boux-	laux	caez	sieng-	liengz
随	我	人	老	齐	商	量

与我老人齐商量。

375

董	永	荅	言	同[1]	公	道
toŋ^{3}	wiŋ^{4}	ta:p^{7}	ji:n^{2}	toŋ^{6}	koŋ^{1}	ta:u^{6}
Doengj	Vingx	dap	yienz	doengh	goeng	dauh
董	永	答	言	些	公	道

董永回答众道公，

376

同	公	扶	老	听	九	吠
toŋ^{6}	koŋ^{1}	pou^{4}	la:u^{4}	tiŋ^{5}	ku^{1}	tɯ:n^{1}
doengh	goeng	boux-	laux	dingq	gou	dwen
些	公	人	老	听	我	提及

众位老者听我言。

377

媽	九	台	批	蘭	辛	苦
me^{6}	ku^{1}	ta:i^{1}	pai^{1}	ra:n^{2}	θin^{1}	ho^{3}
meh	gou	dai	bae	ranz	sin-	hoj
母	我	死	去	家	辛	苦

母亲去世家贫苦，

378

㕧	錢	柱	粰	庥	開	丧
ʔdi^{1}	tsi:n^{2}	tsaɯ^{4}	hau^{4}	ma^{1}	ha:i^{1}	θa:ŋ^{1}
ndi	cienz	cawx	haeux	ma	hai	sang
没	钱	买	米	来	开	丧

无钱买米开丧场。

379

九	㕧	眉	錢	柱	香	絺
ku^{1}	ʔdi^{1}	mei^{2}	tsi:n^{2}	tsaɯ^{4}	jɯ:ŋ^{1}	tsei^{3}
gou	ndi	miz	cienz	cawx	yieng	ceij
我	没	有	钱	买	香	纸

我无银钱买香纸，

380

寫	書	悪	洛	批	皆	腳
θe^{3}	θaɯ^{1}	ʔo:k^{7}	ro:k^{8}	pai^{1}	ka:i^{1}	ʔda:ŋ^{1}
sij	saw	ok	rog	bae	gai	ndang
写	字	出	外	去	卖	身

只得外出去卖身。

381

皆	膷	竺	芃	武	𦘳	府
kaːi^{1}	ʔdaːŋ^{1}	tok^{7}	raːn^{2}	fou^{4}	je^{2}	fou^{3}
gai	ndang	doek	ranz	Foux-	yez	fouj
卖	身	落	家	武	爷	府

卖身落户武爷府，

382

千	年	辛	苦	布	礼	吠
tsiːn^{1}	niːn^{2}	θin^{1}	ho^{3}	ʔbou^{5}	ʔdai^{3}	tɯːn^{1}
cien	nienz	sin-	hoj	mbouj	ndaej	dwen
千	年	辛	苦	不	得	提及

长年辛苦不堪言。

383

九	布	迪	大	狼②
ku^{1}	ʔbou^{5}	tɯk^{8}	taːi^{6}	laːŋ^{3}
gou	mbouj	dwg	daih	langj
我	不	是	大	讲

我非说大话，

384

正	太	上	老	君③
tsiŋ^{5}	taːi^{6}	θɯːŋ^{6}	laːu^{4}	kun^{1}
cingq	Daih-	siengh	Laux-	gun
正是	太	上	老	君

乃太上老君。

385

九	月	哏	庚	申
kjiːu^{3}	ȵuːt^{8}	ŋon^{2}	keːŋ^{1}	θan^{1}
gouj	nyied	ngoenz	geng	saen
九	月	日	庚	申

九月庚申日，

386

提	媽	名	批	㘴
taɯ^{2}	me^{6}	mɯŋ^{2}	pai^{1}	tsaːŋ^{5}
dawz	meh	mwngz	bae	cangq
拿	母	你	去	葬

安葬你母亲。

387

玉	帝	浝	斗	巡
ȵaɯ^{6}	tai^{5}	roŋ^{2}	tau^{3}	tsun^{2}
Nyawh-	daeq	roengz	daeuj	cunz
玉	帝	下	来	巡

玉帝下来巡，

388

奈	名	行	孝	二
riːu^{2}	mɯŋ^{2}	heːŋ^{2}	jaːu^{5}	ŋei^{6}
riuz	mwngz	hengz	hauq	ngeih
流传	你	行	孝	义

传你行孝义。

389

刘	名	介	煩	氣
nau^{2}	mɯŋ^{2}	kai^{5}	faːn^{2}	hei^{5}
naeuz	mwngz	gaej	fanz	heiq
说	你	别	烦	忧虑

劝你莫烦忧，

390

昨	天	地	開	恩
tsoːk^{8}	tiːn^{1}	tei^{6}	haːi^{1}	ʔan^{1}
cog	dien-	deih	hai	aen
将来	天	地	开	恩

天地会开恩。

① 同 [toŋ^{6}]：本义为“些”，不定量词。这里的对话场景设定是周围有许多老人。

② 狼 [laːŋ^{3}]：讲、吹牛。与前文的“娚 [laːŋ^{3}]”音义相同。

③ 老君 [laːu^{4} kun^{1}]：老君，即太上老君。结合上下文句意，这里的“太上老君”似是“太白金星”的误用。

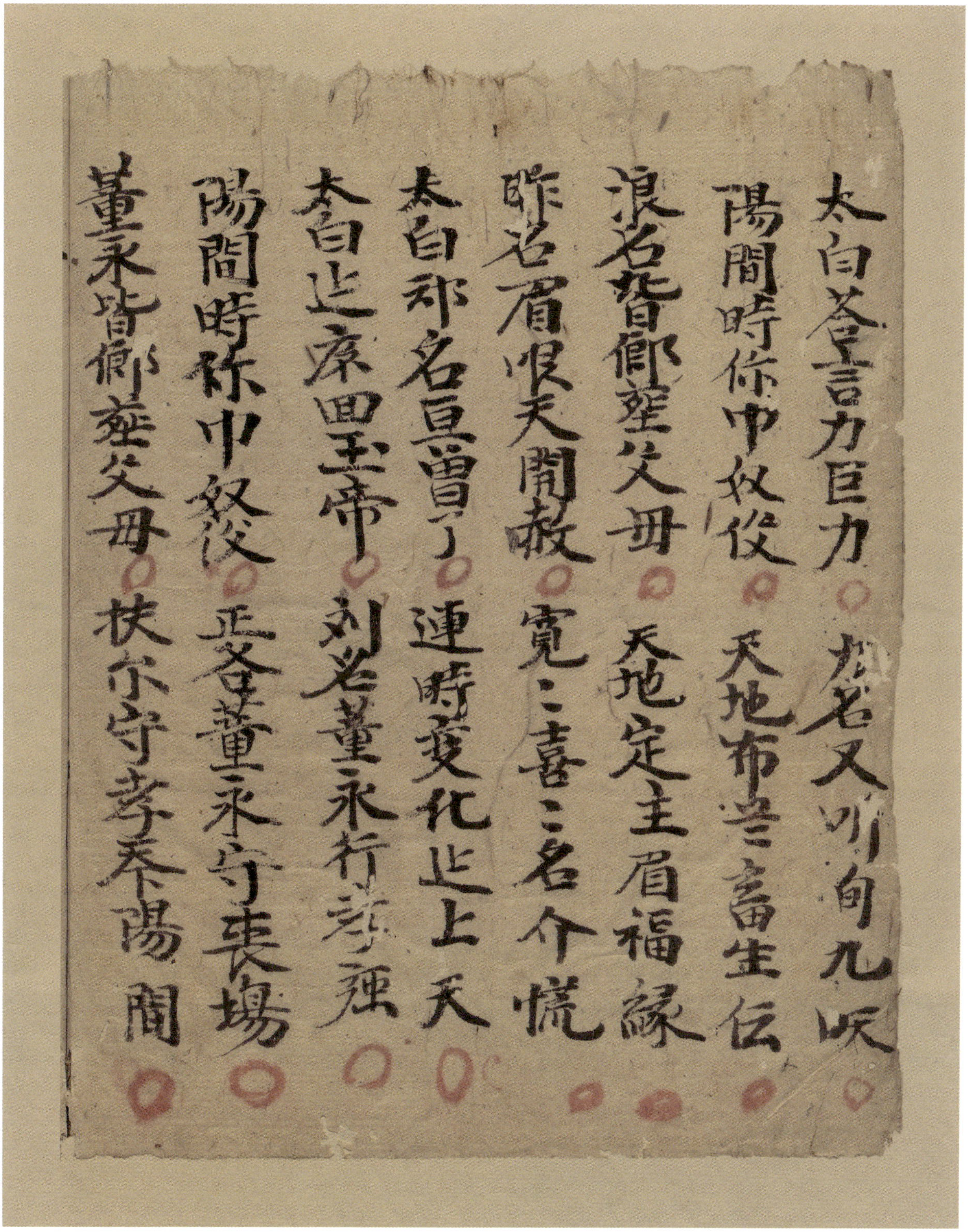
太白答言力巨力　我名又叫白九妖
陽間時係中奴役　天地布些畜生伝
浪名皆御埜父母　天地定主眉福緣
昨名眉恨天開赦　寬寬喜喜名介慌
太白那名亘曾丁　連時変化近上天
太白近麻田玉帝　刘名董永行孝埜
陽間時係中奴役　正各董永守喪場
董永皆御埜父母　扶尔守孝奉陽間

391
太 白 苔 言 力 巨 力
taːi^{6} peːk^{8} taːp^{7} jiːn^{2} lɯk^{8} ʔɯ^{5} lɯk^{8}
Daih- beg dap yienz lwg wq lwg
太 白 答 言 儿 呀 儿
太白说道儿呀儿，

392
力 名 又 听 旬 九 吠
lɯk^{8} mɯŋ^{2} jou^{4} tiŋ^{5} tson^{2} ku^{1} tɯːn^{1}
lwg mwngz youh dingq coenz gou dwen
子 你 又 听 句 我 提及
孩子你且听我言。

393
陽 間 時 你 巾 奴 仪
jɯːŋ^{2} kaːn^{1} θei^{2} nei^{4} kɯn^{1} no^{6} po^{6}
yiengz- gan seiz- neix gwn noh boh
阳 间 时 这 吃 肉 父
阳间此时吃父肉，

394
天 地① 布 兰 畜 生 伝
tiːn^{1} tei^{6} ʔbou^{5} ro^{4} tsuk^{7} θeːŋ^{1} wun^{2}
dien deih mbouj rox cuk- seng vunz
天 地 不 知 畜 牲 人
天地不知人如畜。

395
浪 名 皆 [亻郎] [艹差] 父 毋
laːŋ^{6} mɯŋ^{2} kaːi^{1} ʔdaːŋ^{1} tsaːŋ^{5} fou^{6} mu^{4}
langh mwngz gai ndang cangq fouh mux
若 你 卖 身 葬 父 母
若你卖身葬父母，

396
天 地 定 主 眉 福 缘
tiːn^{1} tei^{6} tiŋ^{6} tsaɯ^{5} mei^{2} fuk^{7} juːn^{2}
dien deih dingh cawq miz fuk- yienz
天 地 定 注 有 福 缘
天地注定有福缘。

397
昨 名 眉 眼 天 開 赦
tsoːk^{8} mɯŋ^{2} mei^{2} ŋon^{2} ʔbɯn^{1} haːi^{1} hei^{5}
cog mwngz miz ngoenz mbwn hai heiq
将来 你 有 日 天 开 气
有朝一日天开眼，

398
寬 寬 喜 喜 名 介 慌
wuːn^{1} wuːn^{1} hei^{3} hei^{3} mɯŋ^{2} kai^{5} wuːŋ^{1}
vuen- vuen heij- heij mwngz gaej vueng
欢 欢 喜 喜 你 别 慌
欢欢喜喜你别慌。

399
太 白 邳 名 亘 曾 了
taːi^{6} peːk^{8} tsiːu^{5} mɯŋ^{2} kaːŋ^{3} tsaŋ^{2} liːu^{4}
Daih- beg caeuq mwngz gangj caengz liux
太 白 跟 你 讲 未曾 完
太白交代尚未完，

400
連 時 变 化 辷 上 天
liːn^{2} θei^{2} piːn^{5} wa^{5} hɯn^{3} kɯn^{2} ʔbɯn^{1}
lienz- seiz bienq- vaq hwnj gwnz mbwn
连 时 变 化 上 上 天
当即变身回天上。

401

太	白	𧾷上	庅	𡈐	玉	帝
taːi6	peːk8	hɯn3	ma1	hoi2	ɲaɯ6	tai5
Daih-	beg	hwnj	ma	hoiz	Nyawh-	daeq
太	白	上	来	回	玉	帝

太白上天回玉帝，

402

刘	名	董	永	行	孝	强
nau2	mɯŋ2	toŋ3	wiŋ4	heːŋ2	jaːu5	kjɯːŋ2
naeuz	mwngz	Doengj	Vingx	hengz	hauq	giengz
说	你	董	永	行	孝	强

告知董永行孝义。

403

陽	間	時	你	巾	奴	仪
jɯːŋ2	kaːn1	θei2	nei4	kɯn1	no6	po6
yiengz-	gan	seiz-	neix	gwn	noh	boh
阳	间	时	这	吃	肉	父

阳间此时吃父肉，

404

正	各	董	永	守	丧	塲
tsiŋ5	kaːk8	toŋ3	wiŋ4	θou3	θaːŋ1	tsɯːŋ2
cingq	gag	Doengj	Vingx	souj	sang-	ciengz
正是	独自	董	永	守	丧	场

唯独董永守丧场。

405

董	永	皆	𨛋	塟	父	母
toŋ3	wiŋ4	kaːi1	ʔdaːŋ1	tsaːŋ5	fou6	mu4
Doengj	Vingx	gai	ndang	cangq	fouh	mux
董	永	卖	身	葬	父	母

董永卖身葬父母，

406

扶	尔	守	孝	𡗶	陽	間
pou4	laɯ2	θou3	jaːu5	la3	jɯːŋ2	kaːn1
boux-	lawz	souj-	hauq	laj	yiengz-	gan
人	哪	守	孝	下	阳	间

有谁守孝阳世间？

---

① 天地 [tiːn1 tei6]：本义是“天地”，此处是指父母，意指父为天，母为地，父母无比尊贵。

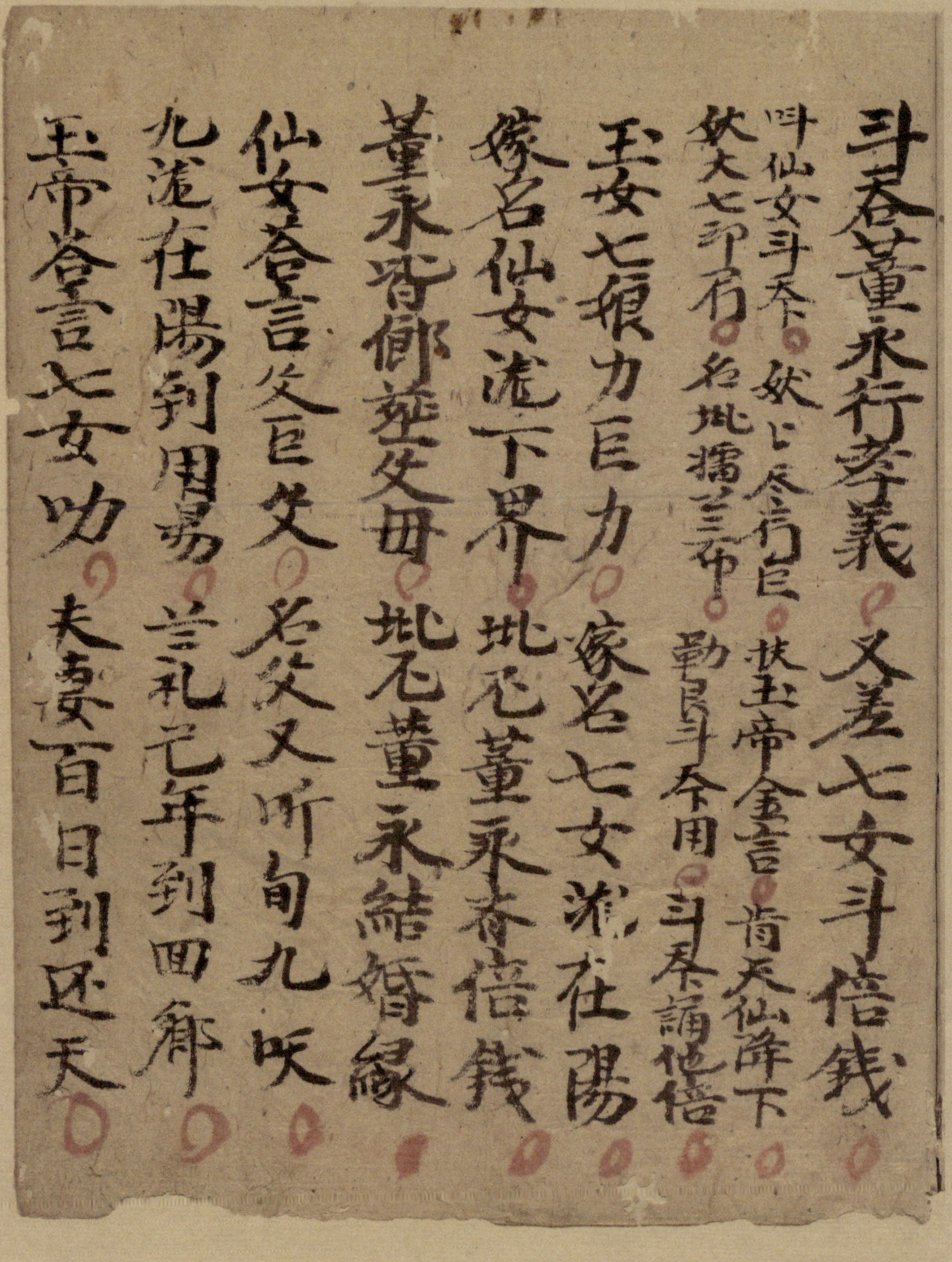
斗吞董永行孝義 又差七女斗倍錢
吽仙女斗天下 妖乚佟行巨 扶玉帝金言 旨天仙降下
妖大七卯行 名𣎴擂三布 勒艮斗佘用 斗來誦倍倍
玉女七哏力巨力 家名七女㳇在陽
家名仙女㳇下界 𣎴乜董永𠲜倍錢
董永背御埊父母 𣎴乜董永結婚緣
仙女𠰷言父巨父 名父又吓旬九吠
九㳇在陽到用易 兰礼乜年到田鄉
玉帝𠰷言七女叻 夫妻百日到返天

407

斗	吞	董	永	行	孝	義
tau^{3}	ran^{1}	toŋ^{3}	wiŋ^{4}	heːŋ^{2}	jaːu^{5}	ŋei^{6}
daeuj	raen	Doengj	Vingx	hengz	hauq	ngeih
来	见	董	永	行	孝	义

玉帝知董永行孝，

408

又	差	七	女	斗	倍	錢
jou^{4}	tsaːi^{1}	tsat^{7}	naɯ^{4}	tau^{3}	poi^{2}	tsiːn^{2}
youh	cai	caet-	nawx	daeuj	boiz	cienz
又	差使	七	女	来	还	钱

又派七女来偿债。

409

吽	仙	女	斗	夻
heu^{6}	θiːn^{1}	naɯ^{4}	tau^{3}	la^{3}
heuh	sien-	nawx	daeuj	laj
叫	仙	女	来	下

叫仙女下凡，

410

㚢	㚢	尽	肩	巨
ta^{6}	ta^{6}	tsan^{6}	ʔdi^{1}	ŋaɯ^{4}
dah	dah	caenh	ndi	ngawx
个	个	尽	不	理睬

个个不理睬。

411

扶	玉	帝	金	言
pou^{4}	ȵaɯ^{6}	tai^{5}	kim^{1}	jiːn^{2}
boux	Nyawh-	daeq	gim	yienz
人	玉	帝	金	言

玉帝开金言，

412

肯	天	仙	降	下①
haŋ^{3}	tiːn^{1}	θiːn^{1}	kjaːŋ^{5}	la^{3}
haengj	dien-	sien	gyangq	laj
给	天	仙	降	下

派天仙下凡。

413

㚢	大	七	卭	肩②
ta^{6}	taːi^{6}	tsat^{7}	jɯ^{5}	ʔdɯːi^{1}
dah	daih-	caet	youq	ndwi
个	第	七	在	空闲

七仙女得闲，

414

名	批③	擂④	兰	布
mɯŋ^{2}	pai^{1}	loi^{6}	ro^{4}	ʔbou^{5}
mwngz	bae	loih	rox	mbouj
你	去	个	或	不

你肯嫁他否？

415

勒	艮	斗	夻	用
rak^{7}	ŋan^{2}	tau^{3}	la^{3}	joŋ^{6}
raek	ngaenz	daeuj	laj	yungh
携	银	来	下	用

携银子去用，

416

斗	夻	誦	他	倍
tau^{3}	la^{3}	tsoŋ^{6}	te^{1}	poi^{2}
daeuj	laj	coengh	de	boiz
来	下	帮助	他	赔

去助他还债。

417

玉	**女**	**七**	**娘**	**力**	**巨**	**力**
ȵaɯ^{6}	naɯ^{4}	tsat^{7}	ni:ŋ^{2}	lɯk^{8}	ʔɯ^{5}	lɯk^{8}
nyawh-	nawx	caet-	niengz	lwg	wq	lwg
玉	**女**	**七**	**娘**	**儿**	**呀**	**儿**

玉女七娘儿呀儿，

418

嫁	**名**	**七**	**女**	**滝**	**在**	**陽**⑤
ha^{5}	mɯŋ^{2}	tsat^{7}	naɯ^{4}	roŋ^{2}	tsa:i^{6}	jɯ:ŋ^{2}
haq	mwngz	caet-	nawx	roengz	caih-	yiengz
嫁	**你**	**七**	**女**	**下**	**在**	**阳**

嫁你七女到阳间。

419

嫁	**名**	**仙**	**女**	**滝**	**下**	**界**
ha^{5}	mɯŋ^{2}	θi:n^{1}	naɯ^{4}	roŋ^{2}	ja^{6}	kja:i^{5}
haq	mwngz	sien-	nawx	roengz	yah-	gyaiq
嫁	**你**	**仙**	**女**	**下**	**下**	**界**

嫁你七女到下界，

420

批	**兀**	**董**	**永**	**齐**	**倍**	**銭**
pai^{1}	ʔdi^{3}	toŋ^{3}	wiŋ^{4}	tsai^{2}	poi^{2}	tsi:n^{2}
bae	ndij	Doengj	Vingx	caez	boiz	cienz
去	**跟**	**董**	**永**	**齐**	**赔**	**钱**

去跟董永共还钱。

421

董	**永**	**皆**	**俍**	**葬**	**父**	**毋**
toŋ^{3}	wiŋ^{4}	ka:i^{1}	ʔda:ŋ^{1}	tsa:ŋ^{5}	fou^{6}	mu^{4}
Doengj	Vingx	gai	ndang	cangq	fouh	mux
董	**永**	**卖**	**身**	**葬**	**父**	**母**

董永卖身葬父母，

422

批	**兀**	**董**	**永**	**結**	**婚**	**緣**
pai^{1}	ʔdi^{3}	toŋ^{3}	wiŋ^{4}	ki:t^{7}	hon^{1}	ju:n^{2}
bae	ndij	Doengj	Vingx	giet	hoen-	yienz
去	**跟**	**董**	**永**	**结**	**婚**	**缘**

去跟董永结姻缘。

423

仙	**女**	**荅**	**言**	**父**	**巨**	**父**
θi:n^{1}	naɯ^{4}	ta:p^{7}	ji:n^{2}	po^{6}	ʔɯ^{5}	po^{6}
sien-	nawx	dap	yienz	boh	wq	boh
仙	**女**	**答**	**言**	**父**	**呀**	**父**

仙女回答父呀父，

424

名	**父**	**又**	**听**	**旬**	**九**	**吠**
mɯŋ^{2}	po^{6}	jou^{4}	tiŋ^{5}	tson^{2}	ku^{1}	tɯ:n^{1}
mwngz	boh	youh	dingq	coenz	gou	dwen
你	**父**	**又**	**听**	**句**	**我**	**提及**

父亲你且听我说。

425

九	**滝**	**在**	**陽**	**到**	**用**	**易**
ku^{1}	roŋ^{2}	tsa:i^{6}	jɯ:ŋ^{2}	ta:u^{5}	juŋ^{2}	hei^{6}
gou	roengz	caih-	yiengz	dauq	yungz-	heih
我	**下**	**在**	**阳**	**倒**	**容**	**易**

我下阳间倒容易，

426

兰	**礼**	**己**	**年**	**到**	**田**	**鄉**
ro^{4}	ʔdai^{3}	kei^{3}	pei^{1}	ta:u^{5}	hoi^{2}	jɯ:ŋ^{1}
rox	ndaej	geij	bi	dauq	hoiz	yieng
知	**得**	**几**	**年**	**回**	**回**	**乡**

不知几年能回乡。

427

玉	帝	荅	言	七	女	叻
ȵaɯ6	tai5	ta:p7	ji:n2	tsat7	naɯ4	lɯk8
Nyawh-	daeq	dap	yienz	caet-	nawx	lwg
玉	帝	答	言	七	女	儿

玉帝回答七女道，

428

夫	妻	百	日	到	还	天
fou1	tsei1	pa:k7	ŋon2	ta:u5	hoi2	ti:n1
fou	cei	bak	ngoenz	dauq	hoiz	dien
夫	妻	百	日	倒	回	天

结婚百日可返回。

---

① 降下 [kja:ŋ5 la3]：降到下界，即派仙女下凡帮助董永。“降 [kja:ŋ5]”是老借词。

② 㓚屌 [jɯ5 ʔdɯ:i1]：本义是“闲着、无负担”，此处引申为“单身、孤身、自由身”，即待嫁的姑娘。

③ 岜 [pai1]：本义是“去”，此处引申为“出嫁”之义。

④ 擂 [loi6]：量词（指男性），这里指代董永。壮语中名量词有指代功能。

⑤ 在陽 [tsa:i6 jɯ:ŋ2]：指阳间。

送礼宝珠不瑪瑙○金銀財宝庄衣裳○

九盃[illegible]香背名勒○力九不勒初身腸○

若是曷閣亘煩瑙○若燒[illegible]香就通天○

仙女依文旬亘过○連時变化陁在閣○

布唱仙女陁下界○文㗂通乘地皆鄉○

董永行孝滿○三宝平開恩○地酉得命大○神仙吞造恩○

差仙女結婚○地江坤劲加○三𦘦又陁垸○天地照个吞○

度吞梠机道乙乃○仙女下界陁斗全○

429

送	**礼**	**宝**	**珠**	**厄**	**瑪**	**瑙**
θoŋ^{5}	ʔdai^{3}	pa:u^{3}	tsaɯ^{1}	ʔdi^{3}	ma^{3}	na:u^{4}
soengq	ndaej	bauj-	caw	ndij	maj-	naux
送	**得**	**宝**	**珠**	**与**	**玛**	**瑙**

送得宝珠与玛瑙，

430

金	**銀**	**財**	**宝**	**庄**	**衣**	**裳**
kim^{1}	ŋan^{2}	tsa:i^{2}	pa:u^{3}	tsa:ŋ^{1}	ʔei^{1}	tsɯ:ŋ^{2}
gim	ngaenz	caiz-	bauj	cang	ei-	ciengz
金	**银**	**财**	**宝**	**装**	**衣**	**裳**

金银财宝妆衣裳。

431

九	**亞**	**埔**	**香**①	**肯**	**名**	**勒**
ku^{1}	ʔau^{1}	na:n^{6}	jɯ:ŋ^{1}	haŋ^{3}	mɯŋ^{2}	rak^{7}
gou	aeu	nanh	yieng	haengj	mwngz	raek
我	**要**	**难**	**香**	**给**	**你**	**佩带**

我送难香给你带，

432

力	**九**	**厄**	**勒**	**初**	**身**	**腸**②
lɯk^{8}	ku^{1}	ʔdei^{1}	rak^{7}	tso^{5}	ʔda:ŋ^{1}	tsɯ:ŋ^{2}
lwg	gou	ndei	raek	coq	ndang	ciengz
儿	**我**	**好**	**佩带**	**放在**	**身**	**裳**

我女佩好带在身。

433

若	**是**	**陽**	**間**	**兰**	**煩**	**瑙**
la:ŋ^{6}	θei^{6}	jɯ:ŋ^{2}	ka:n^{1}	ro^{4}	fa:n^{2}	na:u^{4}
langh	seih	yiengz-	gan	rox	fanz-	naux
若	**是**	**阳**	**间**	**或**	**烦**	**恼**

若在阳间遇麻烦，

434

名	**燒**	**埔**	**香**	**就**	**逼**	**天**
mɯŋ^{2}	θi:u^{1}	na:n^{6}	jɯ:ŋ^{1}	tsi:u^{4}	toŋ^{1}	ti:n^{1}
mwngz	siu	nanh	yieng	couh	doeng	dien
你	**烧**	**难**	**香**	**就**	**通**	**天**

你烧难香就通天。

435

仙	**女**	**依**	**父**	**句**	**亘**	**过**
θi:n^{1}	naɯ^{4}	ʔei^{1}	po^{6}	tson^{2}	ka:ŋ^{3}	kwa^{5}
sien-	nawx	ei	boh	coenz	gangj	gvaq
仙	**女**	**依**	**父**	**句**	**讲**	**过**

仙女依顺父所说，

436

連	**時**	**变**	**化**	**陇**	**在**	**間(陽)**
li:n^{2}	θei^{2}	pi:n^{5}	wa^{5}	roŋ^{2}	tsa:i^{6}	jɯ:ŋ^{2}
lienz-	seiz	bienq-	vaq	roengz	caih-	yiengz
连	**时**	**变**	**化**	**下**	**在**	**阳**

当即变化下凡间。

---

① 埔香 [na:n^{6} jɯ:ŋ^{1}]：难香，即遭遇险境时焚烧的香。传说玉帝闻到此香，即知七仙女在凡间遇险求助。

② 身腸 [ʔda:ŋ^{1} tsɯ:ŋ^{2}]：随身衣裳。

六　仙女董永结良缘

扫码听音频

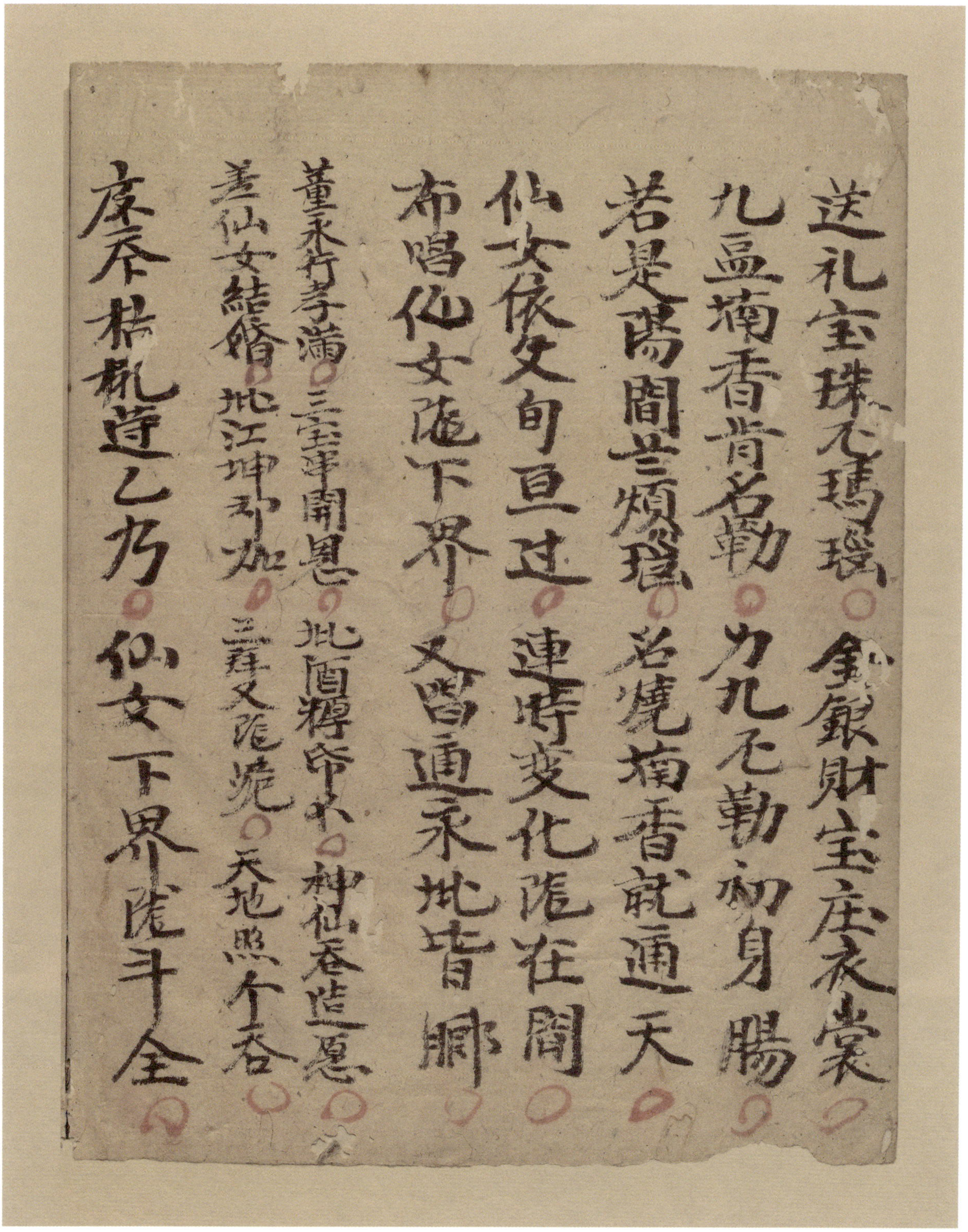

送礼宝珠乙瑪瑙○金銀財宝庄衣裳○
九盃𥋽香背名勒○力九乙勤初身腸○
若是陽間㞢煩惱○名燒𥋽香就通天○
仙女依文旬亘过○連時变化陀在間○
布唱仙女陀下界○又啚通永地皆鄉○
董永行孝滿○三宝浮開恩○地酒禮命不○神仙吞造恩○
差仙女結婚○地江坤刁加○三薛又陀兜○天地照个吞○
序吞桔𬘬逆乙乃○仙女下界陀斗全○

437

布	**唱**	**仙**	**女**	**陇**	**下**	**界**
ʔbou^{5}	tsɯːŋ^{5}	θiːn^{1}	naɯ^{4}	roŋ^{2}	ja^{6}	kjaːi^{5}
mbouj	ciengq	sien-	nawx	roengz	yah-	gyaiq
不	唱	仙	女	下	下	界

不唱仙女到下界，

438

又	**唱**	**迵**①	**永**	**批**	**皆**	**廊**
jou^{4}	tsɯːŋ^{5}	toŋ^{3}	wiŋ^{4}	pai^{1}	kaːi^{1}	ʔdaːŋ^{1}
youh	ciengq	Doengj	Vingx	bae	gai	ndang
又	唱	董	永	去	卖	身

又唱董永去卖身。

439

董	**永**	**行**	**孝**	**滿**
toŋ^{3}	wiŋ^{4}	heːŋ^{2}	jaːu^{5}	muːn^{4}
Doengj	Vingx	hengz	hauq	muenx
董	永	行	孝	满

董永行孝满，

440

三	**宝**	**串**	**開**	**恩**
θaːm^{1}	paːu^{3}	tsuːn^{5}	haːi^{1}	ʔan^{1}
sam	bauj	cienq	hai	aen
三	宝	转	开	恩

三宝转开恩。

441

批	**洒**	**糈**	**帋**	**钅**
pai^{1}	lau^{3}	hau^{4}	tsei^{3}	tsiːn^{2}
bae	laeuj	haeux	ceij	cienz
去	酒	米	纸	钱

费酒米纸钱，

442

神	**仙**	**吞**	**造**	**愿**②
θan^{2}	θiːn^{1}	ran^{1}	tsaːu^{6}	ȵuːn^{6}
saenz-	sien	raen	cauh	nyienh
神	仙	见	才	愿

神仙也愿帮。

443

差	**仙**	**女**	**结**	**婚**
tsaːi^{1}	θiːn^{1}	naɯ^{4}	kiːt^{7}	hon^{1}
cai	sien-	nawx	giet-	hoen
差使	仙	女	结	婚

派仙女结婚，

444

批	**江**	**坤**	**祁**	**加**
pai^{1}	kjaːŋ^{1}	ron^{1}	jɯ^{5}	kja^{3}
bae	gyang	roen	youq	caj
去	中	路	在	等候

去半路等待。

445

三	**拜**	**又**	**陇**	**洈**
θaːm^{1}	paːi^{5}	jou^{4}	roŋ^{2}	kwei^{6}
sam	baiq	youh	roengz	gvih
三	拜	又	下	跪

三拜又下跪，

446

天	**地**	**照**	**个**	**吞**
tiːn^{1}	tei^{6}	tsiːu^{5}	ko^{5}	ran^{1}
dien	deih	ciuq	goj	raen
天	地	瞧	也	见

天地也看到。

447

庅	**⿱大下**	**枯**	**朹**	**⿺走登**	**乙**	**乃**
ma^{1}	la^{3}	ko^{1}	fai^{4}	naŋ^{6}	ʔiːt^{7}	naːi^{5}
ma	laj	go-	faex	naengh	yiet-	naiq
来	下	棵	树	坐	歇	乏

董永来到树下歇，

448

仙	**女**	**下**	**界**	**陇**	**斗**	**全**
θiːn^{1}	nauɯ^{4}	ja^{6}	kjaːi^{5}	roŋ^{2}	tau^{3}	tsuːn^{6}
sien-	nawx	yah-	gyaiq	roengz	daeuj	cienh
仙	女	下	界	下	来	转

仙女来凡间打转。

---

① ⿺辶重 [toŋ^{3}]：同"董"。由于壮语北部方言多数地方无送气声母，且"⿺辶重""董"音近，故抄本"⿺辶重""董"混用。

② 此句大意是董永的孝行感天动地，神仙看见了也愿意帮助他。

仙女淰汁就寮陥　碍㞕反逰忌布安
碍㞕反逰忌布亘　岑名董永养尔煩
董永他部其全呈　巷九旧往把結缘
条渫冬旧迓　岑酾氏亦令　因啞件尔匈　皮剂九句話
劳丰名董永　認自認肯見　話說自旦真　忐良心自正
恐九旧往口批度　却他辛苦行孝㱥
却他辛苦行孝義　天地差九寻借錢
差九旧往寻活氣　董永萬事大布慌

449

仙	女	泷	斗	就	喙	陷
θiːn^{1}	naɯ^{4}	roŋ^{2}	tau^{3}	tsiːu^{4}	tsaːm^{1}	ham^{5}
sien-	nawx	roengz	daeuj	couh	cam	haemq
仙	女	下	来	就	问	问

仙女下来就询问，

450

碍	彨	皮	蹬	总	布	安
ŋaːi^{6}	ma^{2}	pei^{4}	naŋ^{6}	tsuŋ^{3}	ʔbou^{5}	ʔaːn^{1}
ngaih-	maz	beix	naengh	cungj	mbouj	an
奈	啥	兄	坐	总	不	安

奈何兄台坐不安。

451

碍	彨	皮	蹬	总	布	亘
ŋaːi^{6}	ma^{2}	pei^{4}	naŋ^{6}	tsuŋ^{3}	ʔbou^{5}	kaːŋ^{3}
ngaih-	maz	beix	naengh	cungj	mbouj	gangj
奈	啥	兄	坐	总	不	讲

为啥兄台坐不语，

452

嘇	名	蕫	永	养	尔	煩
tsaːm^{1}	mɯŋ^{2}	toŋ^{3}	wiŋ^{4}	jɯːŋ^{6}	laɯ^{2}	faːn^{2}
cam	mwngz	Doengj	Vingx	yiengh-	lawz	fanz
问	你	董	永	样	哪	烦

问你董永为何烦。

453

蕫	永	他	叩	其	尔	主①
toŋ^{3}	wiŋ^{4}	te^{1}	jɯ^{5}	ki^{2}	laɯ^{2}	tsu^{6}
Doengj	Vingx	de	youq	giz-	lawz	cuh
董	永	他	在	处	何	住

董永他在何处住，

454

忍	九	旧	眭	掚	結	缘
ȵan^{4}	ku^{1}	ku^{6}	nuːŋ^{4}	pai^{1}	kiːt^{7}	juːn^{2}
nyaenx	gou	guh	nuengx	bae	giet	yienz
这样	我	做	妹	去	结	缘

小妹寻他结良缘。

455

参	涞	尽	旧	娫
tsaːm^{1}	laːi^{1}	tsan^{6}	ku^{6}	ȵa^{6}
cam	lai	caenh	guh	nyah
问	多	尽	做	恼怒

问多尽气恼，

456

岑	𨠃	氏	卭	命
ŋam^{1}	na^{3}	tai^{3}	jɯ^{5}	miŋ^{6}
ngaem	naj	daej	youq	mingh
低	脸	哭	在	命

埋头哭由命。

457

因	位	件	尔	勾②
ʔin^{1}	wei^{6}	kiːn^{6}	laɯ^{2}	ŋau^{1}
aen-	vih	gienh	lawz	ngaeu
因	为	件	哪	钩

因何事委屈，

458

皮	刘	九	句	話
pei^{4}	nau^{2}	ku^{1}	tson^{2}	wa^{6}
beix	naeuz	gou	coenz	vah
兄	说	我	句	话

兄道我一声。

459

劳	士	名	董	永
la:u^{1}	θei^{6}	mɯŋ^{2}	toŋ^{3}	wiŋ^{4}
lau	seih	mwngz	Doengj	Vingx
怕	是	你	董	永

或你是董永，

460

認	自	認	肯	九
ȵin^{6}	θei^{6}	ȵin^{6}	haŋ^{3}	ku^{1}
nyinh	seih	nyinh	haengj	gou
认	自	认	给	我

便告知于我。

461

話	説	自	亘	真
wa^{6}	θo^{6}	θei^{6}	ka:ŋ^{3}	tsan^{1}
vah	soh	seih	gangj	caen
话	直	自	讲	真

实话当真说，

462

恐	良	心	自	正
ȵan^{4}	li:ŋ^{2}	θim^{1}	θei^{6}	tsiŋ^{5}
nyaenx	liengz-	sim	seih	cingq
如此	良	心	自	正

如此良心正。

463

恐	九	旧	⿰丿生	口	批	度
ȵan^{4}	ku^{1}	ku^{6}	nu:ŋ^{4}	hau^{3}	pai^{1}	tso^{6}
nyaenx	gou	guh	nuengx	haeuj	bae	coh
这样	我	做	妹	进	去	朝

这样为妹去跟随，

464

却	他	辛	苦	行	孝	强
tso^{6}	te^{1}	θin^{1}	ho^{3}	he:ŋ^{2}	ja:u^{5}	kjɯ:ŋ^{2}
coh	de	sin-	hoj	hengz	hauq	giengz
可怜	他	辛	苦	行	孝	强

怜他辛苦行孝强。

465

却	他	辛	苦	行	孝	義
tso^{6}	te^{1}	θin^{1}	ho^{3}	he:ŋ^{2}	ja:u^{5}	ŋei^{6}
coh	de	sin-	hoj	hengz	hauq	ngeih
可怜	他	辛	苦	行	孝	义

惜他坚持行孝义，

466

天	地	差	九	斗	倍	錢
ti:n^{1}	tei^{6}	tsa:i^{1}	ku^{1}	tau^{3}	poi^{2}	tsi:n^{2}
dien	deih	cai	gou	daeuj	boiz	cienz
天	地	差使	我	来	赔	钱

天地派我来还钱。

467

差	九	旧	⿰丿生	斗	活	氣
tsa:i^{1}	ku^{1}	ku^{6}	nu:ŋ^{4}	tau^{3}	hoi^{2}	hei^{5}
cai	gou	guh	nuengx	daeuj	hoiz	heiq
差使	我	做	妹	来	活	气

派我为他解忧虑，

468

董	永	萬	事	尽	布	慌
toŋ^{3}	wiŋ^{4}	fa:n^{6}	θai^{6}	tsan^{6}	ʔbou^{5}	wu:ŋ^{1}
Doengj	Vingx	fanh	saeh	caenh	mbouj	vueng
董	永	万	事	尽	不	慌

董永万事不用慌。

---

① 主 [tsu^6]："住"的借词，既借音也借义。在《古士董永灯一卷》抄本用"住"字。

② 勾 [ŋau^1]：本义是"钩"，这里指心事如钩状物一样弯弯曲曲，内心委屈苦楚无法排解。

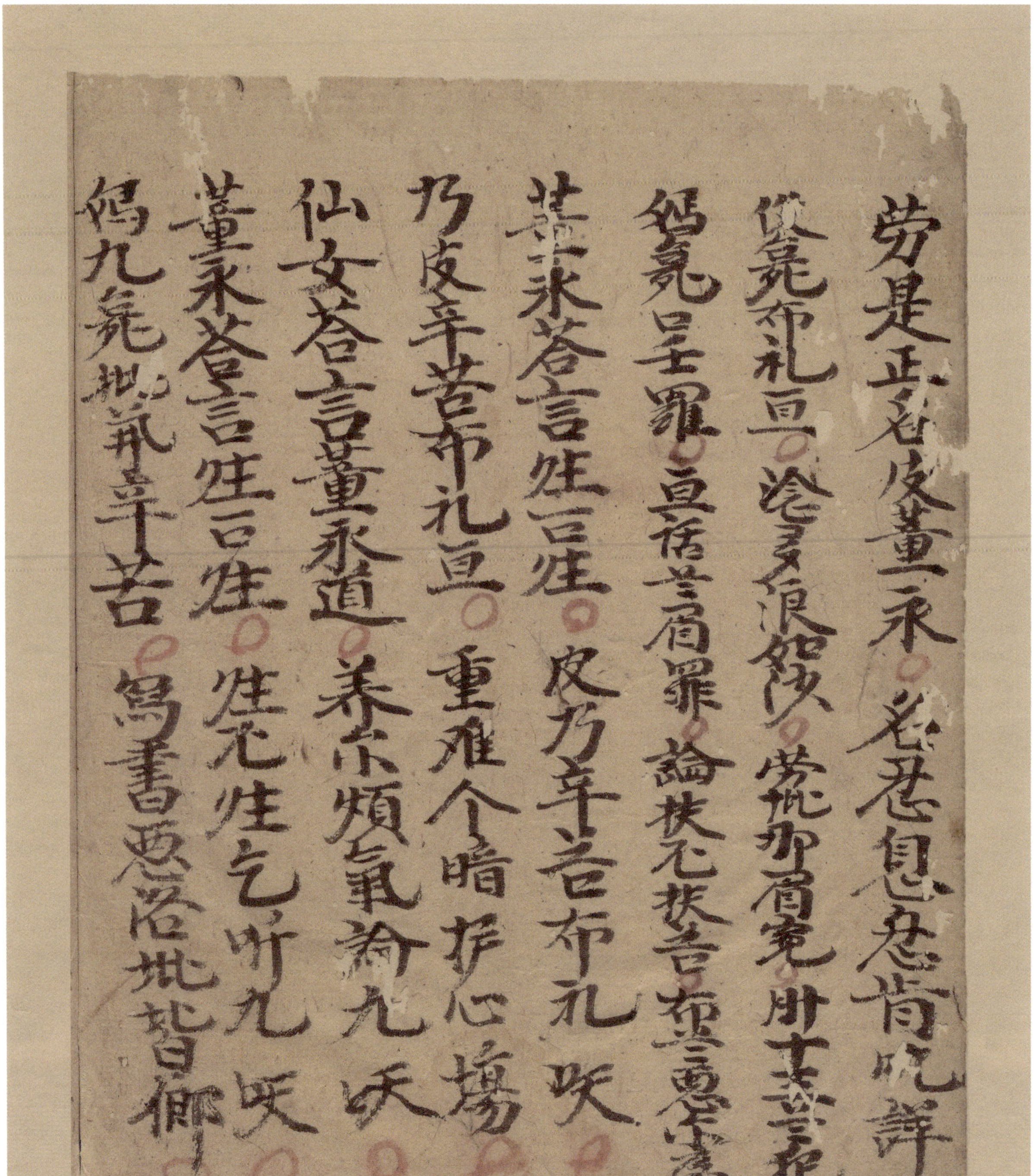

469

劳	**是**	**正**	**名**	**皮**	**董**	**永**
la:u^{1}	θei^{6}	tsiŋ^{5}	mɯŋ^{2}	pei^{4}	toŋ^{3}	wiŋ^{4}
lau	seih	cingq	mwngz	beix	Doengj	Vingx
怕	是	正	你	兄	董	永

或恐你是董永兄，

470

名	**忍**	**息**	**忍**	**肯**	**叽**	**詳**①
mɯŋ^{2}	ȵan^{4}	tsi^{6}	ȵan^{4}	haŋ^{3}	ku^{1}	θɯ:ŋ^{2}
mwngz	nyaenx	cix	nyaenx	haengj	gou	siengz
你	这样	就	这样	给	我	端详

如此详细说我听。

471

仪	**⿱白死**	**布**	**礼**	**亘**
po^{6}	ta:i^{1}	ʔbou^{5}	ʔdai^{3}	ka:ŋ^{3}
boh	dai	mbouj	ndaej	gangj
父	死	不	得	讲

父死不能说，

472

淰	**⿱彐夕**	**浪**	**如**	**沙**
ram^{4}	ta^{1}	la:ŋ^{6}	θi^{2}	θa^{2}
raemx-	da	langh	siz-	saz
水	眼	放	唏嗦	

泪水落娑娑。

473

劳	**批**	**那**	**眉**	**寃**
la:u^{1}	pai^{1}	na^{3}	mei^{2}	ju:n^{1}
lau	bae	naj	miz	ien
怕	去	前	有	冤

怕将来结冤，

474

肝	**十**	**王**②	**兰**	**犯**
taŋ^{2}	θip^{8}	wu:ŋ^{2}	ro^{4}	fa:m^{6}
daengz	cib	vuengz	rox	famh
到	十	王	会	犯

到阴殿犯事。

475

媽	**⿱白死**	**口**	**壬**	**羅**
me^{6}	ta:i^{1}	hau^{3}	ji:m^{2}	la^{2}
meh	dai	haeuj	Yiemz-	laz
母	死	入	阎	罗

母死入阴殿，

476

亘	**话**	**兰**	**眉**	**罪**
ka:ŋ^{3}	wa^{6}	ro^{4}	mei^{2}	tsoi^{6}
gangj	vah	rox	miz	coih
讲	话	或	有	罪

说话恐获罪。

477

論	**扶**	**厄**	**扶**	**苦**③
lɯn^{6}	pou^{4}	ʔdi^{3}	pou^{4}	ho^{3}
lwnh	boux	ndij	boux	hoj
告诉	人	与	人	苦

向别人诉苦，

478

布	**兰**	**恶**	**尔**	**庲**
ʔbou^{5}	ro^{4}	ʔo:k^{7}	law^{2}	ma^{1}
mbouj	rox	ok	lawz	ma
不	知道	出	何	来

不知因何来。

479

董　永　荅　言　姓　叵　姓

toŋ^{3} wiŋ^{4} ta:p^{7} ji:n^{2} nu:ŋ^{4} hɯ^{2} nu:ŋ^{4}

Doengj Vingx dap yienz nuengx hwz nuengx

董　永　答　言　妹　呀　妹

董永说道妹呀妹，

480

皮　乃　辛　苦　布　礼　吠

pei^{4} na:i^{6} θin^{1} ho^{3} ʔbou^{5} ʔdai^{3} tɯ:n^{1}

beix naih sin- hoj mbouj ndaej dwen

兄　耐　辛　苦　不　得　提及

兄受辛苦不堪提。

481

皮　乃④　辛　苦　布　礼　亘

pei^{4} na:i^{6} θin^{1} ho^{3} ʔbou^{5} ʔdai^{3} ka:ŋ^{3}

beix naih sin- hoj mbouj ndaej gangj

兄　耐　辛　苦　不　得　讲

兄遭苦难说不尽，

482

重　难　个　暗　护　心　塲

nak^{7} na:n^{2} ko^{5} ʔam^{1} ʔdaɯ^{1} θim^{1} tsɯ:ŋ^{2}

naek nanz goj aem ndaw sim- ciengz

重　难　也　闷　里　心　肠

苦难皆闷在心肠。

483

仙　女　荅　言　董　永　道

θi:n^{1} naɯ^{4} ta:p^{7} ji:n^{2} toŋ^{3} wiŋ^{4} ta:u^{6}

sien- nawx dap yienz Doengj Vingx dauh

仙　女　答　言　董　永　道

仙女答言董永道，

484

养　尔　煩　氣　論　九　吠

jɯ:ŋ^{6} laɯ^{2} fa:n^{2} hei^{5} lɯn^{6} ku^{1} tɯ:n^{1}

yiengh- lawz fanz heiq lwnh gou dwen

样　哪　烦　忧　告诉　我　提及

何事烦忧说我听。

485

董　永　荅　言　姓　叵　姓

toŋ^{3} wiŋ^{4} ta:p^{7} ji:n^{2} nu:ŋ^{4} hɯ^{2} nu:ŋ^{4}

Doengj Vingx dap yienz nuengx hwz nuengx

董　永　答　言　妹　呀　妹

董永回话妹呀妹，

486

姓　厄　姓　乞⑤　听　九　吠

nu:ŋ^{4} ʔdei^{1} nu:ŋ^{4} ʔat^{7} tiŋ^{5} ku^{1} tɯ:n^{1}

nuengx ndei nuengx aet dingq gou dwen

妹　好　妹　乖巧　听　我　提及

乖巧阿妹听我说。

487

媽　九　臰　批　㒪　辛　苦

me^{6} ku^{1} ta:i^{1} pai^{1} ra:n^{2} θin^{1} ho^{3}

meh gou dai bae ranz sin- hoj

母　我　死　去　家　辛　苦

母亲去世家穷苦，

488

寫　青　恶　洛　坒　皆　倻

θe^{3} θaɯ^{1} ʔo:k^{7} ro:k^{8} pai^{1} ka:i^{1} ʔda:ŋ^{1}

sij saw ok rog bae gai ndang

写　书　出　外　去　卖　身

立书外出去卖身。

① 此句大意是：即使情况如此糟糕，你也要如实相告，让我仔细分析。“忍息忍 [n̥an⁴ tsi⁶ n̥an⁴]”是固定短语，直译为“这样就这样”。“息”在《古士董永灯一卷》抄本记作“自”。

② 十王 [θip⁸ wuːŋ²]：本义是“十殿阎王”，这里指阴间。

③ 按常规的语序，“吿 [ho³]”应置于“論 [lɯn⁶]”后，这里为了押韵挪至句末。

④ 皮乃 [pei⁴ naːi⁶]：抄本原写为“乃皮”，句意不通，现据《古士董永灯一卷》抄本改为“皮乃”。

⑤ 乞 [ʔat⁷]：通常与前面的“兀 [ʔdei¹]”连用，构成“兀乞 [ʔdei¹ ʔat⁷]”或“兀乞乞 [ʔdei¹ ʔat⁷ ʔat⁷]”，意为“完好、圆满、好端端”。

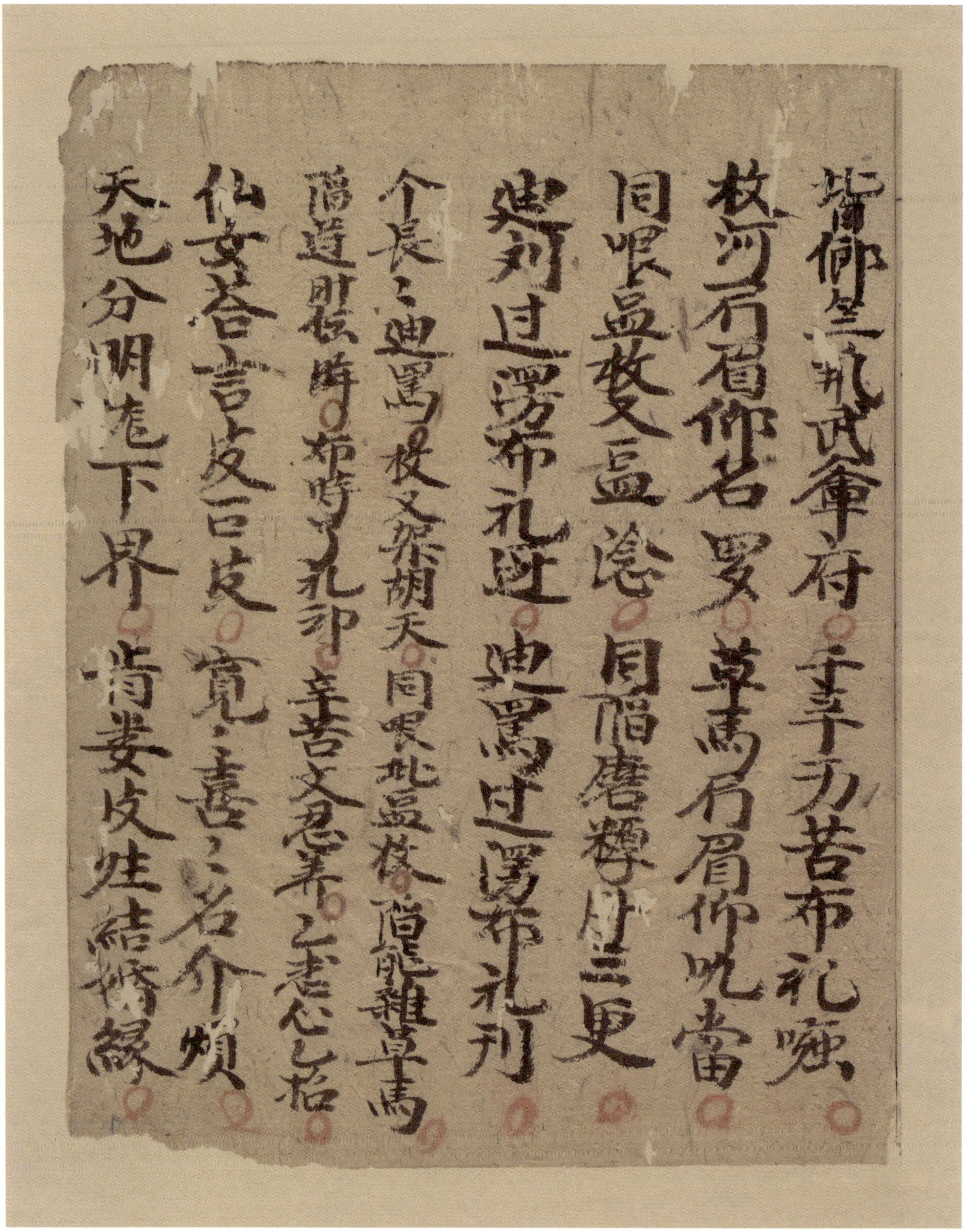
丨佈三卄武奪府 千手力苦布礼㾀
枚河石眉佈名罗 草馬石眉佈吼當
同嘪㽞枚叉㽞淰 同㑘磨㝵三史
𨒊刈过𤃱布礼𬎀 迪駡过𤃱布礼刋
个長〻迪駡枚叉架胡天 同嘪北㽞枚 𠃾能雜草馬
𫲃道嬰蹄 布蹄了礼邓 辛苦叉忍耒〻苦心〻苦
仙女吞言皮叉曰皮 寛〻喜〻名介煩
天地分明佈下界 肯娄皮姓結婚緣

489

皆	**俍**	**竺**	**兲**	**武**	**爺**	**府**
ka:i^{1}	ʔda:ŋ^{1}	tok^{7}	ra:n^{2}	fou^{4}	je^{2}	fou^{3}
gai	ndang	doek	ranz	Foux-	yez	fouj
卖	身	落	家	武	爷	府

卖身落在武爷府，

490

千	**辛**	**万**	**苦**	**布**	**礼**	**嚷**
tsi:n^{1}	θin^{1}	fa:n^{6}	ho^{3}	ʔbou^{5}	ʔdai^{3}	kja:ŋ^{2}
cien	sin	fanh	hoj	mbouj	ndaej	gyangz
千	辛	万	苦	不	得	叹

千辛万苦叹不得。

491

校	**河**	**启**	**眉**	**仰**	**名**	**罗**
fɯn^{2}	ha^{2}	ʔdi^{1}	mei^{2}	ȵɯ:ŋ^{4}	mɯŋ^{2}	ra^{4}
fwnz	haz	ndi	miz	nyiengx	mwngz	ra
柴	草	没	有	仰仗	你	找

柴草没有等我找，

492

草	**馬**	**启**	**眉**	**仰**	**叽**	**當**
ȵɯ^{3}	ma^{4}	ʔdi^{1}	mei^{2}	ȵɯ:ŋ^{4}	ku^{1}	ta:ŋ^{2}
nywj	max	ndi	miz	nyiengx	gou	dangz
草	马	没	有	仰仗	我	承担

马草没有由我担。

493

同	**哏**	**盃**	**校**	**又**	**盃**	**淰**
toŋ^{4}	ŋon^{2}	ʔau^{1}	fɯn^{2}	jou^{4}	ʔau^{1}	ram^{4}
doengx-	ngoenz	aeu	fwnz	youh	aeu	raemx
时段	日	要	柴	又	要	水

白天打柴又挑水，

494

同	**陷**	**磨**	**粰**	**肝**	**三**	**更**
toŋ^{4}	ham^{6}	mu^{6}	hau^{4}	taŋ^{2}	θa:m^{1}	ke:ŋ^{1}
doengx-	haemh	muh	haeux	daengz	sam-	geng
时段	夜	磨	米	到	三	更

夜晚磨米到三更。

495

廸	**刘**	**过**	**㳥**	**布**	**礼**	**迓**
tɯk^{8}	nau^{2}	kwa^{5}	laŋ^{1}	ʔbou^{5}	ʔdai^{3}	ȵa^{6}
dwg	naeuz	gvaq-	laeng	mbouj	ndaej	nyah
挨	说	过	后	不	得	恼怒

被斥过后不能恼，

496

廸	**罵**	**过**	**㳥**	**布**	**礼**	**刋**
tɯk^{8}	ʔda^{5}	kwa^{5}	laŋ^{1}	ʔbou^{5}	ʔdai^{3}	ha:n^{1}
dwg	ndaq	gvaq-	laeng	mbouj	ndaej	han
挨	骂	过	后	不	得	回嘴

挨骂不允许顶嘴。

497

个	**長**	**長**	**廸**	**罵**
ko^{5}	tsɯ:ŋ^{2}	tsɯ:ŋ^{2}	tɯk^{8}	ʔda^{5}
goj	ciengz-	ciengz	dwg	ndaq
也	常	常	挨	骂

也常常挨骂，

498

校	**又**	**架**	**胡**	**夭**
fɯn^{2}	jou^{4}	kja^{5}	ho^{2}	ʔi:u^{1}
fwnz	youh	gyaq	hoz-	iu
柴	又	架	脖	腰

柴又架颈脖。

499

同	**哏**	**玭**	**冨**	**校**
toŋ^{4}	ŋon^{2}	pai^{1}	ʔau^{1}	fɯn^{2}
doengx-	ngoenz	bae	aeu	fwnz
时段	日	去	要	柴

白天去打柴，

500

陷	**能**	**雜**	**草**	**馬**
ham^{6}	naŋ^{2}	tsaːp^{8}	ȵɯ^{3}	ma^{4}
haemh	naengz	cab	nywj	max
夜	竟然	铡	草	马

夜还铡马草。

501

陷	**踜①**	**肼**	**伝**	**眸**
ham^{6}	naŋ^{6}	taŋ^{2}	wun^{2}	nin^{2}
haemh	naengh	daengz	vunz	ninz
夜	坐	到	人	睡

夜忙到人睡，

502

布	**時**	**了**	**礼**	**卭②**
ʔbou^{5}	θei^{2}	ʔdeu^{1}	ʔdai^{3}	jɯ^{5}
mbouj	seiz-	ndeu	ndaej	youq
不	时	一	得	在

无一时能闲。

503

辛	**苦**	**文**	**恐**	**养**
θin^{1}	ho^{3}	pan^{2}	ȵan^{4}	jɯːŋ^{6}
sin-	hoj	baenz	nyaenx	yiengh
辛	苦	成	如此	样

辛苦如这般，

504

乙	**态**	**心**	**乙**	**招**
jiːt^{8}	θɯːŋ^{3}	θim^{1}	jiːt^{8}	tsaːu^{1}
yied	siengj	sim	yied	cau
越	想	心	越	操

越想越操心。

505

仙	**女**	**荅**	**言**	**皮**	**口**	**皮**
θiːn^{1}	naɯ^{4}	taːp^{7}	jiːn^{2}	pei^{4}	hɯ^{2}	pei^{4}
sien-	nawx	dap	yienz	beix	hwz	beix
仙	女	答	言	兄	呀	兄

仙女说道兄呀兄，

506

寛	**寛**	**喜**	**喜**	**名**	**介**	**煩**
wuːn^{1}	wuːn^{1}	hei^{3}	hei^{3}	mɯŋ^{2}	kai^{5}	faːn^{2}
vuen-	vuen	heij-	heij	mwngz	gaej	fanz
欢	欢	喜	喜	你	别	烦

欢欢喜喜你别烦。

507

天	**地③**	**分**	**明**	**陇**	**下**	**界**
tiːn^{1}	tei^{6}	fan^{1}	miŋ^{2}	roŋ^{2}	ja^{6}	kjaːi^{5}
dien	deih	faen-	mingz	roengz	yah-	gyaiq
天	地	分	明	下	下	界

天地分派我下界，

508

肯	**娄**	**皮**	**㚯**	**結**	**婚**	**縁**
haŋ^{3}	rau^{2}	pei^{4}	nuːŋ^{4}	kiːt^{7}	hon^{1}	juːn^{2}
haengj	raeuz	beix	nuengx	giet	hoen-	yienz
给	咱	兄	妹	结	婚	缘

让咱兄妹结姻缘。

---

① 𨑗 [naŋ⁶]：本义是“坐”，此处意指坐着铡马草的工作状态。

② 卭 [jɯ⁵]：本义是“在”，这里表示停下来不用干活。

③ 天地 [tiːn¹ tei⁶]：本义是“天地”，这里指玉帝。在道教文化体系中，玉皇是天庭的主宰，代表天道，因此这里的“天地”即指玉帝自身。

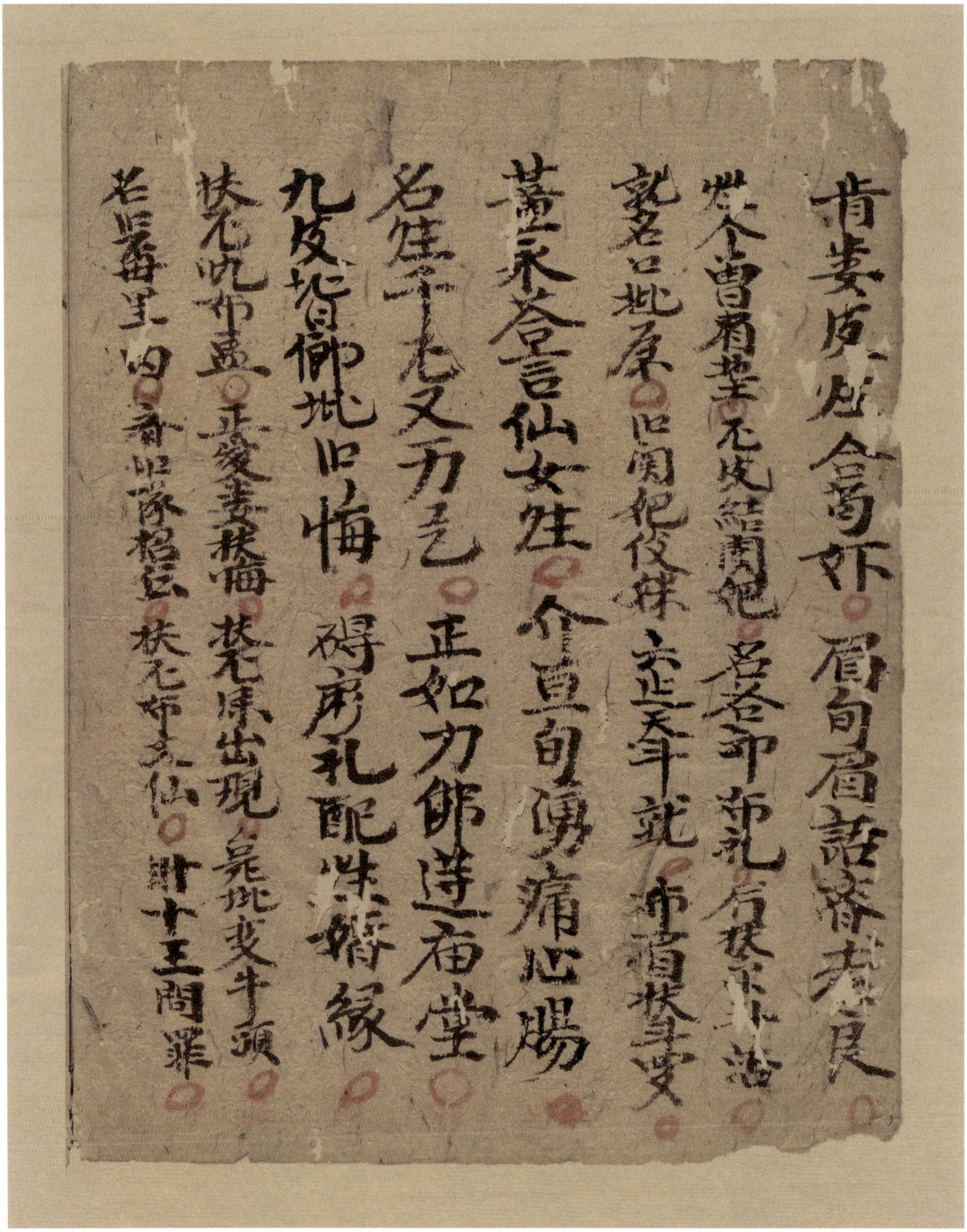
肯妻度坐會高吓　眉旬眉話吝老艮
出个曹眉埋　无皮結閙飽　名吝郡节乳　右扶卞卜淴
就名口批孱　旧閔𫝀役侎　亦正天年就　亦首扶半叟
董永吝言仙女姓　介豆旬㖞痛心腸
名姓千七又万乞　正如力郎遊庙堂
九皮皆御批旧悔　碍彩礼配咲婿缘
扶乜吼佈盅　正發妻扶侮　扶乜淥出現　是批变千頭
老旧害里内　有旧家超冨　扶乜佈天仙　十十王閻羅

509

肯	娄	皮	眭	合	荀	奷
haŋ^{3}	rau^{2}	pei^{4}	nuːŋ^{4}	hoːp^{8}	kjau^{3}	ja^{6}
haengj	raeuz	beix	nuengx	hab	gyaeuj-	yah
给	咱	兄	妹	合	夫	妻

给咱兄妹结夫妻，

510

眉	句	眉	語	齐	忞	良
mei^{2}	tson^{2}	mei^{2}	ŋei^{4}	tsai^{2}	θɯːŋ^{1}	liːŋ^{2}
miz	coenz	miz	ngeix	caez	sieng-	liengz
有	句	有	语	齐	商	量

有言有语齐商量。

511

眭	个	曽	眉	埅①
nuːŋ^{4}	ko^{5}	tsaŋ^{2}	mei^{2}	tɯːk^{8}
nuengx	goj	caengz	miz	dieg
妹	也	未曾	有	地

妹尚无去处，

512

兀	皮	結	関	妑
ʔdi^{3}	pei^{4}	kiːt^{7}	kwaːn^{1}	pa^{2}
ndij	beix	giet	gvan-	baz
跟	兄	结	夫	妻

与兄结夫妻。

513

名	各	叻	布	礼
mɯŋ^{2}	kaːk^{8}	jɯ^{5}	ʔbou^{5}	ʔdai^{3}
mwngz	gag	youq	mbouj	ndaej
你	自	住	不	得

你独住不行，

514

尼	扶	尔	斗	活②
ʔdi^{1}	pou^{4}	laɯ^{2}	tau^{3}	ha^{6}
ndi	boux-	lawz	daeuj	hah
没	人	哪	来	占有

无人来结缘。

515

就	名	口	批	庅
tsou^{4}	mɯŋ^{2}	hau^{3}	pai^{1}	ma^{1}
coux	mwngz	haeuj	bae-	ma
娶	你	进	去	回

把你娶回去，

516

旧	闵	妑	仪	妺
ku^{6}	kwaːn^{1}	pa^{2}	po^{6}	mai^{4}
guh	gvan-	baz	boh	maex
做	夫	妻	夫	妻

结夫妻成对。

517

六	圵	天	斗	就
rok^{8}	kɯn^{2}	ʔbɯn^{1}	tau^{3}	tsou^{4}
roeg	gwnz	mbwn	daeuj	coux
鸟	上	天	来	娶

天鸟来迎娶，

518

布	眉	扶	斗	罗
ʔbou^{5}	mei^{2}	pou^{4}	tau^{3}	ra^{4}
mbouj	miz	boux	daeuj	ra
不	有	人	来	找

没有人来找。

519

董	永	荅	言	仙	女	㐳
toŋ^{3}	wiŋ^{4}	ta:p^{7}	ji:n^{2}	θi:n^{1}	naɯ^{4}	nu:ŋ^{4}
Doengj	Vingx	dap	yienz	sien-	nawx	nuengx
董	永	答	言	仙	女	妹

董永回复仙女妹，

520

介	亘	旬	湧	痛	心	腸
kai^{5}	ka:ŋ^{3}	tson^{2}	juŋ^{1}	toŋ^{6}	θim^{1}	θai^{3}
gaej	gangj	coenz	yung	doengh	sim-	saej
莫	讲	句	凶猛	动	心	肠

莫说好话动心肠。

521

名	㐳	千	厄	又	万	乞
mɯŋ^{2}	nu:ŋ^{4}	tsi:n^{1}	ʔdei^{1}	jou^{4}	fa:n^{6}	ʔat^{7}
mwngz	nuengx	cien	ndei	youh	fanh	aet
你	妹	千	好	又	万	乖巧

阿妹人好又乖巧，

522

正	如	力	佛	趖	庙	堂
tsiŋ^{5}	lum^{3}	lɯk^{8}	fat^{8}	naŋ^{6}	mi:u^{6}	ta:ŋ^{2}
cingq	lumj	lwg	baed	naengh	miuh-	dangz
正	像	子	佛	坐	庙	堂

正像神佛坐庙堂。

523

九	皮	皆	仰	批	旧	悔
ku^{1}	pei^{4}	ka:i^{1}	ʔda:ŋ^{1}	pai^{1}	ku^{6}	hoi^{5}
gou	beix	gai	ndang	bae	guh	hoiq
我	兄	卖	身	去	做	奴仆

为兄卖身为奴仆，

524

碍	庥	礼	配	㐳	婚	緣
ŋa:i^{6}	ma^{2}	ʔdai^{3}	poi^{5}	nu:ŋ^{4}	hon^{1}	ju:n^{2}
ngaih-	maz	ndaej	boiq	nuengx	hoen-	yienz
奈	啥	得	配	妹	婚	缘

凭何能配妹姻缘。

525

扶	厄	叽	布	盃
pou^{4}	ʔdei^{1}	ku^{1}	ʔbou^{5}	ʔau^{1}
boux	ndei	gou	mbouj	aeu
人	好	我	不	要

富人我不嫁，

526

正	爱	娄	扶	悔
tsiŋ^{5}	kjai^{2}	rau^{2}	pou^{4}	hoi^{5}
cingq	gyaez	raeuz	boux-	hoiq
正	爱	咱	人	奴仆

就爱为奴者。

527

扶	厄	淶	出	現
pou^{4}	ʔdei^{1}	la:i^{1}	tsit^{7}	ji:n^{6}
boux	ndei	lai	cit-	yienh
人	好	多	出	现

富人见得多，

528

㱙	批	变	牛	頭
ta:i^{1}	pai^{1}	pi:n^{5}	ȵi:u^{2}	tau^{2}
dai	bae	bienq	nyiuz-	daeuz
死	去	变	牛	头

死后变牛头。

529

名	**旧**	**毎**	**里**	**内**
mɯŋ^{2}	ku^{6}	kja^{4}	lei^{4}	ȵai^{5}
mwngz	guh	gyax	lij	nyaeq
你	做	孤	还	幼小

兄小成孤儿，

530

齐	**旧**	**隊**	**招**	**伝**
tsai^{2}	ku^{6}	toi^{6}	tsiːu^{6}	wun^{2}
caez	guh	doih	ciuh	vunz
齐	做	伙伴	辈	人

同结伴一生。

531

扶	**厄**	**布**	**文**	**仙**
pou^{4}	ʔdei^{1}	ʔbou^{5}	pan^{2}	θiːn^{1}
boux	ndei	mbouj	baenz	sien
人	好	不	成	仙

富人不成仙，

532

肼	**十**	**王**	**問**	**罪**
taŋ^{2}	θip^{8}	wuːŋ^{2}	ham^{5}	tsoi^{6}
daengz	cib	vuengz	haemq-	coih
到	十	王	问	罪

到阴间问罪。

---

① 坣 [tɯːk^{8}]：本义是“地、地方”，此处泛指要嫁往的男方家。

② 活 [ha^{6}]：本义是“霸占、占有”，这里是“结缘”之义。

仙女合工言董永皮○好心從意个非言○

扶冇陽間心布人忿○扶苦陽間初善人○

扶冇放債有貪利○合造富貴眉金銀○

扶冇过陽些眉罪○扶善过後到眉恩○

若盖扶冇九布意○正名叱皮合同心○

九文扶流浪○布大但盖名○劳扶主布從○养尔尚礼旦○

九叱恒行伝○刻名文布信○限冬布礼達○媚又布几府○

董永合言仙女姓○礙家礼名合婚缘○

533

仙	**女**	**荅**	**言**	**董**	**永**	**皮**
θiːn^{1}	nauɯ^{4}	taːp^{7}	jiːn^{2}	toŋ^{3}	wiŋ^{4}	pei^{4}
sien-	nawx	dap	yienz	Doengj	Vingx	beix
仙	女	答	言	董	永	兄

仙女说道董永兄，

534

好	**心**	**從**	**意**	**介**	**非**	**言**
haːu^{3}	θim^{1}	tsoŋ^{2}	ʔei^{5}	kai^{5}	fei^{5}	jiːn^{2}
hauj	sim	coengz	eiq	gaej	feiq	yienz
好	心	从	意	别	废	言

好心顺从别多言。

535

扶	**兀**	**陽**	**間**	**心**	**布**	**忿**
pou^{4}	ʔdei^{1}	jɯːŋ^{2}	kaːn^{1}	θim^{1}	ʔbou^{5}	pan^{2}
boux	ndei	yiengz-	gan	sim	mbouj	baenz
人	好	阳	间	心	不	成

阳间富人心不善，

536

扶	**苦**	**陽**	**間**	**初**	**善**	**人**
pou^{4}	ho^{3}	jɯːŋ^{2}	kaːn^{1}	tso^{3}	θiːn^{6}	θin^{2}
boux-	hoj	yiengz-	gan	coj	sienh	saenz
人	苦	阳	间	原	善	人

阳间穷人本仁慈。

537

扶	**兀**	**放**	**債**	**有**	**貪**	**利**
pou^{4}	ʔdei^{1}	tsuːŋ^{5}	tsaːi^{5}	jou^{4}	taːm^{1}	lei^{6}
boux	ndei	cuengq	caiq	youh	dam	leih
人	好	放	债	又	贪	利

富人放债又贪利，

538

合	**造**	**富**	**貴**	**眉**	**金**	**銀**
hoːp^{8}	tsaːu^{6}	fou^{5}	kwei^{5}	mei^{2}	kim^{1}	ŋan^{2}
hab	cauh	fouq	gviq	miz	gim	ngaenz
合	造	富	贵	有	金	银

享有富贵有金银。

539

扶	**兀**	**过**	**澇**	**兰**	**眉**	**罪**
pou^{4}	ʔdei^{1}	kwa^{5}	laŋ^{1}	ro^{4}	mei^{2}	tsoi^{6}
boux	ndei	gvaq-	laeng	rox	miz	coih
人	好	过	后	或	有	罪

富人日后或有罪，

540

扶	**苦**	**过**	**後**	**到**	**眉**	**恩**
pou^{4}	ho^{3}	kwa^{5}	laŋ^{1}	taːu^{5}	mei^{2}	ʔan^{1}
boux-	hoj	gvaq	laeng	dauq	miz	aen
人	苦	过	后	倒	有	恩

穷人将来有福报。

541

若	**皿**	**扶**	**兀**	**九**	**布**	**意**
laːŋ^{6}	ʔau^{1}	pou^{4}	ʔdei^{1}	ku^{1}	ʔbou^{5}	ʔei^{5}
langh	aeu	boux	ndei	gou	mbouj	eiq
若	要	人	好	我	不	中意

要跟富人我无意，

542

正	**名**	**旧**	**皮**	**合**	**同**	**心**
tsiŋ^{5}	mɯŋ^{2}	ku^{6}	pei^{4}	hoːp^{8}	toŋ^{2}	θim^{1}
cingq	mwngz	guh	beix	hab	doengz	sim
正是	你	做	兄	合	同	心

与兄结缘合我心。

543

九	文	扶	流	浪
ku^{1}	pan^{2}	pou^{4}	li:u^{2}	la:ŋ^{6}
gou	baenz	boux	louz-	langh
我	成	人	流	浪

我是流浪人，

544

布	大	胆①	盂	名
ʔbou^{5}	ta:i^{6}	ta:m^{3}	ʔau^{1}	mɯŋ^{2}
mbouj	daih-	damj	aeu	mwngz
不	大	胆	要	你

不敢将你娶。

545

劳	扶	主	布	從
la:u^{1}	pou^{4}	tsaɯ^{3}	ʔbou^{5}	tsoŋ^{2}
lau	boux-	cawj	mbouj	coengz
怕	人	主	不	从

怕主人不依，

546

养	尔	旬	礼	亘②
jɯ:ŋ^{6}	laɯ^{2}	tson^{2}	ʔdai^{3}	ka:ŋ^{3}
yiengh-	lawz	coenz	ndaej	gangj
样	哪	句	得	讲

不敢自允诺。

547

九	旧	悔	爫	伝
ku^{1}	ku^{6}	hoi^{5}	ra:n^{2}	wun^{2}
gou	guh	hoiq	ranz	vunz
我	做	奴仆	家	人

我为富家奴，

548

刘	名	又	布	信
nau^{2}	mɯŋ^{2}	jou^{4}	ʔbou^{5}	θin^{5}
naeuz	mwngz	youh	mbouj	saenq
说	你	又	不	信

说你又不信。

549

哏	尽	布	礼	踜
ŋon^{2}	tsan^{6}	ʔbou^{5}	ʔdai^{3}	naŋ^{6}
ngoenz	caenh	mbouj	ndaej	naengh
日	尽	不	得	坐

白天不得闲，

550

噃	又	布	礼	腁
ham^{6}	jou^{4}	ʔbou^{5}	ʔdai^{3}	nin^{2}
haemh	youh	mbouj	ndaej	ninz
夜	又	不	得	睡

夜又不能眠。

551

董	永	荅	言	仙	女	生
toŋ^{3}	wiŋ^{4}	ta:p^{7}	ji:n^{2}	θi:n^{1}	naɯ^{4}	nu:ŋ^{4}
Doengj	Vingx	dap	yienz	sien-	nawx	nuengx
董	永	答	言	仙	女	妹

董永回复仙女妹，

552

碍	庅	礼	名	合	婚	缘
ŋa:i^{6}	ma^{2}	ʔdai^{3}	mɯŋ^{2}	ho:p^{8}	hon^{1}	ju:n^{2}
ngaih-	maz	ndaej	mwngz	hab	hoen-	yienz
奈	啥	得	你	合	婚	缘

凭啥得你合婚姻。

① 胆 [taːm^3]：在《古士董永灯一卷》抄本中，写作“甘”字。

② 此处大意是因董永卖身为奴，娶妻要征得主家同意，自己毫无发言权。

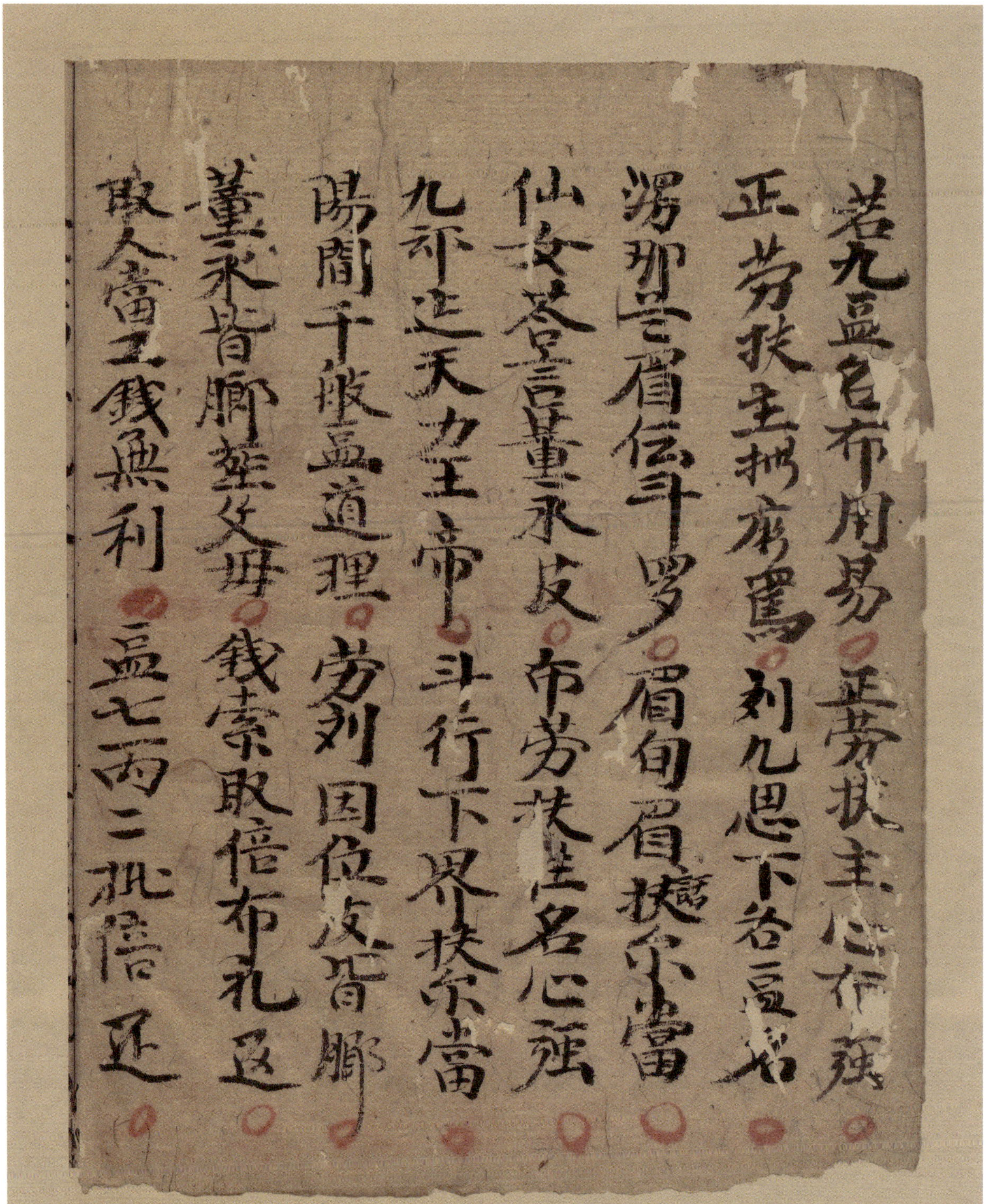

若九盖色布用易 正劳扶主心作㖷
正劳扶主捫㾴鴬 刘九思下谷亘名
溷那旦眉伝斗罗 眉旬眉揽仆当
仙女荅言是董永皮 布劳扶生名心强
九那达天力王帝 斗行下界扶仆当
陽閒千般盖道理 劳刘因位皮旨鄉
董永旨脚垫文母 钱索取倍布礼丞
取人当王钱無利 盖七两二抵倍丞

553
若　九　𥁞　名　布　用　易
la:ŋ^{6} ku^{1} ʔau^{1} mɯŋ^{2} ʔbou^{5} juŋ^{2} hei^{6}
langh gou aeu mwngz mbouj yungz- heih
若　我　要　你　不　容　易
我想娶你不容易，

554
正　劳　扶　主　心　布　强①
tsiŋ^{5} la:u^{1} pou^{4} tsaɯ^{3} θim^{1} ʔbou^{5} kjɯ:ŋ^{2}
cingq lau boux- cawj sim mbouj giengz
正　怕　人　主　心　不　强
就怕主人小心眼。

555
正　劳　扶　主　捭　𢈢　罵
tsiŋ^{5} la:u^{1} pou^{4} tsaɯ^{3} pai^{1} ma^{1} ʔda^{5}
cingq lau boux- cawj bae ma ndaq
正　怕　人　主　去　回　骂
担心回去主人骂，

556
刘　九　思　下　各　𥁞　名
nau^{2} ku^{1} θei^{1} ja^{6} ka:k^{8} ʔau^{1} mɯŋ^{2}
naeuz gou sei- yah gag aeu mwngz
说　我　私　下　自个　要　你
说我私下将你娶。

557
滂　加②　兰　眉　伝　斗　罗
laŋ^{1} na^{3} ro^{4} mei^{2} wun^{2} tau^{3} ra^{4}
laeng naj rox miz vunz daeuj ra
后　脸　或　有　人　来　找
将来若有人来找，

558
眉　句　眉　話　扶　尔　當
mei^{2} tson^{2} mei^{2} wa^{6} pou^{4} laɯ^{2} ta:ŋ^{2}
miz coenz miz vah boux- lawz dangz
有　句　有　话　人　哪　承担
如有闲话谁承担？

559
仙　女　荅　言　董　永　皮
θi:n^{1} naɯ^{4} ta:p^{7} ji:n^{2} toŋ^{3} wiŋ^{4} pei^{4}
sien- nawx dap yienz Doengj Vingx beix
仙　女　答　言　董　永　兄
仙女说道董永兄，

560
布　劳　扶　住　名　心　强
ʔbou^{5} la:u^{1} pou^{4} tsaɯ^{3} mɯŋ^{2} θim^{1} kjɯ:ŋ^{2}
mbouj lau boux- cawj mwngz sim giengz
不　怕　人　主　你　心　强
不怕你主人强势。

561
九　邵　处　天　力　王　帝
ku^{1} jɯ^{5} kɯn^{2} ʔbɯn^{1} lɯk^{8} wu:ŋ^{2} tai^{5}
gou youq gwnz mbwn lwg vuengz- daeq
我　在　上　天　子　皇　帝
我乃天上皇帝女，

562
斗　行　下　界　扶　尔　當
tau^{3} he:ŋ^{2} ja^{6} kja:i^{5} pou^{4} laɯ^{2} ta:ŋ^{1}
daeuj hengz yah- gyaiq boux- lawz dangj
来　行　下　界　人　哪　挡
来到下界谁阻拦。

563

陽	間	千	般	𠈔	道	理
jɯːŋ^{2}	kaːn^{1}	tsiːn^{1}	puːn^{1}	ʔau^{1}	taːu^{6}	lei^{4}
yiengz-	gan	cien	buen	aeu	dauh-	leix
阳	间	千	般	要	道	理

阳间千般讲道理，

564

劳	刘③	因	位	皮	皆	脚④
laːu^{1}	nau^{2}	ʔin^{1}	wei^{6}	pei^{4}	kaːi^{1}	ʔdaːŋ^{1}
lau	naeuz	aen-	vih	beix	gai	ndang
怕	说	因	为	兄	卖	身

难道当奴便受欺？

565

董	永	皆	脚	𡐖	父	母
toŋ^{3}	wiŋ^{4}	kaːi^{1}	ʔdaːŋ^{1}	tsaːŋ^{5}	fou^{6}	mu^{4}
Doengj	Vingx	gai	ndang	cangq	fouh	mux
董	永	卖	身	葬	父	母

董永卖身葬父母，

566

钱	索	取	倍	布	礼	返
tsiːn^{2}	θo^{5}	tsi^{5}	poi^{2}	ʔbou^{5}	ʔdai^{3}	faːn^{1}
cienz	soq	ciq	boiz	mbouj	ndaej	fan
钱	数	借	赔	不	得	反悔

钱银借后不得悔。

567

取	人	當	工	钱	無	利
tsi^{5}	wun^{2}	taːŋ^{1}	koŋ^{1}	tsiːn^{2}	fou^{2}	lei^{6}
ciq	vunz	dang	goeng	cienz	fouz	leih
借	人	当	工	钱	无	利

卖身抵债无利钱，

568

𠈔	七	两	二	批	倍	还
ʔau^{1}	tsat^{7}	liːŋ^{4}	ŋei^{6}	pai^{1}	poi^{2}	waːn^{2}
aeu	caet	liengx	ngeih	bae	boiz	vanz
要	七	两	二	去	赔	还

七两二银去偿还。

---

① 心布强 [θim^{1} ʔbou^{5} kjɯːŋ^{2}]：本义是“心不强”，这里指心胸狭隘，不能容人容事。

② 湴那 [laŋ^{1} na^{3}]：从今往后。“湴 [laŋ^{1}]”本义是“背后”，这里指某个时间点过了之后；“那 [na^{3}]”本义是“脸、前”，这里指“未来、将来”。

③ 劳刘 [laːu^{1} nau^{2}]：本义是“怕说”，实指“无非是说”。

④ 皆脚 [kaːi^{1} ʔdaːŋ^{1}]：卖身抵债。按照古代民间借贷习惯，借钱后若无力还款则卖身抵债，原借的本金不再计算利息，卖身契上约定的时间到期后，还上所借本金即可赎身。

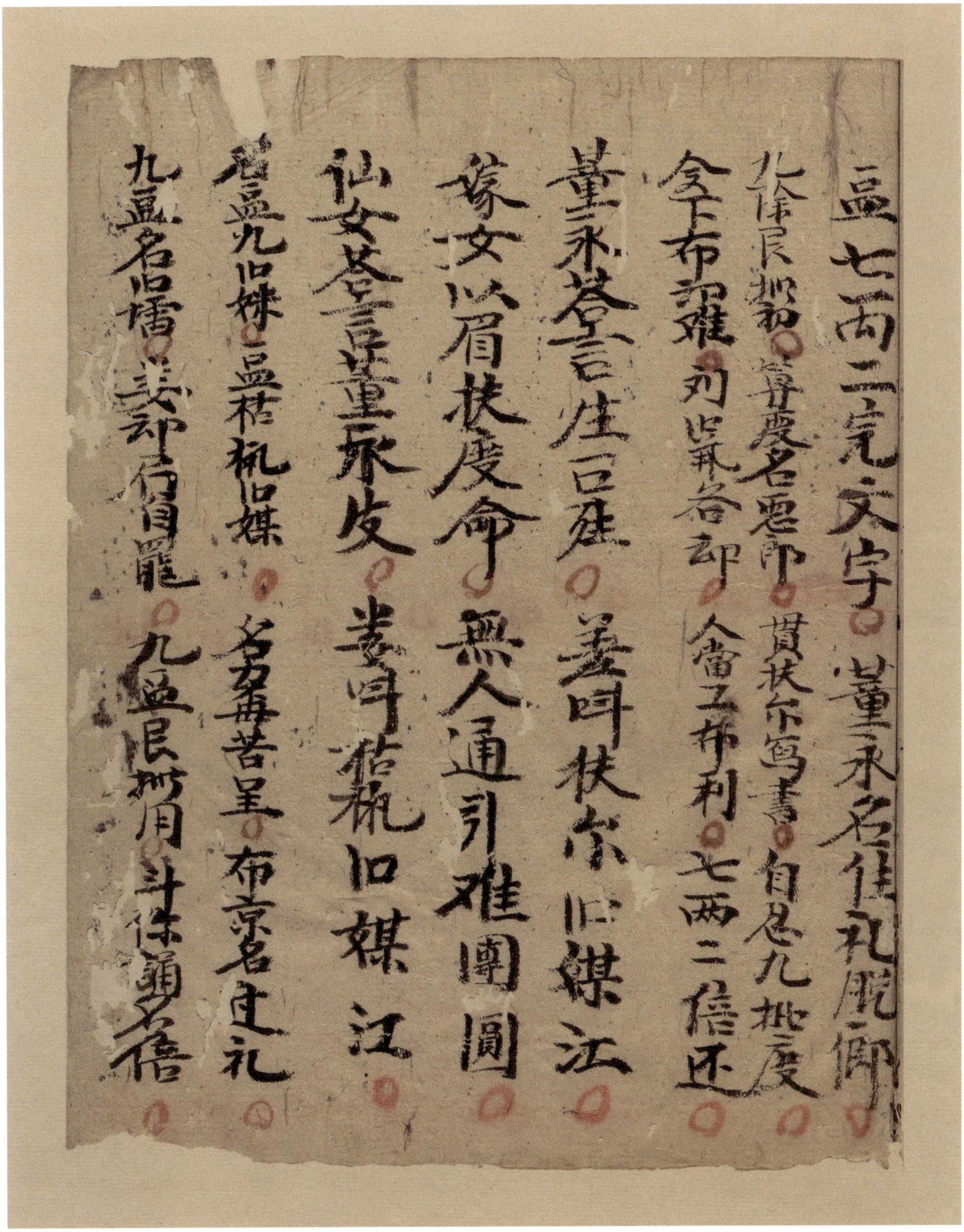
盅七两二完文字　董永名仕孔脱御
北傍艮担㓦　寡度名恶即　贯扶尔写书　自尽九批度
今上布𤯵难　列𠮟舁谷却　入当工布利　七两二倍还
董永荅言生曰庭　姜吗扶尔旧媒江
嫁女以眉扶度命　無人通引难团圆
仙女荅言是董永皮　姜吗若机旧媒江
君盅九旧妹盅桔机旧媒　名方每苦呈布京名走礼
九盅名旧错姜却行目罷　九盅艮扸用斗保角名倍

569

盂	七	両	二	完	文	字
ʔau^{1}	tsat^{7}	liːŋ^{4}	ŋei^{6}	waːn^{2}	fan^{2}	θaɯ^{1}
aeu	caet	liengx	ngeih	vanz	faenz-	saw
要	七	两	二	还	文	书

七两二银赎契文，

570

董	永	名	住	礼	脱	郎
toŋ^{3}	wiŋ^{4}	mɯŋ^{2}	tsiːu^{4}	ʔdai^{3}	tuːt^{7}	ʔdaːŋ^{1}
Doengj	Vingx	mwngz	couh	ndaej	duet	ndang
董	永	你	就	得	脱	身

董永你就能脱身。

571

九	除	艮	拝	初
ku^{1}	taɯ^{2}	ŋan^{2}	pai^{1}	tso^{5}
gou	dawz	ngaenz	bae	coq
我	拿	钱	去	放

我拿钱还债，

572

算	度	名	恶	郎
θuːn^{5}	to^{6}	mɯŋ^{2}	ʔoːk^{7}	ʔdaːŋ^{1}
suenq	doh	mwngz	ok	ndang
算	渡	你	出	身

算帮你赎身。

573

貫	扶	尔	寫	書
koːn^{5}	pou^{4}	laɯ^{2}	θe^{3}	θaɯ^{1}
gonq	boux-	lawz	sij	saw
以前	人	哪	写	书

先前谁立据，

574

自	忍	九	批	度
θei^{6}	jin^{4}	ku^{1}	pai^{1}	tso^{6}
seih	yinx	gou	bae	coh
自	引	我	去	朝

引我去找他。

575

会	下	布	却	难
hoi^{5}	ja^{4}	ʔbou^{5}	jɯ^{5}	naːn^{2}
hoiq	yax	mbouj	youq	nanz
奴仆	也	不	住	久

我也不久住，

576

刘	旧	荊	各	却
nau^{2}	ku^{6}	raːn^{2}	kaːk^{8}	jɯ^{5}
naeuz	guh	ranz	gag	youq
说	做	房屋	自	住

说建房自住。

577

人	當	工	布	利
wun^{2}	taːŋ^{1}	koŋ^{1}	ʔbou^{5}	lei^{6}
vunz	dang	goeng	mbouj	leih
人	当	工	不	利

当佣工不利，

578

七	两	二	倍	还
tsat^{7}	liːŋ^{4}	ŋei^{6}	poi^{2}	waːn^{2}
caet	liengx	ngeih	boiz	vanz
七	两	二	赔	还

七两二偿还。

579

董 永 苔 言 𫢗 叵 𫢗

toŋ^{3} wiŋ^{4} ta:p^{7} ji:n^{2} nu:ŋ^{4} hɯ^{2} nu:ŋ^{4}

Doengj Vingx dap yienz nuengx hwz nuengx

董 永 答 言 妹 呀 妹

董永答言妹呀妹，

580

差 吽 扶 尔 旧 媒 江①

tsa^{1} heu^{6} pou^{4} laɯ^{2} ku^{6} moi^{2} kja:ŋ^{1}

ca heuh boux- lawz guh moiz gyang

差 叫 人 哪 做 媒 中

就差叫谁做媒人。

581

嫁 女 以 眉 扶 度 命②

ha^{5} lɯk^{8} hi^{4} mei^{2} pou^{4} to^{2} miŋ^{6}

haq lwg hix miz boux doz mingh

嫁 女儿 也 有 人 驮 命

嫁女还需驮命人，

582

無 人 通 引 难 團 圓

fou^{2} wun^{2} toŋ^{1} jin^{4} na:n^{2} tu:n^{2} ju:n^{2}

fouz vunz doeng yinx nanz duenz- yuenz

无 人 通 引 难 团 圆

无人通引难团圆。

583

仙 女 苔 言 董 永 皮

θi:n^{1} naɯ^{4} ta:p^{7} ji:n^{2} toŋ^{3} wiŋ^{4} pei^{4}

sien- nawx dap yienz Doengj Vingx beix

仙 女 答 言 董 永 兄

仙女说道董永兄，

584

娄 吽 枯 杋 旧 媒 江

rau^{2} heu^{6} ko^{1} fai^{4} ku^{6} moi^{2} kja:ŋ^{1}

raeuz heuh go- faex guh moiz gyang

咱 叫 棵 树 做 媒 中

咱以树木做保媒。

585

名 盃 九 旧 妹

mɯŋ^{2} ʔau^{1} ku^{1} ku^{6} mai^{4}

mwngz aeu gou guh maex

你 要 我 做 妻

你娶我为妻，

586

盃 枯 杋 旧 媒

ʔau^{1} ko^{1} fai^{4} ku^{6} moi^{2}

aeu go- faex guh moiz

要 棵 树 做 媒

用树木做媒。

587

名 力 毒 苦 呈

mɯŋ^{2} lɯk^{8} kja^{4} ho^{3} tsiŋ^{2}

mwngz lwg- gyax hoj cingz

你 儿 孤 苦 情

你孤儿苦情，

588

布 京 名 过 礼

ʔbou^{5} kiŋ^{1} mɯŋ^{2} kwa^{5} lai^{4}

mbouj ging mwngz gvaq laex

不 经 你 过 礼

无须下聘礼。

589

九	盀	名	旧	壛③
ku^{1}	ʔau^{1}	mɯŋ^{2}	ku^{6}	kɯːi^{2}
gou	aeu	mwngz	guh	gwiz
我	要	你	做	婿

我要你为婿，

590

娄	卭	启	自	罷④
rau^{2}	jɯ^{5}	ʔdɯːi^{1}	tsi^{4}	pa^{6}
raeuz	youq	ndwi	cix-	bah
咱	在	空闲	就	罢

咱清闲就好。

591

九	盀	艮	𢭃	用
ku^{1}	ʔau^{1}	ŋan^{2}	pai^{1}	joŋ^{6}
gou	aeu	ngaenz	bae	yungh
我	要	银	去	用

我拿银去用，

592

斗	你	誦	名	倍
tau^{3}	nei^{4}	tsoŋ^{6}	mɯŋ^{2}	poi^{2}
daeuj	neix	coengh	mwngz	boiz
来	这	帮助	你	赔

到此帮还债。

---

① 媒江 [moi^{2} kjaːŋ^{1}]：指做媒兼证婚的人。这里的“媒 [moi^{2}]”指“媒人”，“江 [kjaːŋ^{1}]”指“中间人”。

② 度命 [to^{2} miŋ^{6}]：本义是“驮命”，这里指“鸡驮命书”，是过去壮族传统婚俗的环节之一。壮族聚居地区青年男女订婚时，男方须派代表前往女方家商定婚事规模、聘礼数额、成婚吉日等，其中一项重要的事情是男方代表向女方家长询问姑娘的命书（即生辰八字），一般是女方父亲把命书用一根红绳绑在一只项鸡的背上，然后把这只鸡交到男方代表手上。此鸡被带到男方家后即任由其下蛋孵崽，自行繁衍，寓意此鸡驮着姑娘的命运，今后在男方家繁衍子孙，安居乐业。男方取回姑娘的命书后，会将自己的命书跟女方的命书“合命”，若命书相配，婚事即可确定。

③ 此处在《古士董永灯一卷》抄本中写作“盀名旧苟巨”。苟 [kjau^{3}]，指“丈夫”；巨 [kɯːi^{2}]，指“女婿”。

④ 此句大意是仙女体谅董永贫穷，主张不要大肆张扬举办婚礼，平淡过日子就好。

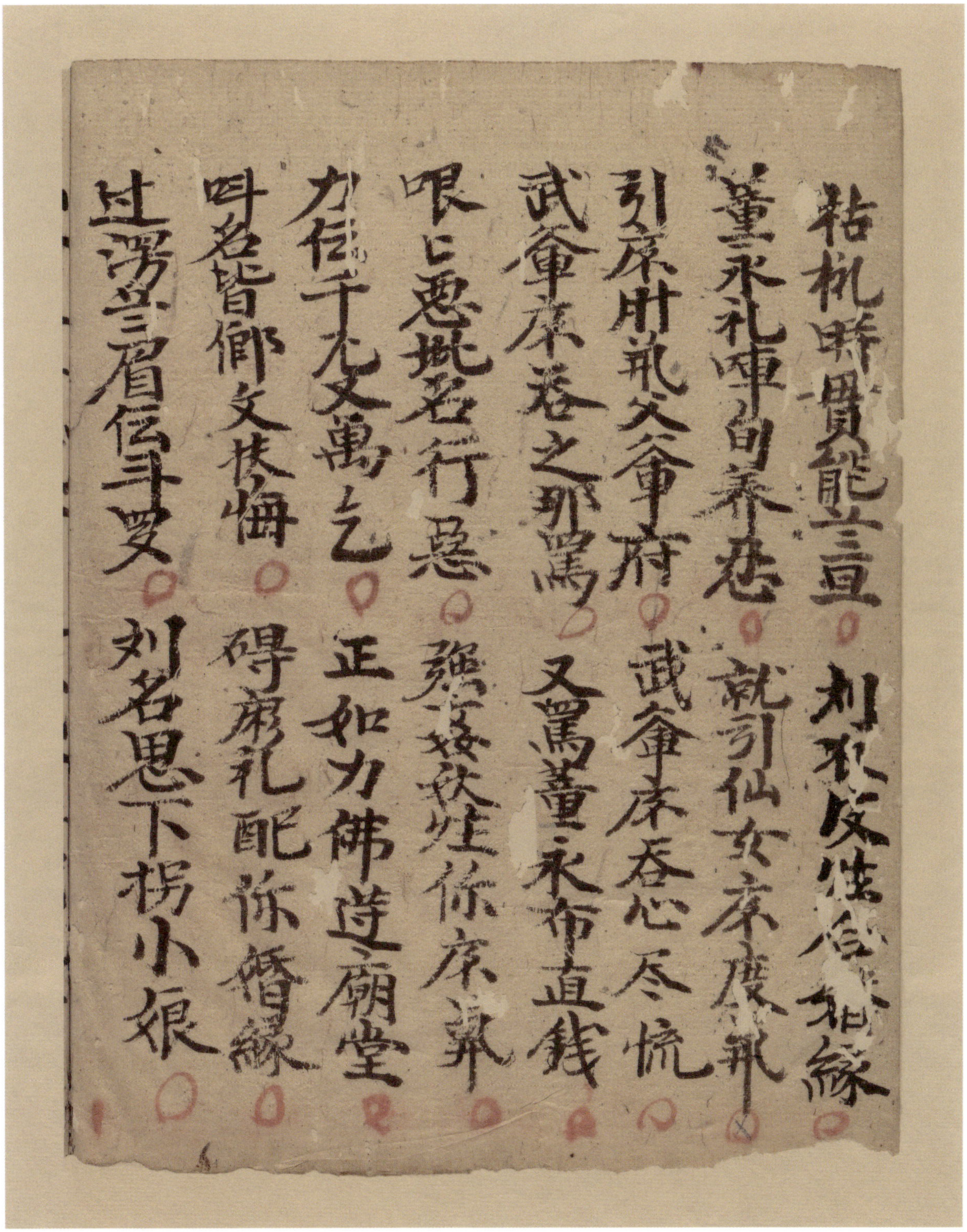

枯杌时贯能立豆　刘不友生合[illegible]緣
董永礼哩句养巷　就引仙女庲度氣
引庲肘乿文爺府　武爺庲吞心冬惊
武爺庲巷之那罵　又罵董永布直錢
哏匕恶批若行悬　强妄妖灶你庲弃
力信千九文萬乞　正如力佛道廟堂
呌名皆御文恷悔　碍庲礼配你婚緣
过漻兰眉伝斗叟　刘名思下拐小娘

593

枯	**杋**	**時**	**貫**	**能**	**兰**	**亘**
ko^{1}	fai^{4}	θei^{2}	koːn^{5}	naŋ^{2}	ro^{4}	kaːŋ^{3}
go-	faex	seiz	gonq	naengz	rox	gangj
棵	**树**	**时**	**前**	**居然**	**会**	**讲**

以前树木会讲话，

594

刘	**収**	**皮**	**仼**	**合**	**婚**	**缘**
nau^{2}	θou^{1}	pei^{4}	nuːŋ^{4}	hoːp^{8}	hon^{1}	juːn^{2}
naeuz	sou	beix	nuengx	hab	hoen-	yienz
说	**你们**	**兄**	**妹**	**合**	**婚**	**缘**

说你兄妹成姻缘。

595

董	**永**	**礼**	**呥**	**旬**	**养**	**恐**
toŋ^{3}	wiŋ^{4}	ʔdai^{3}	ȵi^{1}	tson^{2}	jɯːŋ^{6}	ȵan^{4}
Doengj	Vingx	ndaej-	nyi	coenz	yiengh-	nyaenx
董	**永**	**得**	**听**	**句**	**样**	**这**

董永听到这些话，

596

就	**引**	**仙**	**女**	**庅**	**度**	**芃**
tsiːu^{4}	jin^{4}	θiːn^{1}	naɯ^{4}	ma^{1}	tso^{6}	raːn^{2}
couh	yinx	sien-	nawx	ma	coh	ranz
就	**引**	**仙**	**女**	**回**	**朝**	**家**

就引仙女往家回。

七　仙女施计斗武爷

扫码听音频

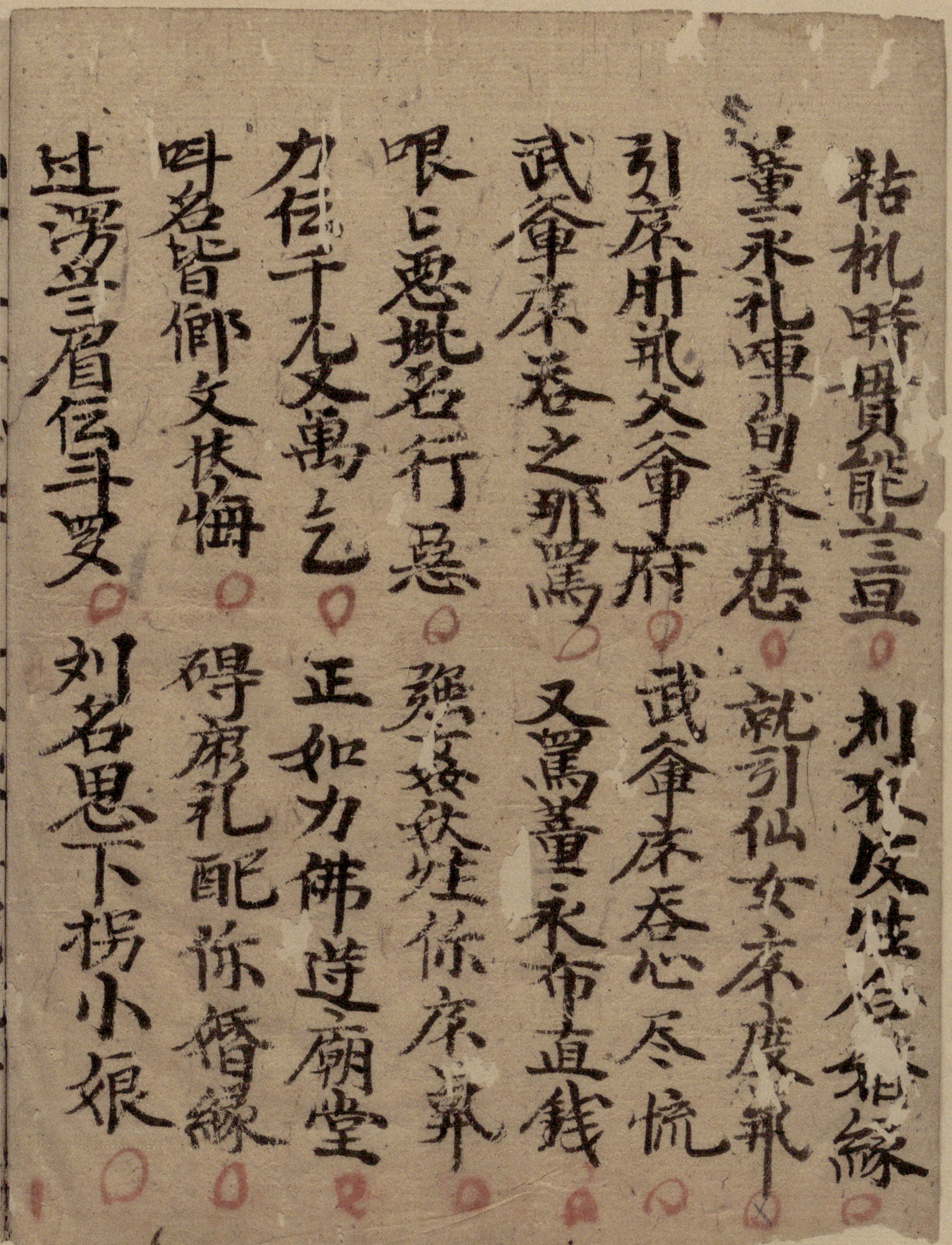

枯机时贯能立豆　刘秋女生合相缘
董永礼連句养㤅　就引仙女来度那
引来册兆义爷府　武爷来吞心冬慌
武爷来吞之那骂　又骂董永布直钱
哏哏恶挞若行悬　强女娭伕仕你来算
力信千九文萬乞　正如力佛道庙堂
吋名皆卿文枝悔　碍㞊礼配你婚缘
过淂三眉伝三叟　刘名思下拐小娘

597

引	庅	肚	弅	父	爺	府
jin^{4}	ma^{1}	taŋ^{2}	raːn^{2}	fou^{4}	je^{2}	fou^{3}
yinx	ma	daengz	ranz	Foux-	yez	fouj
引	回	到	家	武	爷	府

引她回到武爷府，

598

武	爺	庅	吞	心	尽	慌
fou^{4}	je^{2}	ma^{1}	ran^{1}	θim^{1}	tsan^{6}	wuːŋ^{1}
Foux-	yez	ma	raen	sim	caenh	vueng
武	爷	来	见	心	尽	慌

武爷见到心慌乱。

599

武	爺	庅	吞	之	那	罵
fou^{4}	je^{2}	ma^{1}	ran^{1}	tsi^{1}	na^{3}	ʔda^{5}
Foux-	yez	ma	raen	ci	naj	ndaq
武	爷	来	见	指	脸	骂

武爷过来指脸骂，

600

又	罵	董	永	布	直	銭
jou^{4}	ʔda^{5}	toŋ^{3}	wiŋ^{4}	ʔbou^{5}	tsik^{8}	tsiːn^{2}
youh	ndaq	Doengj	Vingx	mbouj	cig	cienz
又	骂	董	永	不	值	钱

又骂董永人轻贱。

601

哏	哏	恶	圪	名	行	惡
ŋon^{2}	ŋon^{2}	ʔoːk^{7}	pai^{1}	mɯŋ^{2}	heːŋ^{2}	ʔaːk^{7}
ngoenz	ngoenz	ok	bae	mwngz	hengz	ak
日	日	出	去	你	行	恶

天天出去行恶事，

602

强	姦	妧	侽	你	庅	弅
kjaːŋ^{2}	ʔaːi^{5}	ta^{6}	nuːŋ^{4}	nei^{4}	ma^{1}	raːn^{2}
gyangz-	aiq	dah	nuengx	neix	ma	ranz
强	奸	个	妹	这	回	家

硬把姑娘强带回。

603

力	伝	千	丕	又	萬	乞
lɯk^{8}	wun^{2}	tsiːn^{1}	ʔdei^{1}	jou^{4}	faːn^{6}	ʔat^{7}
lwg	vunz	cien	ndei	youh	fanh	aet
女儿	人	千	好	又	万	乖巧

人家姑娘千般好，

604

正	如	力	佛①	趽	廟	堂
tsiŋ^{5}	lum^{3}	lɯk^{8}	fat^{8}	naŋ^{6}	miːu^{6}	taːŋ^{2}
cingq	lumj	lwg	baed	naengh	miuh	dangz
正	如	子	佛	坐	庙	堂

正如仙子坐庙堂。

605

吽	名	皆	躴	文	扶	悔
heu^{6}	mɯŋ^{2}	kaːi^{1}	ʔdaːŋ^{1}	pan^{2}	pou^{4}	hoi^{5}
heuh	mwngz	gai	ndang	baenz	boux-	hoiq
叫	你	卖	身	成	人	奴仆

而你卖身成奴仆，

606

碍	庅	礼	配	你	婚	緣
ŋaːi^{6}	ma^{2}	ʔdai^{3}	poi^{5}	nei^{4}	hon^{1}	juːn^{2}
ngaih-	maz	ndaej	boiq	neix	hoen-	yienz
奈	何	得	配	这	婚	缘

如何能配此姻缘。

607

过	**涝**	**兰**	**眉**	**伝**	**斗**	**罗**
kwa5	laŋ1	ro4	mei2	wun2	tau3	ra4
gvaq-	laeng	rox	miz	vunz	daeuj	ra
过	**后**	**或**	**有**	**人**	**来**	**找**

日后恐有人来找，

608

刘	**名**	**思**	**下**	**拐**	**小**	**娘**
nau2	mɯŋ2	θei1	ja6	kwa:i4	θi:u3	ni:ŋ2
naeuz	mwngz	sei-	yah	gvaix	siuj	niengz
说	**你**	**私**	**下**	**拐**	**小**	**娘**

说你私下拐姑娘。

---

① 力佛 [lɯk8 fat8]：仙子，泛指“神仙”。

仙女荅言武傘道○武傘听我説金言○
名娲小娘到用昜○㐱名眉事扶介當○
兲扡分明淹下界○肯都皮生結婚縁○
董永背佛斑父母○肯見仙女斗倍錢○
算人當工錢無利○㿜七百二批倍完○
武傘荅言小姐生○仙女生乞听九呹○
两断割女人未了責○不得滿債自不完○
仙女礼嗥句寿巷○武傘省里不難全○

609

仙	女	荅	言	武	爺	道
θiːn^{1}	nauɯ^{4}	taːp^{7}	jiːn^{2}	fou^{4}	je^{2}	taːu^{6}
sien-	nawx	dap	yienz	Foux-	yez	dauh
仙	女	答	言	武	爷	道

仙女斥问武爷道，

610

武	爺	听	我	説	金	言
fou^{4}	je^{2}	tiŋ^{5}	ku^{1}	θuːt^{7}	kim^{1}	jiːn^{2}
Foux-	yez	dingq	gou	suet	gim	yienz
武	爷	听	我	说	金	言

武爷听我说金言。

611

名	拐	小	娘	到	用	易
mɯŋ^{2}	kwaːi^{4}	θiːu^{3}	niːŋ^{2}	taːu^{5}	juŋ^{2}	hei^{6}
mwngz	gvaix	siuj	niengz	dauq	yungz-	heih
你	拐	小	娘	倒	容	易

你拐姑娘倒容易，

612

嘇	名	眉	事	扶	尔	當
tsaːm^{1}	mɯŋ^{2}	mei^{2}	θai^{6}	pou^{4}	laɯ^{2}	taːŋ^{2}
cam	mwngz	miz	saeh	boux-	lawz	dangz
问	你	有	事	人	哪	承担

问你有事谁承担。

613

天	地	分	明	隴	下	界
tiːn^{1}	tei^{6}	fan^{1}	miŋ^{2}	roŋ^{2}	ja^{6}	kjaːi^{5}
dien	deih	faen-	mingz	roengz	yah-	gyaiq
天	地	分	明	下	下	界

上天派我下凡间，

614

肯	都	皮	𠇷	結	婚	缘
haŋ^{3}	tou^{1}	pei^{4}	nuːŋ^{4}	kiːt^{7}	hon^{1}	juːn^{2}
haengj	dou	beix	nuengx	giet	hoen-	yienz
给	我们	兄	妹	结	婚	缘

让我兄妹结姻缘。

615

董	永	皆	㑍	塟	父	毋
toŋ^{3}	wiŋ^{4}	kaːi^{1}	ʔdaːŋ^{1}	tsaːŋ^{5}	fou^{6}	mu^{4}
Doengj	Vingx	gai	ndang	cangq	fouh	mux
董	永	卖	身	葬	父	母

董永卖身葬父母，

616

肯	九	仙	女	斗	倍	錢
haŋ^{3}	ku^{1}	θiːn^{1}	nauɯ^{4}	tau^{3}	poi^{2}	tsiːn^{2}
haengj	gou	sien-	nawx	daeuj	boiz	cienz
给	我	仙	女	来	赔	钱

派我仙女来还钱。

617

算	人	當	工	錢	無	利
θuːn^{5}	wun^{2}	taːŋ^{1}	koŋ^{1}	tsiːn^{2}	fou^{2}	lei^{6}
suenq	vunz	dang	goeng	cienz	fouz	leih
算	人	当	工	钱	无	利

算是佣工债无利，

618

𥁰	七	两	二	批	倍	完
ʔau^{1}	tsat^{7}	liːŋ^{4}	ŋei^{6}	pai^{1}	poi^{2}	juːn^{2}
aeu	caet	liengx	ngeih	bae	boiz	yienz
要	七	两	二	去	赔	完

付七两二就还清。

619

武	**斧**	**荅**	**言**	**小**	**姐**	**佒①**
fou^{4}	je^{2}	ta:p^{7}	ji:n^{2}	θi:u^{3}	tse^{3}	nu:ŋ^{4}
Foux-	yez	dap	yienz	siuj-	cej	nuengx
武	爷	答	言	小	姐	妹

武爷回答仙女道，

620

仙	**女**	**佒**	**乞**	**听**	**九**	**吠**
θi:n^{1}	naɯ^{4}	nu:ŋ^{4}	ʔat^{7}	tiŋ^{5}	ku^{1}	tɯ:n^{1}
sien-	nawx	nuengx	aet	dingq	gou	dwen
仙	女	妹	乖巧	听	我	提及

仙女乖妹听我说。

621

两	**断**	**割**	**文**	**人**	**末**	**賣②**
θo:ŋ^{1}	tu:n^{6}	ka:t^{7}	fan^{2}	wun^{2}	mu:t^{8}	ka:i^{1}
song	duenh	gat	faenz	vunz	mued	gai
两	断	割	文	人	绝	卖

裁书两清人卖断，

622

不	**得**	**滿**	**債②**	**自**	**还**	**完**
ʔbou^{5}	ʔdai^{3}	mu:n^{4}	tsa:i^{5}	θei^{6}	wa:n^{2}	ju:n^{2}
mbouj	ndaej	muenx	caiq	seih	vanz	yienz
不	得	满	债	自	还	完

不得完整把债还。

623

仙	**女**	**礼**	**呻**	**句**	**养**	**恐**
θi:n^{1}	naɯ^{4}	ʔdai^{3}	n̥i^{1}	tson^{2}	jɯ:ŋ^{6}	n̥an^{4}
sien-	nawx	ndaej-	nyi	coenz	yiengh-	nyaenx
仙	女	得	听	句	样	这

仙女听到这些话，

624

武	**斧**	**眉③**	**里**	**以**	**难**	**全**
fou^{4}	je^{2}	mei^{2}	lei^{4}	hi^{4}	na:n^{2}	tsu:n^{2}
Foux-	yez	miz	leix	hix	nanz	cienz
武	爷	有	理	亦	难	全

武爷占理难周全。

---

① 佒 [nu:ŋ^{4}]：弟弟或妹妹。根据语境，此处应为“妹妹”。壮族民众与人交谈时的敬辞，通常以亲属称谓来称呼对方，以此拉近双方的感情距离。

② 滿債[mu:n^{4} tsa:i^{5}]：指一次性把债全部还清。

③ “眉 [mei^{2}]”字因原抄本漫漶难辨，今据《古士董永灯一卷》抄本考其字而补上。

武爺眉理以难亘　仙女暗暗抽心腸
董永智卿寫書漫　年年月月个常工
仙女連時打鼓計　食氣安位在小娘
董永遠退限地受工　陷无仙女合婚緣
武爺文吞仙女乞　晴晴乙乙疗心腸
鉡求恩对佬悔到无味　同陷原香脾九富岂相会
九老不仕台像提笑自毛　董永行孝順布魚胜丞華
武爺連時打鼓計　老末董永命歸亡

625

武	𤕛	眉	理	以	难	亘
fou^{4}	je^{2}	mei^{2}	lei^{4}	hi^{4}	naːn^{2}	kaːŋ^{3}
Foux-	yez	miz	leix	hix	nanz	gangj
武	爷	有	理	亦	难	讲

武爷有理也难讲，

626

仙	女	暗	暗	护	心	腸
θiːn^{1}	nauɯ^{4}	ʔaːm^{5}	ʔaːm^{5}	ʔdauɯ^{1}	θim^{1}	tsɯːŋ^{2}
sien-	nawx	amq-	amq	ndaw	sim-	ciengz
仙	女	暗	暗	里	心	肠

仙女心里暗暗想。

627

董	永	皆	𠊨	寫	書	没
toŋ^{3}	wiŋ^{4}	kaːi^{1}	ʔdaːŋ^{1}	θe^{3}	θauɯ^{1}	muːt^{8}
Doengj	Vingx	gai	ndang	sij	saw	mued
董	永	卖	身	写	书	绝

董永卖身立死契，

628

年	年	月	月	个	當	工
niːn^{2}	niːn^{2}	ɲuːt^{8}	ɲuːt^{8}	ko^{5}	taːŋ^{1}	koŋ^{1}
nienz	nienz	nyied	nyied	goj	dang	goeng
年	年	月	月	老是	当	工

年年月月总当佣。

629

仙	女	連	時	打	較	計
θiːn^{1}	nauɯ^{4}	liːn^{2}	θei^{2}	ta^{3}	kjaːu^{5}	kei^{5}
sien-	nawx	lienz-	seiz	daj	gyauq	geiq
仙	女	连	时	打	较	计

仙女立即想办法，

630

全	𠆭	安	位	在	小	娘
tsuːn^{2}	raːn^{2}	ʔaːn^{1}	wei^{6}	tsaːi^{6}	θiːu^{3}	niːŋ^{2}
cienz	ranz	an	veih	caih	siuj	niengz
全	家	安	位	在	小	娘

两人安顿遂她意。

631

董	永	途	哏	坒	受	工
toŋ^{3}	wiŋ^{4}	to^{6}	ŋon^{2}	pai^{1}	θou^{6}	koŋ^{1}
Doengj	Vingx	doh	ngoenz	bae	souh	goeng
董	永	时段	日	去	接受	工

董永白天去干活，

632

陷	兀	仙	女	合	婚	缘
ham^{6}	ʔdi^{3}	θiːn^{1}	nauɯ^{4}	hoːp^{8}	hon^{1}	juːn^{2}
haemh	ndij	sien-	nawx	hab	hoen-	yienz
夜	与	仙	女	合	婚	缘

夜与仙女合姻缘。

633

武	𤕛	又	吞	仙	女	乞
fou^{4}	je^{2}	jou^{4}	ran^{1}	θiːn^{1}	nauɯ^{4}	ʔat^{7}
Foux-	yez	youh	raen	sien-	nawx	aet
武	爷	又	见	仙	女	乖巧

武爷见到仙女乖，

634

暗	暗	乙	乙	护	心	腸
ʔaːm^{5}	ʔaːm^{5}	jat^{7}	jat^{7}	ʔdauɯ^{1}	θim^{1}	tsɯːŋ^{2}
amq-	amq	yaet-	yaet	ndaw	sim-	ciengz
暗	暗	嘀咕		里	心	肠

暗暗在内心谋算。

635

姝	九	尽	愿	对
mai^{4}	ku^{1}	tsan^{6}	ȵu:n^{6}	toi^{5}
maex	gou	caenh	nyienh	doiq
妻	我	尽	愿	退

想休尽我妻，

636

姝	悔	到	兀	涞
mai^{4}	hoi^{5}	ta:u^{5}	ʔdei^{1}	la:i^{1}
maex	hoiq	dauq	ndei	lai
妻	奴仆	倒	好	多

奴妻更加美。

637

同	陷	庅	齐	脌
toŋ^{4}	ham^{6}	ma^{1}	tsai^{2}	nin^{2}
doengx-	haemh	ma	caez	ninz
时段	夜	回	齐	睡

夜晚同床睡，

638

凢	寅	咩	相	会
fa:ŋ^{2}	hɯn^{2}	lo^{5}	to^{4}	hoi^{6}
fangz-	hwnz	loq	dox-	hoih
鬼	夜	梦	相	会

梦中来相会。

639

九	态	末	他	台
ku^{1}	θɯ:ŋ^{3}	mu:t^{8}	te^{1}	ta:i^{1}
gou	siengj	mued	de	dai
我	想	灭	他	死

我想灭掉他，

640

他	從	咳	自	罢
te^{1}	tsoŋ^{2}	ha:i^{6}	tsi^{4}	pa^{6}
de	coengz	haih	cix-	bah
他	从	害	就	罢

他顺从则罢。

641

董	永	行	孝	順
toŋ^{3}	wiŋ^{4}	he:ŋ^{2}	ja:u^{5}	θɯn^{6}
Doengj	Vingx	hengz	hauq-	swnh
董	永	行	孝	顺

董永行孝顺，

642

布	魚	肚	忍	乖①
ʔbou^{5}	ŋaɯ^{2}	tuŋ^{4}	ȵan^{4}	kwa:i^{1}
mbouj	ngawz	dungx	nyaenx	gvai
不	虞	肚	这样	乖

不料如此精。

643

武	爺	連	時	打	較	計
fou^{4}	je^{2}	li:n^{2}	θei^{2}	ta^{3}	kja:u^{5}	kei^{5}
Foux-	yez	lienz-	seiz	daj	gyauq	geiq
武	爷	连	时	打	较	计

武爷立即心盘算，

644

态	末	董	永	命	歸	亡
θɯ:ŋ^{3}	mu:t^{8}	toŋ^{3}	wiŋ^{4}	miŋ^{6}	kwei^{1}	mu:ŋ^{2}
siengj	mued	Doengj	Vingx	mingh	gvi	muengz
想	灭	董	永	命	归	亡

想让董永命归阴。

① 肚忍乖 [tuŋ^{4} ȵan^{4} kwa:i^{1}]：如此乖巧。“肚 [tuŋ^{4}]”本义是“肚子”。“乖 [kwa:i^{1}]”为“乖”字借词，引入壮语后有乖巧、精明、聪明等意思。“肚乖 [tuŋ^{4} kwa:i^{1}]”即心思精明。

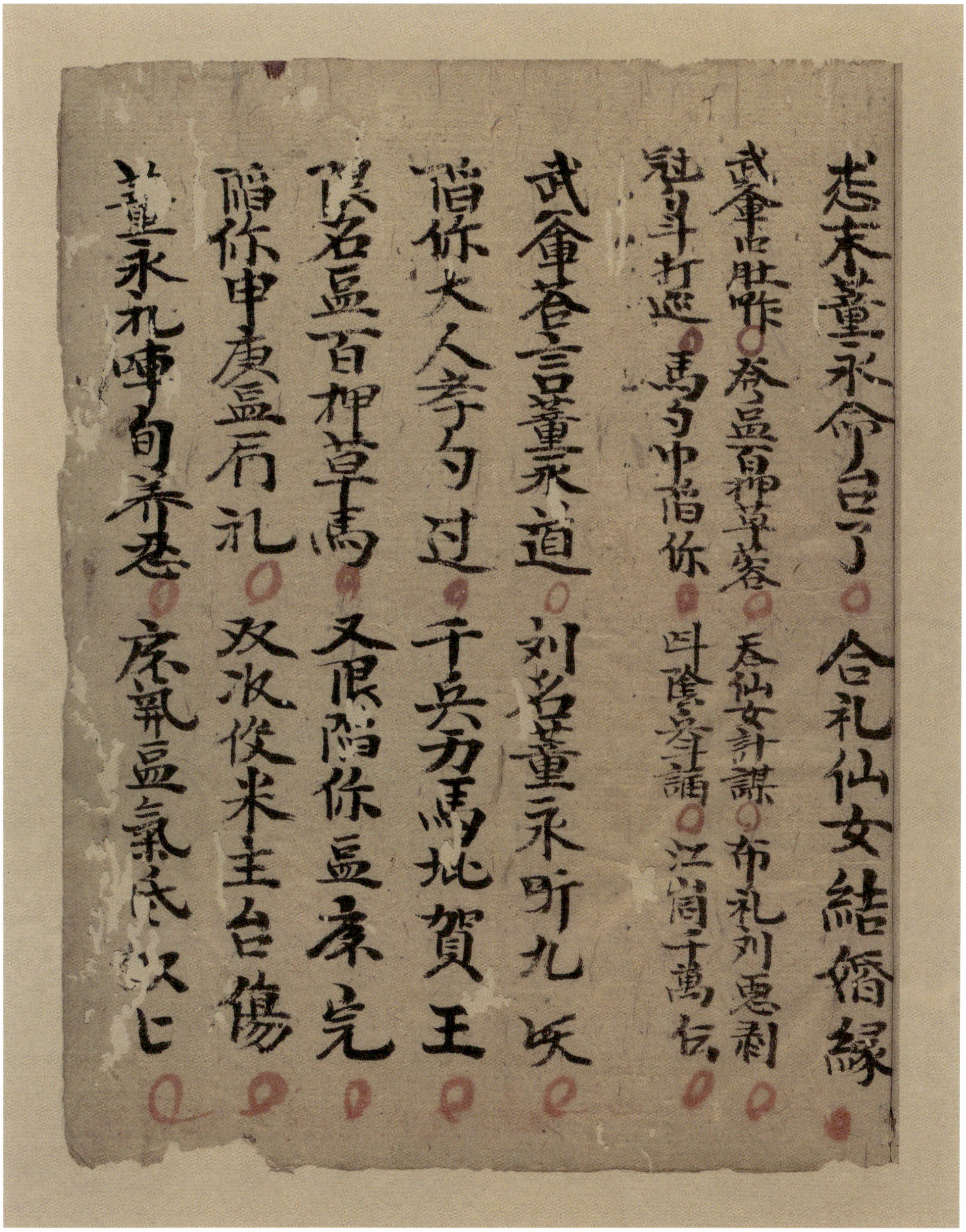

645

态	末	董	永	命	台	了
θɯːŋ^{3}	muːt^{8}	toŋ^{3}	wiŋ^{4}	miŋ^{6}	taːi^{1}	liːu^{4}
siengj	mued	Doengj	Vingx	mingh	dai	liux
想	灭	董	永	命	死	了

想害董永丢性命，

646

合	礼	仙	女	結	婚	緣
hoːp^{8}	ʔdai^{3}	θiːn^{1}	nauɯ^{4}	kiːt^{7}	hon^{1}	juːn^{2}
hab	ndaej	sien-	nawx	giet	hoen-	yienz
合	得	仙	女	结	婚	缘

谋得仙女结姻缘。

647

武	爺	旧	肚	咋
fou^{4}	je^{2}	ku^{6}	tuŋ^{4}	jaːk^{7}
Foux-	yez	guh	dungx	yak
武	爷	做	肚	恶

武爷心肠坏，

648

癹	百	押	草	蓉①
faːt^{7}	paːk^{7}	raːp^{7}	ȵɯ^{3}	ȵuŋ^{5}
fat	bak	rap	nywj	nyungq
发	百	担	草	乱

令董永担草。

649

𡘫	仙	女	計	謀
ran^{1}	θiːn^{1}	nauɯ^{4}	kei^{5}	mau^{2}
raen	sien-	nawx	geiq-	maeuz
见	仙	女	计	谋

设计见仙女，

650

布	礼	刘	恶	剥
ʔbou^{5}	ʔdai^{3}	nau^{2}	ʔoːk^{7}	paːk^{7}
mbouj	ndaej	naeuz	ok	bak
不	得	说	出	口

阴谋不敢讲。

651

冠	勺	斗	打	廵
kuːn^{1}	jak^{7}	tau^{3}	ta^{3}	tsun^{2}
guen	yaek	daeuj	daj-	cunz
官	欲	来	打	巡

骗说官来巡，

652

馬	勺	巾	陷	你
ma^{4}	jak^{7}	kɯn^{1}	ham^{6}	nei^{4}
max	yaek	gwn	haemh-	neix
马	欲	吃	夜	这

今夜要喂马。

653

吽	陰	兵	斗	誦
heu^{6}	jim^{1}	piŋ^{1}	tau^{3}	tsoŋ^{6}
heuh	yaem	bing	daeuj	coengh
叫	阴	兵	来	帮助

叫阴兵来助，

654

江	峝	千	萬	伝
kjaːŋ^{1}	toŋ^{6}	tsiːn^{1}	faːn^{6}	wun^{2}
gyang	doengh	cien	fanh	vunz
中	垌	千	万	人

垌中千万人。

655

武	爺	苔	言	董	永	道
fou^4	je^2	ta:p^7	ji:n^2	toŋ^3	wiŋ^4	ta:u^6
Foux-	yez	dap	yienz	Doengj	Vingx	dauh
武	爷	答	言	董	永	道

武爷吩咐董永道，

656

刘	名	董	永	听	九	呑
nau^2	mɯŋ^2	toŋ^3	wiŋ^4	tiŋ^5	ku^1	tɯ:n^1
naeuz	mwngz	Doengj	Vingx	dingq	gou	dwen
说	你	董	永	听	我	提及

董永你听我吩咐。

657

陷	你	大	人	孝	勺	过
ham^6	nei^4	ta:i^6	θin^2	ha:k^7	jak^7	kwa^5
haemh-	neix	daih-	saenz	hak	yaek	gvaq
夜	这	大	人	官	要	过

今夜大官要过此，

658

千	兵	万	馬	批	賀	王
tsi:n^1	piŋ^1	fa:n^6	ma^4	pai^1	ho^6	wu:ŋ^2
cien	bing	fanh	max	bae	hoh	vuengz
千	兵	万	马	去	护	王

千兵万马去护王。

659

限	名	盂	百	押	草	馬
ha:n^6	mɯŋ^2	ʔau^1	pa:k^7	ra:p^7	ȵɯ^3	ma^4
hanh	mwngz	aeu	bak	rap	nywj	max
限	你	要	百	担	草	马

限你马草要百担，

660

又	限	陷	你	盂	庅	完
jou^4	ha:n^6	ham^6	nei^4	ʔau^1	ma^1	ju:n^2
youh	hanh	haemh-	neix	aeu	ma	yienz
又	限	夜	这	要	来	完

限你今晚要备齐。

661

陷	你	申	庚	盂	肩	礼
ham^6	nei^4	θa:m^1	ke:ŋ^1	ʔau^1	ʔdi^1	ʔdai^3
haemh-	neix	sam-	geng	aeu	ndi	ndaej
夜	这	三	更	要	不	得

今晚三更完不成，

662

双	収	仪	米	主	台	傷
θo:ŋ^1	θou^1	po^6	mai^4	tsaɯ^5	ta:i^1	θɯ:ŋ^1
song	sou	boh	maex	cawq	dai	sieng
二	你们	夫	妻	注定	死	伤

你俩夫妇就要死。

663

董	永	礼	唓	旬	养	忍
toŋ^3	wiŋ^4	ʔdai^3	ȵi^1	tson^2	jɯ:ŋ^6	ȵan^4
Doengj	Vingx	ndaej-	nyi	coenz	yiengh-	nyaenx
董	永	得	听	句	样	这

董永听到这些话，

664

庅	冉	盂	氣	氐	双	双
ma^1	ra:n^2	ʔau^5	hei^5	tai^3	θo:ŋ^4	θo:ŋ^4
ma	ranz	aeuq-	heiq	daej	songx-	songx
回	家	怄	气	哭	涟	涟

回家担心哭涟涟。

① 此处的“亖”做衍字处理。按全文体例，此句当是五个字。查《古士董永灯一卷》抄本，此句无“亖”字，故“亖”字不译。

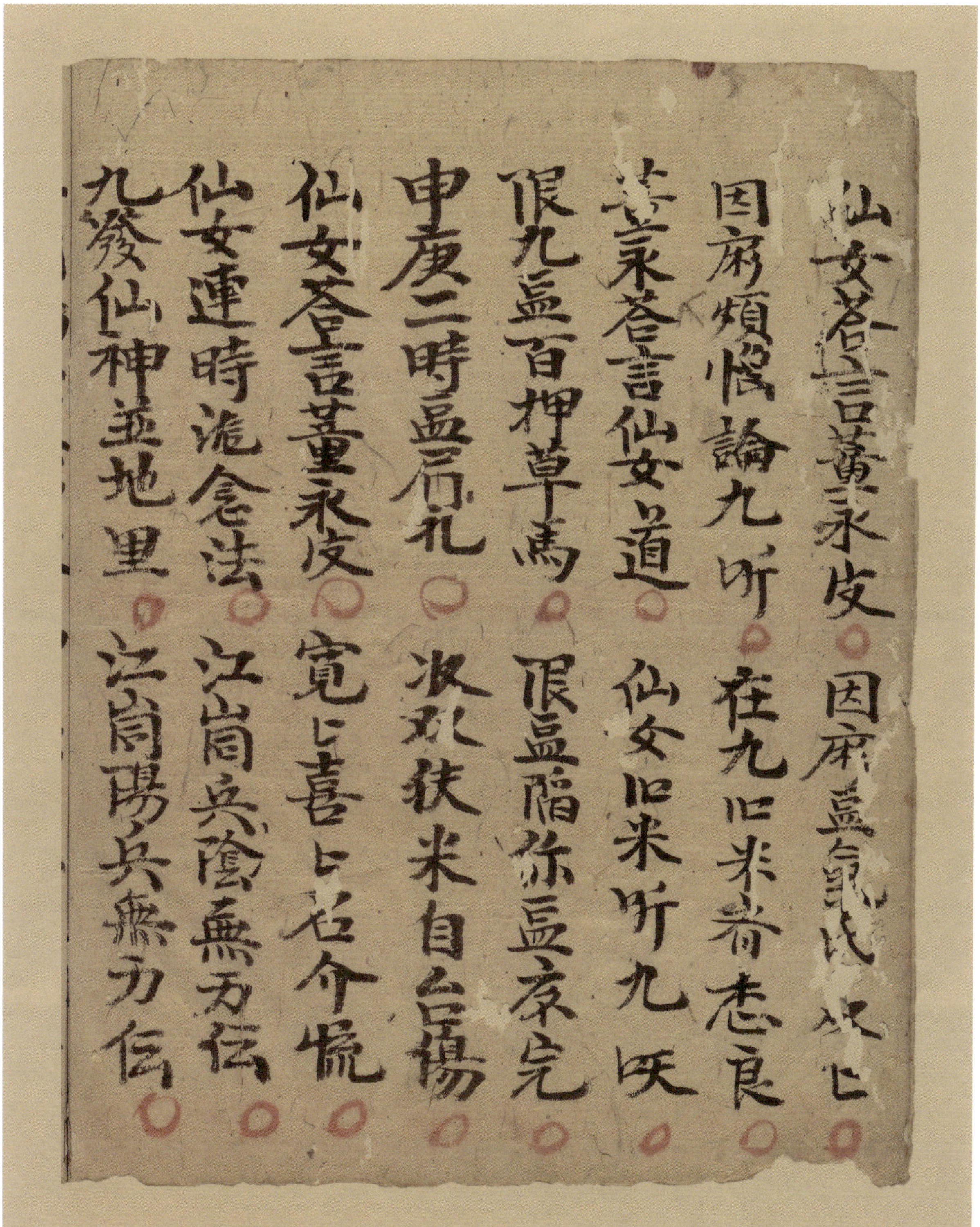

仙女荅言董永皮○因麻盖氣氏六七○
因麻煩恨論九听○在九旧米肴恙良○
董永荅言仙女吕道○仙女旧米听九吠○
限九盖百押草丁馬○限盖陷孫盖京完○
申庚二時盖后孔○收双扶米自台锡○
仙女荅言董永皮○寬匕喜匕若介慌○
仙女連時施念法○江省兵陰無万伝○
九發仙神並地里○江省陽兵無力伝○

665

仙	**女**	**荅**	**言**	**董**	**永**	**皮**
θiːn^{1}	naɯ^{4}	taːp^{7}	jiːn^{2}	toŋ^{3}	wiŋ^{4}	pei^{4}
sien-	nawx	dap	yienz	Doengj	Vingx	beix
仙	**女**	**答**	**言**	**董**	**永**	**兄**

仙女询问董永兄，

666

因	**彨**	**𥁐**	**氣**	**㖡**	**双**	**双**
ʔin^{1}	ma^{2}	ʔau^{5}	hei^{5}	tai^{3}	θoːŋ^{4}	θoːŋ^{4}
aen	maz	aeuq-	heiq	daej	songx-	songx
因	**何**	**怄**	**气**	**哭**	**涟**	**涟**

为啥担忧哭涟涟。

667

因	**彨**	**煩**	**惱**	**論**	**九**	**听**
ʔin^{1}	ma^{2}	faːn^{2}	naːu^{4}	lɯn^{6}	ku^{1}	tiŋ^{5}
aen	maz	fanz-	naux	lwnh	gou	dingq
因	**何**	**烦**	**恼**	**告诉**	**我**	**听**

有何烦恼说我听，

668

在	**九**	**旧**	**米**	**齐**	**态**	**良**
tsaːi^{6}	ku^{1}	ku^{6}	mai^{4}	tsai^{2}	θɯːŋ^{1}	liːŋ^{2}
caih	gou	guh	maex	caez	sieng-	liengz
随	**我**	**为**	**妻**	**齐**	**商**	**量**

为妻同你来商量。

669

董	**永**	**荅**	**言**	**仙**	**女**	**道**
toŋ^{3}	wiŋ^{4}	taːp^{7}	jiːn^{2}	θiːn^{1}	naɯ^{4}	taːu^{6}
Doengj	Vingx	dap	yienz	sien-	nawx	dauh
董	**永**	**答**	**言**	**仙**	**女**	**道**

董永答言仙女道，

670

仙	**女**	**旧**	**米**	**听**	**九**	**吠**
θiːn^{1}	naɯ^{4}	ku^{6}	mai^{4}	tiŋ^{5}	ku^{1}	tɯːn^{1}
sien-	nawx	guh	maex	dingq	gou	dwen
仙	**女**	**为**	**妻**	**听**	**我**	**提及**

仙女贤妻听我言。

671

限	**九**	**𥁐**	**百**	**押**	**草**	**馬**
haːn^{6}	ku^{1}	ʔau^{1}	paːk^{7}	raːp^{7}	ȵɯ^{3}	ma^{4}
hanh	gou	aeu	bak	rap	nywj	max
限	**我**	**要**	**百**	**担**	**草**	**马**

命我马草要百担，

672

限	**𥁐**	**隔**	**你**	**𥁐**	**庲**	**完**
haːn^{6}	ʔau^{1}	ham^{6}	nei^{4}	ʔau^{1}	ma^{1}	juːn^{2}
hanh	aeu	haemh-	neix	aeu	ma	yienz
限	**要**	**夜**	**这**	**要**	**回**	**完**

限定今晚交齐全。

673

申	**庚**	**二**	**時**	**𥁐**	**启**	**礼**
θaːm^{1}	keːŋ^{1}	ŋei^{6}	θei^{2}	ʔau^{1}	ʔdi^{1}	ʔdai^{3}
sam-	geng	ngeih	seiz	aeu	ndi	ndaej
三	**更**	**二**	**时**	**要**	**不**	**得**

三更二时完不成，

674

収	**双**	**扶**	**米**	**自**	**台**	**傷**
θou^{1}	θoːŋ^{1}	po^{6}	mai^{4}	θei^{6}	taːi^{1}	θɯːŋ^{1}
sou	song	boh	maex	seih	dai	sieng
你们	**二**	**夫**	**妻**	**自**	**死**	**伤**

我俩夫妻死非命。

675
仙　女　荅　言　董　永　皮
θiːn^{1} nauɯ^{4} taːp^{7} jiːn^{2} toŋ^{3} wiŋ^{4} pei^{4}
sien- nawx dap yienz Doengj Vingx beix
仙　女　答　言　董　永　兄
仙女安慰董永兄，

676
寬　寬　喜　喜　名　介　慌
wuːn^{1} wuːn^{1} hei^{3} hei^{3} mɯɯŋ^{2} kai^{5} wuːŋ^{1}
vuen- vuen heij- heij mwngz gaej vueng
欢　欢　喜　喜　你　别　慌
欢欢喜喜你别慌。

677
仙　女　連　時　浝　念　法
θiːn^{1} nauɯ^{4} liːn^{2} θei^{2} roŋ^{2} niːm^{6} faːp^{7}
sien- nawx lienz- seiz roengz niemh fap
仙　女　连　时　下　念　法
仙女立即施法术，

678
江　峝　兵　陰　無　万　伝
kjaːŋ^{1} toŋ^{6} piŋ^{1} jim^{1} fou^{2} faːn^{6} wun^{2}
gyang doengh bing yaem fouz fanh vunz
中　垌　兵　阴　无　万　人
召来阴兵上万人。

679
九　發　仙　神　並　地　里①
ku^{1} faːt^{7} θiːn^{1} θan^{2} piŋ^{6} tei^{6} lei^{4}
gou fat sien saenz bingh deih- leix
我　发　仙　神　并　地　理
请来仙神及地师，

680
江　峝　陽　兵　無　万　伝
kjaːŋ^{1} toŋ^{6} jɯːŋ^{2} piŋ^{1} fou^{2} faːn^{6} wun^{2}
gyang doengh yiengz bing fouz fanh vunz
中　垌　阳　兵　无　万　人
垌中阳兵上万人。

---

① 地里［tei^{6} lei^{4}］：指“地理先生”，即通晓地理知识之人，亦称“地师”。

江尚陽兵無力数 ○ 四處押草原布停 ○
百押草萬礼原了 ○ 武傘斗吞郎尽容 ○
武傘原吞各草乱 ○ 改處娄你之徕王 ○
召伝妖你㡾旧娄 ○ 顧卯泰吞百二年 ○
四恭你布間 ○ 限盈百押枚 ○ 仙女肚意明 ○ 吞陽兵陪斗 ○
連夜官手巡 ○ 退原肘陥你 ○ 咁甲参占与 ○ 提机奏仙人 ○
武傘連時打二討 ○ 老盈仙女結婚縁 ○
㐌傘吞言董永道 ○ 刘名董永听九妖 ○

681

江	**崵**	**陽**	**兵**	**無**	**万**	**数**
kjaːŋ^{1}	toŋ^{6}	jɯːŋ^{2}	piŋ^{1}	fou^{2}	faːn^{6}	θo^{5}
gyang	doengh	yiengz	bing	fouz	fanh	soq
中	垌	阳	兵	无	万	数

垌中阳兵上万数，

682

四	**處**	**押**	**草**	**庅**	**布**	**停**
θei^{5}	tsaɯ^{5}	raːp^{7}	ȵɯ^{3}	ma^{1}	ʔbou^{5}	tiŋ^{2}
seiq-	cawq	rap	nywj	ma	mbouj	dingz
四	处	挑	草	来	不	停

四处挑草忙不停。

683

百	**押**	**草**	**馬**	**礼**	**庅**	**了**
paːk^{7}	raːp^{7}	ȵɯ^{3}	ma^{4}	ʔdai^{3}	ma^{1}	liːu^{4}
bak	rap	nywj	max	ndaej	ma	liux
百	担	草	马	得	回	了

百担马草便齐全，

684

武	**爺**	**斗**	**吞**	**㑂**	**尽**	**容**①
fou^{4}	je^{2}	tau^{3}	ran^{1}	ʔdaːŋ^{1}	tsan^{6}	juŋ^{2}
Foux-	yez	daeuj	raen	ndang	caenh	yungz
武	爷	来	见	身	尽	融

武爷得知身发软。

685

武	**爺**	**庅**	**吞**	**各**	**草**	**乱**
fou^{4}	je^{2}	ma^{1}	ran^{1}	kaːk^{8}	tsiːu^{1}	luːn^{6}
Foux-	yez	ma	raen	gag	ciu-	luenh
武	爷	来	见	自个	糟	乱

武爷见到心糟乱，

686

改	**處**	**姝**	**你**	**士**	**姝**	**王**
kaːi^{5}	tsaɯ^{5}	mai^{4}	nei^{4}	θei^{6}	mai^{4}	wuːŋ^{2}
gaiq-	cawq	maex	neix	seih	maex	vuengz
该	注定	妻	这	是	妻	王

此妇该当为王妻。

687

召	**伝**	**妖**	**你**	**庅**	**旧**	**姝**
tsiːu^{6}	wun^{2}	ta^{6}	nei^{4}	ma^{1}	ku^{6}	mai^{4}
ciuh	vunz	dah	neix	ma	guh	maex
辈	人	个	这	来	做	妻

今生定娶她为妻，

688

願	**却**	**夻**	**𡗶**	**百**	**二**	**年**
ȵuːn^{6}	jɯ^{5}	la^{3}	ʔbɯn^{1}	paːk^{7}	ŋei^{6}	niːn^{2}
nyienh	youq	laj-	mbwn	bak	ngeih	nienz
愿	在	下	天	百	二	年

愿活人间百二年。

689

旧	**养**	**你**	**布**	**闾**
ku^{6}	jɯːŋ^{6}	nei^{4}	ʔbou^{5}	tou^{1}
guh	yiengh-	neix	mbouj	dou
做	样	这	不	门

这般做无门，

690

限	**盄**	**百**	**押**	**枚**
haːn^{6}	ʔau^{1}	paːk^{7}	raːp^{7}	fɯn^{2}
hanh	aeu	bak	rap	fwnz
限	要	百	担	柴

令挑百担柴。

691

仙	**女**	**肚**	**总**	**明**
θiːn^{1}	nauɯ^{4}	tuŋ^{4}	tsoŋ^{1}	miŋ^{2}
sien-	nawx	dungx	coeng-	mingz
仙	女	肚	聪	明

仙女心聪明，

692

発	**陽**	**兵**	**陇**	**斗**
faːt^{7}	jɯːŋ^{2}	piŋ^{1}	roŋ^{2}	tau^{3}
fat	yiengz	bing	roengz	daeuj
发	阳	兵	下	来

发阳兵来帮。

693

連	**夜**	**官**	**斗**	**巡**
liːn^{2}	hɯn^{2}	kuːn^{1}	tau^{3}	tsun^{2}
lienz	hwnz	guen	daeuj	cunz
连	夜	官	来	巡

官连夜来巡，

694

限	**庅**	**肝**	**陷**	**你**
haːn^{6}	ma^{1}	taŋ^{2}	ham^{6}	nei^{4}
hanh	ma	daengz	haemh-	neix
限	来	到	夜	这

定今晚来到。

695

咄	**申**	**参**	**延**	**荀**
tsɯt^{7}	θɯn^{3}	tsaːm^{5}	kɯn^{2}	kjau^{3}
cwt	swnj	camq	gwnz	gyaeuj
插	根	簪	上	头

插簪子头上，

696

提	**批**	**奏**②	**仙**	**人**③
tauɯ^{2}	pai^{1}	tsau^{5}	θiːn^{1}	θin^{2}
dawz	bae	caeuq	sien-	saenz
拿	去	奏	仙	人

向玉帝奏报。

697

武	**爺**	**連**	**時**	**打**	**二**	**計**
fou^{4}	je^{2}	liːn^{2}	θei^{2}	ta^{3}	ŋei^{6}	kei^{5}
Foux-	yez	lienz-	seiz	daj	ngeih	geiq
武	爷	连	时	打	二	计

武爷又生第二计，

698

忈	**凹**	**仙**	**女**	**結**	**婚**	**缘**
θɯːŋ^{3}	ʔau^{1}	θiːn^{1}	nauɯ^{4}	kiːt^{7}	hon^{1}	juːn^{2}
siengj	aeu	sien-	nawx	giet	hoen-	yienz
想	要	仙	女	结	婚	缘

想谋仙女结姻缘。

699

武	**爺**	**荅**	**言**	**董**	**永**	**道**
fou^{4}	je^{2}	taːp^{7}	jiːn^{2}	toŋ^{3}	wiŋ^{4}	taːu^{6}
Foux-	yez	dap	yienz	Doengj	Vingx	dauh
武	爷	答	言	董	永	道

武爷吩咐董永道，

700

刘	**名**	**董**	**永**	**听**	**九**	**吞**
nau^{2}	mɯŋ^{2}	toŋ^{3}	wiŋ^{4}	tiŋ^{5}	ku^{1}	tɯːn^{1}
naeuz	mwngz	Doengj	Vingx	dingq	gou	dwen
说	你	董	永	听	我	提及

董永你给我听令。

① 容 [juŋ^{2}]：本义是“融化”，此处是“害怕”的夸张说法，意指因极度恐惧而感到身体发软，似乎要融化一样。

② 奏 [tsau^{5}]：奏报。仙女把簪子插到她的发髻里，天上的玉帝立即知道女儿的处境。

③ 仙人 [θiːn^{1} θin^{2}]：本义是“仙人”，此处指玉皇大帝。

陷徐連夜官白过　千长萬[illegible]祝賀王

㕔徐寅時官就过　限𫝀火杷百押枚

𫝀枚又限𫝀枚刹　亥子三時𫝀孝兑

亥子二更時𫝀石礼　双衣佼𫝻自台傷

董永礼車句养丢　康氣𫝀氣布礼厌

仙女答言董永道　碍彩𫝀氣𬒗心腸

因彩煩惱論九听　在九旧𫝻眷志良

董永答言仙女𫝻　仙女邑听句九厌

701

陷	你	連	夜	官	⿺辶勺(勺)	过
ham^{6}	nei^{4}	li:n^{2}	hɯn^{2}	ku:n^{1}	jak^{7}	kwa^{5}
haemh-	neix	lienz	hwnz	guen	yaek	gvaq
夜	这	连	夜	官	要	过

今晚官要从此过，

702

千	兵	萬	馬	批	賀	王
tsi:n^{1}	piŋ^{1}	fa:n^{6}	ma^{4}	pai^{1}	ho^{6}	wu:ŋ^{2}
cien	bing	fanh	max	bae	hoh	vuengz
千	兵	万	马	去	护	王

千兵万马去护王。

703

陷	你	寅	時	官	就	过
ham^{6}	nei^{4}	jin^{2}	θei^{2}	ku:n^{1}	tsi:u^{4}	kwa^{5}
haemh-	neix	yinz-	seiz	guen	couh	gvaq
夜	这	寅	时	官	就	过

今晚寅时官就过，

704

限	盀	火	把①	百	押	校
ha:n^{6}	ʔau^{1}	ho^{3}	pa^{3}	pa:k^{7}	ra:p^{7}	fɯn^{2}
hanh	aeu	hoj-	baj	bak	rap	fwnz
限	要	火	把	百	担	柴

备柴百担造火把。

705

盀	校	又	限	盀	校	剥
ʔau^{1}	fɯn^{2}	jou^{4}	ha:n^{6}	ʔau^{1}	fɯn^{2}	pa:k^{8}
aeu	fwnz	youh	hanh	aeu	fwnz	bag
要	柴	又	限	要	柴	劈

百担柴火劈成块，

706

亥	子	二	時	盀	庅	完
ha:i^{6}	tsei^{3}	ŋei^{6}	θei^{2}	ʔau^{1}	ma^{1}	ju:n^{2}
haih	ceij	ngeih	seiz	aeu	ma	yienz
亥	子	二	时	要	回	完

亥子二时要齐全。

707

亥	子	二	時	盀	肩	礼
ha:i^{6}	tsei^{3}	ŋei^{6}	θei^{2}	ʔau^{1}	ʔdi^{1}	ʔdai^{3}
haih	ceij	ngeih	seiz	aeu	ndi	ndaej
亥	子	二	时	要	不	得

亥子二时完不成，

708

双	収	仪	妹	自	台	傷
θo:ŋ^{1}	θou^{1}	po^{6}	mai^{4}	θei^{6}	ta:i^{1}	θɯ:ŋ^{1}
song	sou	boh	maex	seih	dai	sieng
二	你们	夫	妻	自	死	伤

你俩夫妇死非命。

709

董	永	礼	唓	旬	养	忍
toŋ^{3}	wiŋ^{4}	ʔdai^{3}	ȵi^{1}	tson^{2}	jɯ:ŋ^{6}	ȵan^{4}
Doengj	Vingx	ndaej-	nyi	coenz	yiengh-	nyaenx
董	永	得	听	句	样	这

董永听到这些话，

710

庅	⿰并凡	盀	氣	布	礼	⿰口夭
ma^{1}	ra:n^{2}	ʔau^{5}	hei^{5}	ʔbou^{5}	ʔdai^{3}	tɯ:n^{1}
ma	ranz	aeuq-	heiq	mbouj	ndaej	dwen
回	家	怄	气	不	得	提及

回家怄气不言语。

711

仙	**女**	**荅**	**言**	**董**	**永**	**道**
θiːn^{1}	nauɯ^{4}	taːp^{7}	jiːn^{2}	toŋ^{3}	wiŋ^{4}	taːu^{6}
sien-	nawx	dap	yienz	Doengj	Vingx	dauh
仙	**女**	**答**	**言**	**董**	**永**	**道**

仙女询问董永道，

712

碍	**彨**	**衁**	**氣**	**护**	**心**	**腸**
ŋaːi^{6}	ma^{2}	ʔau^{5}	hei^{5}	ʔdauɯ^{1}	θim^{1}	tsɯːŋ^{2}
ngaih-	maz	aeuq-	heiq	ndaw	sim-	ciengz
奈	**何**	**怄**	**气**	**里**	**心**	**肠**

为啥怄气在心里。

713

因	**彨**	**煩**	**惱**	**論**	**九**	**听**
ʔin^{1}	ma^{2}	faːn^{2}	naːu^{4}	lɯn^{6}	ku^{1}	tiŋ^{5}
aen	maz	fanz-	naux	lwnh	gou	dingq
因	**何**	**烦**	**恼**	**告诉**	**我**	**听**

因何烦恼说我听，

714

在	**九**	**旧**	**妹**	**斉**	**态**	**良**
tsaːi^{6}	ku^{1}	ku^{6}	mai^{4}	tsai^{2}	θɯːŋ^{1}	liːŋ^{2}
caih	gou	guh	maex	caez	sieng-	liengz
随	**我**	**为**	**妻**	**齐**	**商**	**量**

为妻与你同商量。

715

董	**永**	**荅**	**言**	**仙**	**女**	**妹**
toŋ^{3}	wiŋ^{4}	taːp^{7}	jiːn^{2}	θiːn^{1}	nauɯ^{4}	mai^{4}
Doengj	Vingx	dap	yienz	sien-	nawx	maex
董	**永**	**答**	**言**	**仙**	**女**	**妻**

董永答言仙女妻，

716

仙	**女**	**名**	**听**	**旬**	**九**	**呑**
θiːn^{1}	nauɯ^{4}	mɯŋ^{2}	tiŋ^{5}	tson^{2}	ku^{1}	tɯːn^{1}
sien-	nawx	mwngz	dingq	coenz	gou	dwen
仙	**女**	**你**	**听**	**句**	**我**	**提及**

仙女你且听我说。

---

① 火把 [ho^{3} pa^{3}]：“火把”的借词。壮语的“火把”一词应为 [po:k^{8} fei^{2}]，这里为了押韵使用汉语借词。

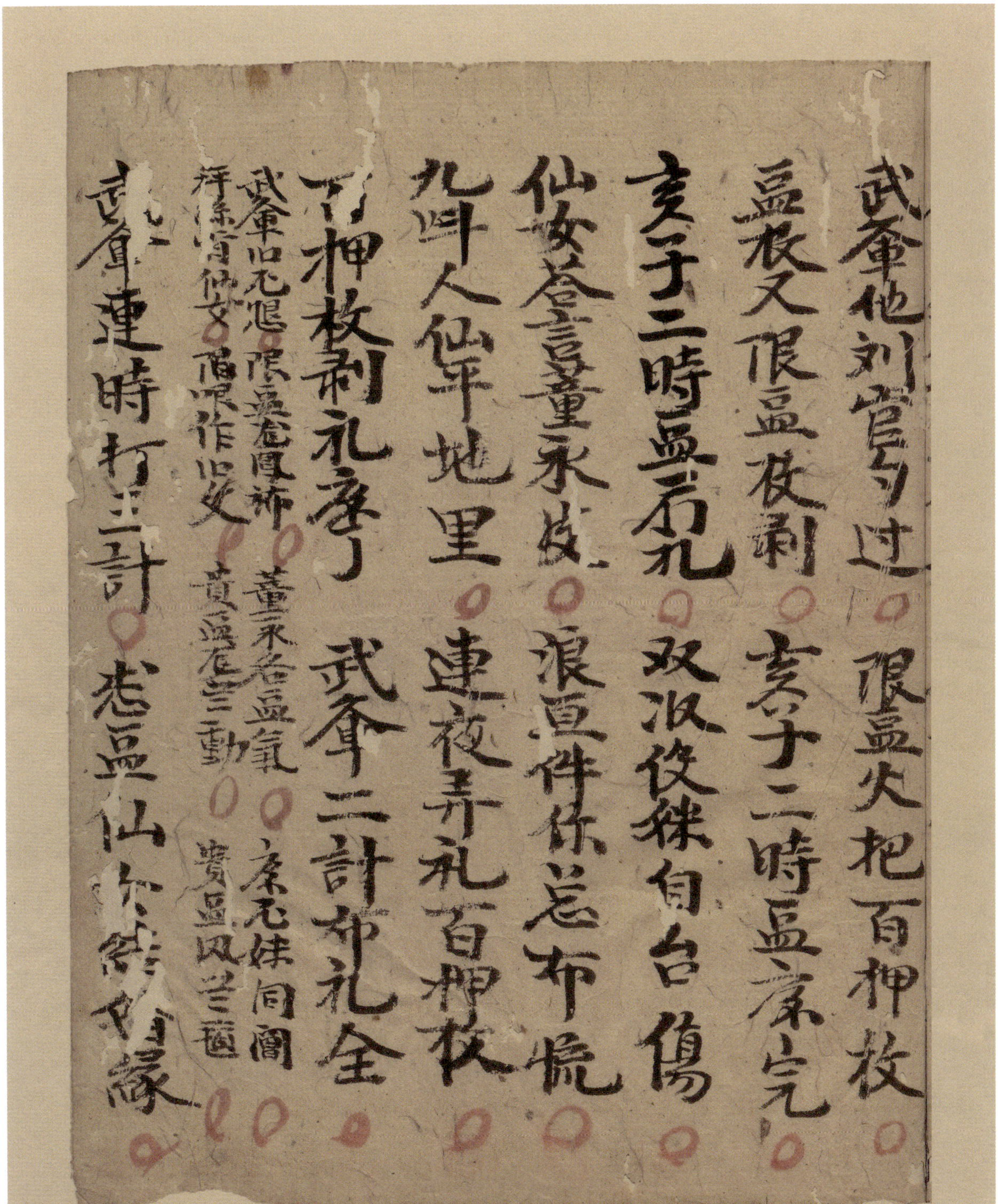

武奉他刘官乃过 ○ 限盖火把百柙校 ○
盖衣又限盖夜剥 ○ 亥十二時盖康完 ○
亥子三時盖府孔 ○ 双汲佼徕白台傷 ○
仙女叠言董承皮 ○ 浪亘件你莀布慌 ○
九斗人仙平地里 ○ 連夜弄礼百柙校 ○
下柙枚剥礼麻了 武奉二計却礼全 ○
武奉旧无恨限盖在同旆 ○ 董承各盖氣 ○ 康无妹同閣 ○
拜除宵仙女酒眾作旧文 ○ 亘盖在三動 ○ 賣盖风三通 ○
武奉連時打三計 ○ 志盖仙女能作緣 ○

717

武	爺	他	刘	官	勺	过
Fou^{4}	je^{2}	te^{1}	nau^{2}	ku:n^{1}	jak^{7}	kwa^{5}
Foux-	yez	de	naeuz	guen	yaek	gvaq
武	爷	他	说	官	欲	过

武爷说有官将到，

718

限	畐	火	把	百	押	杈
ha:n^{6}	ʔau^{1}	ho^{3}	pa^{3}	pa:k^{7}	ra:p^{7}	fɯn^{2}
hanh	aeu	hoj-	baj	bak	rap	fwnz
限	要	火	把	百	担	柴

备柴百担做火把。

719

畐	杈	又	佷	畐	杈	剥
ʔau^{1}	fɯn^{2}	jou^{4}	ha:n^{6}	ʔau^{1}	fɯn^{2}	pa:k^{8}
aeu	fwnz	youh	hanh	aeu	fwnz	bag
要	柴	又	限	要	柴	劈

百担柴要劈成块，

720

亥	子	二	時	畐	庅	完
ha:i^{6}	tsei^{3}	ŋei^{6}	θei^{2}	ʔau^{1}	ma^{1}	ju:n^{2}
haih	ceij	ngeih	seiz	aeu	ma	yienz
亥	子	二	时	要	回	完

亥子二时要齐全。

721

亥	子	二	時	畐	肩	礼
ha:i^{6}	tsei^{3}	ŋei^{6}	θei^{2}	ʔau^{1}	ʔdi^{1}	ʔdai^{3}
haih	ceij	ngeih	seiz	aeu	ndi	ndaej
亥	子	二	时	要	不	得

亥子二时完不成，

722

双	収	仪	妹	自	台	傷
θo:ŋ^{1}	θou^{1}	po^{6}	mai^{4}	θei^{6}	ta:i^{1}	θɯ:ŋ^{1}
song	sou	boh	maex	seih	dai	sieng
二	你们	夫	妻	自	死	伤

你俩夫妻死非命。

723

仙	女	荅	言	董	永	皮
θi:n^{1}	naɯ^{4}	ta:p^{7}	ji:n^{2}	toŋ^{3}	wiŋ^{4}	pei^{4}
sien-	nawx	dap	yienz	Doengj	Vingx	beix
仙	女	答	言	董	永	兄

仙女安慰董永兄，

724

浪	亘	件	你	总	布	慌
la:ŋ^{6}	ka:ŋ^{3}	ki:n^{6}	nei^{4}	tsuŋ^{3}	ʔbou^{5}	wu:ŋ^{1}
langh	gangj	gienh	neix	cungj	mbouj	vueng
若	讲	件	这	总	不	慌

若是此事不用慌。

725

九	呌	人	仙	平	地	里
ku^{1}	heu^{6}	wun^{2}	θi:n^{1}	piŋ^{6}	tei^{6}	lei^{4}
gou	heuh	vunz	sien	bingh	deih-	leix
我	叫	人	仙	并	地	理

我叫仙人和地师，

726

連	夜	弄	礼	百	押	杈
li:n^{2}	hɯn^{2}	loŋ^{6}	ʔdai^{3}	pa:k^{7}	ra:p^{7}	fɯn^{2}
lienz	hwnz	loengh	ndaej	bak	rap	fwnz
连	夜	弄	得	百	担	柴

连夜弄来百担柴。

727

百	押	杈	剥	礼	庅	了
paːk^{7}	raːp^{7}	fɯn^{2}	paːk^{8}	ʔdai^{3}	ma^{1}	liːu^{4}
bak	rap	fwnz	bag	ndaej	ma	liux
百	担	柴	劈	得	回	了

百担柴块全备好，

728

武	爺	二	計	布	礼	全
fou^{4}	je^{2}	ŋei^{6}	kei^{5}	ʔbou^{5}	ʔdai^{3}	tsuːn^{2}
Foux-	yez	ngeih	geiq	mbouj	ndaej	cienz
武	爷	二	计	不	得	全

武爷计谋不得逞。

729

武	爺	旧	兀	想
fou^{4}	je^{2}	ku^{6}	ʔdei^{1}	han^{5}
Foux-	yez	guh	ndei	haenq
武	爷	做	好	狠

武爷做得狠，

730

限	畐	龙	凰	⿰衤布
haːn^{6}	ʔau^{1}	loŋ^{2}	foŋ^{6}	pu^{6}
hanh	aeu	lungz	fungh	buh
限	要	龙	凤	衣

限要龙凤衣。

731

董	永	各	畐	氣
toŋ^{3}	wiŋ^{4}	kaːk^{8}	ʔau^{5}	hei^{5}
Doengj	Vingx	gag	aeuq-	heiq
董	永	自个	怄	气

董永自怄气，

732

庅	兀	妹	同	閬
ma^{1}	ʔdi^{3}	mai^{4}	toŋ^{2}	jaŋ^{1}
ma	ndij	maex	doengz	yaeng
回	跟	妻	同	商量

归与妻相商。

733

秤	絲	肯	仙	女
tsaŋ^{6}	θei^{1}	haŋ^{3}	θiːn^{1}	naɯ^{4}
caengh	sei	haengj	sien-	nawx
称	丝	给	仙	女

称丝给仙女，

734

限	眼	作	旧	文
haːn^{6}	ŋon^{2}	tsoːk^{8}	ku^{6}	pan^{2}
hanh	ngoenz-	cog	guh	baenz
限	天	将来	做	成

限明天织成。

735

貴	畐	龙	兰	動
kwei^{5}	ʔau^{1}	loŋ^{2}	ro^{4}	toŋ^{6}
gviq	aeu	lungz	rox	doengh
绣	要	龙	会	动

绣成龙会动，

736

貴	畐	风	兰	⿺毛邑
kwei^{5}	ʔau^{1}	foŋ^{6}	ro^{4}	ʔbin^{1}
gviq	aeu	fungh	rox	mbin
绣	要	凤	会	飞

绣成凤会飞。

737

武	**爺**	**連**	**時**	**打**	**三**	**計**
fou^{4}	je^{2}	liːn^{2}	θei^{2}	ta^{3}	θaːm^{1}	kei^{5}
Foux-	yez	lienz-	seiz	daj	sam	geiq
武	**爷**	**连**	**时**	**打**	**三**	**计**

武爷又生第三计，

738

恷	**𠕇**	**仙**	**女**	**结**	**婚**	**缘**
θɯːŋ^{3}	ʔau^{1}	θiːn^{1}	naɯ^{4}	kiːt^{7}	hon^{1}	juːn^{2}
siengj	aeu	sien-	nawx	giet	hoen-	yienz
想	**要**	**仙**	**女**	**结**	**婚**	**缘**

想谋仙女结姻缘。

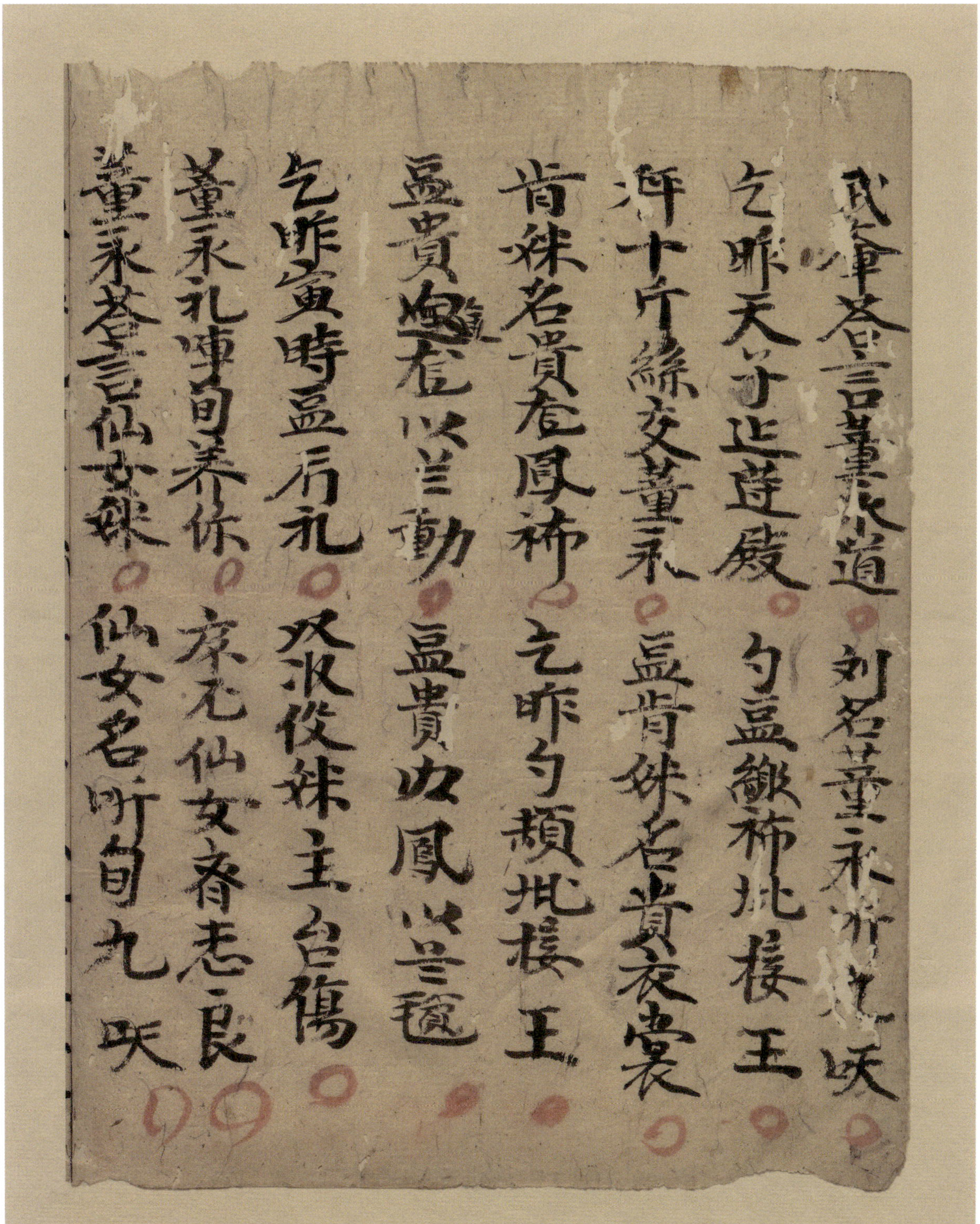

739

武	爺	荅	言	董	永	道
fou^{4}	je^{2}	ta:p^{7}	ji:n^{2}	toŋ^{3}	wiŋ^{4}	ta:u^{6}
Foux-	yez	dap	yienz	Doengj	Vingx	dauh
武	爷	答	言	董	永	道

武爷吩咐董永道，

740

刘	名	董	永	听	九	吠
nau^{2}	mɯŋ^{2}	toŋ^{3}	wiŋ^{4}	tiŋ^{5}	ku^{1}	tɯ:n^{1}
naeuz	mwngz	Doengj	Vingx	dingq	gou	dwen
说	你	董	永	听	我	提及

董永你给我听令。

741

乞	昨	天	子	𨑕	𨕭	殿
hat^{7}	tso:k^{8}	ti:n^{1}	tsei^{3}	hɯn^{3}	naŋ^{6}	ti:n^{6}
haet-	cog	dien-	ceij	hwnj	naengh	dienh
早	明	天	子	上	坐	殿

明早天子上殿坐，

742

勺	𠁽	繳	祢	批	接	王
jak^{7}	ʔau^{1}	keu^{1}	pu^{6}	pai^{1}	tsi:p^{7}	wu:ŋ^{2}
yaek	aeu	geu	buh	bae	ciep	vuengz
欲	要	件	衣	去	接	皇

我要华衣去面圣。

743

秤	十	斤	絲	交	董	永
tsaŋ^{6}	θip^{8}	kan^{1}	θei^{1}	kja:u^{1}	toŋ^{3}	wiŋ^{4}
caengh	cib	gaen	sei	gyau	Doengj	Vingx
称	十	斤	丝	交	董	永

称十斤丝交董永，

744

𠁽	肯	姝	名	貴	衣	裳
ʔau^{1}	haŋ^{3}	mai^{4}	mɯŋ^{2}	kwei^{5}	ʔei^{1}	tsɯ:ŋ^{2}
aeu	haengj	maex	mwngz	gviq	ei-	ciengz
要	给	妻	你	绣	衣	裳

拿给你妻绣衣裳。

745

肯	姝	名	貴	龙	鳯	祢
haŋ^{3}	mai^{4}	mɯŋ^{2}	kwei^{5}	loŋ^{2}	foŋ^{6}	pu^{6}
haengj	maex	mwngz	gviq	lungz	fungh	buh
给	妻	你	绣	龙	凤	衣

令你妻绣龙凤衣，

746

乞	昨	勺	𩑛	批	接	王
hat^{7}	tso:k^{8}	jak^{7}	tan^{3}	pai^{1}	tsi:p^{7}	wu:ŋ^{2}
haet-	cog	yaek	daenj	bae	ciep	vuengz
早	明	欲	穿	去	接	皇

明早我穿去面圣。

747

𠁽	貴	金	龙	以	兰	動
ʔau^{1}	kwei^{5}	kim^{1}	loŋ^{2}	hi^{4}	ro^{4}	toŋ^{6}
aeu	gviq	gim	lungz	hix	rox	doengh
要	绣	金	龙	也	会	动

要绣金龙也会动，

748

𠁽	貴	力	鳯	以	兰	毴
ʔau^{1}	kwci^{5}	lɯk^{8}	foŋ^{6}	hi^{4}	ro^{4}	ʔbin^{1}
aeu	gviq	lwg	fungh	hix	rox	mbin
要	绣	崽	凤	也	会	飞

要绣雏凤也会飞。

749

乞	**昨**	**寅**	**時**	**𥾈**	**𠲢**	**礼**
hat^{7}	tsoːk^{8}	jin^{2}	θei^{2}	ʔau^{1}	ʔdi^{1}	ʔdai^{3}
haet-	cog	yinz-	seiz	aeu	ndi	ndaej
早	明	寅	时	要	不	得

明早寅时织不成，

750

双	**𠬷**	**仪**	**妹**	**主**	**台**	**傷**
θoːŋ^{1}	θou^{1}	po^{6}	mai^{4}	θei^{6}	taːi^{1}	θɯːŋ^{1}
song	sou	boh	maex	seih	dai	sieng
二	你们	夫	妻	自	死	伤

你俩夫妇死非命。

751

董	**永**	**礼**	**咘**	**旬**	**养**	**你**
toŋ^{3}	wiŋ^{4}	ʔdai^{3}	ȵi^{1}	tson^{2}	jɯːŋ^{6}	nei^{4}
Doengj	Vingx	ndaej-	nyi	coenz	yiengh-	neix
董	永	得	听	句	样	这

董永听到这些话，

752

庅	**兀**	**仙**	**女**	**齐**	**态**	**良**
ma^{1}	ʔdi^{3}	θiːn^{1}	naɯ^{4}	tsai^{2}	θɯːŋ^{1}	liːŋ^{2}
ma	ndij	sien-	nawx	caez	sieng-	liengz
来	跟	仙	女	齐	商	量

来跟仙女齐商量。

753

董	**永**	**荅**	**言**	**仙**	**女**	**妹**
toŋ^{3}	wiŋ^{4}	taːp^{7}	jiːn^{2}	θiːn^{1}	naɯ^{4}	mai^{4}
Doengj	Vingx	dap	yienz	sien-	nawx	maex
董	永	答	言	仙	女	妻

董永告知仙女妻，

754

仙	**女**	**名**	**听**	**旬**	**九**	**吠**
θiːn^{1}	naɯ^{4}	mɯŋ^{2}	tiŋ^{5}	tson^{2}	ku^{1}	tɯːn^{1}
sien-	nawx	mwngz	dingq	coenz	gou	dwen
仙	女	你	听	句	我	提及

仙女你且听我说。

武傘秤礼十亇綿　肯名叱妹貴衣裳
佷名貴昌龍鳳袆　乞昨吞閨地楼王
佷貴刀龍照三動　佷貴刀鳳照三逼
乞昨寅時盅丙礼　双妻俊絑自台傷
仙女荅言董永皮　寬〻喜〻名介慌
北力玉帝乂狀性　都乂狀性叮進強
龍鳳正士都貴礼　叮進里害戒过傍
尤乙董永亘曽丁　仙女恩咯燒南看

755

武	爺	秤	礼	十	斤	絲
fou^{4}	je^{2}	tsaŋ^{6}	ʔdai^{3}	θip^{8}	kan^{1}	θei^{1}
Foux-	yez	caengh	ndaej	cib	gaen	sei
武	爷	称	得	十	斤	丝

武爷称来十斤丝，

756

肯	名	旧	妹	貴	衣	裳
haŋ^{3}	mɯŋ^{2}	ku^{6}	mai^{4}	kwei^{5}	ʔei^{1}	tsɯːŋ^{2}
haengj	mwngz	guh	maex	gviq	ei-	ciengz
给	你	做	妻	绣	衣	裳

给巧妻你绣衣裳。

757

限	名	貴	畐	龍	鳳	𧘂
haːn^{6}	mɯŋ^{2}	kwei^{5}	ʔau^{1}	loŋ^{2}	foŋ^{6}	pu^{6}
hanh	mwngz	gviq	aeu	lungz	fungh	buh
限	你	绣	要	龙	凤	衣

限你绣成龙凤衣，

758

乞	昨	吞	閬	坒	接	王
hat^{7}	tsoːk^{8}	ʔbɯn^{1}	roːŋ^{6}	pai^{1}	tsiːp^{7}	wuːŋ^{2}
haet-	cog	mbwn	rongh	bae	ciep	vuengz
早	明	天	亮	去	接	皇

明早他穿去面圣。

759

限	貴	力	龍	照	兰	動
haːn^{6}	kwei^{5}	lɯk^{8}	loŋ^{2}	tsiːu^{5}	ro^{4}	toŋ^{6}
hanh	gviq	lwg	lungz	ciuq	rox	doengh
限	绣	子	龙	瞧	会	动

绣成的龙要会动，

760

限	貴	力	鳳	照	兰	毴
haːn^{6}	kwei^{5}	lɯk^{8}	foŋ^{6}	tsiːu^{5}	ro^{4}	ʔbin^{1}
hanh	gviq	lwg	fungh	ciuq	rox	mbin
限	绣	子	凤	瞧	会	飞

绣成的凤亦能飞。

761

乞	昨	寅	時	畐	肩	礼
hat^{7}	tsoːk^{8}	jin^{2}	θei^{2}	ʔau^{1}	ʔdi^{1}	ʔdai^{3}
haet-	cog	yinz-	seiz	aeu	ndi	ndaej
早	明	寅	时	要	不	得

明早寅时织不成，

762

双	娄	仪	妹	自	台	傷
θoːŋ^{1}	rau^{2}	po^{6}	mai^{4}	θei^{6}	taːi^{1}	θɯːŋ^{1}
song	raeuz	boh	maex	seih	dai	sieng
二	咱	夫	妻	自	死	伤

咱俩夫妻死非命。

763

仙	女	荅	言	董	永	皮
θiːn^{1}	naɯ^{4}	taːp^{7}	jiːn^{2}	toŋ^{3}	wiŋ^{4}	pei^{4}
sien-	nawx	dap	yienz	Doengj	Vingx	beix
仙	女	答	言	董	永	兄

仙女安慰董永道，

764

寬	寬	喜	喜	名	介	慌
wuːn^{1}	wuːn^{1}	hei^{3}	hei^{3}	mɯŋ^{2}	kai^{5}	wuːŋ^{1}
vuen-	vuen	heij-	heij	mwngz	gaej	vueng
欢	欢	喜	喜	你	别	慌

欢欢喜喜你别慌。

765

九	**力**	**玉**	**帝**	**七**	**妖**	**牲**
ku^{1}	lɯk^{8}	ȵaɯ^{6}	tai^{5}	tsat^{7}	ta^{6}	nuːŋ^{4}
gou	lwg	Nyawh-	daeq	caet	dah	nuengx
我	子	玉	帝	七	个	妹

玉帝生我七姊妹，

766

都	**七**	**妖**	**牲**	**叮**	**摓**	**强**
tou^{1}	tsat^{7}	ta^{6}	nuːŋ^{4}	tin^{1}	fɯŋ^{2}	kjɯːŋ^{2}
dou	caet	dah	nuengx	din-	fwngz	giengz
我们	七	个	妹	脚	手	强

七人个个手艺强。

767

龍	**鳳**	**正**	**士**	**都**	**貴**	**礼**
loŋ^{2}	foŋ^{6}	tsiŋ^{5}	θei^{6}	tou^{1}	kwei^{5}	ʔdai^{3}
lungz	fungh	cingq	seih	dou	gviq	ndaej
龙	凤	正	是	我们	绣	得

龙凤我们能绣成，

768

叮	**摓**	**里**	**害**	**戒**	**过**	**傍**
tin^{1}	fɯŋ^{2}	lei^{6}	haːi^{6}	kaːi^{5}	kwa^{5}	pɯːŋ^{2}
din-	fwngz	leih-	haih	gaiq	gvaq	biengz
脚	手	厉	害	盖	过	天下

手艺厉害盖世人。

769

又	**厄**	**董**	**永**	**亘**	**曾**	**了**
jou^{4}	ʔdi^{3}	toŋ^{3}	wiŋ^{4}	kaːŋ^{3}	tsaŋ^{2}	liːu^{4}
youh	ndij	Doengj	Vingx	gangj	caengz	liux
又	跟	董	永	讲	未曾	完

未跟董永讲完话，

770

仙	**女**	**恶**	**洛**	**燒**	**南**	**香**
θiːn^{1}	naɯ^{4}	ʔoːk^{7}	roːk^{8}	θiːu^{1}	naːn^{6}	jɯːŋ^{1}
sien-	nawx	ok	rog	siu	nanh	yieng
仙	女	出	外	烧	难	香

仙女出外烧难香。

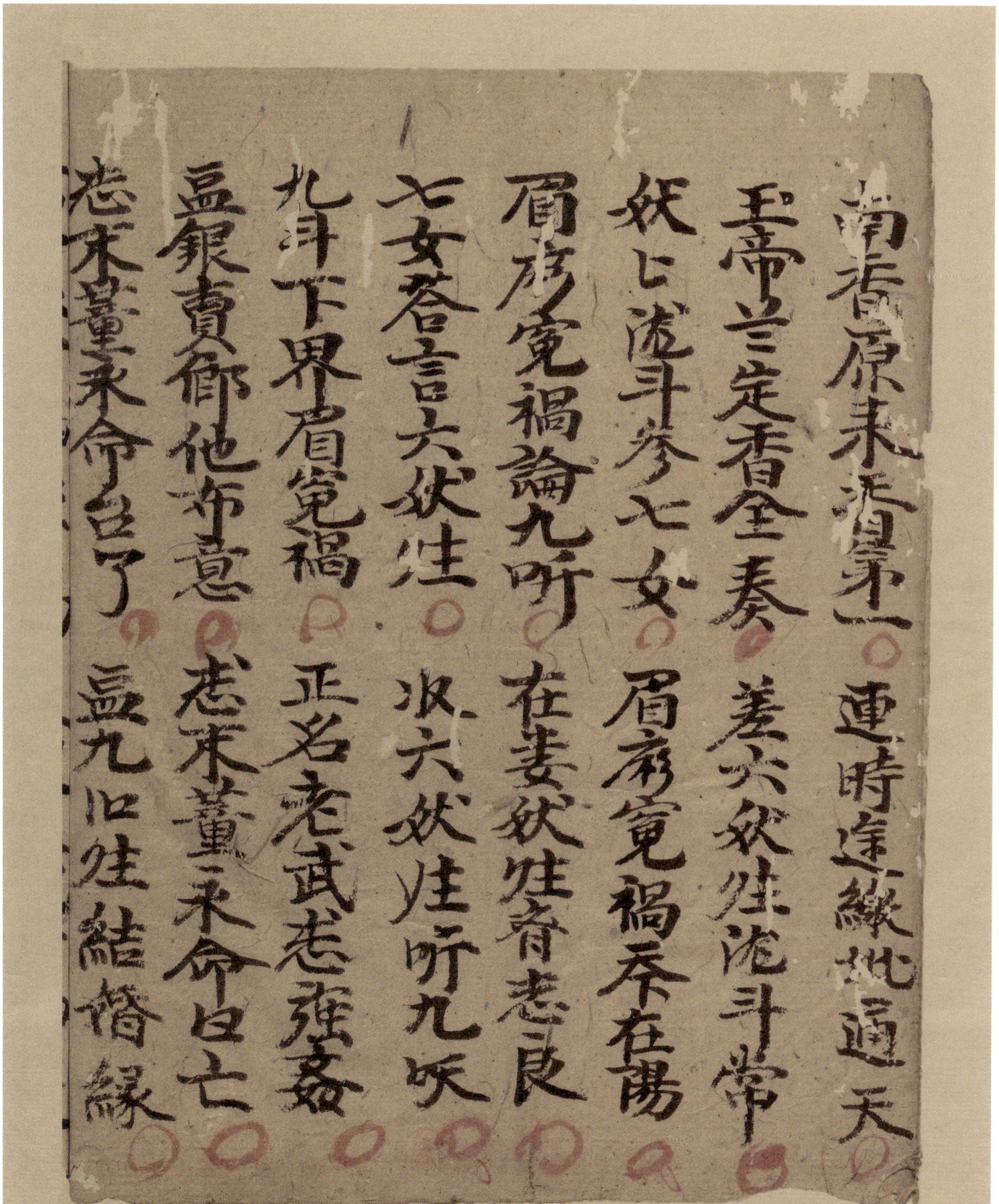
南香原来香景王上　連時達緣批通天
玉帝兰定香全奏　差六妖生流斗常
妖匕流斗参七女　眉彩寛福斉在湯
眉彩寛福論九听　在妻妖生脊老良
七女答言六妖生　以六妖生听九妖
九斗下界眉寛福　正名老武老瑶嘉
盖银責鄉他亦意　老禾董来命白亡
老禾董来命白了　盖九旧生結婚緣

771

南	香	原	耒	香	第	一
naːn^{6}	jɯːŋ^{1}	ȵuːn^{2}	laːi^{2}	pjaːŋ^{1}	taːi^{6}	ʔit^{7}
nanh	yieng	yienz-	laiz	byang	daih-	it
难	香	原	来	香	第	一

难香真乃第一香，

772

連	時	途	繳	批	通	天
liːn^{2}	θei^{2}	to^{4}	keu^{3}	pai^{1}	toŋ^{1}	tiːn^{1}
lienz-	seiz	dox-	geuj	bae	doeng	dien
连	时	相	绕	去	通	天

烟雾缭绕上通天。

773

玉	帝	兰	定	香	全	奏
ȵaɯ^{6}	tai^{5}	ro^{4}	tiŋ^{6}	jɯːŋ^{1}	tsuːn^{2}	tsau^{5}
Nyawh-	daeq	rox-	dingh	yieng	cienz	caeuq
玉	帝	知	定	香	传	奏

玉帝收到香传报，

774

差	六	妖	牲	泷	斗	常
tsaːi^{1}	rok^{7}	ta^{6}	nuːŋ^{4}	roŋ^{2}	tau^{3}	tsoŋ^{6}
cai	roek	dah	nuengx	roengz	daeuj	coengh
差使	六	个	妹	下	来	帮助

派六姐妹下来帮。

775

妖	妖	泷	斗	参	七	女
ta^{6}	ta^{6}	roŋ^{2}	tau^{3}	tsaːm^{1}	tsat^{7}	naɯ^{4}
dah	dah	roengz	daeuj	cam	caet-	nawx
个	个	下	来	问	七	女

姐妹下凡问七妹，

776

眉	彨	寃	禍	夻	在	陽
mei^{2}	ma^{2}	juːn^{1}	hu^{5}	la^{3}	tsaːi^{6}	jɯːŋ^{2}
miz	maz	ien	huq	laj	caih-	yiengz
有	啥	冤	祸	下	在	阳

有何冤屈在凡间。

777

眉	彨	寃	禍	論	九	听
mei^{2}	ma^{2}	juːn^{1}	hu^{5}	lɯn^{6}	ku^{1}	ȵi^{1}
miz	maz	ien	huq	lwnh	gou	nyi
有	啥	冤	祸	告诉	我	听

有何冤屈说我知，

778

在	娄	妖	牲	齊	态	良
tsaːi^{6}	rau^{2}	ta^{6}	nuːŋ^{4}	tsai^{2}	θɯːŋ^{1}	liːŋ^{2}
caih	raeuz	dah	nuengx	caez	sieng-	liengz
随	咱	个	妹	齐	商	量

咱众姐妹齐商量。

779

七	女	荅	言	六	妖	牲
tsat^{7}	naɯ^{4}	taːp^{7}	jiːn^{2}	rok^{7}	ta^{6}	nuːŋ^{4}
caet-	nawx	dap	yienz	roek	dah	nuengx
七	女	答	言	六	个	妹

七妹答言六位姐，

780

収	六	妖	牲	听	九	吞
θou^{1}	rok^{7}	ta^{6}	nuːŋ^{4}	tiŋ^{5}	ku^{1}	tɯːn^{1}
sou	roek	dah	nuengx	dingq	gou	dwen
你们	六	个	妹	听	我	提及

众位姐妹听我说。

781

九 斗 下 界 眉 寃 禍

ku^{1} tau^{3} ja^{6} kja:i^{5} mei^{2} ju:n^{1} hu^{5}

gou daeuj yah- gyaiq miz ien huq

我 来 下 界 有 冤 祸

我来下界有冤屈，

782

正 名 老 武 恷 强 姦

tsiŋ^{5} mɯŋ^{2} la:u^{4} fou^{4} θɯ:ŋ^{3} kja:ŋ^{2} ʔa:i^{5}

cingq mwngz Laux- foux siengj gyangz- aiq

正 你 老 武 想 强 奸

老武盘算霸占我。

783

𧟯 銀 賣 㑩 他 布 意

ʔau^{1} ŋan^{2} ka:i^{1} ʔda:ŋ^{1} te^{1} ʔbou^{5} ʔei^{5}

aeu ngaenz gai ndang de mbouj eiq

要 银 卖 身 他 不 中意

要还赎银他不肯，

784

恷 末 董 永 命 归 亡

θɯ:ŋ^{3} mu:t^{8} toŋ^{3} wiŋ^{4} miŋ^{6} kwei^{1} mu:ŋ^{2}

siengj mued Doengj Vingx mingh gvi muengz

想 灭 董 永 命 归 亡

想使董永命归阴。

785

恷 末 董 永 命 台 了

θɯ:ŋ^{3} mu:t^{8} toŋ^{3} wiŋ^{4} miŋ^{6} ta:i^{1} li:u^{4}

siengj mued Doengj Vingx mingh dai liux

想 灭 董 永 命 死 了

想害董永丢性命，

786

𧟯 九 旧 𡛔 结 婚 缘

ʔau^{1} ku^{1} ku^{6} nu:ŋ^{4} ki:t^{7} hon^{1} ju:n^{2}

aeu gou guh nuengx giet hoen- yienz

要 我 为 妹 结 婚 缘

要谋为妹结姻缘。

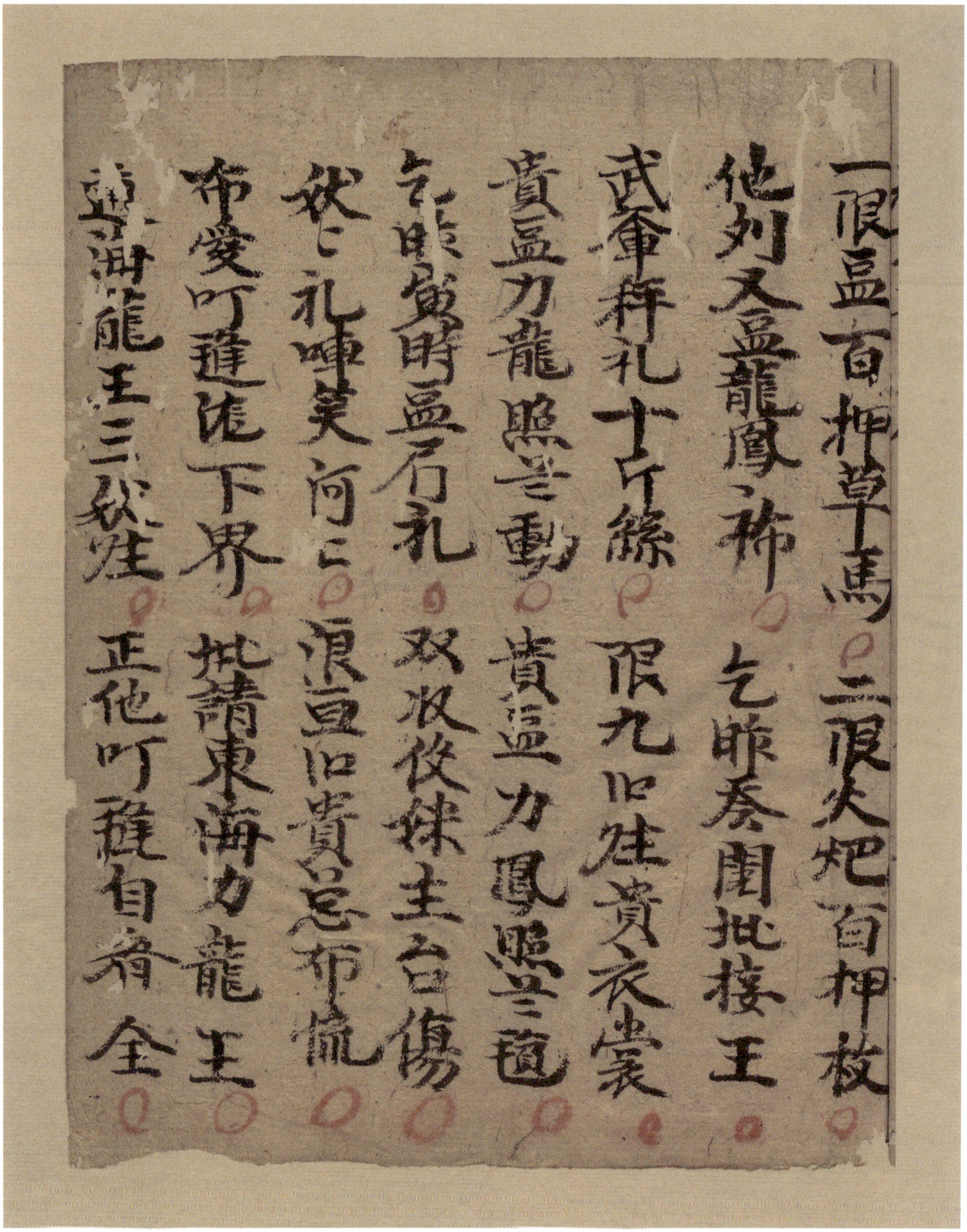

一限㐌百押草馬 二限火炬白押枚
他刘又㐌龍鳳〻補 乞昨奏閩批接王
武奮拜礼十斤絲 限九旧炷貫衣裳
貴㐌力龍照〻動 貴㐌力鳳照〻箇
乞昨身時㐌石礼 双収役妹主台傷
𢴉〻礼嘽笑向〻 浪㐌旧貴兄布流
布爱叮蓮谨下界 批請東海力龍王
𨗴海龍王三𢴉炷 正他叮蓮自肴全

787

一	限	盃	百	押	草	馬
ʔit^{7}	ha:n^{6}	ʔau^{1}	pa:k^{7}	ra:p^{7}	ȵɯ^{3}	ma^{4}
it	hanh	aeu	bak	rap	nywj	max
一	限	要	百	担	草	马

一令要马草百担，

788

二	限	火	𤆵	百	押	校
ŋei^{6}	ha:n^{6}	ho^{3}	pa^{3}	pa:k^{7}	ra:p^{7}	fɯn^{2}
ngeih	hanh	hoj-	baj	bak	rap	fwnz
二	限	火	把	百	担	柴

又令挑来百担柴。

789

他	刘	又	盃	龍	鳳	裄
te^{1}	nau^{2}	jou^{4}	ʔau^{1}	loŋ^{2}	foŋ^{6}	pu^{6}
de	naeuz	youh	aeu	lungz	fungh	buh
他	说	又	要	龙	凤	衣

他说又要龙凤衣，

790

乞	昨	吞	閣	坒	接	王
hat^{7}	tso:k^{8}	ʔbɯn^{1}	ro:ŋ^{6}	pai^{1}	tsi:p^{7}	wu:ŋ^{2}
haet-	cog	mbwn	rongh	bae	ciep	vuengz
早	明	天	亮	去	接	皇

明早他穿去面圣。

791

武	爷	秤	礼	十	斤	絲
fou^{4}	je^{2}	tsaŋ^{6}	ʔdai^{3}	θip^{8}	kan^{1}	θei^{1}
Foux-	yez	caengh	ndaej	cib	gaen	sei
武	爷	称	得	十	斤	丝

武爷称来十斤丝，

792

限	九	旧	牲	貴	衣	裳
ha:n^{6}	ku^{1}	ku^{6}	nu:ŋ^{4}	kwei^{5}	ʔei^{1}	tsɯ:ŋ^{2}
hanh	gou	guh	nuengx	gviq	ei-	ciengz
限	我	做	妹	绣	衣	裳

命阿妹我绣衣裳。

793

貴	盃	力	龍	照	兰	動
kwei^{5}	ʔau^{1}	lɯk^{8}	loŋ^{2}	tsi:u^{5}	ro^{4}	toŋ^{6}
gviq	aeu	lwg	lungz	ciuq	rox	doengh
绣	要	子	龙	瞧	会	动

绣成之龙要会动，

794

貴	盃	力	鳳	照	兰	𣯡
kwei^{5}	ʔau^{1}	lɯk^{8}	foŋ^{6}	tsi:u^{5}	ro^{4}	ʔbin^{1}
gviq	aeu	lwg	fungh	ciuq	rox	mbin
绣	要	子	凤	瞧	会	飞

绣成之凤亦能飞。

795

乞	昨	寅	時	盃	启	礼
hat^{7}	tso:k^{8}	jin^{2}	θei^{2}	ʔau^{1}	ʔdi^{1}	ʔdai^{3}
haet-	cog	yinz-	seiz	aeu	ndi	ndaej
早	明	寅	时	要	不	得

明早寅时拿不出，

796

双	収	仪	妹	主	台	傷
θo:ŋ^{1}	θou^{1}	po^{6}	mai^{4}	tsau^{5}	ta:i^{1}	θɯ:ŋ^{1}
song	sou	boh	maex	cawq	dai	sieng
二	你们	夫	妻	注定	死	伤

我俩夫妻死非命。

797

妋 妋 礼 呻 笑 河 河

ta^6 ta^6 ʔdai^3 ȵi^1 ri:u^1 ho^2 ho^2

dah dah ndaej- nyi riu hoz- hoz

个 个 得 听 笑 呵 呵

姐妹听完笑呵呵，

798

浪 亘 旧 貴 总 布 慌

la:ŋ^6 ka:ŋ^3 ku^6 kwei^5 tsuŋ^3 ʔbou^5 wu:ŋ^1

langh gangj guh gviq cungj mbouj vueng

若 讲 做 绣 总 不 慌

若是刺绣不用慌。

799

布 愛 叮 [illegible] 浝 下 界

ʔbou^5 ŋa:i^6 tin^1 fɯŋ^2 roŋ^2 ja^6 kja:i^5

mbouj ngaih din- fwngz roengz yah- gyaiq

不 轻易 脚 手 下 下 界

不想手艺传凡间，

800

坒 請 東 海 力 龍 王

pai^1 tsiŋ^3 toŋ^1 ha:i^3 lɯk^8 loŋ^2 wu:ŋ^2

bae cingj doeng haij lwg lungz- vuengz

去 请 东 海 子 龙 王

去请东海龙王女。

801

逥 海 龍 王 三 妋 牲

toŋ^1 ha:i^3 loŋ^2 wu:ŋ^2 θa:m^1 ta^6 nu:ŋ^4

doeng- haij lungz- vuengz sam dah nuengx

东 海 龙 王 三 个 妹

东海龙王三姐妹，

802

正 他 叮 [illegible] 自 斉 全

tsiŋ^5 te^1 tin^1 fɯŋ^2 θei^6 tsai^2 tsu:n^2

cingq de din- fwngz seih caez- cienz

正 她 脚 手 自 齐 全

刺绣手艺个个精。

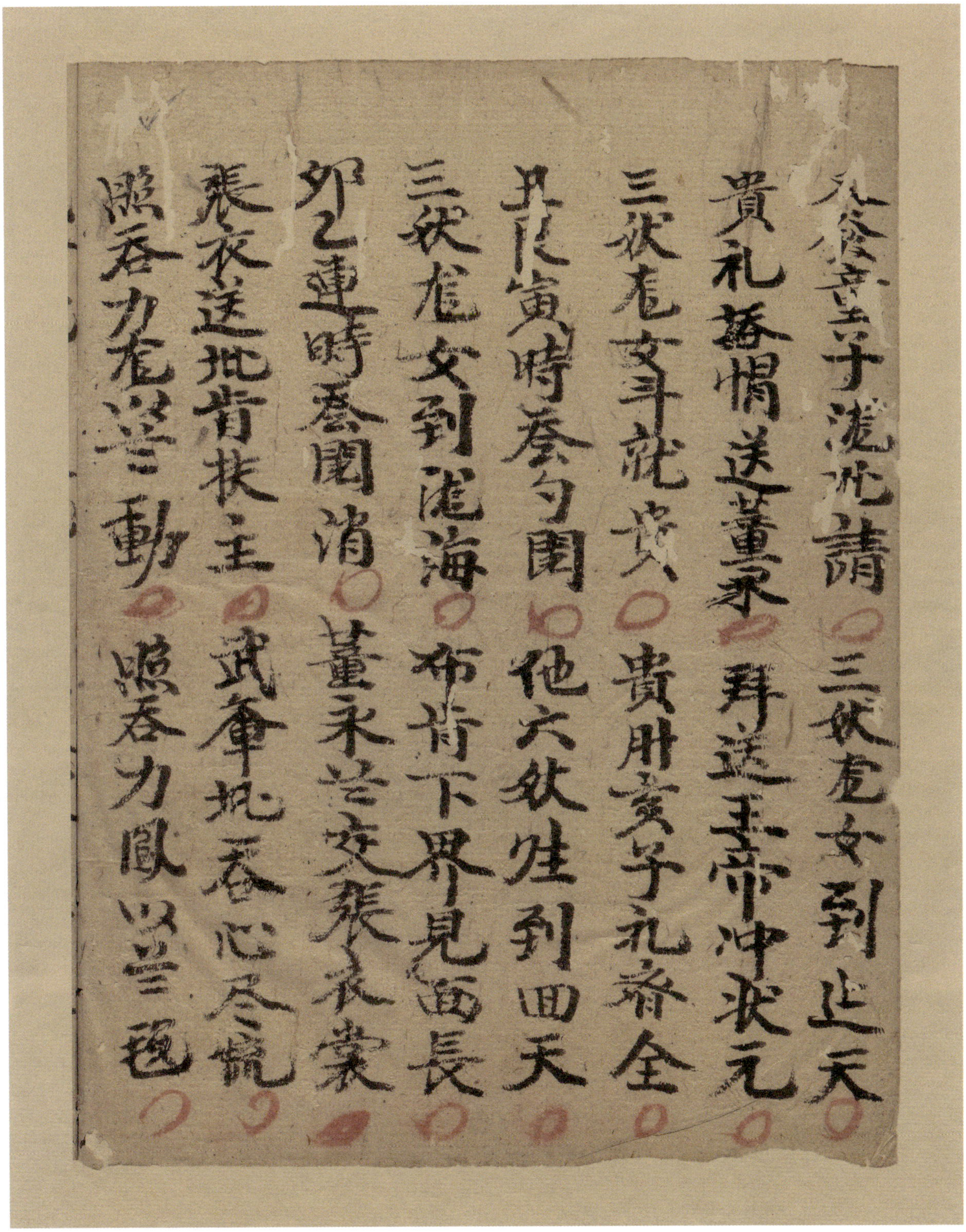

九侌亖于泥沈請○三伏老女到正天○
貴礼婚惜送董汞○拜送玉帝冲状元○
三伏老女斗就貧○貴册变字礼斉全○
丑良寅時奏句闺○他六伏生到田天○
三伏老女到泥海○布背下界見面長○
卯乙連時叁闺消○董永芒交裴衣裳○
裴衣送批背扶主○武爺批吞心尽慌○
照吞力老罡動○照吞力氤以罡氤○

803

又	發	童	子	泷	批	請
jou^{4}	fa:t^{7}	toŋ^{2}	tsei^{3}	roŋ^{2}	pai^{1}	tsiŋ^{3}
youh	fat	doengz-	ceij	roengz	bae	cingj
又	发	童	子	下	去	请

又派童子下去请，

804

三	妖	龙	女	到	辻	天
θa:m^{1}	ta^{6}	loŋ^{2}	naɯ^{4}	ta:u^{5}	hɯn^{3}	ʔdan^{1}
sam	dah	lungz-	nawx	dauq	hwnj	ndaen
三	个	龙	女	倒	上	天

三个龙女却上天。

805

三	妖	龙	女	斗	就	貴
θa:m^{1}	ta^{6}	loŋ^{2}	naɯ^{4}	tau^{3}	tsi:u^{4}	kwei^{5}
sam	dah	lungz-	nawx	daeuj	couh	gviq
三	个	龙	女	来	就	绣

三个龙女来就绣，

806

貴	肼	亥	子①	礼	齊	全②
kwei^{5}	taŋ^{2}	ha:i^{6}	tsei^{3}	ʔdai^{3}	tsai^{2}	tsu:n^{2}
gviq	daengz	haih	ceij	ndaej	caez-	cienz
绣	到	亥	子	得	齐	全

绣到半夜得齐全。

807

貴	礼	培	帽	送	董	永
kwei^{5}	ʔdai^{3}	ʔan^{1}	ma:u^{6}	θoŋ^{5}	toŋ^{3}	wiŋ^{4}
gviq	ndaej	aen	mauh	soengq	Doengj	Vingx
绣	得	个	帽	送	董	永

绣个帽子送董永，

808

拜	送	王	帝	冲	状	元
pa:i^{5}	θoŋ^{5}	wu:ŋ^{2}	tai^{5}	tsuŋ^{5}	θɯ:ŋ^{6}	ju:n^{2}
baiq	soengq	vuengz-	daeq	cungq	cangh-	yienz
拜	送	皇	帝	中	状	元

拜送皇帝中状元。

809

丑	艮	寅	時	吞	勺	閲
tsou^{3}	ŋon^{2}	jin^{2}	θei^{2}	ʔbɯn^{1}	jak^{7}	ro:ŋ^{6}
couj	ngoenz	yinz-	seiz	mbwn	yaek	rongh
丑	日	寅	时	天	将	亮

丑日寅时天将亮，

810

他	六	妖	姓③	到	囬	天
te^{1}	rok^{7}	ta^{6}	nu:ŋ^{4}	ta:u^{5}	hoi^{2}	ti:n^{1}
de	roek	dah	nuengx	dauq	hoiz	dien
她	六	个	妹	倒	回	天

六个姐妹回天庭。

811

三	妖	龙	女	到	泷	海
θa:m^{1}	ta^{6}	loŋ^{2}	naɯ^{4}	ta:u^{5}	roŋ^{2}	ha:i^{3}
sam	dah	lungz-	nawx	dauq	roengz	haij
三	个	龙	女	倒	下	海

三个龙女转归海，

812

布	肯	下	界	見	面	長
ʔbou^{5}	haŋ^{3}	ja^{6}	kja:i^{5}	ki:n^{5}	mi:n^{6}	θɯ:ŋ^{5}
mbouj	haengj	yah-	gyaiq	gienq	mienh-	siengq
不	给	下	界	见	面	相

不给下界见面相。

813

夘	**乙**④	**連**	**時**	**奀**	**閿**	**消**
maːu^{4}	ʔiːt^{7}	liːn^{2}	θei^{2}	ʔbɯn^{1}	roːŋ^{6}	θeu^{5}
maux	iet	lienz-	seiz	mbwn	rongh	seuq
卯	乙	连	时	天	亮	净

卯时来临天大亮，

814

董	**永**	**兰**	**交**	**張**	**衣**	**裳**
toŋ^{3}	wiŋ^{4}	ro^{4}	kjaːu^{1}	tsuːŋ^{2}	ʔei^{1}	tsɯːŋ^{2}
Doengj	Vingx	rox	gyau	cuengz	ei-	ciengz
董	永	知	交	件	衣	裳

董永交上件衣裳。

815

張	**衣**	**送**	**批**	**肯**	**扶**	**主**
tsuːŋ^{2}	ʔei^{1}	θoŋ^{5}	pai^{1}	haŋ^{3}	pou^{4}	tsaɯ^{3}
cuengz	ei	soengq	bae	haengj	boux-	cawj
件	衣	送	去	给	人	主

衣裳送去给主人，

816

武	**爺**	**批**	**吞**	**心**	**尽**	**慌**
fou^{4}	je^{2}	pai^{1}	ran^{1}	θim^{1}	tsan^{6}	wuːŋ^{1}
Foux-	yez	bae	raen	sim	caenh	vueng
武	爷	去	见	心	尽	慌

武爷一见心全慌。

817

照	**吞**	**力**	**龙**	**以**	**兰**	**動**
tsiːu^{5}	ran^{1}	lɯk^{8}	loŋ^{2}	hi^{4}	ro^{4}	toŋ^{6}
ciuq	raen	lwg	lungz	hix	rox	doengh
瞧	见	子	龙	也	会	动

瞧见金龙也会动，

818

照	**吞**	**力**	**鳯**	**以**	**兰**	[illegible]
tsiːu^{5}	ran^{1}	lɯk^{8}	foŋ^{6}	hi^{4}	ro^{4}	ʔbin^{1}
ciuq	raen	lwg	fungh	hix	rox	mbin
瞧	见	子	凤	也	会	飞

看到雏凤也会飞。

---

① 亥子 [haːi^{6} tsei^{3}]：亥子，指半夜。

② 第 805、806 句原本在第 807、808 句之后，由于不符合叙事逻辑，现根据《古士董永灯一卷》抄本调换次序。

③ “㚢 [nuːŋ^{4}]” 字在《古士董永灯一卷》抄本记为“姊”字。

④ “乙 [ʔiːt^{7}]” 字疑是为了句式平衡而加上的衬字。

武奪就亖達托指○丕吞妖你吖達蝅○

丕丈妖你吖達乚乙○吖達里害戒过傍○

召哏礼妖你旧㑚○恩邜夲吞亘二年○

武奪計𧺫亖旧㑚○仙女断刘到四天○

仙女吞言董永道○董永名皮听九㕦○

天地分明流下界○肯娄妖佐結婚緣○

句𧺫御時你○千未就交亘○九到地齐上○布肯名須乞○

父嫱㝵閙○九㕦下刈礼○是侄百大暖○万代布田鄉○

819

武	爺	就	孟	撻	托	指
fou^{4}	je^{2}	tsiːu^{4}	ʔau^{1}	fɯŋ^{2}	to^{4}	tsei^{3}
Foux-	yez	couh	aeu	fwngz	dox-	ceij
武	爷	就	要	手	相	指

武爷不禁手来指，

820

正	吞	妖	你	叮	撻	强
tsiŋ^{5}	ran^{1}	ta^{6}	nei^{4}	tin^{1}	fɯŋ^{2}	kjɯːŋ^{2}
cingq	raen	dah	neix	din-	fwngz	giengz
正	见	个	这	脚	手	强

直夸此女手艺强。

821

正	士	妖	你	叮	撻	乞
tsiŋ^{5}	θei^{6}	ta^{6}	nei^{4}	tin^{1}	fɯŋ^{2}	ʔat^{7}
cingq	seih	dah	neix	din-	fwngz	aet
正	是	个	这	脚	手	好

佩服此女手艺巧，

822

叮	撻	里	害	戒	过	傍
tin^{1}	fɯŋ^{2}	lei^{6}	haːi^{6}	kaːi^{5}	kwa^{5}	pɯːŋ^{2}
din-	fwngz	leih-	haih	gaiq	gvaq	biengz
脚	手	厉	害	盖	过	天下

手艺厉害盖世人。

823

召	伝	礼	妖	你	旧	姝
tsiːu^{6}	wun^{2}	ʔdai^{3}	ta^{6}	nei^{4}	ku^{6}	mai^{4}
ciuh	vunz	ndaej	dah	neix	guh	maex
辈	人	得	个	这	做	妻

此生若能娶这女，

824

愿	邳	夰	奔	百	二	年
ȵuːn^{6}	jɯ^{5}	la^{3}	ʔbɯn^{1}	paːk^{7}	ŋei^{6}	niːn^{2}
nyienh	youq	laj-	mbwn	bak	ngeih	nienz
愿	在	下	天	百	二	年

愿活世上百二年。

825

武	爺	計	較	孟	旧	姝
fou^{4}	je^{2}	kei^{5}	kjaːu^{5}	ʔau^{1}	ku^{6}	mai^{4}
Foux-	yez	geiq-	gyauq	aeu	guh	maex
武	爷	计	较	要	做	妻

武爷算计娶为妻，

826

仙	女	断	刘	到	回	天
θiːn^{1}	nawɯ^{4}	tuːn^{5}	nau^{2}	taːu^{5}	hoi^{2}	tiːn^{1}
sien-	nawx	duenq	naeuz	dauq	hoiz	dien
仙	女	断	说	倒	回	天

仙女断绝回天庭。

八　临别依依十叮嘱

扫码听音频

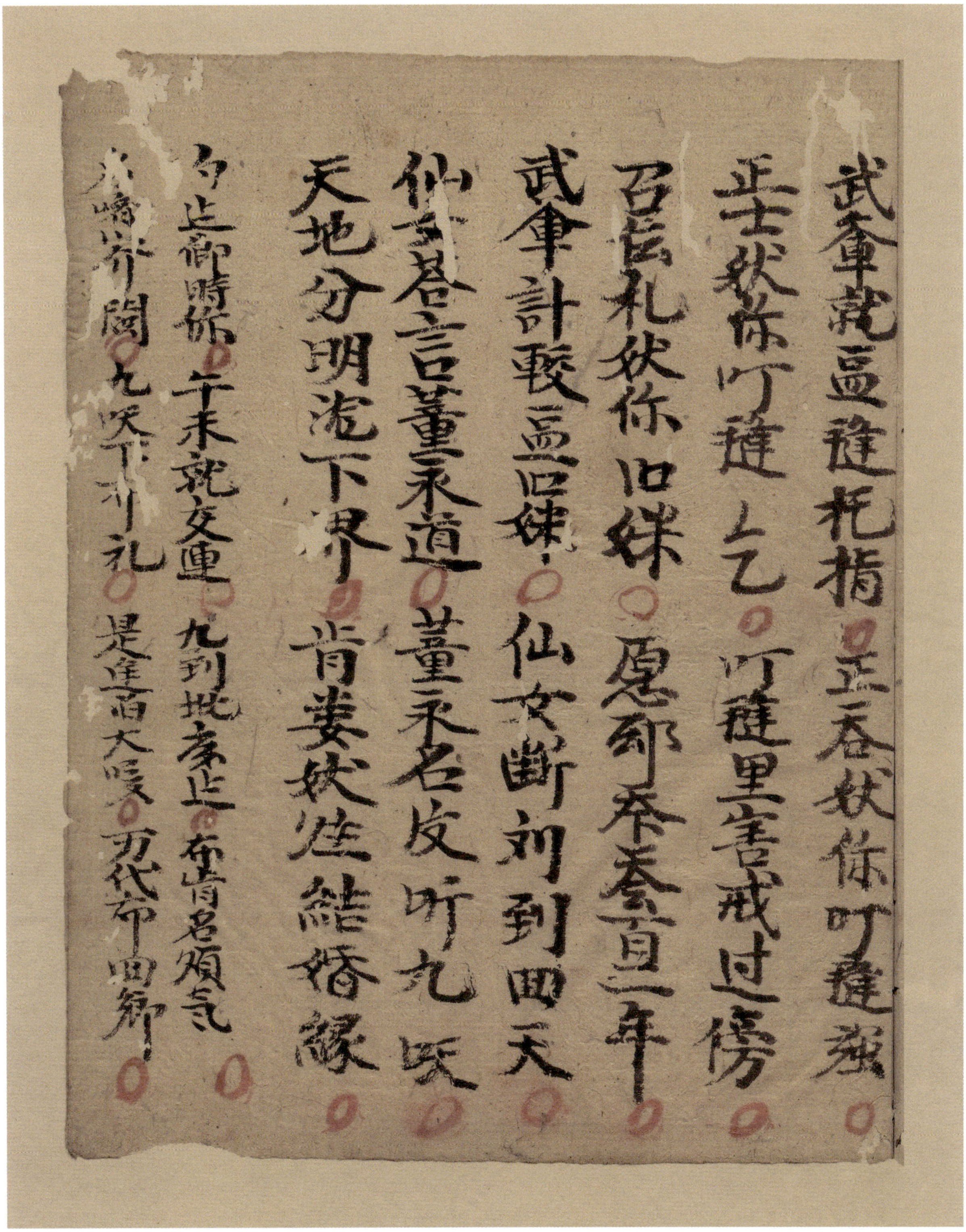

827

仙	女	荅	言	董	永	道
θiːn^{1}	nauɯ^{4}	taːp^{7}	jiːn^{2}	toŋ^{3}	wiŋ^{4}	taːu^{6}
sien-	nawx	dap	yienz	Doengj	Vingx	dauh
仙	女	答	言	董	永	道

仙女告别董永道，

828

董	永	名	皮	听	九	吠
toŋ^{3}	wiŋ^{4}	mɯŋ^{2}	pei^{4}	tiŋ^{5}	ku^{1}	tɯːn^{1}
Doengj	Vingx	mwngz	beix	dingq	gou	dwen
董	永	你	兄	听	我	提及

董永兄长听我说。

829

天	地	分	明	泷	下	界
tiːn^{1}	tei^{6}	fan^{1}	miŋ^{2}	roŋ^{2}	ja^{6}	kjaːi^{5}
dien	deih	faen-	mingz	roengz	yah-	gyaiq
天	地	分	明	下	下	界

天上派我下凡间，

830

肯	娄	妖	侼	結	婚	缘
haŋ^{3}	rau^{2}	ta^{6}	nuːŋ^{4}	kiːt^{7}	hon^{1}	juːn^{2}
haengj	raeuz	dah	nuengx	giet	hoen-	yienz
给	咱们	个	妹	结	婚	缘

给咱兄妹结姻缘。

831

勺	廷	仰	時	你
jak^{7}	hɯn^{3}	ʔdaːŋ^{1}	θei^{2}	nei^{4}
yaek	hwnj	ndang	seiz-	neix
要	起	身	时	这

此时要起身，

832

午	未	就	交	連①
ŋu^{4}	fei^{6}	tsiːu^{4}	kjaːu^{1}	liːn^{2}
ngux	feih	couh	gyau	lienz
午	未	就	交	连

到午未时分。

833

九	到	坒	庅	廷
ku^{1}	taːu^{5}	pai^{1}	ma^{1}	kɯn^{2}
gou	dauq	bae-	ma	gwnz
我	倒	去	回	上

我转回天庭，

834

布	肯	名	煩	气②
ʔbou^{5}	haŋ^{3}	mɯŋ^{2}	faːn^{2}	hei^{5}
mbouj	haengj	mwngz	fanz	heiq
不	给	你	烦	气

不令你烦忧。

835

名	嗜	以	介	闘
mɯŋ^{2}	kjai^{2}	hi^{4}	kai^{5}	ʔdɯːk^{7}
mwngz	gyaez	hix	gaej	ndiek
你	爱	也	别	吭声

你也别吭声，

836

九	吠	下	布	礼
ku^{1}	tɯːn^{1}	ja^{4}	ʔbou^{5}	ʔdai^{3}
gou	dwen	yax	mbouj	ndaej
我	提及	也	不	得

再也莫提及。

837

是	**途**	**泊**	**大**	**咳**
θei^{6}	to^{4}	pɯːk^{7}	ta^{6}	raːi^{4}
seih	dox-	biek	dah-	raix
是	**相**	**别**	**果真**	

从此两相别，

838

万	**代**	**布**	**囬**	**卿**③
faːn^{6}	taːi^{6}	ʔbou^{5}	hoi^{2}	jɯːŋ^{1}
fanh	daih	mbouj	hoiz	yieng
万	**代**	**不**	**回**	**乡**

不再返回乡。

---

① 交建 [kjaːu^{1} liːn^{2}]: 指午时将尽，未时将到。

② 气 [hei^{5}]：本义是“气”，此处指“倒气”。本指人在弥留之际气若游丝，出气多，进气少，令人揪心，引申为“担忧、忧虑”。

③ 卿 [jɯːŋ^{1}]：家乡。此处表明仙女把凡间当成了家乡，一旦回归天庭就不能再返回凡间。

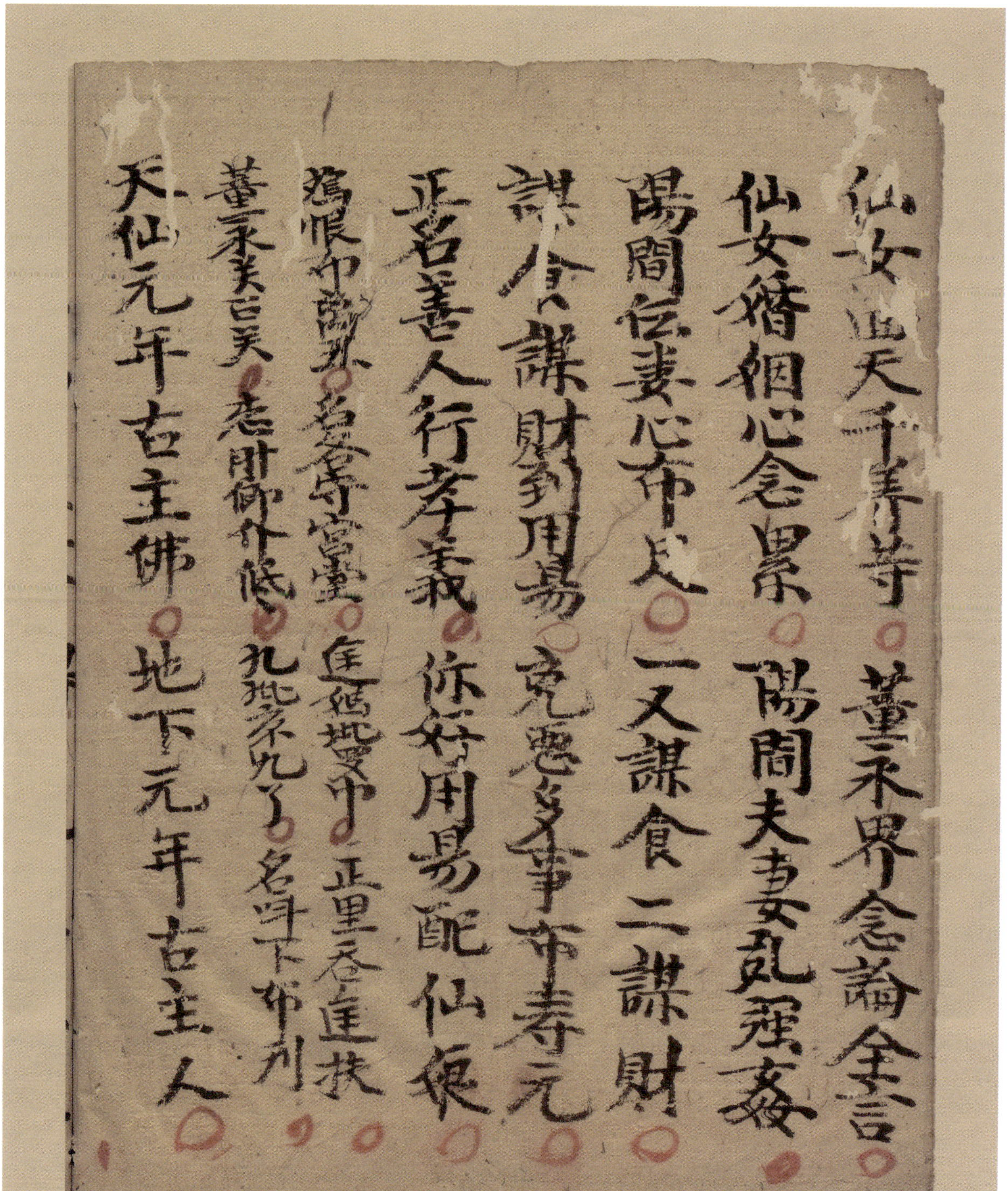
仙女[illegible]天千春等　董永界念論金言
仙女婚姻心念累　陽間夫妻乱雅姦
陽間位妻心布足　一又課食二課財
課食人課財到用易　克思多事布寿元
正名善人行孝義　你好用易配仙娘
鴉恨巾蹤來　名娑守宫堂　年延坻要巾　正里吞年扶
董永关百关　志用御什低　孔坻不允了　名吽下布刑
天仙元年古主佛　地下元年古主人

839

仙	**女**	**回**	**天**	**千**	**养**	**⿱艹寺**
θiːn^{1}	naɯ^{4}	hoi^{2}	tiːn^{1}	tsiːn^{1}	jɯːŋ^{6}	taŋ^{5}
sien-	nawx	hoiz	dien	cien	yiengh	daengq
仙	女	回	天	千	样	叮嘱

仙女回天千般嘱,

840

董	**永**	**界**	**念**	**論**	**全**	**言**
toŋ^{3}	wiŋ^{4}	kai^{5}	niːm^{6}	lɯn^{6}	tsuːn^{2}	jiːn^{2}
Doengj	Vingx	gaej	niemh	lwnh	cienz	yienz
董	永	别	念	告诉	全	言

实情全说董永听。

841

仙	**女**	**婚**	**姻**	**心**	**念**	**累**①
θiːn^{1}	naɯ^{4}	hon^{1}	ʔin^{1}	θim^{1}	niːm^{6}	loi^{6}
sien-	nawx	hoen-	yaem	sim	niemh	loih
仙	女	婚	姻	心	念	他

我俩姻缘天注定,

842

陽	**間**	**夫**	**妻**	**乱**	**强**	**姦**
jɯːŋ^{2}	kaːn^{1}	fou^{1}	tsei^{1}	luːn^{6}	kjaːŋ^{2}	ʔaːi^{5}
yiengz-	gan	fou	cei	luenh	gyangz-	aiq
阳	间	夫	妻	乱	强	奸

下凡却遭人强迫。

843

陽	**間**	**伝**	**娄**	**心**	**布**	**足**
jɯːŋ^{2}	kaːn^{1}	wun^{2}	rau^{2}	θim^{1}	ʔbou^{5}	tsuk^{7}
yiengz-	gan	vunz	raeuz	sim	mbouj	cuk
阳	间	人	咱们	心	不	足

阳间人心不知足,

844

一	**又**	**謀**	**食**	**二**	**謀**	**財**
ʔit^{7}	jou^{4}	mau^{2}	kɯn^{1}	ŋei^{6}	mau^{2}	tsaːi^{2}
it	youh	maeuz	gwn	ngeih	maeuz	caiz
一	又	谋	食	二	谋	财

一为谋食二谋财。

845

謀	**食**	**謀**	**財**	**到**	**用**	**易**
mau^{2}	kɯn^{1}	mau^{2}	tsaːi^{2}	taːu^{5}	juŋ^{2}	hei^{6}
maeuz	gwn	maeuz	caiz	dauq	yungz-	heih
谋	食	谋	财	倒	容	易

谋食谋财倒容易,

846

⿱穴儿	**恶**	**多**	**事**	**布**	**寿**	**元**
huŋ^{1}	ʔaːk^{7}	to^{1}	θai^{6}	ʔbou^{5}	θou^{6}	juːn^{2}
hung	ak	do-	saeh	mbouj	souh	yienz
大	恶	多	事	不	寿	延

作恶多端不长寿。

847

正	**名**	**善**	**人**	**行**	**孝**	**義**
tsiŋ^{5}	mɯŋ^{2}	θiːn^{6}	θin^{2}	heːŋ^{2}	jaːu^{5}	ŋei^{6}
cingq	mwngz	sienh	saenz	hengz	hauq	ngeih
正是	你	善	人	行	孝	义

因你心善行孝义,

848

你	**好**	**用**	**易**	**配**	**仙**	**娘**
mɯŋ^{2}	haːu^{3}	juŋ^{2}	hei^{6}	poi^{5}	θiːn^{1}	niːŋ^{2}
mwngz	hauj	yungz-	heih	boiq	sien-	niengz
你	好	容	易	配	仙	娘

才得福缘配仙娘。

849

鸡	恨	布	离	丑②
kai^{5}	han^{1}	ʔbou^{5}	li^{2}	tsou^{3}
gaeq	haen	mbouj	liz	couj
鸡	啼	不	离	丑

鸡鸣丑时到，

850

名	各	守	宫	堂
mɯŋ^{2}	ka:k^{8}	θou^{3}	koŋ^{1}	ta:ŋ^{2}
mwngz	gag	souj	goeng	dangz
你	自个	守	公	堂

你独守空房。

851

途	媽	批	罗	巾
tu^{2}	me^{6}	pai^{1}	ra^{4}	kɯn^{1}
duz	meh	bae	ra	gwn
只	母	去	找	吃

母鸡去觅食，

852

正	里	吞	途	扶
tsiŋ^{5}	lei^{4}	ran^{1}	tu^{2}	pou^{4}
cingq	lij	raen	duz	boux
正	还	见	只	公

唯独见公鸡。

853

董	永	关	已	关
toŋ^{3}	wiŋ^{4}	kwa:n^{1}	hɯ^{2}	kwa:n^{1}
Doengj	Vingx	gvan	hwz	gvan
董	永	夫	呀	夫

董永夫哟夫，

854

态	肝	𠊎③	介	低
θɯ:ŋ^{3}	taŋ^{2}	ʔda:ŋ^{1}	kai^{5}	tai^{3}
siengj	daengz	ndang	gaej	daej
想	到	身	别	哭

想到我别哭。

855

九	批	庥	九	了
ku^{1}	pai^{1}	ma^{1}	ku^{1}	li:u^{4}
gou	bae	ma	gou	liux
我	去	回	我	了

我今回天庭，

856

名	吽	下	布	刋
mɯŋ^{2}	heu^{6}	ja^{4}	ʔbou^{5}	ha:n^{1}
mwngz	heuh	yax	mbouj	han
你	叫	也	不	应

你叫也不应。

857

天	仙	元	年	古	主	佛
ti:n^{1}	θi:n^{1}	ju:n^{2}	ni:n^{2}	ku^{1}	tsaɯ^{3}	fat^{8}
dien-	sien	yienz-	nienz	gou	cawj	baed
天	仙	元	年	我	主	神

天仙元年我管神，

858

地	下	元	年	古	主	人④
tei^{6}	ja^{6}	ju:n^{2}	ni:n^{2}	ku^{1}	tsaɯ^{3}	θin^{2}
deih	yah	yienz-	nienz	gou	cawj	saenz
地	卜	元	年	我	主	人

地上元年我管人。

---

① 累 [loi^{6}]：量词，相当于“个、位”。因名量词有指代功能，这里也可译为“他”，指代董永。

② 丑 [tsou^{3}]：丑时。雄鸡通常在丑时打鸣，故民间有“鸡鸣不离丑”之说。

③ 佃 [ʔdaːŋ^{1}]：本义是“身”，这里指“自身”，仙女的自称。

④ 第 857、858 句叙事角度发生转换，仙女以天神的身份说话，以显示其身份不容亵渎。主 [tsaɯ^{3}]：做主、主管。

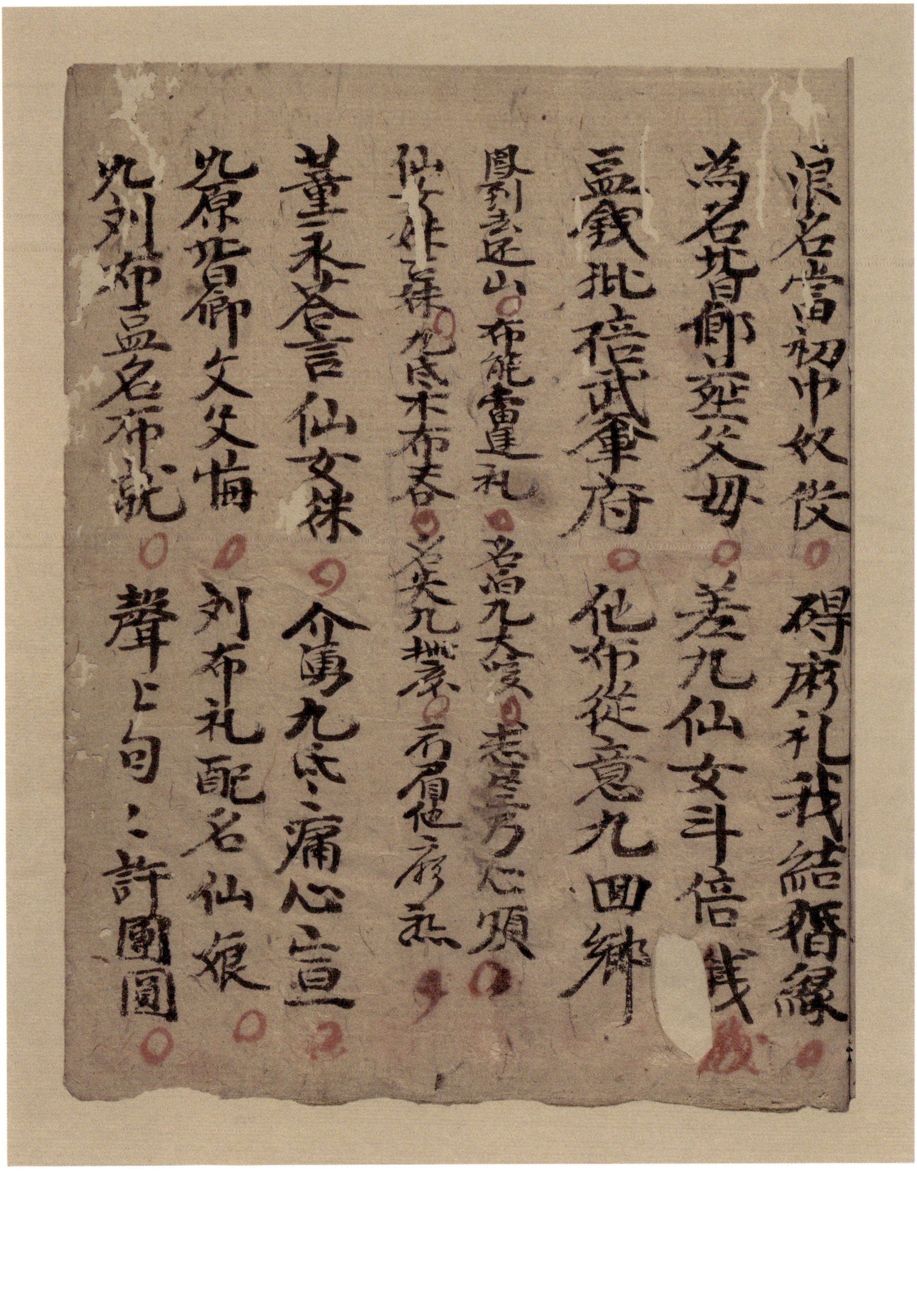

859

浪	名	當	初	巾	奴	仪
la:ŋ^{6}	mɯŋ^{2}	ta:ŋ^{1}	tso^{1}	kɯn^{1}	no^{6}	po^{6}
langh	mwngz	dang-	co	gwn	noh	boh
若	你	当	初	吃	肉	父

若你当初吃父肉，

860

碍	庥	礼	我	結	婚	縁
ŋa:i^{6}	ma^{2}	ʔdai^{3}	ku^{1}	ki:t^{7}	hon^{1}	ju:n^{2}
ngaih-	maz	ndaej	gou	giet	hoen-	yienz
奈	何	得	我	结	婚	缘

如何得我结姻缘。

861

為	名	皆	[亻郎]	葬	父	毋
wei^{6}	mɯŋ^{2}	ka:i^{1}	ʔda:ŋ^{1}	tsa:ŋ^{5}	fou^{6}	mu^{4}
vih	mwngz	gai	ndang	cangq	fouh	mux
为	你	卖	身	葬	父	母

因你卖身葬父母，

862

差	九	仙	女	斗	倍	銭
tsa:i^{1}	ku^{1}	θi:n^{1}	nau^{4}	tau^{3}	poi^{2}	tsi:n^{2}
cai	gou	sien-	nawx	daeuj	boiz	cienz
差使	我	仙	女	来	赔	钱

上天派我来还钱。

863

凹	銭	批	倍	武	爺	府
ʔau^{1}	tsi:n^{2}	pai^{1}	poi^{2}	fou^{4}	je^{2}	fou^{3}
aeu	cienz	bae	boiz	Foux-	yez	fouj
要	钱	去	赔	武	爷	府

赎钱拿到武爷府，

864

他	布	從	意	九	囬	鄉
te^{1}	ʔbou^{5}	tsoŋ^{2}	ʔei^{5}	ku^{1}	hoi^{2}	jɯ:ŋ^{1}
de	mbouj	coengz	eiq	gou	hoiz	yieng
他	不	从	意	我	回	乡

赎身无望我回乡。

865

鳯	到	去	还	山
foŋ^{6}	ta:u^{5}	pai^{1}	wa:n^{2}	θa:n^{1}
fungh	dauq	bae	vanz	san
凤	倒	去	还	山

凤转去归山，

866

布	能	當	途	礼
ʔbou^{5}	naŋ^{2}	ta:ŋ^{1}	to^{4}	ʔdai^{3}
mbouj	naengz	dang	dox-	ndaej
不	能	当	相	得

不能合姻缘。

867

名	泊	九	大	咳
mɯŋ^{2}	pɯ:k^{7}	ku^{1}	ta^{6}	ra:i^{4}
mwngz	biek	gou	dah-	raix
你	别	我	果真	

你我真别离，

868

恷	竺	乃	心	煩
θɯ:ŋ^{3}	tok^{7}	na:i^{5}	θim^{1}	fa:n^{2}
siengj	doek-	naiq	sim-	fanz
想	落	弱	心	烦

难舍心烦忧。

869

仙	女	姝	叵	姝
θi:n^{1}	naɯ^{4}	mai^{4}	hɯ^{2}	mai^{4}
sien-	nawx	maex	hwz	maex
仙	女	妻	呀	妻

仙妻哟仙妻，

870

九	氐	下	布	吞
ku^{1}	tai^{3}	ja^{4}	ʔbou^{5}	ran^{1}
gou	daej	yax	mbouj	raen
我	哭	也	不	见

我哭你不见。

871

名	失	九	拐	庥
mɯŋ^{2}	θat^{7}	ku^{1}	pai^{1}	ma^{1}
mwngz	saet	gou	bae	ma
你	留	我	去	回

你弃我归去，

872

肩	眉	他	庲	热
ʔdi^{1}	mei^{2}	ta^{1}	ma^{1}	nai^{5}
ndi	miz	da	ma	naeq
没	有	眼	来	睨

夫不敢直面。

873

董	永	荅	言	仙	女	姝
toŋ^{3}	wiŋ^{4}	ta:p^{7}	ji:n^{2}	θi:n^{1}	naɯ^{4}	mai^{4}
Doengj	Vingx	dap	yienz	sien	nawx	maex
董	永	答	言	仙	女	妻

董永答言仙妻道，

874

介	湧	九	氐	痛	心	宣
kai^{5}	juŋ^{6}	ku^{1}	tai^{3}	toŋ^{6}	θim^{1}	θu:n^{1}
gaej	yungh	gou	daej	doengh	sim	suen
别	用	我	哭	动	心	酸

莫令我哭伤断肠。

875

九	原	皆	仰	文	父	悔
ku^{1}	ȵu:n^{2}	ka:i^{1}	ʔda:ŋ^{1}	pan^{2}	pou^{4}	hoi^{5}
gou	yienz	gai	ndang	baenz	boux-	hoiq
我	原	卖	身	成	人	奴仆

我原卖身为奴仆，

876

刘	布	礼	配	名	仙	娘
nau^{2}	ʔbou^{5}	ʔdai^{3}	poi^{5}	mɯŋ^{2}	θi:n^{1}	ni:ŋ^{2}
naeuz	mbouj	ndaej	boiq	mwngz	sien-	niengz
说	不	得	配	你	仙	娘

说配不上仙娘你。

877

九	刘	布	亞	名	布	就
ku^{1}	nau^{2}	ʔbou^{5}	ʔau^{1}	mɯŋ^{2}	ʔbou^{5}	tsi:u^{4}
gou	naeuz	mbouj	aeu	mwngz	mbouj	couh
我	说	不	要	你	不	就

我说不娶你不肯，

878

聲	聲	句	句	許	團	圓
θiŋ^{1}	θiŋ^{1}	kaɯ^{5}	kaɯ^{5}	haɯ^{3}	tu:n^{2}	ju:n^{2}
sing	sing	gawq	gawq	hawj	duenz-	yuenz
声	声	句	句	给	团	圆

口口声声能团圆。

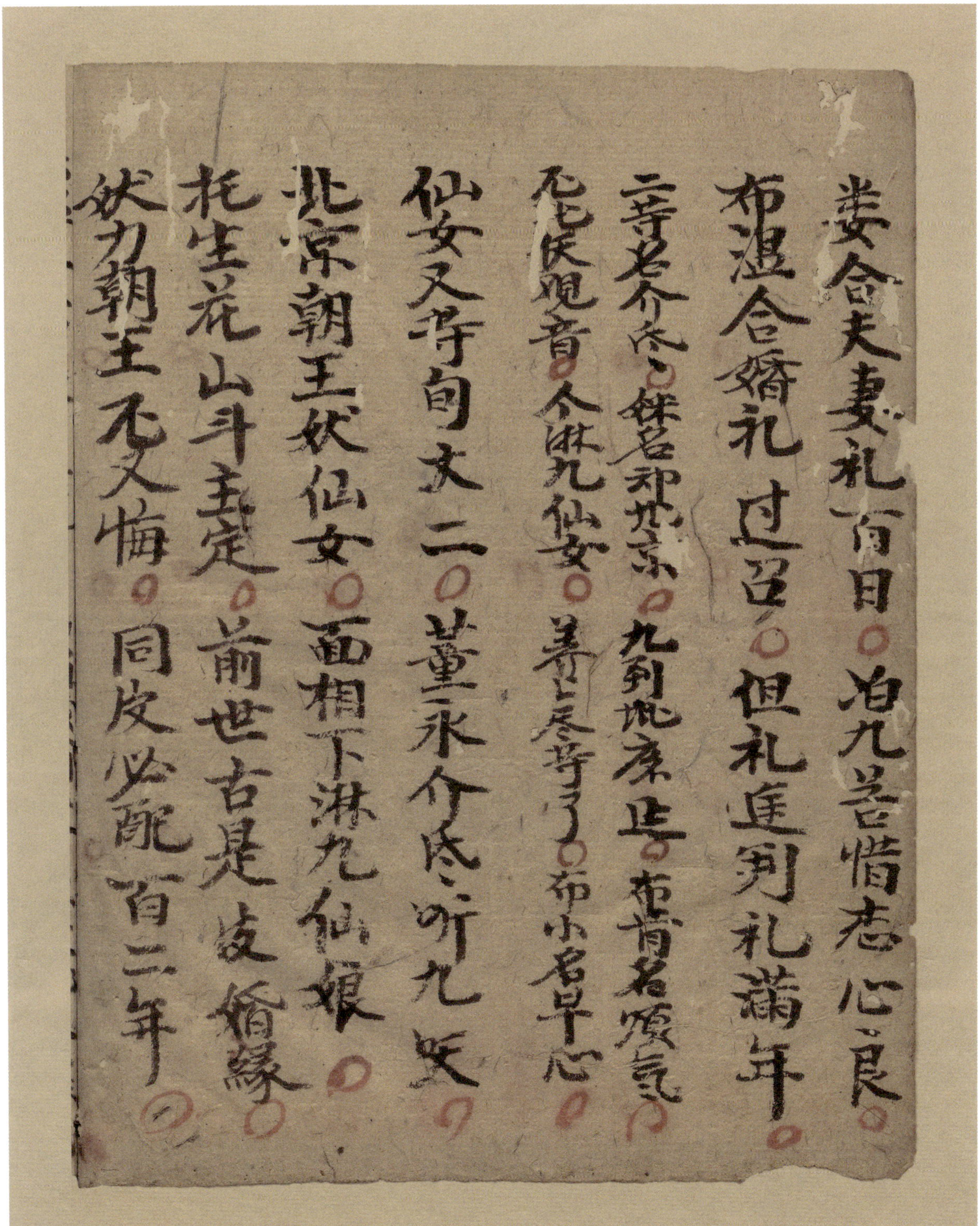
娄合夫妻礼一百日○伯九吾惜志心、良○
布温合婚礼　过召○但礼廷判礼满年○
二哥老介冬、○妹名郊北京○九到地府正○布肯名愿气○
乙乜氏观音○个淋九仙女○善乚尽哥了○布小名早心○
仙女又哥句文二○董永介冬听九妖○
北京朝王伏仙女○面相下淋九仙娘○
托生花山斗主定○前世古是皮婚缘○
伏力朝王乙又悔○同皮必配一百二年○

879

娄	合	夫	妻	礼	百	日
rau^{2}	hoːp^{8}	fou^{1}	tsei^{1}	ʔdai^{3}	paːk^{7}	ŋon^{2}
raeuz	hab	fou	cei	ndaej	bak	ngoenz
咱们	合	夫	妻	得	百	日

咱结夫妻得百日，

880

泊	九	苦	惜	态	心	良
pɯːk^{7}	ku^{1}	ho^{3}	liːn^{2}	θɯːŋ^{3}	θim^{1}	liːŋ^{2}
biek	gou	hoj-	lienz	siengj	sim	liengz
别	我	可	怜	想	心	凉

弃我可怜心凄凉。

881

布	温	合	婚	礼	过	召
ʔbou^{5}	ʔɯːn^{5}	hoːp^{8}	hon^{1}	ʔdai^{3}	kwa^{5}	tsiːu^{6}
mbouj	wenq	hab	hoen	ndaej	gvaq	ciuh
不	巴望	合	婚	得	过	辈

不盼结婚能一世，

882

但	礼	途	判	礼	满	年
taːn^{6}	ʔdai^{3}	to^{4}	puːn^{6}	ʔdai^{3}	muːn^{4}	niːn^{2}
danh	ndaej	dox-	buenh	ndaej	muenx	nienz
但	得	相	伴	得	满	年

但得相伴满一年。

883

二	苛	名	介	氐
ŋei^{6}	taŋ^{5}	mɯŋ^{2}	kai^{5}	tai^{3}
ngeih	daengq	mwngz	gaej	daej
二	叮嘱	你	别	哭

二嘱你别哭，

884

姝	名	邩	北	京[1]
mai^{4}	mɯŋ^{2}	jɯ^{5}	pak^{7}	kiŋ^{1}
maex	mwngz	youq	Baek-	ging
妻	你	在	北	京

你妻在北京。

885

九	到	批	庥	进
ku^{1}	taːu^{5}	pai^{1}	ma^{1}	kɯn^{2}
gou	dauq	bae-	ma	gwnz
我	倒	去	回	上

我返回天庭，

886

布	肯	名	烦	气
ʔbou^{5}	haŋ^{3}	mɯŋ^{2}	faːn^{2}	hei^{5}
mbouj	haengj	mwngz	fanz	heiq
不	给	你	烦	气

不令你担忧。

887

兀	比	佚	观	音
ʔdei^{1}	pei^{3}	fat^{8}	kuːn^{1}	jim^{1}
ndei	beij	baed	Guen-	yaem
好	比	佛	观	音

好似观音佛，

888

个	淋	九	仙	女
ko^{5}	lum^{3}	ku^{1}	θiːn^{1}	naɯ^{4}
goj	lumj	gou	sien-	nawx
也	像	我	仙	女

漂亮赛仙女。

889

养	**养**	**尽**	**䒭**	**了**
jɯːŋ^{6}	jɯːŋ^{6}	tsan^{6}	taŋ^{5}	liːu^{4}
yiengh	yiengh	caenh	daengq	liux
样	样	尽	叮嘱	了

样样全叮嘱，

890

布	**小**	**名**	**早**	**心**
ʔbou^{5}	θiːu^{3}	mɯŋ^{2}	tsaːu^{1}	θim^{1}
mbouj	siuj	mwngz	cau-	sim
不	少	你	操	心

操心实不少。

891

仙	**女**	**又**	**䒭**	**句**	**大**	**二**
θiːn^{1}	naɯ^{4}	jou^{4}	taŋ^{5}	tson^{2}	taːi^{6}	ŋei^{6}
sien-	nawx	youh	daengq	coenz	daih-	ngeih
仙	女	又	叮嘱	句	第	二

仙女又嘱第二句，

892

董	**永**	**介**	**歺**	**听**	**九**	**呑**
toŋ^{3}	wiŋ^{4}	kai^{5}	tai^{3}	tiŋ^{5}	ku^{1}	tɯːn^{1}
Doengj	Vingx	gaej	daej	dingq	gou	dwen
董	永	别	哭	听	我	提及

董永别哭听我说。

893

北	**京**	**朝**②	**王**	**妖**	**仙**	**女**
pak^{7}	kiŋ^{1}	tsiːu^{6}	wuːŋ^{2}	ta^{6}	θiːn^{1}	naɯ^{4}
Baek-	ging	Ciuh	vuengz	dah	sien-	nawx
北	京	赵	皇	个	仙	女

北京赵皇仙女妹，

894

面	**相**	**下**	**淋**	**九**	**仙**	**娘**
miːn^{6}	θɯːŋ^{5}	ja^{4}	lum^{3}	ku^{1}	θiːn^{1}	naɯ^{4}
mienh-	siengq	yax	lumj	gou	sien-	nawx
面	相	也	像	我	仙	女

面相也像仙女我。

895

托	**生**	**花**	**山**	**斗**	**主**	**定**③
taːk^{7}	θeːŋ^{1}	wa^{1}	θaːn^{1}	tau^{3}	tsaɯ^{5}	tiŋ^{6}
dak-	seng	va-	san	daeuj	cawq-	dingh
托	生	花	山	来	注	定

托生花山来注定，

896

前	**世**	**古**	**是**	**皮**	**婚**	**缘**
tsiːn^{2}	θei^{5}	ko^{5}	θei^{6}	pei^{4}	hon^{1}	juːn^{2}
cienz-	seiq	goj	seih	beix	hoen-	yienz
前	世	也	是	兄	婚	缘

前世也是兄姻缘。

897

妖	**力**	**朝**	**王**	**兀**	**又**	**悔**
ta^{6}	lɯk^{8}	tsiːu^{6}	wuːŋ^{2}	ʔdei^{1}	jou^{4}	ʔoi^{5}
dah	lwg	Ciuh	vuengz	ndei	youh	oiq
个	儿	赵	皇	好	又	嫩

皇女貌美又年轻，

898

同	**皮**	**必**	**配**	**百**	**二**	**年**
toŋ^{2}	pei^{4}	pik^{7}	poi^{5}	paːk^{7}	ŋei^{6}	niːn^{2}
doengz	beix	bik-	boiq	bak	ngeih	nienz
同	兄	匹	配	百	二	年

同兄匹配百二年。

① 北京 [pak^{7} kiŋ^{1}]：北京。由于抄本中的董永传说取材于宋话本，因此故事的时代背景亦为宋代。又因该故事是在明朝迁都北京后才传入壮族聚居地区，故文中有皇帝之女在北京之说。

② 朝 [tsiːu^{6}]：指赵姓。按壮语老借词的语音，“赵”和“朝”的声母、韵母皆相同，故民间常混用此二字。

③ 壮族民众传统观念认为，人出生时命运、姻缘等早已由花山上的花婆安排好了。

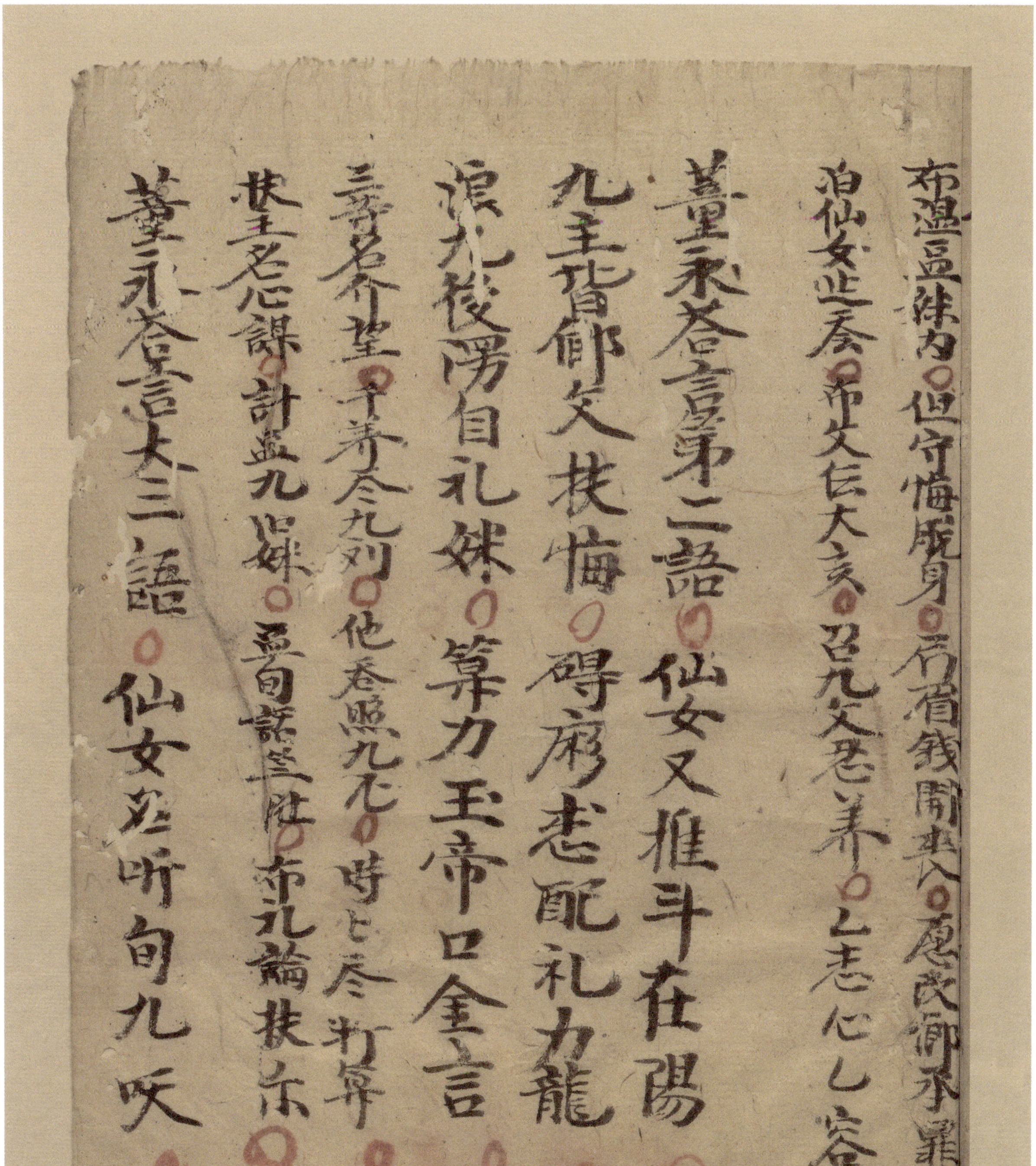

899

布	**温**	**盀**	**姝**	**内**
ʔbou^{5}	ʔɯ:n^{5}	ʔau^{1}	mai^{4}	nei^{4}
mbouj	wenq	aeu	maex	neix
不	巴望	要	妻	这

不盼娶此妻，

900

但	**守**	**悔**	**脱**	**身**
ta:n^{6}	θou^{3}	hoi^{5}	tu:t^{7}	θin^{1}
danh	souj	hoiq	duet	sin
但	守	奴仆	脱	身

但求脱奴身。

901

肩	**眉**	**錢**	**開**	**丧**
ʔdi^{1}	mei^{2}	tsi:n^{2}	ha:i^{1}	θa:ŋ^{1}
ndi	miz	cienz	hai	sang
没	有	钱	开	丧

没钱办丧场，

902

愿	**改**	**卿**	**承**	**罪**
ȵu:n^{6}	ka:i^{1}	ʔda:ŋ^{1}	θɯŋ^{2}	tsoi^{6}
nyienh	gai	ndang	swngz	coih
愿	卖	身	承	罪

愿卖身担罪。

903

泊	**仙**	**女**	**廷**	**𡗶**
pɯ:k^{7}	θi:n^{1}	naɯ^{4}	hɯn^{3}	ʔbɯn^{1}
biek	sien-	nawx	hwnj	mbwn
别	仙	女	上	天

妹若辞升天，

904

布	**文**	**伝**	**大**	**亥**
ʔbou^{5}	pan^{2}	wun^{2}	ta^{6}	ra:i^{4}
mbouj	baenz	vunz	dah-	raix
不	成	人	果真	

兄不愿为人。

905

召	**九**	**文**	**恐**	**养**
tsi:u^{6}	ku^{1}	pan^{2}	ȵan^{4}	jɯ:ŋ^{6}
ciuh	gou	baenz	nyaenx	yiengh
辈	我	成	这么	样

我此生遭遇，

906

乙	**态**	**心**	**乙**	**容**①
ji:t^{8}	θɯ:ŋ^{3}	θim^{1}	ji:t^{8}	juŋ^{2}
yied	siengj	sim	yied	yungz
越	想	心	越	融

越想心越乱。

907

董	**永**	**荅**	**言**	**第**	**二**	**語**
toŋ^{3}	wiŋ^{4}	ta:p^{7}	ji:n^{2}	ta:i^{6}	ŋei^{6}	ŋei^{4}
Doengj	Vingx	dap	yienz	daih-	ngeih	ngeix
董	永	答	言	第	二	语

董永答言第二句，

908

仙	**女**	**又**	**推**	**斗**	**在**	**陽**
θi:n^{1}	naɯ^{4}	jou^{4}	toi^{5}	tau^{3}	tsa:i^{6}	jɯ:ŋ^{2}
sien-	nawx	youh	doiq	daeuj	caih-	yiengz
仙	女	又	退	来	在	阳

仙女又退回阳间。

909

九	主	皆	卿	文	扶	悔
ku^{1}	tsauɯ^{5}	ka:i^{1}	ʔda:ŋ^{1}	pan^{2}	pou^{4}	hoi^{5}
gou	cawq	gai	ndang	baenz	boux-	hoiq
我	注定	卖	身	成	人	奴仆

我命注定成奴仆，

910

碍	庅	态	配	礼	力	龍
ŋa:i^{6}	ma^{2}	θɯ:ŋ^{3}	poi^{5}	ʔdai^{3}	lɯk^{8}	loŋ^{2}
ngaih-	maz	siengj	boiq	ndaej	lwg	lungz
奈	何	想	配	得	女儿	龙

如何能配得龙女。

911

浪	九	後	渂	自	礼	妹
la:ŋ^{6}	ku^{1}	hau^{3}	laŋ^{1}	θei^{6}	ʔdai^{3}	mai^{4}
langh	gou	haeuj	laeng	seih	ndaej	maex
若	我	入	后	是	得	妻

若我将来能娶妻，

912

算	力	玉	帝	口	金	言
θu:n^{5}	lɯk^{8}	ȵauɯ^{6}	tai^{5}	hau^{3}	kim^{1}	ji:n^{2}
suenq	lwg	Nyawh-	daeq	haeuj	gim	yienz
算	女	玉	帝	人	金	言

承蒙仙女开吉言。

913

三	等	名	介	望
θa:m^{1}	taŋ^{5}	mɯŋ^{2}	kai^{5}	mu:ŋ^{6}
sam	daengq	mwngz	gaej	muengh
三	叮嘱	你	别	盼望

三嘱你别盼，

914

千	养	尽	九	刘
tsi:n^{1}	juɯ:ŋ^{6}	tsan^{6}	ku^{1}	nau^{2}
cien	yiengh	caenh	gou	naeuz
千	样	尽	我	说

千般我说尽。

915

他	吞	照	九	兀
te^{1}	ran^{1}	tsi:u^{5}	ku^{1}	ʔdei^{1}
de	raen	ciuq	gou	ndei
他	见	瞧	我	好

他见我貌美，

916

時	時	尽	打	算
θei^{2}	θei^{2}	tsan^{6}	ta^{3}	θu:n^{5}
seiz	seiz	caenh	daj-	suenq
时	时	尽	打	算

时时在算计。

917

扶	主	名	心	謀
pou^{4}	tsauɯ^{3}	mɯŋ^{2}	θim^{1}	mau^{2}
boux-	cawj	mwngz	sim	maeuz
人	主	你	心	贪

你主人心贪，

918

計	盄	九	旧	妹
kei^{5}	ʔau^{1}	ku^{1}	ku^{6}	mai^{4}
geiq	aeu	gou	guh	maex
计	要	我	做	妻

谋娶我做妻。

919

𠁱	**旬**	**話**	**竺**	**肚**
ʔau^{1}	tson^{2}	wa^{6}	tok^{7}	tuŋ^{4}
aeu	coenz	vah	doek	dungx
要	**句**	**话**	**落**	**肚**

把话藏肚里，

920

布	**礼**	**論**	**扶**	**尔**
ʔbou^{5}	ʔdai^{3}	lɯn^{6}	pou^{4}	laɯ^{2}
mbouj	ndaej	lwnh	boux-	lawz
不	**得**	**告诉**	**人**	**哪**

不得告诉人。

921

董	**永**	**荅**	**言**	**大**	**三**	**語**
toŋ^{3}	wiŋ^{4}	ta:p^{7}	ji:n^{2}	ta:i^{6}	θa:m^{1}	ŋei^{4}
Doengj	Vingx	dap	yienz	daih-	sam	ngeix
董	**永**	**答**	**言**	**第**	**三**	**语**

董永答言第三句，

922

仙	**女**	**名**	**听**	**旬**	**九**	**吠**
θi:n^{1}	naɯ^{4}	mɯŋ^{2}	tiŋ^{5}	tson^{2}	ku^{1}	tɯ:n^{1}
sien-	nawx	mwngz	dingq	coenz	gou	dwen
仙	**女**	**你**	**听**	**句**	**我**	**提及**

仙女你且听我说。

---

① 容 [juŋ^{2}]：本义是“融、融化”，这里指心烦、心乱、内心压力大，不知如何是好。

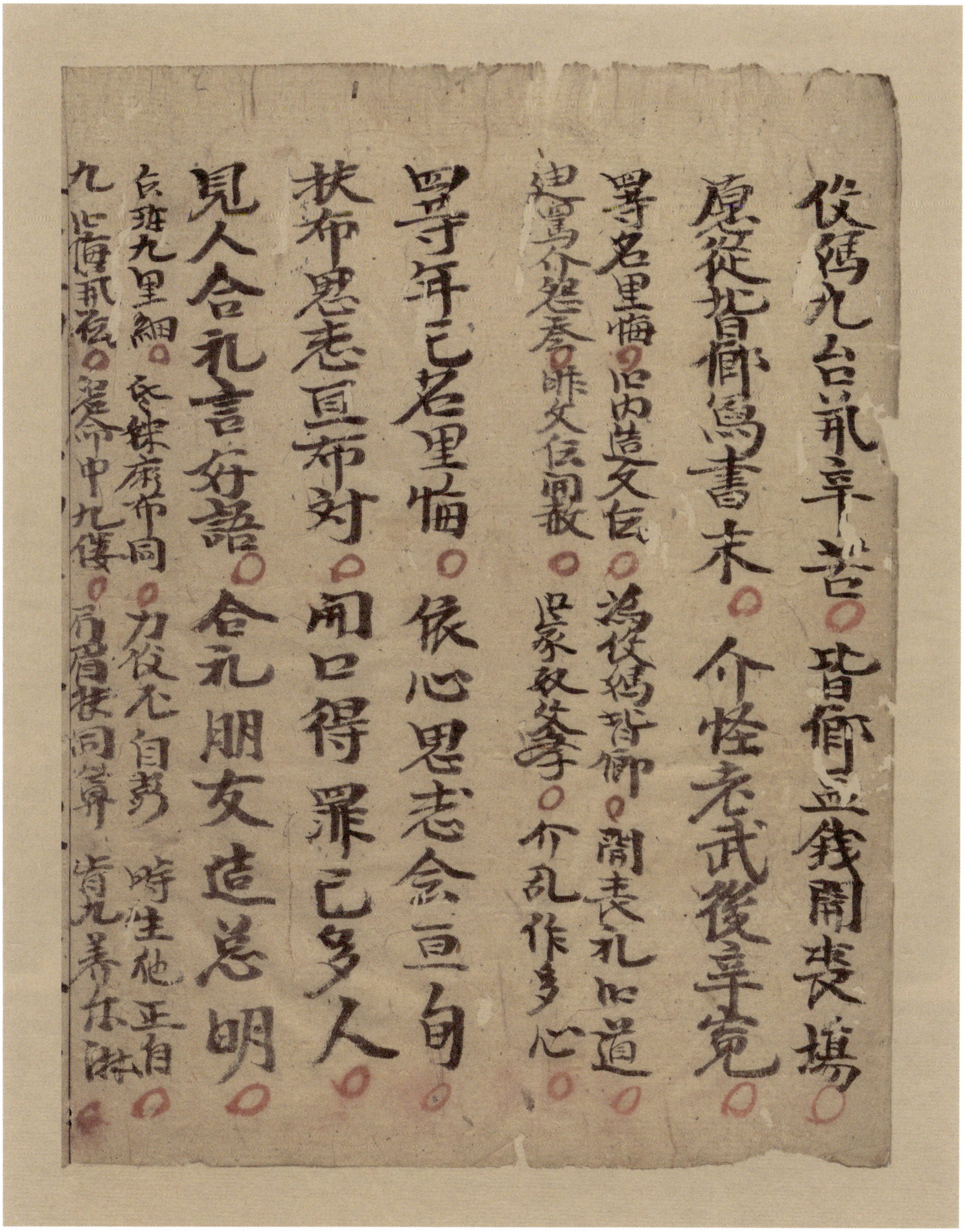
役馮九台氘辛苦○皆倚並錢開喪塢○
應從指倚爲書末○介怪老武後辛寬○
咢名里悔○心內造文臣○爲役馮指倚○開喪孔心道○
也罵介差吞眛文臣罷○也家奴答孝○介乱作多心○
咢寸年已若里悔○依心思志会亘白○
扶布思志亘布对○開口得罪已多人○
見人合孔言好語○合孔朋友造惡明○
良班九里細○冬銖麻布同○力役孔自勢　時生他正自○
九北海孔依○得是命中九債○有眉枝同苦并　有九善休謝○

923

仪	嫣	九	台	爫	辛	苦
po^{6}	me^{6}	ku^{1}	ta:i^{1}	ra:n^{2}	θin^{1}	ho^{3}
boh	meh	gou	dai	ranz	sin-	hoj
父	母	我	死	家	辛	苦

父母死去家贫苦，

924

皆	倻	皿	钱	開	丧	場
ka:i^{1}	ʔda:ŋ^{1}	ʔau^{1}	tsi:n^{2}	ha:i^{1}	θa:ŋ^{1}	tsɯ:ŋ^{2}
gai	ndang	aeu	cienz	hai	sang-	ciengz
卖	身	要	钱	开	丧	场

卖身换钱开道场。

925

愿	從	皆	倻	寫	青	末
ȵu:n^{6}	tsoŋ^{2}	ka:i^{1}	ʔda:ŋ^{1}	θe^{3}	θaɯ^{1}	mu:t^{8}
nyienh	coengz	gai	ndang	sij	saw	mued
愿	从	卖	身	写	书	绝

愿立契书断卖身，

926

介	怪	老	武	後	辛	寃
kai^{5}	kwa:i^{5}	la:u^{4}	fou^{4}	hau^{6}	θin^{1}	ju:n^{1}
gaej	gvaiq	Laux-	foux	haeuh	sin	ien
别	怪	老	武	后	辛	冤

不怪武爷来折磨。

927

四	苛	名	里	悔
θei^{5}	taŋ^{5}	mɯŋ^{2}	lei^{4}	ʔoi^{5}
seiq	daengq	mwngz	lij	oiq
四	叮嘱	你	还	嫩

四嘱你还小，

928

旧	内	造	文	伝
ku^{6}	nei^{4}	tsa:u^{6}	pan^{2}	wun^{2}
guh	neix	cauh	baenz	vunz
做	这	才	成	人

如此才成人。

929

為	仪	嫣	皆	倻
wei^{6}	po^{6}	me^{6}	ka:i^{1}	ʔda:ŋ^{1}
vih	boh	meh	gai	ndang
为	父	母	卖	身

为父母卖身，

930

開	丧	礼	旧	道
ha:i^{1}	θa:ŋ^{1}	ʔdai^{3}	ku^{6}	ta:u^{6}
hai	sang	ndaej	guh	dauh
开	丧	得	做	道

开丧做道场。

931

廸	駡	介	怨	吞
tɯk^{8}	ʔda^{5}	kai^{5}	ju:n^{5}	ʔbɯn^{1}
dwg	ndaq	gaej	ienq	mbwn
挨	骂	别	怨	天

挨骂别怨天，

932

昨	文	伝	闹	赦[1]
tso:k^{8}	pan^{2}	wun^{2}	ha:i^{1}	hei^{5}
cog	baenz	vunz	hai	heiq
将来	成	人	开	气

将成有福人。

933

旧	**家**	**奴**	**父**	**孝**
ku^{6}	kja^{1}	no^{2}	pou^{4}	ha:k^{7}
guh	gya-	noz	boux-	hak
做	家	奴	人	官

做官家奴仆，

934

介	**乱**	**作**	**多**	**心**
kai^{5}	lu:n^{6}	tsa:k^{7}	la:i^{1}	θim^{1}
gaej	luenh	cak	lai-	sim
别	乱	挣扎	多	心

别多心乱来。

935

四	**䒗**	**年**	**己**	**名**	**里**	**悔**
θei^{5}	taŋ^{5}	ni:n^{2}	kei^{3}	mɯŋ^{2}	lei^{4}	ʔoi^{5}
seiq	daengq	nienz-	geij	mwngz	lij	oiq
四	叮嘱	年	纪	你	还	嫩

四嘱你年纪还小，

936

依	**心**	**思**	**态**	**会**	**亘**	**旬**
ʔei^{1}	θim^{1}	θei^{1}	θɯ:ŋ^{3}	ro^{4}	ka:ŋ^{3}	tson^{2}
ei	sim-	sei	siengj	rox	gangj	coenz
依	心	思	想	会	讲	句

依心思考会讲话。

937

扶	**布**	**思**	**态**	**亘**	**布**	**对**
pou^{4}	ʔbou^{5}	θei^{1}	θɯ:ŋ^{3}	ka:ŋ^{3}	ʔbou^{5}	toi^{5}
boux	mbouj	sei	siengj	gangj	mbouj	doiq
人	不	思	想	讲	不	对

话不经脑讲不对，

938

閙	**口**	**得**	**罪**	**己**	**多**	**人**
ha:i^{1}	pa:k^{7}	tak^{7}	tsoi^{6}	kei^{3}	la:i^{1}	wun^{2}
hai	bak	daek-	coih	geij-	lai	vunz
开	口	得	罪	几	多	人

开口得罪多少人。

939

見	**人**	**合**	**礼**	**言**	**好**	**語**
ran^{1}	wun^{2}	ho:p^{8}	lai^{4}	ji:n^{2}	ha:u^{3}	ŋei^{4}
raen	vunz	hab	laex	yienz	hauj	ngeix
见	人	合	礼	言	好	语

见人知礼说好话，

940

合	**礼**	**朋**	**友**	**造**	**总**	**明**
ho:p^{8}	lai^{4}	paŋ^{2}	jou^{4}	tsa:u^{6}	tsoŋ^{1}	miŋ^{2}
hab	laex	baengz-	youx	cauh	coeng-	mingz
合	礼	朋	友	才	聪	明

礼待朋友才聪明。

941

伝	**班**	**九**	**里**	**細**
wun^{2}	pa:n^{1}	ku^{1}	lei^{4}	θai^{5}
vunz	ban	gou	lij	saeq
人	时候	我	还	细小

我尚年幼时，

942

歹	**妹**	**庥**	**布**	**同**
tai^{3}	me^{6}	ma^{2}	ʔbou^{5}	toŋ^{2}
daej	meh	maz	mbouj	doengz
哭	母	何	不	同

哭母命坎坷。

943

力	仪	兀	自	彭
lɯk^{8}	po^{6}	ʔdei^{1}	θei^{6}	pe:ŋ^{2}
lwg	boh	ndei	seih	bengz
儿	父	好	自	贵

家富命自贵，

944

時	生	他	正	白
θei^{2}	θe:ŋ^{1}	te^{1}	tsiŋ^{5}	θei^{6}
seiz	seng	de	cingq	seih
时	生	他	正	是

出生逢吉时。

945

九	旧	悔	斦	伝
ku^{1}	ku^{6}	hoi^{5}	ra:n^{2}	wun^{2}
gou	guh	hoiq	ranz	vunz
我	做	奴仆	家	别人

我给人当奴，

946

怨	命	中	九	偻
ju:n^{5}	miŋ^{6}	tsuŋ^{5}	ku^{1}	rau^{6}
ienq	mingh	cungq	gou	raeuh
怨	命	中	我	多

怨我命太差。

947

厈	眉	扶	同	算
ʔdi^{1}	mei^{2}	pou^{4}	toŋ^{2}	θu:n^{5}
ndi	miz	boux	doengz	suenq
没	有	人	同	算

没人同打算，

948

肯	九	养	尔	淋
haŋ^{3}	ku^{1}	jɯ:ŋ^{6}	laɯ^{2}	lum^{2}
haengj	gou	yiengh-	lawz	lumz
给	我	样	哪	忘

让我怎相忘。

① 闬赦 [ha:i^{1} hei^{5}]：本义是“开气”，这里指老天开眼，送福分给行善之人。

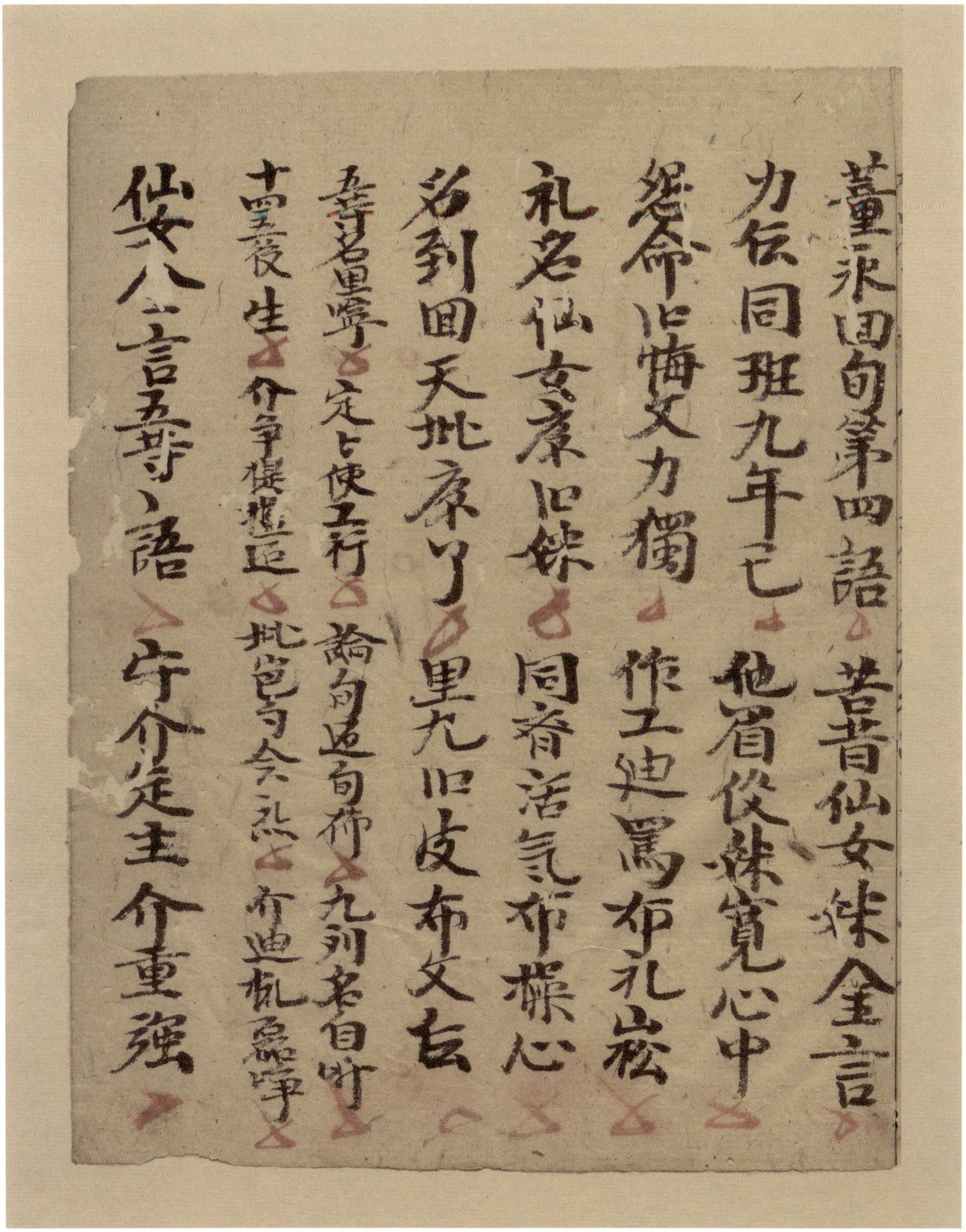

949
董 永 囬 句 第 四 語
toŋ^{3} wiŋ^{4} hoi^{2} tson^{2} ta:i^{6} θei^{5} ŋei^{4}
Doengj Vingx hoiz coenz daih- seiq ngeix
董 永 回 句 第 四 语
董永回答第四句，

950
苦 昔 仙 女 妹 金 言
ho^{3} θik^{7} θi:n^{1} naɯ^{4} mai^{4} kim^{1} ji:n^{2}
hoj- sik sien- nawx maex gim yienz
可 惜 仙 女 妻 金 言
可惜仙妻金良言。

951
力 伝 同 班 九 年 己
lɯk^{8} wun^{2} toŋ^{2} pa:n^{1} ku^{1} ni:n^{2} kei^{3}
lwg vunz doengz ban gou nienz- geij
儿 人 同 辈 我 年 纪
别人与我同年纪，

952
他 眉 仪 妹 寛 心 中
te^{1} mei^{2} po^{6} me^{6} ko:n^{1} θim^{1} tsuŋ^{1}
de miz boh meh gon sim cung
他 有 父 母 宽 心 中
他有父母心怀宽。

953
怨 命 旧 悔 文 力 獨
ju:n^{5} miŋ^{6} ku^{6} hoi^{5} pan^{2} lɯk^{8} to:k^{8}
ienq mingh guh hoiq baenz lwg dog
怨 命 做 奴仆 成 子 独
怨命为奴成独子，

954
作 工 廸 罵 布 礼 崧
tsa:k^{7} ho:ŋ^{1} tɯk^{8} ʔda^{5} ʔbou^{5} ʔdai^{3} θoŋ^{2}
cak hong dwg ndaq mbouj ndaej soengz
挣扎 工 挨 骂 不 得 站
干活挨骂站不直。

955
礼 名 仙 女 庲 旧 妹
ʔdai^{3} mɯŋ^{2} θi:n^{1} naɯ^{4} ma^{1} ku^{6} mai^{4}
ndaej mwngz sien- nawx ma guh maex
得 你 仙 女 来 做 妻
得你仙女当妻子，

956
同 齊 活 气 布 操 心
toŋ^{2} tsai^{2} ho:p^{8} hei^{5} ʔbou^{5} tsa:u^{1} θim^{1}
doengz- caez hab heiq mbouj cau- sim
同 齐 合 气 不 操 心
同心和睦不操心。

957
名 到 囬 天 批 庲 了
mɯŋ^{2} ta:u^{5} hoi^{2} ti:n^{1} pai^{1} ma^{1} li:u^{4}
mwngz dauq hoiz dien bae- ma liux
你 倒 回 天 去 回 了
今你转回天庭去，

958
里 九 旧 皮 布 文 伝
lei^{4} ku^{1} ku^{6} pei^{4} ʔbou^{5} pan^{2} wun^{2}
leix gou guh beix mbouj baenz vunz
剩 我 做 兄 不 成 人
剩为兄我不成人。

959

五	**䒭**	**名**	**里**	**哼**
ha^{3}	taŋ^{5}	mɯŋ^{2}	lei^{4}	niŋ^{5}
haj	daengq	mwngz	lij	ningq
五	叮嘱	你	还	小

五嘱你尚幼，

960

定	**定**	**使**	**工**	**行**
tiŋ^{6}	tiŋ^{6}	θaɯ^{3}	koŋ^{1}	reːŋ^{2}
dingh	dingh	sawj	goeng-	rengz
静	静	使	工	力

谨慎使力气。

961

論	**句**	**迌**	**句**	**佈**
lɯn^{6}	tson^{2}	nak^{7}	tson^{2}	ʔbau^{1}
lwnh	coenz	naek	coenz	mbaeu
告诉	句	重	句	轻

说话轻或重，

962

九	**刘**	**名**	**自**	**听**
ku^{1}	nau^{2}	mɯŋ^{2}	θei^{6}	tiŋ^{5}
gou	naeuz	mwngz	seih	dingq
我	说	你	自	听

我说你且听。

963

十	**四**	**五**	**後**	**生**
θip^{8}	θei^{5}	ha^{3}	hau^{6}	θeːŋ^{1}
cib	seiq	haj	haeux-	seng
十	四	五	后	生

十四五后生，

964

介	**争**	**提**	**擸**	**迌**
kai^{5}	tseːŋ^{5}	taɯ^{2}	raːp^{7}	nak^{7}
gaej	cengq	dawz	rap	naek
别	硬撑	挑	担	重

别硬挑重担。

965

坒	**岜**	**勺**	**会**	**热**
pai^{1}	pja^{1}	jak^{7}	ro^{4}	nai^{5}
bae	bya	yaek	rox	naeq
去	山	要	会	睨

上山要注意，

966

介	**迪**	**𣏾**	**磊**	**𠵕**
kai^{5}	tɯk^{8}	fai^{4}	tap^{8}	teːŋ^{1}
gaej	dwg	faex	daeb	deng
别	挨	树	压	对

别让树压着。

967

仙	**女**	**金**	**言**	**五**	**䒭**	**語**
θiːn^{1}	naɯ^{4}	kim^{1}	jiːn^{2}	ha^{3}	taŋ^{5}	ŋei^{4}
sien-	nawx	gim	yienz	haj	daengq	ngeix
仙	女	金	言	五	叮嘱	语

仙女金言五叮嘱，

968

守	**介**	**定**	**主**①	**介**	**重**	**強**
θou^{3}	kaːi^{5}	tiŋ^{6}	tsaɯ^{1}	kai^{5}	tsuːŋ^{5}	kjaːŋ^{2}
souj	gaiq	dingh	caw	gaej	cuengq	gyangz
守	块	定	气息	别	放	叹

安定心神莫叹息。

---

① 定主 [tiŋ^{6} tsaɯ^{1}]：本义是“屏息”，引申为“安定心神、不必慌张”。

口岂乚交朳乙定亇　太刀尸令是立傷
押迈吝汝兰乞人漓　但貿条命过乞年
九長㑣仒苦　却伇鴿九㳿　呑批柔四天　神仙叱花嚕
石眉付棺材　自呰偺偪　借銭乃長領　絶生命九㳿
薹乘扎囙四仙女　無憑無據乜难長
出門兰行已多歲　布兰作㑅其尔傷
作工攬迈布礼迈　扶王又罵布直錢
淚仆侎𡗶汝文漓迈　下泊条命侎但亡

969

口	**岜**	**文**	**枛**	**兀**	**定**	**斧**
hau^{3}	pja^{1}	fan^{2}	fai^{4}	ʔdei^{1}	tiŋ^{6}	fou^{3}
haeuj	bya	faenz	faex	ndei	dingh	fouj
入	山	砍	树	好	定	斧

进山砍树拿好斧，

970

岑	**刀**	**用**	**斧**	**是**	**五**	**傷**
kam^{1}	tsa^{4}	joŋ^{6}	fou^{3}	θei^{6}	ŋu^{4}	θɯ:ŋ^{1}
gaem	cax	yungh	fouj	seih	ngux	sieng
执	刀	用	斧	是	五	伤

执刀拿斧是五伤。

971

押	**廼**	**砮**	**沙**	**兰**	**文**	**病**
ra:p^{7}	nak^{7}	fa:t^{7}	θa^{1}	ro^{4}	pan^{2}	piŋ^{6}
rap	naek	fat-	sa	rox	baenz	bingh
挑	重	发	痧	会	成	病

挑重发痧会生病，

972

但	**賀**	**条**	**命**	**过**	**亡**	**年**
ta:n^{6}	ho^{6}	ti:u^{2}	miŋ^{6}	kwa^{5}	mu:ŋ^{2}	ni:n^{2}
danh	hoh	diuz	mingh	gvaq	muengz	nienz
但	护	条	命	过	亡	年

但护此命过残年。

973

九	**長**	**煉**	**㞢**	**苦**
ku^{1}	tsɯ:ŋ^{4}	lɯ:n^{4}	tai^{3}	ho^{3}
gou	ciengx-	lwenx	daej	hoj
我	常	常	哭	苦

我常哭命苦，

974

却	**仪**	**媽**	**九**	**沫**
tso^{6}	po^{6}	me^{6}	ku^{1}	la:i^{1}
coh	boh	meh	gou	lai
可怜	父	母	我	太

可怜我父母。

975

各	**岼**	**厼**	**囬**	**天**
ka:k^{8}	pai^{1}	ma^{1}	hoi^{2}	ti:n^{1}
gag	bae-	ma	hoiz	dien
自个	去	回	回	天

妻自回天庭，

976

神	**仙**	**旧**	**花**	**嚕**[1]
θan^{2}	θi:n^{1}	ku^{6}	wa^{1}	lo^{4}
saenz-	sien	guh	va	lox
神	仙	做	花	哄骗

姻缘成泡影。

977

启	**眉**	**付**	**棺**	**材**
ʔdi^{1}	mei^{2}	fou^{5}	ku:n^{1}	tsa:i^{2}
ndi	miz	fouq	guen-	caiz
没	有	副	棺	材

无一副棺材，

978

自	**皆**	**仰**	**旧**	**悔**
θei^{6}	ka:i^{1}	ʔda:ŋ^{1}	ku^{6}	hoi^{5}
seih	gai	ndang	guh	hoiq
自	卖	身	做	奴仆

自卖身为奴。

979

借	錢	𡰪	扶	領
tsi^{5}	tsiːn^{2}	ʔdi^{1}	pou^{4}	liŋ^{4}
ciq	cienz	ndi	boux	lingx
借	钱	没	人	领

借钱无人肯，

980

怨	条	命	九	涞
juːn^{5}	tiːu^{2}	miŋ^{6}	ku^{1}	laːi^{1}
ienq	diuz	mingh	gou	lai
怨	条	命	我	太

怨命运不好。

981

董	永	五	句	囬	仙	女
toŋ^{3}	wiŋ^{4}	ha^{3}	tson^{2}	hoi^{2}	θiːn^{1}	naɯ^{4}
Doengj	Vingx	haj	coenz	hoiz	sien-	nawx
董	永	五	句	回	仙	女

董永回复第五句，

982

無	憑	無	據	也	难	長
fou^{2}	paŋ^{6}	fou^{2}	kaɯ^{5}	ja^{4}	naːn^{2}	kjaːŋ^{2}
fouz	baengh	fouz	gawq	yax	nanz	gyangz
无	凭	无	据	也	难	叹

无凭无据难叹息。

983

出	門	兰	行	己	多	嵗
ʔoːk^{7}	tou^{1}	ro^{4}	heːŋ^{2}	kei^{3}	laːi^{1}	pei^{1}
ok	dou	rox	hengz	geij-	lai	bi
出	门	知	行	几	多	年

出门远行时日久，

984

布	兰	作	悮	其	尔	傷
ʔbou^{5}	ro^{4}	tsaːk^{7}	ʔu^{1}	ki^{2}	laɯ^{2}	θɯːŋ^{1}
mbouj	rox	cak	u	giz-	lawz	sieng
不	知	挣扎	错	处	何	伤

犯错受伤恐难料。

985

作	工	攬	𣨑	布	礼	𣦸
tsaːk^{7}	hoːŋ^{1}	raːm^{1}	nak^{7}	ʔbou^{5}	ʔdai^{3}	ȵa^{6}
cak	hong	ram	naek	mbouj	ndaej	nyah
挣扎	工	抬	重	不	得	恼怒

干苦累活不能怒，

986

扶	主	又	駡	布	直	錢
pou^{4}	tsaɯ^{3}	jou^{4}	ʔda^{5}	ʔbou^{5}	tsik^{8}	tsiːn^{2}
boux-	cawj	youh	ndaq	mbouj	cig	cienz
人	主	又	骂	不	值	钱

主人又骂命轻贱。

987

浪	岑	𤼵	沙	文	病	𣨑
laːŋ^{6}	kjam^{4}	faːt^{7}	θa^{1}	pan^{2}	piŋ^{6}	nak^{7}
langh	gyaemx	fat-	sa	baenz	bingh	naek
若	兼	发	痧	成	病	重

若逢发痧生重病，

988

下	泊	条	命	你	归	亡
ja^{4}	pɯːk^{7}	tiːu^{2}	miŋ^{6}	nei^{4}	kwei^{1}	muːŋ^{2}
yax	biek	diuz	mingh	neix	gvi	muengz
也	别	条	命	这	归	亡

唯有丢命魂归阴。

① 花噜 [wa¹ lo⁴]：本指尚未成年就夭折的孩子。此处大意是说花婆送来花朵（婴儿），只是哄骗父母短暂开心而已，暗喻仙女与董永的结合只是昙花一现，并不能长相厮守，犹如花婆送来注定夭折的婴儿。

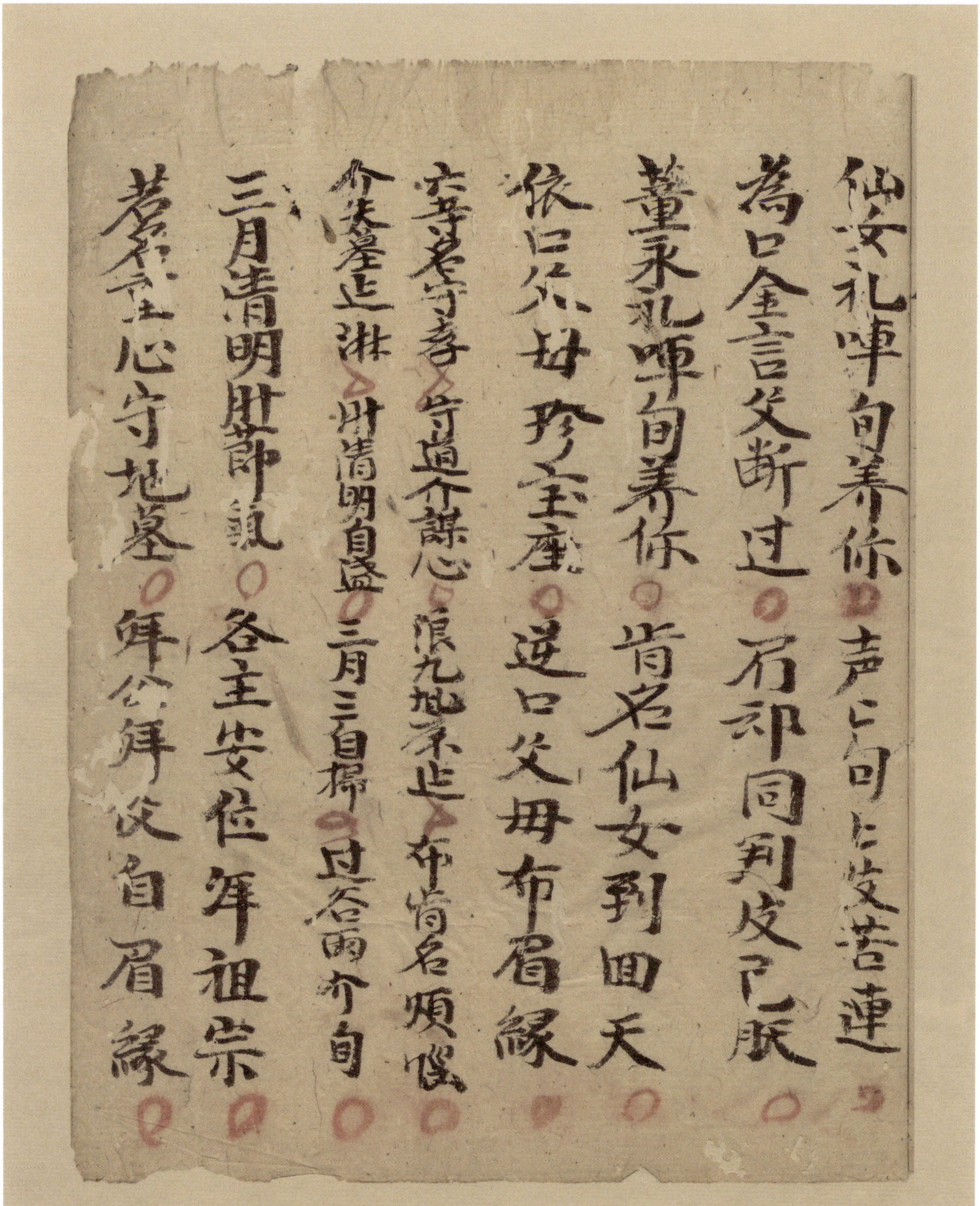

仙女礼哔句养你　声匕可匕芖莲
為口金言爻断过　㕣卯同列皮了㡳
蓮来礼哔句养你　肯名仙女到田天
依匕仸母珍王座　送口爻母布眉缘
字耆孝守孝肯道介謀心浪九地不止布肯名烦㥯
介夫墓上淋卌清明自盗三月三白㷶过谷雨介旬
三月清明肚許氣　各主安位年祖宗
耉在在心守地墓　年公年役自眉缘

989

仙	女	礼	呻	旬	养	你
θiːn^{1}	nauɯ^{4}	ʔdai^{3}	n̥i^{1}	tson^{2}	jɯːŋ^{6}	nei^{4}
sien-	nawx	ndaej-	nyi	coenz	yiengh-	neix
仙	女	得	听	句	样	这

仙女听到这些话，

990

声	声	句	句	皮	苦	連
θiŋ^{1}	θiŋ^{1}	kauɯ^{5}	kauɯ^{5}	pei^{4}	ho^{3}	liːn^{2}
sing	sing	gawq	gawq	beix	hoj-	lienz
声	声	句	句	兄	可	怜

连声哀叹兄可怜。

991

為	口①	金	言	父	断	过
wei^{6}	hau^{3}	kim^{1}	jiːn^{2}	po^{6}	tuːn^{5}	kwa^{5}
vih	haeuj	gim	yienz	boh	duenq	gvaq
为	入	金	言	父	断	过

只因父皇金言断，

992

肩	邲	同	判	皮	己	朊
ʔdi^{1}	jɯ^{5}	toŋ^{2}	puːn^{6}	pei^{4}	kei^{3}	ʔdɯːn^{1}
ndi	youq	doengz-	buenh	beix	geij	ndwen
没	在	同	伴	兄	几	月

不能陪伴兄几月。

993

董	永	礼	呻	旬	养	你
toŋ^{3}	wiŋ^{4}	ʔdai^{3}	n̥i^{1}	tson^{2}	jɯːŋ^{6}	nei^{4}
Doengj	Vingx	ndaej-	nyi	coenz	yiengh-	neix
董	永	得	听	句	样	这

董永听到这些话，

994

肯	名	仙	女	到	囬	天
haŋ^{3}	mɯŋ^{2}	θiːn^{1}	nauɯ^{4}	taːu^{5}	hoi^{2}	tiːn^{1}
haengj	mwngz	sien-	nawx	dauq	hoiz	dien
给	你	仙	女	转	回	天

让你仙女回天庭。

995

依	口	父	母	珍	宝	座
ʔei^{1}	hau^{3}	fou^{6}	mu^{4}	tsin^{1}	paːu^{3}	tsu^{6}
ei	haeuj	fouh	mux	caen-	bauj	cuh
依	入	父	母	珍	宝	座

倚入父母珍宝座，

996

逆	口	父	母	布	眉	缘
n̥ik^{8}	hau^{3}	fou^{6}	mu^{4}	ʔbou^{5}	mei^{2}	juːn^{2}
nyig	haeuj	fouh	mux	mbouj	miz	yienz
逆	入	父	母	没	有	缘

违逆父母就无缘。

997

六	苧	名	守	孝
rok^{7}	taŋ^{5}	mɯŋ^{2}	θou^{3}	jaːu^{5}
roek	daengq	mwngz	souj-	hauq
六	叮嘱	你	守	孝

六嘱你守孝，

998

守	道	介	謀	心
θou^{3}	taːu^{6}	kai^{5}	mau^{2}	θim^{1}
souj	dauh	gaej	maeuz	sim
守	道	别	贪	心

守道别贪心。

999

浪	九	⿰土比	⿸广尒	𨑗
laːŋ^{6}	ku^{1}	pai^{1}	ma^{1}	kɯn^{2}
langh	gou	bae	ma	gwnz
若	我	去	回	上

若我回天界，

1000

布	肯	名	煩	惱
ʔbou^{5}	haŋ^{3}	mɯŋ^{2}	faːn^{2}	naːu^{4}
mbouj	haengj	mwngz	fanz-	naux
不	给	你	烦	恼

不令你烦恼。

1001

介	失	墓	⿺辶亨	淋
kai^{5}	θat^{7}	mo^{6}	hɯn^{3}	rum^{1}
gaej	saet	moh	hwnj	rum
别	留	墓	长	草

别让墓长草，

1002

肼	清	明	自	⿺辶益
taŋ^{2}	tsiŋ^{1}	miŋ^{2}	θei^{6}	pat^{7}
daengz	cing-	mingz	seih	baet
到	清	明	自	扫

到清明祭扫。

1003

三	月	三	自	掃
θaːm^{1}	ȵuːt^{8}	θaːm^{1}	θei^{6}	θaːu^{5}
sam	nyied	sam	seih	sauq
三	月	三	自	扫

三月三就扫，

1004

过	谷	雨	介	旬
kwa^{5}	kok^{7}	haɯ^{4}	kai^{5}	tsun^{2}
gvaq	goek-	hawx	gaej	cunz
过	谷	雨	别	巡

过谷雨别来。

1005

三	月	清	明	肼	莭	氣②
θaːm^{1}	ȵuːt^{8}	tsiŋ^{1}	miŋ^{2}	taŋ^{2}	tsiːt^{7}	hei^{5}
sam	nyied	cing-	mingz	daengz	ciet-	heiq
三	月	清	明	到	节	气

三月清明到节日，

1006

各	主③	安	位	⿰歹丰	祖	宗
kaːk^{7}	tsaɯ^{3}	ʔaːn^{1}	wei^{6}	paːi^{5}	tso^{3}	tsoŋ^{1}
gak	cawj	an	veih	baiq	coj-	coeng
各	主	安	位	拜	祖	宗

各神归位要祭拜。

1007

若	名	重	心④	守	地⑤	墓
laːŋ^{6}	mɯŋ^{2}	nak^{7}	θim^{1}	θou^{3}	tei^{6}	mo^{6}
langh	mwngz	naek-	sim	souj	deih	moh
若	你	重	心	守	地	墓

若你用心守墓地，

1008

⿰歹丰	公	⿰歹丰	仪	自	眉	緣
paːi^{5}	koŋ^{1}	paːi^{5}	po^{6}	θei^{6}	mei^{2}	juːn^{2}
baiq	goeng	baiq	boh	seih	miz	yienz
拜	公	拜	父	自	有	缘

拜祖祭父自有福。

① 口 [hau³]：本义是“入、进入”，此处引申为“到”的意思，无实义。

② 对照《古士董永灯一卷》抄本，此句前面尚有“仙女等旬弟六語，孝服父母墭墓文”两句。按叙述次序，第 981 句是董永回应仙女的第五句话，第 1019 句是董永回应仙女的第六句话，故此处省略了仙女叮嘱的第六句话。

③ 各主 [kaːk⁷ tsaɯ³]：指各位神主。在壮族民众传统观念里，祖先神魂只在重大节庆时归位享祭，其他时间都是四处云游，不在神位。

④ 重心 [nak⁷ θim¹]：用心。“重 [nak⁷]”本义是“重”，此处是使动用法，指把事情放在心上，使心重，即“上心、专心、用心”。

⑤ 地 [tei⁶]：本义是“地”，这里指“坟墓”。

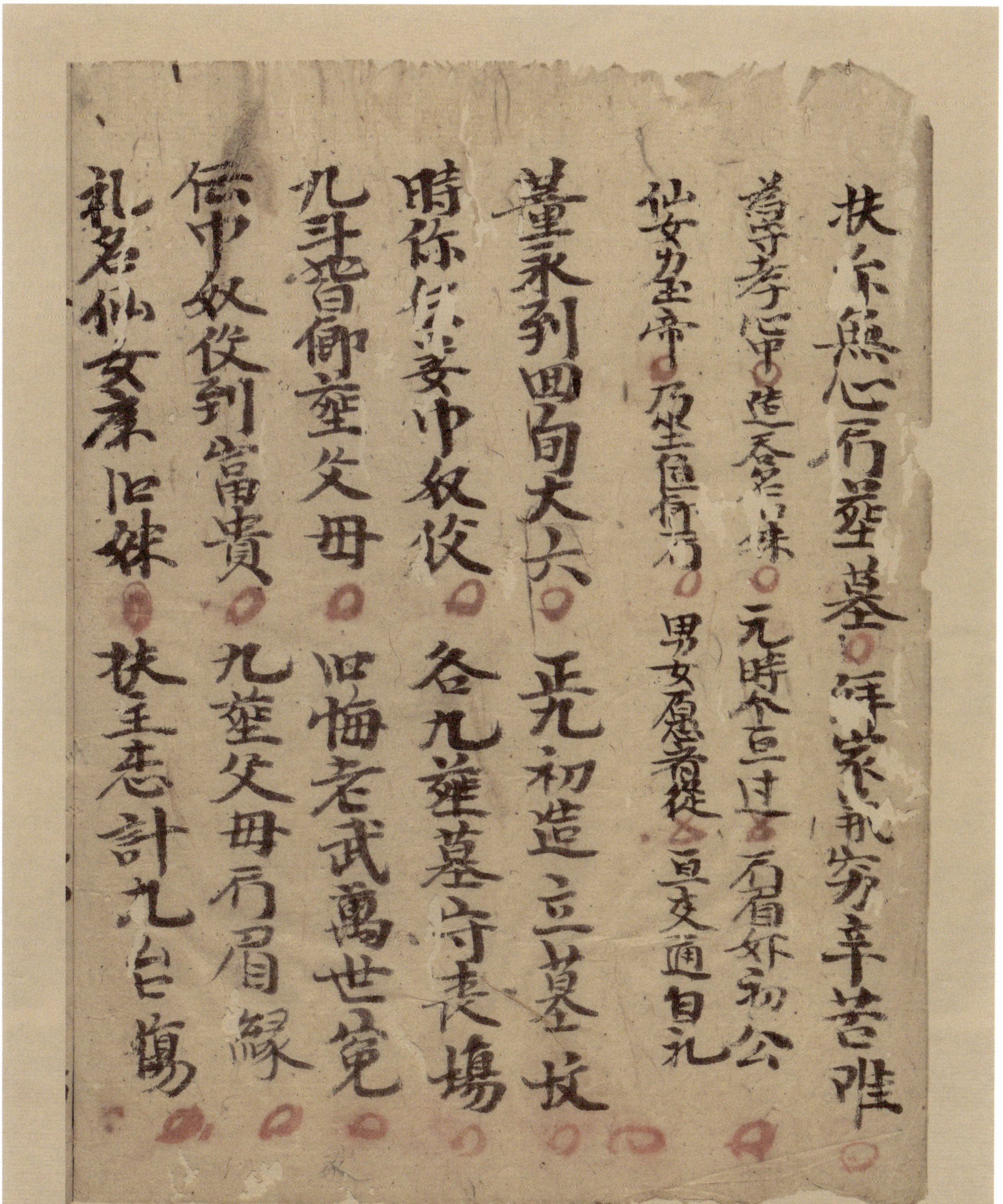

1009

扶	**尔**	**無**	**心**	**肩**	**埜**	**墓**
pou^{4}	law^{2}	fou^{2}	θim^{1}	ʔdi^{1}	tsaːŋ^{5}	mo^{6}
boux-	lawz	fouz	sim	ndi	cangq	moh
人	哪	无	心	没	葬	墓

谁无孝心不葬祖，

1010

㑌	**家**	**𠯘**	**穷**	**辛**	**苦**	**难**
paːi^{6}	kja^{1}	raːn^{2}	kuŋ^{2}	θin^{1}	ho^{3}	naːn^{2}
baih	gya	ranz	gungz	sin-	hoj	nanz
败	家	家	穷	辛	苦	难

败家贫穷受磨难。

1011

為	**守**	**孝**	**心**	**中**
wei^{6}	θou^{3}	jaːu^{5}	θim^{1}	tsuŋ^{1}
vih	souj-	hauq	sim	cung
为	守	孝	心	中

为守心中孝，

1012

造	**吞**	**名**	**旧**	**姝**
tsaːu^{6}	ran^{1}	mɯŋ^{2}	ku^{6}	mai^{4}
cauh	raen	mwngz	guh	maex
才	见	你	做	妻

才得你做妻。

1013

元	**時**	**个**	**亘**	**过**
ȵuːn^{2}	θei^{2}	ko^{5}	kaːŋ^{3}	kwa^{5}
yienz	seiz	goj	gangj	gvaq
原	时	也	讲	过

原先已说过，

1014

肩	**眉**	**𡛔**	**初**	**公**
ʔdi^{1}	mei^{2}	ja^{6}	tso^{5}	koŋ^{1}
ndi	miz	yah	coq	goeng
没	有	婆	配	公

无妻配丈夫。

1015

仙	**女**	**力**	**玉**	**帝**
θiːn^{1}	naːu^{4}	lɯk^{8}	ȵaːu^{6}	tai^{5}
sien-	nawx	lwg	Nyawh-	daeq
仙	女	子	玉	帝

仙女玉帝女，

1016

乃	**坐**	**位**	**㑪**	**启**①
naːi^{1}	naŋ^{6}	wei^{6}	ʔdaːŋ^{1}	ʔdei^{1}
nai	naengh	veih	ndang	ndei
问候	坐	位	身	好

玉帝旁侍候。

1017

男	**女**	**愿**	**齐**	**從**
naːm^{2}	naːu^{4}	ȵuːn^{6}	tsai^{2}	tsoŋ^{2}
namz	nawx	nyienh	caez	coengz
男	女	愿	齐	从

男女若有意，

1018

亘	**交**	**𨓜**	**自**	**礼**
kaːŋ^{3}	kjaːu^{1}	toŋ^{1}	θei^{6}	ʔdai^{3}
gangj	gyau	doengh	seih	ndaej
讲	交	通	自	得

交往自成双。

1019

董	永	到	囬	句	大	六
toŋ^{3}	wiŋ^{4}	taːu^{5}	hoi^{2}	tson^{2}	taːi^{6}	rok^{7}
Doengj	Vingx	dauq	hoiz	coenz	daih-	roek
董	永	回来	回	句	第	六

董永回复第六句，

1020

正	九	初	造	立	墓	坟
tsiŋ^{5}	ku^{1}	tso^{1}	tsaːu^{6}	lip^{8}	mo^{6}	fan^{2}
cingq	gou	co	cauh	laeb	moh	faenz
正是	我	初	造	立	墓	坟

是我开创立坟墓。

1021

時	你	伝	娄	巾	奴	仪
θei^{2}	nei^{4}	wun^{2}	rau^{2}	kɯn^{1}	no^{6}	po^{6}
seiz-	neix	vunz	raeuz	gwn	noh	boh
时	这	人	咱们	吃	肉	父

如今人们吃父肉，

1022

各	九	㘴	墓	守	丧	塲
kaːk^{8}	ku^{1}	tsaːŋ^{5}	mo^{6}	θou^{3}	θaːŋ^{1}	tsɯːŋ^{2}
gag	gou	cangq	moh	souj	sang-	ciengz
独自	我	葬	墓	守	丧	场

唯我葬母守丧场。

1023

九	斗	皆	仰	㘴	父	母
ku^{1}	tau^{3}	kaːi^{1}	ʔdaːŋ^{1}	tsaːŋ^{5}	fou^{6}	mu^{4}
gou	daeuj	gai	ndang	cangq	fouh	mux
我	来	卖	身	葬	父	母

我来卖身葬父母，

1024

旧	悔	老	武	萬	世	寃
ku^{6}	hoi^{5}	laːu^{4}	fou^{4}	faːn^{6}	θei^{5}	juːn^{1}
guh	hoiq	Laux-	foux	fanh	seiq	ien
做	奴仆	老	武	万	世	冤

为奴武家万世苦。

1025

伝	巾	奴	仪	到	富	貴
wun^{2}	kɯn^{1}	no^{6}	po^{6}	taːu^{5}	fou^{5}	kwei^{5}
vunz	gwn	noh	boh	dauq	fouq	gviq
别人	吃	肉	父	倒	富	贵

人吃父肉倒富贵，

1026

九	㘴	父	母	启	眉	缘
ku^{1}	tsaːŋ^{5}	fou^{6}	mu^{4}	ʔdi^{1}	mei^{2}	juːn^{2}
gou	cangq	fouh	mux	ndi	miz	yienz
我	葬	父	母	没	有	缘

我葬父母无善缘。

1027

礼	名	仙	女	庅	旧	妹
ʔdai^{3}	mɯŋ^{2}	θiːn^{1}	nau^{4}	ma^{1}	ku^{6}	mai^{4}
ndaej	mwngz	sien-	nawx	ma	guh	maex
得	你	仙	女	来	做	妻

得你仙女来做妻，

1028

扶	主	态	計	九	台	傷[②]
pou^{4}	tsaɯ^{3}	θɯːŋ^{3}	kei^{5}	ku^{1}	taːi^{1}	θɯːŋ^{1}
boux-	cawj	siengj	geiq	gou	dai	sieng
人	主	想	计	我	死	伤

主人害我险非命。

① “肩 [ʔdei¹]” 在《古士董永灯一卷》抄本写作 “兀”，读 “[ʔdei¹]”，“好” 义。疑因 “肩” 和 “兀” 音近导致《古事董永灯科》的抄写者误将 “兀” 抄成 “肩”，此处已进行相应处理。

② 台傷 [taːi¹ θɯːŋ¹]：本义是 “死于伤”，此处指非正常死亡，死于非命。

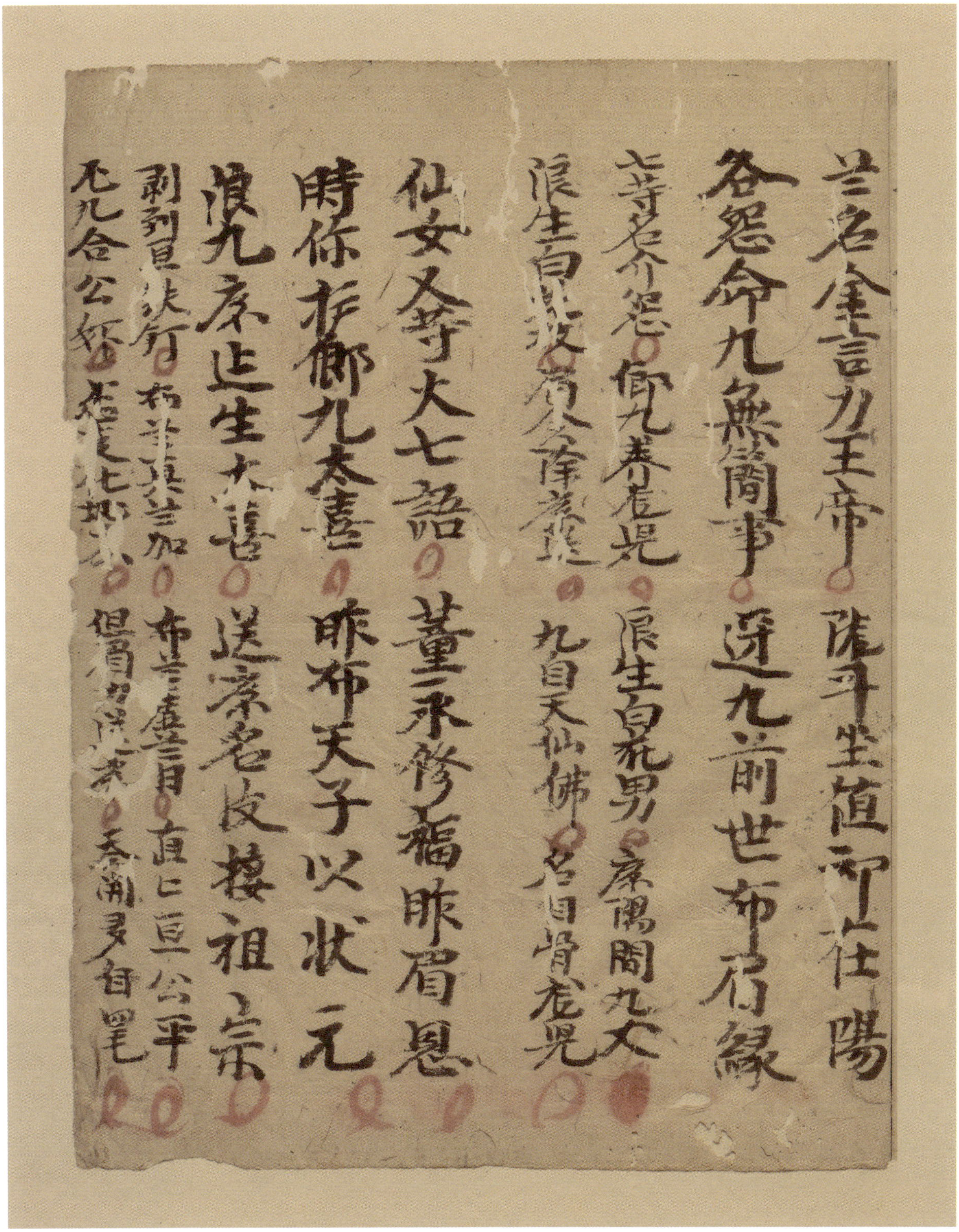

1029

兰	名	金	言	力	王	帝
ro^4	mɯŋ^2	kim^1	ji:n^2	lɯk^8	wu:ŋ^2	tai^5
rox	mwngz	gim	yienz	lwg	vuengz-	daeq
或	你	金	言	子	皇	帝

或你帝女金口言，

1030

陇	斗	坐	值	叻	在	陽
roŋ^2	tau^3	naŋ^6	tsik^8	jɯ^5	tsa:i^6	jɯ:ŋ^2
roengz	daeuj	naengh	cig	youq	caih-	yiengz
下	来	坐	值	在	在	阳

下来轮值在阳间。

1031

各	怨	命	九	無	簡	事
ka:k^8	ju:n^5	miŋ^6	ku^1	fou^2	kjo:n^3	θai^6
gag	ienq	mingh	gou	fouz	gyonj	saeh
自	怨	命	我	无	聚集	事

自怨我命不省事，

1032

迓	九	前	世	布	眉	缘
ȵa^6	ku^1	tsi:n^2	θei^5	ʔbou^5	mei^2	ju:n^2
nyah	gou	cienz-	seiq	mbouj	miz	yienz
恼怒	我	前	世	不	有	缘

恼我前世无善缘。

1033

七	艹寸	名	介	怨
tsat^7	taŋ^5	mɯŋ^2	kai^5	ju:n^5
caet	daengq	mwngz	gaej	ienq
七	叮嘱	你	别	怨

七嘱你别怨，

1034

仰	九	养	龙	兒
ʔda:ŋ^1	ku^1	tsɯ:ŋ^4	loŋ^2	lɯk^8
ndang	gou	ciengx	lungz	lwg
身	我	养	龙	儿

我身怀龙儿。

1035

浪	生	白	花	男①
la:ŋ^6	θe:ŋ^1	pe:k^8	wa^1	na:m^2
langh	seng	beg	va	namz
若	生	白	花	男

若生白花男，

1036

庅	陽	間	九	丈
ma^1	jɯ:ŋ^2	ka:n^1	ku^1	tsɯ:ŋ^4
ma	yiengz-	gan	gou	ciengx
来	阳	间	我	养

来阳间我养。

1037

浪	生	白	花	枝
la:ŋ^6	θe:ŋ^1	pe:k^8	wa^1	tsei^1
langh	seng	beg	va	ci
若	生	白	花	枝

若生白花崽，

1038

眉	会	除	庅	送
mei^2	hoi^5	taɯ^2	ma^1	θoŋ^5
miz	hoiq	dawz	ma	soengq
有	奴仆	拿	来	送

遣仆送过来。

1039

九	自	天	仙	佛
ku^{1}	θei^{6}	ti:n^{1}	θi:n^{1}	fat^{8}
gou	seih	dien-	sien	baed
我	是	天	仙	佛

我为天仙佛，

1040

名	自	骨	龙	児
mɯŋ^{2}	θei^{6}	kot^{7}	loŋ^{2}	lɯk^{8}
mwngz	seih	goet	lungz	lwg
你	是	骨	龙	儿

你是龙儿骨。

1041

仙	女	又	寺	大	七	語
θi:n^{1}	naɯ^{4}	jou^{4}	taŋ^{5}	ta:i^{6}	tsat^{7}	ŋei^{4}
sien-	nawx	youh	daengq	daih-	caet	ngeix
仙	女	又	叮嘱	第	七	语

仙女又嘱第七句，

1042

董	永	修	福	昨	眉	恩
toŋ^{3}	wiŋ^{4}	θou^{1}	fuk^{7}	tso:k^{8}	mei^{2}	ʔan^{1}
Doengj	Vingx	sou	fuk	cog	miz	aen
董	永	修	福	将来	有	恩

董永修福得善报。

1043

時	你	护	⿰亻郎	九	太	喜
θei^{2}	nei^{4}	ʔdaɯ^{1}	ʔda:ŋ^{1}	ku^{1}	ta:i^{5}	hei^{3}
seiz-	neix	ndaw	ndang	gou	daiq	heij
时	这	里	身	我	带	喜

此时我身带有喜，

1044

昨	布	天	子	以	状	元
tso:k^{8}	ʔbou^{5}	ti:n^{1}	tsei^{3}	hi^{4}	θɯ:ŋ^{6}	ju:n^{2}
cog	mbouj	dien-	ceij	hix	cangh-	yienz
将来	不	天	子	亦	状	元

将来为皇或状元。

1045

浪	九	⿸广尔	⿺廴上	生	大	喜[2]
la:ŋ^{6}	ku^{1}	ma^{1}	kɯn^{2}	θe:ŋ^{1}	ta:i^{6}	hei^{3}
langh	gou	ma	gwnz	seng	daih	heij
若	我	回	上	生	大	喜

若在天庭生儿子，

1046

⿺辶差	⿸广尔	名	皮	接	祖	宗
θoŋ^{5}	ma^{1}	mɯŋ^{2}	pei^{4}	tsi:p^{7}	tso^{3}	tsoŋ^{1}
soengq	ma	mwngz	beix	ciep	coj-	coeng
送	来	你	兄	接	祖	宗

送回给你延香火。

1047

剥	到	亘	鉄	釘
pa:k^{7}	ta:u^{5}	ka:ŋ^{3}	ti:t^{7}	tiŋ^{1}
bak	dauq	gangj	diet-	ding
嘴	倒	讲	铁	钉

嘴虽说铁定，

1048

布	兰	真	兰	加
ʔbou^{5}	ro^{4}	tsan^{1}	ro^{4}	kja^{3}
mbouj	rox	caen	rox	gyaj
不	知	真	或	假

不知真或假。

1049

布	兰	虚	兰	日③
ʔbou^{5}	ro^{4}	haɯ^{1}	ro^{4}	θat^{8}
mbouj	rox	haw	rox	saed
不	知	虚	或	实

不知虚或实，

1050

直	直	亘	公	平
tsik^{8}	tsik^{8}	kaːŋ^{3}	koŋ^{1}	piŋ^{2}
cig-	cig	gangj	goeng-	bingz
直	直	讲	公	平

直接讲公平。

1051

丆	九	合	公	奷
ʔdi^{3}	ku^{1}	hoːp^{8}	koŋ^{1}	ja^{6}
ndij	gou	hab	goeng	yah
与	我	合	公	婆

跟我结夫妻，

1052

恋	变	化	批	庅
θɯːŋ^{3}	piːn^{5}	wa^{5}	pai^{1}	ma^{1}
siengj	bienq-	vaq	bae	ma
想	变	化	去	回

想变化回去。

1053

但	眉	力	送	庅
taːn^{6}	mei^{2}	lɯk^{8}	θoŋ^{5}	ma^{1}
danh	miz	lwg	soengq	ma
但	有	儿	送	回

但有儿送回，

1054

呑	闹	叧	自	罢
ʔbɯn^{1}	haːi^{1}	ta^{1}	tsi^{4}	pa^{6}
mbwn	hai	da	cix-	bah
天	开	眼	就	罢

唯盼天开眼。

---

① 白花男 [peːk^{8} wa^{1} naːm^{2}]：本义是“白花男”，指男孩。壮族民间信仰中，花婆是掌管生育的女神，花婆把花朵送到谁家，谁家就会有小孩降生，送白花即生男孩，送红花即生女孩。

② 生大喜 [θeːŋ^{1} taːi^{6} hei^{3}]：指生男孩。孟子说“不孝有三，无后为大”，因此有后即大喜。

③ 日 [θat^{8}]：实。因“日子”一词在壮语中读 [θat^{8} ɕei^{3}]，故“日”能曲折表 [θat^{8}] 之音。

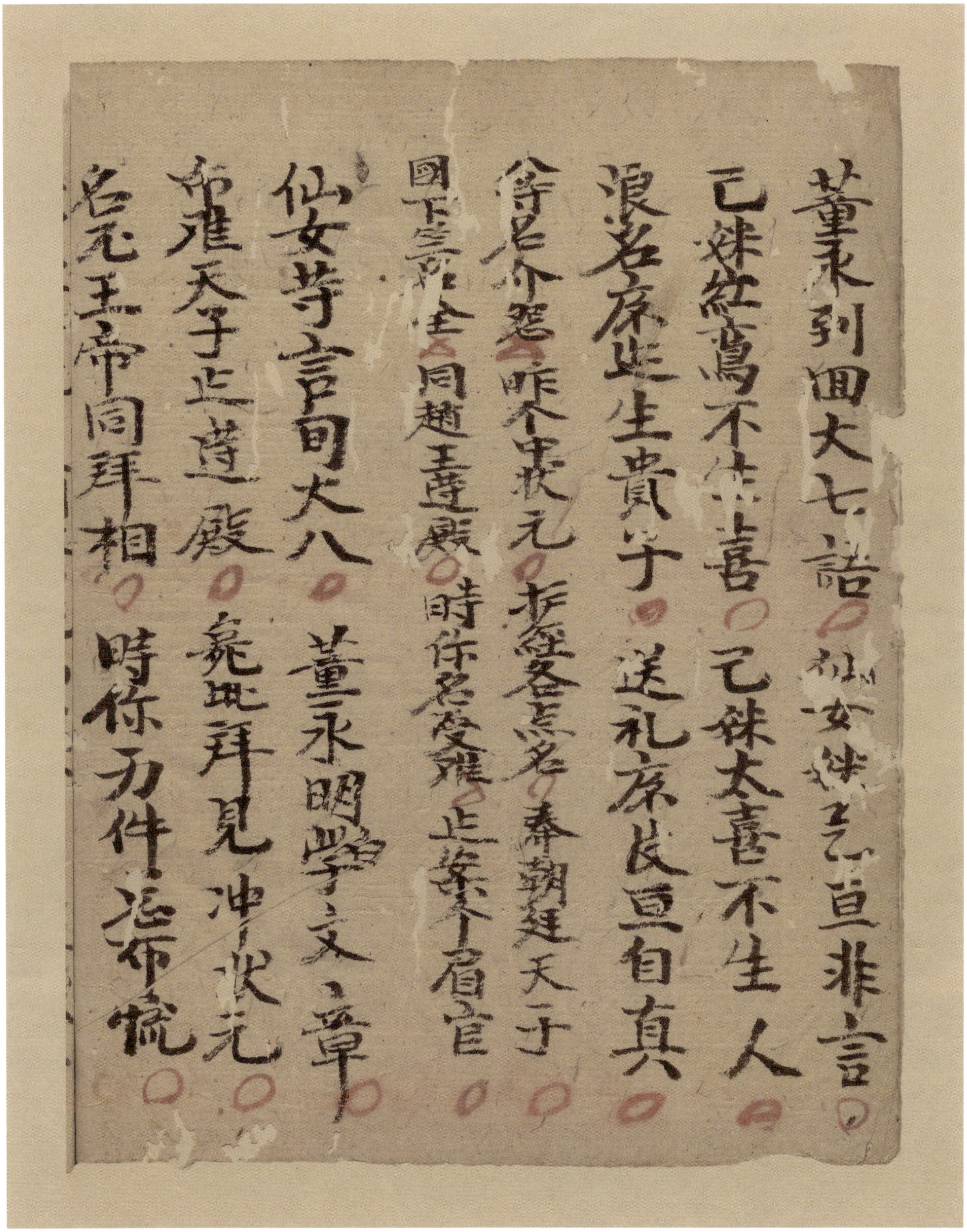

董永到㘣大七諾　仙女妹元亘非言
乙妹紅鳥不生喜　乙妹太喜不生人
浪名康生貴子　送礼康長亘自真
公爺名介恩　昨不中狀元　老經各点名　奏朝廷天子
國下三京全同趙王進殿　時你名及飛正姿本眉官
仙女芌言句大八　董永明學文文章
命准天子正道殿　堯皿拜見冲狀元
名元王帝同拜相　時你刀件近布慌

1055

董	永	到	回	大	七	語
toŋ^{3}	wiŋ^{4}	taːu^{5}	hoi^{2}	taːi^{6}	tsat^{7}	ŋei^{4}
Doengj	vingx	dauq	hoiz	daih-	caet	ngeix
董	永	倒	回	第	七	语

董永回复第七句，

1056

仙	女	妹	乞	亘	非	言[1]
θiːn^{1}	nauɯ^{4}	mai^{4}	ʔat^{7}	kaːŋ^{3}	fei^{5}	jiːn^{2}
sien-	nawx	maex	aet	gangj	feiq	yienz
仙	女	妻	乖巧	讲	废	言

仙女乖妻讲废话。

1057

己	妹	紅	鸾[2]	不	生	喜
kei^{3}	mai^{4}	hoŋ^{2}	luːn^{2}	ʔbou^{5}	θeːŋ^{1}	hei^{3}
geij	maex	hoengz	luenz	mbouj	seng	heij
几	妻	红	鸾	不	生	喜

哪位娇妻不怀孕，

1058

己	妹	太	喜	不	生	人
kei^{3}	mai^{4}	taːi^{5}	hei^{3}	ʔbou^{5}	θeːŋ^{1}	wun^{2}
geij	maex	daiq	heij	mbouj	seng	vunz
几	妻	带	喜	不	生	人

何人怀孕不生育。

1059

浪	名	庥	𠇍	生	貴	子
laːŋ^{6}	mɯŋ^{2}	ma^{1}	kɯn^{2}	θeːŋ^{1}	kwei^{5}	tsei^{3}
langh	mwngz	ma	gwnz	seng	gviq-	ceij
若	你	回	上	生	贵	子

若你回天生贵子，

1060

送	礼	庥	皮	亘	自	真
θoŋ^{5}	ʔdai^{3}	ma^{1}	pei^{4}	kaːŋ^{3}	θei^{6}	tsan^{1}
soengq	ndaej	ma	beix	gangj	seih	caen
送	得	回	兄	讲	自	真

送回给兄话方真。

1061

八	苛	名	介	怨
peːt^{7}	taŋ^{5}	mɯŋ^{2}	kai^{5}	juːn^{5}
bet	daengq	mwngz	gaej	ienq
八	叮嘱	你	别	怨

八嘱你别怨，

1062

昨	个	中	状	元
tsoːk^{8}	ko^{5}	tsuŋ^{5}	θɯːŋ^{6}	juːn^{2}
cog	goj	cungq	cangh-	yienz
将来	也	中	状	元

将来中状元。

1063

护	經[3]	各	点	名
ʔdauɯ^{1}	kiŋ^{1}	kaːk^{8}	tiːm^{3}	miŋ^{2}
ndaw	ging	gag	diemj	mingz
内	京	自个	点	名

皇帝亲点名，

1064

奉	朝	廷	天	子
fuŋ^{6}	tsiːu^{2}	tiŋ^{2}	tiːn^{1}	tsei^{3}
fungh	ciuz-	dingz	dien	ceij
奉	朝	廷	天	子

奉朝廷天子。

1065

國	下	竺	名	全
ku:k^{7}	ja^{4}	tok^{7}	miŋ^{2}	tsu:n^{2}
guek	yax	doek	mingz	cienz
国	也	落	名	全

全国皆扬名，

1066

同	趙	王	迠	殿
toŋ^{2}	tsi:u^{6}	wu:ŋ^{2}	naŋ^{6}	ti:n^{6}
doengz	Ciuh	vuengz	naengh	dienh
同	赵	皇	坐	殿

跟赵皇坐殿。

1067

時	你	名	受	难
θei^{2}	nei^{4}	mɯŋ^{2}	θou^{6}	na:n^{6}
seiz-	neix	mwngz	souh	nanh
时	这	你	受	难

这时你受难，

1068

𨑜	案	个	眉	官④
kɯn^{2}	ʔa:n^{5}	ko^{5}	mei^{2}	ku:n^{1}
gwnz	anq	goj	miz	guen
上	案	也	有	官

有官职未授。

1069

仙	女	莳	言	句	大	八
θi:n^{1}	naɯ^{4}	taŋ^{5}	ji:n^{2}	tson^{2}	ta:i^{6}	pe:t^{7}
sien-	nawx	daengq	yienz	coenz	daih-	bet
仙	女	叮嘱	言	句	第	八

仙女又嘱第八句，

1070

董	永	明	白	学	文	章
toŋ^{3}	wiŋ^{4}	miŋ^{2}	pe:k^{8}	ha:k^{8}	fan^{2}	tsi:ŋ^{1}
Doengj	Vingx	mingz-	beg	hag	faenz-	cieng
董	永	明	白	学	文	章

董永用心学文章。

1071

布	难	天	子	𨑜	迠	殿
ʔbou^{5}	na:n^{2}	ti:n^{1}	tsei^{3}	hɯn^{3}	naŋ^{6}	ti:n^{6}
mbouj	nanz	dien-	ceij	hwnj	naengh	dienh
不	久	天	子	上	坐	殿

不久天子坐大殿，

1072

㿽⑤	批	拜	見	冲	状	元
ta:i^{5}	pai^{1}	pa:i^{5}	ki:n^{5}	tsuŋ^{5}	θɯ:ŋ^{6}	ju:n^{2}
daiq	bae	baiq-	gienq	cungq	cangh-	yienz
待	去	拜	见	中	状	元

待去拜见中状元。

1073

名	厄	王	帝	同	拜	相
mɯŋ^{2}	ʔdi^{3}	wu:ŋ^{2}	tai^{5}	toŋ^{2}	pa:i^{5}	θɯ:ŋ^{5}
mwngz	ndij	vuengz-	daeq	doengz	baiq	siengq
你	跟	皇	帝	同	拜	相

你跟皇帝同拜相，

1074

時	你	万	件	总	布	慌
θei^{2}	nei^{4}	fa:n^{6}	ki:n^{6}	tsuŋ^{3}	ʔbou^{5}	wu:ŋ^{1}
seiz-	neix	fanh	gienh	cungj	mbouj	vueng
时	这	万	件	总	不	慌

这时万事都不慌。

---

① 非言 [fei⁵ ji:n²]：本义是“废话”，这里指不能解决眼前困难的话语，即仙女所言不一定能兑现。

② 紅鸞 [hoŋ² lu:n²]：古时指代表婚姻生活的桃花星运卦象，这里指的是已婚女性。

③ 經 [kiŋ¹]：本义是“京”，即京城，实指“皇帝”。

④ 此处大意是皇帝已安排董永的官职，只因他还受磨难，暂时不能出头。

⑤“㝵 [ta:i⁵]”在《古士董永灯一卷》抄本中写为“名”，应为“你”之义。

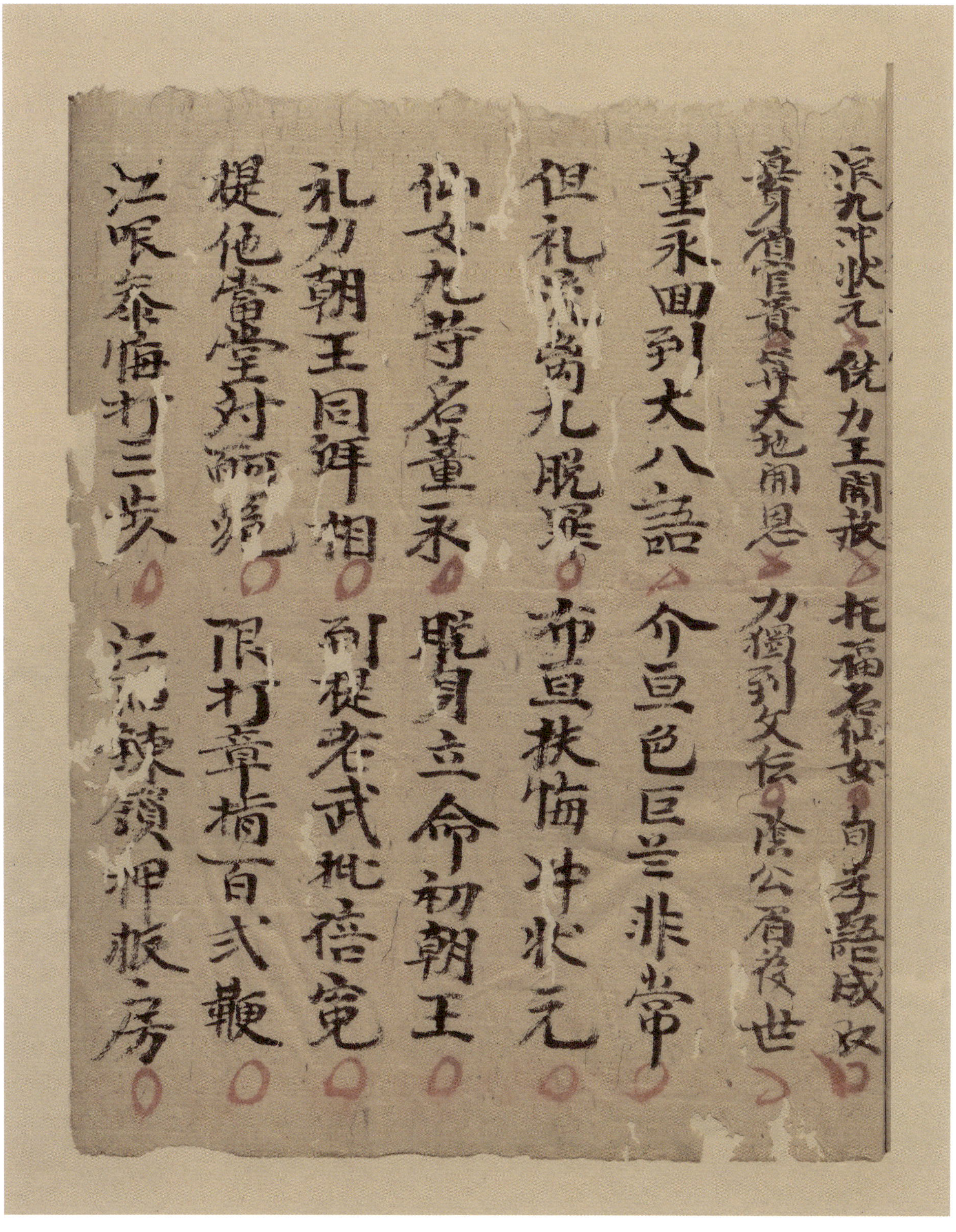

1075

浪	九	冲	状	元
la:ŋ^{6}	ku^{1}	tsuŋ^{5}	θɯ:ŋ^{6}	ju:n^{2}
langh	gou	cungq	cangh-	yienz
若	我	中	状	元

若我中状元，

1076

侁	力	王	開	赦①
paŋ^{6}	lɯk^{8}	wu:ŋ^{2}	ha:i^{1}	hei^{5}
baengh	lwg	vuengz	hai	heiq
凭	女	皇	开	气

凭帝女援手。

1077

托	福	名	仙	女
ta:k^{7}	fuk^{7}	mɯŋ^{2}	θi:n^{1}	naɯ^{4}
dak	fuk	mwngz	sien-	nawx
托	福	你	仙	女

托仙女洪福，

1078

旬	孝	語	成	双
tson^{2}	ja:u^{5}	ŋei^{4}	pan^{2}	θu:ŋ^{1}
coenz	hauq	ngeix	baenz	sueng
句	话	语	成	双

一语结成双。

1079

真	身	眉	官	貴
tsan^{1}	ʔda:ŋ^{1}	mei^{2}	ku:n^{1}	kwei^{5}
caen	ndang	miz	guen	gviq
真	身	有	官	贵

若真有官位，

1080

算	天	地	閙	恩
θu:n^{5}	ti:n^{1}	tei^{6}	ha:i^{1}	ʔan^{1}
suenq	dien-	deih	hai	aen
算	天	地	开	恩

算天地开恩。

1081

力	獨	到	文	伝
lɯk^{8}	to:k^{8}	ta:u^{5}	pan^{2}	wun^{2}
lwg-	dog	dauq	baenz	vunz
子	独	倒	成	人

独子却成人，

1082

陰	公	眉	後	世
jim^{1}	koŋ^{1}	mei^{2}	hau^{6}	θei^{5}
yaem-	goeng	miz	haeuh-	seiq
阴	功	有	后	世

积阴功有后。

1083

董	永	囬	到	大	八	語
toŋ^{3}	wiŋ^{4}	hoi^{2}	ta:u^{5}	ta:i^{6}	pe:t^{7}	ŋei^{4}
Doengj	Vingx	hoiz	dauq	daih-	bet	ngeix
董	永	回	回来	第	八	语

董永回应第八句，

1084

介	亘	色	巨	兰	非	常
kai^{5}	ka:ŋ^{3}	θak^{7}	kaɯ^{5}	ro^{4}	fei^{1}	tsɯ:ŋ^{2}
gaej	gangj	saek	gawq	rox	fei-	ciengz
别	讲	任何	句	知道	非	常

莫说这些非常话。

1085

但	礼	流	离	九	脱	罪
ta:n^{6}	ʔdai^{3}	ri:u^{2}	rei^{5}	ku^{1}	tu:t^{7}	tsoi^{6}
danh	ndaej	riuz-	riq	gou	duet	coih
但	得	利	索	我	脱	罪

但能尽快得脱罪，

1086

布	亘	扶	悔②	冲	状	元
ʔbou^{5}	ka:ŋ^{3}	pou^{4}	hoi^{5}	tsuŋ^{5}	θɯ:ŋ^{6}	ju:n^{2}
mbouj	gangj	boux-	hoiq	cungq	cangh-	yienz
不	讲	人	奴仆	中	状	元

不求奴仆中状元。

1087

仙	女	九	苛	名	董	永
θi:n^{1}	naɯ^{4}	kji:u^{3}	taŋ^{5}	mɯŋ^{2}	toŋ^{3}	wiŋ^{4}
sien-	nawx	gouj	daengq	mwngz	Doengj	Vingx
仙	女	九	叮嘱	你	董	永

仙女九嘱你董永，

1088

脱	身	立	命	初	朝	王
tu:t^{7}	ʔda:ŋ^{1}	lip^{8}	miŋ^{6}	tso^{6}	tsi:u^{6}	wu:ŋ^{2}
duet	ndang	laeb	mingh	coh	Ciuh	vuengz
脱	身	立	命	向	赵	皇

脱身立命向赵皇。

1089

礼	力	朝	王	同	拜	相
ʔdai^{3}	lɯk^{8}	tsi:u^{6}	wu:ŋ^{2}	toŋ^{2}	pa:i^{5}	θi:ŋ^{5}
ndaej	lwg	Ciuh	vuengz	doengz	baiq	siengq
得	女	赵	皇	同	拜	相

娶赵皇女同拜相，

1090

到	提	老	武	批	倍	冤
ta:u^{5}	taɯ^{2}	la:u^{4}	fou^{4}	pai^{1}	poi^{2}	ju:n^{1}
dauq	dawz	Laux-	foux	bae	boiz	ien
转	拿	老	武	去	还	冤

转拿老武去报冤。

1091

提	他	當	堂	对	𩈘	跪
taɯ^{2}	te^{1}	ta:ŋ^{1}	ta:ŋ^{2}	toi^{5}	na^{3}	kwei^{6}
dawz	de	dang-	dangz	doiq-	naj	gvih
拿	他	当	堂	对	脸	跪

抓他当堂对面跪，

1092

限	打	章	揹	百	弍	鞭
ha:n^{6}	ta^{3}	tsɯ:ŋ^{6}	poi^{6}	pa:k^{7}	ŋei^{6}	pi:n^{1}
hanh	daj	ciengh	boih	bak	ngeih	bien
限	打	杖	背	百	二	鞭

定打背杖百二鞭。

1093

江	哏	叅	悔	打	三	步
kja:ŋ^{1}	ŋon^{2}	tsa:m^{1}	hoi^{5}	ta^{3}	θa:m^{1}	pou^{6}
gyang-	ngoenz	cam	hoiq	daj	sam	bouh
中	日	问	奴仆	打	三	轮

白天令仆打三轮，

1094

江	陷	鍊	鎖	押	板	房
kja:ŋ^{1}	ham^{6}	li:n^{6}	θu^{3}	ʔa:p^{7}	pa:n^{1}	fu:ŋ^{2}
gyang-	haemh	lienh	suj	ap	ban-	fuengz
中	夜	链	锁	押	班	房

夜晚链锁押班房。

① 開赦 [haːi¹ hei⁵]:直译为“打开气孔”,这里指董永被生活压得透不过气来,凭借仙女帮助才能缓一口气。

② 扶悔 [pou⁴ hoi⁵]:奴仆,这里是董永自称的谦辞。

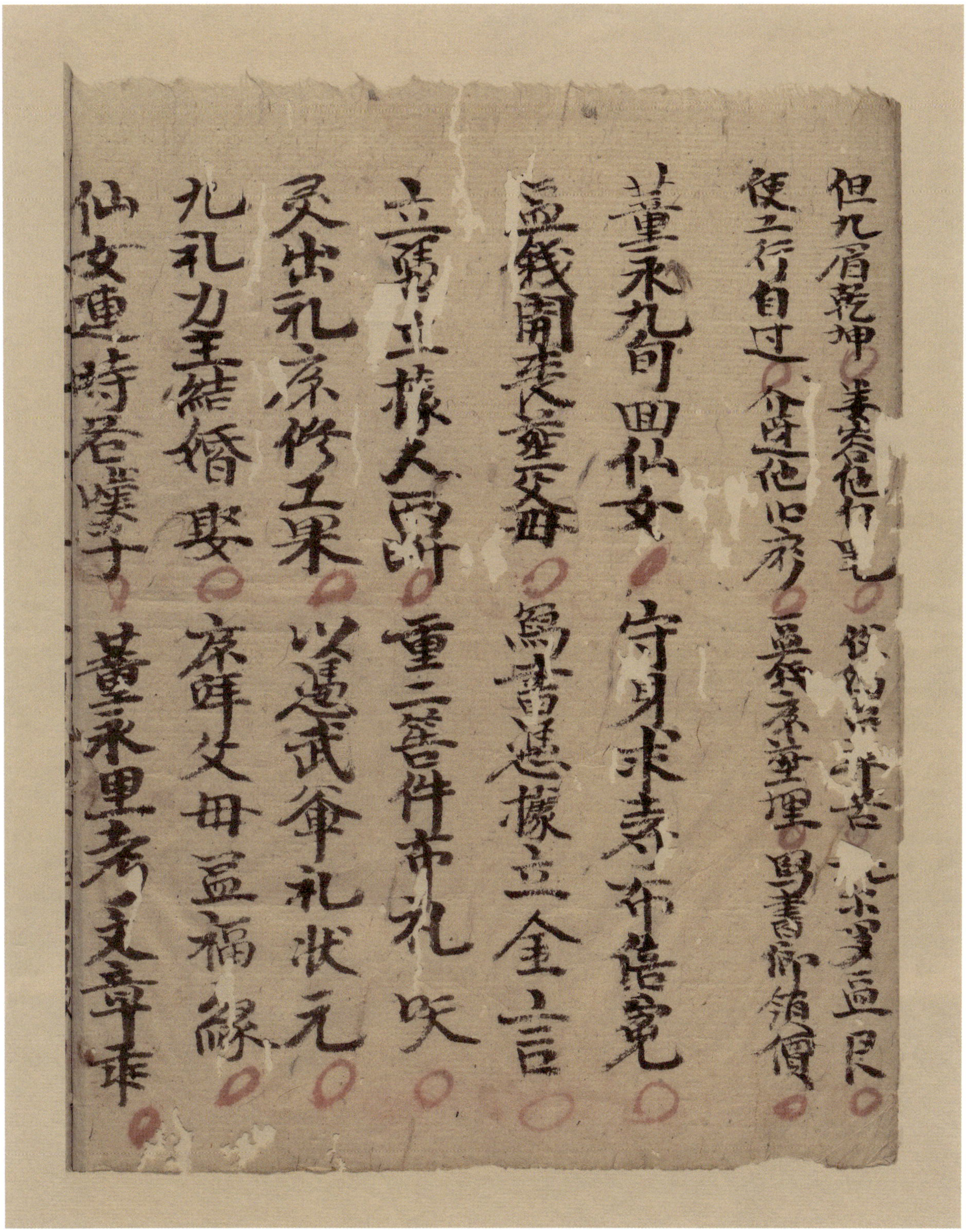

1095

但	**九**	**眉**	**乾**	**坤**[1]
ta:n^{6}	ku^{1}	mei^{2}	ki:n^{2}	kon^{1}
danh	gou	miz	gienz-	goen
但	我	有	乾	坤

但我有乾坤，

1096

娄	**容**	**他**	**自**	**罢**
rau^{2}	juŋ^{2}	te^{1}	tsi^{4}	pa^{6}
raeuz	yungz	de	cix-	bah
咱	容	他	就	罢

咱容他罢了。

1097

仪	**媽**	**台**	**辛**	**苦**
po^{6}	me^{6}	ta:i^{1}	θin^{1}	ho^{3}
boh	meh	dai	sin-	hoj
父	母	死	辛	苦

父母死家贫，

1098

批	**尔**	**罗**	**皛**	**艮**
pai^{1}	laɯ^{2}	ra^{4}	ʔau^{1}	ŋan^{2}
bae	lawz	ra	aeu	ngaenz
去	哪	找	要	银

去哪找银子？

1099

使	**工**	**行**	**自**	**过**
θaɯ^{3}	koŋ^{1}	re:ŋ^{2}	tsi^{4}	kwa^{5}
sawj	goeng-	rengz	cix	gvaq
使	工	力	就	过

靠苦力为生，

1100

介	**迓**	**他**	**旧**	**庅**
kai^{5}	ȵa^{6}	te^{1}	ku^{6}	ma^{2}
gaej	nyah	de	guh	maz
别	恼怒	他	做	啥

何必迁怒他。

1101

皛	**錢**	**庲**	**塟**	**埋**
ʔau^{1}	tsi:n^{2}	ma^{1}	tsa:ŋ^{5}	ma:i^{2}
aeu	cienz	ma	cangq	maiz
要	钱	来	葬	埋

借钱葬父母，

1102

寫	**青**	**仰**	**領**	**價**
θe^{3}	θaɯ^{1}	ʔda:ŋ^{1}	liŋ^{4}	kja^{5}
sij	saw	ndang	lingx	gyaq
写	书	身	领	价

立身契领价。

1103

董	**永**	**九**	**旬**	**田**	**仙**	**女**
toŋ^{3}	wiŋ^{4}	kji:u^{3}	tson^{2}	hoi^{2}	θi:n^{1}	naɯ^{4}
Doengj	Vingx	gouj	coenz	hoiz	sien-	nawx
董	永	九	句	回	仙	女

董永回复第九句，

1104

守	**身**	**求**	**寿**	**布**	**倍**	**宽**
θou^{3}	ʔda:ŋ^{1}	kji:u^{2}	θou^{6}	ʔbou^{5}	poi^{2}	ju:n^{1}
souj	ndang	gouz	souh	mbouj	boiz	ion
守	身	求	寿	不	赔	冤

守身求寿不报冤。

1105

盁	錢	開	丧	塟	父	母
ʔau^{1}	tsi:n^{2}	ha:i^{1}	θa:ŋ^{1}	tsa:ŋ^{5}	po^{6}	me^{6}
aeu	cienz	hai	sang	cangq	boh	meh
要	钱	开	丧	葬	父	母

借钱开丧葬父母，

1106

寫	書	憑	據	立	金	言
θe^{3}	θaɯ^{1}	paŋ^{6}	kaɯ^{5}	lip^{8}	kim^{1}	ji:n^{2}
sij	saw	baengh-	gawq	laeb	gim	yienz
写	书	凭	据	立	金	言

写下契约立金言。

1107

立	憑	立	據	人	两	断
lip^{8}	paŋ^{6}	lip^{8}	kaɯ^{5}	wun^{2}	θo:ŋ^{1}	tu:n^{6}
laeb	baengh	laeb	gawq	vunz	song	duenh
立	凭	立	据	人	两	断

立凭立据两清断，

1108

重	二②	箁	件	布	礼	吠
tsoŋ^{2}	ŋei^{6}	ka:u^{1}	ki:n^{5}	ʔbou^{5}	ʔdai^{3}	tɯ:n^{1}
cungz	ngeih	gau-	gienq	mbouj	ndaej	dwen
重	二	高	见	不	得	提及

重提高见不好说。

1109

灵	出	礼	庲	修	工	果
liŋ^{2}	ʔo:k^{7}	ʔdai^{3}	ma^{1}	θou^{1}	koŋ^{1}	ko^{3}
lingz	ok	ndaej	ma	sou	goeng-	goj
灵	出	得	回	修	功	果

出殡回来修功果，

1110

以	憑	武	爺	礼	状	元
hi^{4}	paŋ^{6}	fou^{4}	je^{2}	ʔdai^{3}	θɯ:ŋ^{6}	ju:n^{2}
hix	baengh	Foux-	yez	ndaej	cangh-	yienz
亦	依靠	武	爷	得	状	元

也靠武爷得状元。

1111

九	礼	力	王	結	婚	娶
ku^{1}	ʔdai^{3}	lɯk^{8}	wu:ŋ^{2}	ki:t^{7}	hon^{1}	θei^{3}
gou	ndaej	lwg	vuengz	giet	hoen	seij
我	得	女	皇	结	婚	娶

我得皇女结婚姻，

1112

庲	拜	父	母	盁	福	緣
ma^{1}	pa:i^{5}	fou^{6}	mu^{4}	ʔau^{1}	fuk^{7}	ju:n^{2}
ma	baiq	fouh	mux	aeu	fuk-	yienz
来	拜	父	母	要	福	缘

来拜父母要福缘。

1113

仙	女	連	時	各	嘆	子
θi:n^{1}	naɯ^{4}	li:n^{2}	θei^{2}	ka:k^{8}	ta:n^{5}	θei^{3}
sien-	nawx	lienz-	seiz	gag	danq-	seij
仙	女	连	时	自个	叹	息

仙女立即自叹息，

1114

董	永	里	考	文	章	乖
toŋ^{3}	wiŋ^{4}	lei^{4}	ka:u^{3}	fan^{2}	tsi:ŋ^{1}	kwa:i^{1}
Doengj	Vingx	lij	gauj	faenz-	cieng	gvai
董	永	还	考	文	章	乖

董永要凭好文章。

---

① 乾坤 [kiːn² kon¹]：本义是“乾坤”，这里意指“有所成就、有家业”。

② 重二 [tsoŋ² ŋei⁶]：重复一遍，即“重提”。

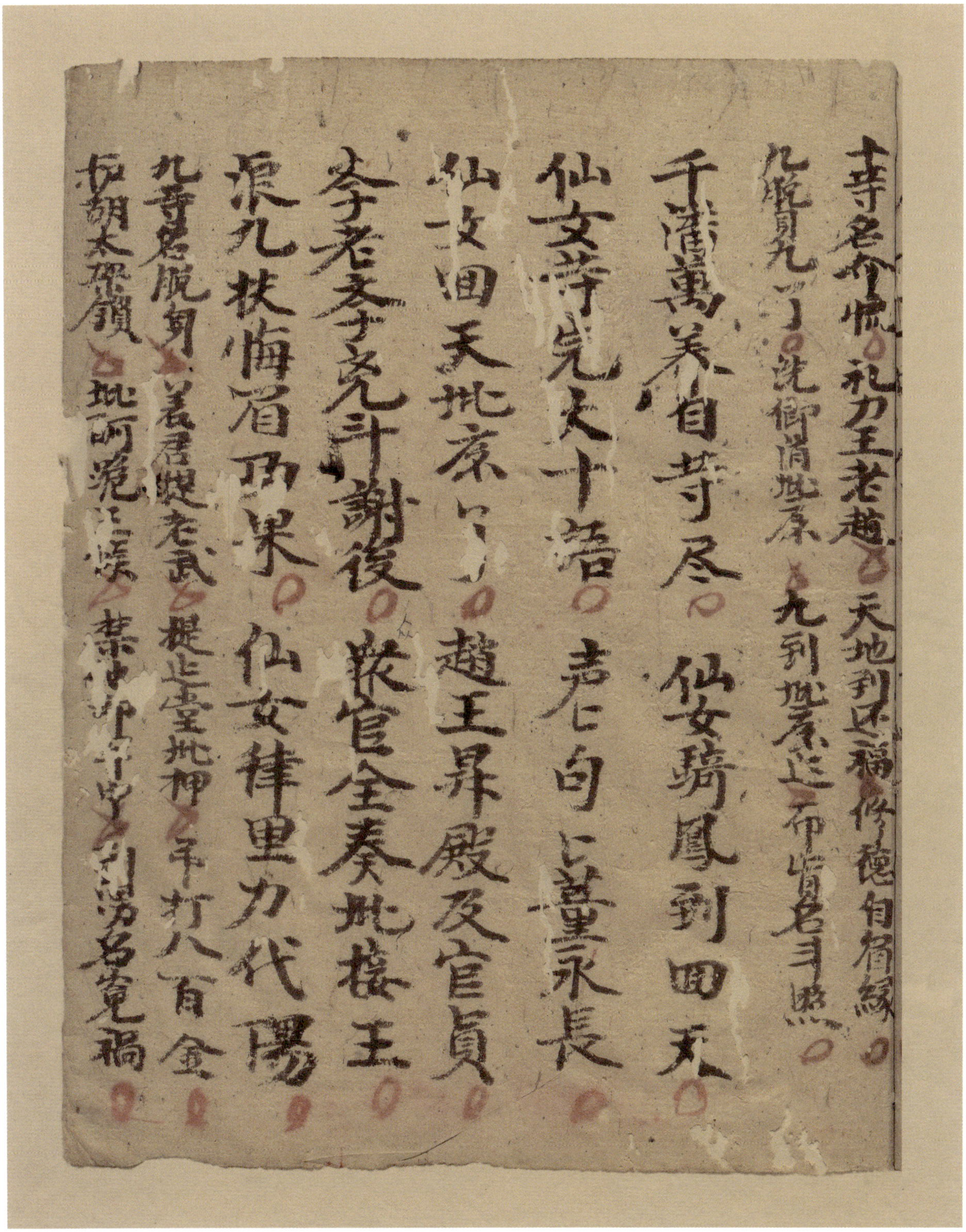

1115

十 苧 名 介 慌

θip^{8} taŋ^{5} mɯŋ^{2} kai^{5} wuːŋ^{1}

cib daengq mwngz gaej vueng

十 叮嘱 你 别 慌

十嘱你别慌，

1116

礼 力 王 老 趙①

ʔdai^{3} lɯk^{8} wuːŋ^{2} laːu^{4} tsiːu^{6}

ndaej lwg vuengz laux ciuh

得 女 皇 老 赵

得赵皇公主。

1117

天 地 到 还 福

tiːn^{1} tei^{6} taːu^{5} waːn^{2} fuk^{7}

dien deih dauq vanz fuk

天 地 倒 还 福

天地还报福，

1118

修 德 自 眉 缘

θou^{1} tak^{7} θei^{6} mei^{2} juːn^{2}

sou daek seih miz yienz

修 德 自 有 缘

修德自有缘。

1119

九 脱 身 九 了

ku^{1} tuːt^{7} ʔdaːŋ^{1} ku^{1} liːu^{4}

gou duet ndang gou liux

我 脱 身 我 了

我自脱身去，

1120

洗 郮 消 批 庅

θɯːi^{5} ʔdaːŋ^{1} θeu^{5} pai^{1} ma^{1}

swiq ndang seuq bae ma

洗 身 净 去 回

洗净身回家。

1121

九 到 批 庅 𨑜

ku^{1} taːu^{5} pai^{1} ma^{1} kɯn^{2}

gou dauq bae- ma gwnz

我 转 去 回 上

我转回天庭，

1122

布 肯 名 斗 照

ʔbou^{5} haŋ^{3} mɯŋ^{2} tau^{3} tsiːu^{5}

mbouj haengj mwngz daeuj ciuq

不 给 你 来 瞧

不给你探望。

1123

千 潘 萬 养 自 苧 尽

tsiːn^{1} puːn^{1} faːn^{6} jɯːŋ^{6} θei^{6} taŋ^{5} tsan^{6}

cien buen fanh yiengh seih daengq caenh

千 般 万 样 自 叮嘱 尽

千般万样叮嘱完，

1124

仙 女 騎 鳯 到 囬 天

θiːn^{1} naɯ^{4} kɯːi^{6} foŋ^{6} taːu^{5} hoi^{2} tiːn^{1}

sien- nawx gwih fungh dauq hoiz dien

仙 女 骑 凤 转 回 天

仙女骑凤回天庭。

1125
仙 女 䒭 完 大 十 語
θi:n^{1} naɯ^{4} taŋ^{5} ju:n^{2} ta:i^{6} θip^{8} ŋei^{4}
sien- nawx daengq yienz daih- cib ngeix
仙 女 叮嘱 完 第 十 语
仙女嘱完第十句，

1126
声 声 句 句 董 永 長
θiŋ^{1} θiŋ^{1} tson^{2} tson^{2} toŋ^{3} wiŋ^{4} kja:ŋ^{2}
sing sing coenz coenz Doengj Vingx gyangz
声 声 句 句 董 永 叹
董永声声长叹息。

1127
仙 女 囬 天 坒 庅 了
θi:n^{1} naɯ^{4} hoi^{2} ti:n^{1} pai^{1} ma^{1} li:u^{4}
sien- nawx hoiz dien bae- ma liux
仙 女 回 天 去 回 了
仙女转身回天庭，

1128
趙 王 昪 殿 及 官 員
tsi:u^{6} wu:ŋ^{2} θɯŋ^{1} ti:n^{6} kip^{8} ku:n^{1} ju:n^{2}
Ciuh vuengz swng dienh gib guen- yienz
赵 皇 升 殿 及 官 员
赵皇升殿见官员。

1129
孛 老 孛 宂 斗 謝 後[2]
ha:k^{7} la:u^{4} ha:k^{7} huŋ^{1} tau^{3} tsi^{6} hau^{6}
hak laux hak hung daeuj cih- haeuh
官 老 官 大 来 伺 候
老官大官来伺候，

1130
衆 官 全 奏 坒 接 王
tsoŋ^{5} ku:n^{1} tsu:n^{2} tsau^{5} pai^{1} tsi:p^{7} wu:ŋ^{2}
gyoengq guen cienz caeuq bae ciep vuengz
众 官 全 跟 去 接 皇
众官全体去接驾。

1131
浪 九 扶 悔 眉 功 果
la:ŋ^{6} ku^{1} pou^{4} hoi^{5} mei^{2} koŋ^{1} ko^{3}
langh gou boux- hoiq miz goeng- goj
若 我 人 奴仆 有 功 果
若我奴仆有功劳，

1132
仙 女 律 里 力(丏) 代 陽
θi:n^{1} naɯ^{4} lei^{4} lei^{4} fa:n^{6} ta:i^{6} jɯ:ŋ^{2}
sien- nawx lij leix fanh daih yiengz
仙 女 还 剩 万 代 扬
仙女万代还扬名。

1133
九 䒭 名 脱 身
ku^{1} taŋ^{5} mɯŋ^{2} tu:t^{7} ʔda:ŋ^{1}
gou daengq mwngz duet ndang
我 叮嘱 你 脱 身
我嘱你脱身，

1134
差 君 提 老 武
tsa:i^{1} kun^{1} taɯ^{2} la:u^{4} fou^{4}
cai gun dawz Laux- foux
差使 军兵 抓 老 武
派军抓老武。

1135

提	𨑜	堂	批	押
taɯ^2	kɯn^2	taːŋ^2	pai^1	ʔaːp^7
dawz	gwnz	dangz	bae	ap
拿	上	堂	去	押

拿堂上关押，

1136

弔	打	八	百	金③
tiːu^5	ta^3	peːt^7	paːk^7	kim^5
diuq	daj	bet	bak	gimq
吊	打	八	百	禁

吊打后禁闭。

1137

护	胡	太	架	鎖
ʔdaɯ^1	ho^2	taːi^5	ka^2	θu^3
ndaw	hoz	daiq	gaz-	suj
里	脖	戴	枷	锁

脖上戴枷锁，

1138

批	⿰面可④	跪	三	候
pai^1	na^3	kwei^6	θaːm^1	hau^6
bae	naj	gvih	sam	haeuh
去	脸	跪	三	候

下跪候发落。

1139

禁	他	部	牢	中
kim^5	te^1	jɯ^5	laːu^2	tsuŋ^1
gimq	de	youq	lauz	cung
禁	他	在	牢	中

关他在牢里，

1140

到	湧	名	寃	禍
taːu^5	joŋ^1	mɯŋ^2	juːn^1	hu^5
dauq	rung	mwngz	ien	huq
转	料理	你	冤	祸

再评你冤屈。

---

① 老趙 [laːu^4 tsiːu^6]：指赵氏皇帝。

② 謝後 [tsi^6 hau^6]：伺候。皇帝登殿，百官上朝奏报政事，替皇帝处理政务，故说是“伺候”。

③ 金 [kim^5]：在《古士董永灯一卷》抄本中记为“令 [liŋ^2]”，意为“零”。

④ ⿰面可 [na^3]：本义是“脸、面部”，引伸为“前、前边、前面”等意思。

九　董永高中状元郎

扫码听音频

武奎孔軍王侍殿○就便來部惡批全○

董永孔軍王差遣○又提婚帽以批閱○

王帝就閣停部照○照奏龍鳳惹並瑱○

王帝答言武奎道○張許龍鳳挾你全○

張御龍鳳挾你賓○若肯挾你升九詳○

武奎答言王帝道○王帝聽我說全言○

取扶董永來回悔○娶他好看來做娘○

張御龍鳳他並貴○限他連夜貴孔完○

1141

武	夆	礼	呻	王	迸	殿
fou^{4}	je^{2}	ʔdai^{3}	ȵi^{1}	wuːŋ^{2}	naŋ^{6}	tiːn^{6}
Foux-	yez	ndaej-	nyi	vuengz	naengh	dienh
武	爷	得	听	皇	坐	殿

武爷听到皇升殿，

1142

就	提	本	部	恶	批	全
tsiːu^{4}	taɯ^{2}	pun^{2}	pu^{6}	ʔoːk^{7}	pai^{1}	tsuːn^{2}
couh	dawz	bunz	buh	ok-	bae	cienz
就	拿	件	衣	出	去	传

取出锦衣往上呈。

1143

董	永	礼	呻	王	迸	殿
toŋ^{3}	wiŋ^{4}	ʔdai^{3}	ȵi^{1}	wuːŋ^{2}	naŋ^{6}	tiːn^{6}
Doengj	Vingx	ndaej-	nyi	vuengz	naengh	dienh
董	永	得	听	皇	坐	殿

董永听到皇升殿，

1144

又	提	垰	帽	以	批	闃
jou^{4}	taɯ^{2}	ʔan^{1}	maːu^{6}	hi^{4}	pai^{1}	ʔdɯːk^{7}
youh	dawz	aen	mauh	hix	bae	ndiek
又	拿	个	帽	亦	去	吭声

拿起锦帽去求见。

1145

王	帝	就	開	障	部	照
wuːŋ^{2}	tai^{5}	tsiːu^{4}	haːi^{1}	tsuːŋ^{2}	pu^{6}	tsiːu^{5}
vuengz-	daeq	couh	hai	cuengz	buh	ciuq
皇	帝	就	开	件	衣	瞧

皇帝展开锦衣瞧，

1146

照	吞	龍	鳳	总	兰	⿺毛貝
tsiːu^{5}	ran^{1}	loŋ^{2}	foŋ^{6}	tsuŋ^{3}	ro^{4}	ʔbin^{1}
ciuq	raen	lungz	fungh	cungj	rox	mbin
瞧	见	龙	凤	都	会	飞

看见龙凤皆会飞。

1147

王	帝	荅	言	武	夆	道
wuːŋ^{2}	tai^{5}	taːp^{7}	jiːn^{2}	fou^{4}	je^{2}	taːu^{6}
vuengz-	daeq	dap	yienz	Foux-	yez	dauh
皇	帝	答	言	武	爷	道

皇帝开言问武爷，

1148

張	部	龍	鳳	扶	尔	全
tsuːŋ^{2}	pu^{6}	loŋ^{2}	foŋ^{6}	pou^{4}	laɯ^{2}	tsuːn^{2}
cuengz	buh	lungz	fungh	boux-	lawz	cienz
件	衣	龙	凤	人	哪	传

龙凤锦衣谁相传。

1149

張	裕	龙	鳳	扶	尔	貴
tsuːŋ^{2}	pu^{6}	loŋ^{2}	foŋ^{6}	pou^{4}	laɯ^{2}	kwei^{5}
cuengz	buh	lungz	fungh	boux-	lawz	gviq
件	衣	龙	凤	人	哪	绣

龙凤锦衣是谁绣，

1150

名	吽	扶	你	斗	九	詳
mɯŋ^{2}	heu^{6}	pou^{4}	nei^{4}	tau^{3}	ku^{1}	θɯːŋ^{2}
mwngz	heuh	boux	neix	daeuj	gou	ciengz
你	叫	人	这	来	我	端详

你叫这人让我瞧。

1151

武	**爺**	**荅**	**言**	**王**	**帝**	**道**
fou^{4}	je^{2}	ta:p^{7}	ji:n^{2}	wu:ŋ^{2}	tai^{5}	ta:u^{6}
Foux-	yez	dap	yienz	vuengz-	daeq	dauh
武	爷	答	言	皇	帝	道

武爷恭谨回皇帝，

1152

王	**帝**	**听**	**我**	**説**	**金**	**言**
wu:ŋ^{2}	tai^{5}	tiŋ^{5}	ku^{1}	θu:t^{7}	kim^{1}	ji:n^{2}
vuengz-	daeq	dingq	gou	suet	gim	yienz
皇	帝	听	我	说	金	言

皇帝听我诉详情。

1153

取	**扶**	**董**	**永**	**庅**	**旧**	**悔**
tsaɯ^{4}	pou^{4}	toŋ^{3}	wiŋ^{4}	ma^{1}	ku^{6}	hoi^{5}
cawx	boux	Doengj	Vingx	ma	guh	hoiq
买	人	董	永	来	做	奴仆

买来董永做奴仆，

1154

妹	**他**	**好**	**看**	**养**	**仙**	**娘**
mai^{4}	te^{1}	ʔdei^{1}	jaɯ^{3}	jɯ:ŋ^{6}	θi:n^{1}	ni:ŋ^{2}
maex	de	ndei-	yawj	yiengh	sien-	niengz
妻	他	好	看	样	仙	娘

他妻貌美似天仙。

1155

張	**補**	**龙**	**凰**	**他**	**兰**	**貴**
tsu:ŋ^{2}	pu^{6}	loŋ^{2}	foŋ^{6}	te^{1}	ro^{4}	kwei^{5}
cuengz	buh	lungz	fungh	de	rox	gviq
件	衣	龙	凤	她	会	绣

龙凤锦衣她会绣，

1156

限	**他**	**連**	**夜**	**貴**	**礼**	**完**
ha:n^{6}	te^{1}	li:n^{2}	hɯn^{2}	kwei^{5}	ʔdai^{3}	ju:n^{2}
hanh	de	lienz	hwnz	gviq	ndaej	yienz
限	她	连	夜	绣	得	完

令她连夜绣得成。

武夆王帝旦曽了 董永太帽口地全
董永口批氣陁𧿒 塔帽㐌鳳差代王
王帝㳇吞尽三動 塔帽㐌鳳母高强
王帝㦸言董永道 塔帽㐌鳳扶所全
塔帽㐌鳳扶你貴 名引扶你斗九長
董永叩苟文論語 我主名定句九天
皆御叱悔埀㒰女 九礼仙女結婚禄
九礼仙女來叱妹 吁進里害介过傍

1157

武 爺 王 帝 亘 曾 了

fou^{4} je^{2} wuːŋ^{2} tai^{5} kaːŋ^{3} tsaŋ^{2} liːu^{4}

Foux- yez vuengz- daeq gangj caengz liux

武 爷 皇 帝 讲 未曾 完

武爷皇帝未聊完，

1158

董 永 太 帽 口 批 全

toŋ^{3} wiŋ^{4} taːi^{5} maːu^{6} hau^{3} pai^{1} tsuːn^{2}

Doengj Vingx daiq mauh haeuj bae cienz

董 永 带 帽 进 去 传

董永拿帽入面圣。

1159

董 永 口 批 就 陇 跪

toŋ^{3} wiŋ^{4} hau^{3} pai^{1} tsiːu^{4} roŋ^{2} kwei^{6}

Doengj Vingx haeuj bae couh roengz gvih

董 永 进 去 就 下 跪

董永进去就下跪，

1160

垎 帽 龙 鳳 送 我 王

ʔan^{1} maːu^{6} loŋ^{2} foŋ^{6} θoŋ^{5} ku^{1} wuːŋ^{2}

aen mauh lungz fungh soengq gou vuengz

个 帽 龙 凤 送 我 皇

龙凤帽子送我皇。

1161

王 帝 照 吞 尽 兰 動

wuːŋ^{2} tai^{5} tsiːu^{5} ran^{1} tsan^{6} ro^{4} toŋ^{6}

vuengz- daeq ciuq raen caenh rox doengh

皇 帝 瞧 见 尽 会 动

皇见龙凤皆会动，

1162

垎 帽 龙 鳳 好 高 强

ʔan^{1} maːu^{6} loŋ^{2} foŋ^{6} haːu^{3} kaːu^{1} kjɯːŋ^{2}

aen mauh lungz fungh hauj gau- giengz

个 帽 龙 凤 好 高 强

龙凤帽子手艺精。

1163

王 帝 苔 言 董 永 道

wuːŋ^{2} tai^{5} taːp^{7} jiːn^{2} toŋ^{3} wiŋ^{4} taːu^{6}

vuengz- daeq dap yienz Doengj Vingx dauh

皇 帝 答 言 董 永 道

皇帝询问董永道，

1164

垎 帽 龙 鳳 扶 尔 全

ʔan^{1} maːu^{6} loŋ^{2} foŋ^{6} pou^{4} laɯ^{2} tsuːn^{2}

aen mauh lungz fungh boux- lawz cienz

个 帽 龙 凤 人 哪 传

龙凤帽冠谁相传。

1165

垎 帽 龙 鳳 扶 尔 貴

ʔan^{1} maːu^{6} loŋ^{2} foŋ^{6} pou^{4} laɯ^{2} kwei^{5}

aen mauh lungz fungh boux- lawz gviq

个 帽 龙 凤 人 哪 绣

龙凤帽冠谁绣成，

1166

名 引 扶 你 斗 九 長

mɯŋ^{2} jin^{4} pou^{4} nei^{4} tau^{3} ku^{1} tsɯːŋ^{2}

mwngz yinx boux neix daeuj gou ciengz

你 引 人 这 来 我 端详

你引此人让我观。

1167

董	永	叩	苟	又	論	語
toŋ^{3}	wiŋ^{4}	kau^{5}	kjau^{3}	jou^{4}	lɯn^{6}	ŋei^{4}
Doengj	Vingx	gaeuq	gyaeuj	youh	lwnh	ngeix
董	永	叩	首	又	告诉	语

董永叩首又诉说，

1168

我	主	名	定	旬	九	⿰口天
ku^{1}	tsaɯ^{3}	mɯŋ^{2}	tiŋ^{5}	tson^{2}	ku^{1}	tɯːn^{1}
gou	cawj	mwngz	dingq	coenz	gou	dwen
我	主	你	听	句	我	提及

我主你且听我言。

1169

皆	⿰亻郎	旧	悔	⿱丧土	父	毋
kaːi^{1}	ʔdaːŋ^{1}	ku^{6}	hoi^{5}	tsaːŋ^{5}	fou^{6}	mu^{4}
gai	ndang	guh	hoiq	cangq	fouh	mux
卖	身	做	奴仆	葬	父	母

卖身为奴葬父母，

1170

九	礼	仙	女	結	婚	縁
ku^{1}	ʔdai^{3}	θiːn^{1}	naɯ^{4}	kiːt^{7}	hon^{1}	juːn^{2}
gou	ndaej	sien-	nawx	giet	hoen-	yienz
我	得	仙	女	结	婚	缘

我得仙女结姻缘。

1171

九	礼	仙	女	庅	旧	⿰女米
ku^{1}	ʔdai^{3}	θiːn^{1}	naɯ^{4}	ma^{1}	ku^{6}	mai^{4}
gou	ndaej	sien-	nawx	ma	guh	maex
我	得	仙	女	来	做	妻

我得仙女来做妻，

1172

⿰𧾷丁	摓	里	害	介	过	傍
tin^{1}	fɯŋ^{2}	lei^{6}	haːi^{6}	kaːi^{5}	kwa^{5}	pɯːŋ^{2}
din-	fwngz	leih-	haih	gaiq	gvaq	biengz
脚	手	厉	害	盖	过	天下

手艺精湛盖世人。

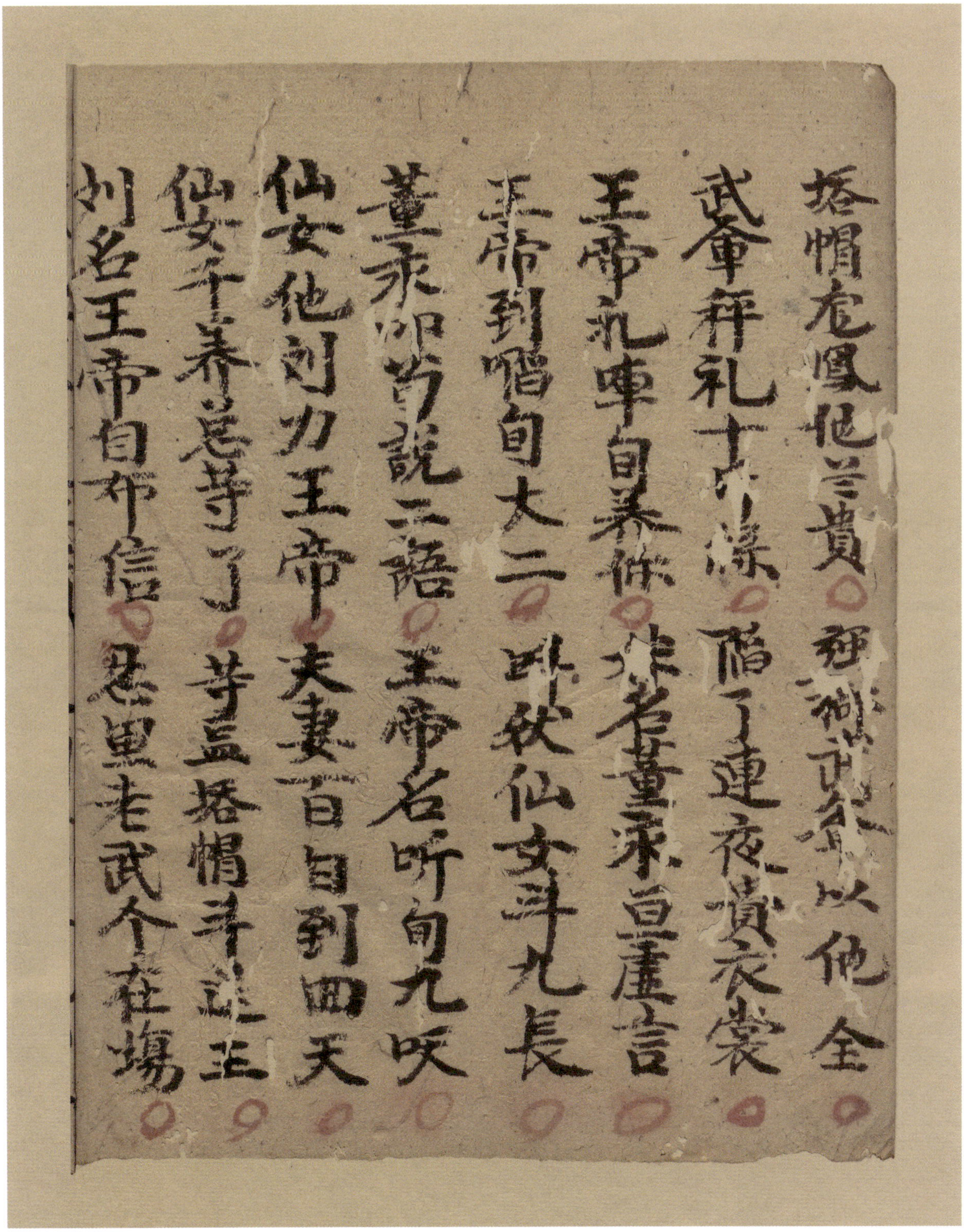
搭帽龍鳳他尝貴○珊瑚貢奈以他全○
武傘拜礼十分㵒○陌了連夜貫衣裳○
王帝礼車自来保○比者董永旦廬言○
王帝到嗜旬大二○卧欱仙女斗九長○
董永叩苟說三語○王帝名听旬九吠○
仙女他刘力王帝○夫妻百白到四天○
仙女千养甚等了○等盖搭帽斗道王○
刈名王帝白布信○忍黑老武个在場○

1173

垳	帽	龙	凰	他	兰	貴
ʔan^{1}	maːu^{6}	loŋ^{2}	foŋ^{6}	te^{1}	ro^{4}	kwei^{5}
aen	mauh	lungz	fungh	de	rox	gviq
个	帽	龙	凤	她	会	绣

龙凤帽冠她会绣，

1174

強	褯	武	爺	以	他	全
kjaːŋ^{2}	pu^{6}	fou^{4}	je^{2}	hi^{4}	te^{1}	tsuːn^{2}
gyangz	buh	Foux-	yez	hix	de	cienz
套	衣	武	爷	亦	她	传

武爷锦衣亦她传。

1175

武	爺	秤	礼	十	斤	絲
fou^{4}	je^{2}	tsaŋ^{6}	ʔdai^{3}	θip^{8}	kan^{1}	θei^{1}
Foux-	yez	caengh	ndaej	cib	gaen	sei
武	爷	称	得	十	斤	丝

武爷称出十斤丝，

1176

陷	了	連	夜	貴	衣	裳
ham^{6}	ʔdeu^{1}	liːn^{2}	hɯn^{2}	kwei^{5}	ʔei^{1}	tsɯːŋ^{2}
haemh-	ndeu	lienz	hwnz	gviq	ei-	ciengz
夜	一	连	夜	绣	衣	裳

令她一晚绣成衣。

1177

王	帝	礼	嗶	旬	养	你
wuːŋ^{2}	tai^{5}	ʔdai^{3}	ȵi^{1}	tson^{2}	jɯːŋ^{6}	nei^{4}
vuengz-	daeq	ndaej-	nyi	coenz	yiengh-	neix
皇	帝	得	听	句	样	这

皇帝听到这些话，

1178

姝	名	董	永	亘	虚	言
mai^{4}	mɯŋ^{2}	toŋ^{3}	wiŋ^{4}	kaːŋ^{3}	haɯ^{1}	jiːn^{2}
maex	mwngz	Doengj	Vingx	gangj	haw	yienz
妻	你	董	永	讲	虚	言

董永你妻讲虚言。

1179

王	帝	到	嚁	旬	大	二
wuːŋ^{2}	tai^{5}	taːu^{5}	ham^{5}	tson^{2}	taːi^{6}	ŋei^{6}
vuengz-	daeq	dauq	haemq	coenz	daih-	ngeih
皇	帝	倒	问	句	第	二

皇帝转问第二句，

1180

吽	妖	仙	女	斗	九	長
heu^{6}	ta^{6}	θiːn^{1}	naɯ^{4}	tau^{3}	ku^{1}	tsɯːŋ^{2}
heuh	dah	sien-	nawx	daeuj	gou	ciengz
叫	个	仙	女	来	我	端详

叫这仙女来见面。

1181

董	永	叩	荷	說	二	語
toŋ^{3}	wiŋ^{4}	kau^{5}	kjau^{3}	θuːt^{7}	ŋei^{6}	ŋei^{4}
Doengj	Vingx	gaeuq	gyaeuj	suet	ngeih	ngeix
董	永	叩	首	说	二	语

董永叩首回答道，

1182

王	帝	名	听	旬	九	吠
wuːŋ^{2}	tai^{5}	mɯŋ^{2}	tiŋ^{5}	tson^{2}	ku^{1}	tɯːn^{1}
vuengz-	daeq	mwngz	dingq	coenz	gou	dwen
皇	帝	你	听	句	我	提及

皇帝你且听我说。

1183

仙	**女**	**他**	**刘**	**力**	**王**	**帝**
θiːn^{1}	naɯ^{4}	te^{1}	nau^{2}	lɯk^{8}	wuːŋ^{2}	tai^{5}
sien-	nawx	de	naeuz	lwg	vuengz-	daeq
仙	**女**	**她**	**说**	**女**	**皇**	**帝**

仙女说她玉帝女，

1184

夫	**妻**	**百**	**口**	**到**	**皿**	**天**
fou^{1}	tsei^{1}	paːk^{7}	ŋon^{2}	taːu^{5}	hoi^{2}	tiːn^{1}
fou	cei	bak	ngoenz	dauq	hoiz	dien
夫	**妻**	**百**	**日**	**转**	**回**	**天**

结婚百日回天庭。

1185

仙	**女**	**千**	**养**	**总**	**⿱艹寸**	**了**
θiːn^{1}	naɯ^{4}	tsiːn^{1}	jɯːŋ^{6}	tsuŋ^{3}	taŋ^{5}	liːu^{4}
sien-	nawx	cien	yiengh	cungj	daengq	liux
仙	**女**	**千**	**样**	**都**	**叮嘱**	**了**

仙女千般皆叮嘱，

1186

⿱艹寸	**盁**	**塔**	**帽**	**斗**	**送**	**王**
taŋ^{5}	ʔau^{1}	ʔan^{1}	maːu^{6}	tau^{3}	θoŋ^{5}	wuːŋ^{2}
daengq	aeu	aen	mauh	daeuj	soengq	vuengz
叮嘱	**要**	**个**	**帽**	**来**	**送**	**皇**

叮嘱拿帽送皇帝。

1187

刘	**名**	**王**	**帝**	**自**	**布**	**信**
nau^{2}	mɯŋ^{2}	wuːŋ^{2}	tai^{5}	θei^{6}	ʔbou^{5}	θin^{5}
naeuz	mwngz	vuengz-	daeq	seih	mbouj	saenq
说	**你**	**皇**	**帝**	**自**	**不**	**信**

说你皇帝自不信，

1188

⿱犯心	**里**	**老**	**武**	**个**	**在**	**塲**
n̥an^{4}	lei^{4}	laːu^{4}	fou^{4}	ko^{5}	tsaːi^{6}	tsɯːŋ^{2}
nyaenx	leix	Laux-	foux	goj	caih	ciengz
这样	**还有**	**老**	**武**	**也**	**在**	**场**

还有老武也在场。

老武當堂從伱領　仆訓董永礼仙娘

人口保人王不信　王開面鏡恩千全

王帝就開面鏡照　照吞董永骨龍王

照吞董永行孝義　提床迠殿脊恚良

趙王又苟小姐女　娶討董永結婚緣

礼刀王帝同配相　将貢假上中状元

冲礼状元董王帝　布乱出處行街方

布乱出處恩外下　初一十五恩行香

1189

老	武	當	堂	從	保	領
la:u^{4}	fou^{4}	ta:ŋ^{1}	ta:ŋ^{2}	tsoŋ^{2}	pa:u^{3}	liŋ^{4}
Laux-	foux	dang-	dangz	coengz	bauj	lingx
老	武	当	堂	从	保	领

老武当堂也证实，

1190

个	刘	董	永	礼	仙	娘
ko^{5}	nau^{2}	toŋ^{3}	wiŋ^{4}	ʔdai^{3}	θi:n^{1}	ni:ŋ^{2}
goj	naeuz	Doengj	Vingx	ndaej	sien-	niengz
也	说	董	永	得	仙	娘

也说董永得仙娘。

1191

人	口	保	人	王	不	信①
wun^{2}	hau^{3}	pa:u^{3}	wun^{2}	wu:ŋ^{2}	ʔbou^{5}	θin^{5}
vunz	haeuj	bauj	vunz	vuengz	mbouj	saenq
人	进	保	人	皇	不	信

有人证实皇不信，

1192

王	開	面	鏡	恶	斗	全
wu:ŋ^{2}	ha:i^{1}	mi:n^{6}	kiŋ^{5}	ʔo:k^{7}	tau^{3}	tsu:n^{2}
vuengz	hai	mienh	gingq	ok	daeuj	cienz
皇	开	面	镜	出	来	传

皇开镜子来照看。

1193

王	帝	就	開	面	鏡	照
wu:ŋ^{2}	tai^{5}	tsi:u^{4}	ha:i^{1}	mi:n^{6}	kiŋ^{5}	tsi:u^{5}
vuengz-	daeq	couh	hai	mienh	gingq	ciuq
皇	帝	就	开	面	镜	照

皇帝就开神镜照，

1194

照	吞	董	永	骨	龍	王
tsi:u^{5}	ran^{1}	toŋ^{3}	wiŋ^{4}	kot^{7}	loŋ^{2}	wu:ŋ^{2}
ciuq	raen	Doengj	Vingx	goet	lungz-	vuengz
照	见	董	永	骨	龙	王

照见董永龙王骨。

1195

照	吞	董	永	行	孝	義
tsi:u^{5}	ran^{1}	toŋ^{3}	wiŋ^{4}	he:ŋ^{2}	ja:u^{5}	ŋei^{6}
ciuq	raen	Doengj	Vingx	hengz	hauq	ngeih
照	见	董	永	行	孝	义

照见董永行孝义，

1196

提	庅	⿺廴上	殿	齐	态	良
taɯ^{2}	ma^{1}	kɯn^{2}	ti:n^{6}	tsai^{2}	θɯ:ŋ^{1}	li:ŋ^{2}
dawz	ma	gwnz	dienh	caez	sieng-	liengz
拿	来	上	殿	齐	商	量

来到殿上齐商量。

1197

趙	王	又	苟	小	姐	女
tsi:u^{6}	wu:ŋ^{2}	jou^{4}	kau^{3}	θi:u^{3}	tse^{3}	naɯ^{4}
Ciuh	vuengz	youh	gaeuj	siuj-	cej	nawx
赵	皇	又	看	小	姐	女

赵皇又看自家女，

1198

娶	計	董	永	結	婚	緣
ʔau^{1}	kɯ:i^{2}	toŋ^{3}	wiŋ^{4}	ki:t^{7}	hon^{1}	ju:n^{2}
aeu	gwiz	Doengj	Vingx	giet	hoen-	yienz
要	婿	董	永	结	婚	缘

令与董永结姻缘。

1199

礼	力	王	帝	同	配	相
ʔdai^{3}	lɯk^{8}	wuːŋ^{2}	tai^{5}	toŋ^{2}	poi^{5}	θɯːŋ^{5}
ndaej	lwg	vuengz-	daeq	doengz	boiq	siengq
得	女	皇	帝	同	配	相

得娶帝女同配相，

1200

举	貢	报	上	中	状	元
kaɯ^{3}	koŋ^{5}	paːu^{5}	kɯn^{2}	tsuŋ^{5}	θɯːŋ^{6}	juːn^{2}
gawj	goengq	bauq	gwnz	cungq	cangh-	yienz
举	贡	报	上	中	状	元

举贡上报中状元。

1201

冲	礼	状	元	護	王	帝
tsuŋ^{5}	ʔdai^{3}	θɯːŋ^{6}	juːn^{2}	ho^{6}	wuːŋ^{2}	tai^{5}
cungq	ndaej	cangh-	yienz	hoh	vuengz-	daeq
中	得	状	元	护	皇	帝

中得状元护皇帝，

1202

布	乱	出	處	行	街	方
ʔbou^{5}	luːn^{6}	θiːt^{7}	tsaɯ^{5}	heːŋ^{2}	kaːi^{1}	fuːŋ^{1}
mbouj	luenh	siet	cawq	hengz	gai-	fueng
不	轻易	随	处	行	街	坊

不能轻易串街坊。

1203

布	乱	出	處	恶	外	下
ʔbou^{5}	luːn^{6}	θiːt^{7}	tsaɯ^{5}	ʔoːk^{7}	waːi^{6}	ja^{6}
mbouj	luenh	siet	cawq	ok	vaih	yah
不	轻易	随	处	出	外	下

不能轻易出外头，

1204

初	一	十	五	恶	行	香
tso^{1}	ʔit^{7}	θip^{8}	ha^{3}	ʔoːk^{7}	heːŋ^{2}	jɯːŋ^{1}
co-	it	cib	haj	ok	hengz	yieng
初	一	十	五	出	行	香

初一十五要焚香。

---

① 该处第一个“人”指做保之人，第二个“人”指武爷，是被保者。

十　董宝寻母登天界

扫码听音频

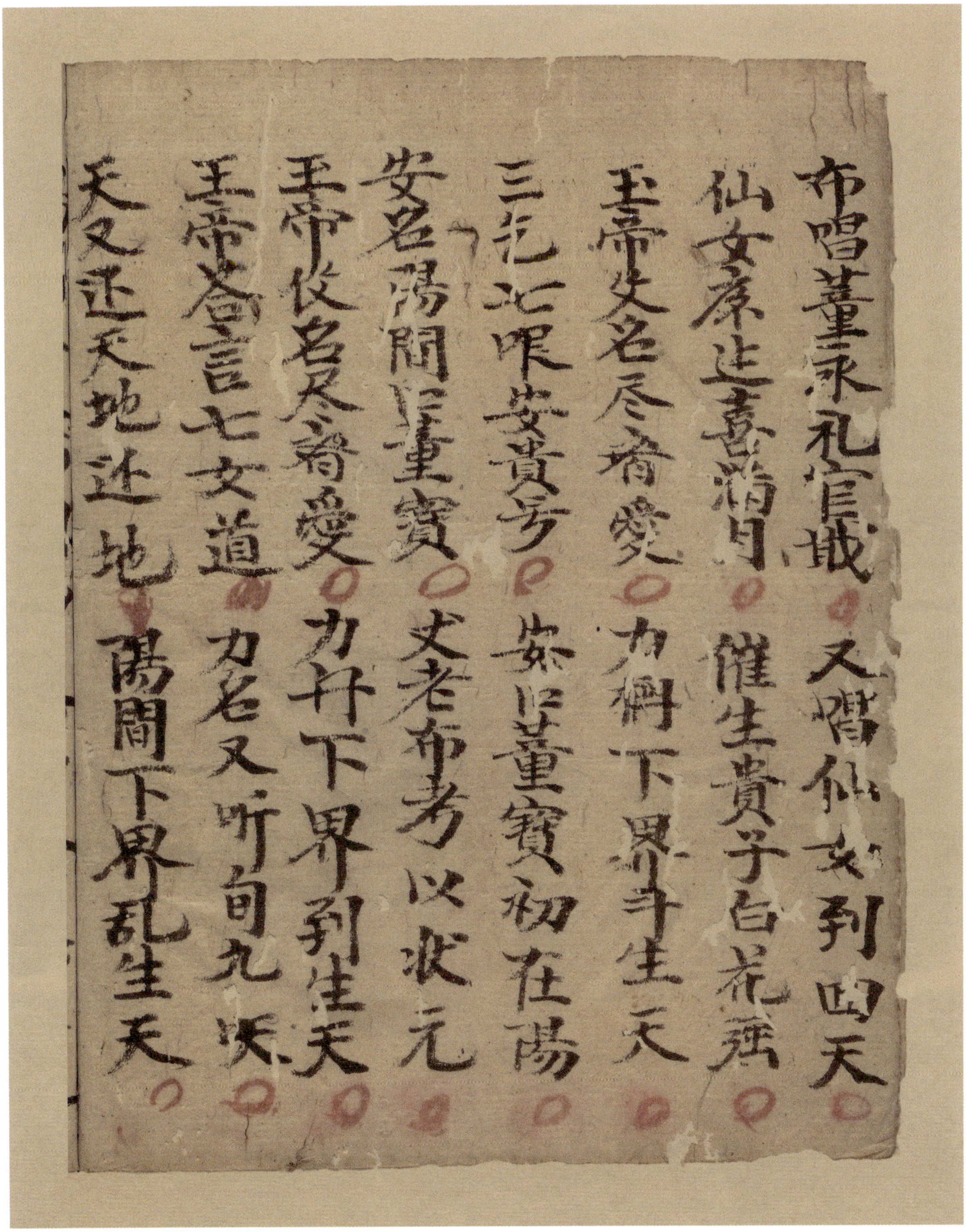
布唱董永礼官職　又唱仙女到四天
仙女康迭喜消月　催生貴子白花莲
玉帝丈名尽脊愛　力料下界斗生天
三乜北哏安貴兮　安眉董寶初在陽
安名陽間眉董寶　丈老布考以状元
玉帝佼名尽脊愛　力什下界到生天
玉帝太含言七女道　力名又听句九吠
天又迭天地迭地　陽間下界乱生天

1205

布	**唱**	**董**	**永**	**礼**	**官**	**戠**
ʔbou^{5}	tsɯːŋ^{5}	toŋ^{3}	wiŋ^{4}	ʔdai^{3}	kuːn^{1}	tsik^{7}
mbouj	ciengq	Doengj	Vingx	ndaej	guen-	cik
不	唱	董	永	得	官	职

不唱董永得官职，

1206

又	**唱**	**仙**	**女**	**到**	**囬**	**天**
jou^{4}	tsɯːŋ^{5}	θiːn^{1}	naɯ^{4}	taːu^{5}	hoi^{2}	tiːn^{1}
youh	ciengq	sien-	nawx	dauq	hoiz	dien
又	唱	仙	女	转	回	天

又唱仙女回天庭。

1207

仙	**女**	**序**	**𨑗**	**喜**①	**滿**	**月**
θiːn^{1}	naɯ^{4}	ma^{1}	kɯn^{2}	hei^{3}	muːn^{4}	ȵuːt^{8}
sien-	nawx	ma	gwnz	heij	muenx	nyied
仙	女	回	上	喜	满	月

仙女回天孕足月，

1208

催	**生**	**貴**	**子**	**白**	**花**	**強**
tsoi^{1}	θeːŋ^{1}	kwei^{5}	tsei^{3}	peːk^{8}	wa^{1}	kjɯːŋ^{2}
coi-	seng	gviq-	ceij	beg	va	giengz
催	生	贵	子	白	花	强

诞生贵子白花郎。

1209

玉	**帝**	**父**	**名**	**尽**	**齊**	**愛**
ȵaɯ^{6}	tai^{5}	po^{6}	mɯŋ^{2}	tsan^{6}	tsai^{2}	kjai^{2}
Nyawh-	daeq	boh	mwngz	caenh	caez	gyaez
玉	帝	父	你	尽	齐	爱

玉皇大帝亦怜爱，

1210

力	**捫**	**下**	**界**	**斗**	**生**	**天**
lɯk^{8}	laːn^{1}	ja^{6}	kjaːi^{5}	tau^{3}	θeːŋ^{1}	tiːn^{1}
lwg	lan	yah-	gyaiq	daeuj	seng	dien
子	孙	下	界	来	生	天

下界子孙天上生。

1211

三	**乞**	**七**	**眼**	**安**	**貴**	**号**
θaːm^{1}	hat^{7}	tsat^{7}	ŋon^{2}	ʔaːn^{1}	kwei^{5}	haːu^{6}
sam	haet	caet	ngoenz	an	gviq	hauh
三	早	七	日	安	贵	号

三早七日安贵号，

1212

安	**旧**	**董**	**寶**	**初**	**在**	**陽**
ʔaːn^{1}	ku^{6}	toŋ^{3}	paːu^{3}	tso^{6}	tsaːi^{6}	jɯːŋ^{2}
an	guh	Doengj	Bauj	coh	caih-	yiengz
安	做	董	宝	名	在	阳

叫作董宝阳间名。

1213

安	**名**	**陽**	**間**	**旧**	**董**	**寶**
ʔaːn^{1}	mɯŋ^{2}	jɯːŋ^{2}	kaːn^{1}	ku^{6}	toŋ^{3}	paːu^{3}
an	mwngz	yiengz-	gan	guh	Doengj	Bauj
安	你	阳	间	做	董	宝

阳间你名是董宝，

1214

丈	**老**	**布**	**考**	**以**	**状**	**元**
tsɯːŋ^{4}	laːu^{4}	ʔbou^{5}	kaːu^{3}	hi^{4}	θɯːŋ^{6}	juːn^{2}
ciengx	laux	mbouj	gauj	hix	cangh-	yienz
养	大	不	考	亦	状	元

长大不考也状元。

1215
玉　帝　仪　名　尽　齊　愛
ȵaɯ^{6} tai^{5} po^{6} mɯŋ^{2} tsan^{6} tsai^{2} kjai^{2}
Nyawh- daeq boh mwngz caenh caez gyaez
玉　帝　父　你　尽　齐　爱
玉皇大帝齐疼爱，

1216
力　闩　卜　界　到　生　天
lɯk^{8} la:n^{1} ja^{6} kja:i^{5} tau^{3} θe:ŋ^{1} ti:n^{1}
lwg lan yah- gyaiq daeuj seng dien
子　孙　下　界　来　生　天
下界子孙天上生。

1217
王　帝　荅　言　七　女　道
wu:ŋ^{2} tai^{5} ta:p^{7} ji:n^{2} tsat^{7} naɯ^{4} ta:u^{6}
vuengz- daeq dap yienz caet- nawx dauh
皇　帝　答　言　七　女　道
皇帝交待七女道，

1218
力　名　又　听　旬　九　吠
lɯk^{8} mɯŋ^{2} jou^{4} tiŋ^{5} tson^{2} ku^{1} tɯ:n^{1}
lwg mwngz youh dingq coenz gou dwen
女　你　又　听　句　我　提及
女儿你且听我说。

1219
天　又　还　天　地　还　地
ti:n^{1} jou^{4} wa:n^{2} ti:n^{1} tei^{6} wa:n^{2} tei^{6}
dien youh vanz dien deih vanz deih
天　又　还　天　地　还　地
天是天来地是地，

1220
陽　間　下　界　乱　生　天
jɯ:ŋ^{2} ka:n^{1} ja^{6} kja:i^{5} lu:n^{6} θe:ŋ^{1} ti:n^{1}
yiengz- gan yah- gyaiq luenh seng dien
阳　间　下　界　乱　生　天
下界天庭不可乱。

---

① 喜 [hei^{3}]：此处是“有喜”的意思。

陽間生天布用易 ○ 命中八字布壽元 ○

劳失可近布迪养 ○ 到發仙女到田鄉 ○

到送地京肯董永 ○ 長生保命造壽元 ○

仙女祀啤自养你 ○ 連時騎鳳到田天 ○

仙女送京江街座 ○ 董永十五恩行香 ○

門寸惊堂叮丁匕 ○ 获乐奴偷行街方 ○

仙女吝言門寸道 ○ 名時双偷根乐娘 ○

董永切拯杧那刹 ○ 望吝仙女対面前 ○

1221

陽	間	生	天	布	用	易①
jɯːŋ^{2}	kaːn^{1}	θeːŋ^{1}	tiːn^{1}	ʔbou^{5}	juŋ^{2}	hei^{6}
yiengz-	gan	seng	dien	mbouj	yungz-	heih
阳	间	生	天	不	容	易

凡人难住在天界，

1222

命	中	八	字	布	寿	元
miŋ^{6}	tsuŋ^{1}	peːt^{7}	tsei^{6}	ʔbou^{5}	θou^{6}	juːn^{2}
mingh	cung	bet-	cih	mbouj	souh	yienz
命	中	八	字	不	寿	延

命中八字不长寿。

1223

劳	失	祁	処	布	迪	养
laːu^{1}	θat^{7}	jɯ^{5}	kɯn^{2}	ʔbou^{5}	tɯk^{8}	jɯːŋ^{6}
lau	saet	youq	gwnz	mbouj	dwg	yiengh
怕	留	在	上	不	是	样子

怕在天界有闪失，

1224

到	發	仙	女	到	囬	郷
taːu^{5}	faːt^{7}	θiːn^{1}	naɯ^{4}	taːu^{5}	hoi^{2}	jɯːŋ^{1}
dauq	fat	sien-	nawx	dauq	hoiz	yieng
倒	发	仙	女	转	回	乡

嘱咐仙女送凡间。

1225

到	送	批	庅	肯	董	永
taːu^{5}	θoŋ^{5}	pai^{1}	ma^{1}	haŋ^{3}	toŋ^{3}	wiŋ^{4}
dauq	soengq	bae-	ma	haengj	Doengj	Vingx
转	送	去	回	给	董	永

送回下界给董永，

1226

長	生	保	命	造	寿	元
tsɯːŋ^{2}	θeːŋ^{1}	paːu^{3}	miŋ^{6}	tsaːu^{6}	θou^{6}	juːn^{2}
ciengz-	seng	bauj	mingh	cauh	souh	yienz
长	生	保	命	才	寿	延

长生保命才寿延。

1227

仙	女	礼	呻	旬	养	你
θiːn^{1}	naɯ^{4}	ʔdai^{3}	n̥i^{1}	tson^{2}	jɯːŋ^{6}	nei^{4}
sien-	nawx	ndaej-	nyi	coenz	yiengh-	neix
仙	女	得	听	句	样	这

仙女听到这些话，

1228

連	時	騎	鳯	到	囬	天
liːn^{2}	θei^{2}	kɯːi^{6}	foŋ^{6}	taːu^{5}	hoi^{2}	tiːn^{1}
lienz-	seiz	gwih	fungh	dauq	hoiz	dien
连	时	骑	凤	转	回	天

立即骑凤转下界。

1229

仙	女	送	庅	江	街	座
θiːn^{1}	naɯ^{4}	θoŋ^{5}	ma^{1}	kjaːŋ^{1}	kaːi^{1}	naŋ^{6}
sien-	nawx	soengq	ma	gyang	gai	naengh
仙	女	送	来	中	街	坐

仙女送来街中坐，

1230

董	永	十	五	恶	行	香
toŋ^{3}	wiŋ^{4}	θip^{8}	ŋu^{4}	ʔoːk^{7}	heːŋ^{2}	jɯːŋ^{1}
Doengj	Vingx	cib	ngux	ok	hengz	yieng
董	永	十	五	出	行	香

董永十五来上香。

1231

門	子	悰	堂	吽	了	了
mo:n^{2}	tsei^{3}	θoŋ^{2}	ta:ŋ^{2}	heu^{6}	lou^{1}	lou^{1}
monz-	ceij	soengz	dangz	heuh	lou-	lou
门	子	站	堂	叫	嗷	嗷

堂前门子嗷嗷叫，

1232

扶	尔	奴	偹	忖	街	方
pou^{4}	laɯ^{2}	no^{2}	pa:i^{5}	la:n^{2}	ka:i^{1}	fu:ŋ^{1}
boux-	lawz	noz-	baiq	lanz	gai-	fueng
人	哪	奴	婢	拦	街	坊

哪个奴婢当街拦。

1233

仙	女	荅	言	門	子	道
θi:n^{1}	naɯ^{4}	ta:p^{7}	ji:n^{2}	mo:n^{2}	tsei^{3}	ta:u^{6}
sien-	nawx	dap	yienz	monz-	ceij	dauh
仙	女	答	言	门	子	道

仙女斥问门子道，

1234

名	吽	奴	偹	扶	尔	娘
mɯɯŋ^{2}	heu^{6}	no^{2}	pa:i^{5}	pou^{4}	laɯ^{2}	ni:ŋ^{2}
mwngz	heuh	noz-	baiq	boux-	lawz	niengz
你	叫	奴	婢	人	哪	娘

你叫何人作奴婢？

1235

董	永	切	𢶀	托	那	剥
toŋ^{3}	wiŋ^{4}	tsi:p^{7}	fɯŋ^{2}	to:k^{8}	na^{3}	pa:k^{7}
Doengj	Vingx	ciep	fwngz	dog	naj	bak
董	永	接	手	揍	脸	嘴

董永随手打嘴脸，

1236

望	吞	仙	女	对	面	前
mu:ŋ^{6}	ran^{1}	θi:n^{1}	naɯ^{4}	toi^{5}	mi:n^{6}	tsi:n^{2}
muengh	raen	sien-	nawx	doiq	mienh-	cienz
望	见	仙	女	对	面	前

望见仙女面前站。

---

① 布用易 [ʔbou^{5} juŋ^{2} hei^{6}]：本义是“不容易”，此处指不能轻易破坏天界的秩序，即凡间的人不能在天界生活，哪怕是玉帝的外孙也不例外。

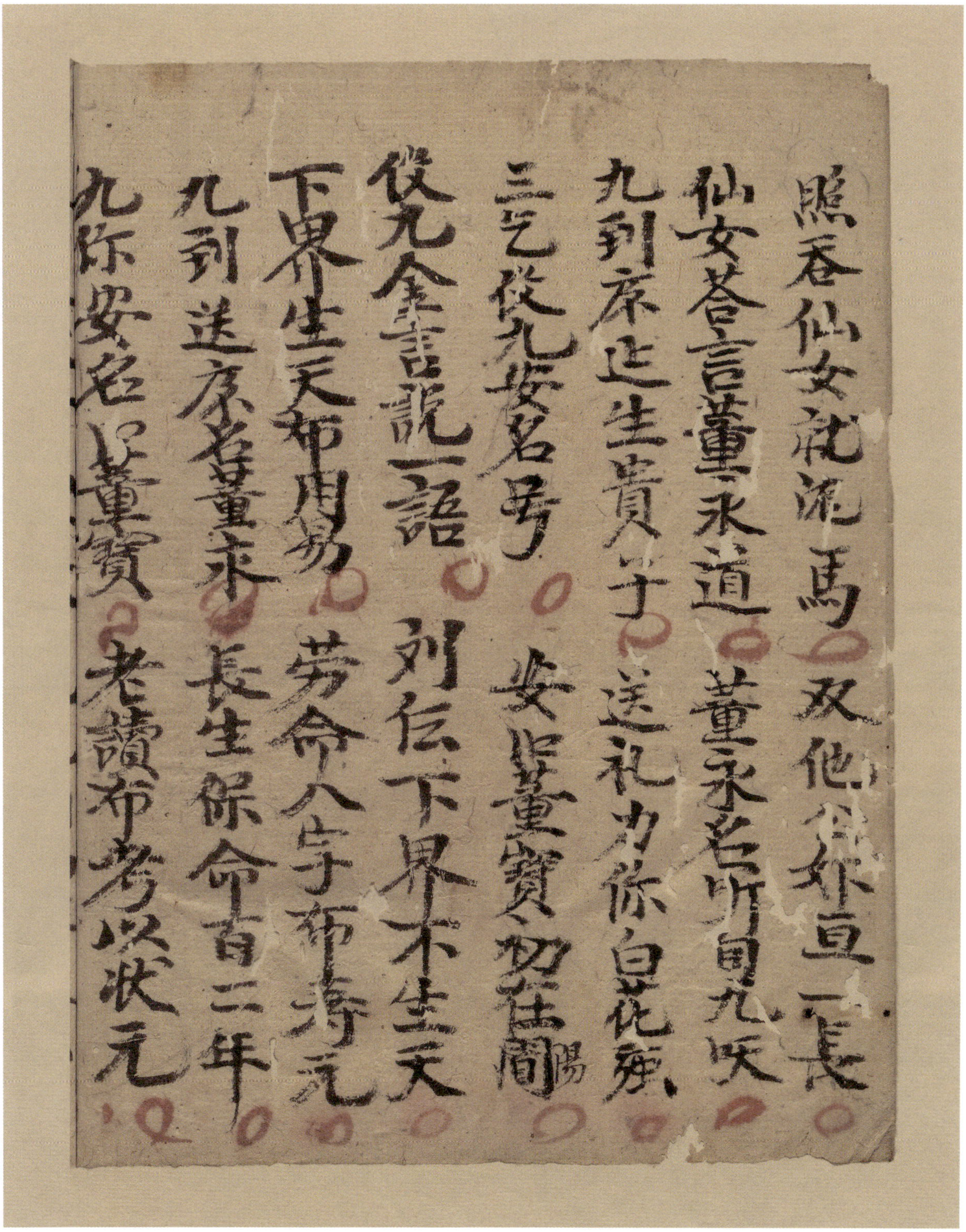
照吞仙女祢泥馬　双他仪外豆一長
仙女荅言董永道　董永名听囙九氏
九到床近生貴人子　送礼力你白豆花殡
三乞佬九安名号　安乞董寶切佳閭(陽)
佬九全言説一語　列伝下界不生天
下界生天布用㑥　劳命八字布寿元
九到送床名董永　長生保命百二年
九你安名乞董寶　老讀布考以状元

1237

照	**吞**	**仙**	**女**	**就**	**浛**	**馬**
tsi:u^{5}	ran^{1}	θi:n^{1}	nauɯ^{4}	tsi:u^{4}	roŋ^{2}	ma^{4}
ciuq	raen	sien-	nawx	couh	roengz	max
看	**见**	**仙**	**女**	**就**	**下**	**马**

看见仙女就下马，

1238

双	**他**	**公**	**奷**	**亘**	**一**	**長**
θo:ŋ^{1}	te^{1}	koŋ^{1}	ja^{6}	ka:ŋ^{3}	ʔit^{7}	tsɯ:ŋ^{2}
song	de	goeng	yah	gangj	it	ciengz
二	**他**	**公**	**婆**	**讲**	**一**	**场**

他俩夫妻诉一番。

1239

仙	**女**	**荅**	**言**	**董**	**永**	**道**
θi:n^{1}	nauɯ^{4}	ta:p^{7}	ji:n^{2}	toŋ^{3}	wiŋ^{4}	ta:u^{6}
sien-	nawx	dap	yienz	Doengj	Vingx	dauh
仙	**女**	**答**	**言**	**董**	**永**	**道**

仙女交待董永道，

1240

董	**永**	**名**	**听**	**旬**	**九**	**吷**
toŋ^{3}	wiŋ^{4}	mɯŋ^{2}	tiŋ^{5}	tson^{2}	ku^{1}	tɯ:n^{1}
Doengj	Vingx	mwngz	dingq	coenz	gou	dwen
董	**永**	**你**	**听**	**句**	**我**	**提及**

董永你且听我言。

1241

九	**到**	**庅**	**㐌**	**生**	**貴**	**子**
ku^{1}	ta:u^{5}	ma^{1}	kɯn^{2}	θe:ŋ^{1}	kwei^{5}	tsei^{3}
gou	dauq	ma	gwnz	seng	gviq-	celj
我	**转**	**回**	**上**	**生**	**贵**	**子**

我回天庭生贵子，

1242

送	**礼**	**力**	**你**	**白**	**花**	**强**
θoŋ^{5}	ʔdai^{3}	lɯk^{8}	nei^{4}	pe:k^{8}	wa^{1}	kjɯ:ŋ^{2}
soengq	ndaej	lwg	neix	beg	va	giengz
送	**得**	**子**	**这**	**白**	**花**	**强**

生下此儿白花男。

1243

三	**乞**	**仪**	**九**	**安**	**名**	**号**
θa:m^{1}	hat^{7}	po^{6}	ku^{1}	ʔa:n^{1}	miŋ^{2}	ha:u^{6}
sam	haet	boh	gou	an	mingz-	hauh
三	**早**	**父**	**我**	**安**	**名**	**号**

三日我父起名字，

1244

安	**们**	**董**	**寶**	**初**	**在**	**間(陽)**
ʔa:n^{1}	ku^{6}	toŋ^{3}	pa:u^{3}	tso^{6}	tsa:i^{6}	jɯ:ŋ^{2}
an	guh	Doengj	Bauj	coh	caih-	yiengz
安	**做**	**董**	**宝**	**名**	**在**	**阳**

阳间名字叫董宝。

1245

仪	**九**	**金**	**言**	**說**	**一**	**語**
po^{6}	ku^{1}	kim^{1}	ji:n^{2}	θu:t^{7}	ʔit^{7}	ŋei^{4}
boh	gou	gim	yienz	suet	it	ngeix
父	**我**	**金**	**言**	**说**	**一**	**语**

我父金言说一句，

1246

刘	**伝**	**下**	**界**	**不**	**生**	**天**
nau^{2}	wun^{2}	ja^{6}	kja:i^{5}	ʔbou^{5}	θe:ŋ^{1}	ti:n^{1}
naeuz	vunz	yah-	gyaiq	mbouj	seng	dien
说	**人**	**下**	**界**	**不**	**生**	**天**

凡人不在天上住。

1247

下	**界**	**生**	**天**	**布**	**用**	**易**
ja^{6}	kja:i^{5}	θe:ŋ^{1}	ti:n^{1}	ʔbou^{5}	juŋ^{2}	hei^{6}
yah-	gyaiq	seng	dien	mbouj	yungz-	heih
下	界	生	天	不	容	易

凡人不易天上住，

1248

劳	**命**	**八**	**字**	**布**	**寿**	**元**
la:u^{1}	miŋ^{6}	pe:t^{7}	tsei^{6}	ʔbou^{5}	θou^{6}	ju:n^{2}
lau	mingh	bet-	cih	mbouj	souh	yienz
怕	命	八	字	不	寿	延

命中八字不长寿。

1249

九	**到**	**送**	**庅**	**名**	**董**	**永**
ku^{1}	ta:u^{5}	θoŋ^{5}	ma^{1}	mɯŋ^{2}	toŋ^{3}	wiŋ^{4}
gou	dauq	soengq	ma	mwngz	Doengj	Vingx
我	转	送	回	你	董	永

令我送回董永兄，

1250

長	**生**	**保**	**命**	**百**	**二**	**年**
tsɯ:ŋ^{2}	θe:ŋ^{1}	pa:u^{3}	miŋ^{6}	pa:k^{7}	ŋei^{6}	ni:n^{2}
ciengz-	seng	bauj	mingh	bak	ngeih	nienz
长	生	保	命	百	二	年

护他长命百二年。

1251

九	**你**	**安**	**名**	**旧**	**董**	**寶**
ku^{1}	nei^{4}	ʔa:n^{1}	miŋ^{2}	ku^{6}	toŋ^{3}	pa:u^{3}
gou	neix	an	mingz	guh	Doengj	Bauj
我	这	安	名	做	董	宝

他已起名叫董宝，

1252

老	**讀**	**布**	**考**	**以**	**状**	**元**
la:u^{4}	tok^{8}	ʔbou^{5}	ka:u^{3}	hi^{4}	θɯ:ŋ^{6}	ju:n^{2}
laux	doeg	mbouj	gauj	hix	cangh-	yienz
老	读	不	考	亦	状	元

将来不考亦状元。

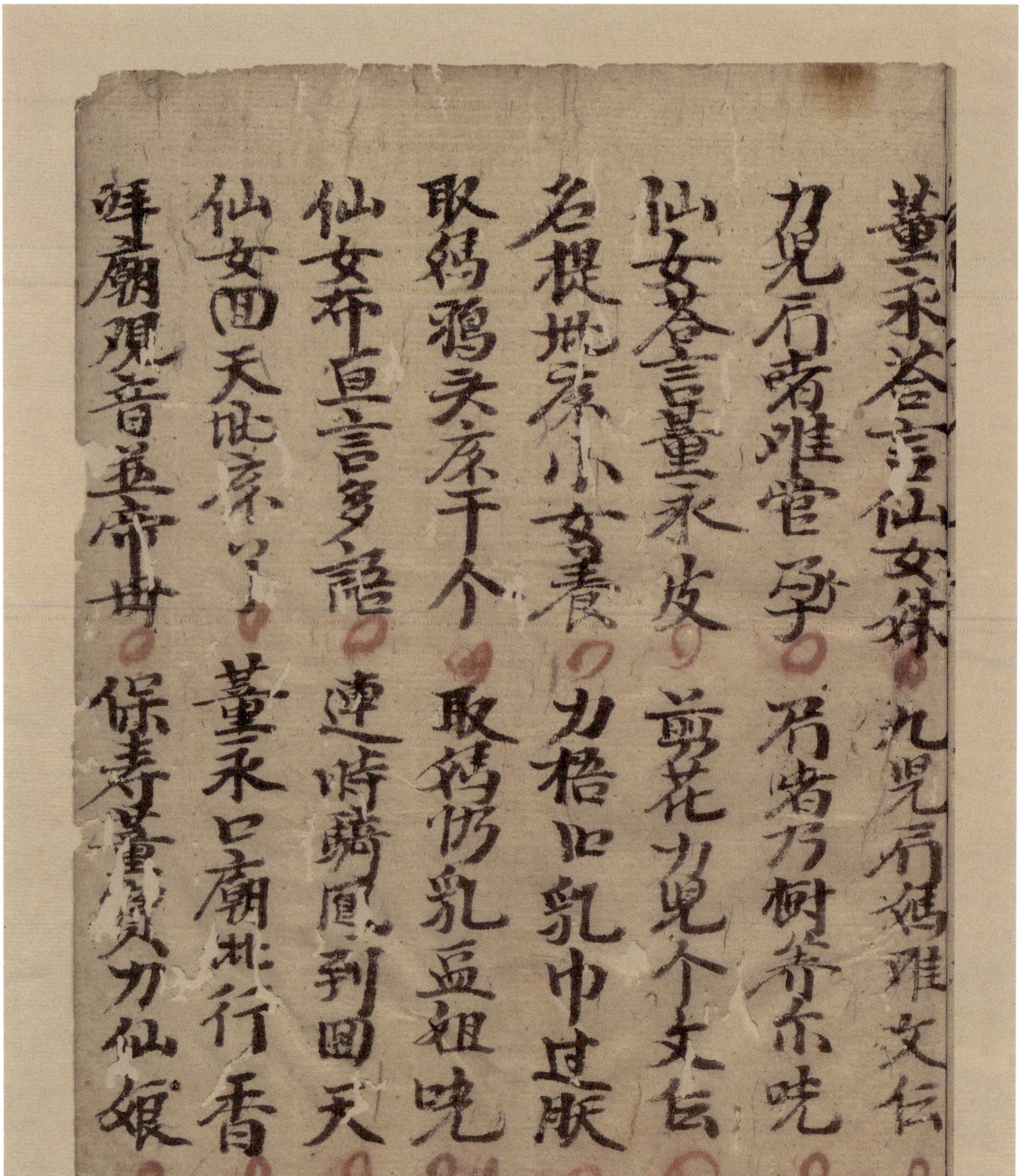
董永荅言仙女徐　九児肩媽难文伝
力見石𦙶难管孕　否者乃樹斉亦吭
仙女荅言董永皮　煎花力児个丈伝
名提把床小女养　力枱口乳中豆厭
取媽鴉头床千个　取媽仍乳盂𥘉吭
仙女在亘言多多𩔗　連時騎凰到田天
仙女田天庇床以了　董永口廟𣎴行香
呼廟观音並命毋　保寿董贫力仙娘

1253

董　永　苔　言　仙　女　妹

toŋ^{3} wiŋ^{4} taːp^{7} jiːn^{2} θiːn^{1} nauɯ^{4} mai^{4}

Doengj Vingx dap yienz sien- nawx maex

董　永　答　言　仙　女　妻

董永答言仙女妻，

1254

九　晛　肩　媽　难　文　伝

ku^{1} ȵe^{2} ʔdi^{1} me^{6} naːn^{2} pan^{2} wun^{2}

gou nyez ndi meh nanz baenz vunz

我　小孩　没　母　难　成　人

小孩无母难成人。

1255

力　晛　肩　啫　难　晋　个

lɯk^{8} ȵe^{2} ʔdi^{1} tsi^{3} naːn^{2} kuːn^{3} ko^{5}

lwg- nyez ndi cij nanz guenj goq

子　小孩　没　奶　难　管　顾

婴儿无乳难照顾，

1256

肩　啫　乃　樹　养　尔　咣

ʔdi^{1} tsi^{3} naːi^{3} θei^{3} jɯːŋ^{6} laɯ^{2} kuːŋ^{1}

ndi cij naij- seij yiengh- lawz gueng

没　奶　奶　水　样　哪　喂

没有奶汁如何喂？

1257

仙　女　苔　言　董　永　皮

θiːn^{1} nauɯ^{4} taːp^{7} jiːn^{2} toŋ^{3} wiŋ^{4} pei^{4}

sien- nawx dap yienz Doengj Vingx beix

仙　女　答　言　董　永　兄

仙女答言董永兄，

1258

剪　花　力　晛　个　文　伝

tsan^{1} wa^{1} lɯk^{8} ȵe^{2} ko^{5} pan^{2} wun^{2}

caen va lwg- nyez goj baenz vunz

真　花　子　小孩　也　成　人

真花孩儿定成人。

1259

名　提　批　庅　小　女①　養

mɯŋ^{2} taɯ^{2} pai^{1} ma^{1} θiːu^{3} nauɯ^{4} tsɯːŋ^{4}

mwngz dawz bae ma siuj nawx ciengx

你　拿　去　回　小　女　养

你拿回去小妻养，

1260

力　梧　旧　乳　巾　过　朊

lɯk^{8} ŋu^{6} ku^{6} jai^{3} kɯn^{1} kwa^{5} ʔdɯːn^{1}

lwg- nguh guh yaej gwn gvaq ndwen

果　无花　做　乳　吃　过　月

无花果汁吃过月。

1261

取　媽　鸦　头　庅　干　个

tsou^{4} me^{6} ja^{1} tau^{2} ma^{1} kaːn^{5} ko^{5}

coux meh ya- daeuz ma ganq- goq

接　母　丫　头　来　干　顾

要个丫头来看护，

1262

取　媽　仍　乳　畐　姐　咣

tsou^{4} me^{6} naːi^{4} jai^{3} ʔau^{1} tsi^{3} kuːŋ^{1}

coux meh naix- yaej aeu cij gueng

接　母　奶　乳　要　乳汁　喂

请个奶妈来喂奶。

1263

仙	女	布	亘	言	多	語
θiːn^{1}	naɯ^{4}	ʔbou^{5}	kaːŋ^{3}	jiːn^{2}	to^{1}	jaɯ^{2}
sien-	nawx	mbouj	gangj	yienz	do-	yawz
仙	女	不	讲	言	多	余

仙女不讲多余话，

1264

連	時	騎	鳳	到	囬	天
liːn^{2}	θei^{2}	kɯːi^{6}	foŋ^{6}	taːu^{5}	hoi^{2}	tiːn^{1}
lienz-	seiz	gwih	fungh	dauq	hoiz	dien
连	时	骑	凤	转	回	天

立即骑凤回天界。

1265

仙	女	囬	天	坒	庅	了
θiːn^{1}	naɯ^{4}	hoi^{2}	tiːn^{1}	pai^{1}	ma^{1}	liːu^{4}
sien-	nawx	hoiz	dien	bae-	ma	liux
仙	女	回	天	去	回	了

仙女回归天界了，

1266

董	永	口	廟	坒	行	香
toŋ^{3}	wiŋ^{4}	hau^{3}	miːu^{6}	pai^{1}	heːŋ^{2}	jɯːŋ^{1}
Doengj	Vingx	haeuj	miuh	bae	hengz	yieng
董	永	入	庙	去	行	香

董永入庙去上香。

1267

拜	廟	观	音	並	帝	母②
paːi^{5}	miːu^{6}	kuːn^{1}	jim^{1}	piŋ^{6}	tai^{5}	mu^{4}
baiq	miuh	Guen-	yaem	bingh	Daeq-	mux
拜	庙	观	音	并	帝	母

拜观音庙及帝母，

1268

保	寿	董	寶	力	仙	娘
paːu^{3}	θou^{6}	toŋ^{3}	paːu^{3}	lɯk^{8}	θiːn^{1}	niːŋ^{2}
bauj	souh	Doengj	Bauj	lwg	sien-	niengz
保	寿	董	宝	子	仙	娘

保佑董宝仙娘儿。

---

① 小女 [θiːu^{3} naɯ^{4}]：指皇帝的小女儿，即董永的第二任妻子。

② 帝母 [tai^{5} mu^{4}]：帝母，即王母娘娘。

口廟得香爺凭偷○蒭萬成子到田堂○
到床用堂就泥禱○盈袍遮那匕摩房○
放通走床尽叫匕○小娘寻為心尽慌○
小娘答言董永道○地护礼力你床全○
老地其示孔责ミ子○力你良利好髙莲○
董永答言女好道○力你殊貫力仙娘○
殊貫仙女力王帝○夫妻百日到田天○
他地床些忆ミ丈喜○生孔力你白花莲○

1269

口	廟	拜	香	都	完	備
hau^{3}	mi:u^{6}	pa:i^{5}	jɯ:ŋ^{1}	to^{5}	wa:n^{2}	pei^{6}
haeuj	miuh	baiq	yieng	doq	vanz-	beih
入	庙	拜	香	立即	完	备

入庙上香一完结，

1270

騎	馬	代①	子	到	回	堂
kɯ:i^{6}	ma^{4}	ta:i^{5}	lɯk^{8}	ta:u^{5}	hoi^{2}	ta:ŋ^{2}
gwih	max	daiq	lwg	dauq	hoiz	dangz
骑	马	带	儿	转	回	堂

骑马带儿转回府。

1271

到	床	肝	堂	就	陇	馬
ta:u^{5}	ma^{1}	taŋ^{2}	ta:ŋ^{2}	tsi:u^{4}	roŋ^{2}	ma^{4}
dauq-	ma	daengz	dangz	couh	roengz	max
倒	回	到	堂	就	下	马

转回到府就下马，

1272

𠶖	袍	遮	那	口	庫	房
ʔau^{1}	pa:u^{2}	tsɯ^{1}	na^{3}	hau^{3}	ho^{5}	fu:ŋ^{2}
aeu	bauz	cw	naj	haeuj	hoq	fuengz
要	袍	遮	脸	进	卧	房

用袍遮脸进卧房。

1273

放	廸	处	床	呆	吽	吽
tsu:ŋ^{5}	tɯk^{7}	kɯn^{2}	tso:ŋ^{2}	tai^{3}	ŋeu^{1}	ŋeu^{1}
cuengq	dwk	gwnz	congz	daej	ngeu-	ngeu
放	放	上	床	哭	哇	哇

放儿床上哭哇哇，

1274

小	娘②	斗	照	心	尽	慌
θi:u^{3}	ni:ŋ^{2}	tau^{3}	tsi:u^{5}	θim^{1}	tsan^{6}	wu:ŋ^{1}
siuj	niengz	daeuj	ciuq	sim	caenh	vueng
小	娘	来	瞧	心	尽	慌

小娘来看心慌慌。

1275

小	娘	荅	言	董	永	道
θi:u^{3}	ni:ŋ^{2}	ta:p^{7}	ji:n^{2}	toŋ^{3}	wiŋ^{4}	ta:u^{6}
siuj	niengz	dap	yienz	Doengj	Vingx	dauh
小	娘	答	言	董	永	道

小娘询问董永道，

1276

批	护	礼	力	你	床	全
pai^{1}	laɯ^{2}	ʔdai^{3}	lɯk^{8}	nei^{4}	ma^{1}	tsu:n^{2}
bae	lawz	ndaej	lwg	neix	ma	cienz
去	哪	得	子	这	来	传

去哪得子来传宗，

1277

名	批	其	尔	礼	貴	子
mɯŋ^{2}	pai^{1}	ki^{2}	laɯ^{2}	ʔdai^{3}	kwei^{5}	tsei^{3}
mwngz	bae	giz-	lawz	ndaej	gviq-	ceij
你	去	处	何	得	贵	子

你去何处得贵子，

1278

力	你	良	利	好	高	強
lɯk^{8}	nei^{4}	liŋ^{2}	lei^{6}	ha:u^{3}	ka:u^{1}	kjɯ:ŋ^{2}
lwg	neix	lingz-	leih	hauj	gau-	giengz
子	这	伶	俐	好	高	强

此儿伶俐好健壮。

1279

董	**永**	**荅**	**言**	**女**	**妹**	**道**
toŋ^{3}	wiŋ^{4}	ta:p^{7}	ji:n^{2}	naɯ^{4}	mai^{4}	ta:u^{6}
Doengj	Vingx	dap	yienz	nawx	maex	dauh
董	**永**	**答**	**言**	**女**	**妻**	**道**

董永答言妻子道，

1280

力	**你**	**妹**	**貫**	**力**	**仙**	**娘**
lɯk^{8}	nei^{4}	mai^{4}	ko:n^{5}	lɯk^{8}	θi:n^{1}	ni:ŋ^{2}
lwg	neix	maex	gonq	lwg	sien-	niengz
子	**这**	**妻**	**前**	**子**	**仙**	**娘**

这是前妻仙娘儿。

1281

妹	**貫**	**仙**	**女**	**力**	**王**	**帝**
mai^{4}	ko:n^{5}	θi:n^{1}	naɯ^{4}	lɯk^{8}	ȵaɯ^{6}	tai^{5}
maex	gonq	sien-	nawx	lwg	Nyawh-	daeq
妻	**前**	**仙**	**女**	**子**	**玉**	**帝**

前妻仙子玉帝女，

1282

夫	**妻**	**百**	**日**	**到**	**囬**	**天**
fou^{1}	tsei^{1}	pa:k^{7}	ŋon^{2}	ta:u^{5}	hoi^{2}	ti:n^{1}
fou	cei	bak	ngoenz	dauq	hoiz	dien
夫	**妻**	**百**	**日**	**转**	**回**	**天**

结婚百日转回天。

1283

他	**批**	**庅**	**处**	**生**	**大**	**喜**
te^{1}	pai^{1}	ma^{1}	kɯn^{2}	θe:ŋ^{1}	ta:i^{6}	hei^{3}
de	bae-	ma	gwnz	seng	daih	heij
她	**去**	**回**	**上**	**生**	**大**	**喜**

她回天界生大喜，

1284

生	**礼**	**力**	**你**	**白**	**花**	**强**
θe:ŋ^{1}	ʔdai^{3}	lɯk^{8}	nei^{4}	pe:k^{8}	wa^{1}	kjɯ:ŋ^{2}
seng	ndaej	lwg	neix	beg	va	giengz
生	**得**	**子**	**这**	**白**	**花**	**强**

生得此儿白花男。

---

① “代 [ta:i^{5}]” 字是根据《古士董永灯一卷》抄本补充的字，原抄本此处已破损。

② 小娘 [θi:u^{3} ni:ŋ^{2}]：小娘，即董永的第二任妻子。因仙女是董永的第一任妻子，按壮族民间认知应为大老婆，皇帝的女儿虽然尊贵，但其作为第二任妻子的身份是客观事实，因此只能称“小娘”，即小老婆。

他刘邧㱔圬廸養　到送原姜接祖宗

小娘九九岜脊愛　恨㐅陷㐅當真生

双妹垂叐原千个　取妹扔乳區啃晄

又㿻力㭝槵原尤　恨布肯放邧㱔㡾

尤礼三朕又兰卜　尤礼六朕以兰鸾

尤礼三卑吞兰亘　护吐閔當兰文章

叉文礼六七卑出　王帝春上中状元

春礼董永宜宜戢　國下春㐅當名全

1285

他 刘 叨 处 布 迪 養

te^{1} nau^{2} jɯ^{5} kɯn^{2} ʔbou^{5} tɯk^{8} tsɯːŋ^{4}

de naeuz youq gwnz mbouj dwg ciengx

她 说 在 上 不 是 养

他说上界不易养，

1286

到 送 庥 娄 接 祖 宗

taːu^{5} θoŋ^{5} ma^{1} rau^{2} tsiːp^{7} tso^{3} tsoŋ^{1}

dauq soengq ma raeuz ciep coj- coeng

转 送 来 咱 接 祖 宗

送回给咱延香火。

1287

小 娘 兀 九 总 齐 爱

θiːu^{3} niːŋ^{2} ʔdi^{3} ku^{1} tsuŋ^{3} tsai^{2} kjai^{2}

siuj niengz ndij gou cungj caez gyaez

小 娘 与 我 都 齐 爱

小娘董永齐疼爱，

1288

哏 哏 隔 隔 當 真 生

ŋon^{2} ŋon^{2} ham^{6} ham^{6} taːŋ^{1} tsan^{1} θeːŋ^{1}

ngoenz ngoenz haemh haemh dang caen- seng

日 日 夜 夜 当 亲 生

日日夜夜当亲生。

1289

双 妹 亜 头 庥 干 个

θoːŋ^{1} me^{6} ja^{1} tau^{2} ma^{1} kaːn^{5} ko^{5}

song meh ya- daeuz ma ganq- goq

二 母 丫 头 来 干 顾

两个丫头来看护，

1290

取 姝 仍 乳 a 啫 咣

tsou^{4} me^{6} naːi^{4} jai^{3} ʔau^{1} tsi^{3} kuːŋ^{1}

coux meh naix- yaej aeu cij gueng

接 母 奶 乳 要 乳汁 喂

请个乳娘来喂奶。

1291

又 a 力 梧 提 庥 丈

jou^{4} ʔau^{1} lɯk^{8} ŋu^{6} taɯ^{2} ma^{1} tsɯːŋ^{4}

youh aeu lwg- nguh dawz ma ciengx

又 要 果 无花 拿 来 养

无花果汁来喂养，

1292

哏 布 肯 放 叨 处 床

ŋon^{2} ʔbou^{5} haŋ^{3} tsuːŋ^{5} jɯ^{5} kɯn^{2} tsoːŋ^{2}

ngoenz mbouj haengj cuengq youq gwnz congz

日 不 给 放 在 上 床

时时抱着不舍放。

1293

丈 礼 三 朕 又 兰 卜

tsɯːŋ^{4} ʔdai^{3} θaːm^{1} ʔdɯːn^{1} jou^{4} ro^{4} pok^{7}

ciengx ndaej sam ndwen youh rox boek

养 得 三 月 又 会 翻身

养得三月会翻身，

1294

丈 礼 六 朕 以 兰 嚧

tsɯːŋ^{4} ʔdai^{3} rok^{7} ʔdɯːn^{1} hi^{4} ro^{4} ruːn^{2}

ciengx ndaej roek ndwen hix rox ruenz

养 得 六 月 亦 会 爬

养得六月会爬行。

1295

丈	**礼**	**三**	**卑**	**吞**	**兰**	**亘**
tsɯːŋ^{4}	ʔdai^{3}	θaːm^{1}	pei^{1}	ran^{1}	ro^{4}	kaːŋ^{3}
ciengx	ndaej	sam	bi	raen	rox	gangj
养	得	三	年	见	会	讲

养得三年会说话，

1296

护	**肚**	**閬**	**當**	**兰**	**文**	**章**
ʔdaɯ^{1}	tuŋ^{4}	roːŋ^{6}	taːŋ^{2}	ro^{4}	fan^{2}	tsiːŋ^{1}
ndaw	dungx	rongh-	dangz	rox	faenz-	cieng
里	肚	亮	堂	会	文	章

心里亮堂会文章。

1297

又	**丈**	**礼**	**六**	**七**	**卑**	**半**
jou^{4}	tsɯːŋ^{4}	ʔdai^{3}	rok^{7}	tsat^{7}	pei^{1}	puːn^{5}
youh	ciengx	ndaej	roek	caet	bi	buenq
又	养	得	六	七	岁	半

又养六岁七岁半，

1298

王	**帝**	**奉**	**上**	**冲**	**状**	**元**
wuːŋ^{2}	tai^{5}	fuŋ^{6}	hɯn^{3}	tsuŋ^{5}	θɯːŋ^{6}	juːn^{2}
vuengz-	daeq	fungh	hwnj	cungq	cangh-	yienz
皇	帝	奉	上	中	状	元

皇帝钦点中状元。

1299

奉	**礼**	**董**	**永**	**旧**	**官**	**戢**
fuŋ^{6}	ʔdai^{3}	toŋ^{3}	wiŋ^{4}	ku^{6}	kuːn^{1}	tsik^{7}
fungh	ndaej	Doengj	Vingx	guh	guen-	cik
奉	得	董	永	做	官	职

董永奉旨任官职，

1300

國	**下**	**夰**	**𡗶**	**竺**	**名**	**全**
kuːk^{7}	ja^{6}	la^{3}	ʔbɯn^{1}	tok^{7}	miŋ^{2}	tsuːn^{2}
guek	yah	laj-	mbwn	doek	mingz	cienz
国	下	下	天	落	名	传

全国上下美名扬。

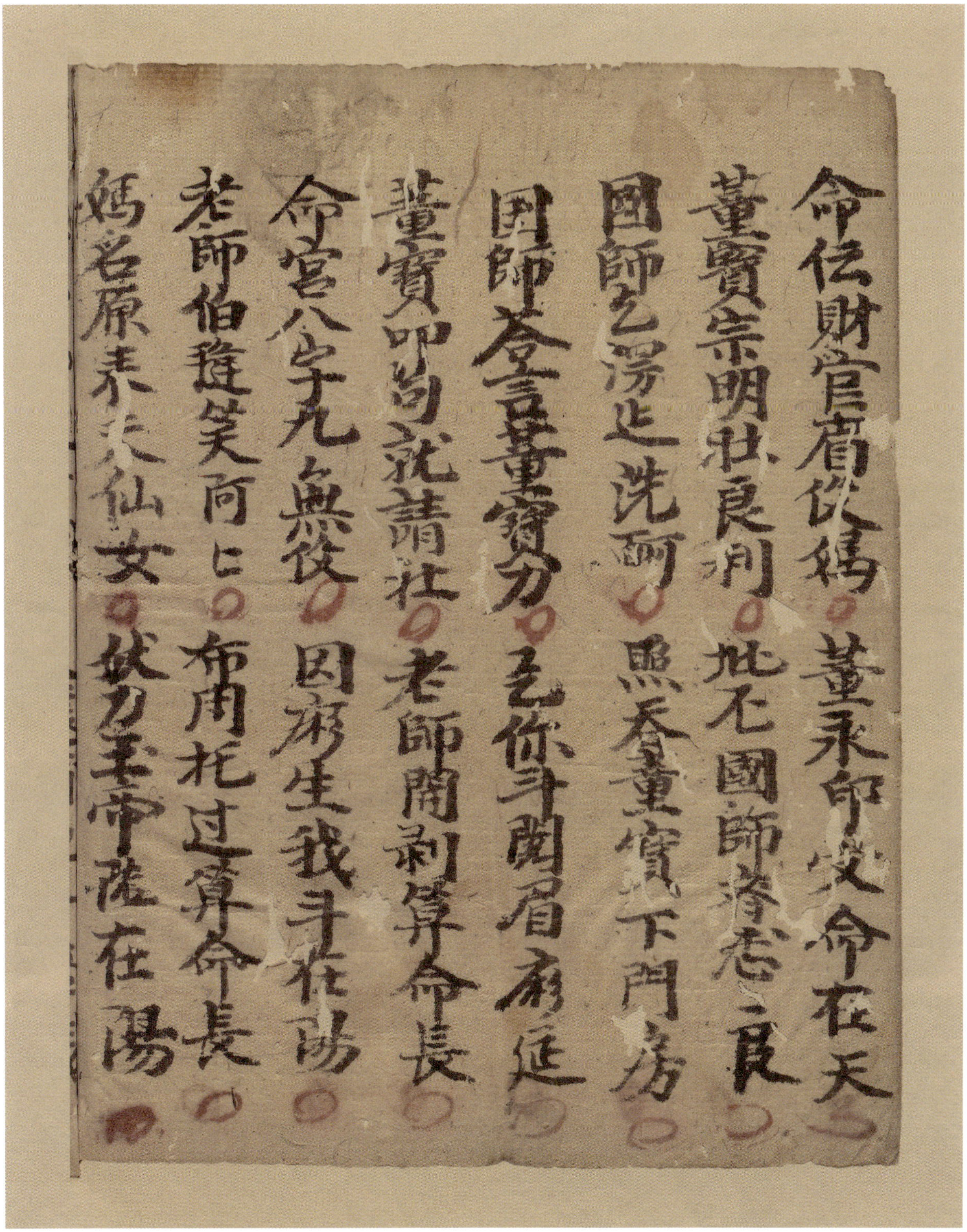
命伝財官眉佊媽　董永卯受命在天
董寶宗明壯良利　壯乞國師瑞志良
國師乞湯足洗耐　照吞董寶下門房
国師吞言董寶力　乞你寻閙眉彦廷
董寶叩当就請壮　老師閙剎算命長
命宫八字九無佊　因彦生我寻在陽
老師伯鐽笑阿匕　布再托过算命長
媽名原表天仙女　仗力圣帝陛在陽

1301

命	伝	財	官	眉	仪	媽
miŋ^{6}	wun^{2}	tsa:i^{2}	ku:n^{1}	mei^{2}	po^{6}	me^{6}
mingh	vunz	caiz	guen	miz	boh	meh
命	人家	财	官	有	父	母

人享富贵凭祖荫，

1302

董	永	印	受	命	在	天
toŋ^{3}	wiŋ^{4}	ȵan^{4}	θou^{6}	miŋ^{6}	tsa:i^{6}	ti:n^{1}
Doengj	Vingx	nyaenx-	souh	mingh	caih	dien
董	永	忍	受	命	在	天

董永苦命天注定。

1303

董	寶	宗	明	壮	良	利
toŋ^{3}	pa:u^{3}	tsoŋ^{1}	miŋ^{2}	tsa:ŋ^{5}	liŋ^{2}	lei^{6}
Doengj	Bauj	coeng-	mingz	cangq	lingz-	leih
董	宝	聪	明	健壮	伶	俐

董宝健壮又聪慧，

1304

壯	兀	國	師	齊	态	良
pai^{1}	ʔdi^{3}	ku:k^{7}	θai^{1}	tsai^{2}	θɯ:ŋ^{1}	li:ŋ^{2}
bae	ndij	guek-	sae	caez	sieng-	liengz
去	跟	国	师	齐	商	量

去跟国师齐商量。

1305

國	師	乞	澇	廷	洗	鬲
ku:k^{7}	θai^{1}	hat^{7}	laŋ^{1}	hɯn^{3}	θɯ:i^{5}	na^{3}
guek-	sae	haet	laeng	hwnj	swiq	naj
国	师	早	后	起	洗	脸

国师后早洗脸时，

1306

照	吞	董	寶	下	門	房
tsi:u^{5}	ran^{1}	toŋ^{3}	pa:u^{3}	la^{3}	mo:n^{2}	fu:ŋ^{2}
ciuq	raen	Doengj	Bauj	laj	monz	fuengz
看	见	董	宝	下	门	房

瞧见董宝站门前。

1307

国	師	荅	言	董	寶	力
ku:k^{7}	θai^{1}	ta:p^{7}	ji:n^{2}	toŋ^{3}	pa:u^{3}	lɯk^{8}
guek-	sae	dap	yienz	Doengj	Bauj	lwg
国	师	答	言	董	宝	儿

国师出言问董宝，

1308

乞	你	斗	閦	眉	庅	延
hat^{7}	nei^{4}	tau^{3}	ro:m^{6}	mei^{2}	ma^{2}	ju:n^{2}
haet-	neix	daeuj	romh	miz	maz	yienz
早	这	来	早	有	啥	缘故

今晨来早有何事？

1309

董	寶	叩	苟	就	請	社
toŋ^{3}	pa:u^{3}	kau^{5}	kjau^{3}	tsi:u^{4}	tsiŋ^{3}	θei^{5}
Doengj	Bauj	gaeuq	gyaeuj	couh	cingj-	seiq
董	宝	叩	首	就	请	示

董宝叩首就请示，

1310

老	師	開	剥	算	命	長
la:u^{4}	θai^{1}	ha:i^{1}	pa:k^{7}	θu:n^{5}	miŋ^{6}	tsɯ:ŋ^{2}
laux-	sae	hai	bak	suenq	mingh	ciengz
老	师	开	口	算	命	长

国师开口帮算命。

1311

命	**宫**	**八**	**字**	**九**	**無**	**仪**
miŋ^{6}	kuŋ^{1}	peːt^{7}	tsei^{6}	ku^{1}	fou^{2}	po^{6}
mingh	gung	bet-	cih	gou	fouz	boh
命	宫	八	字	我	无	父

命宫八字我无父，

1312

因	**㢠**	**生**	**我**	**斗**	**在**	**陽**
ʔin^{1}	ma^{2}	θeːŋ^{1}	ku^{1}	tau^{3}	tsaːi^{6}	jɯːŋ^{2}
aen	maz	seng	gou	daeuj	caih-	yiengz
因	何	生	我	来	在	阳

为何生我在凡间？

1313

老	**師**	**伯**	**𨁈**	**笑**	**阿**	**阿**
laːu^{4}	θai^{1}	peːk^{7}	fɯŋ^{2}	riːu^{1}	ha^{1}	ha^{1}
laux-	sae	bek-	fwngz	riu	ha-	ha
老	师	拍	手	笑	哈	哈

国师拍手笑哈哈，

1314

布	**用**	**托**	**过**	**算**	**命**	**長**
ʔbou^{5}	joŋ^{6}	taːk^{7}	kwa^{5}	θuːn^{5}	miŋ^{6}	rai^{2}
mbouj	yungh	dak	gvaq	suenq	mingh	raez
不	用	托	过	算	命	长

不用托人来算命。

1315

媽	**名**	**原**	**耒**	**大**	**仙**	**女**
me^{6}	mɯŋ^{2}	ȵuːn^{2}	laːi^{2}	tiːn^{1}	θiːn^{1}	naɯ^{4}
meh	mwngz	yienz-	laiz	dien-	sien	nawx
母	你	原	来	天	仙	女

你母原是天仙女，

1316

妖	**力**	**玉**	**帝**	**陇**	**在**	**陽**
ta^{6}	lɯk^{8}	ȵaɯ^{6}	tai^{5}	roŋ^{2}	tsaːi^{6}	jɯːŋ^{2}
dah	lwg	Nyawh-	daeq	roengz	caih-	yiengz
个	子	玉	帝	下	在	阳

玉帝女儿下凡间。

佊名皆御乳老武○天處肯他斗倍錢○

天處肯佊名汜姝○夫妻百日到还天○

媽名那吞御太潤○床近生名白花瑶○

他口王帝安名号○安旧董寶初在陽○

王帝金言說一語○名伝下界不生天○

下界生天布用易○命中八字寸不寿元○

劳名那近夺孔養○叐媽名到送回鄉○

媽名送床佊董永○長生保命冲状元○

1317

仪	**名**	**皆**	**仰**	**𢍽**	**老**	**武**
po^{6}	mɯŋ^{2}	ka:i^{1}	ʔda:ŋ^{1}	ra:n^{2}	la:u^{4}	fou^{4}
boh	mwngz	gai	ndang	ranz	Laux-	foux
父	你	卖	身	家	老	武

你父卖身老武家，

1318

天	**處**	**肯**	**他**	**斗**	**倍**	**錢**
ti:n^{1}	tsaɯ^{5}	haŋ^{3}	te^{1}	tau^{3}	poi^{2}	tsi:n^{2}
dien	cawq	haengj	de	daeuj	boiz	cienz
天	注定	给	她	来	赔	钱

上天派她来还钱。

1319

天	**處**	**肯**	**仪**	**名**	**旧**	**妹**
ti:n^{1}	tsaɯ^{5}	haŋ^{3}	po^{6}	mɯŋ^{2}	ku^{6}	mai^{4}
dien	cawq	haengj	boh	mwngz	guh	maex
天	注定	给	父	你	做	妻

天定要做董永妻，

1320

夫	**妻**	**百**	**日**	**到**	**还**	**天**
fou^{1}	tsei^{1}	pa:k^{7}	ŋon^{2}	ta:u^{5}	wa:n^{2}	ti:n^{1}
fou	cei	bak	ngoenz	dauq	vanz	dien
夫	妻	百	日	转	还	天

结婚百日回天庭。

1321

媽	**名**	**祁**	**𡗅**	**仰**	**太**	**潤**
me^{6}	mɯŋ^{2}	jɯ^{5}	la^{3}	ʔda:ŋ^{1}	ta:i^{5}	ȵin^{6}
meh	mwngz	youq	laj	ndang	daiq	nyinh
母	你	在	下	身	带	孕

你母凡间带身孕，

1322

庅	**𨑖**	**生**	**名**	**白**	**花**	**强**
ma^{1}	kɯn^{2}	θe:ŋ^{1}	mɯŋ^{2}	pe:k^{8}	wa^{1}	kjɯ:ŋ^{2}
ma	gwnz	seng	mwngz	beg	va	giengz
来	上	生	你	白	花	强

天上生你白花男。

1323

他	**口**	**王**	**帝**	**安**	**名**	**号**
te^{1}	heu^{6}	wu:ŋ^{2}	tai^{5}	ʔa:n^{1}	miŋ^{2}	ha:u^{6}
de	heuh	vuengz-	daeq	an	mingz-	hauh
她	叫	皇	帝	安	名	号

她叫玉帝起名字，

1324

安	**旧**	**董**	**寶**	**初**	**在**	**陽**
ʔa:n^{1}	ku^{6}	toŋ^{3}	pa:u^{3}	tso^{6}	tsa:i^{6}	jɯ:ŋ^{2}
an	guh	Doengj	Bauj	coh	caih-	yiengz
安	做	董	宝	名	在	阳

阳间名叫作董宝。

1325

王	**帝**	**金**	**言**	**說**	**一**	**語**
wu:ŋ^{2}	tai^{5}	kim^{1}	ji:n^{2}	θu:t^{7}	ʔit^{7}	ŋei^{4}
vuengz-	daeq	gim	yienz	suet	it	ngeix
皇	帝	金	言	说	一	语

皇帝金言说一句，

1326

名	**伝**	**下**	**界**	**不**	**生**	**天**
mɯŋ^{2}	wun^{2}	ja^{6}	kja:i^{5}	ʔbou^{5}	θe:ŋ^{1}	ti:n^{1}
mwngz	vunz	yah-	gyaiq	mbouj	seng	dien
你	人	下	界	不	生	天

你本下界非天人。

1327

下 界 生 天 布 用 易

ja^{6} kjaːi^{5} θeːŋ^{1} tiːn^{1} ʔbou^{5} juŋ^{2} hei^{6}

yah- gyaiq seng dien mbouj yungz- heih

下 界 生 天 不 容 易

凡人不易天上住，

1328

命 中 八 字 布 寿 元

miŋ^{6} tsuŋ^{1} peːt^{7} tsei^{6} ʔbou^{5} θou^{6} juːn^{2}

mingh cung bet- cih mbouj souh yienz

命 中 八 字 不 寿 延

命中八字不寿延。

1329

劳 名 卣 处 布 礼 養

laːu^{1} mɯŋ^{2} jɯ^{5} kɯn^{2} ʔbou^{5} ʔdai^{3} tsɯːŋ^{4}

lau mwngz youq gwnz mbouj ndaej ciengx

怕 你 在 上 不 得 养

怕你在天不能养，

1330

發 媽 名 到 送 囬 鄉

faːt^{7} me^{6} mɯŋ^{2} taːu^{5} θoŋ^{5} hoi^{2} jɯːŋ^{1}

fat meh mwngz dauq soengq hoiz yieng

发 母 你 转 送 回 乡

令你母亲送凡间。

1331

媽 名 送 床 仪 董 永

me^{6} mɯŋ^{2} θoŋ^{5} ma^{1} po^{6} toŋ^{3} wiŋ^{4}

meh mwngz soengq ma boh Doengj Vingx

母 你 送 来 父 董 永

你母送来给你父，

1332

長 生 保 命 冲 状 元

tsɯːŋ^{2} θeːŋ^{1} paːu^{3} miŋ^{6} tsuŋ^{5} θɯːŋ^{6} juːn^{2}

ciengz- seng bauj mingh cungq cangh- yienz

长 生 保 命 中 状 元

保命长生中状元。

董永礼呻刘句㑊　想心脊禍肴心腸
董永荅言国師道　养尔暇許地通天
养尔眉路通天去　吞娲仙不心自寬
國師荅言力吕力　名兰知律冲状元
天义还天地还地　布娲用易礼見天
九恋句闹通天去　天仙布與我非言
董寶叩苟兰說語　刘老師父听我厌
九力仙女通王帝　碍房布孔地見天

1333

董	**永(寶)**	**礼**	**啤**	**刘**	**旬**	**你**
toŋ^{3}	paːu^{3}	ʔdai^{3}	ȵi^{1}	nau^{2}	tson^{2}	nei^{4}
Doengj	Bauj	ndaej-	nyi	naeuz	coenz	neix
董	宝	得	听	说	句	这

董宝听到这些话，

1334

想	**心**	**嗜**	**媽**	**痛**	**心**	**腸**
θɯːŋ^{3}	θim^{1}	kjai^{2}	me^{6}	toŋ^{6}	θim^{1}	tsɯːŋ^{2}
siengj	sim	gyaez	meh	doengh	sim-	ciengz
想	心	爱	母	动	心	肠

心想爱母动心肠。

1335

董	**永(寶)**	**荅**	**言**	**国**	**師**	**道**
toŋ^{3}	paːu^{3}	taːp^{7}	jiːn^{2}	kuːk^{7}	θai^{1}	taːu^{6}
Doengj	Bauj	dap	yienz	guek-	sae	dauh
董	宝	答	言	国	师	道

董宝询问国师道，

1336

养	**尔**	**較**	**計**	**批**	**逼**	**天**
jɯːŋ^{6}	laɯ^{2}	kjaːu^{5}	kei^{5}	pai^{1}	toŋ^{1}	tiːn^{1}
yiengh-	lawz	gyauq	geiq	bae	doeng	dien
样	哪	较	计	去	通	天

如何才能上天庭，

1337

养	**尔**	**眉**	**路**	**逼**	**天**	**去**
jɯːŋ^{6}	laɯ^{2}	mei^{2}	lo^{6}	toŋ^{1}	tiːn^{1}	pai^{1}
yiengh-	lawz	miz	loh	doeng	dien	bae
样	哪	有	路	通	天	去

哪里有路通天上？

1338

吞	**媽**	**仙**	**女**	**心**	**自**	**寬**
ran^{1}	me^{6}	θiːn^{1}	naɯ^{4}	θim^{1}	θei^{6}	wuːn^{1}
raen	meh	sien-	nawx	sim	seih	vuen
见	母	仙	女	心	自	欢

能见仙母心自欢。

1339

國	**師**	**荅**	**言**	**力**	**口**	**力**
kuːk^{7}	θai^{1}	taːp^{7}	jiːn^{2}	lɯk^{8}	hɯ^{2}	lɯk^{8}
guek-	sae	dap	yienz	lwg	hwz	lwg
国	师	答	言	儿	呀	儿

国师答言儿呀儿，

1340

名	**兰**	**知**	**律**	**冲**	**状**	**元**
mɯŋ^{2}	ro^{4}	θaɯ^{1}	lɯt^{8}	tsuŋ^{5}	θɯːŋ^{6}	juːn^{2}
mwngz	rox	saw-	lwd	cungq	cangh-	yienz
你	知	书	律	中	状	元

你知律书中状元。

1341

天	**又**	**还**	**天**	**地**	**还**	**地**
tiːn^{1}	jou^{4}	waːn^{2}	tiːn^{1}	tei^{6}	waːn^{2}	tei^{6}
dien	youh	vanz	dien	deih	vanz	deih
天	又	还	天	地	还	地

天自归天地归地，

1342

布	**好**	**用**	**易**	**礼**	**見**	**天**
ʔbou^{5}	haːu^{3}	juŋ^{2}	hei^{6}	ʔdai^{3}	kiːn^{5}	tiːn^{1}
mbouj	hauj	yungz-	heih	ndaej	gienq	dien
不	好	容	易	得	见	天

不好轻易得见天。

1343

九	态	勺	開	通	天	去
ku^{1}	θɯ:ŋ^{3}	jak^{7}	ha:i^{1}	toŋ^{1}	ti:n^{1}	pai^{1}
gou	siengj	yaek	hai	doeng	dien	bae
我	想	欲	开	通	天	去

我欲开路通天去，

1344

天	仙	布	與	我	非	言
ti:n^{1}	θi:n^{1}	ʔbou^{5}	haɯ^{3}	ku^{1}	fei^{5}	ji:n^{2}
dien-	sien	mbouj	hawj	gou	feiq	yienz
天	仙	不	许	我	废	言

天仙不许我说出。

1345

董	寶	吅	苟	兰	説	語
toŋ^{3}	pa:u^{3}	kau^{5}	kjau^{3}	ro^{4}	θu:t^{7}	ŋei^{4}
Doengj	Bauj	gaeuq	gyaeuj	rox	suet	ngeix
董	宝	叩	首	会	说	语

董宝叩首会说话，

1346

刘	老	師	父	听	我	吠
nau^{2}	la:u^{4}	θai^{1}	fou^{6}	tiŋ^{5}	ku^{1}	tɯ:n^{1}
naeuz	laux	sae-	fouh	dingq	gou	dwen
说	老	师	父	听	我	提及

说老师父听我言。

1347

九	力	仙	女	通	玉	帝
ku^{1}	lɯk^{8}	θi:n^{1}	naɯ^{4}	toŋ^{1}	n̥aɯ^{6}	tai^{5}
gou	lwg	sien-	nawx	doeng	Nyawh-	daeq
我	儿	仙	女	通	玉	帝

我是仙儿通玉帝，

1348

碍	庥	布	礼	批	見	天
ŋa:i^{6}	ma^{2}	ʔbou^{5}	ʔdai^{3}	pai^{1}	ki:n^{5}	ti:n^{1}
ngaih-	maz	mbouj	ndaej	bae	gienq	dien
奈	何	不	得	去	见	天

奈何不能去天庭。

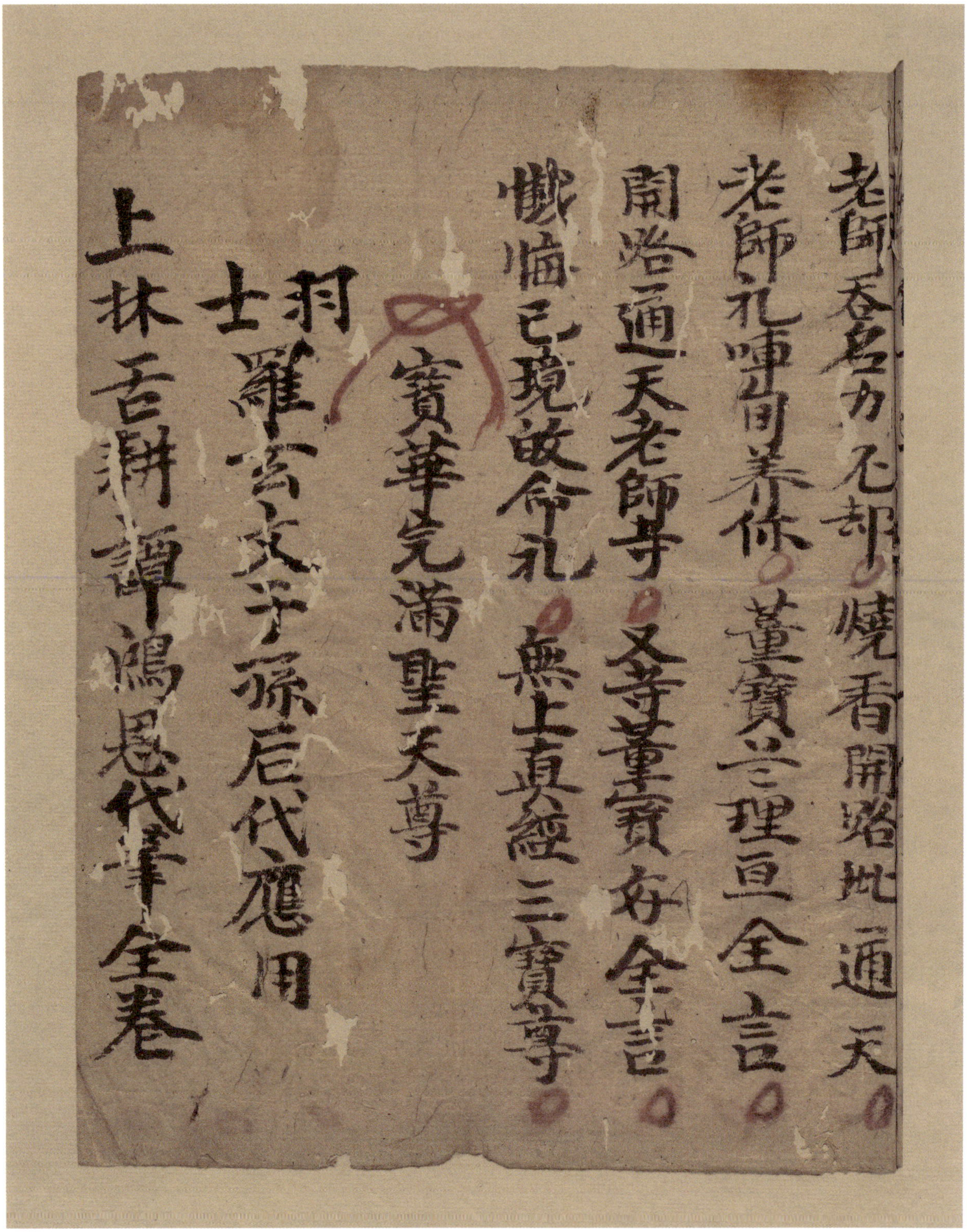

老師吞名力乙部 燒香開路叱通天
老師孔呻司养佅 董寶三理亘全言
開路通天老師寺 又寺董寶存全言
懺悔已現故命孔 無上真經三寶尊
寶華完滿聖天尊
羽士羅玄文子孫后代應用
上林吾樹譚鳴恩代筆全卷

1349

老	師	吞	名	力	兀	郄
laːu^{4}	θai^{1}	ran^{1}	mɯŋ^{2}	lɯk^{8}	ʔdei^{1}	tso^{6}
laux-	sae	raen	mwngz	lwg	ndei	coh
老	师	见	你	儿	好	可怜

国师见董宝可怜，

1350

焼	香	開	路	坒	迵	天
θiːu^{1}	jɯːŋ^{1}	haːi^{1}	lo^{6}	pai^{1}	toŋ^{1}	tiːn^{1}
siu	yieng	hai	loh	bae	doeng	dien
烧	香	开	路	去	通	天

烧香开路去通天。

1351

老	師	礼	呻	句	养	你
laːu^{4}	θai^{1}	ʔdai^{3}	ȵi^{1}	tson^{2}	jɯːŋ^{6}	nei^{4}
laux-	sae	ndaej-	nyi	coenz	yiengh-	neix
老	师	得	听	句	样	这

国师听到这些话，

1352

董	寶	兰	理	亘	全	言
toŋ^{3}	paːu^{3}	ro^{4}	lei^{4}	kaːŋ^{3}	tsuːn^{2}	jiːn^{2}
Doengj	Bauj	rox	leix	gangj	cienz	yienz
董	宝	知	理	讲	全	言

董宝明理话周全。

1353

開	路	迵	天	老	師	䓁
haːi^{1}	lo^{6}	toŋ^{1}	tiːn^{1}	laːu^{4}	θai^{1}	taŋ^{5}
hai	loh	doeng	dien	laux-	sae	daengq
开	路	通	天	老	师	叮嘱

开路通天国师嘱，

1354

又	䓁	董	寶	好	全	言
jou^{4}	taŋ^{5}	toŋ^{3}	paːu^{3}	haːu^{3}	tsuːn^{2}	jiːn^{2}
youh	daengq	Doengj	Bauj	hauj	cienz	yienz
又	叮嘱	董	宝	好	全	言

叮嘱董宝话周全。

1355

懺	悔[1]	已	境	敀	命	礼
tsaːm^{5}	hoi^{3}	hei^{3}	kiŋ^{5}	kwei^{1}	miŋ^{6}	ʔdai^{3}
camq-	hoij	heij	gingq	gvi	mingh	ndaej
忏	悔	已	竟	皈	命	得

仪式已毕各安命，

1356

無	上	真	經	三	寶	尊
fou^{2}	θɯːŋ^{6}	tsan^{1}	kiŋ^{1}	θaːm^{1}	paːu^{3}	tsan^{1}
fouz	siengh	caen	ging	sam	bauj	caen
无	上	真	经	三	宝	尊

无上真经三宝尊，

1357

寶	華	完	滿	聖	天	尊
paːu^{3}	wa^{6}	juːn^{2}	muːn^{4}	θiŋ^{5}	tiːn^{1}	tsan^{1}
bauj	vaz	yienz-	muenx	singq	dien-	caen
宝	华	完	满	圣	天	尊

宝华圆满圣天尊。

① 懺悔 [tsaːm⁵ hoi³]：本义是“忏悔”，这里指丧场上的一种仪式，即师公、道公诵经超度亡灵，洗脱其在阳世所犯的罪孽。

附录

古壮字字表

本表收录整个文本的全部古壮字（错字及衍字不收）。每个字按笔画从少到多排列，笔画数目相同者按壮文音序排列。每个古壮字的后面标有国际音标和壮文。音标是古壮字在当地的实际读音，壮文是音标的对应转写。壮文之后为该字的简明汉义。阿拉伯数字是该字在文本中的位置，括号中的阿拉伯数字指该字在文本中出现的次数。如：“刀，[tsa^{4}]，cax，刀，970-2，(1)”，表示“刀”为文本中第970句的第2个字，义为“刀”，文中出现1次。

同字同音不同义，则分立条目，如：“公”，皆读 [koŋ^{1}]，壮文为 goeng，第1082句义为“功”，第192句、第241句等义为“公”，则需分立条目。

同字不同音，分立条目。同一笔画数，按古壮字的壮文音序进行排列，同字连排，且连排的同字之间也按壮文音序排列。

一画

乙，[ʔiːt^{7}]，iet，伸，232-3，(1)

乙，[ʔiːt^{7}]，iet，乙，813-2，(1)

乙，[jat^{7}]，yaet-，yaetyaet，嘀咕，124-3，634-3，(2)

乙，[jat^{7}]，yaet，yaetyaet，嘀咕，124-4，634-4，(2)

乙，[jiːt^{8}]，yied，越，504-1，504-4，906-1，906-4，(4)

乙，[ʔiːt^{7}]，yiet-，歇，447-6，(1)

[illegible]，[ʔit^{7}]，it，[illegible]，771-7，787-1，844-1，1204-2，1238-6，1243-6，1325-6，(7)

二画

九，[kjiːu^{3}]，gouj-，九，105-3，（1）

力，[lɯk^{8}]，lwg，儿，子，女，女儿，19-7，24-1，86-4，90-4，101-3，103-1，107-2，118-1，119-1，131-4，141-7，174-6，181-5，181-7，182-1，190-6，193-2，197-7，198-2，208-2，209-2，227-3，231-1，239-5，239-7，252-4，277-7，357-3，358-1，359-1，371-5，371-7，391-5，391-7，392-1，417-5，417-7，432-1，522-3，561-5，603-1，604-3，759-3，760-3，765-2，793-3，794-3，800-5，817-3，818-3，897-2，910-6，912-2，943-1，951-1，1015-3，1029-5，1053-3，1076-2，1089-2，1111-3，1116-2，1183-5，1199-2，1210-1，1216-1，1218-1，1242-3，1268-5，1276-4，1278-1，1280-1，1280-5，1281-5，1284-3，1307-7，1316-2，1339-5，1339-7，1347-2，1349-5，（81）

力，[lɯk^{8}]，lwg，崽，60-6，65-3，82-6，85-4，89-4，748-3，（6）

力，[lɯk^{8}]，lwg-，子，953-6，1081-1，1255-1，1258-3，（4）

力，[lɯk^{8}]，lwg-，儿，587-2，（1）

力，[lɯk^{8}]，lwg-，果，1260-1，1291-3，（2）

了，[leu^{3}]，leuj，嘹，233-7，257-7，（2）

了，[leu^{3}]，leuj-，嘹，233-6，257-6，（2）

了，[liːu^{4}]，liux，完，399-7，769-7，1157-7，（3）

了，[liːu^{4}]，liux，了，645-7，683-7，727-7，785-7，855-5，889-5，957-7，1119-5，1127-7，1185-7，1265-7，（11）

了，[lou^{1}]，lou，嗷，1231-7，（1）

了，[lou^{1}]，lou-，嗷，1231-6，（1）

了，[ʔdeu^{1}]，ndeu，一，502-3，1176-2，（2）

乃，[naːi^{1}]，nai，问候，1016-1，（1）

乃，[naːi^{3}]，naij-，奶，1256-3，（1）

乃，[naːi^{5}]，naiq，弱，乏，3-3，447-7，868-3，（3）

乃，[naːi^{6}]，naih，耐，480-2，481-2，（2）

二，[ŋei^{6}]，ngeih，义，388-5，（1）

二，[ŋei^{6}]，ngeih，二，98-4，112-4，251-7，282-4，329-7，568-4，569-4，578-3，618-4，673-

3，688-6，697-6，706-3，707-3，720-3，721-3，728-3，788-1，824-6，844-5，883-1，891-7，898-6，907-6，1108-2，1179-7，1181-6，1250-6，（28）

人，[θin^{2}]，saenz，人，536-7，657-4，696-5，847-4，858-7，（5）

人，[wun^{2}]，vunz，人，567-2，577-1，582-2，617-2，621-5，725-3，938-7，939-2，1058-7，1107-5，1191-1，1191-4，（12）

又，[jou^{1}]，youh，又，18-1，60-1，61-1，63-5，83-5，100-5，109-6，112-1，114-5，116-5，126-1，135-3，140-1，153-6，158-5，166-5，213-3，215-6，218-1，223-5，226-2，237-5，279-3，280-3，287-5，288-2，317-3，392-3，408-1，424-3，438-1，445-3，493-5，498-2，521-5，548-3，550-2，600-1，603-5，633-3，660-1，705-3，719-3，769-1，789-3，803-1，844-2，891-3，897-6，908-3，986-3，1041-3，1144-1，1167-5，1197-3，1206-1，1218-3，1219-2，1291-1，1293-5，1297-1，1341-2，1354-1，（63）

三画

孓，[ʔam^{5}]，aemq，背，109-4，（1）

乞，[ʔat^{7}]，aet，好，乖巧，486-4，521-7，603-7，620-4，633-7，821-7，1056-4，（7）

乞，[hat^{7}]，haet，早，1211-2，1243-2，1305-3，（3）

乞，[hat^{7}]，haet-，早，741-1，746-1，749-1，758-1，761-1，790-1，795-1，1308-1，（8）

口，[paːk^{7}]，bak，口，938-2，（1）

口，[hau^{3}]，haeuj，入，4-3，226-3，353-3，475-3，969-1，991-2，995-2，996-2，1266-3，1269-1，（10）

口，[hau^{3}]，haeuj，口，212-4，912-5，（2）

口，[hau^{3}]，haeuj，进，463-5，515-3，1158-5，1159-3，1191-2，1272-5，（6）

口，[hau^{3}]，haeuj-，进，10-5，（1）

口，[heu^{6}]，heuh，叫，1323-2，（1）

义，[tsa^{1}]，ca，差，369-5，（1）

子，[tsei^{3}]，ceij，子，339-4，706-2，707-2，720-2，721-2，741-4，803-4，806-4，1044-4，1059-7，1064-5，1071-4，1208-4，1231-2，1233-6，1241-7，1277-7，（17）

子，[tsei^{3}]，ceij，纸，126-3，(1)

子，[lɯk^{8}]，lwg，儿，1270-4，(1)

子，[θei^{3}]，seij，息，1113-7，(1)

子，[θei^{6}]，seih，自，20-4，(1)

之，[tsi^{1}]，ci，指，171-5，599-5，(2)

千，[tsiːn^{1}]，cien，千，85-5，93-5，94-1，202-1，348-1，382-1，490-1，521-3，563-3，603-3，654-3，658-1，702-1，839-5，914-1，1123-1，1185-3，(17)

丈，[tsɯːŋ^{4}]，ciengx，养，1036-5，(1)

大，[ta^{6}]，dah-，dahraix，果真，230-4，322-4，837-4，867-4，904-4，(5)

大，[taːi^{6}]，daih，太，122-5，(1)

大，[taːi^{6}]，daih，大，353-4，383-4，1045-6，1283-6，(4)

大，[taːi^{6}]，daih-，第，251-6，329-6，413-2，891-6，921-5，1019-6，1041-5，1055-5，1069-6，1083-5，1125-5，1179-6，(12)

大，[taːi^{6}]，daih-，大，144-3，544-2，657-3，(3)

万，[faːn^{6}]，fanh，万，85-6，93-6，94-2，202-3，296-1，348-3，490-3，521-6，658-3，678-6，680-6，681-6，838-1，1074-3，1132-5，(15)

凡，[faːŋ^{2}]，fangz-，鬼，48-2，638-1，(2)

干，[kaːn^{5}]，ganq，看护，110-4，(1)

干，[kaːn^{5}]，ganq-，干，1261-6，1289-6，(2)

己，[kei^{3}]，geij，几，137-3，426-3，992-6，1057-1，1058-1，(5)

己，[kei^{3}]，geij，纪，935-4，951-7，(2)

己，[kei^{3}]，geij-，几，938-5，983-5，(2)

及，[kip^{8}]，gib，及，1128-5，(1)

个，[ko^{5}]，goj，老是，628-5，(1)

个，[ko^{5}]，goj，也，74-3，136-3，318-3，446-4，482-3，497-1，511-2，888-1，1013-3，1062-2，1068-3，1188-5，1190-1，1258-5，(14)

个，[ko^{5}]，goq，顾，102-2，1255-7，1261-7，1289-7，(4)

工，[koŋ^{1}]，goeng，工，567-4，577-3，617-4，628-7，631-7，(5)

工，[koŋ^{1}]，goeng-，功，1109-6，(1)

工，[koŋ^{1}]，goeng-，工，960-4，1099-2，(2)

工，[hoːŋ^{1}]，hong，工，954-2，985-2，(2)

九，[ku^{1}]，gou，我，875-1，877-1，(2)

巾，[kɯn^{1}]，gwn，吃，43-3，72-4，74-1，75-1，79-5，96-7，321-2，322-3，393-5，403-5，652-3，851-5，859-5，1021-5，1025-2，1260-5，(16)

巾，[kɯn^{1}]，gwn-，吃，106-4，(1)

上，[kɯn^{2}]，gwnz，上，400-6，1200-4，(2)

上，[hɯn^{3}]，hwnj，上，1298-4，(1)

上，[θɯːŋ^{6}]，siengh，上，384-3，1356-2，(2)

已，[hei^{3}]，heij，已，1355-3，(1)

下，[la^{3}]，laj，下，412-5，1306-5，(2)

下，[ja^{4}]，yax，也，152-3，156-3，575-2，836-3，856-3，870-3，894-3，988-1，1065-2，(9)

下，[ja^{6}]，yah，下，556-4，608-4，858-2，1203-7，1300-2，(5)

下，[ja^{6}]，yah-，下，419-6，437-6，448-3，507-6，562-3，613-6，781-3，799-6，812-3，829-6，1210-3，1216-3，1220-3，1246-3，1247-1，1326-3，1327-1，(17)

女，[lɯk^{8}]，lwg，女儿，581-2，(1)

女，[naɯ^{4}]，nawx，女，32-5，408-4，409-3，417-2，418-4，419-4，423-2，427-6，435-2，437-4，443-3，448-2，449-2，483-2，505-2，519-6，533-2，551-6，559-2，583-2，596-4，609-2，616-4，620-2，623-2，626-2，629-2，632-4，633-6，646-4，649-3，665-2，669-6，670-2，675-2，677-2，691-2，698-4，711-2，715-6，716-2，723-2，733-5，738-4，752-4，753-6，754-2，763-2，770-2，775-7，779-2，804-4，805-4，811-4，826-2，827-2，839-2，841-2，862-4，869-2，873-6，888-5，891-2，893-7，903-3，908-2，922-2，950-4，955-4，967-2，981-7，989-2，994-4，1015-2，1017-2，1027-4，1041-2，1056-2，1069-2，1077-5，1087-2，1103-7，1113-2，1124-2，1125-2，1127-2，1132-2，1170-4，1171-4，1180-4，1183-2，1185-2，1197-7，1206-4，1207-2，1217-6，1224-4，1227-2，1229-2，1233-2，1236-4，1237-4，1239-

2，1253-6，1257-2，1259-6，1263-2，1265-2，1279-5，1281-4，1315-7，1338-4，1347-4，(113)

亡，[muːŋ^{2}]，muengz，亡，92-7，144-7，206-7，302-7，349-4，644-7，784-7，972-6，988-7，(9)

兀，[ʔdei^{3}]，ndij，跟，77-5，(1)

士，[θai^{6}]，saeh，事，195-7，(1)

士，[θei^{6}]，seih，是，35-6，459-2，686-5，767-4，821-2，(5)

三，[θaːm^{1}]，sam，　三，30-4，45-1，99-3，113-3，280-7，366-2，440-1，445-1，737-6，801-5，804-1，805-1，811-1，913-1，921-6，1003-1，1003-3，1005-1，1093-6，1138-4，1211-1，1243-1，1293-3，1295-3，1356-5，(25)

三，[θaːm^{1}]，sam-，三，288-6，494-6，(2)

山，[θaːn^{1}]，san，山，34-5，267-5，353-5，865-5，895-4，(5)

小，[θiːu^{3}]，siuj，小，608-6，611-3，630-6，1259-5，1274-1，1275-1，1287-1，(7)

小，[θiːu^{3}]，siuj，少，319-7，333-7，890-2，(3)

小，[θiːu^{3}]，siuj-，小，619-5，1197-5，(2)

也，[ja^{4}]，yax，也，982-5，(1)

勺，[jak^{7}]，yaek，将，809-6，(1)

勺，[jak^{7}]，yaek，要，657-6，701-6，831-1，965-3，(4)

勺，[jak^{7}]，yaek，欲，215-2，225-2，304-6，305-6，306-6，651-2，652-2，717-6，742-1，746-3，1343-3，(11)

四画

文，[pan^{2}]，baenz，　成，47-2，70-4，90-6，102-4，139-5，157-5，165-5，267-2，296-4，365-2，370-3，503-3，531-4，543-2，605-5，734-5，875-5，904-2，905-3，909-5，928-4，932-2，953-5，958-6，971-6，987-5，1081-4，1254-6，1258-6，(29)

文，[fan^{2}]，faenz，文，12-4，621-4，(2)

文，[fan^{2}]，faenz，砍，969-3，(1)

文，[fan^{2}]，faenz-，文，569-6，1070-6，1114-5，1296-6，(4)

比，[pei^{3}]，beij，比，887-2，(1)

父，[po^{6}]，boh，父，80-2，104-4，157-3，423-5，423-7，424-2，435-4，991-5，1105-6，1209-3，(10)

父，[pou^{4}]，boux-，人，369-2，875-6，933-4，(3)

父，[fou^{4}]，Foux-，武，271-5，272-1，277-1，280-1，597-5，(5)

父，[fou^{6}]，fouh，父，18-3，356-2，395-6，405-6，421-6，565-6，615-6，861-6，995-3，996-3，1023-6，1026-3，1112-3，1169-6，1346-4，(15)

尔，[tsiːn^{2}]，cienz，钱，441-5，(1)

夊，[tsiːn^{2}]，cienz，钱，229-2，274-2，275-4，(3)

夊，[ma^{1}]，ma，来，191-4，(1)

丈，[tsɯːŋ^{4}]，ciengx，养，44-3，115-1，1214-1，1291-7，1293-1，1294-1，1295-1，1297-2，(8)

丈，[tsɯːŋ^{6}]，ciengh，杖，247-4，(1)

切，[tsiːp^{7}]，ciep，接，1235-3，(1)

丑，[tsou^{3}]，couj，丑，92-4，809-1，849-5，(3)

中，[tsuŋ^{1}]，cung，中，952-7，1011-5，1139-5，1222-2，1328-2，(5)

中，[tsuŋ^{5}]，cungq，中，946-3，1062-3，1200-5，(3)

太，[taːi^{6}]，Daih-，太，238-1，239-1，251-1，361-1，363-2，371-1，384-2，391-1，399-1，401-1，(10)

太，[taːi^{5}]，daiq，带，37-3，1043-6，1058-3，1158-3，1321-6，(5)

太，[taːi^{5}]，daiq，戴，1137-3，(1)

屯，[tan^{6}]，daenh，抽泣，368-2，(1)

斗，[tau^{3}]，daeuj，来，21-5，39-6，67-2，115-3，129-4，133-3，151-6，154-3，159-5，167-5，171-3，200-3，219-5，238-6，240-5，260-5，262-5，291-3，304-5，305-5，306-5，307-1，338-1，342-1，362-6，364-4，367-2，387-4，407-1，408-5，409-4，415-3，416-1，448-6，449-4，466-5，467-5，514-4，517-4，518-4，557-6，562-1，592-1，607-6，616-5，651-3，653-4，684-3，692-5，693-4，774-6，775-4，781-2，805-5，862-5，895-5，908-5，1023-2，1030-2，1122-4，1129-5，1150-5，1166-5，1180-5，1186-5，1192-6，1210-5，1274-3，1308-3，1312-5，1318-5，(71)

斗，[taːu^{5}]，dauq，倒，187-5，191-5，(2)

天，[tiːn^{1}]，dien，天，29-5，117-4，120-2，292-4，350-1，394-1，396-1，428-7，434-7，446-1，466-1，507-1，613-1，772-7，810-7，826-7，829-1，839-4，957-4，975-5，994-7，1117-1，1124-7，1127-4，1184-7，1206-7，1210-7，1216-7，1219-1，1219-4，1220-7，1221-4，1228-7，1246-7，1247-4，1264-7，1265-4，1282-7，1302-7，1318-1，1319-1，1320-7，1326-7，1327-4，1336-7，1337-6，1341-1，1341-4，1342-7，1343-6，1348-7，1350-7，1353-4，（53）

天，[tiːn^{1}]，dien-，天，347-6，390-2，412-2，741-3，857-1，1039-3，1044-3，1064-4，1071-3，1080-2，1315-5，1344-1，1357-6，（13）

天，[ʔbɯn^{1}]，mbwn，天，397-5，400-7，517-3，561-4，（4）

天，[ʔdan^{1}]，ndaen，天，804-7，（1）

弔，[tiːu^{5}]，diuq，吊，1136-1，（1）

分，[fan^{1}]，faen，分，106-3，125-5，283-6，306-7，315-5，360-2，（6）

分，[fan^{1}]，faen-，分，507-3，613-3，829-3，（3）

夫，[fou^{1}]，fou，去，428-1，842-3，879-3，1184-1，1282-1，1320-1，（6）

方，[fuːŋ^{1}]，fueng，坊，1202-7，1232-7，（2）

风，[foŋ^{6}]，fungh，凤，736-3，（1）

介，[kai^{5}]，gaej，莫，198-3，204-6，520-1，（3）

介，[kai^{5}]，gaej，别，104-2，389-3，398-6，506-6，534-5，676-6，764-6，835-4，854-4，874-1，883-4，892-3，913-4，926-1，931-3，934-1，964-1，966-1，968-5，998-3，1001-1，1004-4，1033-4，1061-4，1084-1，1100-1，1115-4，（27）

介，[kaːi^{5}]，gaiq，盖，1172-5，（1）

介，[kaːi^{5}]，gaiq，块，135-1，317-1，968-2，（3）

介，[kaːi^{5}]，gaiq-，块，154-5，368-4，373-1，（3）

斤，[kan^{1}]，gaen，斤，743-3，755-6，791-6，1175-6，（4）

巨，[kaɯ^{5}]，gawq，句，1084-4，（1）

巨，[kɯ^{4}]，gwx，老是，177-6，269-4，（2）

巨，[ŋaɯ^{4}]，ngawx，理睬，410-5，（1）

巨，[ʔɯ^{5}]，wq，呀，181-6，183-6，391-6，417-6，423-6，（5）

六，[rok^{8}]，roeg，鸟，517-1，（1）

六，[rok^{7}]，roek，六，100-1，774-2，779-5，780-2，810-2，997-1，1019-7，1294-3，1297-4，（9）

毋，[me^{6}]，meh，母，4-2，69-2，1105-7，（3）

毋，[mu^{4}]，mux，母，18-4，356-3，395-7，405-7，421-7，565-7，615-7，861-7，995-4，996-4，1023-7，1026-4，1112-4，1169-7，1267-7，（15）

毋，[mu^{4}]，mux-，母，108-4，（1）

木，[mok^{8}]，moeg-，目，7-4，（1）

不，[ʔbou^{5}]，mbouj，不，622-1，1057-5，1058-5，1191-6，1246-5，1326-5，（6）

王，[ɲaɯ^{6}]，Nyawh-，玉，1281-6，（1）

王，[wuːŋ^{2}]，vuengz，皇，742-7，746-7，758-7，790-7，893-4，897-4，1066-3，1076-3，1088-7，1089-4，1111-4，1116-3，1128-2，1130-7，1141-5，1143-5，1160-7，1186-7，1191-5，1192-1，1197-2，（21）

王，[wuːŋ^{2}]，vuengz，王，323-3，349-6，474-3，532-3，658-7，686-7，702-7，800-7，801-4，1194-7，（10）

王，[wuːŋ^{2}]，vuengz-，皇，561-6，808-3，1029-6，1073-3，1145-1，1147-1，1151-5，1152-1，1157-3，1161-1，1163-1，1177-1，1179-1，1182-1，1183-6，1187-3，1193-1，1199-3，1201-6，1217-1，1298-1，1323-3，1325-1，（23）

内，[nei^{4}]，neix，这，899-5，928-2，（2）

内，[noi^{4}]，noix，小，49-2，（1）

内，[ɲai^{5}]，nyaeq，小，幼小，150-4，529-5，（2）

兀，[ʔdei^{1}]，ndei，好，91-4，432-3，486-2，521-4，525-2，527-2，531-2，535-2，537-2，539-2，541-4，603-4，636-4，729-4，887-1，897-5，915-5，943-3，969-5，1349-6，（20）

兀，[ʔdi^{3}]，ndij，与，跟，56-2，76-2，77-5，207-2，338-2，342-2，420-2，422-2，429-5，477-3，512-1，632-2，732-2，752-2，769-2，1051-1，1073-2，1287-3，1304-2，（19）

勾，[ŋau^{1}]，ngaeu，钩，457-5，（1）

日，[ŋon^{2}]，ngoenz，日，428-4，879-7，1184-4，1282-4，1320-4，（5）

日，[θat^{8}]，saed，实，1049-5，（1）

午，[ŋu^{4}]，ngux，午，832-1，（1）

月，[ȵuːt^{8}]，nyied，月，7-2，45-2，111-4，112-5，385-2，628-3，628-4，1003-2，1005-2，1207-7，（10）

牛，[ȵiːu^{2}]，nyiuz-，牛，528-4，（1）

牛，[waːi^{2}]，vaiz，水牛，328-3，（1）

心，[θim^{1}]，sim，心，47-5，71-5，84-6，123-4，178-5，292-2，294-2，462-3，504-3，534-2，535-5，542-7，554-5，560-6，598-5，816-5，841-5，843-5，874-6，880-6，890-5，906-3，917-4，934-5，952-6，956-7，998-5，1007-4，1009-4，1011-4，1274-5，1334-2，1338-5，（33）

心，[θim^{1}]，sim-，心，14-6，36-6，40-6，64-6，124-6，482-6，520-6，626-6，634-6，712-6，868-4，936-2，1334-6，（13）

双，[θoːŋ^{1}]，song，二，19-3，20-1，55-1，61-6，62-1，344-1，357-1，662-1，674-2，708-1，722-1，750-1，762-1，796-1，1238-1，1289-1，（16）

双，[θoːŋ^{4}]，songx，涟，16-7，180-7，214-7，664-7，666-7，（5）

双，[θoːŋ^{4}]，songx-，涟，16-6，180-6，214-6，664-6，666-6，（5）

双，[θuːŋ^{1}]，sueng，双，1078-5，（1）

化，[wa^{5}]，vaq，化，238-4，362-4，364-1，400-4，436-4，1052-3，（6）

云，[wun^{2}]，vunz，人，19-4，（1）

壬，[jiːm^{2}]，Yiemz-，阎，475-4，（1）

元，[ȵuːn^{2}]，yienz，原，1013-1，（1）

元，[juːn^{2}]，yienz，延，120-7，846-7，1222-7，1226-7，1248-7，1328-7，（6）

元，[juːn^{2}]，yienz，元，808-7，1044-7，1062-5，1072-7，1075-5，1086-7，1110-7，1200-7，1201-4，1214-7，1252-7，1298-7，1332-7，1340-7，（14）

元，[juːn^{2}]，yienz-，元，857-3，858-3，（2）

引，[jin^{4}]，yinx，引，582-4，596-2，597-1，1166-2，（4）

友，[jou^{4}]，youx，友，940-4，（1）

五画

北，[pak^{7}]，Baek-，北，884-4，893-1，（2）

去，[pai^{1}]，bae，去，865-3，1337-7，1343-7，（3）

白，[peːk^{8}]，beg，白，38-5，238-2，239-2，251-2，361-2，363-3，371-2，391-2，399-2，401-2，1035-3，1037-3，1070-4，1208-5，1242-5，1284-5，1322-5，（17）

皮，[pei^{4}]，beix，兄，132-4，314-4，319-1，330-3，333-3，450-3，451-3，458-1，469-5，480-1，481-1，505-5，505-7，508-3，509-3，512-2，523-2，533-7，542-4，559-7，564-5，583-7，594-3，614-3，665-7，675-7，723-7，763-7，828-4，896-5，898-2，958-4，990-5，992-5，1046-4，1060-4，1257-7，（37）

必，[pik^{7}]，bik-，匹，898-3，（1）

平，[piŋ^{2}]，bingz，平，1050-5，（1）

平，[piŋ^{6}]，bingh，并，725-5，（1）

本，[poːn^{3}]，bonj-，本，44-4，321-4，（2）

本，[pun^{2}]，bunz，件，1142-3，（1）

半，[puːn^{5}]，buenq，半，29-4，1297-7，（2）

加，[kja^{3}]，caj，等候，444-5，（1）

加，[ka^{3}]，gaj，杀，326-1，334-2，340-2，（3）

加，[kja^{3}]，gyaj，假，1048-5，（1）

仙，[θiːn^{1}]，sien，仙，30-3，412-3，442-2，531-5，679-3，725-4，857-2，976-2，1039-4，1315-6，1344-2，（11）

仙，[θiːn^{1}]，sien-，仙，409-2，419-3，423-1，435-1，437-3，443-2，448-1，449-1，483-1，505-1，519-5，533-1，551-5，559-1，583-1，596-3，609-1，616-3，620-1，623-1，626-1，629-1，632-3，633-5，646-3，649-2，665-1，669-5，670-1，675-1，677-1，691-1，696-4，698-3，711-1，715-5，716-1，723-1，733-4，738-3，752-3，753-5，754-1，763-1，770-1，826-1，827-1，839-1，841-1，848-6，862-3，869-1，873-5，876-6，888-4，891-1，893-6，894-6，903-2，908-1，922-1，950-3，955-3，967-1，981-6，989-1，994-3，1015-1，1027-3，1041-1，1056-1，1069-1，1077-4，1087-1，1103-6，1113-1，1124-1，1125-1，1127-1，1132-1，1154-6，1170-3，1171-3，1180-3，1183-1，1185-1，1190-6，1206-3，1207-1，1224-3，1227-1，1229-1，1233-1，1236-3，1237-3，1239-1，1253-5，1257-1，1263-1，1265-1，1268-6，1280-6，1281-

3，1338-3，1347-3，(105)

主，[tsaɯ^{1}]，caw，气息，968-4，(1)

主，[tsaɯ^{3}]，cawj，主，136-2，318-2，336-2，545-3，554-4，555-4，815-7，857-6，858-6，917-2，986-2，1006-2，1028-2，1168-2，(14)

主，[tsaɯ^{5}]，cawq，注，注定，396-4，662-5，796-5，909-2，(4)

主，[tsaɯ^{5}]，cawq-，注，895-6，(1)

主，[tsu^{6}]，cuh，住，453-7，(1)

主，[θei^{6}]，seih，自，750-5，(1)

只，[tsik^{7}]，cik，炽，111-2，(1)

正，[tsiŋ^{5}]，cingq，正，正是，24-3，206-1，215-1，225-1，308-5，384-1，404-1，462-5，469-3，522-1，526-1，542-1，554-1，555-1，604-1，767-3，782-1，802-1，820-1，821-1，847-1，852-1，944-4，1020-1，(24)

出，[tsit^{7}]，cit-，出，527-4，(1)

出，[ʔoːk^{7}]，ok，出，281-5，289-3，983-1，1109-2，(4)

出，[θiːt^{7}]，siet，随，1202-3，1203-3，(2)

召，[tsiːu^{1}]，ciu，招，345-2，349-3，(2)

召，[tsiːu^{6}]，ciuh，辈，687-1，823-1，881-7，905-1，(4)

句，[tson^{2}]，coenz，句，248-3，248-4，258-3，258-4，1126-3，1126-4，(6)

句，[kaɯ^{5}]，gawq，句，878-3，878-4，990-3，990-4，(4)

廵，[tsun^{2}]，cunz，巡，651-5，693-5，(2)

他，[ta^{1}]，da，眼，872-3，(1)

他，[te^{1}]，de，他，20-2，22-6，71-3，165-4，167-2，167-4，171-2，188-2，189-2，189-4，191-2，192-2，254-1，416-4，453-3，464-2，465-2，639-4，640-1，717-3，783-5，789-1，864-1，915-1，944-3，952-1，1091-2，1096-3，1100-3，1139-2，1154-2，1238-2，(32)

他，[te^{1}]，de，她，802-2，810-1，1155-5，1156-2，1173-5，1174-6，1183-3，1283-1，1285-1，1318-4，1323-1，(11)

打，[ta^{3}]，daj，打，23-5，629-5，643-5，697-5，737-5，1092-2，1093-5，1136-2，(8)

打，[ta^{3}]，daj-，打，651-4，916-4，(2)

氐，[tai^{3}]，daej，哭，182-3，198-4，237-3，237-6，361-6，368-1，372-5，456-3，(8)

头，[tau^{2}]，daeuz，头，1261-4，1289-4，(2)

头，[kjau^{3}]，gyaeuj，头，351-4，(1)

台，[taːi^{1}]，dai，死，51-5，72-2，125-4，221-4，243-3，311-4，315-4，377-3，639-5，645-6，662-6，674-6，708-6，722-6，750-6，762-6，785-6，796-6，923-4，1028-6，1097-3，(21)

代，[taːi^{5}]，daiq，带，36-3，1270-3，(2)

代，[taːi^{6}]，daih，代，296-2，328-5，348-4，838-2，1132-6，(5)

叮，[tin^{1}]，din-，脚，766-5，768-1，799-3，802-3，820-5，821-5，822-1，(7)

犯，[faːm^{6}]，famh，犯，324-2，474-5，(2)

未，[fei^{6}]，feih，未，832-2，(1)

付，[fou^{5}]，fouq，副，977-3，(1)

邨，[kau^{5}]，gaeuq，叩，1167-3，1345-3，(2)

叩，[kau^{5}]，gaeuq，旧，316-2，(1)

叩，[kau^{5}]，gaeuq，叩，1181-3，1309-3，(2)

古，[ko^{5}]，goj，也，130-4，896-3，(2)

古，[ko^{3}]，goj，古，2-5，(1)

古，[ku^{5}]，goq，顾，70-2，(1)

古，[ku^{1}]，gou，我，857-5，858-5，(2)

功，[koŋ^{1}]，goeng-，功，1131-6，(1)

叽，[ku^{1}]，gou，我，78-6，81-3，470-6，492-6，525-3，(5)

处，[kɯn^{2}]，gwnz，上，126-6，128-4，136-6，138-6，316-6，517-2，561-3，695-4，833-5，885-5，999-5，1045-4，1059-4，1068-1，1121-5，1135-2，1196-3，1207-4，1223-4，1241-4，1273-3，1283-4，1285-4，1292-6，1322-2，1329-4，(26)

处，[hɯn^{3}]，hwnj，上，63-4，83-4，269-1，352-5，400-5，401-3，741-5，804-6，903-4，1071-5，(10)

处，[hɯn^{3}]，hwnj，起，831-2，1305-5，(2)

处，[hɯn^{3}]，hwnj，长，1001-4，(1)

过，[kwa^{5}]，gvaq，过，98-1，339-7，435-7，540-3，588-4，657-7，701-7，703-7，717-7，768-6，822-6，881-6，972-5，991-7，1004-1，1013-5，1099-5，1172-6，1260-6，1314-4，（20）

过，[kwa^{5}]，gvaq-，过，495-3，496-3，539-3，607-1，（4）

归，[kwei^{1}]，gvi，归，206-6，（1）

刋，[haːn^{1}]，han，回嘴，496-7，（1）

刋，[haːn^{1}]，han，应，229-5，236-7，250-7，270-5，856-5，（5）

号，[haːu^{6}]，hauh，号，1211-7，1243-7，1323-7，（3）

号，[haːu^{6}]，hauh-，如，370-4，（1）

延，[ja^{4}]，yax，也，127-4，（1）

礼，[lai^{4}]，laex，礼，588-5，939-4，940-2，（3）

礼，[ʔdai^{3}]，ndaej，得，18-6，42-2，94-6，96-6，97-2，99-2，105-2，113-2，125-6，137-2，172-6，173-5，174-1，179-7，185-6，186-6，190-1，200-6，202-6，204-1，205-1，212-6，227-2，297-2，311-6，315-6，319-3，382-6，426-2，429-2，471-4，480-6，481-6，490-6，495-6，496-6，502-4，513-5，524-3，546-4，549-4，550-4，552-3，566-6，570-5，606-3，646-2，650-2，661-7，673-7，683-5，707-7，710-6，721-7，726-4，727-5，728-6，749-7，755-4，761-7，767-7，791-4，795-7，806-5，807-2，823-3，836-5，860-3，866-5，876-3，879-5，881-5，882-2，882-5，910-5，911-6，920-2，930-3，954-6，955-1，985-6，1018-5，1027-1，1060-2，1085-2，1089-1，1108-6，1109-3，1110-5，1111-2，1116-1，1156-6，1170-2，1171-2，1175-4，1190-5，1199-1，1201-2，1205-5，1242-2，1276-3，1277-5，1284-2，1293-2，1294-2，1295-2，1297-3，1299-2，1329-6，1342-5，1348-4，1355-7，（112）

礼，[ʔdai^{3}]，ndaej-，得，11-3，25-3，121-3，147-3，163-3，175-3，255-3，259-3，301-3，335-3，341-3，361-3，595-3，623-3，663-3，709-3，751-3，797-3，989-3，993-3，1141-3，1143-3，1177-3，1227-3，1333-3，1351-3，（26）

立，[lip^{8}]，laeb，立，15-2，1020-5，1088-3，1106-5，1107-1，1107-3，（6）

尔，[laɯ^{2}]，lawz，哪，何，54-2，54-6，91-2，92-2，103-2，107-3，118-2，119-2，182-7，369-3，406-2，452-6，453-6，457-4，478-4，484-2，514-3，546-2，558-6，562-6，573-3，580-4，612-6，920-5，948-4，984-6，1009-2，1098-2，1148-6，1149-6，1164-6，1165-6，1232-2，

1234-6，1256-6，1277-4，1336-2，1337-2，（38）

丙，[liːŋ^{4}]，liengx，两，568-3，569-3，618-3，（3）

令，[liŋ^{2}]，lingz-，灵，345-3，（1）

叻，[lɯk^{8}]，lwg，儿，子，崽，42-3，48-1，55-4，61-7，427-7，（5）

夘，[maːu^{4}]，maux，卯，813-1，（1）

末，[muːt^{8}]，mued，灭，绝，295-4，621-6，639-3，644-2，645-2，784-2，785-2，925-7，（8）

布，[ʔbou^{5}]，mbouj，不，17-1，72-3，94-5，96-5，119-5，120-5，133-2，188-5，192-5，193-6，196-5，202-5，205-6，208-5，209-5，212-5，217-6，296-3，322-1，327-2，348-5，382-5，383-2，394-3，414-5，437-1，450-6，451-6，468-6，471-3，478-1，480-5，481-5，490-5，495-5，496-5，502-1，513-4，518-1，525-4，531-3，535-6，541-6，544-1，545-4，548-4，549-3，550-3，553-5，554-6，560-1，566-5，575-3，577-4，588-1，600-5，642-1，650-1，682-6，689-4，710-5，724-6，728-5，783-6，798-6，799-1，812-1，834-1，836-4，838-3，843-6，846-5，849-3，856-4，864-2，866-1，870-4，876-2，877-3，877-6，881-1，886-1，890-1，899-1，904-1，920-1，937-2，937-6，942-4，954-5，956-5，958-5，984-1，985-5，986-5，1000-1，1032-5，1044-2，1048-1，1049-1，1071-1，1074-6，1086-1，1104-5，1108-5，1122-1，1187-6，1202-1，1203-1，1205-1，1214-3，1221-5，1222-5，1223-5，1247-5，1248-5，1252-3，1263-3，1285-5，1292-2，1314-1，1327-5，1328-5，1329-5，1342-1，1344-3，1348-3，（127）

布，[ʔbou^{5}]，mbouj，没，332-5，996-5，（2）

玉，[ɲaɯ^{6}]，Nyawh-，玉，387-1，401-6，411-2，417-1，427-1，765-3，773-1，912-3，1015-4，1209-1，1215-1，1316-3，1347-6，（13）

加，[na^{3}]，naj，脸，557-2，（1）

仍，[naːi^{4}]，naix-，奶，1262-3，1290-3，（2）

奴，[no^{2}]，noz，奴，933-3，（1）

奴，[no^{2}]，noz-，奴，1232-3，1234-3，（2）

奴，[no^{6}]，noh，肉，8-5，72-5，79-6，80-1，80-3，95-1，95-3，96-1，127-1，129-3，131-2，132-2，135-2，216-3，312-3，316-1，317-2，319-4，321-3，331-2，332-3，336-4，337-2，

393-6，403-6，859-6，1021-6，1025-3，(28)

启，[ʔdei^{1}]，ndei，好，1016-5，(1)

启，[ʔdi^{1}]，ndi，没，不，8-1，19-5，110-3，158-3，158-6，170-2，179-6，185-5，186-5，222-1，223-3，223-6，229-3，236-5，244-1，244-3，245-2，250-5，254-2，266-1，270-2，275-2，285-3，286-3，358-4，378-1，379-2，410-4，491-3，492-3，514-1，661-6，673-6，707-6，721-6，749-6，761-6，795-6，872-1，901-1，947-1，977-1，979-3，992-1，1009-5，1014-1，1026-5，1254-3，1255-3，1256-1，(50)

启，[ʔduːi^{1}]，ndwi，空闲，193-4，413-5，590-3，(3)

式，[ŋei^{6}]，ngeih，二，1092-6，(1)

印，[ȵan^{4}]，nyaenx-，忍，1302-3，(1)

兰，[ro^{4}]，rox，或，144-2，414-4，433-5，476-3，539-5，557-3，607-3，1029-1，1048-4，1049-4，(10)

兰，[ro^{4}]，rox，会，知，知道，6-3，99-6，100-3，100-6，103-3，107-4，113-6，118-3，119-6，208-6，209-6，215-7，217-7，302-2，303-4，324-1，394-4，426-1，474-4，478-2，593-6，735-4，736-4，747-6，748-6，759-6，760-6，793-6，794-6，814-3，817-6，818-6，971-5，983-3，984-2，1048-2，1049-2，1084-5，1146-6，1155-6，1161-6，1173-6，1293-6，1294-6，1295-6，1296-5，1340-2，1345-5，1352-3，(49)

兰，[ro^{4}]，rox-，知，773-3，(1)

申，[θan^{1}]，saen，申，385-5，(1)

申，[θaːm^{1}]，sam-，三，661-3，673-1，(2)

申，[θɯn^{3}]，swnj，根，695-2，(1)

失，[θat^{7}]，saet，留，2-3，354-4，871-2，1001-2，1223-2，(5)

四，[θei^{5}]，seiq，四，98-2，279-7，351-1，927-1，935-1，949-6，963-2，(7)

四，[θei^{5}]，seiq-，四，682-1，(1)

世，[θei^{5}]，seiq，世，62-5，196-4，303-7，344-5，896-2，1024-6，1032-4，1082-5，(8)

生，[θeːŋ^{1}]，seng，牲，394-6，(1)

生，[θeːŋ^{1}]，seng，生，5-3，18-5，21-4，23-2，67-1，69-3，119-3，359-5，895-2，944-2，963-

5，1035-2，1037-2，1045-5，1057-6，1058-6，1059-5，1208-2，1210-6，1216-6，1220-6，1221-3，1226-2，1241-5，1246-6，1247-3，1250-2，1283-5，1284-1，1288-7，1312-3，1322-3，1326-6，1327-3，1332-2，(35)

生，[θeːŋ^{1}]，seng-，生，38-3，(1)

生，[θiŋ^{1}]，singj-，新，331-3，(1)

生，[θɯŋ^{1}]，swng，升，347-5，(1)

収，[θou^{1}]，sou，你们，127-3，129-1，131-3，132-3，133-1，327-4，330-1，333-2，594-2，662-2，674-1，708-2，722-2，750-2，780-1，796-2，(16)

可，[ʔum^{3}]，umj，抱，109-3，(1)

永，[wiŋ^{4}]，Vingx，永，1-2，71-2，87-6，88-2，121-2，123-2，139-2，141-6，142-4，147-2，154-2，155-2，165-2，175-2，183-2，197-6，213-2，217-2，220-2，237-2，241-2，252-2，255-2，259-6，261-6，263-2，271-2，277-6，279-2，299-2，302-4，303-2，308-4，309-6，310-2，313-2，329-2，338-4，339-2，342-4，343-2，375-2，402-4，404-4，405-2，407-4，420-4，421-2，422-4，438-4，439-2，452-4，453-2，459-5，468-2，469-7，479-2，483-6，485-2，519-2，533-6，551-2，559-6，565-2，570-2，579-2，583-6，595-2，600-4，615-2，627-2，631-2，641-2，644-4，645-4，655-6，656-4，663-2，665-6，669-2，675-6，699-6，700-4，709-2，711-6，715-2，723-6，731-2，739-6，740-4，743-7，751-2，753-2，763-6，769-4，784-4，785-4，807-7，814-2，827-6，828-2，840-2，853-2，873-2，892-2，907-2，921-2，949-2，981-2，993-2，1019-2，1042-2，1055-2，1070-2，1083-2，1087-7，1103-2，1114-2，1126-6，1143-2，1153-4，1158-2，1159-2，1163-6，1167-2，1178-4，1181-2，1190-4，1194-4，1195-4，1198-4，1205-4，1225-7，1230-2，1235-2，1239-6，1240-2，1249-7，1253-2，1257-6，1266-2，1275-6，1279-2，1299-4，1302-2，1331-7，(146)

外，[waːi^{6}]，vaih，外，1203-6，(1)

外，[waːi^{6}]，vaih-，外，149-6，(1)

卪，[jɯ^{5}]，youq，在，29-3，456-4，502-5，(3)

邧，[jɯ^{5}]，youq，在，9-4，(1)

用，[juŋ^{2}]，yungz-，容，111-6，191-6，425-6，553-6，611-6，845-6，848-3，1221-6，1247-6，

1327-6，1342-3，（11）

用，[joŋ⁶]，yungh，用，415-5，591-5，970-3，1314-2，（4）

六画

因，[ʔin¹]，aen，因，370-1，666-1，667-1，713-1，1312-1，（5）

因，[ʔin¹]，aen-，因，457-1，564-3，（2）

因，[juːn²]，yienz，缘，262-1，（1）

安，[ʔaːn¹]，an， 安，15-5，345-5，450-7，630-3，1006-3，1211-5，1212-1，1213-1，1243-5，1244-1，1251-3，1323-5，1324-1，（13）

好，[ʔaːu¹]，au，叔，56-4，（1）

好，[haːu³]，hauj，好，17-6，534-1，848-2，939-6，1162-5，1278-5，1342-2，1354-5，（8）

好，[ʔdei¹]，ndei-，好，1154-3，（1）

仸，[fat⁸]，baed，佛，887-3，（1）

成，[pan²]，baenz，成，119-4，1078-4，（2）

百，[paːk⁷]，bak，百，428-3，648-2，659-4，671-4，683-1，688-5，690-3，704-5，718-5，726-5，727-1，787-4，788-5，824-5，879-6，898-5，1092-5，1136-4，1184-3，1250-5，1282-3，1320-3，（22）

年，[pei¹]，bi，年，426-4，（1）

年，[niːn²]，nienz，年，348-2，359-4，382-2，628-1，628-2，688-7，824-7，857-4，858-4，882-7，898-7，972-7，1250-7，（13）

年，[niːn²]，nienz-，年，22-3，935-3，951-6，（3）

仪，[po⁶]，boh，夫，516-4，662-3，708-3，722-3，750-3，762-3，796-3，（7）

仪，[po⁶]，boh，父，4-1，5-1，19-1，21-1，25-1，41-1，43-1，47-1，51-3，69-1，79-7，117-1，122-3，127-2，137-5，139-4，141-1，159-1，199-1，216-4，259-1，260-1，261-1，315-2，393-7，403-7，471-1，859-7，923-1，929-2，943-2，952-3，974-2，1008-4，1021-7，1025-4，1097-1，1215-3，1243-3，1245-1，1301-6，1311-7，1317-1，1319-4，1331-5，（45）

仪，[po⁶]，boh-，父，56-3，（1）

尽，[tsan^{6}]，caenh，尽，40-3，66-3，68-4，97-5，115-5，178-6，209-7，211-6，284-5，360-4，410-3，455-3，468-5，549-2，598-6，635-3，684-6，816-6，889-3，914-3，916-3，1123-7，1161-5，1209-5，1215-5，1274-6，(26)

在阝，[tsiːu^{5}]，caeuq，跟，399-3，(1)

在阝，[jɯ^{5}]，youq，在，128-3，177-1，193-3，316-5，561-2，824-2，992-2，1139-3，(8)

在，[tsaːi^{6}]，caih，随，278-3，374-1，668-1，714-1，778-1，(5)

在，[tsaːi^{6}]，caih，在，350-5，630-5，1188-6，1302-6，(4)

在，[tsaːi^{6}]，caih-，在，418-6，425-3，436-6，776-6，908-6，1030-6，1212-6，1244-6，1312-6，1316-6，1324-6，(11)

在，[jɯ^{5}]，youq，在，36-5，124-5，194-6，(3)

壮，[tsaːŋ^{5}]，cangq，健壮，1303-5，(1)

早，[tsaːu^{1}]，cau-，操，890-4，(1)

犭子，[tsei^{3}]，ceij，子，235-7，236-4，249-7，250-4，(4)

争，[tseːŋ^{5}]，cengq，硬撑，964-2，(1)

争，[θiŋ^{1}]，sing，争，320-2，(1)

自，[tsi^{4}]，cix，就，98-5，200-5，1099-4，(3)

自，[tsi^{4}]，cix-，就，590-4，640-4，1054-4，1096-4，(4)

自，[θei^{6}]，seih，是，911-5，944-5，1039-2，1040-2，(4)

自，[θei^{6}]，seih，自，6-2，89-5，90-5，91-5，92-5，104-1，108-1，117-2，118-5，230-1，302-1，303-3，460-2，461-3，462-4，574-1，622-5，674-5，708-5，722-5，762-5，802-5，943-4，962-4，978-1，1002-4，1003-4，1008-5，1018-4，1060-6，1118-3，1123-5，1187-5，1338-6，(34)

字，[tsei^{6}]，cih，字，135-5，317-5，1222-4，1248-4，1311-4，1328-4，(6)

字，[θaɯ^{1}]，saw，书，569-7，(1)

全，[tsuːn^{2}]，cienz，传，2-2，10-7，773-6，1142-7，1148-7，1158-7，1164-7，1174-7，1192-7，1276-7，1300-7，(11)

全，[tsuːn^{2}]，cienz，全，86-7，318-7，624-7，630-1，728-7，802-7，806-7，840-6，1065-5，1130-3，1352-6，1354-6，(12)

全，[tsuːn^{6}]，cienh，转，448-7，(1)

初，[tso^{1}]，co，初，199-4，343-4，859-4，1020-3，(4)

初，[tso^{1}]，co-，初，1204-1，(1)

初，[tso^{3}]，coj，原，536-5，(1)

初，[tso^{5}]，coq，放，放在，126-5，432-5，571-5，(3)

初，[tso^{5}]，coq，配，1014-4，(1)

初，[tso^{6}]，coh，名，1212-5，1244-5，1324-5，(3)

初，[tso^{6}]，coh，向，1088-5，(1)

初，[jo^{1}]，yo，伸，307-5，(1)

旬，[tson^{2}]，cocnz，句，25-5，88-5，121-5，147-5，156-7，163-5，175-5，234-3，234-4，251-5，255-5，272-5，283-5，310-5，329-5，335-5，339-5，392-5，424-5，435-5，458-4，510-2，520-3，546-3，558-2，595-5，623-5，663-5，709-5，716-5，751-5，754-5，891-5，919-2，922-5，936-7，949-4，961-2，961-4，981-4，989-5，993-5，1019-5，1069-5，1078-1，1103-4，1168-5，1177-5，1179-5，1182-5，1218-5，1227-5，1240-5，1333-6，1351-5，(55)

旬，[tsun^{2}]，cunz，巡，1004-5，(1)

巡，[tsun^{2}]，cunz，巡，387-5，(1)

冲，[tsuŋ^{5}]，cungq，中，808-5，1072-5，1075-3，1086-5，1201-1，1298-5，1332-5，1340-5，(8)

夛，[ta^{1}]，da，眼，214-2，472-2，1054-3，(3)

妖，[ta^{6}]，dah，个，413-1，602-3，765-6，810-3，(4)

㐌，[tai^{3}]，daej，哭，16-5，177-7，301-6，664-5，666-5，870-2，874-4，883-5，892-4，942-1，973-4，1273-5，(12)

肝，[taŋ^{2}]，daengz，到，7-3，13-2，34-2，64-2，74-5，84-2，115-4，122-2，149-2，153-2，171-4，178-2，233-2，257-2，288-5，307-2，323-1，474-1，494-5，501-3，532-1，597-3，694-3，806-2，854-2，1002-1，1005-5，1271-3，(28)

肝，[hau^{3}]，haeuj，入，366-4，(1)

托，[taːk^{7}]，dak，托，1077-1，1314-3，(2)

托，[taːk^{7}]，dak-，托，895-1，(1)

托，[to⁴]，dox-，相，819-6，(1)

托，[toːk⁸]，dog，揍，1235-5，(1)

当，[taːŋ¹]，dang，当，328-4，(1)

地，[tei⁶]，deih，地，117-7，120-4，292-5，350-3，390-3，394-2，396-2，446-2，466-2，507-2，613-2，829-2，858-1，1007-6，1080-3，1117-2，1219-5，1219-7，1341-5，1341-7，(20)

地，[tei⁶]，deih-，地，679-6，725-6，(2)

廷，[tiŋ²]，dingz，廷，1064-3，(1)

吊，[tiːu⁵]，diuq，跳，49-5，(1)

多，[to¹]，do-，多，846-3，1263-6，(2)

多，[laːi¹]，lai，多，938-6，983-6，(2)

多，[laːi¹]，lai-，多，934-4，(1)

同，[toŋ²]，doengz，同，164-3，359-2，542-6，732-4，898-1，942-5，947-4，951-3，1066-1，1073-5，1089-5，1199-5，(12)

同，[toŋ²]，doengz-，同，956-1，992-3，(2)

同，[toŋ⁴]，doengx-，时段，493-1，494-1，499-1，637-1，(4)

同，[toŋ⁴]，doengx-，些，57-1，(1)

同，[toŋ⁶]，doengh，些，241-5，242-1，375-5，376-1，(4)

衣，[ʔei¹]，ei，衣，815-2，(1)

衣，[ʔei¹]，ei-，衣，346-6，430-6，744-6，756-6，792-6，814-6，1176-6，(7)

各，[kaːk⁸]，gag，自，自个，独自，3-1，66-4，179-1，195-1，210-1，232-2，404-2，513-2，556-5，576-4，685-5，731-3，850-2，975-1，1022-1，1031-1，1063-3，1113-5，(18)

各，[kaːk⁷]，gak，各，318-1，336-1，1006-1，(3)

佝，[kau¹]，gaeu，角，325-4，(1)

亘，[kaːŋ³]，gangj，讲，46-3，77-7，113-7，188-3，207-5，208-3，209-3，279-4，339-6，399-5，435-6，451-7，461-4，471-5，476-1，481-7，520-2，546-5，593-7，625-7，724-2，769-5，798-2，936-6，937-5，1013-4，1018-1，1047-3，1050-3，1056-5，1060-5，1084-2，1086-2，1157-5，1178-5，1238-5，1263-4，1295-7，1352-5，(39)

考，[kaːu^{3}]，gauj，考，1114-4，1214-4，1252-4，(3)

件，[kiːn^{5}]，gienq，见，1108-4，(1)

件，[kiːn^{6}]，gienh，件，457-3，724-3，1074-4，(3)

𨑗，[kɯn^{2}]，gwnz，上，233-3，(1)

关，[kwaːn^{1}]，gvan，夫，853-3，853-5，(2)

江，[kjaːŋ^{1}]，gyang，中，232-4，444-2，580-7，584-7，654-1，678-1，680-1，681-1，1229-5，(9)

江，[kjaːŋ^{1}]，gyang-，中，287-1，1093-1，1094-1，(3)

交，[kjaːu^{1}]，gyau，交，743-5，814-4，832-4，1018-2，(4)

合，[hoːp^{8}]，hab，合，509-5，538-1，542-5，552-5，594-5，632-5，646-1，879-2，881-3，939-3，940-1，1051-3，(12)

吃，[hat^{7}]，haet，早，57-2，59-1，(2)

吃，[hat^{7}]，haet-，早，9-1，81-1，(2)

亥，[haːi^{6}]，haih，亥，706-1，707-1，720-1，721-1，806-3，(5)

亥，[raːi^{4}]，raix，dahraix，果真，230-5，322-5，904-5，(3)

气，[hei^{5}]，heiq，气，834-5，886-5，956-4，(3)

行，[heːŋ^{2}]，hengz，行，123-5，342-5，388-3，402-5，407-5，439-3，464-5，465-5，562-2，601-6，641-3，847-5，983-4，1195-5，1202-5，1204-6，1230-6，1266-6，(18)

行，[reːŋ^{2}]，rengz，力，360-3，960-5，1099-3，(3)

会，[hoi^{6}]，hoih，会，638-5，(1)

会，[hoi^{5}]，hoiq，奴仆，575-1，1038-2，(2)

会，[ro^{4}]，rox，或，172-1，173-1，174-3，190-3，(4)

会，[ro^{4}]，rox，会，228-2，936-5，965-4，(3)

囬，[hoi^{2}]，hoiz，回，348-6，1184-6，1282-6，(3)

老，[laːu^{4}]，Laux-，老，355-4，384-4，782-3，926-3，1024-3，1090-3，1134-4，1188-3，1189-1，1310-1，1313-1，1317-6，1349-1，1351-1，1353-5，(15)

老，[laːu^{4}]，laux，老，78-4，110-2，137-7，184-4，194-4，242-4，294-5，343-7，352-4，374-4，376-4，1116-4，1129-2，1252-1，1346-2，(15)

老，[laːu^{4}]，laux，大，28-3，29-2，115-2，365-5，1214-2，(5)

耒，[laːi^{1}]，lai，太，110-7，(1)

耒，[laːi^{2}]，laiz，来，771-4，1315-4，(2)

如，[lum^{3}]，lumj，像，如，522-2，604-2，(2)

如，[θi^{2}]，siz-，sizsaz，唏嗦，472-4，(1)

龙，[loŋ^{2}]，lungz，龙，817-4，1155-3，1160-3，(3)

龙，[loŋ^{2}]，lungz-，龙，804-3，805-3，(2)

米，[mai^{4}]，maex，妻，662-4，668-4，670-4，674-4，(4)

名，[miŋ^{2}]，mingz，名，1063-5，1065-4，1251-4，1300-6，(4)

名，[miŋ^{2}]，mingz-，名，1243-6，1323-6，(2)

名，[mɯŋ^{2}]，mwngz，你，9-3，11-1，36-2，37-2，40-2，41-2，51-4，76-4，78-2，87-2，88-3，93-4，137-6，141-2，142-2，152-1，156-1，160-2，161-2，162-2，163-2，177-5，184-2，194-2，197-2，199-2，200-2，204-5，207-1，207-4，211-2，211-4，216-5，219-1，235-1，252-3，259-2，260-2，261-2，272-3，278-6，284-6，285-6，286-6，301-5，310-3，311-5，312-5，314-3，315-3，361-5，367-1，386-3，388-2，389-2，392-2，395-2，397-2，398-5，399-4，402-2，414-1，418-2，419-2，424-1，431-6，434-1，452-2，459-3，469-4，470-1，491-6，506-5，513-1，515-2，521-1，529-1，542-2，544-5，548-2，552-4，553-4，556-7，560-5，570-3，572-3，585-1，587-1，588-3，589-3，592-4，601-5，605-2，608-2，611-1，612-2，656-2，659-2，676-5，700-2，716-3，740-2，744-4，745-3，754-3，756-2，757-2，764-5，782-2，828-3，834-3，835-1，847-2，850-1，856-1，859-2，861-2，867-1，871-1，876-5，877-5，883-3，884-2，886-3，890-3，913-3，917-3，922-3，927-3，935-5，955-2，957-1，959-3，962-3，994-2，997-3，1000-3，1007-2，1012-3，1027-2，1029-2，1033-3，1040-1，1046-3，1059-2，1061-3，1067-3，1073-1，1077-3，1087-5，1115-3，1122-3，1133-3，1140-3，1150-1，1166-1，1168-3，1178-2，1182-3，1187-2，1209-4，1213-2，1215-4，1218-2，1234-1，1240-3，1249-5，1259-1，1277-1，1315-2，1317-2，1319-5，1321-2，1322-4，1326-1，1329-2，1330-3，1331-2，1340-1，1349-4，(180)

那，[na^{3}]，naj，前，473-3，(1)

那，[na^{3}]，naj，脸，13-6，599-6，1235-6，1272-4，(4)

刘，[nau^{2}]，naeuz，说，142-1，156-6，169-2，198-1，251-4，319-6，333-6，389-1，402-1，458-2，495-2，548-1，556-1，564-2，576-1，594-1，608-1，650-3，656-1，700-1，717-4，740-1，789-2，826-4，876-1，877-2，914-5，962-2，1183-4，1187-1，1190-2，1246-1，1285-2，1333-5，1346-1，(35)

印，[ʔdaːŋ^{1}]，ndang，身，264-5，(1)

艮，[ŋan^{2}]，ngaenz，银，钱，289-2，415-2，571-3，591-3，1098-5，(5)

艮，[ŋon^{2}]，ngoenz，日，809-2，(1)

娅，[ȵa^{6}]，nyah，恼怒，455-5，985-7，1100-2，(3)

仰，[ȵɯːŋ^{4}]，nyiengx，仰仗，492-5，(1)

仰，[ȵɯːŋ^{4}]，nyiengx，仰赖，285-5，286-5，(2)

仰，[ȵɯːŋ^{4}]，nyiengx，仰仗，491-5，(1)

色，[θak^{7}]，saek，任何，1084-3，(1)

色，[θak^{7}]，saek，塞，47-4，(1)

先，[θiːn^{1}]，sien，鲜，331-4，(1)

先，[θiːn^{1}]，sien-，先，21-3，23-1，(2)

守，[θou^{3}]，souj， 守，20-5，52-5，58-5，76-5，254-5，338-5，404-5，850-3，900-2，968-1，998-1，1007-5，1022-5，1104-1，(14)

守，[θou^{3}]，souj-，守，281-1，406-3，997-4，1011-2，(4)

还，[waːn^{2}]，vanz， 还，62-6，132-1，267-4，290-1，578-5，865-4，1117-4，1320-6，1341-3，1341-6，(10)

还，[waːn^{2}]，vanz-，还，6-4，(1)

為，[wei^{6}]，vih，为，368-3，(1)

伝，[wun^{2}]，vunz， 人， 人家， 别人，70-5，79-3，86-1，90-1，102-5，215-5，217-5，227-4，296-5，359-3，394-7，501-4，530-5，547-5，557-5，603-2，607-5，654-5，678-7，680-7，687-2，823-2，843-3，904-3，928-5，932-3，941-1，945-5，951-2，958-7，1021-3，1025-1，1081-5，1246-2，1254-7，1258-7，1301-2，1326-2，(38)

⿰女下，[ja^{6}]，yah，婆，192-4，1014-3，1051-5，1238-4，（4）

⿰女下，[ja^{6}]，yah，妻，509-7，（1）

卭，[$jɯ^{5}$]，youq，住，513-3，575-4，576-5，（3）

卭，[$jɯ^{5}$]，youq，在，453-4，590-2，688-2，884-3，1030-5，1285-3，1329-3，（7）

⿰六卩，[$jɯ^{5}$]，youq，在，138-5，278-4，318-5，413-4，444-4，1223-3，1292-5，1321-3，（8）

⿰六阝，[$jɯ^{5}$]，youq，在，136-5，（1）

有，[jou^{4}]，youh，又，298-1，537-5，（2）

七画

妑，[pa^{2}]，baz，妻，512-5，516-3，（2）

妑，[pa^{3}]，baj-，伯母，39-1，（1）

把，[pa^{3}]，baj，把，218-3，704-4，718-4，（3）

批，[pai^{1}]，bae，去，59-6，243-4，487-4，568-5，574-4，696-2，702-5，863-3，1090-5，1142-6，（10）

批，[pai^{1}]，bae-，去，515-4，（1）

⿰扌马，[pai^{1}]，bae，去，134-4，454-5，555-5，571-4，591-4，871-4，（6）

⿰土比，[pai^{1}]，bae，去，10-6，51-6，56-1，57-6，66-1，81-6，146-1，149-1，153-1，172-4，173-4，185-1，186-1，189-6，203-6，220-5，224-5，225-3，228-3，231-2，233-1，237-4，246-5，257-1，269-3，273-4，276-5，336-5，337-3，351-6，354-1，355-1，377-4，380-5，386-4，414-2，420-1，422-1，438-5，441-1，444-1，463-6，473-2，488-5，499-3，523-5，528-2，601-4，618-5，631-5，658-5，742-5，746-5，758-5，772-5，790-5，800-1，803-6，815-4，816-3，851-3，855-2，965-1，999-3，1052-4，1072-2，1098-1，1120-4，1130-5，1135-4，1138-1，1144-6，1158-6，1159-4，1259-3，1266-5，1276-1，1277-2，1304-1，1336-5，1348-5，1350-5，（82）

⿰土比，[pai^{1}]，bae-，去，833-3，885-3，957-5，975-2，1121-3，1127-5，1225-3，1265-5，1283-2，（9）

佛，[fat^{8}]，baed，佛，神，10-4，28-2，29-1，522-4，604-4，857-7，1039-5，（7）

报，[$paːu^{5}$]，bauq，报，1200-3，（1）

伯，[peːk^{7}]，bek-，拍，41-3，1313-3，(2)

卑，[pei^{1}]，bi，年，1295-4，(1)

泊，[pɯːk^{7}]，biek，别，357-5，867-2，880-1，903-1，988-2，(5)

兵，[piŋ^{1}]，bing，兵，653-3，658-2，678-3，680-4，681-4，692-3，702-2，(7)

扶，[po^{6}]，boh，夫，674-3，(1)

扶，[pou^{4}]，boux，人，229-4，236-6，250-6，254-4，270-4，305-2，306-2，351-2，411-1，477-2，477-4，518-3，525-1，527-1，531-1，535-1，537-1，539-1，541-3，543-3，581-5，937-1，947-3，979-4，1150-3，1153-2，1166-3，(27)

扶，[pou^{4}]，boux，公，852-5，(1)

扶，[pou^{4}]，boux-，人，78-3，184-3，242-3，352-3，374-3，376-3，406-1，514-2，526-4，536-1，540-1，545-2，554-3，555-3，558-5，560-3，562-5，573-2，580-3，605-6，612-5，815-6，909-6，917-1，920-4，986-1，1009-1，1028-1，1086-3，1131-3，1148-5，1149-5，1164-5，1165-5，1232-1，1234-5，(36)

判，[puːn^{6}]，buenh，伴，882-4，992-4，(2)

岜，[pja^{1}]，bya，山，352-6，965-2，969-2，(3)

岜，[pja^{1}]，bya-，鱼，96-3，(1)

派，[pjaːi^{3}]，byaij，走，114-2，(1)

材，[tsaːi^{2}]，caiz，材，977-5，(1)

作，[tsaːk^{7}]，cak，挣扎，934-3，954-1，984-3，985-1，(4)

作，[tsoːk^{8}]，cog，将来，734-3，(1)

庄，[tsaːŋ^{1}]，cang，装，430-5，(1)

状，[θɯːŋ^{6}]，cangh-，状，808-6，1044-6，1062-4，1072-6，1075-4，1086-6，1110-6，1200-6，1201-3，1214-6，1252-6，1298-6，1332-6，1340-6，(14)

状，[θaːŋ^{6}]，sangh，状，11-6，(1)

住，[tsaɯ^{3}]，cawj，主，560-4，(1)

住，[tsiːu^{4}]，couh，就，570-4，(1)

帋，[tsei^{3}]，ceij，纸，266-5，441-4，(2)

串，[tsuːn^{5}]，cienq，转，440-3，（1）

串，[tsuːn^{5}]，cienq-，转，256-1，（1）

串，[tsuːn^{6}]，cienh，转，231-3，（1）

直，[tsik^{8}]，cig，直，1050-2，（1）

直，[tsik^{8}]，cig，值，188-6，600-6，986-6，（3）

直，[tsik^{8}]，cig-，直，1050-1，（1）

直，[θo^{6}]，soh，直，123-3，（1）

呈，[tsiŋ^{2}]，cingz，情，587-5，（1）

却，[tso^{6}]，coh，可怜，974-1，（1）

郄，[tso^{6}]，coh，可怜，66-5，194-1，464-1，465-1，1349-7，（5）

床，[tsoːŋ^{2}]，congz，床，1273-4，1292-7，（2）

床，[ʔboːn^{5}]，mbonq，床，138-7，194-7，（2）

足，[tsuk^{7}]，cuk，足，843-7，（1）

妖，[ta^{6}]，dah， 个，410-1，410-2，687-3，766-3，774-3，775-1，775-2，778-3，779-6，780-3，797-1，797-2，801-6，804-2，805-2，811-2，820-3，821-3，823-4，830-3，893-5，897-1，1180-2，1316-1，（24）

低，[tai^{3}]，daej，哭，854-5，（1）

等，[taŋ^{5}]，daengq，叮嘱，211-3，839-7，883-2，889-4，891-4，913-2，927-2，935-2，959-2，967-6，997-2，1033-2，1041-4，1061-2，1069-3，1087-4，1115-2，1123-6，1125-3，1133-2，1185-6，1186-1，1353-7，1354-2，（24）

但，[taːn^{6}]，danh，但，42-1，227-1，882-1，900-1，972-1，1053-1，1085-1，1095-1，（8）

听，[tiŋ^{5}]，dingq， 听，78-5，88-4，142-5，152-4，156-4，184-5，198-5，242-5，252-5，272-4，310-4，314-5，330-5，373-7，376-5，392-4，424-4，486-5，610-3，620-5，656-5，667-7，670-5，700-5，713-7，716-4，740-5，754-4，780-5，828-5，892-5，922-4，962-5，1152-3，1182-4，1218-4，1240-4，1346-5，（38）

听，[ȵi^{1}]，nyi，听，777-7，（1）

条，[tiːu^{2}]，diuz，条，27-2，210-3，265-2，972-3，980-2，988-3，（6）

对，[toi^{5}]，doiq，对，937-7，1236-5，(2)

对，[toi^{5}]，doiq，退，635-5，(1)

对，[toi^{5}]，doiq-，对，1091-5，(1)

闱，[tou^{1}]，dou，门，689-5，(1)

肚，[tuŋ^{4}]，dungx，肚，647-4，691-3，919-5，1296-2，(4)

吰，[tɯ:n^{1}]，dwen，提及，78-7，88-7，94-7，142-7，152-7，184-7，198-7，202-7，212-7，242-7，252-7，272-7，310-7，314-7，330-7，376-7，382-7，392-7，424-7，480-7，484-7，486-7，620-7，656-7，670-7，700-7，710-7，716-7，740-7，754-7，780-7，828-7，836-2，892-7，922-7，1108-7，1168-7，1182-7，1218-7，1240-7，1346-7，(41)

迪，[tɯk^{8}]，dwg，是，383-3，1223-6，1285-6，(3)

迪，[tɯk^{8}]，dwg，挨，495-1，496-1，497-4，931-1，954-3，966-2，(6)

迪，[tɯk^{7}]，dwk，放，1273-2，(1)

坟，[fan^{2}]，faenz，坟，1020-7，(1)

返，[fa:n^{1}]，fan，反悔，566-7，(1)

岑，[kam^{1}]，gaem，拿，执，247-2，304-3，305-3，306-3，970-1，(5)

岑，[kjam^{4}]，gyaemx，兼，987-2，(1)

岑，[ŋam^{1}]，ngaem，低，456-1，(1)

吽，[heu^{6}]，heuh，叫，159-3，167-3，189-3，233-5，234-5，235-2，247-7，248-5，249-2，257-5，258-5，259-7，269-5，270-1，295-1，409-1，580-2，584-2，605-1，653-1，725-2，856-2，1150-2，1180-1，1231-5，1234-2，(26)

吽，[ŋeu^{1}]，ngeu，哇，1273-7，(1)

吽，[ŋeu^{1}]，ngeu-，哇，1273-6，(1)

改，[ka:i^{1}]，gai，卖，230-2，262-6，902-2，(3)

改，[ka:i^{5}]，gaiq-，该，686-1，(1)

戒，[ka:i^{5}]，gaiq，盖，768-5，822-5，(2)

谷，[ka:k^{7}]，gak，各，136-1，(1)

谷，[kok^{7}]，goek-，谷，1004-2，(1)

谷，[kuk^{7}]，guk，虎，365-4，(1)

间，[ka:n^{1}]，gan，间，226-5，(1)

忌，[kei^{6}]，geih，忌，95-7，97-1，(2)

更，[ke:ŋ^{1}]，geng，更，288-7，494-7，(2)

見，[ki:n^{5}]，gienq，见，33-5，812-5，1072-4，1342-6，1348-6，(5)

見，[ran^{1}]，raen，见，939-1，(1)

我，[ku^{1}]，gou，我，610-4，860-4，1152-4，1160-6，1168-1，1312-4，1344-5，1346-6，(8)

求，[kji:u^{2}]，gouz，求，32-1，35-3，1104-3，(3)

君，[kun^{1}]，gun，君，384-5，(1)

君，[kun^{1}]，gun，军兵，1134-2，(1)

穷，[kuŋ^{2}]，gungz，穷，1010-4，(1)

抗，[kɯ:t^{8}]，gwed，扛，351-3，(1)

吴，[hu^{2}]，Huz-，吴，149-3，187-1，(2)

阿，[ha^{1}]，ha，哈，1313-7，(1)

阿，[ha^{1}]，ha-，哈，1313-6，(1)

閞，[ha:i^{1}]，hai，开，151-3，291-4，932-4，938-1，1054-2，1080-4，(6)

斈，[ha:k^{7}]，hak，官，657-5，933-5，1129-1，1129-3，(4)

孝，[ja:u^{5}]，hauq，话，1078-2，(1)

孝，[ja:u^{5}]，hauq，孝，123-6，281-2，294-3，342-6，356-1，388-4，402-6，406-4，407-6，439-4，464-6，465-6，847-6，997-5，1011-3，1195-6，(16)

孝，[ja:u^{5}]，hauq-，孝，16-1，71-4，247-3，339-3，641-4，(5)

囬，[hoi^{2}]，hoiz，回，329-4，401-5，426-6，810-6，826-6，838-4，839-3，864-6，949-3，957-3，975-4，981-5，994-6，1019-4，1055-4，1083-3，1103-5，1124-6，1127-3，1206-6，1224-6，1228-6，1264-6，1265-3，1270-6，1330-6，(26)

还，[hoi^{2}]，hoiz，回，428-6，(1)

还，[wa:n^{2}]，vanz，还，312-7，344-6，568-7，622-6，1219-3，1219-6，(6)

夻，[la^{3}]，laj，下，406-5，409-5，415-4，416-2，447-2，776-5，1321-4，(7)

夻，[la^{3}]，laj-，下，688-3，824-3，1300-3，(3)

利，[lai^{1}]，lae，梯，281-7，289-5，(2)

利，[lei^{6}]，leih，俐，1278-4，1303-7，(2)

利，[lei^{6}]，leih，利，293-2，537-7，567-7，577-5，617-7，(5)

抍，[laːn^{1}]，lan，甥，174-7，(1)

劳，[laːu^{1}]，lau，怕，112-2，114-6，116-6，144-1，206-2，216-1，459-1，469-1，473-1，545-1，554-2，555-2，560-2，564-1，1223-1，1248-1，1329-1，(17)

牢，[laːu^{2}]，lauz，牢，1139-4，(1)

护，[laɯ^{2}]，lawz，哪，1276-2，(1)

护，[ʔdaɯ^{1}]，ndaw，里，内，65-4，143-3，153-3，482-5，626-5，634-5，712-5，1043-3，1063-1，1137-1，1296-1，(11)

里，[lei^{4}]，leix，理，107-5，116-2，118-4，624-4，679-7，725-7，(6)

里，[lei^{4}]，leix，剩，还有，52-1，53-1，127-5，325-1，328-1，331-1，958-1，1132-4，1188-2，(9)

里，[lei^{4}]，leix，鲤，96-4，(1)

里，[lei^{6}]，leih-，厉，768-3，822-3，1172-3，(3)

里，[lei^{4}]，lij，还，49-1，97-6，109-1，115-6，136-4，298-2，318-4，331-6，529-4，852-2，927-4，935-6，941-4，959-4，1114-3，(15)

里，[lei^{4}]，lix，生，91-7，(1)

良，[liːŋ^{2}]，liengz，量，164-7，374-7，510-7，668-7，714-7，752-7，778-7，1196-7，1304-7，(9)

良，[liːŋ^{2}]，liengz，凉，112-7，880-7，(2)

良，[liːŋ^{2}]，liengz-，良，462-2，(1)

良，[liːŋ^{6}]，liengh，量，177-4，220-7，221-2，(3)

良，[liŋ^{2}]，lingz-，伶，1278-3，1303-6，(2)

两，[liːŋ^{4}]，liengx，两，282-3，293-4，578-2，(3)

两，[θoːŋ^{1}]，song，两，621-1，1107-6，(2)

灵，[liŋ^{2}]，lingz，零，293-5，(1)

灵，[liŋ^{2}]，lingz，灵，291-5，300-7，1109-1，(3)

灵，[liŋ^{2}]，lingz-，灵，14-3，15-3，345-6，（3）

弄，[loŋ^{6}]，loengh，弄，726-3，（1）

乱，[luːn^{6}]，luenh，轻易，1202-2，1203-2，（2）

乱，[luːn^{6}]，luenh，乱，685-7，842-5，934-2，1220-5，（4）

龙，[loŋ^{2}]，lungz，龙，730-3，735-3，745-5，747-4，1034-4，1040-4，1149-3，1162-3，1164-3，1165-3，1173-3，（11）

龙，[loŋ^{2}]，lungz-，龙，811-3，（1）

庅，[ma^{1}]，ma，回，来，13-1，28-4，44-2，58-2，73-6，76-1，77-3，164-1，205-5，222-5，227-5，245-5，268-3，274-5，298-5，300-5，336-6，337-4，378-5，401-4，447-1，478-5，515-5，596-5，597-2，598-3，599-3，660-6，602-6，637-3，664-1，672-6，682-5，683-6，685-3，687-5，694-2，706-6，710-1，720-6，727-6，732-1，752-1，833-4，855-3，871-5，885-4，955-5，957-6，975-3，999-4，1027-5，1036-1，1038-4，1045-3，1046-2，1052-5，1053-5，1059-3，1060-3，1101-3，1109-4，1112-1，1120-5，1121-4，1127-6，1153-5，1171-5，1196-2，1207-3，1225-4，1229-4，1241-3，1249-4，1259-4，1261-5，1265-6，1271-2，1276-6，1283-3，1286-3，1289-5，1291-6，1322-1，1331-4，（85）

庅，[ma^{1}]，ma，狗，150-1，150-3，（2）

没，[muːt^{8}]，mued，绝，627-7，（1）

你，[mɯŋ^{2}]，mwngz，你，848-1，（1）

你，[nei^{4}]，neix，这，9-2，24-2，25-7，42-4，79-2，81-2，86-6，121-7，133-4，143-2，145-2，157-2，159-6，164-2，167-6，175-7，201-2，210-5，240-4，255-7，262-4，264-3，332-2，367-4，372-4，393-4，403-4，592-2，602-5，606-5，652-5，657-2，660-4，661-2，672-4，686-4，687-4，689-3，694-5，701-2，703-2，724-4，751-7，820-4，821-4，823-5，831-5，988-5，989-7，993-7，1021-2，1043-2，1067-2，1074-2，1150-4，1166-4，1177-7，1227-7，1242-4，1251-2，1276-5，1278-2，1280-2，1284-4，1308-2，1333-7，1351-7，（67）

侎，[ʔbau^{1}]，mbaeu，轻，961-5，（1）

侎，[ʔbaɯ^{1}]，mbaw，叶，140-3，（1）

坐，[naŋ^{6}]，naengh，坐，1016-2，1030-3，（2）

咗，[nuːŋ⁴]，nuengx，妹，454-4，479-7，509-4，780-4，（4）

侼，[nuːŋ⁴]，nuengx，弟，妹，132-5，319-2，333-4，463-4，467-4，479-5，485-5，485-7，486-1，486-3，508-4，511-1，519-7，521-2，524-5，551-7，579-5，579-7，594-4，602-4，614-4，619-7，620-3，765-7，766-4，774-4，778-4，779-7，786-4，792-4，801-7，810-4，830-4，（33）

砽，[nak⁷]，naek，重，165-7，182-4，292-1，961-3，964-5，971-2，985-4，987-7，（8）

男，[naːm²]，namz，男，16-2，32-3，1017-1，1035-5，（4）

身，[ʔdaːŋ¹]，ndang，身，44-5，432-6，1079-2，1088-2，1104-2，1119-3，1133-5，（7）

身，[θin¹]，sin，身，321-5，364-2，900-5，（3）

郎，[ʔdaːŋ¹]，ndang，身，68-3，572-5，（2）

迓，[ȵa⁶]，nyah，恼怒，196-1，495-7，1032-1，（3）

逆，[ȵik⁸]，nyig，逆，996-1，（1）

吞，[ran¹]，raen，见，14-2，21-2，60-2，61-2，66-2，82-2，99-5，113-5，139-3，213-4，308-2，407-2，442-3，446-5，598-4，599-4，633-4，649-1，684-4，685-4，816-4，817-2，818-2，820-2，852-3，870-5，915-2，1012-2，1146-2，1161-4，1194-2，1195-2，1236-2，1237-2，1295-5，1306-2，1338-1，1349-3，（38）

𠆳，[raːn²]，ranz，家，房屋，28-5，39-4，77-4，134-5，145-3，146-3，149-5，153-4，158-1，166-1，185-3，186-3，187-3，199-5，201-3，221-5，232-5，243-5，273-5，284-2，354-3，377-5，381-4，487-5，489-4，547-4，576-3，596-7，597-4，602-7，710-2，923-5，945-4，1010-3，1317-5，（35）

𠆳，[raːn²]，ranz-，家，223-1，（1）

沙，[θa¹]，sa，痧，971-4，987-4，（2）

沙，[θa²]，saz，sizsaz，唏嗦，472-5，（1）

事，[θai⁶]，saeh，侍，108-3，（1）

事，[θai⁶]，saeh，事，468-4，1031-7，（2）

社，[θei⁵]，seiq，示，1309-7，（1）

辛，[θin¹]，sin，辛，202-2，490-2，926-6，（3）

辛，[θin¹]，sin-，辛，5-4，69-4，94-3，101-4，145-6，201-6，207-6，221-6，243-6，273-6，377-

八画

参，[tsaːm^{1}]，cam，问，238-7，260-7，362-7，455-1，775-5，(5)

参，[tsaːm^{5}]，camq，簪，695-3，(1)

招，[tsaːu^{1}]，cau，操，504-5，(1)

招，[tsiːu^{6}]，ciuh，辈，530-4，(1)

取，[tsaɯ^{4}]，cawx，买，1153-1，(1)

取，[tsi^{5}]，ciq，借，566-3，567-1，(2)

取，[tsou^{4}]，coux，接，1261-1，1262-1，1290-1，(3)

姐，[tse^{3}]，cej，姐，619-6，1197-6，(2)

姐，[tsi^{3}]，cij，乳汁，1262-6，(1)

妻，[tsei^{1}]，cei，妻，428-2，842-4，879-4，1184-2，1282-2，1320-2，(6)

枝，[tsei^{1}]，ci，枝，1037-5，(1)

長，[tsɯːŋ^{2}]，ciengz，场，1238-7，(1)

長，[tsɯːŋ^{2}]，ciengz，长，201-5，1310-7，(2)

長，[tsɯːŋ^{2}]，ciengz，常，497-3，(1)

長，[tsɯːŋ^{2}]，ciengz，肠，124-7，(1)

長，[tsɯːŋ^{2}]，ciengz，端详，1166-7，1180-7，(2)

長，[tsɯːŋ^{2}]，ciengz-，长，1226-1，1250-1，1332-1，(3)

長，[tsɯːŋ^{2}]，ciengz-，常，497-2，(1)

長，[tsɯːŋ^{4}]，ciengx-，常，973-2，(1)

長，[kjaːŋ^{2}]，gyangz，叹，982-7，1126-7，(2)

長，[rai^{2}]，raez，长，1314-7，(1)

長，[θɯːŋ^{5}]，siengq，相，812-7，(1)

宗，[tsoŋ^{1}]，coeng，宗，42-7，1006-7，1046-7，1286-7，(4)

宗，[tsoŋ^{1}]，coeng-，聪，1303-3，(1)

放，[tsuːŋ^{5}]，cuengq，放，247-5，537-3，1273-1，1292-4，(4)

放，[wuːŋ^{3}]，fiengj，粟，43-5，(1)

呫，[tsɯt^{7}]，cwt，插，695-1，(1)

到，[tau³]，daeuj，来，1216-5，（1）

到，[taːu⁵]，dauq，倒，转，111-5，193-5，312-1，425-5，428-5，540-5，611-5，636-3，804-5，810-5，811-5，826-5，833-2，845-5，865-2，885-2，957-2，994-5，1025-5，1047-2，1055-3，1081-3，1090-1，1117-3，1121-2，1124-5，1140-1，1179-3，1184-5，1206-5，1224-1，1224-5，1225-1，1228-5，1241-2，1249-2，1264-5，1270-5，1282-5，1286-1，1320-5，1330-4，（42）

到，[taːu⁵]，dauq，到，73-3，75-3，256-5，（3）

到，[taːu⁵]，dauq，回，回来，137-1，180-1，251-3，237-7，321-1，329-3，426-5，1019-3，1083-4，（9）

到，[taːu⁵]，dauq-，倒，1271-1，（1）

定，[tiŋ⁵]，dingq，听，1168-4，（1）

定，[tiŋ⁶]，dingh，静，960-1，960-2，（2）

定，[tiŋ⁶]，dingh，定，225-4，396-3，773-4，895-7，968-3，969-6，（6）

䢾，[toi⁵]，doiq，退，131-1，（1）

竺，[tok⁷]，doek，落，381-3，489-3，919-4，1065-3，1300-5，（5）

竺，[tok⁷]，doek-，落，3-2，868-2，（2）

東，[toŋ¹]，doeng，东，253-1，256-6，257-3，800-3，（4）

門，[tou¹]，dou，门，983-2，（1）

門，[moːn²]，monz，门，235-4，236-2，249-4，250-2，253-2，256-7，257-4，281-6，289-4，1306-6，（10）

門，[moːn²]，monz-，门，1231-1，1233-5，（2）

肚，[tuŋ⁴]，dungx，肚，642-3，（1）

依，[ʔei¹]，ei，依，435-3，936-1，995-1，（3）

武，[fou⁴]，Foux-，武，253-5，381-5，489-5，598-1，599-1，609-5，610-1，619-1，624-1，625-1，633-1，643-1，647-1，655-1，684-1，685-1，697-1，699-1，717-1，728-1，729-1，737-1，739-1，755-1，791-1，816-1，819-1，825-1，863-5，1110-3，1141-1，1147-5，1151-1，1157-1，1174-3，1175-1，（36）

武，[fou⁴]，foux，武，355-5，782-4，926-4，1024-4，1090-4，1134-5，1188-4，1189-2，1317-7，（9）

法，[faːp^{7}]，fap，法，677-7，（1）

非，[fei^{1}]，fei-，非，1084-6，（1）

非，[fei^{5}]，feiq，费，116-3，（1）

非，[fei^{5}]，feiq，废，534-6，1056-6，1344-6，（3）

苐，[fot^{8}]，foed，青枝，140-4，（1）

斧，[fou^{3}]，fouj，斧，969-7，970-4，（2）

府，[fou^{3}]，fouj，府，253-7，381-7，489-7，597-7，863-7，（5）

房，[fuːŋ^{2}]，fuengz，房，20-7，125-2，216-7，281-4，301-2，304-2，309-2，313-6，314-2，326-5，334-7，335-2，340-7，341-2，1094-7，1272-7，1306-7，（17）

服，[fuk^{8}]，fug-，服，108-2，（1）

服，[fuk^{7}]，fuk，复，346-3，（1）

奉，[fuŋ^{6}]，fungh，奉，1064-1，1298-3，1299-1，（3）

杈，[fɯn^{2}]，fwnz，柴，285-1，287-4，491-1，493-4，498-1，499-5，690-5，704-7，705-2，705-6，718-7，719-2，719-6，726-7，727-3，788-7，（16）

金，[kim^{1}]，Gim-，金，363-4，（1）

金，[kim^{1}]，gim，金，411-4，430-1，538-6，610-6，747-3，912-6，950-6，967-3，991-3，1029-3，1106-6，1152-6，1245-3，1325-3，（14）

金，[kim^{5}]，gimq，禁，1136-5，（1）

苟，[kau^{3}]，gaeuj，看，1197-4，（1）

苟，[kjau^{3}]，gyaeuj，首，头，695-5，1167-4，1181-4，1309-4，1345-4，（5）

苟，[kjau^{3}]，gyaeuj-，夫，509-6，（1）

庚，[keːŋ^{1}]，geng，更，661-4，673-2，（2）

庚，[keːŋ^{1}]，geng，庚，385-4，（1）

其，[ki^{2}]，giz-，处，453-5，984-5，1277-3，（3）

京，[kiŋ^{1}]，ging，京，884-5，893-2，（2）

京，[kiŋ^{1}]，ging，经，588-2，（1）

孤，[ko^{1}]，go-，孤，31-4，（1）

果，[ko^{3}]，goj，果，1109-7，1131-7，(2)

坤，[kon^{1}]，goen，坤，1095-5，(1)

坤，[ron^{1}]，roen，路，444-3，(1)

国，[kuːk^{7}]，guek-，国，1307-1，1335-5，(2)

官，[kuːn^{1}]，guen，官，693-3，701-5，703-5，717-5，1068-5，1079-4，1130-2，1301-4，(8)

官，[kuːn^{1}]，guen-，官，1128-6，1205-6，1299-6，(3)

卦，[kwa^{5}]，gvaq，卦，23-7，(1)

拐，[kwaːi^{4}]，gvaix，拐，608-5，611-2，(2)

怪，[kwaːi^{5}]，gvaiq，怪，926-2，(1)

毒，[kja^{4}]，gyax，孤，48-5，529-3，587-3，(3)

降，[kjaːŋ^{5}]，gyangq，降，412-4，(1)

河，[ha^{1}]，ha，匹配，195-6，(1)

河，[ha^{1}]，ha，哈，41-7，(1)

河，[ha^{1}]，ha-，哈，41-6，(1)

河，[ha^{2}]，haz，草，285-2，491-2，(2)

河，[ho^{2}]，hoz，呵，797-7，(1)

河，[ho^{2}]，hoz-，呵，797-6，(1)

肯，[haŋ^{3}]，haengj，给，22-5，174-5，187-6，190-5，280-4，322-2，327-3，412-1，431-5，460-4，470-5，508-1，509-1，614-1，616-1，733-3，744-2，745-1，756-1，812-2，815-5，830-1，834-2，886-2，948-1，994-1，1000-2，1122-2，1225-5，1292-3，1318-3，1319-3，(32)

学，[haːk^{8}]，hag，学，1070-5，(1)

限，[haːn^{6}]，hanh，限，144-4，659-1，660-2，671-1，672-1，690-1，694-1，704-1，705-4，718-1，730-1，734-1，757-1，759-1，760-1，787-2，788-2，792-1，1092-1，1156-1，(20)

佷，[haːn^{6}]，hanh，限，719-4，(1)

雨，[haɯ^{4}]，hawx，雨，1004-3，(1)

易，[hei^{6}]，heih，易，111-7，425-7，553-7，1221-7，1247-7，1342-4，(6)

烝，[hei^{5}]，heiq，担忧，115-7，(1)

庙，[miːu^{6}]，miuh-，庙，522-6，(1)

𡗶，[ʔbɯn^{1}]，mbwn，天，372-7，688-4，758-3，790-3，809-5，813-5，824-4，903-5，931-5，1054-1，1300-4，(11)

㑚，[na^{4}]，nax，舅，151-1，152-2，153-5，155-5，155-7，156-2，160-4，163-1，168-4，185-4，186-4，187-4，200-1，(13)

迫，[nak^{7}]，naek，重，138-4，139-7，157-7，331-7，(4)

念，[nam^{3}]，naemj，想，74-4，(1)

念，[niːm^{6}]，niemh，念，677-6，840-4，841-6，(3)

郎，[ʔdaːŋ^{1}]，ndang，身，143-4，246-7，(2)

肤，[ʔdɯːn^{1}]，ndwen，月，37-6，97-4，99-4，100-2，105-4，992-7，1260-7，1293-4，1294-4，(9)

昂，[ŋaːŋ^{4}]，ngangx，仰，13-5，(1)

忩，[ɲan^{4}]，nyaenx，此，这，这样，这么，如此，64-4，84-4，147-7，163-7，335-7，370-5，454-1，462-1，463-1，470-2，470-4，503-4，595-7，623-7，642-4，663-7，709-7，905-4，1188-1，(19)

忩，[jin^{4}]，yinx，引，574-2，(1)

罗，[ra^{4}]，ra，找，228-4，231-4，285-7，358-2，491-7，518-5，557-7，607-7，851-4，1098-3，(10)

泷，[roŋ^{2}]，roengz，下，263-3，344-3，(2)

陇，[roŋ^{2}]，roengz，下，23-3，61-5，82-5，83-7，214-5，436-5，437-5，445-4，507-5，692-4，1030-1，1159-6，1271-6，1316-5，(14)

事，[θai^{6}]，saeh，事，116-4，612-4，846-4，(3)

知，[θaɯ^{1}]，saw，书，103-5，(1)

知，[θaɯ^{1}]，saw-，书，1340-3，(1)

使，[θaɯ^{3}]，sawj，使，960-3，1099-1，(2)

态，[θɯːŋ^{1}]，sieng-，商，668-6，752-6，778-6，1196-6，(4)

态，[θɯːŋ^{3}]，siengj，想，84-1，221-1，785-1，854-1，880-5，906-2，937-4，1028-3，(8)

昔，[θik^{7}]，sik，惜，110-6，950-2，(2)

送，[θoŋ^{5}]，soengq，送，129-2，134-3，1046-1，(3)

受，[θou^{6}]，souh，受，接受，631-6，1067-4，1302-4，(3)

承，[θɯŋ^{2}]，swngz，承，902-4，(1)

话，[wa^{6}]，vah，话，46-1，476-2，(2)

怌，[waːi^{2}]，vaiz，水牛，56-6，57-4，59-4，73-5，325-3，334-4，(6)

來，[waːi^{3}]，vaij-，来，284-3，(1)

往，[waːŋ^{1}]，vang，往，284-4，(1)

乳，[jai^{3}]，yaej，乳，1260-4，1262-4，1290-4，(3)

县，[juːn^{6}]，yienh，县城，269-2，(1)

油，[jou^{1}]，you，幽，3-5，(1)

油，[jou^{1}]，you-，幽，3-4，(1)

九画

亜，[ʔau^{1}]，aeu，要，22-2，33-1，126-2，140-2，146-5，160-5，161-6，162-6，168-5，169-6，191-3，216-2，218-2，283-1，287-3，287-6，289-1，299-3，300-1，304-7，312-2，327-5，431-2，493-3，493-6，499-4，525-5，541-2，544-4，553-3，556-6，563-5，568-1，569-1，585-2，586-1，589-2，591-2，618-1，659-3，660-5，661-5，671-3，672-2，672-5，673-5，690-2，698-2，704-2，705-1，705-5，706-5，707-5，718-2，719-1，719-5，720-5，721-5，730-2，735-2，736-2，738-2，742-2，744-1，747-1，748-1，749-5，757-4，761-5，783-1，786-1，787-3，789-4，793-2，794-2，795-5，819-4，825-5，863-1，877-4，899-3，918-2，919-1，924-3，1098-4，1101-1，1105-1，1112-5，1186-2，1262-5，1272-1，1290-5，1291-2，(93)

亜，[ʔau^{5}]，aeuq-，怄，664-3，666-3，710-3，712-3，731-4，(5)

要，[ʔau^{1}]，aeu，要，103-4，203-5，(2)

姦，[ʔaːi^{5}]，aiq，奸，602-2，782-7，842-7，(3)

罷，[pa^{6}]，bah，罢，640-5，1054-5，1096-5，(3)

便，[pan^{2}]，baenz，成，53 6，(1)

便，[piːn^{6}]，bienh，即，便，便是，11-2，151-2，181-2，235-5，249-5，331-5，(6)

拜，[paːi^{5}]，baiq，拜，445-2，808-1，1073-6，(3)

拜，[paːi^5]，baiq-，拜，33-4，1072-3，(2)

班，[paːn^1]，ban，时候，941-2，(1)

袍，[paːu^2]，bauz，袍，1272-2，(1)

保，[paːu^3]，bauj，保，1189-6，1191-3，1226-3，1250-3，1268-1，1332-3，(6)

衲，[pu^6]，buh，衣，730-5，742-4，745-7，757-7，789-7，(5)

香，[pjaːŋ^1]，byang，香，771-5，(1)

香，[jɯːŋ^1]，yieng，香，33-2，275-6，297-3，308-7，379-6，431-4，434-4，770-7，771-2，773-5，1204-7，1230-7，1266-7，1269-4，1350-2，(15)

差，[tsa^1]，ca，差，580-1，(1)

差，[tsaːi^1]，cai，差使，408-2，443-1，466-3，467-1，774-1，862-1，1134-1，(7)

真，[tsan^1]，caen-，亲，1288-6，(1)

珍，[tsin^1]，caen-，珍，995-5，(1)

奏，[tsau^5]，caeuq，奏，696-3，773-7，(2)

奏，[tsau^5]，caeuq，跟，1130-4，(1)

造，[tsaːu^6]，cauh，造，538-2，(1)

造，[tsaːu^6]，cauh，才，442-4，928-3，(2)

柱，[tsaɯ^4]，cawx，买，8-4，204-3，205-3，222-3，245-6，266-4，274-3，275-5，297-1，300-3，378-3，379-5，(12)

指，[tsei^3]，ceij，指，819-7，(1)

拾，[θip^8]，cib-，十，349-5，(1)

前，[tsiːn^2]，cienz，前，17-3，350-7，1236-7，(3)

前，[tsiːn^2]，cienz-，前，196-3，896-1，1032-3，(3)

养，[tsɯːŋ^4]，ciengx，养，1034-3，(1)

养，[jɯːŋ^6]，yiengh，样，样子，503-5，839-6，889-1，889-2，905-5，914-2，1123-4，1154-5，1185-4，1223-7，(10)

养，[jɯːŋ^6]，yiengh-，样，25-6，54-1，54-5，64-3，84-3，86-5，121-6，147-6，163-6，175-6，182-6，255-6，335-6，452-5，484-1，546-1，595-6，623-6，663-6，689-2，709-6，751-6，

948-3，989-6，993-6，1177-6，1227-6，1256-5，1336-1，1337-1，1351-6，（31）

草，[tsiːu^{1}]，ciu-，糟，685-6，（1）

草，[ȵɯ^{3}]，nywj，草，286-1，492-1，500-4，648-4，659-6，671-6，682-4，683-3，787-6，（9）

祖，[tso^{3}]，coj-，祖，42-6，1006-6，1046-6，1286-6，（4）

度，[tso^{6}]，coh，朝，463-7，574-5，596-6，（3）

度，[to^{2}]，doz，驮，581-6，（1）

度，[to^{6}]，doh，渡，572-2，（1）

总，[tsoŋ^{1}]，coeng-，聪，691-4，940-6，（2）

总，[tsuŋ^{3}]，cungj，总，39-5，450-5，451-5，724-5，798-5，1074-5，（6）

总，[tsuŋ^{3}]，cungj，都，1146-5，1185-5，1287-5，（3）

昨，[tsoːk^{8}]，cog，将来，6-1，390-1，397-1，932-1，1042-5，1044-1，1062-1，（7）

昨，[tsoːk^{8}]，cog，明，741-2，746-2，749-2，758-2，761-2，790-2，795-2，（7）

昨，[tsoːk^{8}]，cog，明日，203-1，（1）

重，[tsuːŋ^{5}]，cuengq，放，968-6，（1）

重，[tsoŋ^{2}]，cungz，重，1108-1，（1）

重，[nak^{7}]，naek，重，482-1，（1）

重，[nak^{7}]，naek-，重，1007-3，（1）

除，[tsɯ^{2}]，cwz，黄牛，95-2，（1）

除，[taɯ^{2}]，dawz，拿，44-1，203-3，571-2，1038-3，（4）

帝，[tai^{5}]，Daeq-，帝，1267-6，（1）

帝，[tai^{5}]，daeq，帝，387-2，401-7，411-3，427-2，561-7，765-4，773-2，808-4，912-4，1015-5，1029-7，1073-4，1145-2，1147-2，1151-6，1152-2，1157-4，1161-2，1163-2，1177-2，1179-2，1182-2，1183-7，1187-4，1193-2，1199-4，1201-7，1209-2，1215-2，1217-2，1281-7，1298-2，1316-4，1323-4，1325-2，1347-7，（36）

㛰，[toŋ^{3}]，Doengj，董，438-3，（1）

㛰，[toŋ^{1}]，doeng，通，1018-3，1353-3，（2）

㛰，[toŋ^{1}]，doeng-，东，801-1，（1）

荅，[ta^{3}]，daj-，打，116-1，(1)

荅，[ta:p^{7}]，dap，答，87-3，141-3，155-3，181-3，183-3，197-3，239-3，241-3，261-3，271-3，277-3，309-3，313-3，371-3，375-3，391-3，423-3，427-3，479-3，483-3，485-3，505-3，519-3，533-3，551-3，559-3，579-3，583-3，609-3，619-3，655-3，665-3，669-3，675-3，699-3，711-3，715-3，723-3，739-3，753-3，763-3，779-3，827-3，873-3，907-3，921-3，1147-3，1151-3，1163-3，1217-3，1233-3，1239-3，1253-3，1257-3，1275-3，1279-3，1307-3，1335-3，1339-3，(59)

胆，[ta:m^{3}]，damj，胆，544-3，(1)

咛，[te:ŋ^{1}]，deng，对，966-5，(1)

咥，[tei^{5}]，di，些，146-6，160-6，168-6，(3)

埅，[tɯ:k^{8}]，dieg，地，231-5，354-5，358-3，511-5，(4)

点，[ti:m^{3}]，diemj，点，1063-4，(1)

盯，[tin^{1}]，din-，脚，1172-1，(1)

途，[to^{4}]，dox-，相，320-1，320-3，357-4，772-3，837-2，866-4，882-3，(7)

途，[tou^{1}]，dou，我们，46-4，(1)

途，[tu^{2}]，duz，只，个，50-2，50-4，68-1，85-1，89-1，324-4，363-1，365-3，851-1，852-4，(10)

相，[to^{4}]，dox-，相，638-4，(1)

相，[θɯ:ŋ^{1}]，sieng-，商，55-6，(1)

相，[θɯ:ŋ^{5}]，siengq，相，894-2，1073-7，1199-7，(3)

相，[θi:ŋ^{5}]，siengq，相，1089-7，(1)

峝，[toŋ^{6}]，doengh，垌，9-7，654-2，678-2，680-2，681-2，(5)

杋，[fai^{4}]，faex，树，447-4，584-4，586-3，593-2，966-3，969-4，(6)

發，[fa:t^{7}]，fat，发，648-1，692-1，(2)

發，[fa:t^{7}]，fat-，发，971-3，987-3，(2)

悔，[hoi^{3}]，hoij，悔，323-5，1355-2，(2)

悔，[hoi^{5}]，hoiq，奴仆，355-3，523-7，526-5，547-3，605-7，636-2，875-7，900-3，909-7，945-3，953-4，978-5，1024-2，1086-4，1093-4，1131-4，1153-7，1169-4，(18)

悔，[ʔoi⁵]，oiq，嫩，897-7，927-5，935-7，(3)

观，[kuːn¹]，Guen-，观，887-4，1267-3，(2)

架，[ka²]，gaz-，枷，1137-4，(1)

架，[kja⁵]，gyaq，架，24-5，26-5，27-1，35-1，498-3，(5)

界，[kai⁵]，gaej，别，840-3，(1)

界，[kjaːi⁵]，gyaiq，界，347-7，419-7，437-7，448-4，507-7，562-4，613-7，781-4，799-7，812-4，829-7，1210-4，1216-4，1220-4，1246-4，1247-2，1326-4，1327-2，(18)

皆，[kaːi¹]，gai，卖，224-6，234-6，240-6，246-6，248-6，258-6，264-4，268-1，276-6，380-6，381-1，395-3，405-3，421-3，438-6，488-6，489-1，523-3，564-6，565-3，605-3，615-3，627-3，861-3，875-3，909-3，924-1，925-3，929-4，978-2，1023-3，1169-1，1317-3，(33)

計，[kei⁵]，geiq，计，629-7，643-7，697-7，728-4，737-7，918-1，1028-4，1336-4，(8)

計，[kei⁵]，geiq-，计，54-3，649-4，825-3，(3)

計，[kɯːi²]，gwiz，婿，1198-2，(1)

枯，[ko¹]，go-，棵，447-3，584-3，586-2，593-1，(4)

宫，[koŋ¹]，goeng，公，850-4，(1)

宫，[koŋ¹]，goeng-，公，254-6，(1)

宫，[kuŋ¹]，gung，宫，1311-2，(1)

骨，[kot⁷]，goet，骨，1040-3，1194-5，(2)

冠，[kuːn¹]，guen，官，651-1，(1)

咣，[kuːŋ¹]，gueng，喂，1256-7，1262-7，1290-7，(3)

咣，[roːŋ⁴]，rongx，吼，366-1，(1)

食，[kɯn¹]，gwn，食，844-4，845-2，(2)

乖，[kwaːi¹]，gvai，乖，642-5，1114-7，(2)

関，[kwaːn¹]，gvan-，夫，516-2，(1)

攰，[kwei¹]，gvi，皈，1355-5，(1)

滗，[kwei⁶]，gvih，跪，263-5，344-4，445-5，(3)

活，[ha⁶]，hah，占有，514-5，(1)

活，[hoːp^{8}]，hab，合，956-3，（1）

活，[hoi^{2}]，hoiz，活，467-6，（1）

恨，[han^{1}]，haen，啼，849-2，（1）

恨，[hɯn^{3}]，hwnj，上，39-3，（1）

恨，[ran^{1}]，raen，见，180-3，（1）

後，[hau^{6}]，haeuh，后，926-5，（1）

後，[hau^{6}]，haeuh，候，1129-7，（1）

後，[hau^{6}]，haeuh-，后，1082-4，（1）

後，[hau^{3}]，haeuj，入，911-3，（1）

後，[hau^{6}]，haeux-，后，963-4，（1）

後，[laŋ^{1}]，laeng，后，540-4，（1）

咳，[haːi^{6}]，haih，害，640-3，（1）

咳，[raːi^{4}]，raix，dahraix，果真，837-5，867-5，（2）

海，[haːi^{3}]，haij，海，800-4，801-2，811-7，（3）

易，[hei^{6}]，heih，易，191-7，611-7，845-7，848-4，1327-7，（5）

胡，[ho^{2}]，hoz，脖，1137-2，（1）

胡，[ho^{2}]，hoz-，脖，498-4，（1）

怨，[juːn^{5}]，ienq，怨，195-2，210-2，265-1，301-7，361-7，372-6，931-4，946-1，953-1，980-1，1031-2，1033-5，1061-5，（13）

汏，[laːi^{1}]，lai，太，974-5，980-5，（2）

汏，[laːi^{1}]，lai，多，455-2，527-3，636-5，（3）

老，[laːu^{4}]，laux，老，206-4，（1）

律，[lei^{4}]，lij，还，1132-3，（1）

律，[lɯt^{8}]，lwd，律，1340-4，（1）

連，[liːn^{2}]，lienz，连，7-5，726-1，832-5，（3）

連，[liːn^{2}]，lienz，怜，265-5，（1）

連，[liːn^{2}]，lienz-，连，26-1，38-1，400-1，697-3，772-1，813-3，1228-1，1264-1，（8）

洛，[lo^{6}]，loh，路，264-2，(1)

洛，[roːk^{8}]，rog，外，260-4，276-4，380-4，488-4，770-4，(5)

姝，[mai^{4}]，maex，妻，164-4，171-1，516-5，585-5，635-1，636-1，686-3，686-6，687-7，708-4，714-4，715-7，722-4，732-3，744-3，745-2，750-4，753-7，756-4，762-4，796-4，823-7，825-7，869-3，869-5，873-7，884-1，899-4，911-7，918-5，950-5，955-7，1012-5，1027-7，1056-3，1057-2，1058-2，1154-1，1171-7，1178-1，1253-7，1279-6，1280-3，1281-1，1319-7，(45)

姝，[me^{6}]，meh，母，91-1，92-1，211-1，942-2，952-4，1289-2，1290-2，(7)

眉，[mei^{2}]，miz，生，65-2，101-2，(2)

眉，[mei^{2}]，miz，有，19-6，89-3，90-3，93-3，99-1，113-1，118-6，135-4，143-6，161-3，162-3，169-3，170-3，192-6，196-6，245-3，253-4，254-3，266-2，270-3，275-3，285-4，286-4，305-1，306-1，317-4，332-6，358-5，369-1，379-3，396-5，397-3，473-4，476-4，491-4，492-4，510-1，510-3，511-4，518-2，538-5，539-6，540-6，557-4，558-1，558-3，581-4，607-4，612-3，624-3，625-3，776-1，777-1，781-5，872-2，901-2，947-2，952-2，977-2，996-6，1008-6，1014-2，1026-6，1032-6，1038-1，1042-6，1053-2，1068-4，1079-3，1082-3，1095-3，1118-4，1131-5，1301-5，1308-5，1337-3，(76)

面，[miːn^{6}]，mienh，面，1192-3，1193-5，(2)

面，[miːn^{6}]，mienh-，面，812-6，894-1，1236-6，(3)

跿，[naŋ^{6}]，naengh，坐，100-4，367-5，447-5，450-4，451-4，501-2，522-5，549-5，604-5，741-6，1066-4，1071-6，1141-6，1143-6，(14)

炷，[nuːŋ^{4}]，nuengx，弟，330-4，(1)

垩，[na^{2}]，naz，田，203-4，(1)

南，[naːn^{6}]，nanh，难，770-6，771-1，(2)

南，[naːm^{2}]，namz，南，235-3，236-1，249-3，250-1，(4)

补，[nai^{5}]，naeq，睨，39-7，151-7，872-5，965-5，(4)

倾，[ʔdaːŋ^{1}]，ndang，身，421-4，489-2，605-4，615-4，684-5，783-4，861-4，924-2，925-4，1023-4，(10)

御，[ʔdaːŋ^{1}]，ndang，身，523-4，831-3，854-3，875-4，929-5，978-3，1016-4，1034-1，1102-3，1317-4，1321-5，（11）

哏，[ŋon^{2}]，ngoenz，日，138-1，138-2，287-2，385-3，397-4，493-2，499-2，549-1，601-1，601-2，631-4，1093-2，1211-4，1288-1，1288-2，1292-1，（16）

哏，[ŋon^{2}]，ngoenz-，日，240-3，262-3，372-3，（3）

哏，[ŋon^{2}]，ngoenz-，天，734-2，（1）

弅，[raːn^{2}]，ranz，家，630-2，664-2，（2）

娄，[rau^{2}]，raeuz，咱，咱们，18-7，55-2，70-3，79-4，86-2，90-2，102-3，145-4，168-2，201-4，203-2，228-1，508-2，509-2，526-3，584-1，590-1，762-2，778-2，830-2，843-4，879-1，1021-4，1096-1，1286-4，（25）

陇，[roŋ^{2}]，roengz，下，60-5，62-3，63-7，448-5，613-5，（5）

陇，[roŋ^{2}]，roengz-，下，238-5，（1）

泷，[roŋ^{2}]，roengz，下，677-5，799-5，1237-6，（3）

神，[θan^{2}]，saenz，神，679-4，（1）

神，[θan^{2}]，saenz-，神，442-1，976-1，（2）

信，[θin^{5}]，saenq，信，548-5，1187-7，1191-7，（3）

思，[θei^{1}]，sei，思，936-3，937-3，（2）

思，[θei^{1}]，sei-，私，556-3，608-3，（2）

是，[θei^{6}]，seih，是，433-2，469-2，837-1，896-4，970-5，（5）

泉，[tsuːn^{2}]，sienz，泉，4-5，（1）

杰，[θɯːŋ^{1}]，sieng-，商，164-6，374-6，510-6，714-6，1304-6，（5）

杰，[θɯːŋ^{3}]，siengj，想，64-1，122-1，177-3，178-1，179-2，220-6，504-2，639-2，644-1，645-1，698-1，738-1，782-5，784-1，868-1，910-3，936-4，1052-1，1343-2，（19）

星，[θiŋ^{1}]，sing，星，363-5，（1）

送，[θoŋ^{5}]，soengq，送，34-1，352-1，353-1，429-1，807-5，808-2，815-3，1038-5，1053-4，1060-1，1160-5，1186-6，1225-2，1229-3，1242-1，1249-3，1286-2，1330-5，1331-3，（19）

修，[θou^{1}]，sou，修，1042-3，1109-5，1118-1，（3）

宣，[$θu:n^{1}$]，suen，酸，84-7，178-7，874-7，（3）

洗，[$θɯ:i^{5}$]，swiq，洗，1120-1，1305-6，（2）

昇，[$θɯŋ^{1}$]，swng，升，1128-3，（1）

為，[wei^{6}]，vih，为，18-2，117-3，117-6，264-1，861-1，929-1，991-1，1011-1，（8）

鸦，[ja^{1}]，ya-，丫，1261-3，（1）

姻，[$ʔin^{1}$]，yaem，姻，841-4，（1）

音，[jim^{1}]，yaem，音，887-5，1267-4，（2）

看，[$jaɯ^{3}$]，yawj，看，1154-4，（1）

徉，[$ju:ŋ^{2}$]，yiengz，羊，56-7，60-4，60-7，61-4，63-2，65-1，74-7，82-4，82-7，83-2，85-2，89-2，（12）

十画

垳，[$ʔan^{1}$]，aen，个，148-3，176-3，807-3，1144-3，1160-1，1162-1，1164-1，1165-1，1173-1，1186-3，（10）

恩，[$ʔan^{1}$]，aen，恩，6-5，390-5，440-5，540-7，1042-7，1080-5，（6）

恶，[$ʔa:k^{7}$]，ak，恶，846-2，（1）

恶，[$ʔo:k^{7}$]，ok，出，1-3，12-5，57-5，148-5，151-5，176-5，220-3，224-3，246-3，260-3，276-3，380-3，478-3，488-3，572-4，601-3，650-4，770-3，1192-5，1203-5，1204-5，1230-5，（22）

恶，[$ʔo:k^{7}$]，ok-，出，59-5，1142-5，（2）

案，[$ʔa:n^{5}$]，anq，案，1068-2，（1）

剥，[$pa:k^{8}$]，bag，劈，705-7，719-7，727-4，（3）

剥，[$pa:k^{7}$]，bak，嘴，口，152-5，278-5，650-5，1047-1，1235-7，1310-4，（6）

剥，[$pa:k^{7}$]，bak-，口，13-3，219-3，307-3，（3）

班，[$pa:m^{1}$]，bam，楼层，126-7，128-5，136-7，（3）

班，[$pa:n^{1}$]，ban，辈，951-4，（1）

班，[$pa:n^{1}$]，ban-，时，73-1，（1）

婄，[$paɯ^{4}$]，bawx，媳妇，225-5，（1）

偹，[pei^{6}]，beih，备，75-7，（1）

病，[piŋ^{6}]，bingh，病，47-3，138-3，139-6，157-6，165-6，194-5，267-3，971-7，987-6，（9）

倍，[poi^{2}]，boiz，赔，还，334-5，408-6，416-5，420-6，466-6，566-4，568-6，578-4，592-5，616-6，618-6，862-6，863-4，1090-6，1104-6，1318-6，（16）

配，[poi^{5}]，boiq，配，524-4，606-4，848-5，876-4，898-4，910-4，1199-6，（7）

部，[pu^{6}]，buh，衣，1142-4，1145-6，1148-2，（3）

般，[puːn^{1}]，buen，般，563-4，（1）

斉，[tsai^{2}]，caez， 齐，374-5，510-5，714-5，752-5，778-5，956-2，1196-5，1209-6，1215-6，1287-6，1304-5，（11）

斉，[tsai^{2}]，caez-，齐，802-6，806-6，（2）

真，[tsan^{1}]，caen，真，1356-3，（1）

真，[tsan^{1}]，caen，真，294-1，461-5，1048-3，1060-7，1079-1，（5）

秤，[tsaŋ^{6}]，caengh，秤，169-7，306-4，（2）

秤，[tsaŋ^{6}]，caengh，称，319-5，333-5，733-1，743-1，755-3，791-3，1175-3，（7）

財，[tsaːi^{2}]，caiz，财，844-7，845-4，1301-3，（3）

財，[tsaːi^{2}]，caiz-，财，430-3，（1）

叅，[tsaːm^{1}]，cam，问，1093-3，（1）

造，[tsaːu^{6}]，cauh，才，940-5，1012-1，1226-5，（3）

造，[tsaːu^{6}]，cauh，造，1020-4，（1）

珠，[tsaɯ^{1}]，caw，珠，429-4，（1）

息，[tsi^{6}]，cix，就，470-3，（1）

借，[tsi^{5}]，ciq，借，146-2，159-7，160-1，161-5，162-5，167-7，168-1，169-5，170-6，174-4，179-3，185-2，186-2，187-7，190-4，191-1，200-4，229-1，979-1，（19）

葥，[tsiːt^{7}]，ciet-，节，1005-6，（1）

值，[tsik^{8}]，cig，值，1030-4，（1）

座，[tsu^{6}]，cuh，座，995-7，（1）

座，[naŋ^{6}]，naengh，坐，15-7，1229-7，（2）

畜，[$tsuk^7$]，cuk-，畜，394-5，(1)

桃，[$ta:u^2$]，Dauz-，桃，9-5，(1)

带，[$ta:i^5$]，daiq，带，24-4，(1)

釘，[$ti\eta^1$]，ding，钉，1047-5，(1)

都，[to^5]，doq，立即，1269-5，(1)

都，[to^5]，doq，都，75-5，297-5，337-5，(3)

都，[tou^1]，dou，我们，311-3，614-2，766-1，767-5，(4)

都，[tou^1]，dou，门，12-6，13-4，140-6，148-6，151-4，176-6，218-6，219-4，307-4，(9)

途，[to^6]，doh，时段，631-3，(1)

通，[$to\eta^1$]，doeng，通，49-4，582-3，1347-5，(3)

逼，[$to\eta^1$]，doeng，通，434-6，772-6，1336-6，1337-5，1343-5，1350-6，(6)

痡，[$to\eta^6$]，doengh，动，84-5，(1)

鳯，[$fo\eta^6$]，fungh，凤，730-4，745-6，748-4，757-6，767-2，789-6，794-4，818-4，865-1，1146-4，1148-4，1149-4，1155-4，1160-4，1162-4，1164-4，1165-4，1173-4，1228-4，1264-4，(20)

尅，[$ka:k^8$]，gag，独自，369-4，(1)

搿，[kam^1]，gaem，拿，握，12-2，148-2，176-2，(3)

举，[$ka\text{ɯ}^3$]，gawj，举，1200-1，(1)

記，[kei^5]，geiq，记，50-1，130-5，135-7，317-7，(4)

强，[$kj\text{ɯ}:\eta^2$]，giengz，强，38-7，342-7，402-7，464-7，554-7，560-7，766-7，1208-7，1242-7，1284-7，1322-7，(11)

强，[$kja:\eta^2$]，gyangz，叹，54-7，(1)

强，[$kja:\eta^2$]，gyangz-，强，602-1，782-6，(2)

貢，[$ko\eta^5$]，goengq，贡，1200-2，(1)

家，[kja^1]，gya，家，30-2，145-5，149-4，187-2，1010-2，(5)

家，[kja^1]，gya-，家，52-6，58-6，76-6，933-2，(4)

豕，[$ra:n^2$]，ranz，豕，53-5，(1)

陷，[ham^6]，haemh，晚，夜，58-1，73-2，75-2，77-1，500-1，501-1，632-1，637-2，(8)

陷，[ham^{6}]，haemh-，夜，652-4，657-1，(2)

陷，[ham^{5}]，haemq，问，449-7，(1)

候，[hau^{6}]，haeuh，候，1138-5，(1)

害，[haːi^{6}]，haih，害，192-1，768-4，822-4，1172-4，(4)

氣，[hei^{5}]，heiq，忧，忧虑，97-7，205-7，373-4，389-5，484-4，(5)

氣，[hei^{5}]，heiq，气，106-5，211-5，213-7，467-7，664-4，666-4，710-4，712-4，731-5，1005-7，(10)

庫，[ho^{3}]，hoj，苦，64-5，(1)

庫，[ho^{5}]，hoq，卧，1272-6，(1)

庫，[ho^{5}]，hoq，膝盖，62-2，263-4，344-2，(3)

宛，[juːn^{1}]，ien，冤，116-7，473-5，777-3，781-6，926-7，1024-7，1090-7，1104-7，1140-4，(9)

宛，[ȵaːn^{2}]，nyanz，汪，150-7，(1)

宛，[ȵaːn^{2}]，nyanz-，汪，150-6，(1)

宛，[juːn^{1}]，yuen，汹，320-7，(1)

宛，[juːn^{1}]，yuen-，汹，320-6，(1)

淚，[lai^{1}]，lae，流，214-4，(1)

酒，[lau^{3}]，laeuj，酒，16-4，441-2，(2)

狼，[laːŋ^{3}]，langj，讲，383-5，(1)

嫏，[laːŋ^{3}]，langj，讲，341-7，(1)

浪，[laːŋ^{6}]，langh，浪，543-5，(1)

浪，[laːŋ^{6}]，langh，放，57-3，59-3，81-4，91-6，472-3，(5)

浪，[laːŋ^{6}]，langh，若，107-1，161-1，162-1，169-1，170-1，333-1，395-1，724-1，798-1，859-1，911-1，987-1，999-1，1035-1，1037-1，1045-1，1059-1，1075-1，1131-1，(19)

离，[li^{2}]，liz，离，849-4，(1)

离，[rei^{5}]，riq，索，1085-4，(1)

連，[liːn^{2}]，lienz，怜，122-7，210-7，990-7，(3)

連，[liːn^{2}]，lienz，连，693-1，701-3，1156-3，1176-3，(4)

連，[liːn^{2}]，lienz-，连，212-1，362-1，436-1，629-3，643-3，677-3，737-3，1113-3，（8）

流，[liːu^{2}]，louz-，流，2-1，543-4，（2）

流，[riːu^{2}]，riuz-，利，1085-3，（1）

梅，[moi^{2}]，Moiz-，梅，34-4，（1）

彨，[ma^{1}]，ma，回，来，244-5，555-6，872-4，（3）

彨，[ma^{2}]，maz，何，啥，154-6，240-2，262-2，368-5，370-2，372-2，373-2，450-2，451-2，524-2，552-2，606-2，666-2，667-2，712-2，713-2，776-2，777-2，860-2，910-2，942-3，1100-5，1308-6，1312-2，1348-2，（25）

馬，[ma^{4}]，max，马，286-2，492-2，500-5，652-1，658-4，659-7，671-7，683-4，702-4，787-7，1237-7，1270-2，1271-7，（13）

埋，[maːi^{2}]，maiz，埋，1101-5，（1）

媽，[ma^{1}]，ma，来，180-2，（1）

媽，[mai^{4}]，maex，妻，188-1，189-1，（2）

媽，[me^{6}]，meh，母，5-2，19-2，25-2，36-1，37-1，40-1，43-2，52-2，53-2，55-3，58-4，60-3，61-3，63-1，68-2，72-1，74-6，76-3，77-6，78-1，80-4，104-5，106-1，110-1，117-5，122-4，125-3，165-3，180-4，183-5，183-7，184-1，194-3，197-1，206-3，207-3，208-1，209-1，217-3，226-1，232-1，243-1，267-1，273-1，294-4，302-5，303-5，311-2，325-2，328-2，334-3，340-3，343-6，352-2，353-2，357-2，377-1，386-2，475-1，487-1，851-2，923-2，929-3，974-3，1097-2，1254-4，1261-2，1262-2，1301-7，1315-1，1321-1，1330-2，1331-1，1334-4，1338-2，（75）

能，[naŋ^{2}]，naengz，居然，竟然，500-2，593-5，（2）

能，[naŋ^{2}]，naengz，能，866-2，（1）

能，[naŋ^{2}]，naengz，常常，59-2，（1）

娘，[niːŋ^{2}]，niengz，娘，417-4，608-7，611-4，630-7，848-7，876-7，1154-7，1190-7，1234-7，1268-7，1274-2，1275-2，1280-7，1287-2，（14）

娘，[naːu^{4}]，nawx，女，894-7，（1）

难，[naːn^{2}]，nanz，久，575-5，1071-2，（2）

难，[naːn^{2}]，nanz，难，482-2，582-5，624-6，625-6，982-6，1010-7，1254-5，1255-5，（8）

难，[naːn^{6}]，nanh，难，89-7，143-7，1067-5，（3）

腄，[nin^{2}]，ninz，唾，550-5，637-5，（2）

倻，[ʔdaːŋ^{1}]，ndang，身，395-4，405-4，488-7，570-7，627-4，902-3，909-4，1043-4，1120-2，1169-2，（10）

脚，[ʔdaːŋ^{1}]，ndang，身，248-7，（1）

呞，[ȵi^{1}]，nyi，听，11-4，25-4，121-4，147-4，163-4，175-4，255-4，259-4，301-4，335-4，341-4，361-4，595-4，623-4，663-4，709-4，751-4，797-4，989-4，993-4，1141-4，1143-4，1177-4，1227-4，1333-4，1351-4，（26）

弱，[ȵoːm^{5}]，nyomq，弱，360-5，（1）

朕，[ɣɯːŋ^{2}]，riengz，跟，58-3，（1）

笑，[riːu^{1}]，riu，笑，41-5，797-5，1313-5，（3）

奈，[riːu^{2}]，riuz，流传，388-1，（1）

泷，[roŋ^{2}]，roengz，下，299-5，362-5，364-3，387-3，418-5，419-5，425-2，449-3，774-5，775-3，803-5，811-6，829-5，（13）

師，[θai^{1}]，sae，师，1304-4，1305-2，1307-2，1310-2，1313-2，1335-6，1339-2，1349-2，1351-2，1353-6，（10）

師，[θai^{1}]，sae-，师，1346-3，（1）

細，[θai^{5}]，saeq，细小，941-5，（1）

丧，[θaːŋ^{1}]，sang，丧，222-7，244-7，274-7，298-7，356-5，378-7，901-5，930-2，1105-4，（9）

丧，[θaːŋ^{1}]，sang-，丧，10-1，338-6，404-6，924-6，1022-6，（5）

桑，[θaːŋ^{1}]，sang，高，352-7，（1）

殺，[θaːt^{7}]，sat，煞，51-2，（1）

書，[θaɯ^{1}]，saw，书，1-4，12-3，135-6，283-4，317-6，488-2，573-5，627-6，925-6，1102-2，1106-2，（11）

書，[θaɯ^{1}]，saw，字，130-3，224-2，246-2，276-2，295-3，380-2，（6）

書，[θaɯ^{1}]，saw-，书，11-5，（1）

時，[θei^{2}]，seiz， 时，17-4，26-2，38-2，111-1，212-2，362-2，400-2，436-2，593-3，629-4，643-4，673-4，677-4，697-4，703-4，706-4，707-4，720-4，721-4，737-4，749-4，761-4，772-2，795-4，809-4，813-4，916-1，916-2，944-1，1013-2，1113-4，1228-2，1264-2，（33）

時，[θei^{2}]，seiz-，时，79-1，143-1，145-1，157-1，201-1，332-1，393-3，403-3，502-2，831-4，1021-1，1043-1，1067-1，1074-1，（14）

消，[θeu^{5}]，seuq，净，813-7，1120-3，（2）

索，[θo^{5}]，soq，数，566-2，（1）

朔，[θuːk^{7}]，suek，包，128-2，316-4，（2）

悞，[ʔu^{1}]，u，错，984-4，（1）

華，[wa^{6}]，vaz，华，1357-2，（1）

慌，[wuːŋ^{1}]，vueng， 慌，40-7，204-7，598-7，676-7，724-7，764-7，798-7，816-7，1074-7，1115-5，1274-7，（11）

咋，[jaːk^{7}]，yak，恶，647-5，（1）

員，[juːn^{2}]，yienz，员，1128-7，（1）

原，[n̥uːn^{2}]，yienz，原，875-2，（1）

原，[n̥uːn^{2}]，yienz-，原，771-3，1315-3，（2）

鄉，[jɯːŋ^{1}]，yieng，乡，348-7，838-5，（2）

鄉，[jɯːŋ^{1}]，yieng，乡，426-7，1224-7，（2）

容，[juŋ^{2}]，yungz，融，68-5，684-7，906-5，（3）

容，[juŋ^{2}]，yungz，容，1096-2，（1）

十一画

娶，[ʔau^{1}]，aeu，要，1198-1，（1）

娶，[θei^{3}]，seij，娶，1111-7，（1）

俻，[paːi^{5}]，baiq，婢，1232-4，1234-4，（2）

俻，[pei^{6}]，bcih，备，219-7，290-3，297-7，337-7，1269-7，（5）

筆，[pit]，bit，笔，130-1，283-2，（2）

培，[poi^{2}]，boiz，赔，216-6，218-7，312-6，326-3，340-5，(5)

揹，[poi^{6}]，boih，背，1092-4，(1)

剪，[tsan^{1}]，caen，真，1258-1，(1)

曽，[tsaŋ^{2}]，caengz，未曾，399-6，511-3，769-6，1157-6，(4)

嗲，[tsa:m^{1}]，cam，问，612-1，(1)

塟，[tsa:ŋ^{5}]，cangq， 葬，351-7，386-5，395-5，405-5，421-5，565-5，615-5，861-5，1009-6，1022-3，1023-5，1026-2，1101-4，1105-5，1169-5，(15)

處，[tsaɯ^{5}]，cawq，处，682-2，1202-4，1203-4，(3)

處，[tsaɯ^{5}]，cawq，注定，686-2，1318-2，1319-2，(3)

啫，[tsi^{3}]，cij，乳汁，奶，1255-4，1256-2，1290-6，(3)

章，[tsi:ŋ^{1}]，cieng，章，1070-7，1114-6，1296-7，(3)

章，[tsɯ:ŋ^{6}]，ciengh，杖，1092-3，(1)

常，[tsɯ:ŋ^{2}]，ciengz，常，76-7，80-7，1084-7，(3)

常，[tsoŋ^{6}]，coengh，帮助，774-7，(1)

唱，[tsɯ:ŋ^{5}]，ciengq，唱，437-2，438-2，1205-2，1206-2，(4)

接，[tsi:p^{7}]，ciep，接，42-5，345-1，742-6，746-6，758-6，790-6，1046-5，1130-6，1286-5，(9)

清，[tsiŋ^{1}]，cing-，清，1002-2，1005-3，(2)

從，[tsoŋ^{2}]，coengz，从，534-3，545-5，640-2，864-3，925-2，1017-5，1189-5，(7)

绝，[tso:t^{8}]，cod，绝，211-7，(1)

張，[tsu:ŋ^{2}]，cuengz，件，814-5，815-1，1148-1，1149-1，1155-1，(5)

得，[tak^{7}]，daek-，得，938-3，(1)

得，[ʔdai^{3}]，ndaej，得，622-2，(1)

臮，[ta:i^{1}]，dai，死，217-4，273-3，471-2，475-2，487-3，528-1，(6)

臮，[ta:i^{5}]，daiq，待，1072-1，(1)

第，[ta:i^{6}]，daih-，第，771-6，907-5，949-5，(3)

貪，[ta:m^{1}]，dam，贪，537-6，(1)

堂，[ta:ŋ^{2}]，dangz，堂，15-4，52-7，58-7，254-7，522-7，604-7，850-5，1091-4，1135-3，1189-

4，1231-4，1270-7，1271-4，（13）

道，[taːu^{6}]，dauh，道，291-2，298-4，998-2，（3）

推，[toi^{5}]，doiq，退，908-4，（1）

隊，[toi^{6}]，doih，伙伴，530-3，（1）

断，[tuːn^{5}]，duenq，断，826-3，991-6，（2）

断，[tuːn^{6}]，duenh，断，213-6，283-7，621-2，1107-7，（4）

脱，[tuːt^{7}]，duet，脱，89-6，570-6，900-4，1085-6，1088-1，1119-2，1133-4，（7）

移，[ʔei^{1}]，ei，依，67-5，（1）

移，[ʔei^{1}]，ei-，依，67-4，（1）

鳳，[foŋ^{6}]，fungh，凤，760-4，1124-4，（2）

高，[kaːu^{1}]，gau-，高，1162-6，1278-6，（2）

強，[kjɯːŋ^{2}]，giengz，强，1278-7，（1）

強，[kjaːŋ^{2}]，gyangz，套，1174-1，（1）

強，[kjaːŋ^{2}]，gyangz，叹，968-7，（1）

乾，[kiːn^{2}]，gienz-，乾，1095-4，（1）

结，[kiːt^{7}]，giet，结，422-5，454-6，508-5，512-3，614-5，646-5，698-5，738-5，786-5，830-5，860-5，1111-5，1170-5，1198-5，（14）

结，[kiːt^{7}]，giet-，结，443-4，（1）

貫，[koːn^{5}]，gonq，先，前，以前，先前，51-7，311-1，315-1，573-1，593-4，1280-4，1281-2，（7）

舅，[kou^{6}]，gouh，舅，149-7，（1）

國，[kuːk^{7}]，guek，国，1065-1，1300-1，（2）

國，[kuːk^{7}]，guek-，国，1304-3，1305-1，1339-1，（3）

管，[kuːn^{3}]，guenj，管，193-7，1255-6，（2）

唷，[kjai^{2}]，gyaez，爱，343-5，835-2，1334-3，（3）

教，[kjaːu^{5}]，gyauq，教，114-1，114-3，（2）

陷，[ham^{6}]，haemh，夜，288-1，494-2，1094-2，1288-3，1288-4，（5）

陷，[ham^{6}]，haemh-，夜，660-3，661-1，672-3，694-4，701-1，703-1，1176-1，（7）

問，[ham^{5}]，haemq-，问，532-4，(1)

虚，[haɯ^{1}]，haw，虚，1049-3，(1)

許，[haɯ^{3}]，hawj，给，878-5，(1)

赦，[hei^{5}]，heiq，气，397-7，932-5，1076-5，(3)

婚，[hon^{1}]，hoen，婚，443-5，881-4，1111-6，(3)

婚，[hon^{1}]，hoen-，婚，422-6，508-6，524-6，552-6，594-6，606-6，614-6，632-6，646-6，698-6，738-6，786-6，830-6，841-3，860-6，896-6，1170-6，1198-6，(18)

寅，[hɯn^{2}]，hwnz，夜，638-2，(1)

寅，[jin^{2}]，yinz-，寅，703-3，749-3，761-3，795-3，809-3，(5)

寃，[juːn^{1}]，ien，冤，776-3，(1)

覔，[ʔiːn^{3}]，ienj，提篮，304-4，(1)

理，[lei^{4}]，leix，理，119-7，563-7，625-4，1352-4，(4)

惜，[liːn^{2}]，lienz，怜，880-4，(1)

惜，[θik^{7}]，sik，惜，346-2，(1)

梁，[liːŋ^{2}]，liengz，梁，26-7，(1)

鹿，[loːk^{8}]，log，赶，73-4，(1)

累，[loi^{6}]，loih，他，841-7，(1)

淋，[lum^{2}]，lumz，忘，948-5，(1)

淋，[lum^{3}]，lumj，像，888-2，894-4，(2)

淋，[rim^{1}]，rim，满，105-5，290-5，(2)

淋，[rum^{1}]，rum，草，65-5，1001-5，(2)

淋，[rum^{2}]，rumz，风，112-6，(1)

帽，[maːu^{6}]，mauh，帽，148-4，176-4，807-4，1144-4，1158-4，1160-2，1162-2，1164-2，1165-2，1173-2，1186-4，(11)

望，[muːŋ^{6}]，muengh，盼望，913-5，(1)

望，[muːŋ^{6}]，muengh，望，13-7，307-7，308-1，1236-1，(4)

眄，[nin^{2}]，ninz，睡，501-5，(1)

𡯂，[niŋ⁵]，ningq，小，109-2，(1)

腳，[ʔdaːŋ¹]，ndang，身，224-7，262-7，282-7，380-7，564-7，(5)

脚，[ʔdaːŋ¹]，ndang，身，230-3，240-7，256-2，268-2，276-7，(5)

眼，[ŋaːn⁴]，nganx-，眼，350-6，(1)

魚，[ŋaɯ²]，ngawz，虞，642-2，(1)

梧，[ŋu⁶]，nguh，无花(果)，1260-2，1291-4，(2)

勒，[rak⁷]，raek，佩带，挂，携，105-1，415-1，431-7，432-4，(4)

淰，[ram⁴]，raemx，水，287-7，493-7，(2)

淰，[ram⁴]，raemx-，水，214-1，472-1，(2)

偻，[rau⁶]，raeuh，多，946-5，(1)

產，[θaːn³]，sanj，产，38-4，(1)

掃，[θaːu⁵]，sauq，扫，1003-5，(1)

絲，[θei¹]，sei，丝，733-2，743-4，755-7，791-7，1175-7，(5)

崧，[θoŋ²]，soengz，站，954-7，(1)

悰，[θoŋ²]，soengz，站，1231-3，(1)

黄，[wuːŋ²]，vuengz-，黄，4-4，27-4，(2)

陰，[jim¹]，yaem，阴，50-5，324-5，653-2，678-4，(4)

陰，[jim¹]，yaem-，阴，226-4，1082-1，(2)

爺，[je²]，yez，爷，271-6，272-2，277-2，280-2，381-6，489-6，597-6，598-2，599-2，609-6，610-2，619-2，624-2，625-2，633-2，643-2，647-2，655-2，684-2，685-2，697-2，699-2，717-2，728-2，729-2，737-2，739-2，755-2，791-2，816-2，819-2，825-2，863-6，1110-4，1141-2，1147-6，1151-2，1157-2，1174-4，1175-2，(40)

現，[jiːn⁶]，yienh，现，527-5，(1)

鄉，[jɯːŋ¹]，yieng，乡，864-7，1330-7，(2)

陽，[jɯːŋ²]，yiengz，阳，418-7，425-4，436-7，680-3，681-3，692-2，776-7，908-7，1030-7，1212-7，1244-7，1312-7，1316-7，1324-7，(14)

陽，[jɯːŋ²]，yiengz，扬，1132-7，(1)

陽，[juːŋ^{2}]，yiengz-， 阳，393-1，403-1，406-6，433-3，535-3，536-3，563-1，842-1，843-1，1036-2，1213-3，1220-1，1221-1，(13)

遊，[jou^{2}]，youz，游，347-4，(1)

十二画

惡，[ʔaːk^{7}]，ak，恶，601-7，(1)

彭，[peːŋ^{2}]，bengz，贵，943-5，(1)

傍，[puɯːŋ^{2}]，biengz，天下，768-7，822-7，1172-7，(3)

絺，[tsei^{3}]，ceij，纸，33-3，128-1，275-7，297-4，299-7，316-3，379-7，(7)

朝，[tsiːu^{6}]，Ciuh，赵，893-3，897-3，1088-6，1089-3，(4)

朝，[tsiːu^{2}]，ciuz-，朝，1064-2，(1)

尊，[tsan^{1}]，caen，尊，1356-7，1357-7，(2)

戠，[tsik^{7}]，cik，职，1205-7，1299-7，(2)

就，[tsou^{4}]，coux，娶，515-1，517-5，(2)

就，[tsiːu^{4}]，couh， 就，22-1，35-5，148-1，170-5，172-5，176-1，340-1，434-5，449-5，596-1，703-6，805-6，819-3，832-3，877-7，1142-1，1145-3，1159-5，1193-3，1237-5，1271-5，1309-5，(22)

巽，[tsuːn^{5}]，cuenq，转，67-3，(1)

啼，[tai^{3}]，daej，哭，40-4，180-5，(2)

道，[taːu^{6}]，dauh， 道，15-1，26-4，27-5，87-7，241-7，261-7，268-5，271-7，309-7，313-7，349-1，375-7，483-7，609-7，655-7，669-7，699-7，711-7，739-7，827-7，930-5，1147-7，1151-7，1163-7，1217-7，1233-7，1239-7，1275-7，1279-7，1335-7，(30)

道，[taːu^{6}]，dauh-，道，563-6，(1)

提，[taɯ^{2}]，dawz，拿，抓，189-5，336-3，337-1，386-1，696-1，1090-2，1091-1，1134-3，1135-1，1142-2，1144-2，1196-1，1259-2，1291-5，(14)

提，[taɯ^{2}]，dawz，挑，964-3，(1)

奠，[tiːn^{6}]，dienh，奠，16-3，(1)

停，[tiŋ^{2}]，dingz，停，682-7，（1）

童，[toŋ^{2}]，doengz-，童，803-3，（1）

動，[toŋ^{6}]，doengh，动，735-5，747-7，759-7，793-7，817-7，1161-7，（6）

痛，[toŋ^{6}]，doengh，动，14-5，520-5，874-5，1334-5，（4）

萬，[faːn^{6}]，fanh，万，468-3，603-6，654-4，702-3，1024-5，1123-3，（6）

發，[faːt^{7}]，fat，发，679-2，803-2，1224-2，1330-1，（4）

費，[fei^{5}]，feiq，费，346-4，（1）

無，[fou^{2}]，fouz，浮，45-3，（1）

無，[fou^{2}]，fouz，无，80-6，166-3，166-6，195-5，274-1，567-6，582-1，617-6，678-5，680-5，681-5，982-1，982-3，1009-3，1031-5，1311-6，1356-1，（17）

富，[fou^{5}]，fouq，富，199-6，538-3，1025-6，（3）

鸡，[kai^{5}]，gaeq，鸡，849-1，（1）

街，[kaːi^{1}]，gai，街，1229-6，（1）

街，[kaːi^{1}]，gai-，街，1202-6，1232-6，（2）

間，[kaːn^{1}]，gan，间，393-2，403-2，406-7，433-4，535-4，536-4，563-2，842-2，843-2，1036-3，1213-4，1220-2，1221-2，（13）

割，[kaːt^{7}]，gat，割，621-3，（1）

極，[kik^{8}]，gig-，极，347-1，（1）

强，[kjɯːŋ^{2}]，giengz，强，820-7，1162-7，（2）

强，[kjaːŋ^{2}]，gyangz-，强，842-6，（1）

經，[kiŋ^{1}]，ging，经，349-2，1356-4，（2）

經，[kiŋ^{1}]，ging，京，1063-2，（1）

敬，[kiŋ^{5}]，gingq，敬，292-3，（1）

棺，[kuːn^{1}]，guen-，棺，977-4，（1）

貴，[kwei^{5}]，gviq，绣，735-1，736-1，744-5，745-4，747-2，748-2，756-5，757-3，759-2，760-2，767-6，792-5，793-1，794-1，798-4，805-7，806-1，807-1，1149-7，1155-7，1156-5，1165-7，1173-7，1176-5，（24）

貴，[kwei^{5}]，gviq，贵，199-7，538-4，1025-7，1079-5，1211-6，（5）

貴，[kwei^{5}]，gviq-，贵，1059-6，1208-3，1241-6，1277-6，（4）

跪，[kwei^{6}]，gvih，跪，1091-7，1138-3，1159-7，（3）

價，[kja^{5}]，gyaq，价，290-4，（1）

衆，[tsoŋ^{5}]，gyoengq，众，330-2，341-5，1130-1，（3）

開，[haːi^{1}]，hai，开，215-3，222-6，244-6，274-6，298-6，300-6，356-4，378-6，390-4，397-6，440-4，901-4，924-5，930-1，1076-4，1105-3，1145-4，1192-2，1193-4，1310-3，1343-4，1350-3，1353-1，（23）

寒，[haːn^{2}]，hanz，寒，31-5，（1）

虚，[haɯ^{1}]，haw，虚，1178-6，（1）

欺，[kei^{1}]，hei，欺，120-1，120-3，（2）

喜，[hei^{3}]，heij，喜，398-4，506-4，676-4，764-4，1043-7，1045-7，1057-7，1058-4，1207-5，1283-7，（10）

喜，[hei^{3}]，heij-，喜，398-3，506-3，676-3，764-3，（4）

賀，[ho^{6}]，hoh，护，658-6，702-6，972-2，（3）

慌，[hoːŋ^{1}]，hong，工，284-1，（1）

慌，[wuːŋ^{1}]，vueng，慌，398-7，468-7，（2）

禍，[hu^{5}]，huq，祸，776-4，777-4，781-7，1140-5，（4）

澇，[laŋ^{1}]，laeng，后，75-4，77-2，495-4，496-4，539-4，557-1，607-2，911-4，1305-4，（9）

捫，[laːn^{1}]，lan，孙，1210-2，（1）

捫，[laːn^{1}]，lan，甥，190-7，（1）

路，[lo^{6}]，loh，路，177-2，1337-4，1350-4，1353-2，（4）

煉，[lɯːn^{4}]，lwenx，常，973-3，（1）

媒，[moi^{2}]，moiz，媒，580-6，584-6，586-5，（3）

埔，[naːn^{6}]，nanh，难，431-3，434-3，（2）

惱，[naːu^{4}]，naux，恼，667-4，713-4，1000-5，（3）

罵，[ʔda^{5}]，ndaq，骂，497-5，931-2，（2）

𨤌，[ʔdaːŋ^{1}]，ndang，身，234-7，258-7，381-2，438-7，565-4，(5)

阋，[ʔdɯːk^{7}]，ndiek，吭声，46-5，(1)

遨，[ŋaːu^{2}]，ngauz，通，366-3，(1)

喽，[rau^{5}]，raeuq，吠，150-5，(1)

落，[roːk^{8}]，rog，外，220-4，224-4，246-4，(3)

湧，[joŋ^{1}]，rung，料理，1140-2，(1)

湧，[juŋ^{1}]，yung，凶猛，520-4，(1)

湧，[juŋ^{6}]，yungh，用，874-2，(1)

寫，[θe^{3}]，sij，写，130-2，224-1，246-1，276-1，283-3，295-2，380-1，488-1，573-4，627-5，925-5，1102-1，1106-1，(13)

善，[θiːn^{6}]，sienh，善，536-6，847-3，(2)

復，[θok^{8}]，soeg，舔，63-3，63-6，83-3，83-6，(4)

順，[θɯn^{6}]，swnh，顺，641-5，(1)

温，[ʔɯːn^{5}]，wenq，巴望，881-2，899-2，(2)

爺，[je^{2}]，yez，爷，253-6，(1)

十三画

暗，[ʔam^{1}]，aem，闷，482-4，(1)

暗，[ʔaːm^{5}]，amq，暗，124-2，626-4，634-2，(3)

暗，[ʔaːm^{5}]，amq-，暗，124-1，626-3，634-1，(3)

遨，[ʔaːu^{5}]，auq-，遨，347-3，(1)

䟦，[pat^{7}]，baet，扫，1002-5，(1)

歲，[pei^{1}]，bi，年，983-7，(1)

債，[tsaːi^{5}]，caiq，债，537-4，622-4，(2)

喙，[tsaːm^{1}]，cam，问，449-6，(1)

稡，[tsaːp^{7}]，cap，插，140 5，(1)

置，[tsai^{5}]，ceiq，置办，346-5，(1)

腸，[tsɯːŋ^{2}]，ciengz，裳，432-7，(1)

腸，[tsɯːŋ^{2}]，ciengz，肠，14-7，36-7，64-7，626-7，634-7，712-7，1334-7，(7)

腸，[θai^{3}]，saej，肠，520-7，(1)

照，[tsiːu^{5}]，ciuq，照，1193-7，1194-1，1195-1，(3)

照，[tsiːu^{5}]，ciuq，看，瞧，14-1，446-3，759-5，760-5，793-5，794-5，817-1，818-1，915-3，1122-5，1145-7，1146-1，1161-3，1237-1，1274-4，1306-1，(16)

照，[tsiːu^{5}]，ciuq-，照，70-1，102-1，(2)

催，[tsoi^{1}]，coi-，催，1208-1，(1)

罪，[tsoi^{6}]，coih，罪，324-3，476-5，532-5，539-7，902-5，938-4，1085-7，(7)

障，[tsuːŋ^{2}]，cuengz，件，1145-5，(1)

遮，[tsɯ^{1}]，cw，遮，1272-3，(1)

當，[taːŋ^{1}]，dangj，挡，562-7，(1)

當，[taːŋ^{1}]，dang，当，567-3，577-2，617-3，628-6，866-3，1288-5，(6)

當，[taːŋ^{1}]，dang-，当，199-3，343-3，859-3，1091-3，1189-3，(5)

當，[taːŋ^{2}]，dangz，堂，1296-4，(1)

當，[taːŋ^{2}]，dangz，承担，284-7，286-7，492-7，558-7，612-7，(5)

當，[taːŋ^{5}]，dangq，典当，203-7，(1)

殿，[tiːn^{6}]，dienh，殿，34-3，349-7，741-7，1066-5，1071-7，1128-4，1141-7，1143-7，1196-4，(9)

殿，[tɯːn^{2}]，dwenz，干活，81-7，(1)

鉄，[tiːt^{7}]，diet-，铁，1047-4，(1)

團，[tuːn^{2}]，duenz-，团，98-6，582-6，878-6，(3)

意，[ʔei^{5}]，eiq，意，534-4，864-4，(2)

意，[ʔei^{5}]，eiq，中意，541-7，783-7，(2)

煩，[faːn^{2}]，fanz，烦，373-3，389-4，452-7，484-3，506-7，834-4，868-5，886-4，(8)

煩，[faːn^{2}]，fanz-，烦，433-6，667-3，713-3，1000-4，(4)

福，[fuk^{7}]，fuk，福，1042-4，1077-2，1117-5，(3)

福，[fuk^{7}]，fuk-，福，396-6，1112-6，(2)

寛，[wu:n^{1}]，fwen，歌，1-5，(1)

寛，[ko:n^{1}]，gon，宽，952-5，(1)

寛，[wu:n^{1}]，vuen，欢，398-2，506-2，676-2，764-2，1338-7，(5)

寛，[wu:n^{1}]，vuen-，欢，398-1，506-1，676-1，764-1，(4)

筶，[ka:u^{1}]，gau-，高，1108-3，(1)

禁，[kim^{5}]，gimq，禁，212-3，1139-1，(2)

跪，[kwei^{6}]，gvih，跪，62-4，(1)

愛，[kjai^{2}]，gyaez，爱，526-2，1209-7，1215-7，1287-7，(4)

愛，[ŋa:i^{6}]，ngaih，轻易，799-2，(1)

啞，[kja:ŋ^{2}]，gyangz，叹，490-7，(1)

較，[kja:u^{5}]，gyauq，较，54-4，629-6，643-6，825-4，1336-3，(5)

嫁，[ha^{5}]，haq，嫁，172-2，173-2，189-7，418-1，419-1，581-1，(6)

啗，[ham^{5}]，haemq，问，364-5，(1)

𠿬，[ham^{5}]，haemq，问，133-5，153-7，(2)

懇，[han^{5}]，haenq，狠，729-5，(1)

與，[haɯ^{3}]，hawj，许，1344-4，(1)

楽，[la:k^{8}]，lag，乐，347-2，(1)

嫽，[li:u^{2}]，liuz，婶娘，39-2，(1)

媽，[me^{6}]，meh，母，82-3，83-1，87-1，101-1，167-1，181-1，213-5，221-3，312-4，(9)

墓，[mo^{6}]，moh，墓，1001-3，1007-7，1009-7，1020-6，1022-4，(5)

網，[mu:ŋ^{4}]，muengx，网，350-4，(1)

瑙，[na:u^{4}]，naux，瑙，429-7，(1)

瑙，[na:u^{4}]，naux，恼，433-7，(1)

碍，[ŋa:i^{2}]，ngaiz，饭，109-5，(1)

碍，[ŋa:i^{6}]，ngaih-，奈，240-1，372-1，450-1，451-1，524-1，552-1，606-1，712-1，860-1，910-1，1348-1，(11)

義，[ŋei^{6}]，ngeih，义，123-7，407-7，465-7，847-7，1195-7，(5)

閙，[ȵa:u⁴]，nyaux，闹，320-5，(1)

業，[ȵi:p⁸]，nyieb，讲，17-2，(1)

閏，[ȵun⁶]，nyinh，孕，36-4，37-4，(2)

蓉，[ȵuŋ⁵]，nyungq，乱，648-5，(1)

獅，[θai¹]，sae-，狮，235-6，236-3，249-6，250-3，(4)

腮，[θa:i¹]，sai，分派，326-2，(1)

傷，[θɯ:ŋ¹]，sieng，伤，90-7，114-7，662-7，674-7，708-7，722-7，750-7，762-7，796-7，970-7，984-7，1028-7，(12)

詳，[θɯ:ŋ²]，siengz，参详，端详，22-7，470-7，1150-7，(3)

想，[θɯ:ŋ³]，siengj，想，1334-1，(1)

聖，[θiŋ⁵]，singq，圣，1357-5，(1)

数，[θo⁵]，soq，数，681-7，(1)

筭，[θu:n⁵]，suenq，算，21-6，1310-5，1314-5，(3)

話，[wa⁶]，vah，话，188-4，458-5，461-1，558-4，919-3，(5)

源，[ju:n²]，yienz，源，9-6，(1)

源，[ju:n²]，yienz，恩缘，344-7，(1)

圓，[ju:n²]，yuenz，圆，98-7，582-7，878-7，(3)

十四画

牌，[pa:i²]，baiz，牌，345-4，(1)

棚，[pa:m¹]，bam，楼层，316-7，(1)

趙，[tsi:u⁶]，Ciuh，赵，1066-2，1116-5，1128-1，1197-1，(4)

嘇，[tsa:m¹]，cam，问，452-1，(1)

錢，[tsi:n²]，cienz， 钱，8-3，23-4，146-7，158-7，160-7，162-4，162-7，166-7，168-7，170-7，172-7，173-6，174-2，179-4，179-5，186-7，188-7，190-2，200-7，204-2，205-2，222-2，223-4，244-2，245-4，266-3，278-1，300-2，378-2，379-4，408-7，420-7，466-7，566-1，567-5，600-7，616-7，617-5，862-7，863-2，901-3，924-4，979-2，986-7，1101-2，1105-2，

1318-7，(47)

裳，[tsɯːŋ^{2}]，ciengz，裳，346-7，430-7，744-7，756-7，792-7，814-7，1176-7，(7)

塲，[tsɯːŋ^{2}]，ciengz，场，10-2，338-7，404-7，924-7，1022-7，1188-7，(6)

塲，[tsɯːŋ^{2}]，ciengz，肠，482-7，(1)

塲，[tsɯːŋ^{2}]，ciengz，墙，12-7，140-7，148-7，176-7，(4)

養，[tsɯːŋ^{4}]，ciengx，养，56-5，1259-7，1285-7，1329-7，(4)

誦，[tsoŋ^{6}]，coengh，帮助，416-3，592-3，653-5，(3)

顛，[tan^{3}]，daenj，穿，746-4，(1)

嘆，[taːn^{5}]，danq-，叹，1113-6，(1)

滴，[tik^{7}]，dik，滴，214-3，(1)

膸，[fɯŋ^{2}]，fwngz，手，12-1，41-4，247-1，299-4，766-6，768-2，799-4，802-4，819-5，820-6，821-6，822-2，1172-2，1235-4，1313-4，(15)

慣，[kwaːn^{1}]，gvan，贯，173-7，(1)

関，[kwaːn^{1}]，gvan-，夫，512-4，(1)

閔，[kwaːŋ^{4}]，gvangx，巡，154-4，(1)

閔，[roːm^{6}]，romh，早，1308-4，(1)

閔，[roːŋ^{6}]，rongh，亮，758-4，790-4，809-7，813-6，(4)

閔，[roːŋ^{6}]，rongh-，亮，1296-3，(1)

嗝，[ham^{6}]，haemh，夜，550-1，(1)

嗩，[hɯn^{2}]，hwnz，夜，48-3，(1)

蜡，[laːp^{8}]，lab，腊，126-4，(1)

領，[liŋ^{4}]，lingx，领，979-5，1102-4，1189-7，(3)

瑪，[ma^{3}]，maj-，玛，429-6，(1)

廟，[miːu^{6}]，miuh，庙，604-6，1266-4，1267-2，1269-2，(4)

滿，[muːn^{4}]，muenx，满，97-3，439-5，622-3，882-6，1207-6，1357-4，(6)

滿，[rim^{1}]，rim，满，37-7，(1)

嚀，[niŋ^{5}]，ningq，小，959-5，(1)

𩈘，[na^{3}]，naj，脸，171-6，307-6，456-2，1091-6，1138-2，1305-7，(6)

銀，[ŋan^{2}]，ngaenz，银，282-5，430-2，538-7，783-2，(4)

語，[ŋei^{4}]，ngeix，语，17-7，510-4，907-7，921-7，939-7，949-7，967-7，1041-7，1055-7，1078-3，1083-7，1125-7，1167-7，1181-7，1245-7，1325-7，1345-7，(17)

語，[jaɯ^{2}]，yawz，余，1263-7，(1)

𣽴，[n̠aːm^{6}]，nyamh，哺，109-7，(1)

愿，[n̠uːn^{6}]，nyienh，愿，442-5，635-4，824-1，902-1，925-1，1017-3，(6)

認，[n̠in^{6}]，nyinh，认，460-1，460-3，(2)

桄，[rɯːŋ^{6}]，riengh，栏，73-7，(1)

樹，[θei^{3}]，seij，水，1256-4，(1)

增，[θiŋ^{1}]，sing，争，305-7，(1)

說，[θo^{6}]，soh，直，461-2，(1)

說，[θuːt^{7}]，suet，说，610-5，1152-5，1181-5，1245-5，1325-5，1345-6，(6)

筭，[θuːn^{5}]，suenq，算，282-1，617-1，912-1，916-5，(4)

算，[θuːn^{5}]，suenq，算，293-1，572-1，947-5，1080-1，(4)

虧，[fei^{1}]，vei，亏待，104-3，(1)

緣，[juːn^{2}]，yienz，缘，196-7，396-7，454-7，508-7，524-7，552-7，594-7，614-7，632-7，646-7，698-7，738-7，786-7，830-7，860-7，896-7，996-7，1032-7，1118-5，1170-7，1198-7，(21)

十五画

罷，[pa^{6}]，bah，罢，590-5，(1)

憑，[paŋ^{6}]，baengh，凭，依靠，982-2，1107-2，1110-2，(3)

憑，[paŋ^{6}]，baengh-，凭，1106-3，(1)

𧞑，[pu^{6}]，buh，衣，1149-2，1155-2，1174-2，(3)

潘，[puːn^{1}]，buen，般，1123-2，(1)

請，[tsiŋ^{3}]，cingj，请，10-3，11-7，26-3，28-1，30-1，291-1，298-3，800-2，803-7，(9)

請，[tsiŋ^{3}]，cingj-，请，1309-6，(1)

蕫，[toŋ^{3}]，Doengj，董，1-1，71-1，87-5，88-1，121-1，123-1，139-1，141-5，142-3，147-1，154-1，155-1，165-1，175-1，183-1，197-5，213-1，217-1，220-1，237-1，241-1，252-1，255-1，259-5，261-5，263-1，271-1，277-5，279-1，299-1，302-3，303-1，308-3，309-5，310-1，313-1，329-1，338-3，339-1，342-3，343-1，375-1，402-3，404-3，405-1，407-3，420-3，421-1，422-3，439-1，452-3，453-1，459-4，468-1，469-6，479-1，483-5，485-1，519-1，533-5，551-1，559-5，565-1，570-1，579-1，583-5，595-1，600-3，615-1，627-1，631-1，641-1，644-3，645-3，655-5，656-3，663-1，665-5，669-1，675-5，699-5，700-3，709-1，711-5，715-1，723-5，731-1，739-5，740-3，743-6，751-1，753-1，763-5，769-3，784-3，785-3，807-6，814-1，827-5，828-1，840-1，853-1，873-1，892-1，907-1，921-1，949-1，981-1，993-1，1019-1，1042-1，1055-1，1070-1，1083-1，1087-6，1103-1，1114-1，1126-5，1143-1，1153-3，1158-1，1159-1，1163-5，1167-1，1178-3，1181-1，1190-3，1194-3，1195-3，1198-3，1205-3，1212-3，1213-6，1225-6，1230-1，1235-1，1239-5，1240-1，1244-3，1249-6，1251-6，1253-1，1257-5，1266-1，1268-3，1275-5，1279-1，1299-3，1302-1，1303-1，1306-3，1307-5，1309-1，1324-3，1331-6，1333-1，1335-1，1345-1，1352-1，1354-3，(160)

磊，[tap^{8}]，daeb，压，966-4，(1)

德，[tak^{7}]，daek，德，1118-2，(1)

賣，[kaːi^{1}]，gai，卖，295-5，621-7，783-3，(3)

劍，[kiːm^{5}]，giemq，剑，305-4，(1)

境，[kiŋ^{5}]，gingq，竟，1355-4，(1)

橋，[kjiːu^{2}]，giuz，桥，27-3，35-2，(2)

橋，[kjiːu^{2}]，giuz-，桥，24-6，26-6，(2)

價，[kja^{5}]，gyaq，价，278-2，282-6，1102-5，(3)

嗵，[ham^{5}]，haemq，问，1179-4，(1)

糘，[hau^{4}]，haeux，米，158-4，161-4，161-7，166-4，169-4，170-4，185-7，204-4，205-4，222-4，223-7，228-5，244-4，245-7，274-4，288-4，300-4，378-4，441-3，494-4，(20)

糘，[hau^{4}]，haeux-，米，43-4，(1)

樑，[liːŋ^{2}]，liengz，梁，24-7，(1)

嚕，[lo^{4}]，lox，哄骗，976-5，（1）

論，[lɯn^{6}]，lwnh，告诉，373-5，477-1，484-5，667-5，713-5，777-5，840-5，920-3，961-1，1167-6，（10）

[illegible]，[maːi^{5}]，maiq，寡妇，52-4，53-4，（2）

[illegible]，[ʔbin^{1}]，mbin，飞，736-5，748-7，760-7，794-7，818-7，1146-7，（6）

罵，[ʔda^{5}]，ndaq，骂，171-7，320-4，496-2，555-7，599-7，600-2，954-4，986-4，（8）

潤，[ȵin^{6}]，nyinh，孕，1321-7，（1）

攬，[raːm^{1}]，ram，抬，985-3，（1）

橫，[waːŋ^{1}]，vang，荒芜，354-2，（1）

[illegible]，[jaŋ^{1}]，yaeng，商量，732-5，（1）

緣，[juːn^{2}]，yienz，缘，118-7，192-7，422-7，606-7，1008-7，1026-7，1112-7，（7）

縣，[juːn^{6}]，yienh，县，233-4，（1）

十六画

[illegible]，[pit^{7}]，bit，鸭，96-2，（1）

親，[kjin^{1}]，caen，亲，108-5，（1）

操，[tsaːu^{1}]，cau-，操，956-6，（1）

頭，[tau^{2}]，daeuz，头，528-5，（1）

點，[tiːm^{3}]，diemj，点，299-6，（1）

獨，[toːk^{8}]，dog，独，953-7，1081-2，（2）

獨，[θoːk^{8}]，dog-，独，20-3，（1）

[illegible]，[tɯːn^{2}]，dwenz，干活，57-7，59-7，（2）

據，[kaɯ^{5}]，gawq，据，982-4，1106-4，1107-4，（3）

繳，[keu^{1}]，geu，件，742-3，（1）

繳，[keu^{3}]，geuj，绕，772-4，（1）

壖，[kɯːi^{2}]，gwiz，婿，589-5，（1）

壖，[ʔdoi^{1}]，ndoi，坡，367-3，（1）

騎，[kɯːi^{6}]，gwih，骑，1124-3，1228-3，1264-3，1270-1，(4)

婦，[kwei^{1}]，gvi，归，644-6，(1)

鍊，[liːn^{6}]，lienh，链，1094-3，(1)

擂，[loi^{6}]，loih，个，414-3，(1)

龍，[loŋ^{2}]，lungz，龙，759-4，767-1，789-5，1146-3，1148-3，(5)

龍，[loŋ^{2}]，lungz-，龙，800-6，801-3，(2)

龍，[loŋ^{2}]，lungz，龙，757-5，793-4，(2)

龍，[loŋ^{2}]，lungz，龙，910-7，(1)

龍，[loŋ^{2}]，lungz-，龙，1194-6，(1)

謀，[mau^{2}]，maeuz，贪，917-5，998-4，(2)

謀，[mau^{2}]，maeuz，谋，649-5，844-3，844-6，845-1，845-3，(5)

磨，[mu^{6}]，muh，磨，288-3，494-3，(2)

頼，[ȵaːi^{4}]，nyaix，歪，325-5，(1)

擥，[raːm^{1}]，ram，抬，351-5，(1)

擥，[raːp^{7}]，rap，担，964-4，(1)

燒，[θiːu^{1}]，siu，烧，308-6，434-2，770-5，1350-1，(4)

十七画

謝，[tsi^{6}]，cih-，伺，1129-6，(1)

鵉，[luːn^{2}]，luenz，鸾，1057-4，(1)

鵉，[ruːn^{2}]，ruenz，爬，100-7，(1)

闖，[ʔdɯːk^{7}]，ndiek，吭声，835-5，1144-7，(2)

聲，[θiŋ^{1}]，sing，声，215-4，878-1，878-2，(3)

懐，[waːi^{2}]，vaiz，水牛，81-5，95-4，340-4，(3)

應，[ʔɯŋ^{5}]，wngq，应，35-7，(1)

十八画

鞭，[piːn^{1}]，bien，鞭，1092-7，（1）

雜，[tsaːp^{8}]，cab，铡，500-3，（1）

簡，[kjoːn^{3}]，gyonj，聚集，1031-6，（1）

鎖，[θu^{3}]，suj，锁，218-4，218-5，219-2，1094-1，1137-5，（5）

十九画

寶，[paːu^{3}]，Bauj，宝，1212-4，1213-7，1244-4，1251-7，1268-4，1303-2，1306-4，1307-6，1309-2，1324-4，1333-2，1335-2，1345-2，1352-2，1354-4，1356-6，1357-1，（17）

譚，[taːm^{2}]，damz，谈，278-7，（1）

鏡，[kiŋ^{5}]，gingq，镜，1192-4，1193-6，（2）

羅，[la^{2}]，laz，罗，350-2，475-5，（2）

願，[ȵuːn^{6}]，nyienh，愿，688-1，（1）

二十画

懺，[tsaːm^{5}]，camq-，忏，323-4，1355-1，（2）

護，[ho^{6}]，hoh，护，1201-5，（1）

議，[ŋei^{4}]，ngeix，议，55-7，（1）

𠽤，[ruːn^{2}]，ruenz，爬，1294-7，（1）

二十二画

讀，[tok^{8}]，doeg，读，1252-2，（1）

《董永传说》在地化研究

董永传说在壮族聚居地区有很多版本，不同版本呈现出不同的特点。通过对董永传说的多版本研究不难发现，古壮字董永传说深入融合了中华文化的基因，董永传说在壮族聚居地区的发展变化，展示了壮族先民对中华孝道思想以及社会道德的深入思考。

一、版本溯源

董永传说在壮族聚居地区广泛流传，经比对研究不难发现，明人洪楩的《清平山堂话本》中收录的宋代话本小说《董永遇仙传》很可能是广西来宾市忻城县流传的《古事董永灯科》的主要借鉴文献。为方便学界比较研究，兹将其文转录于此：

董永遇仙传

入话：

典身因葬父，不愧业为佣。

孝感天仙至，滔滔福自洪。

话说东汉中和年间，去至淮安润州府丹阳县董槐村，有一人，姓董名永，字延平，年二十五岁。少习诗书，幼丧母亲，止有父亲，年六十余岁。家贫，惟务农工，常以一小车推父至田头树阴下，以工食供父。如此大孝。时直荒旱，井内生烟，树头生火，米粮高贵，有钱没处买。董永心思："离村十里之外，有一傅长者，专一济穷拔苦，不免去求他。"乃对父亲曰："如此饥荒，无饭得吃。天色寒冷，孩儿欲去傅长者家，借些钱米来过活。"父言："你去，借得与借不得，便回，免交我记念。"

董永辞别父亲，三步作两步而行，正是十二月半天气，地冷天寒，西北风大作，腹中又饥，身上又冷，捱着饥寒而走。不想纷纷扬扬，下落一天雪来：

尽道丰年瑞，丰年瑞若何？

长安有贫者，为瑞不宜多。

话分两头。却说傅长者正在家中与妈妈赏雪。这长者见雪下得大，叫院子王仝，去库中取一千贯钱，仓中搬米十石，在门前散施。不问男女，皆得救济。当时董永也来到门首，见散钱米，遂得钱十贯，米一斗，谢了长者，火急回身。正是：

求人须求大丈夫，济人须济急时无。

董永迎风冒雪，拿着钱米回家。其父见儿子回来，喜不自胜。董永将钱买柴米，与父烘火，做饭吃了，看那雪时，到晚来越下得紧。正是：

拳头大块空中舞，路上行人只叫苦。

父子二人过了半月有余，其父因饥寒苦楚成病，忽然一卧不起。董永心中好苦，要请医人调治，又无钱物。指望捱好，不想父亲病得五六日身亡。董永哀苦不止，昏绝几番。端的是：

屋漏更遭连夜雨，行船又撞打头风。

董永自父死后，举手无措，寻思："止有我娘舅在东村内住，只得去求他，借些财物买棺木。"当时径到娘舅家，备告丧父无钱之事。娘舅见说，又无现钱，遂将布二匹，绢一匹，借与董永。董永换具棺木回家，盛停在家中，早晚哭泣。日间与人耕种度日。欲要殡葬，又无钱使。

荏苒光阴，不觉过了一年有余，无钱殡送，心思一计："不免将身卖与人佣工，得钱揭折。"当日离家，径投傅长者家，见了院子，央他报说卖身之事。傅长者出厅，叫董永入来，备问其事。董永道："小人姓董名永，丹阳县董槐村人氏。自幼丧母。今年又丧父，停柩在家，无钱殡葬。今日特告长者，情愿卖身与长者，欲要千贯钱回家葬父，便来长者家佣工三年。望长者慈悲方便！"长者见说，乃言："你是大孝之人！"便教院子取一千贯钱付与董永。董永拜别长者出门。正是：

从空伸出拿云手，提起天罗地网人。

董永将钱回家，至次日，雇倩乡人扛抬棺木，往南山祖坟安葬已毕。过了一夜，次日收拾随身行李，锁了大门，迤逦便行。行至一株大树下，歇脚片时，不觉睡着在树下。

却说董永孝心，感动天庭。玉帝遥见，遂差天仙织女降下凡间，与董永为妻，助伊织绢偿债，百日完足，依旧升天。当时织女奉敕，下降于槐树下。董永睡着，抬头见一女子，生得：

月里嫦娥无比，九天仙女难描。玉容好似太真娇，万种风流绝妙。行动柳腰袅娜，秋波似水遥遥。金莲小笋生十指，羞花闭月清标。

那女子启一点朱唇，露两行碎玉，向前道个万福，问："郎君何故在此？"董永答礼，道："小人姓董名永，董槐村人氏。自幼失母。年前丧父，因停柩在家，不能安葬，因此卖身。葬父已了，今往傅长者家还债。行走困倦，少歇于此。娘子尊问，只得实告。”道罢，两泪交流。仙女道：“元来如此大孝。好交官人得知，奴是句容县人。公婆父母皆丧。不幸先夫过世，难以营生，欲嫁一个好心之人，甘当伏事。”董永道：“娘子请便，小人告辞。”仙女道：“今见官人如此大孝，情愿与官人结为夫妇，同到傅家还债。官人心下如何?”董永答道：“多蒙娘子厚情，又无媒人，难以成事。”仙女道：“既无媒人，就央槐树为媒，岂不是好?”

董永再四推却。仙女怒道：“非奴自贱，因见官人是个大孝之人，故此情愿为妻。你到反意推却！岂不闻古人云：‘有缘千里能相会，无缘对面不相逢。’此亦是缘分，何必生疑！”董永无可奈何，只得结成夫妇，携手而行，乃云：“我前日在傅长者面前，只说佣工三年准债。今日见我夫妻二人入门，只恐焦皂。”仙女道：“不妨。我自幼会得织绸绫绵绢，他必喜欢。”

迤逦行到，二人拜见长者，具言同妻织绢之事。长者大喜，便问：“要多少丝?”仙女道：“起首要十斤，一日织十匹。”长者见说：“我不信，难道生百只手？既然如此，我只要你织三百匹纻丝，便放你回去。”当时便与丝十斤，令董永夫妻二人去织。果然一日一夜织成十匹纻丝，呈上长者。长者并家中大小皆惊：“不曾见如此手快之人。”原来仙女到夜间，自有众仙女下降帮织，以此织得快。

光阴撚指，一月之期，织成纻丝三百余匹，呈上长者。长者大喜，言称：“世间少有这般妇人。”乃问董永：“你妻非是凡人；若是凡人，如何一月织得三百匹纻丝?”董永答道：“实不相瞒，是小人路上相遇此妇人，他见我说孝心之事，他便情愿嫁我，相帮还债。”长者道：“有如此之事！你真是孝心所感。当初说佣工三年，如今止是三月。我与你黄金十两，将去别作生理。”

董永当时拜谢长者，领妻出门。行至旧日槐阴树下暂歇。仙女道：“当初我与你在此槐树下结亲，如今又三月矣！”不觉两泪交流。董永道：“贤妻何故如此?”仙女道：“今日与你缘尽，因此烦恼。实不相瞒，我非是别人，乃织女也。上帝怜你孝意，特差我下降与你为妻，相助还债，百日满足。奴今怀孕一月，若生得女儿，留在天宫；若生得男儿，送来还你。你后当大贵，不可泄漏天机。”道罢，足生祥云，冉冉而起。董永欲留无计，仰天大哭：“指望夫妻偕老，谁知半路分离！”哭罢，一径回到坟前，又哭一场，结一草庐，看守坟茔。不在话下。

却说傅长者在家无甚事，打开仙女所织之纻丝看时，上面皆是龙文凤祥，光彩映日月。长者大惊，不敢隐藏，将此事申呈本府。府尹问知，有如此孝感之事，具表奏上朝廷。汉天子览表，龙颜大悦，曰：“朕即位已来，累有孝行之人，未尝有如此大孝之人。”遂命近臣修诏书一道，宣董永入朝面君。即日，天使到润州，府尹着人请董永到府叙礼。董永大惊，拜道：“董永是一介小人，有何德能，敢劳大人如此敬重！”府尹道：“不必谦辞！阁下乃大孝之人，天子有表在此。”只见天使取出表来开读，董永与府尹跪听。其表云：

奉天承运皇帝诏曰：为臣者忠，为子者孝，此人道之大致，立身之大要也。故忠者为邦国之权衡，而孝者乃齐家之珍器也。今据润州府奏鸣董永之孝感，盖起自棘篱之间，而知《孝经》大意。则拟居颠沛之际，犹存佣乐之心，此非我国有将兴之机乎？而孝子起于郊野者矣！诏书到日，着董永即便觐阙，量才擢用，岂不有感发将来者？钦哉！钦哉！

董永听罢，望阙谢恩已毕，请天使在驿中安下。董永回家即辞别亲邻，到次日，拜别府尹，一同天使起程。正是：

皇恩宣诏往宸京，跃马扬鞭莫暂停。

一色杏花红十里，春风得意马蹄轻。

董永同天使不只一日到京，近臣引见汉天子。天子大喜，封为兵部尚书，莅任为官，不在话下。

却说傅长者因进贡异样纻丝，朝廷亦封为佥判之职。长者有一女儿，名唤做赛金娘子，生得十分容貌，未曾招亲。当日长者与院君商议：“何不将赛金招董永为婿，却不是好？”遂央媒人与董永说知此事。董永闻知，十分欢喜，乃言：“前者之恩，未曾补报。今又招亲，此恩难忘。”便令媒人拜上傅长者：“小生一听尊命。”乃选吉良时，下财纳礼，成亲已毕。正是：

清风明月两相宜，女貌郎才天下奇。

在天愿为比翼鸟，入地愿为连理枝。

不说董尚书夫妻和睦。且说天宫织女自与董永别后，不觉十月满足，生下一子，已得一月，取名叫做董仲舒，遂自送下界来，与董永抚养。

却说董尚书升厅，只见牌坊下立着一个妇人。董尚书交人喝问：“那妇人是何人？敢窥望朝臣？”只见仙女高声叫道：“忘却织绢之恩，到来喝我？”董永听得，慌忙下厅看时，却是前妻，吃了一惊，相抱而哭，便道：“今日有何缘，得遇贤妻下降？手中抱者何人？”仙女道：“是你儿子，今日特送还你。”董永拜谢，道：“多感贤妻之恩，不知曾取名否？”仙女道：“玉帝已取名了，唤做仲舒。”董永大喜，接了孩儿，便道：“自别之后，又早一年有余。今日相逢，与你同享荣华，偕老百年。”仙女笑道：“相公差了。夫妻自有天数，不可久留。”说罢，云生脚下，冉冉而起。董尚书仰天大哭。只见傅氏夫人听得，出来看时，便问：“相公如何烦恼？手中抱者何人？”董永把上项事说了一遍。夫人大喜，乃命奶子抚养。

光阴撚指，正是：

鸟乱飞，兔不歇，朝来暮往何时彻？女娲会炼补天石，岂会熬胶粘日月？

倏尔已经十余年，董仲舒年登一十二岁。父母教他上学读书，九经书史，无所不通。一日，正在书院中读书，只见同学小儿戏骂仲舒道："无娘子！"仲舒被骂，不敢回言，径回来，看着董尚书，一把扯住，大哭起来："不知因何，别人皆骂我做'无娘子'？今日定要见个明白！定要见我亲娘！"董尚书乃言："你娘是天宫仙女，如何得见？"仲舒听罢，放声大哭，道："若见得母亲，便死也瞑目。若说见不得，就撞死在此。"董尚书道："孩儿不可焦皂！此去长安市上，有一卖卦严君平先生，能知过去未来之事。你可去问他。"

仲舒见说，便将了十文钱，径来问卦。严君平问道："小官人欲占何卦？"仲舒备言欲见母亲之事："望先生指引只个。"先生看卦已了，乃言："你母乃天仙织女，如何得见？"仲舒听罢，哭拜在地："万望先生指引，死生不忘。"先生道："难得这股孝心。我与你说，可到七月七日，你母亲同众仙女下降太白山中采药，那第七位穿黄的便是。"仲舒道："不知此去太白山，有多少路？"先生道："约有三千余里。"仲舒道："我到彼，娘如何肯认我？"先生道："那穿黄的，你一把扯住，拜哭起来，他便认你。若问何人教你来，切不可说是我！"

仲舒取钱拜谢先生而去，径回府中，见父母，备言："严先生教我往太白山中见母，今日拜别便行。"董尚书道："此去太白山三千余里，虎狼极多，孩儿年幼，如何去得？"仲舒道："便死无恨，去心难留！"董尚书见他拼命要去，只得教老王付与盘缠："伏事孩儿去。"

当日拜别登程，在路饥湌渴饮，夜住晓行，不只一日，来到一座山下，问人时，正是太白山。行过一重山，只见野鹿含花，山猿献果；又一重山，只见鲜花翠草乱纷纷，瀑布飞流。此时正是七月七日，忽见一群仙女下来洗药瓶，仲舒便教老王躲过了，慌走上前，看着第七位穿黄的纳头便拜，扯住了只叫："母亲，丢得孩儿好苦！"

仙女问道："你是何家孩儿？甚人叫你来？"仲舒道："孩儿便是董仲舒，爹爹教我来拜见母亲。"仙女道："孩儿快回去！此处豺狼伤人，不可久居！"仲舒道："孩儿千山万水到此，如何便打发我回去？"仙女道："虽然母子之情难舍，犹恐天上得知，见罪非轻。你可回去，拜上父亲，善养天年。此必是严君平老子饶舌教你来。你可将此金瓶寄与严先生，谢他卦灵。又与你一个银瓶，瓶内有米数合，你将回去，每日只吃一粒，切不可吃多！"说罢，云生脚下，众仙女一齐冉冉而起。仲舒欲要拖住，又去远了，只得仰天大哭。老王听得走来，劝了，挑了行李急回去。

不只一日，已达长安，拜见父母，具说见母之事：“多多拜上父亲。寄此金瓶与严先生。此一银瓶，与孩儿戏耍。”董尚书大喜，便道：“既是你母亲寄与严先生的金瓶，不可有违，快寄将去！”

仲舒即时将了金瓶，径往严先生家里来。先生正在门前坐，仲舒拜罢，递上金瓶与先生，道：“母亲多多拜上先生，无物相酬，特将此金瓶相谢。”先生接得看时，光彩射目，口中不道，心下思量：“此物乃世上大宝，人所罕见，乃天宫金净瓶。”翻来覆去看。把手去开这瓶盖时，吃了一惊。只见从瓶口内飞出一星火来，将上元甲子并知过去未来之书，尽数烧了。这先生手忙脚乱，急救火时，被烟一冲，不想将双目皆冲瞎了。至今流传瞎子背记蠢子之书，自此始。

仲舒惊得目睁口呆，急奔回家，将银瓶内米倾出看时，约有七合，呵呵大笑：“母亲教我一日吃一粒，如何得饱？不如将此米一顿煮来吃了。”不想吃饭之后，一日，二日，三日，身已长大魁肥，饭食不吃亦不饥，没半月光景，身长一丈，腰大十围，自亦心中惊异，夜不安枕，没药可救。父母见了大惊。不期其父董永一者受惊，二者年老多病，一疾乌乎。

这仲舒见父已故，哀痛之甚，备衣衾棺椁，送柩回乡。安葬已了，守孝三年，不思饮食。忽一日，对人言道：“前者母亲与我仙米，我却不知，一顿吃了，不料形体变异。今玉帝差火明大将军宣我上天，封为鹤神之职。每遇壬辰癸巳上天，辛亥己酉游归东北方，四十四日后还天上一十六日也。”直至于今，万古千年，在太岁部下为鹤神也。①

同干宝《搜神记》、释道世《法苑珠林》、句道兴《搜神记》和王重民等人编《敦煌变文集》中的董永传说相比，宋话本小说《董永遇仙传》的篇幅更长，情节更加丰富细致。

从文献记载来看，唐代以前，壮族地区精通汉语的文人并不多，故柳宗元任柳州刺史时在《柳州峒氓》诗中慨叹“愁向公庭问重译”②。然而宋代范成大为官桂林时，他在牒、讼、券、约中经常见到当地民众自创的土俗字（即古壮字）③。宋代时壮族民间诉讼文书中混杂使用自创的字符，说明当时壮族民间掌握汉字的人较多，且汉字成为百姓重要的记录工具。但不能据此推断宋话本小说《董永遇仙传》在汉族地区产生之后就迅速流传到壮族聚居地区，并被壮族歌师改编成壮歌。因为话本是说书人用来讲故事的底本，只有在经济发达的地方才有这种娱乐活动。同时，古代中原地区通往广

① 洪楩．清平山堂话本[M]．上海：上海古籍出版社，1992：123—128.
② 柳宗元．柳宗元集［M］．北京：中华书局，2021：1169.
③ 范成大．桂海虞衡志校补[M]．齐治平，校补．南宁：广西民族出版社，1984：31.

西的交通条件相对较差，因此在中原地区流传的民间通俗文学，往往需要较长时间才能扩散到周边地区。笔者推测，宋话本小说《董永遇仙传》不是直接流传到壮族聚居地区，而是被收录于明代洪楩所辑的《清平山堂话本》中，于明代或清代被行商或游宦带到广西。

据《徐霞客游记》记载，下雷北隘门观音亭“有南海张运题诗，莆田吴文光作记”[①]，此句中的“下雷”即今广西崇左市大新县下雷镇。民国《雷平县志》记载，元明清时期到该县避乱、行商或落籍的人以“闽、粤、湘、赣为多”[②]，此处的“雷平”即今大新县雷平镇。此外，明嘉靖年间，广西田州土官瓦氏夫人曾率领俍兵奔赴江浙一带抗倭。这些资料表明，明清时期广西有连接江浙、闽粤和湘南的通道。藉由这些通道，宋话本小说《董永遇仙传》得以顺利传入壮族聚居地区。

跟乐府诗、文言小说、骈文、传奇等文体相比，话本小说《董永遇仙传》通俗易懂，所以在壮族聚居地区的传播过程中更容易被大众接受。根据文化传播的民间性特征，笔者推测，古壮字抄本《古事董永灯科》当是以宋话本《董永遇仙传》为蓝本进行再创作，因其中有皇帝姓赵之说（抄本第1066、1116、1128、1197句等），这是壮族歌师再创作时以宋朝作为故事发生的时代背景，同时也是壮歌用宋话本做创作底本的明证。另外，抄本中有“北京”这一确凿证据，说明歌师创作这首壮歌是在明成祖朱棣迁都北京之后。当时，人们都称京师为北京。

“北京”在抄本中读pak^{7}kiŋ^{1}，一共出现了2次。抄本第884句是“mai^{4} mɯŋ^{2} jɯ^{5} pak^{7}kiŋ^{1}（你妻在北京）”，第893句是“pak^{7}kiŋ^{1} tsiːu^{6} wuːŋ^{2} ta^{6} θiːn^{1}naɯ^{4}（北京赵皇仙女妹）”。这两句都是仙女在劝慰董永：你还跟赵家皇帝的女儿在北京有一段姻缘。北宋实行四都制，东京开封府（今河南开封）、西京河南府（今河南洛阳）、南京应天府（今河南商丘）、北京大名府（今河北邯郸大名县）。大名府是宋仁宗时期建立的陪都，主要用途是抵御契丹。所以，宋朝的北京并非明代国都北京。

出现这种叙事的时空错位，最可能的情况是当时的壮族民间歌师没有意识到宋朝的国都与明朝的国都不在同一地理位置上。

宋话本小说《董永遇仙传》，其主要情节有：

1. 董永家贫但少习诗书；2. 佣工侍父；3. 傅家布施米钱济贫；4. 董父病故，董永求助舅家；5. 舅娘所借布匹绢帛仅能购买棺木；6. 停灵一年多后仍无力殡葬；7. 董永卖身傅家，筹得钱款安葬父亲；8. 董永孝心感动天庭；9. 前往傅家路上遇仙女而结亲；10. 仙女织锦三月得三百匹；11. 归家途中夫

① 徐霞客. 徐霞客游记 [M]. 北京：中华书局，2015：1219.

② 邓赞枢，梁明伦. 雷平县志 [M]. 台北：成文出版社，1974：65.

妻仙凡别离；12. 董永受宣入京为官；13. 董永迎娶傅家之女；14. 仙女送子回凡间；15. 仲舒太白山寻母。

对比古壮字抄本《古事董永灯科》，其内容情节大致可以概括如下：

1. 见羊生崽悟母艰；2. 母逝不愿守旧俗；3. 卖身为奴以葬母；4. 拒分母肉杀牛还；5. 董永行孝感天地；6. 仙女董永结良缘；7. 仙女施计斗武爷；8. 临别依依千叮嘱；9. 董永高中状元郎；10. 董宝寻母登天界。

两相比较，古壮字抄本《古事董永灯科》和宋话本《董永遇仙传》在诸多情节上是密切相关的，因此笔者推断，后者是前者改编时的主要文献依据。

二、人物形象的再塑与丰富

（一）董永形象的深化

在宋话本董永传说中，董永以贫穷农家孝子的形象出场："少习诗书，幼丧母亲，止有父亲，（其父）年六十余岁。家贫，惟务农工，常以一小车推父至田头树阴下，以工食供父。如此大孝。时直荒旱，井内生烟，树头生火，米粮高贵，有钱没处买。"① 而古壮字抄本《古事董永灯科》中（第89—109句），董永是见到母羊产崽艰难才感悟孝心的。董永去帮叔父放牛养羊，见到母羊在草丛中生崽的辛苦情景，联想到母亲生育自己也很辛苦。傍晚回家吃饭后，他跟母亲讲述了自己的所见所思。母亲告诉他，母羊生下了幼崽，就等于脱离了灾难，而母亲诞子则要遭受更多的苦难，怀胎十月，一朝分娩，之后还要经历诸多辛苦，方能将孩子养育成人。壮族民众就是利用这些显而易见的道理来对晚辈进行孝道教育。见母羊生崽艰难而感悟母亲养育自己不易等情节，是董永传说在壮族聚居地区流传而发生的特殊变异。

（二）仙女形象的塑造

作为女主角，仙女的形象在《敦煌变文集》之前的各种文献均着墨不多。可见的有曹植《灵芝篇》中的"神女为秉机"一句。在干宝的《搜神记》里，描写仙女的笔墨比董永的篇幅更大。而在宋话本《董永遇仙传》里，天仙织女被设定为一个善良的年轻寡妇，来到凡间跟董永一道为佣，助力董永还债。她心灵手巧，仅三个月就把三百匹绢织好，完成了与傅长者的约定。傅长者惊叹仙女技艺不凡，不仅遵照约定放董永与仙女归家，还赠与黄金，让董永另谋生计。仙女带孕返回天庭，十月之后产

① 洪楩，清平山堂话本 [M]. 上海：上海古籍出版社，1992：123.

下一子，后将他送回人间，让董永有了延续香火的后嗣。

在古壮字抄本《古事董永灯科》里，仙女聪明、美丽且善良，与董永共同面对生活的艰辛，她的形象由神秘化为具体。她听从父亲——天庭主宰者玉皇大帝的安排，下嫁给凡间的穷苦孝子董永，跟董永一起还债（抄本第419-420句）。玉帝不仅赐予仙女金银财宝和嫁妆衣服，还让她带上“难香”，遇到险境时就通过焚烧“难香”来告知玉帝，好让玉帝及时施以援手（抄本第429-434句），可见玉帝对自己的小女儿是非常疼爱的。仙女虽贵为天庭帝女，来到凡间后却甘心跟董永过苦日子。仙女不仅是董永的妻子，更是他生活中的坚强后盾和智囊，通过仙女的帮助，董永得以度过重重难关。在董永受到恶霸武爷的欺辱时，仙女凭借智慧一一化解。被武爷三番五次刁难后，仙女明白跟这个恶霸无法善了，于是她愤然返回天庭。临别之际，仙女对董永的反复叮嘱，不仅是她心迹的表露，同时也是全歌的重心所在，把两人之间的恩爱情感淋漓尽致地演绎出来。听着她跟董永伤心离别的叮嘱话语，人们不禁为二人的婚姻被拆散而唏嘘伤感。

（三）反派形象的转变

作为仙女和董永的对立面，武爷的形象也在董永传说的传播过程中渐次丰满起来。在干宝的《搜神记》里，董永做佣工的主家姓名不详，文中仅以“主”来称呼，意指他是雇佣董永的主家。到了唐朝释道世的《法苑珠林》中称雇主为“富公”，此后的版本有不少径直称此人为“富”姓。到了宋话本《董永遇仙传》中，董永的雇主已经被称作“傅长者”了。至于古壮字抄本中，此公之姓被写成“富”“傅”“武”等，盖因这三字在壮语里声韵母相同，“富”读 fou^5，“傅”读 fou^6，“武”读 fou^4，这是古壮字表音性质使然，歌师用字但求见字明音即可，因此同音、近音字相互替代的现象很常见。

在《古事董永灯科》里，武爷（老武）形象与《董永遇仙传》中的傅长者相差甚远。《董永遇仙传》中的傅长者与《搜神记》中的“主”一样，是个乐善好施的乡村富绅形象，但在古壮字抄本中，武爷却是一个奸猾狡诈而又贪财好色的土豪形象。

（四）其他形象的增加

从人物数量来看，古壮字抄本《古事董永灯科》出场的人物要比话本《董永遇仙传》更多。一是董母。在《董永遇仙传》中，董永的母亲并不出场，仅用“幼丧母亲”一笔带过。在古壮字抄本中，董永父亲的形象不算清晰，反而是母亲的形象更为鲜明。董母既是启发董永孝心的教导者，也是董永施孝的重要对象。二是舅舅。在《董永遇仙传》中只见舅娘，不见舅舅。而《古事董永灯科》中舅舅和舅娘同时出现，舅舅的戏份也不少，是一个相当重要的陪衬人物。三是舅娘。在话本《董永遇仙传》中，舅娘是一个心地善良的长辈，董父病故时，她还尽己所能帮助了董永。虽然所给的两匹布和一匹绢仅能购买棺木，但舅娘毕竟还是伸手帮了董永一把。然而在《古事董永灯科》中，舅娘却是一个刁蛮不讲理的泼妇，她把持家里的财政大权，但丝毫不肯支援这个外甥。尽管舅舅过去得到董永父母的救济，但舅娘并不领情。四是太白金星。宋话本小说《董永遇仙传》中并无太白金星此人，在《古事董永灯科》里，他却多次出场，是一个穿针引线的人物。在抄本第238句，太白金星到人间来询问董永卖身缘由，并点化他前往东门武爷府邸寻求机缘。在抄本第371句，太白金星在董永走投无路、怨天怨地时，现身帮董永排解心中烦忧，并鼓励董永谨守善心。五是玉帝。玉帝这个天庭至高无上的统治者，在《董永遇仙传》里只说他见董永行大孝，就派织女下凡来帮董永还债，其形象很单薄。但在《古事董永灯科》里，玉帝不但是天庭的主宰，他还是董宝的外公，并给刚出生的外孙赐名，只是鉴于仙界与凡间有别，他才让织女送外孙归乡给董永。在古壮字抄本里，玉帝是一个颇为慈祥的外公形象，跟汉文典籍里一副冷冰冰、毫无人情味的天帝模样大不相同。此外，还有赵皇、众仙女、董宝以及国师等次要人物，他们在《古事董永灯科》中也起到相当重要的烘托作用。

从时间上看，《董永遇仙传》产生的时间比《搜神记》《法苑珠林》乃至《敦煌变文集》等相对较晚，故其人物形象更为丰满，内容更加丰富。而古壮字抄本《古事董永灯科》比《董永遇仙传》成文的时间则更晚，按后出转精的规律，其人物形象的刻画就更加生动传神，故事的感染力也更大。

古壮字抄本《古事董永灯科》在保留原有故事框架的基础上，进行了富有民族特色的再创作，使得故事更加生动感人，人物形象更加饱满立体。这些变化不仅丰富了董永传说的文化内涵，还展示了壮族先民对中华孝道思想及社会道德的深刻理解，体现了壮族文化与中原文化的深度融合。

壮汉文化深度融合的多维透视
——基于古壮字抄本《古事董永灯科》的文本分析

壮族是拥有本民族文字的少数民族之一。这种文字称“古壮字”，亦称“俗字”“土俗字”或“方块壮字”等。就字源而论，古壮字属汉字系文字，是壮族文人利用汉字或汉字的部件再造符号来记录壮族语言的文字。尽管古壮字在使用范围和社会功能方面有一定的局限性，但已经基本能够满足壮族民众记录日常的需要，如壮族歌师用它来记录歌本，因此留下了数量可观且弥足珍贵的文化瑰宝。

作为一首从中华经典题材移植过来的故事歌，《古事董永灯科》不仅实现了从汉字到古壮字两种文字之间的跨越，还在内容情节等方面进行了新的加工，主题思想也得到了新的升华，具有鲜明的壮族语言文字特色和民俗特点，反映了壮族文化和汉族文化的深度融合。

一、《古事董永灯科》的构字及特点

（一）古壮字字符类型

《古事董永灯科》所用的字符大体可分为汉借字、自造字和特殊类型字三大类。

1. 汉借字

汉借字是指直接借用现成的汉字，这类借字可以细分为如下几小类。

（1）借音字。即直接使用同音或近音的汉字来记录壮语语音的字，是壮族各地最普遍而且数量最多的汉借字。比如“乙”读 ʔiːt^{7}，义为“伸”；“口”读 hau^{3}，义为“进、进来”；“崧”读 θoŋ^{2}，义为“站”；“彭”读 peːŋ^{2}，义为“贵、珍贵”；“傍”读 pɯːŋ^{2}，义为“天下、世界”等。

（2）借义字。这类字是汉字壮读，借汉字的字形和字义，读的却是壮语的语音。如：“口”读 paːk^{7}，义为“口、嘴”；“上”读 hɯn^{3}，动词，义为“上、登上”；“下”读 la^{3}，表示方位，义为“下、下面”；“身”读 ʔdaːŋ^{1}，义为“身、身躯”。

（3）全借字。即把一个汉字的形、音、义原封不动地借进壮语来使用。比如“陰”“陽”“又”“就”

“銭”“銀”等，是常见全借字，且多读中古音，如“陰”读 jam^{1}，保留有 -m 韵尾；“銀”读 ŋan^{2}，保留疑母字的 ŋ- 声母。全借字的调类在壮语多个方言区对应整齐，大致按汉语中古声调的平上去入各分阴阳，对应为壮语的第一、二、三、四、五、六、七、八调。

（4）曲折表音字。这类字需要一个壮语同音词替换才能明白其真正所指。比如汉语的“勺”是舀取东西的工具，比如“饭勺”“汤勺”等。壮语把“耳挖子”及石匠从炮眼里挖出石粉的“长柄勺”等用具叫 lɯk^{8}jak^{7} 或单叫 jak^{7}。而副词的“欲、要、将”等也叫 jak^{7}，于是歌师就用“勺”来标记副词的 jak^{7}。抄本中第 215、225、305、306 句等就是这种用法。

又如汉字的“日”有“日子”的用法，壮语读 θat^{8}ɕei^{3}，这是中古的借词读音。但在歌中第 1049 句有：布兰虚兰日［ʔbou^{5} ro^{4} haɯ^{1} ro^{4} θat^{8}］，义为“不知虚或实”。这是因为“日”和“实”的壮语都读 θat^{8}，歌师就用“日”的语音来曲折表示“实”的语音。

再如“闩”字，这是“闩”的变形写法。“闩”首见于范成大的《桂海虞衡志·杂志》，被范氏列为土俗书（即今古壮字）的实例，字义为“门横关”①。在现代汉语中，“闩”可作名词，亦可作动词。作名词时指门闩，作动词时指把门闩上。在忻城的《十劝书》里，“闩”读 raːn^{2}，义为“屋、家”②。由于 raːn^{2} 与 laːn^{2}（拦）音近，故“闩”字也用来表示“拦”。歌中第 1232 句有：扶尔奴偣闩街方［pou^{4} laɯ^{2} no^{2} paːi^{5} laːn^{2} kaːi^{1} fuːŋ^{1}］，义为“哪个奴婢当街拦”。这里的“闩”读 laːn^{2}，即“拦”义。就造字方法来说，这是会意字。而第 131、1216 句的“力闩”读作 lɯk^{8} laːn^{1}，其义是“子孙”，这两处的“闩”是借 laːn^{2}（拦）的音近而曲折表达了 laːn^{1}（孙）的音义。

上举三字都是依靠同音或近音关系对原字的二次利用，即绕了一个弯来表达另外的字义，故说是曲折表音。③

2. 自造字

自造字是指借用汉字或用汉字的部件来构造字符而记录壮语的字。由于古壮字是汉字系文字，通常研究古壮字的学者多用许慎《说文解字》的“六书”观点来解说古壮字的构造。其实，“六书”中的“转注”是否为造字法，学界至今仍无定论。而“假借”似乎也不完全等同于借汉字。真正能为古壮字体系提供新字符的，是象形、指事、会意和形声四种方式。

① 范成大 . 桂海虞衡志校补［M］. 齐治平，校补 . 南宁：广西民族出版社，1984：31.
② 蒙元耀 . 壮族伦理道德传扬歌研究：上［M］. 北京：人民出版社，2017：412.
③ 蒙元耀 . 壮族古籍与古文字［M］. 南宁：广西民族出版社，2016：34—35.

（1）象形字

象形字是按事物的外形以简笔勾勒其特点的手法所造的字。不过古壮字中象形的字比较少，在《古壮字字典》中仅见“𠁣、乚、ᛟ、丒、只”等数例。“𠁣”读 tɯŋ⁴，“拐杖”之义；“乚”读 ŋau¹，“钩子”之义，也指“弯曲”；“ᛟ”读 ʔba³，指“蝴蝶”，由于该字是绘蝴蝶之状，那两根触须也有人把它画得很夸张，长且卷曲；“丒”读 niŋ⁵，义为“阴茎”；“只”读 tham¹，义为“阴囊”①，“只”是指阴茎下面的两个睾丸，是阴囊的简笔画，该字读送气声母，毫无疑问是壮语南部方言的用字，对应为北部方言，则应读 ram¹。

在《古事董永灯科》中未见象形字，忻城其他地方的古壮字抄本还偶有发现。比如“𠁣”，忻城有类似的写法，只是长竖在左边，横折在右边，字形近似字母“h”，同样读 tɯŋ⁴，表示“拐杖”。又如，“㐾”读 raːn²，“房、屋”之义。韦亮节博士认为，“㐾”应该是简笔高脚屋（干栏式建筑）形状的楷化字。字的最高一笔折弯钩，视为房子的屋顶；“并”字最后的一撇一竖，象高脚屋的房柱之形，形成房屋的下空层，用于蓄养家禽家畜和堆放杂物；中间的两横表示架空层，用于住人或放置物品。

（2）指事字

指事字是用指示符号来指明字义所在位置的字。如抄本第109句的“可”读 ʔum³，义为“抱”。“了”可以看成是一个简笔画的侧面人形，而其身前的小“口”则可理解为“幼儿”或某一物品。这个字在别的地方也还有“孒”的写法，读音和字义完全一样。再如“了”读 ʔam⁵，该字背后的“、”表示该人在“背负”幼儿或某些物件。

虽然指事字在《古事董永灯科》中只见上述两例，但扩大材料范围不难发现，在古壮字中，指事字要比象形字略多一些。比如“丄”在汉语中是“上”的古字，但在壮语中“丄”读 kɯn²，字义也是“上、上面”。其中的“一”指大地，“丨”指向上，两者结合指示方位，故做“上、上面”解。人在大地上生活，最高处即“天”，因此“丄”又读 ʔbɯn¹，指“天”②。“㐄”读 laŋ¹，“背、后背”之义③。该字的另一种写法为“专”，音义同“㐄”④。又如“了”读 ŋiːŋ⁴，义为“仰、昂”；“孑”读

① 广西壮族自治区少数民族古籍整理出版规划领导小组．古壮字字典［M］．南宁：广西民族出版社，1989：96—383.

② 蒙元耀，韦如柱．古壮字大字典［M］．南宁：广西民族出版社，2024：10.

③ 蒙元耀．壮族古籍与古文字［M］．南宁：广西民族出版社，2016：30.

④ 蒙元耀，韦如柱．古壮字大字典［M］．南宁：广西民族出版社，2024：19.

ʔdɯn[1]，义为“站、站立”①；这些都是常见的指事字。

（3）会意字

古壮字中会意字数量也不太多，只是比象形字、指事字略多一些。会意字是常用两三个部件来组合表达一个新的字义的字。比如“跖”读 nak[7]，用抱石头走路来会“重”义。“肙”读 ʔdi[1]，字义为“没、不、无”等，壮族歌帅常用“眉”字，读 mi[2]，“有”之义，而“肙”字意指把“眉”字的内里掏空，以表示“没、不、无”等意思。“延”读 hɯn[3]，动词，用“向上走”表“上、登上”之义；由“向上走”引申，植物生长也是向上发展，故用“延”字表示“长、生长”之义；建房子需要从打地基开始，故也用“延”表示“起、建”之义。“毎”读 kja[4]，义为“孤、孤儿”，指失去母亲的孤儿；若指失去父亲的孤儿，则写成“冭”②。“毎”“冭”两字读音一样，字义稍有区别，均是典型的会意字。

（4）形声字

形声字是指由形旁和声旁构成的字。形旁也叫义符，声旁也叫声符。在古壮字中，形声字的数量最多。比如“栂”读 paːm[1]，义为“楼层”，指农家搁置粮食、农具或其他平时不常用之物的简易楼层；“衲”和“褯”均读 pu[6]，义为“衣、衣服”；“垵”读 ʔan[1]，义为“个”；“匙”读 taːi[1]，义为“死”；“垩”读 na[2]，义为“田”；“槐”读 rɯːŋ[6]，义为“栏厩”。这些例字是标准的形声字，它们都有形旁和声旁。

有一些字很像形声字，但它们要么缺形旁，要么缺声旁，不好认定为形声字。比如“靤”读 na[3]，“脸”义。该字以“面”为形旁，符合形声字造字规则，但若将“可”视为声旁，则读音跟 na[3] 不匹配，故该字缺少声符，不能算作形声字。又如“肝”读 taŋ[2]，“到”义。乍一看，“肝”字的左右两个部件跟该字的音、义都联系不上，但通过进一步分析，还是可以追寻这个字跟汉字“滕”的关系。“滕”变化成为“胼”，再演变成“胻”“肸”“肹”和“肛”等，最后才变成“肝”。“滕”“胼”“胻”“肹”“肛”“肝”六字都有 taŋ[2] 音，表“到”义，可知它们的字形演变是一脉相承的。但“月”的形旁跟“行走”无关，所以“胻”“肹”“肛”“肝”四字也不能算形声字。“滕”“胼”两字，前者是借音字，后者是借音字的变体，它们的偏旁“月”同样不能算是形旁，所以也不是形声字。再如“怌”读 waːi[2]，“水牛”义，其形旁“忄”跟“牛”无关，故“怌”在古壮字中不能算是形声字。“怌”或许是“怀”的笔误字，或许“丕”是“歪”的省笔字，其下方省去了“止”，但还读“歪”音。

诸如上述的“可、月、十、忄、丕”等不表音也不表意的部件，只能称之为构形成分，毕竟古

① 蒙元耀，韦如柱．古壮字大字典［M］．南宁：广西民族出版社，2024：18.

② 蒙元耀，韦如柱．古壮字大字典［M］．南宁：广西民族出版社，2024：461.

壮字是次生文字，壮族歌师虽然在汉字的基础上构建起本民族的文字体系，但其复杂程度要远大于汉字。

3. 特殊类型字

古壮字字符除象形、指事、会意、形声和借用，还有偶合字、多笔少画字、独体字等特殊类型字。

（1）偶合字

偶合字是壮族先民的创造抑或是借用汉字而成的字，目前尚存争议。比如“昋”读 ŋon²，“日”“天”义；“伝”读 wun²，“人”义；“磊”读 tap⁸，“压”义。“昋”在汉语或读 guì，作姓氏用；或读 jiǒng，“见”义。“伝”的汉音读 yún，义为“行走、飘移不停的样子”。“昋”“伝”二字是冷僻字，大概率是壮族先民所造的古壮字偶然与汉字重合，而非直接从汉字里借用。在目前常见的古壮字抄本中，尚未找到“昋”作姓氏用的实例；至于“昋”作“见”用，也难弄清其音义；反而“天”和“日”是人们非常熟悉的常用字。同样，“伝”字也如此，拆分之后，“亻”和“云”是人们一见就能知音知义的汉字部件，用它们来组建新字符，非常符合古壮字的造字规律。“磊”字虽是常用字，但它的音、义跟壮语的 tap⁸（压）毫无关联，壮族先民或许认为“磊”字的字形如同三块石头堆垒在一起，相互叠压，故而用以会“压”之义。

在广西来宾市忻城县的古壮字抄本《传扬歌》里，“垚”读 poŋ³，“堆”义；“毳”读 pjom¹，“头发”义。这两个字跟“磊”的结构一样，而且对壮族民众来说也是罕见字。在汉语，“垚”读 yáo，义为“山高”；“毳”读 cuì，义为“鸟兽的细毛”。它们的音义跟壮语不相干。壮语用“垚”来表示“土堆”之义，进而表示“堆”义；用“毳”表示“毛发叠压”，从而表“头发”之义①。因此，这两个字也是会意字，是壮族先民所造的偶合字。

按笔者见解，凡壮族民间罕见少用的汉字出现在古壮字抄本里，且其汉义跟壮语没有关联的，大致可以推断是偶合字。诸如“棐”，汉语读 fěi，义为“辅正弓弩的器具”，也引申为“辅助”；壮语则读 fai⁴，“树”义。“跏”汉语读 jiā，义为“跏趺，佛教徒的坐法”；壮语读 ka¹，表“脚、腿”义。“菻”汉语读 lǐn，指蒿类植物；壮语读 ɣum¹，“草”义。“苝”，汉语读 bèi，“野蕹”义，即“野葍头”；壮语读 pjak⁷，“菜、蔬菜”义。这些字均为壮族聚居地区很少用到的冷僻字，字义跟对应的壮语字义没有关联，应是壮族先民自造的字符，只不过跟汉字偶然重合而已。

① 蒙元耀．壮族伦理道德传扬歌研究：下［M］．北京：人民出版社，2017：1019.

（2）多笔少画字

多笔少画字多属抄写者随意用笔造成的字。

多笔画字。如“氐”读 tai³，“哭”义。但抄写者没有严格的用字习惯和规范意识，往往在抄写文献时随意挥洒，于是就在“氐”之下再点上一点，于是就成了“氐”，同样读 tai³，“哭”义。在《古事董永灯科》里，规范的“氐”字只出现8次，而多笔的“氐”字却出现了12次。“乖”读 kwaːi¹，义为“乖”，这同样是抄写者在“乖”字的最末一笔之后再随意添上一点，因而成了一个新字符。同样道理，“丈”读 tsɯːŋ⁶，“杖”义，也是一个多笔字。“杖”从“丈”得声，“丈”在忻城壮语读 tsɯːŋ⁶，可见“丈”是抄写者在写“丈”字时自行加上一点而成。至于“丈”读 tsɯːŋ⁴，表“养”之义，这是近音替代且一字多音的现象。由于习非成是以及表音文字有趋简的倾向，“丈”在《古事董永灯科》里竟出现9次之多。

少笔画字，通常也叫作省笔字。比如“归”字，音 kwei¹，“归”义。从字形和音义来看，这个字明显是“归”省去了第一笔。《古事董永灯科》中该字一共出现了6次，可见不是抄者偶然笔误，应是相对惯用的写法。“跪”读 kwei⁶，“跪”义。“跪”的形旁本应是“足”字，写毛笔字时经常有人图快而减省笔画，把足字旁的下方部分写成一点一撇加一提，于是就成了“跪”。此类情况颇为常见，如“路”读 lo⁶，“路”义；“媽”读 me⁶，“母”义；“拜、拜、拜”读 paːi⁵ 或 paːi⁶，都是“拜”义。这些都是民间常见的不规范省笔字。

由于古壮字抄本是自抄自用，且单看轮廓就知道这些古壮字的音义，再加上大多数抄写者的文字水平不高，写错字了也不讲究，日积月累，人们也就将错就错沿用这些多笔少画字。

（3）独体字

古壮字自造字中有一部分不能归入象形、指事、会意和形声四种构字法里，且其字形单独成字，故称独体字。

比如，“丙”读 liːŋ⁴，“两”义。按字的形、音、义考虑，“丙”应该是“两”的变体字。“两”在汉语归“一”部，古代汉语义为“平分”，引为“二”；作计量单位时即二十四铢为一两。但在壮语中，“丙”的下半部分非音非义，无法解释，故只能算是独体字。

同样的情况还有“皿”字，壮语读 ʔau¹，“要”义。笔者猜测，“皿”是“昷”的变形字。“昷”在汉语同“媪”，“媪”从“女”，“昷”声，读 ǎo，指老妇人[①]。可见“昷”的 ǎo 音跟壮语“皿”的

---

① 张书岩．现代汉语规范字典［M］．上海：上海辞书出版社，2015：8.

ʔau¹相近。若归它入“一”部，余下部分也构不成声旁，只能把它看作独体字。

“多”字在《古事董永灯科》中读tsiːn²，“钱”义，一共出现了3次（分别是抄本第229、274、275句）。根据刘复、李家瑞《宋元以来俗字谱》的记录，“多”即“錢”的俗字[1]。此外，“多”还读ma¹（抄本第191句），作动词用，表示“来”义；从字形来看，“多”无疑也是一个独体字，用以表示“来”义，难以找出其中的音、义关联。还有“尓”字（抄本第441句），也读tsiːn²，“钱”义。

以“尓”为构字部件的“庅”字，也是读ma¹，做“回、来”解出现了85次；做“狗”解出现了2次；使用频率相当高。由此推断，应是反犬旁的“犭”演化为“尓”，然后再用作声旁构成“庅”，读ma¹，义为“狗”和“来”；或者是“麻”变形为“彨”，再变化为“庅”。无论如何，终归是众人造字，各人随意所为，因此造出的字也是五花八门。

（二）古壮字字符的特点

从前面的分类看，《古事董永灯科》中的古壮字无论是借用字还是自造字，情况都很复杂。古壮字属次生文字，其造字理据的匹配度、吻合度难免有所差距。加上古壮字未经规范处理，各人自造自用，流行范围比较狭窄。众人造字虽然使得古壮字文字面貌变得非常复杂，但也蕴含着非常丰富的文化交往交流交融信息。总的来说，古壮字最明显的特点有如下几方面。

1. 一字多音

在《古事董永灯科》里，一字多音现象非常明显。“取”字就有三个读音：读tsaɯ⁴时，义为“买”；读tsi⁵，义为“借”；读tsou⁴时，义为“接”。在其他文本中，“取”字读tsou⁴时，还表示“迎接、迎娶”等意思。“若”字，有两个读音：读jo¹时，是“看、瞧”之义；读laːŋ⁶时，义为表示假设的“若”，这是汉字壮读的借义字。“兀”字也有两个读音：读ʔdei¹时，表示“好”；读ʔdi³时，表示“跟、与”。“初”字有四个读音：读tso¹时是“初”义，这是“初”的省笔字；读tso⁶时，可以指“名字”，也可以表示“朝、向”，作动词或介词用；读tso⁵时，一个意思是“放、放在”，另一个意思是“配”；读jo¹时，义为“伸”。最显著的是“長”字，标记了9个不同的音义（参见附录的古壮字字表），换句话说，“長”在抄本里被当作9个字来使用。这种一字多音的现象同样发生在自造字上。

2. 一音多字

《古事董永灯科》中一音多字现象也很突出。比如“衣、衣服”壮语读pu⁶，抄本中记录这个音义有“祔、褓”二字。“身”壮语读ʔdaːŋ¹，抄本记录这个音义既借用汉字的“身、郎”，也用自造字

---

① 刘复，李家瑞.宋元以来俗字谱［M］.北京：文字改革出版社，1957：124.

的“卿、鄉”等字。“上”壮语读 kɯn^{2}，壮语中记录这个音义既借用汉字“上”，这是汉字壮读，也用“𨑜”字。这种字无定形的用字现象，说明古壮字自身尚未具备足够的规范性和科学性。

3. 一字多形

一字多形是指一个古壮字对应多种字形。比如，“去”在壮语读 pai^{1}，抄本中记录这个音义有“批、抪、圥”3种字形。“怜、可怜”壮语读 tso^{6}，抄本中记录这个音义有“却、郄”2种字形。“在”或“住”在忻城壮语中读 jɯ^{5}，抄本里记录这一音义有“卭、邛、卂、邢、礼、祁、在”7种字形。由于古壮字是民间人士使用，且以表音为主，加上是毛笔书写，运笔自由，于是就有了一字多形的现象。由于字无定形，不易掌握，也增加了学习者的负担，所以常受到学界的诟病。此外，在信息化的时代，这种一字多形的现象还给电脑的文字编码造成很大的资源浪费。

（三）古壮字字频分析

要实现古壮字规范化，需要完成大量的基础工作，其中一项基础工作就是要对所用的字进行字频统计，只有掌握了每个字的出现频率，方能对一个字的字形准确定性。要做好字频统计，则需要大量的文本作为基础性资料，然后才能做出客观的判断。

从本书的附录《古壮字字表》看，出现频率较高的10个古壮字有：“名”，读 mɯŋ^{2}，“你”义，见180次；“九”读 ku^{1}，“我”义，见167次；“董”读 toŋ^{3}，即“董”，见160次；“永”读 wiŋ^{4}，见146次；“礼”读 ʔdai^{3}，“得”义，见138次；“布”读 ʔbou^{5}，“不”义，见127次；“仙”读 θiːn^{1}，“仙”义，见116次；“女”读 naɯ^{4}，“女”义，见113次；“力”读 lɯk^{8}，“子、崽、儿、女、女儿、果”义，见94次；“圥”读 pai^{1}，“去”义，见91次。

考虑到一字多形的用字特点，动词 pai^{1} 的意思是“去”，在抄本中有3种写法：“批”11次，“抪”6次，“圥”91次，合计108次。其中“批”是音近借用字，“抪”是“批”的手写俗字，而“圥”则是“批”的变形字。土字旁是提手旁的变形。如此一来，pai^{1}（去）的出现频率要高于“力”（子、儿、女、女儿、崽、果）。而“力”表示“儿、女、女儿、子、崽、果”等义，还写作“叻”，见5次，合计99次。还有“布”读 ʔbou^{5}，“不”义，有127例，然“不”读 ʔbou^{5}表“不”义还有6例。“布、不”合计共有133例。

可见，单一文本单一字符的统计只能说明局部问题，要精准说明字频情况，必须进行大量的文本分析，材料越多得到的数据才越可靠。比如同是忻城的古壮字抄本，《十劝书》有1504句，比《古事董永灯科》仅多147句，两者篇幅相差不大。由于《古事董永灯科》是一问一答的对话体，故

“你”“我”两个代词出现的频率很高。“名”读 mɯŋ² 是“你”义，见180次；“你”读 mɯŋ²，“你”义，见1次；合计181次。在《十劝书》里，用“名”表示“你”的音义见5次，用“孟”的见1次，合计6次。[①]

在《古事董永灯科》中，“九”读 ku¹，“我”义，见167次；“古”读 ku¹，“我”义，见2次；“九”读 ku¹，“我”义，见2次；“叽”读 ku¹，“我”义，见5次；“我”读 ku¹，“我”义，见8次，合计184次。但在《十劝书》中，用“叽”表示“我”的音义见5次，用“九”的见2次，合计7次。

对比两份抄本，我们可以发现，在不同的语境里，同一个字出现的频率是不一样的。不能因《十劝书》中“你”“我”出现率低就认定这两个字是低频字。

在《十劝书》中，出现频率最高的字是 ʔbou⁵，“不”义，用“布”“佈”“不”等字记录，见194次。这是因为《十劝书》属道德教化用书，诫律特别多，所以否定副词“不”的出现频率就非常高。而《古事董永灯科》中，没有用“佈”字来标记 ʔbou⁵ 的情况。“布”读 ʔbou⁵ 表“不”义，见127次。再加上“不”读 ʔbou⁵ 见6次，两者加起来有133次。

值得留意的还有“得”字。在《古事董永灯科》中，表示“得”义的字是“礼”，读 ʔdai³，见138次。而《十劝书》中，ʔdai³ 出现了92次，其中用“礼”字来标记87次，用“禮”字来标记5次。

对比《古事董永灯科》与《十劝书》这两本歌书，出现频率较高的几个常见字并不完全重合。故要做好古壮字字形的规范工作，还需搜集更多的古壮字文本以及古壮字字符。

二、《古事董永灯科》词汇所见的民族互动

（一）借词中的壮汉民族文化交往

借词通常是伴随语言接触而出现的，两种语言之间由于新鲜事物的出现，强势语言会向弱势语言输出后者所缺少的各种新鲜事物的名称、抽象概念乃至官方强制施行的度量衡单位。比如丈、尺、寸、分、厘、毫、斗、升、斤、两、钱等，这些特定的度量衡单位不仅有对应的读音，它们的内在含义也完全一致。再如中国农历中的二十四节气名称，各壮语方言也完全是借用汉语的说法，《古事董永灯科》中就出现“清明”念 tsiŋ¹miŋ²（抄本第1002句）、“谷雨”念 kok⁷haɯ⁴（抄本第1004句）等节气名称。不过壮语里的二十四节气名称是按中古汉语借词读音来念的，跟现代汉语的读音有一定的差别，比如“立春”读 lap⁸tsun¹，lap⁸ 是“立”，保留中古音 -p 的入声韵尾，这便是明证。壮族历史上是一个农耕民族，主要种植的农作物是水稻，一年四季的农事活动要依时节进行。壮族的农业

① 蒙元耀．壮族伦理道德传扬歌研究：上［M］．北京：人民出版社，2017：207—508.

发端很早，且自古以来壮族先民一直沿用中央王朝颁发的农历，故二十四节气的概念深入人心。

由于《古事董永灯科》是在老人过世的祭祀场合用于吟唱的抄本，故涉及民间信仰的词语较多，这是抄本词汇方面的另一个重要特点。在壮族聚居地区，道教和佛教文化对民众的影响很深，同时壮族自身的传统信仰也根深蒂固。

道教是中华大地上的原生宗教，其宗旨是追求清静修身和羽化登仙。抄本的主人罗玄文自称“羽士”，羽士即道士，壮族聚居地区老人过世通常要设道场追悼逝者，一般要延请道公、师公两套班子来主持各种民间仪式。因《古事董永灯科》抄本是道公所用，故在抄本中常见来自道教的词语。

比如玉帝 ȵaɯ^{6}tai^{5}、太白金星 taːi^{6}peːk^{8}kim^{1}θiŋ^{1}、太上老君 taːi^{6}θɯːŋ^{6}laːu^{4}kun^{1}、三宝 θaːm^{1}paːu^{3}、仙 θiːn^{1}、仙女 θiːn^{1}naɯ^{4}、天仙 tiːn^{1}θiːn^{1}、八卦 peːt^{8}kwa^{5}、黄道 wuːŋ^{2}taːu^{6}、丧场 θaːŋ^{1}tsɯːŋ^{2}、阴间 jim^{1}kaːn^{1}、阳间 jɯːŋ^{2}kaːn^{1}、阳兵 jɯːŋ^{2}piŋ^{1}、难香 naːn^{6}jɯːŋ^{1}、亡（亡灵）muːŋ^{2}、梅山殿 moi^{2}θaːn^{1}tiːn^{6}等，都是来自道教的词语。

壮族聚居地区道公操持民间仪式所使用的经书并不完全采用纯粹的道教教义，他们的经书之中融合了许多佛教的文化思想以及相关概念。《古事董永灯科》抄本之中就有佛 fat^{8}、佛老（大佛）fat^{8}laːu^{4}、观音 kuːn^{1}jim^{1}、阎罗 jiːm^{2}la^{2}、十王 θip^{8}wuːŋ^{2}、黄泉 wuːŋ^{2}tsuːn^{2}、牛头 ȵiːu^{2}tau^{2}、目连 mok^{8}liːn^{2}等词语，是伴随佛教经典进入壮族聚居地区而出现在民众口语之中。

由于壮语中单一的概念空缺而必须借用汉语词汇语音的情况很多见。比如这部长歌中的“玉帝”“仙女”“太白金星”“太上老君”“阎罗”“阴殿”等，这些词所代表的概念原本在壮语中并不存在，要准确表达它们的内涵，最直接的做法是借用汉语的语音。于是，这类借词丰富了壮语词汇的同时，也增强了壮语的表现力。

然而，一些概念在壮语中本来就有传统的民族词，如“父”“母”“男”“女”就对应有 po^{6}、me^{6}、θaːi^{1}、ʔbɯːk^{7}，但歌师出于押韵或者表达上的需要，有时也借用相应的汉字汉义。比如“父”读 fou^{6}、“母”读 mu^{4}、“男”读 naːm^{2}、“女”读 naɯ^{4}，这些借词不仅给壮语带来新的词汇和语音，同时还带上时代的烙印。

《古事董永灯科》的汉借词较多，以抄本第9—16句为例，汉借词有：桃源、丧场、请、佛、传、书、状、文、墙、仰、望、瞧、灵位、动、心肠、道、立、堂、安、孝男、奠等26个字，其中“请、书、灵、位”分别出现了2次。八句共56个音节，汉借词音节30个，占比为53.6%，可见壮语之中汉借词的比例是相当高的。

《古事董永灯科》的借词很多，原因是许多高频字都是借词。出现频率最高的借词是董永的姓氏“董”字，写为“蕫”字，一共出现了160次；董永作为贯穿整个故事的主要人物，加上其儿子名字叫“董宝”，所以“蕫”字是高频字。与此相应，董永的“永”出现了146次，这也是一个高频字。仙女是故事中的女主角，故“仙”字出现的频率也很高，多达116次。“仙女”连用，“女”读 naɯ⁴，也出现了113次。抄本的开头部分仙女尚未登场，其戏份要比董永略少一些。作为反派人物，武爷的“武”出现45次。统计数据显示，武爷在歌中出现的次数相对较少。由于长歌是以相互对答的形式来吟唱，所以“答”字出现频率也相当高。“答”写为“荅”，见59次。一问一答离不开言语，“言”读 jiːn²，在歌中出现了80次；“語”读 ŋei⁴，出现了17次。“語”作为借词使用，有烘托气氛的效果，多数情况下，也可以用更通俗的 tson²（句）或 wa⁶（话）来代替 ŋei⁴（語）。tson² 用“句”来标记，出现了55次；而 wa⁶ 直接用“話”标记，仅出现了5次。

壮语中借用汉语词汇有一定的区域性，不是所有的壮语方言区都借用同样的汉借词。各地的方音不同，借词使用的领域也不尽相同，此外还受各地民众汉语水平差异等因素影响，不同地域的人所借用的汉语借词是有差异的。熟悉汉语汉文的人，使用汉借词的数量或许会更多一些，毕竟这些人可以自由地转换交际用语。像抄本里的“衣裳”“完俻”等，一般民众口中很少用到，但道公吟诵经本却很常见。从《古事董永灯科》中汉字的使用情况来观察，一些冷僻字和特殊用法的字也不时出现，说明壮族和汉族之间的文化交往交流交融的程度很深，故壮语中的汉借词显得格外丰富。

（二）壮语词汇中的壮汉民族文化交融

壮族和汉族文化的交往在壮语词汇中也有体现。比如“九”，充当数词时大多读 kou³，这应该是中古层次的读音，而抄本发音人的实际读音是 kjiːu³，这是因为受到汉语西南官话的影响，壮语声母已经从单纯的舌根音 k- 向颚化音 kj- 发展。同理，“桥”在多数壮语方言区读 kiːu²，但发音人的发音是 kjiːu²，毫无疑问，这也是受到西南官话影响产生的趋同现象，使壮语的声母发生了颚化。这种语音变化或多或少给我们留下一些语言交融的演变线索。

壮族分布广，壮语南北两大方言之下，还细分为13个土语。《古事董永灯科》流传地广西来宾市忻城县一带壮语可大致分属两大土语，以县城的城关镇为坐标，城关镇、思练镇以北等6个乡镇大体属柳江土语，城关以南的红渡镇、遂意乡、北更乡、古蓬镇、新圩乡、果遂镇等临近红水河的6个乡镇则属红水河土语。由于忻城地处两个土语交接地带，方言词汇多也在情理之中。

比如“说”在壮语中常念 nau²，记录此音的古壮字有“吽、喽、呾”等，忻城和兴宾则多用“刘”

字。在这部长歌里，“刘”一共出现了35次，义为“说、讲”。抄本里还有一个 la:ŋ^{3}也是“讲”之义，用“狼、娚”来记音，分别各出现1次。“狼”记 la:ŋ^{3}的音，是近音用字，而用“娚”来记录 la:ŋ^{3}音，则稍微复杂一些。按字形结构，“娚”从“男”字得声，与“喃”字同音。在壮语中，“喃”意为“啷哝、叨念、吟诵、低语、说”等，“娚”与“喃”为同音同义不同形，故“娚”可解释为“说”。不过，发音人此处读“娚”与抄本第383句的“狼（读 la:ŋ^3）”同音同义，故国际音标记音为 la:ŋ^3。按“男女交合则女方易受孕”，故“娚”也有可能是会意字，为“怀孕”之意。在壮语中“怀孕”有念 ra:ŋ^{3}之说，但多用于指动物怀孕，用于指人怀孕则含有贬义。用“娚”来会意表示“怀孕”，再由“怀孕”的 ra:ŋ^{3}近音来曲折表示 la:ŋ^{3}的“讲”，这种用字方式本身就说明 la:ŋ^{3}是一个方言词。因为在汉语，“娚”也是一个罕见字，为象声词，读 na:n^2，同“諵”，“喃”义。壮语多数地方表示“讲”时用中古借词读音 ka:ŋ^3。这也反证了 la:ŋ^{3}是忻城壮语的一个方言词。

又如“殿”与“嘬”两字皆读 tɯ:n^2，词义是“干活”。“殿”出现了1次，“嘬”出现了2次。从全抄本用字来看，“殿、嘬”应是“田”字的语音变异用字。壮语中 pai^1 tɯ:n^2 直译是“去田”，即“下田”，指去田间干活，故 tɯ:n^2 就引申为“干活、做工”。这是方言的借词用法。

再如“阌”，读作 ʔdɯ:k^7，“吭声”之义，见抄本第46句。“吭”应当读作 ʔdɯ:t^7 而不是 ʔdɯ:k^7，这是韵尾 -t 和 -k 发生了交替现象，这种现象就是古汉语音韵学里说的“月盍对转”。而 ɕa^3 与 ɕaŋ^3，均表示“等、等待”，则属“阴阳对转”。抄本中这些壮语词汇的音变现象一样能用古汉语的音变规律来解释，可见壮汉之间的关系非常密切，两者的历史渊源非常久远。这也是壮汉民族文化交往交流交融的明证。

还有“復”读 θok^8，义为“舔”，抄本中一共出现了4次。按音义考虑，θok^{8}应是汉语“嗍”的借词读音，义为“吮吸”。“嗍”从朔得声，今音读 suō。“朔”的中古音是“所角”切，读 ʃɔk^4，粤语今读 ʃɔk^8[1]，忻城壮语的 θok^{8}与之音近。由此可知，“嗍”是汉语词汇，本义是“吮吸”，在壮语区使用过程中引申出了“舔”义。

“烋”读 nai^5，义为“看”，按音义分析，这个字应是汉语“睨”的借词读音。不过，目前也仅在《古事董永灯科》中发现这个字，它算是一个汉借词的方言读音。这个字表明，汉语对壮语的影响是全面而且深入的，这些平常不轻易碰到的字都有借词的情况，由此推测，其他常用词有借用情况就不足为奇了。

---

① 李珍华，周长楫．汉字古今音表［M］．修订本．北京：中华书局，1999：34.

“説”读 θuːt^{7}，有“说、诉说、申说”等义项，抄本里出现了4次。按广西南宁市粤方言，“说”读 ʃyt^{7}，可以推断，这个 θuːt^{7} 当是壮语借自汉语粤方言的读音，只是壮语北部方言无撮口呼，元音 y 就变成了 u。抄本中“説”读 θuːt^{7}，应该是当地的方音。

通过《古事董永灯科》中壮语词汇的梳理研究，我们不难发现，许多汉语词汇传入壮族聚居地区后虽然或多或少发生了音变或义变，但仍保留着民族间交往交流交融的“密码”，为进一步研究民族文化交融提供丰富且鲜活的例证。

三、《古事董永灯科》所见的地方民俗文化

尽管《古事董永灯科》是基于宋话本《董永遇仙传》的再创作，可歌师不是简单原样地翻译，而是在中华经典故事的基础上融入了不少壮族的文化元素，让普通民众听起来更贴近自己的生活环境。

（一）生育习俗

在壮族神话里，天地开辟后，很长的一段时间里大地上什么生物都没有，后来大地上有了森林，还长出了一朵非常奇特的花。花开之后，里边诞生出一个女人，这个女人便是人类的始祖姆六甲［me^{6}rok^{8}ɕaːk^{7}］。姆六甲看见大地上没有人烟，冷冷清清，于是就捏土造人，从此天下方有了人类①。姆六甲主管赐花送子之事，被奉为花婆神。由于花婆是从花里长出来的，而且人类也是她捏土造出来的，后世就视她为人类的始祖，同时也奉她为妇女儿童的保护神。按照壮族的民间信仰观念，婴儿是花婆花园里的花朵，白花是男孩，红花是女孩。花婆把花送给谁家，谁家就有婴儿降生。在红水河中段一带，成家许久尚未有子嗣的夫妻，他们会很虔诚地供奉花婆神位，向花婆祈愿。在壮语北部方言区，花婆叫 ja^{6}ko^{1}wa^{1}，ja^{6} 是“婆婆”，ko^{1} 是“棵”，wa^{1} 即“花”。花婆也叫 me^{6}pu^{2}，me^{6} 是“母”，pu^{2} 是“婆婆”，直译是老奶奶级的母亲，即最年长的母亲。一般人家有了孩子，都会在卧室内便于供奉处安置一束花并摆上一个香炉，作为花婆的神位，图省事的人家直接把一节竹筒绑到床腿当神位。逢年过节往往用一个簸箕摆上祭品，插上香，在床头供奉。一些虔诚的妇女，得到外婆赠送给外孙的食物时，也会加热后拿到床头供奉花婆。所以，花婆也叫 ja^{6}ka^{1}ʔboːn^{5}。ka^{1} 是“腿”，ʔboːn^{5} 是“床”，连起来是“床腿婆婆”之义。

就壮族神话传说而言，初始的花婆只是从花中诞生的造物主。后来道教传入壮族聚居地区，神话中的“三霄”便渐渐与花婆形象重叠到一起。比如广西南宁市马山县白山镇一带做丧事道场，到

① 蓝鸿恩. 神弓宝剑［M］. 北京：中国民间文艺出版社，1985：1—2.

棺头踩花灯环节要唱《转花巫文》，文中就有“雲霄奷妳头”（云霄大外婆），“碧霄奷妳二”（碧霄二外婆），“琼霄奷妳三”（琼霄三外婆）之句。相传，“三霄”之中的大婆婆云霄专职种花和看护花朵；二婆婆碧霄负责送花朵到人间有福缘的人家；三婆婆琼霄则负责监护那些被送往人间的花朵。若谁家不善待花朵；三婆婆琼霄就把花给掐了收回花山，于是那家的小孩就夭折。这三姐妹居住在鳌山大庙，享受凡间的香火祭祀，还掌管人们的命运、福禄和婚姻。故花婆又有 pu²wuːŋ²（花王婆婆）、θaːm¹lau²θiŋ⁵mu⁴（三楼圣母）之称。

笔者推断，壮族师公经书的“三霄”变成“花婆、花王”，应当是受到明朝小说家许仲琳编的《封神演义》的影响。许仲琳的《封神演义》大约成书于明代的隆庆至万历年间。书中的云霄、碧霄和琼霄三姐妹在道教神话中被封为感应随世三仙姑，地位尊崇。她们不仅掌管三界生育，负责所有生命的诞生，还被供奉在鸿钧老祖紫霄宫的父母殿里，象征孝道的重要性。此外，“三霄”娘娘在道教中被视为扶持婚姻、保佑夫妻和家庭幸福的女神。“三霄”有此身份，加上道教是中国原生宗教，受历代皇帝看重，其社会地位尊崇。道教文化进入壮族聚居地区之后，与师公、麽公所代表的壮族巫师文化相互融合，“三霄”逐渐替代原来敬奉的花婆，花婆便由造物主的尊崇位置跌落为主管具体事务的女神。

（二）婚嫁习俗

花婆掌管生育，而普通民众要缔结婚姻才能养儿育女，所以在壮族民间信仰里，花婆顺理成章管起了人间男女的姻缘，于是花婆被当成媒神来敬奉。抄本第895句写道“托生花山斗主定”（托生花山来注定），意思是，一个人投生到哪家，有怎么样的姻缘，在出世前就全都由花山上的花婆决定。

作为媒神，花婆不论是一位或三位，其职能和信仰内涵跟中原地区信奉的媒神皆有相似的地方，同时也存在明显的差异。这种差异也相应体现在人们对媒人的态度上。在广西，汉语俗语有“不做中，不做保，不做媒人三样好”。做中间人、担保人都要承担相应的责任，做媒人也如此，既然要做媒人，那就得对联姻的男女双方负责，要确保婚姻双方人品及各方面情况的真实性，而不是靠能说会道来促成双方。但在实际生活里，专职做媒的人往往会因其油嘴滑舌而口碑不佳。尤其是婚后生活不如意的人，对帮其做媒的媒人更是怨声不断。过去壮族聚居地区民众民风淳朴，缔结姻缘的男女双方多是靠歌圩场上对歌及参加各种公众活动而相识。双方产生好感后才找信得过的人来充当媒人，为双方牵线搭桥。壮族传统观念认为，已婚妇女一生至少要为三对年轻人做媒促成婚事，否则去世后不能顺利通过 kiːu²luːŋ²（铜桥，类似汉语的“奈何桥”）。因此，壮族已婚妇女都把替年轻人做媒视为一件积阴德、修阴功的重要事情来对待。

壮族的青年男女经媒人撮合后，双方约会，待感情逐渐加深至情投意合后，便托媒人两边来回走动传话。过去壮族聚居地区歌圩之风盛行，男女青年利用歌圩交往结识自己的心上人，一些不了解壮族婚姻习俗的文人以为壮族男女之间可以私订终身，其实不然，男女青年可以自由恋爱，但要成家多半还得双方父母来拍板。男方有彩礼，女方有嫁妆，且经过正式的婚姻仪式，这才算是明媒正娶。

一般而言，壮族男女青年双方情投意合，男方家长会请媒人前往女方家求要女方的生辰八字，壮语称 ʔau^{1} θaɯ^{1}miŋ^{6}（要命书）。过去民间认为生辰八字承载一个人的命运，故称之为“命书”。男女青年的命书相合，家长才会允诺这桩婚事。接下来男方家长要请媒人下定礼，壮语说是roŋ^{2} tiŋ^{6}（下定），即男方家备上糖、烟、酒及一些肉类，让媒人前往女方家商议彩礼多少、婚宴如何操办等。议定之后，媒人将女方家的要求转告男方家长。接着就是送六礼（θoŋ^{5} lok^{8}lai^{4}），含烟、酒、饼、糖、茶、盐等，正式宣告两家缔结姻亲。送六礼的同时，大致约定举办婚宴迎娶新人的吉日，由男方家选择两三个相隔不久的吉日回报女方家。待双方取得一致意见后，男方家长会依照约定送来彩礼，并商定迎娶之日要送给女方家的酒、肉、饼、糖等礼品的数量。这些事情都需要媒人跑前跑后张罗。而送彩礼时男方家一定要让有话事权的长辈跟亲家面谈，以示尊重，女方家则设宴接待。宴毕，女方家主拿来一只项鸡（未产蛋的雌鸡），把姑娘的生辰八字写在一张红纸上，再用一根红绳把写有女方生辰八字的红纸缚在鸡背上，表示由这只鸡把姑娘的“命书”驮到夫家去。① 故抄本第581—582句说：“嫁女以眉扶度命，無人通引难團圓”（嫁女还需驮命人，无人通引难团圆）。“通引”即“做媒”，可见媒人的重要性。

一场婚事下来，给媒人的酬金皆可随主家的心意或按当地的情况来酌情而定，但谢礼必须含一个猪头。媒人将猪头带回家后，要放到花婆神位前供奉，以求日后得到花婆的照应。因为这一民俗，所以给人做媒又叫 kɯːt^{8} kjau^{3}mou^{1}，义为“扛猪头”。

在《古事董永灯科》中，董永前往武爷家为佣的途中遇到仙女，仙女自荐要嫁给董永，一道帮佣还债。但董永自卑且畏惧人言，于是仙女告诉董永，她是玉帝的女儿，是奉天庭的指派才到下界来跟董永结姻缘的（抄本第507、508句），两人结成夫妻，有天鸟迎娶（抄本第516、517句），有树

① 此为红水河中段部分地区的壮族民俗，系广西天峨县文化局退休的老局长罗仁德先生于1999年告知笔者。

为媒（抄本第584、586、593、594句等），这是符合婚俗礼节的，不要害怕世俗的流言蜚语；而且两人是自愿成婚，不怕有人来找事（抄本第518句）。

（三）丧葬习俗

除了婚俗，《古事董永灯科》也展现了壮族聚居地区的丧葬风俗。董永在歌中被塑造成壮族聚居地区破除吃人肉陋习的第一人，同时也是卖身换钱以买棺木收殓母亲尸体，举办道场、为母亲守孝，并做法事追悼、超度母亲亡灵的第一人。因此他被视为大孝子，受到天庭的表彰且派仙女下凡来帮助还债。这部长歌是清光绪年间抄写，此时的壮族聚居地区文化教育均有发展，壮族民众早已不是茹毛饮血的蒙昧人，之所以把董永故事置于蛮荒环境来叙述，目的是以他的孝迹来打动民心，彰显丧场各种仪式来由的正当性与必要性。

儒家思想的核心是仁孝，强调晚辈要孝敬长辈，尊卑有序。人们把善待父母老人，给他们养老送终视为一种天经地义的人生责任。由于全民皆存这种思想道德意识，所以很容易接受儒家的仁孝观念。在历史发展的长河中，以儒学为代表的中华优秀传统文化对加强我国各民族的思想共识、社会稳定发展、维护国家统一等方面起着重要作用。道教思想的核心是灵魂不灭，故要修仙羽化飞升，长生不老。这与壮族的祖先崇拜、万物有灵思想契合。壮族的花婆信仰认为人是花婆花园里的花朵，花婆把花朵送给谁家，谁家就有婴儿降生。大明山周边的壮族老人常说人死后有三魂：一魂回归花婆的花园，修行好后可再转世重生；一魂回归 haɯ^{1}rok^{8}ham^{6}（夜鸟圩），是为祖宗灵魂安息之地而永存；一魂则回归家中的祖宗神龛，享受祭祀，庇佑家宅安宁和儿孙安康。由于壮族民众的这些思想观念、道德意识跟儒、道、佛思想有相似之处，壮族民众对此三者的核心思想兼收并蓄，壮族道公的科仪经本杂糅着儒、道、佛的思想以及壮族本身的花婆信仰等。这也是壮汉文化交流之后而产生的特殊民间习俗。

《古事董永灯科》除了展现“仁孝”思想，对与丧葬相关的其他方面习俗也有所反映。比如抄本第139—140句的“董永见父生重病，便用青枝插门墙”，“青枝”指可喂牛羊或做绿肥的植物嫩枝叶，壮语称之为 fot^{8}。在壮族聚居地区，人们认为青茅、艾草、菖蒲、黄皮树和柚树等的嫩枝叶的气味可以驱邪，故接触不干净的物件，或参与操办丧事（收殓尸体、抬棺等），回来后要用上述植物煮水洗手或洗澡，以驱逐邪气。妇女坐月子，通常也将这些植物插在门框边上，一是驱邪，二是婉拒生客登门。家中有人久病不愈，也会在门边插上这些植物，以祈求病人能恢复健康。这跟端午节在门边插菖蒲、香茅、艾叶的用意相同。

又如抄本第338句，说房族兄弟“来跟董永守丧场”。这个“守丧场”就是“守灵、守孝”。在红水河中段的忻城、马山等地，老人过世一般要停灵两个晚上，孝男孝女在老人大殓之后就不再出门，而是在灵柩旁守孝。房族的堂兄弟姐妹、姑姑家的表兄弟姐妹以及外甥们都来一起守灵，给逝者上香，并随仪式的进程，不时随道公、师公做各种绕棺祭拜等法事。[①]《古事董永灯科》的抄写年代是清代光绪年间，其中反映的应是明清时期的社会生活，而非董永所处的汉代时期壮族聚居地区的生活实景。然而，这些习俗有不少至今还在壮族聚居的部分地方传承着。

特别值得关注的是，抄本题目里的“灯科”就是“送灯仪式”，指送灯给亡灵的法事。壮族民众有一句很流行的俗语：ɕin^{1}ɕik^7 tau^3 θoŋ^5 taŋ^1, naːŋ^2 laŋ^1 tau^3 fuŋ^1 fai^4（亲戚来送灯，娘舅来封棺）。前一句是说，老人过世，房族兄弟以及外嫁的女儿等各方亲戚在举办仪式时要来送灯，表示给“前往阴府”的亡灵照明开路。后一句是说，家中的老人过世，一定要恭候母亲的娘家人（舅舅或表兄弟）来检视尸体后才能入棺大殓。其意一是让他们看看亲人的最后一面，二是观察自己的姐姐或姐夫是否为受到虐待而亡。特别是后面一种情况，假如过往曾有外甥虐待父母老人的传言，舅舅就会在丧场上发飙，大出难题来惩罚这些不孝子孙。可见简单的一个“灯”字，在此抄本里就蕴含着如此丰富的中华传统文化内涵。作为一部长歌，其中反映的民俗文化是十分值得重视的。

---

① 蒙元耀．生生不息的传承：孝与壮族行孝歌之研究［M］．北京：民族出版社，2010：21—43.

《古士董永灯一卷》

抄本来源于广西壮族自治区来宾市忻城县城关镇弄洪村加现屯，为清光绪三十一年（1905年）石道戢所抄，绵纸，毛装，楷体，墨书。页面高24厘米，宽20.5厘米。全书41页(含封面、内封、封底、正文、空白页)，半页8行，每行14或20字。保存基本完好。抄本今藏于广西壮族自治区少数民族古籍保护研究中心。

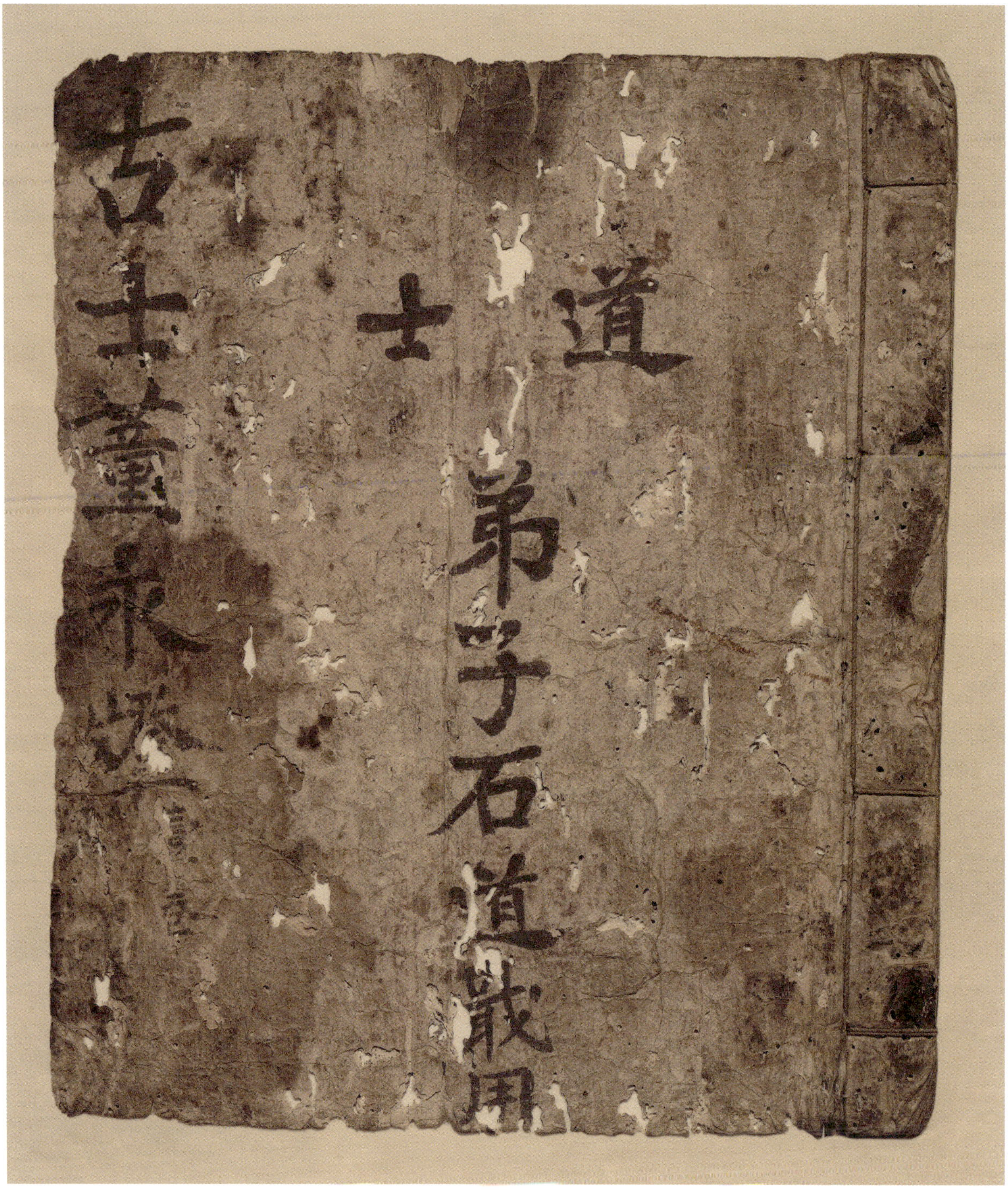
道士
弟子石道戩用
古士董永娄

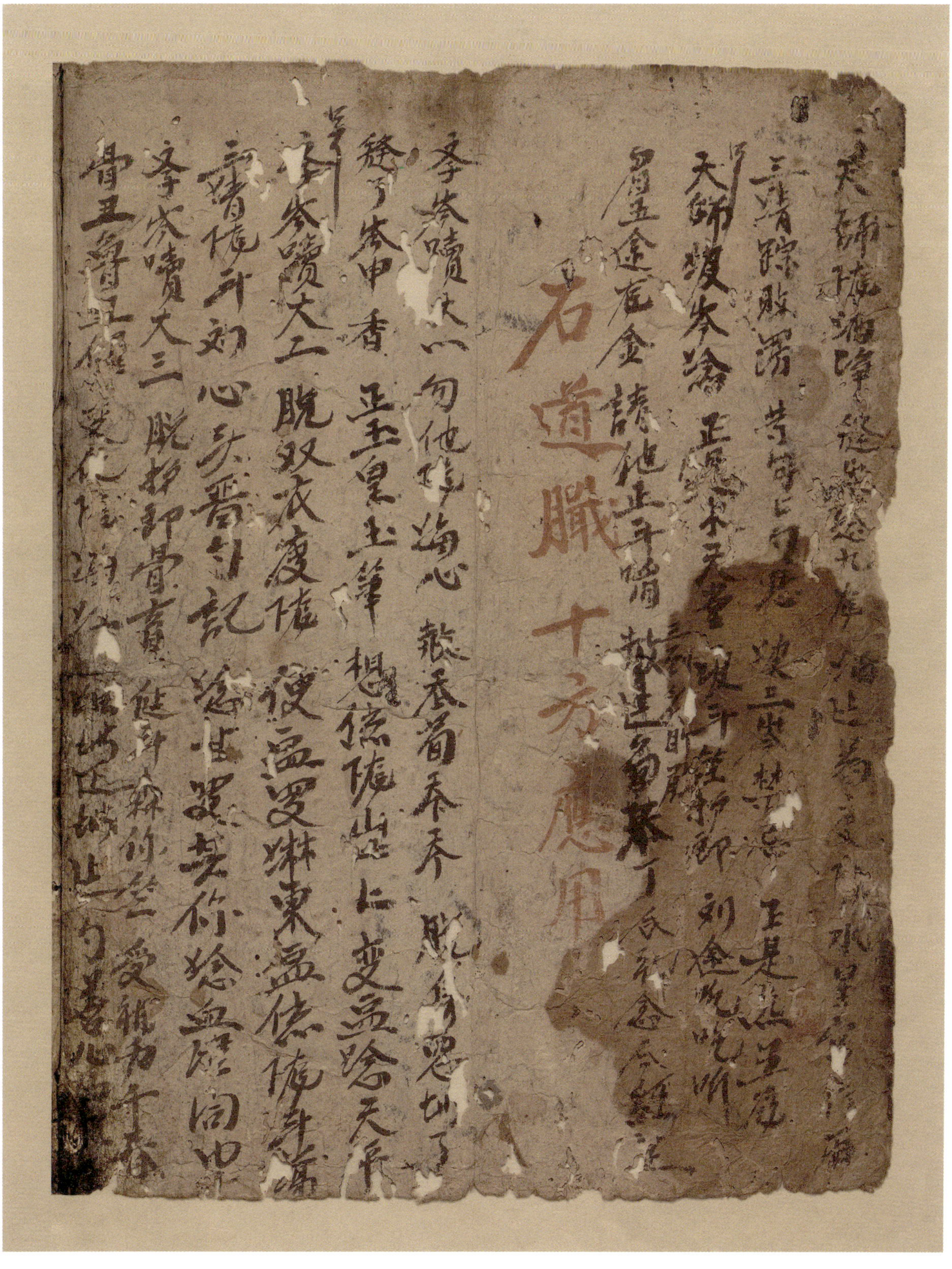
右道職十方應用

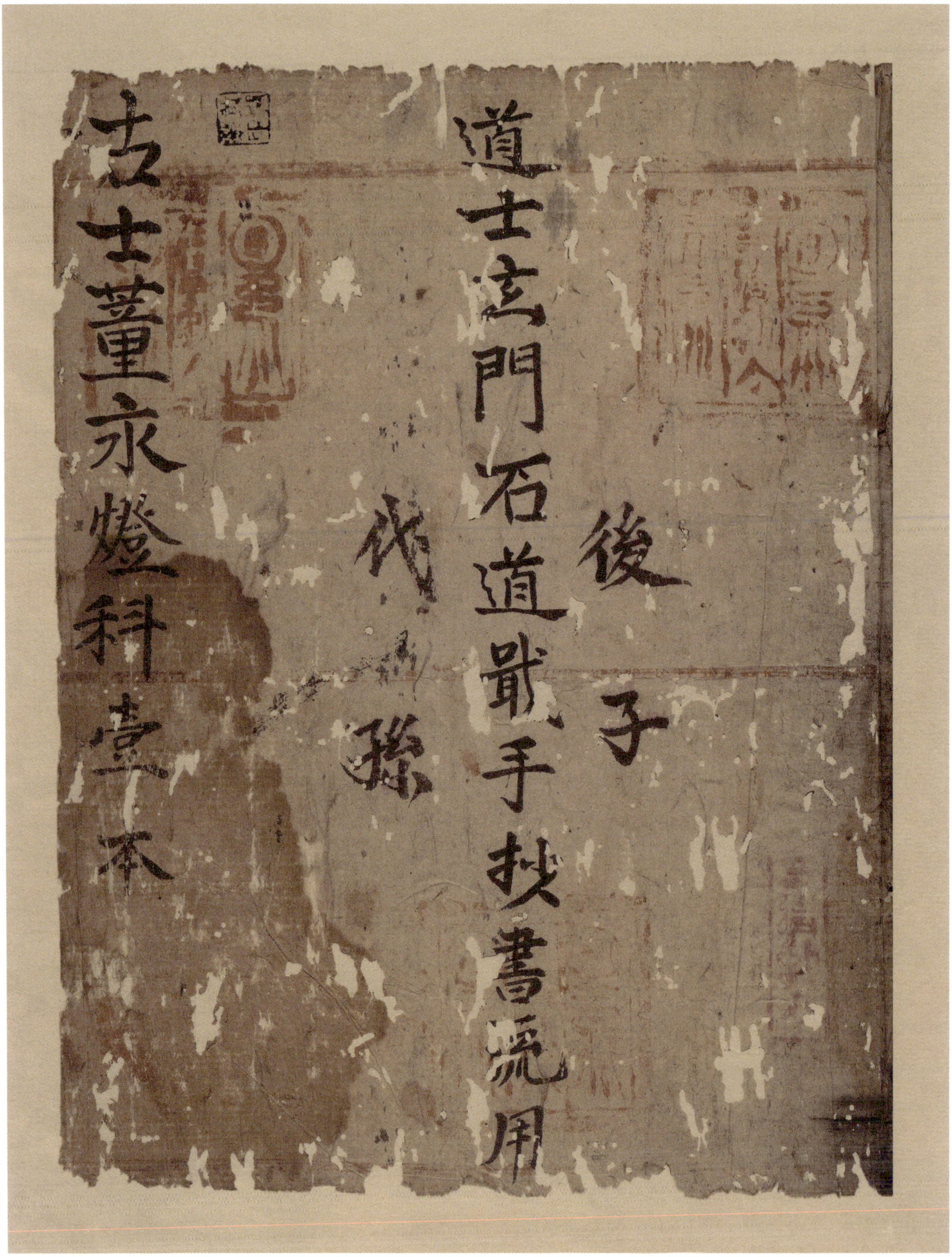
道士玄門石道貳手抄書覌用
後子
代孫
古士董永燈科壹本

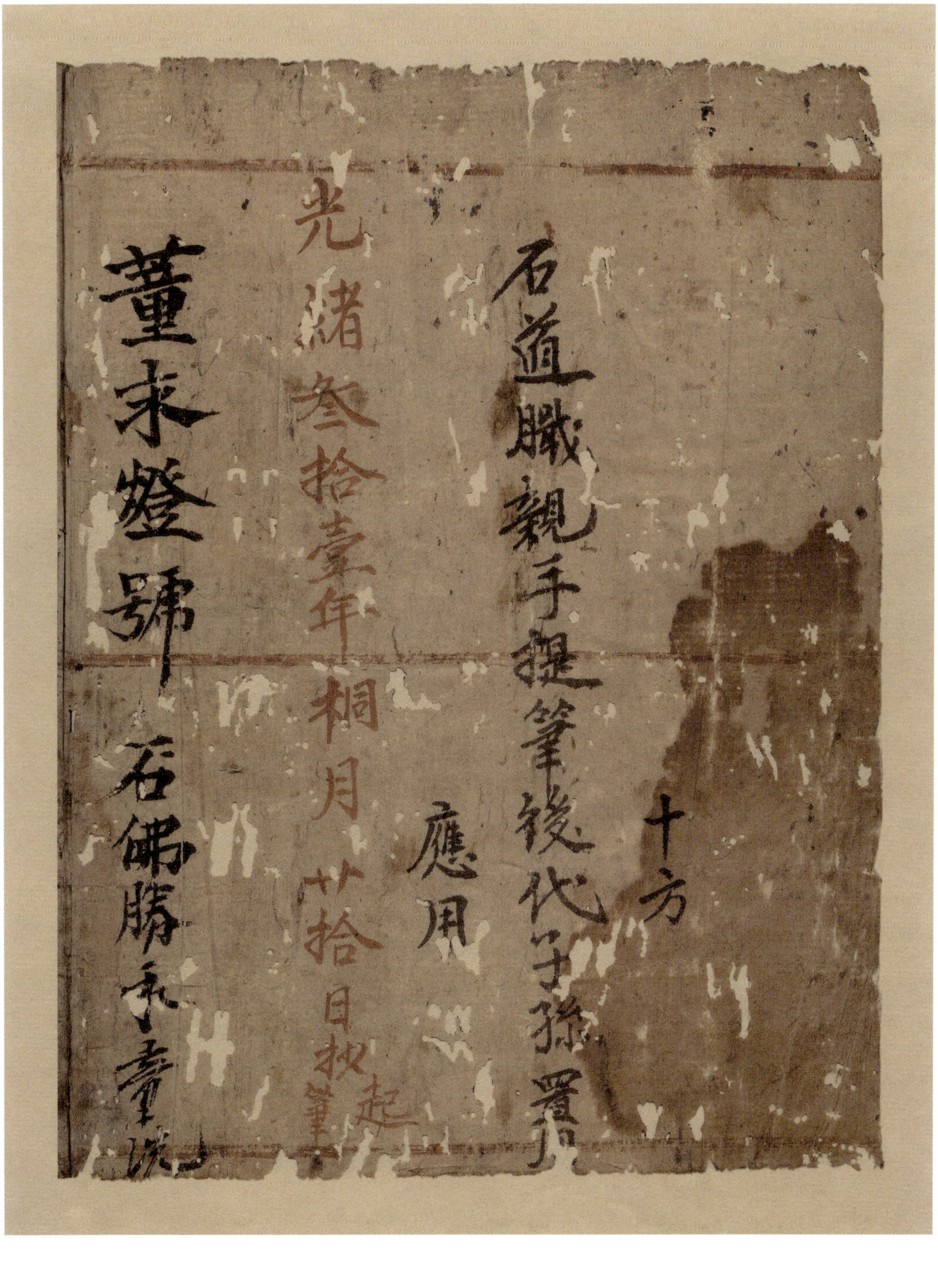
十方
石道職親手提筆後代子孫置
應用
光緒叁拾壹年桐月廿拾日秋筆起
董來燈歸
石佛勝乘壹流

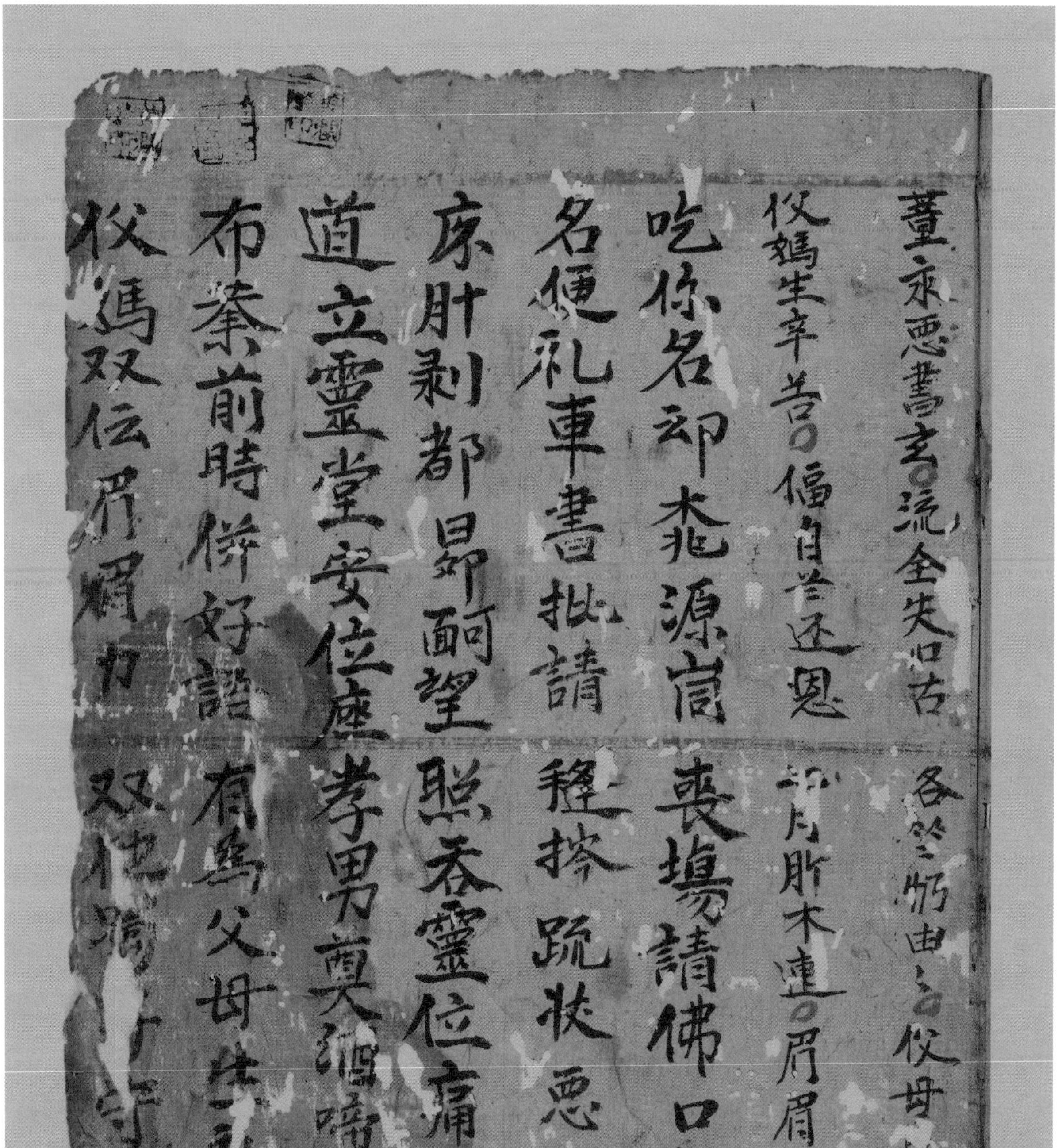
董永悪書玄○流全失口古　各竺㑆由々仪母々黄々泉
仪媽生辛苦○偏自竺还恩　介月肵木連○屑屑钱任奴
吃你名卲䄠源宫　喪塲請佛口批全
名便礼車書批請　𨀣搽跪状悪全言
床肘剥都昴酮望　聡吞靈位痛心膜
道立靈堂安位座　孝男奠々滷啼双々
布桊前時併好諧　有爲父母生礼佳
仪媽双伝屑娟力　双也嗚々守空房

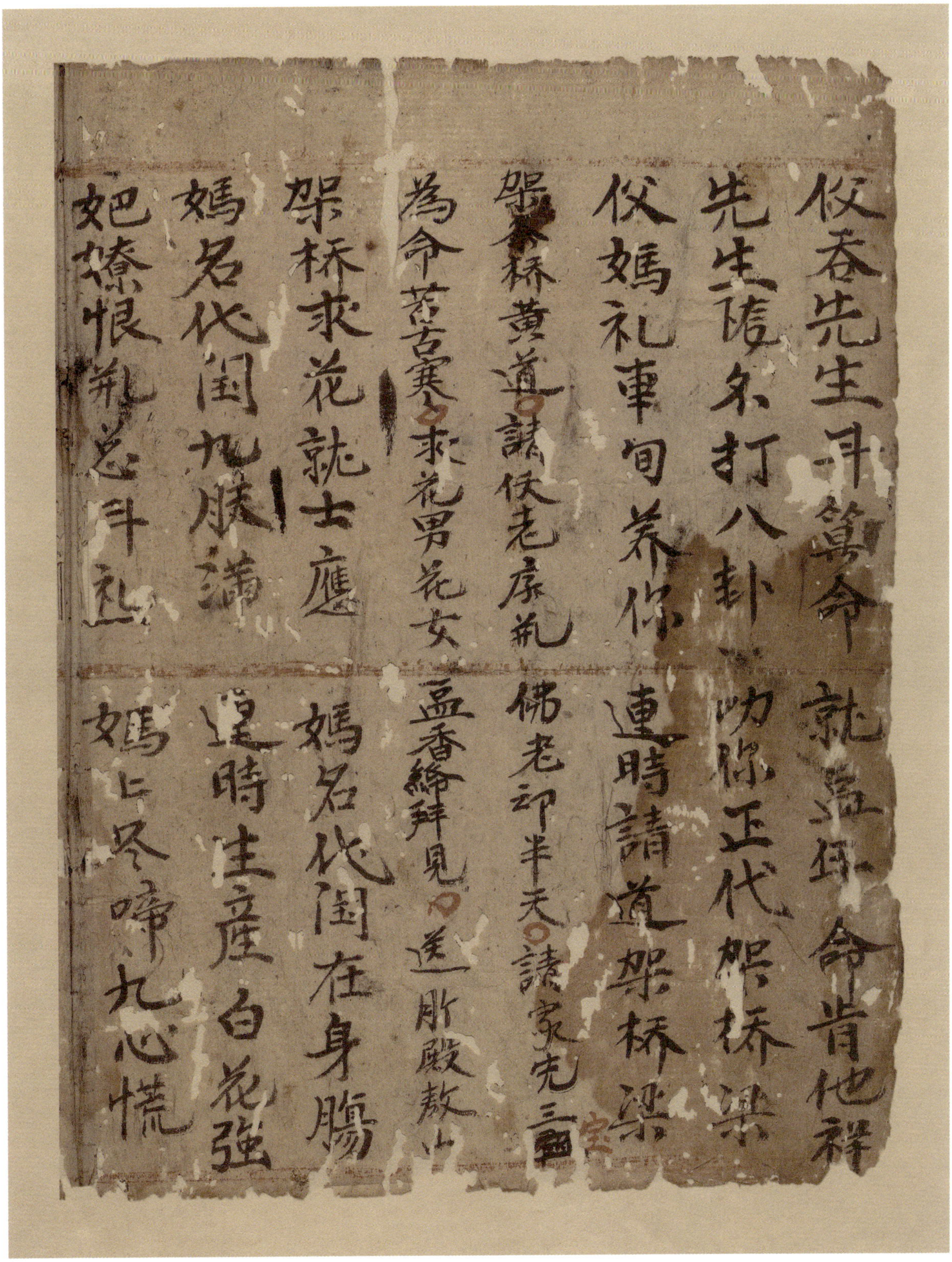
仪吞先生斗篡命 就盈[illegible]命肯他祥
先生佬尔打八卦 叻你正代架桥梁
仪媽礼車旬养你 連時請道架桥梁
架[illegible]桥黄道〇請佚老彦乱 佛老卯半天〇請家先三宝
為命茗古寒〇求花男花女 盂香締拜見〇送 肵殿赦山
架桥求花就士應 媽名代国在身腸
媽名代国九朕满 是時生産白花強
妃撩恨乱总斗礼 媽〻冬啼九心慌

仪名百𨄟笑河々　俚礼叻你抆祖宗
仪媽巾噂放。除㡰丈本身　二月無柱了。偉啈亘途斫
扶文病急心。叻尾嗔旧奋　里内旧通吊。記社庙途陰
命殺父名岂批買　里媽旧嗊守家墙
里媽旧嗊家便苦　荞尔計較荞尔𨑨
双收媽叻斋同相　批𣎴仪好養悭𦍋
同乞浪悭悪批殿　隔㡰朕媽守家常
乞能浪懐悪批殿　又吞媽𦍋㤵力𦍋

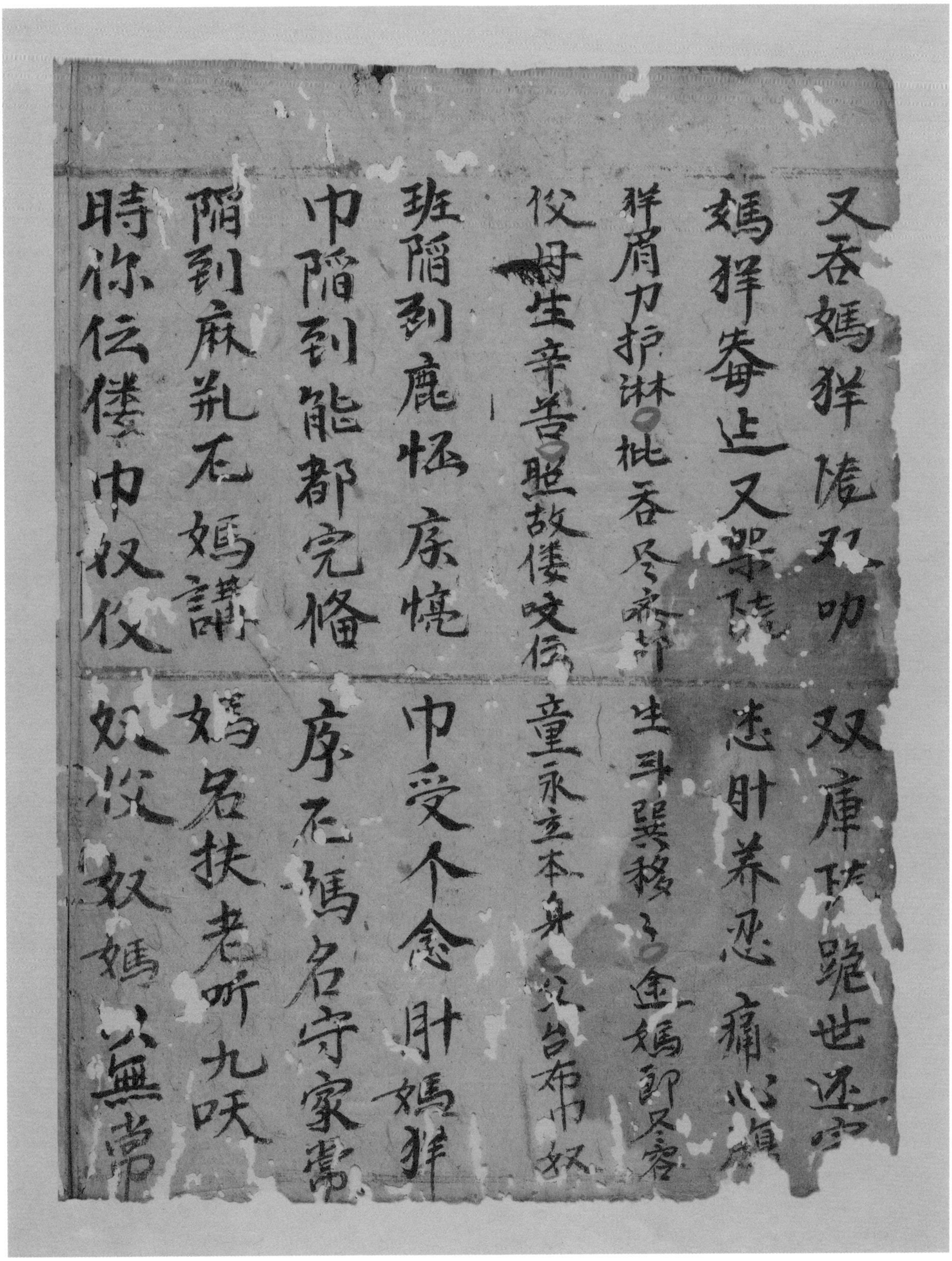
又吞媽㸦倦双叻 双庫䏏跪世逐宀
媽㸦毒歨又哭陵 迭肝莾恐痛心傾
㸦屑力护淋枇吞尽稀垀 生斗巽移了途媽郎只客
佽母生辛苦慇故倭吱伝 童永立本身兊台布巾奴
班陌到鹿㤢庝憁 巾受个念肝媽㸦
巾陌到能都完㑃 序不媽名守家當
陌到麻乱不媽講 媽名扶老听九吠
時你伝倭巾奴佽 奴佽奴媽無常

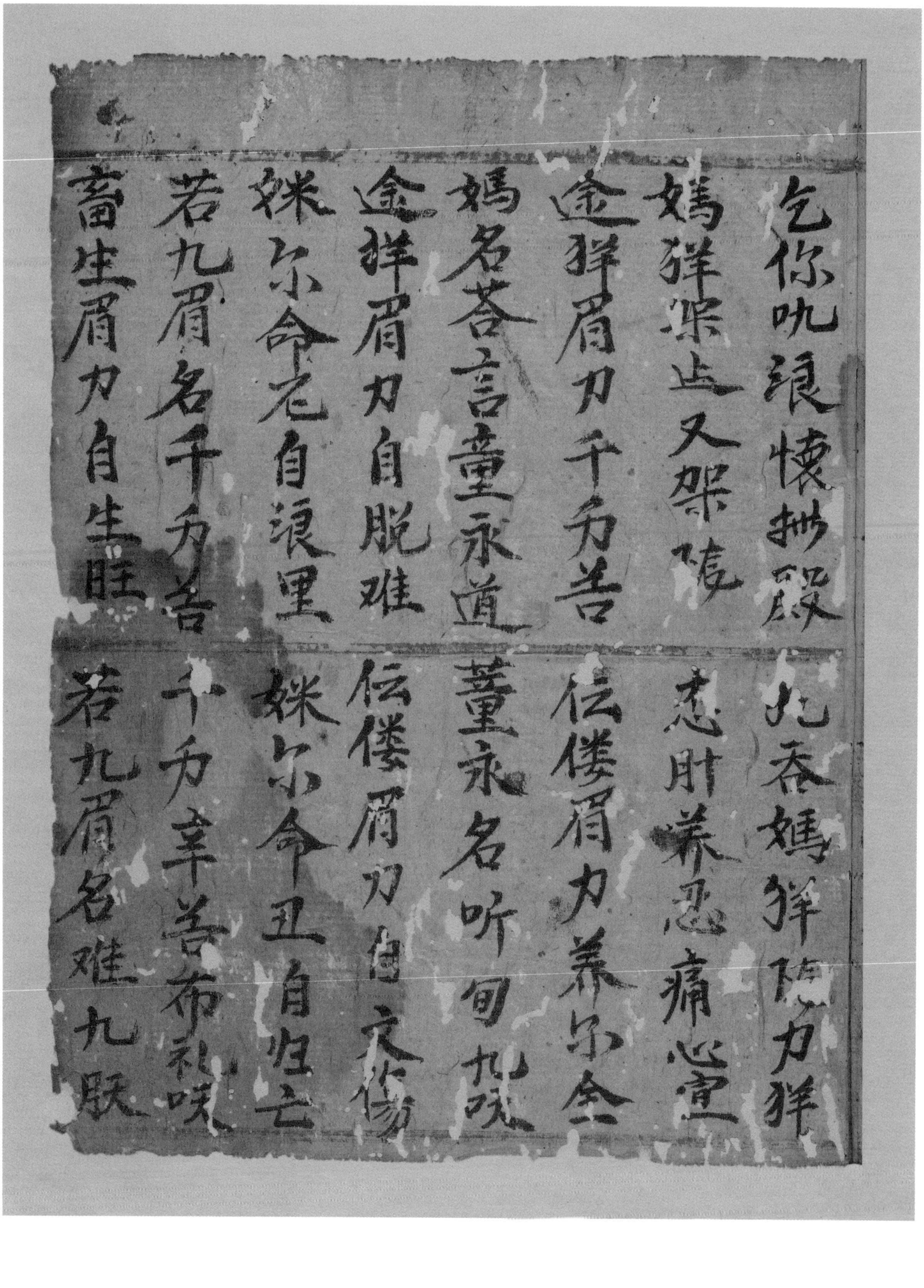

乞你叽浪懷抛殿　九吞媽伴佬力伴
媽伴㮯歨又架佬　恣肘养忍痛心寛
途伴眉刀千刅善　伝偻眉力养尔全
媽名荅言童永道　董永名听旬九咲
途伴眉刀自脱难　伝偻眉刀自文伤
姝尔命花自浪里　姝尔命丑自归亡
若九眉名千刅善　千刅辛善布礼咲
畜生眉力自生旺　若九眉名难九朕

滿〻包泰十个月生名生〻潮見血腦
祀撩限乱总斗礼迯妹〻尽長〻心荒
奴除奴懷九〻以忌奴鏷乜芭黟布礼巾
守礼滿月冬里氣过四十二白團回
肩礼肤〻三吞𠀧訃六月𠀧荳又𠀧頭
媽肩力辛𠀧𠮿〇聪故僕文忙力尔𠀧要䂓〇自界欺仗𩈘
勤礼九肤淋〇媽十分𢙇〻惊泿力尔𦬑里〇自腰仗𩕳
里内立初碍又𩆝若是𠀧菁媽九来

里内布曾㕭要㞞　勺噂埊去媽坐淋
除六月到用昜　又劳十二月淋良
眉吞三卑吞㕭亘　教派教坎又劳傷
太老斗肘尽里氣　答里非士有劳寃
仪自為天媽為地　力尔㕭理自眉緑
力尔生成布㕭理　欺天欺地布受元
董永礼車旬养你　恋肘仪媽大善連
董永直心行孝一　暗々乙々在心傷

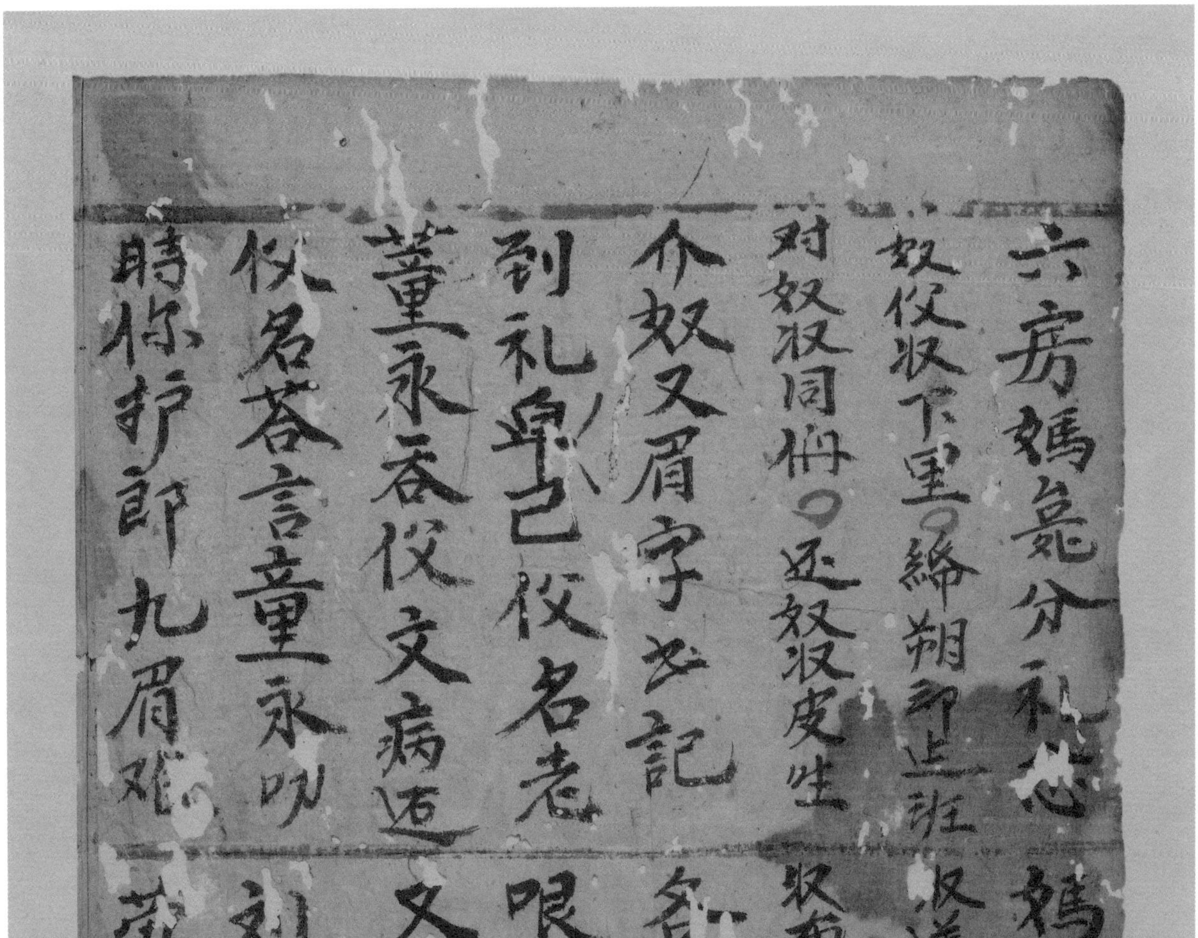
六房媽堯分礼忠 媽𡚸麻猎鄉上班
奴仪报下里○緜翔鄉上班 报送奴斗九○筆儁盆古已
对奴报同俩○还奴报度生 报布斗你蹈○九以送肘乱
介奴又眉字盆記 吝立古里鄉上班
到礼阜己仪名恙 哏之病近在高床
董永吞仪文病近 文益佈蔿揮都塢
仪名吝言童永叨 刘名童永所九呋
時你护郎九眉难 常兰大限今归亡

時你乳僂家辛苦　㐌借乳倻𡀾哩錢
董永礼車旬养恶　就苓埁悄恶都隝
批肘吳家乳家舅　麻咒麻内喽宽々
倻便門𨛗恶斗𬊈　聪吞董永口都壚
批肘护乳倻名陥　董永头闽屑床迈
董永荅言倻古倻　名倻下听剥九矢
時你伩九文病迈　乳苔屑糖又屑錢
伩九吽九斗你借　借銘㐌倻𧊅哩錢

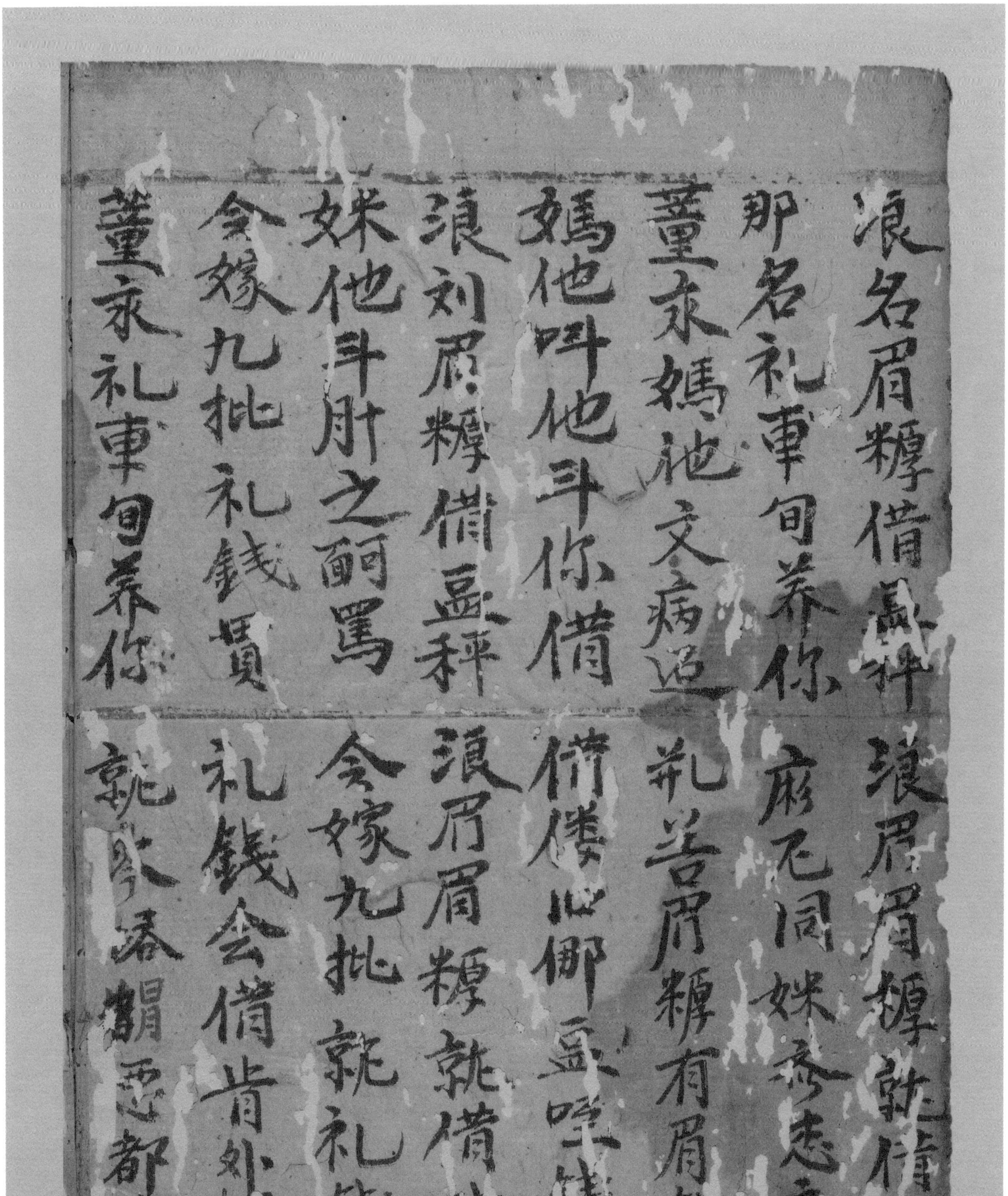

浪名眉糯借畾秤 浪眉眉糯就借錢
那名礼車旬养你 麻乏同妹齐志良
董衣嫣祂文病过 乳善眉糯有眉錢
嫣他吽他斗你借 借偻心伽畾哼錢
浪刘眉糯借畾秤 浪眉眉糯就借錢
妹他斗肘之酮罵 会嫁九批就礼錢
会嫁九批礼錢貫 礼錢会借背外
董衣礼車旬养你 就大吞蜎恶都借

15

卻路志良名芭佟　志肝六命心尽宣
各想借錢〻用礼　到廊恨媽佟双〻
媽便荅言力曰叻　叻九佟逗為养尔
董永荅言媽曰媽　媽名扶老听九咲
批借乱㑋肎礼糎　拗借乱㑋肎礼錢
吴家乱㑋斗肯借　妹他亘話布直錢
妹他吽他除批嫁　礼錢会借肯外锡
借他盃錢到用無　害他公紅右谷繳

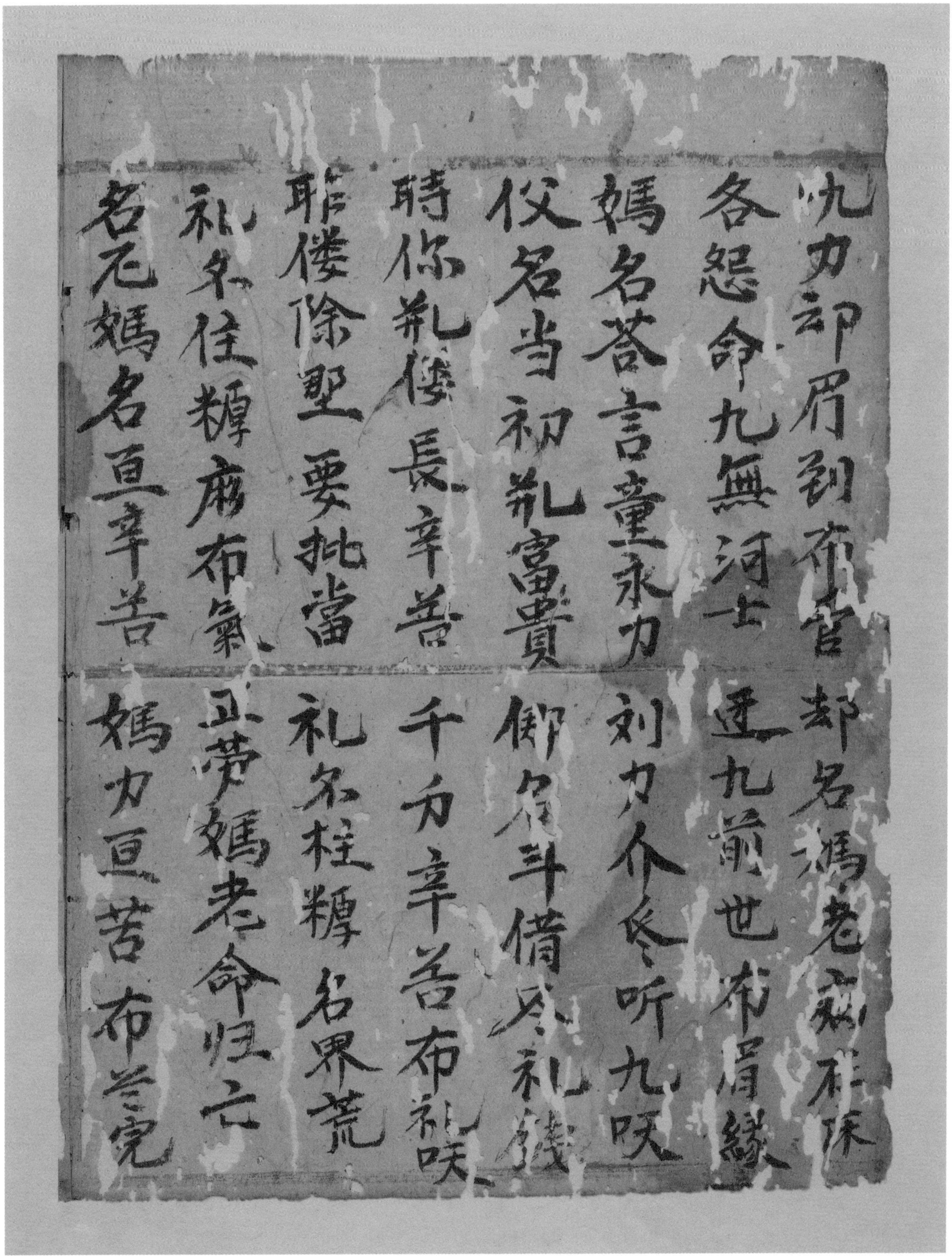
吼力初屑到布官邦名媽老麻㭊床
各怨命九無河士逕九前世布肖緣
媽名荅言童永力刘力介冬听九吠
佼名当初乳富貴御名斗借尽礼錢
時你乳傒長辛苦千力辛苦布乳咲
那傒除聖要批當礼名柱糖名界荒
礼名住糖廊布氣丑苦媽老命归亡
名花媽名亘辛苦媽力亘苦布苦完

媽叻亘善布兰冬　各怨條命你善連

媽名芌名氣冬絶　連時禁口布礼咊

董永有吞媽斷氣　淰叐的詨佳双了

正句閙哢伝又兰　芇盂奴仪名培房

童永媽𡰯伝布兰　又盀扡鎖鎖都擋

名鎖剥都斗完僫　童永悪落扤想良

志良媽台𠃵辛善　肙錢往糐廚佈裒

𠃵善肙錢又肙𫢎　傌厺悪落扽皆郎

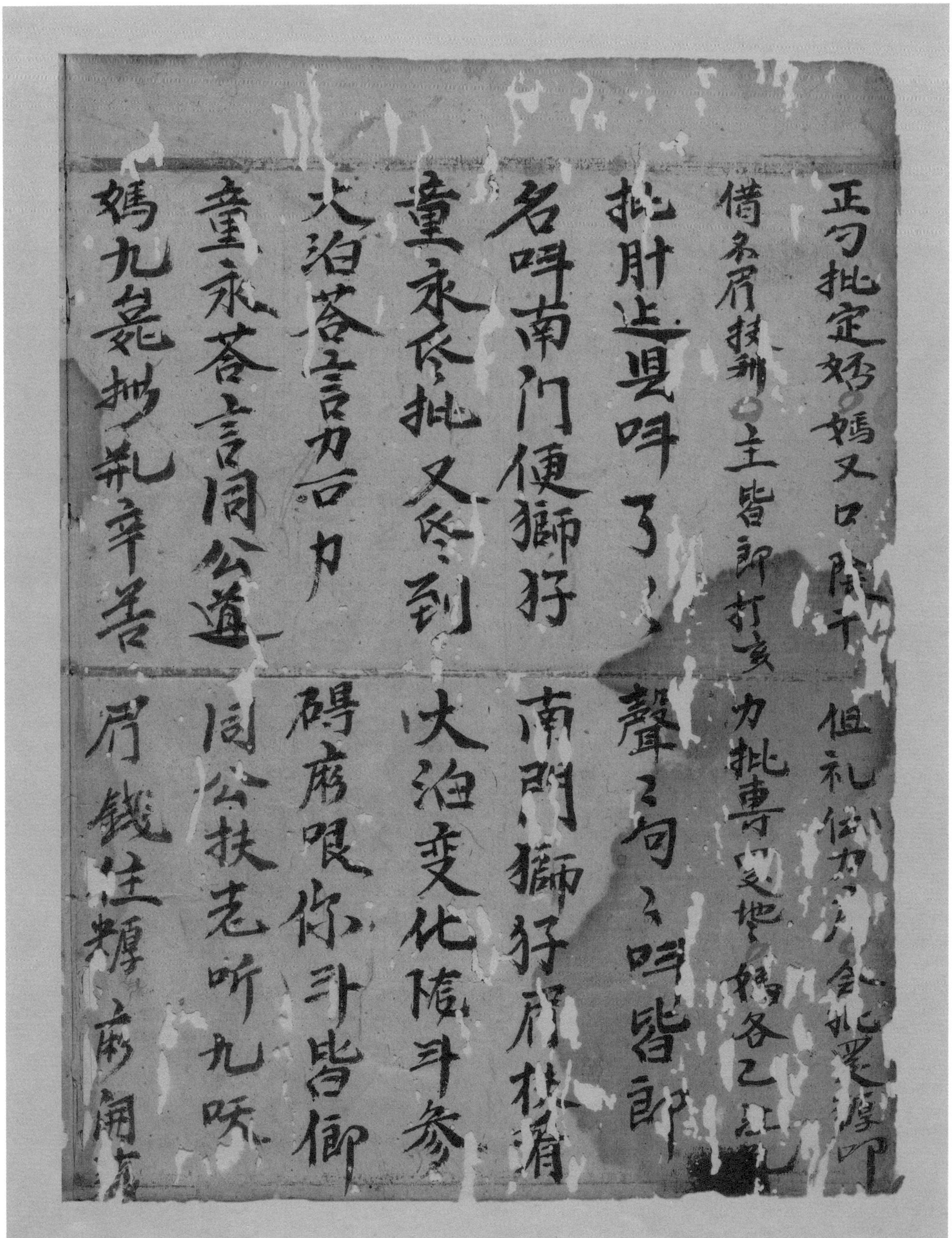
正勹批定嫁○媽又口陇下 伹礼伝力乃金批罡渡叩
借名府扶辦○主皆郎圤亥力批専史地○媽各乙乙乱
批肘迮咀吗了々聲々句々吗皆郎
名吗南门便獅狞南門獅狞府林循
童永佟批又佟到大泊变化隨斗参
大泊荅言力口力碍麻哏你斗皆御
童永荅言同公道同公扶老听九呋
媽九㲋拋乱辛苦府錢佳糖麻開袁

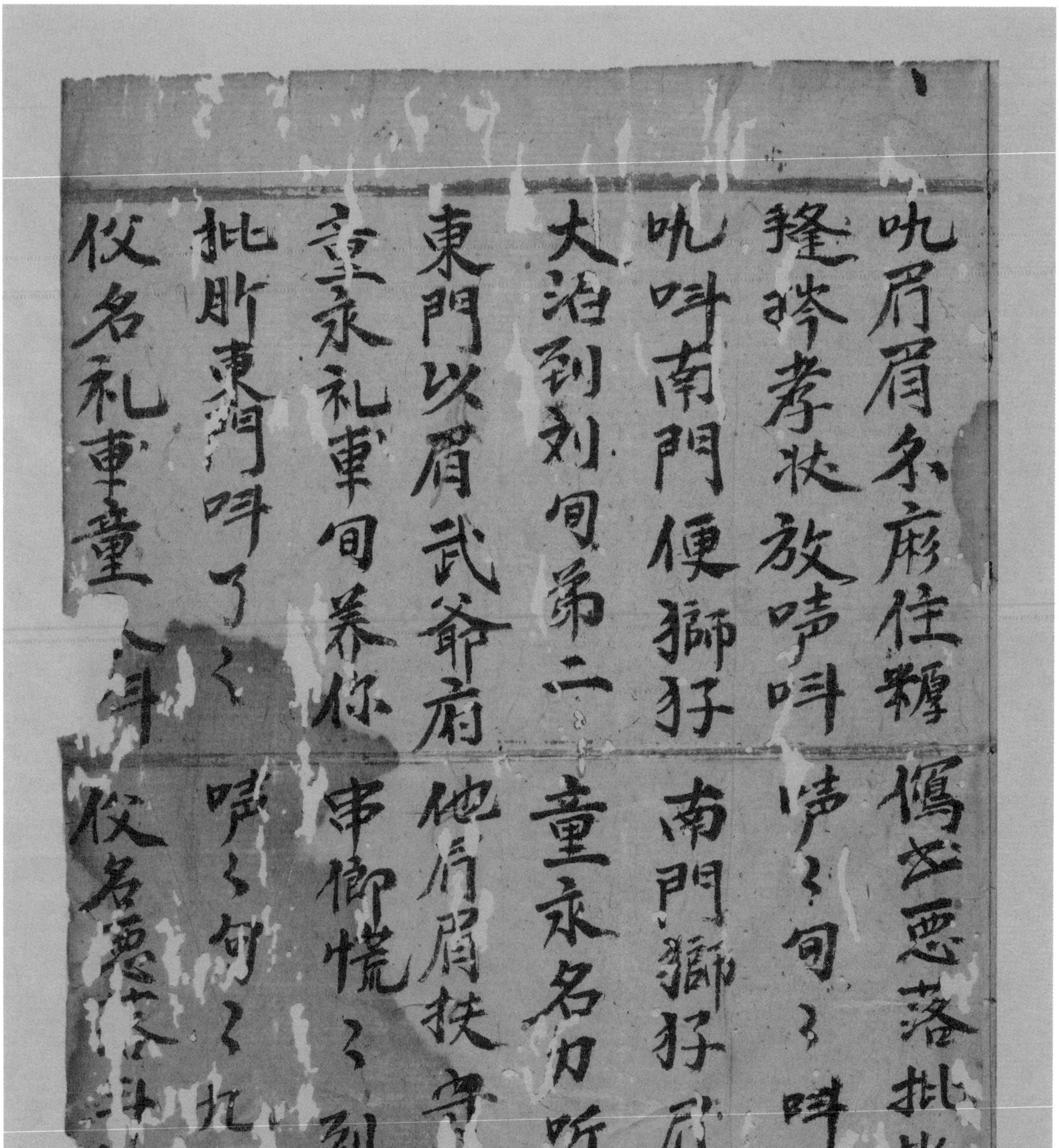
吮肩眉氽彨住糎 偶出恶落批皆御
逄琀孝状放啨呌 啨々句々呌皆御
吮呌南門便獅孖 南門獅孖肩扶肴
大淊到刘句弟二 童永名刀听九吠
東門以眉武爺府 他肩眉扶守堂
童永礼車句萘你 串御慌々到東門
批肵東洞呌了々 啨々句々九攺卬
仪名礼車童人呌 仪名恶苓升就参

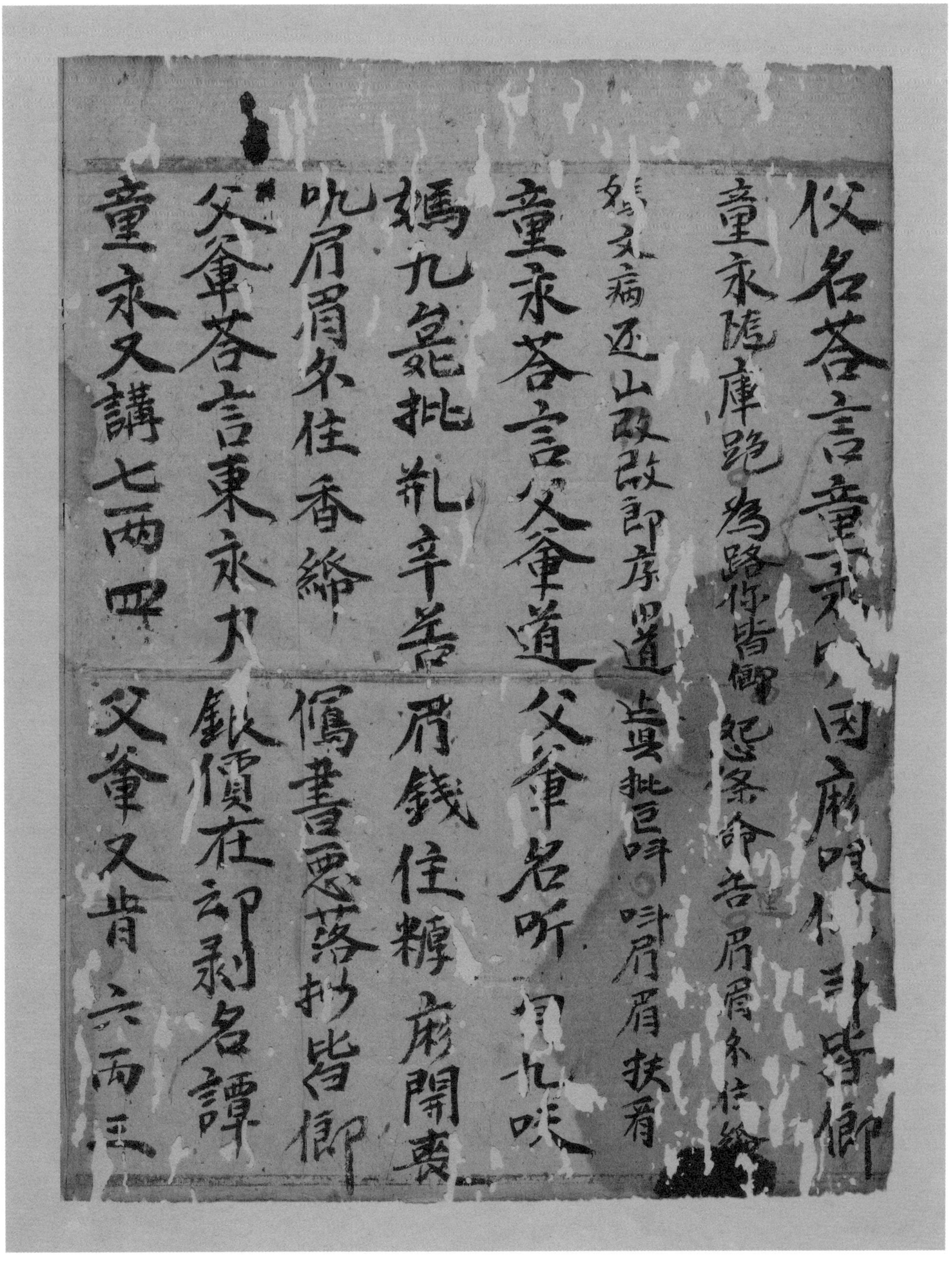
仪名答言童求因麻哏个叶皆御
童求陁庫跪為路作皆御怨条命吾肩肩糸佶絲
婺文痛还山政跂郎孱嘼道盅批巨吘吋肩眉扶肴
童求答言父爺道父爺名听肩九咲
媽九嵬批乱辛喜肩銭住糖麻開喪
吼肩肩糸住香絲傌書悪落抄皆御
父爺答言東求丸銀價在部剥名譚
童求又講七兩四父爺又背六兩五

受孝公房岀门刹 筭七両二銀價御
㔶筆卜鴰厺旬分所 慌乱来往等名岦
枚河肩眉仰名罢 草馬肩眉仰名當
江哏盃汶 又盃念 江陷磨稕肵三重
盃良岀门利 蒼完四両淋 請道丑闹天 迈以敬天地
筭利七両艮 改御孝絲老 吽鴰書未賣 右大布文伝
桂礼腈吞都完降 㾓里請道一彫闹号
董永盃逢渡點咨 盃錢柞粇床沂夾

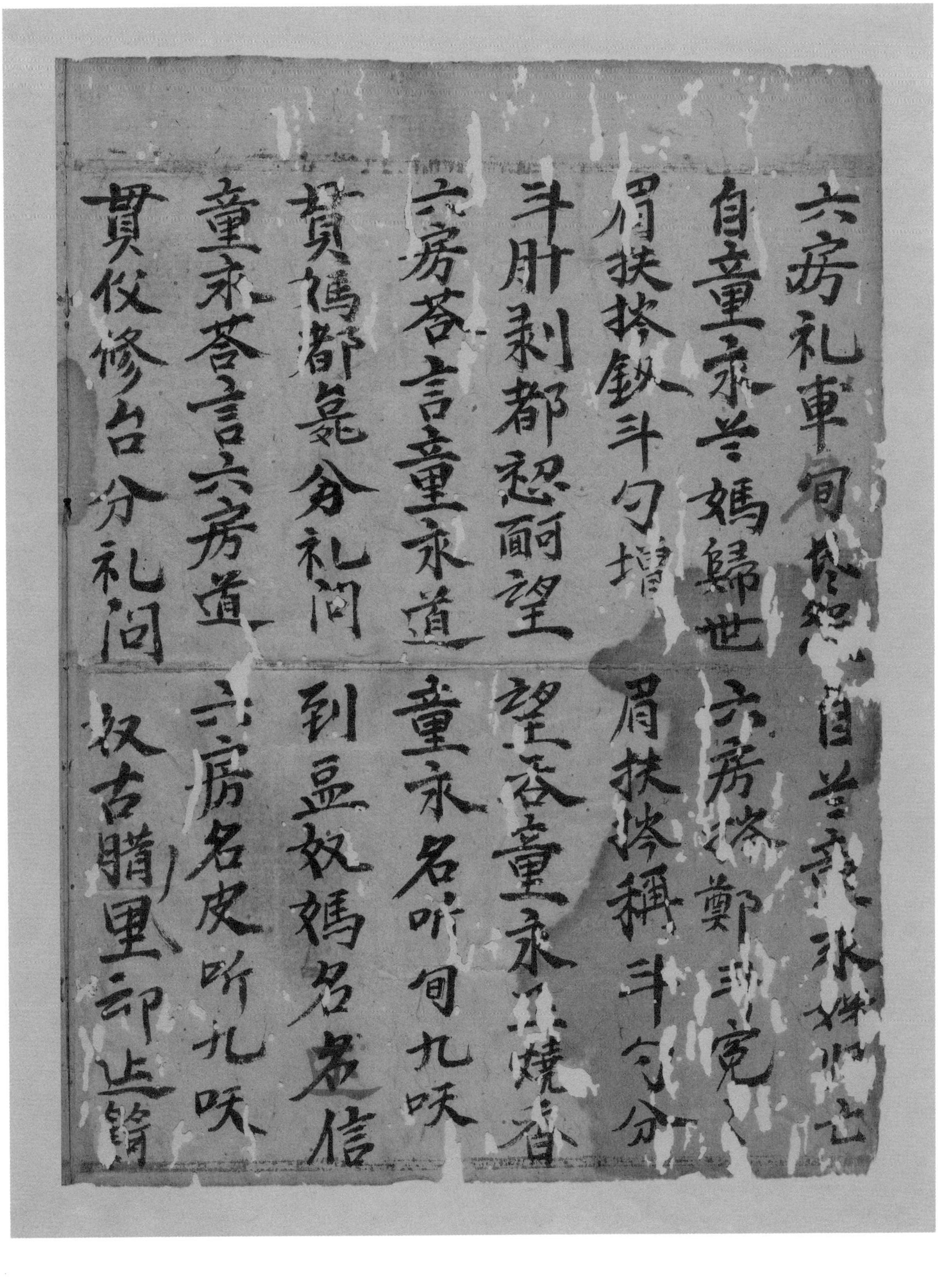
六房礼車句㐂知　首竺衣汖姝化亡
自童来竺媽歸世　六房㳄鄭[illegible]完
眉扶㳄鈥斗勺增　眉扶㳄稱斗勺分
斗肝剥都超副望　望吝童来[illegible]燒首
六房吝言童来道　童来名听句九呋
貫偽都㒬分礼问　到㞢奴媽名君信
童来吝言六房道　六房名皮听九呋
貫仪修台分礼问　奴古腊里部㞢篇

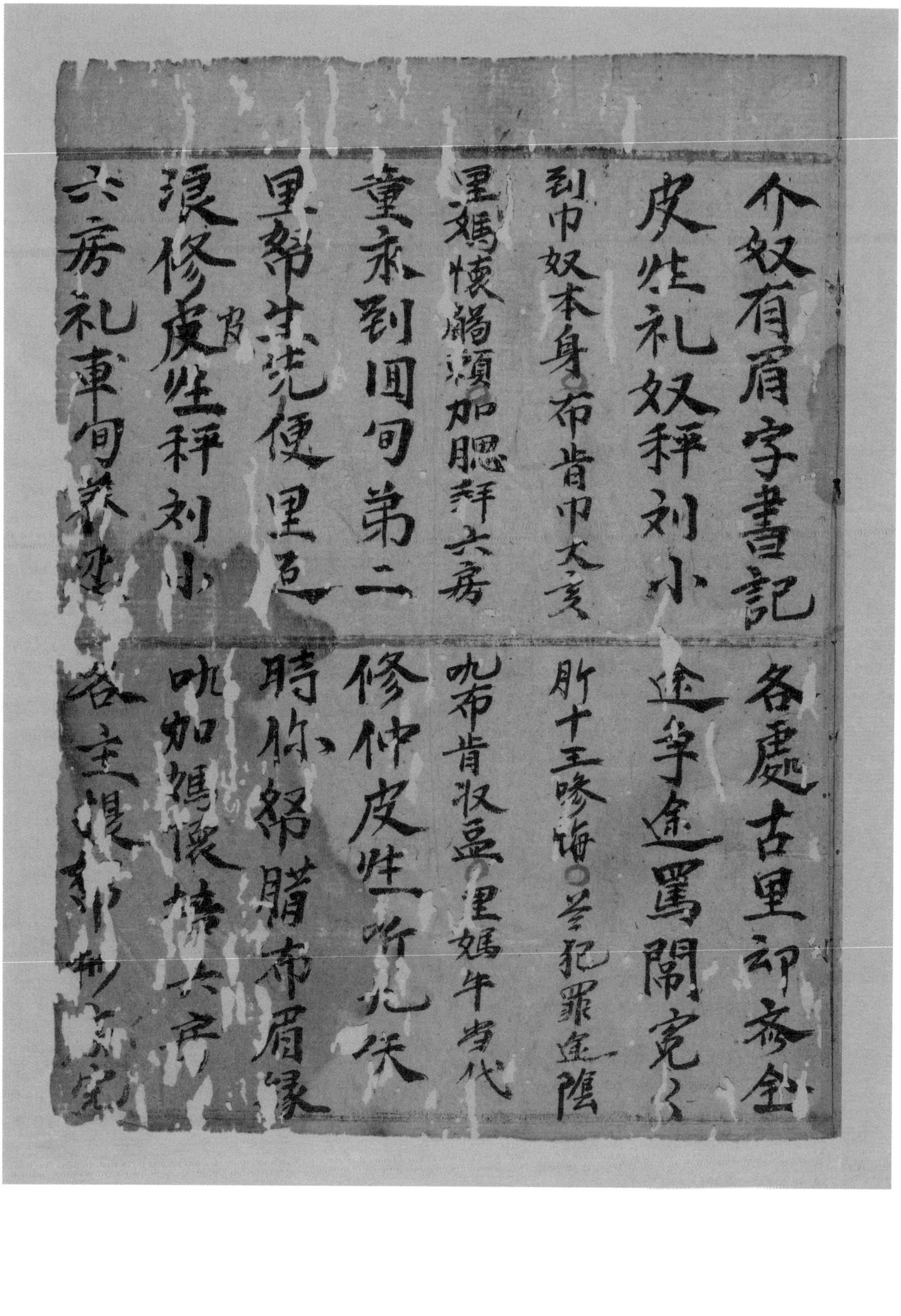

介奴有眉字書記　各處古里初斋金
皮炷礼奴秤刘小　途争途罵闇寃々
到巾奴本身○布背巾大亥　肝十王哆悔○咢犯罪途隂
里媽懐䏁頻○加腮拜六房　叱布背收益○里媽午当代
童永到囬句第二　修仲皮炷听兄伏
里爺甘兆便里亙　時你絽腊布眉緣
狼修皮炷秤刘小　叱加媽懐婧六房
六房礼車句众必　各主𥇁卸卸宗

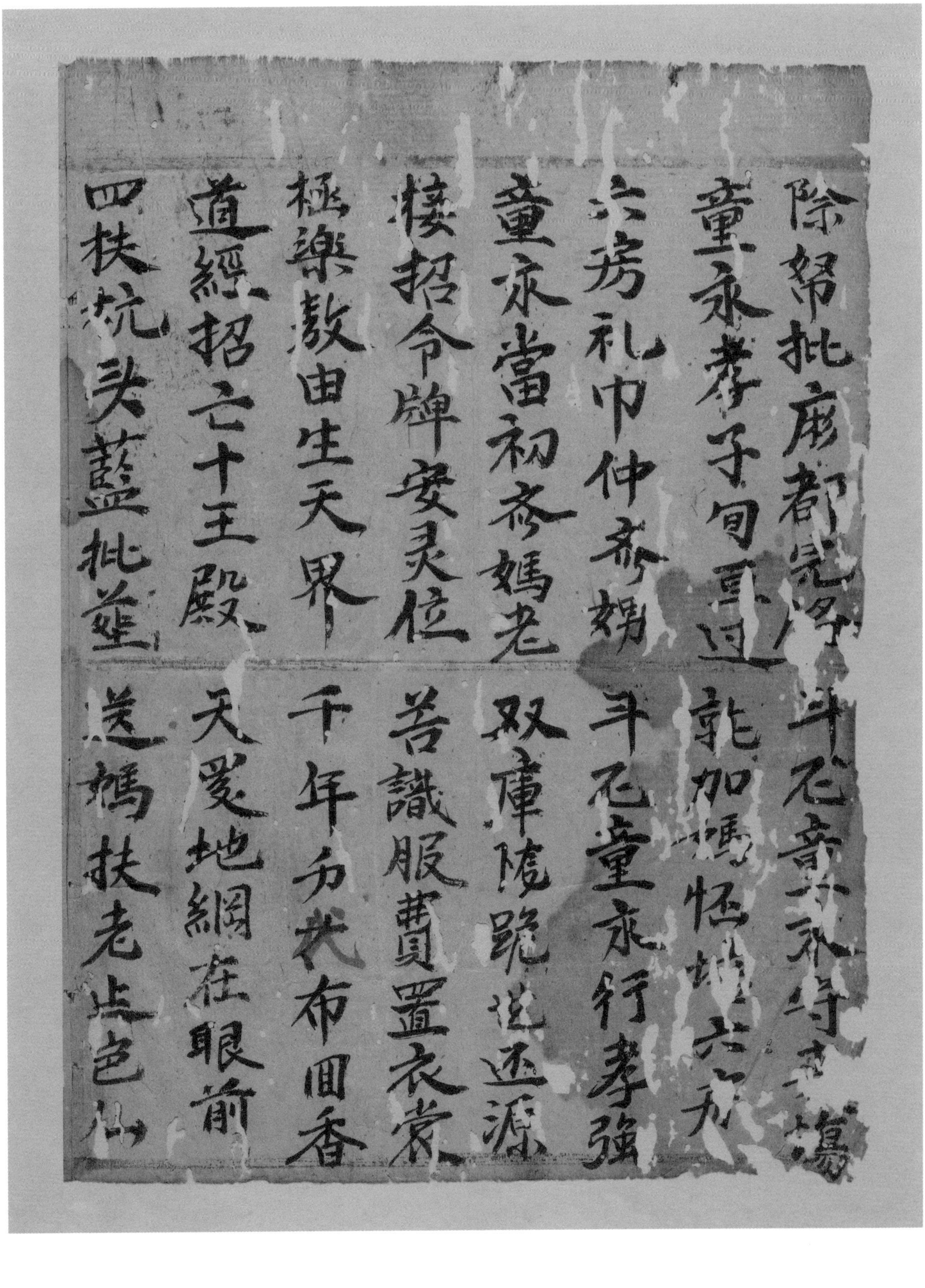

除帑批厖都晃冬　斗乙音亦付亭鳥
童永孝子旬亘过　乾加媽恆娘六方
六房礼巾仲亦娣　斗乙童永行孝強
童永當初亦媽老　双庫隨跪送還源
樓招令牌安灵位　善識服黄置衣裳
極樂敫由生天界　千年万代布回香
道經招亡十王殿　天覆地綱在眼前
四扶坑头藍批筵　送媽扶老上邑山

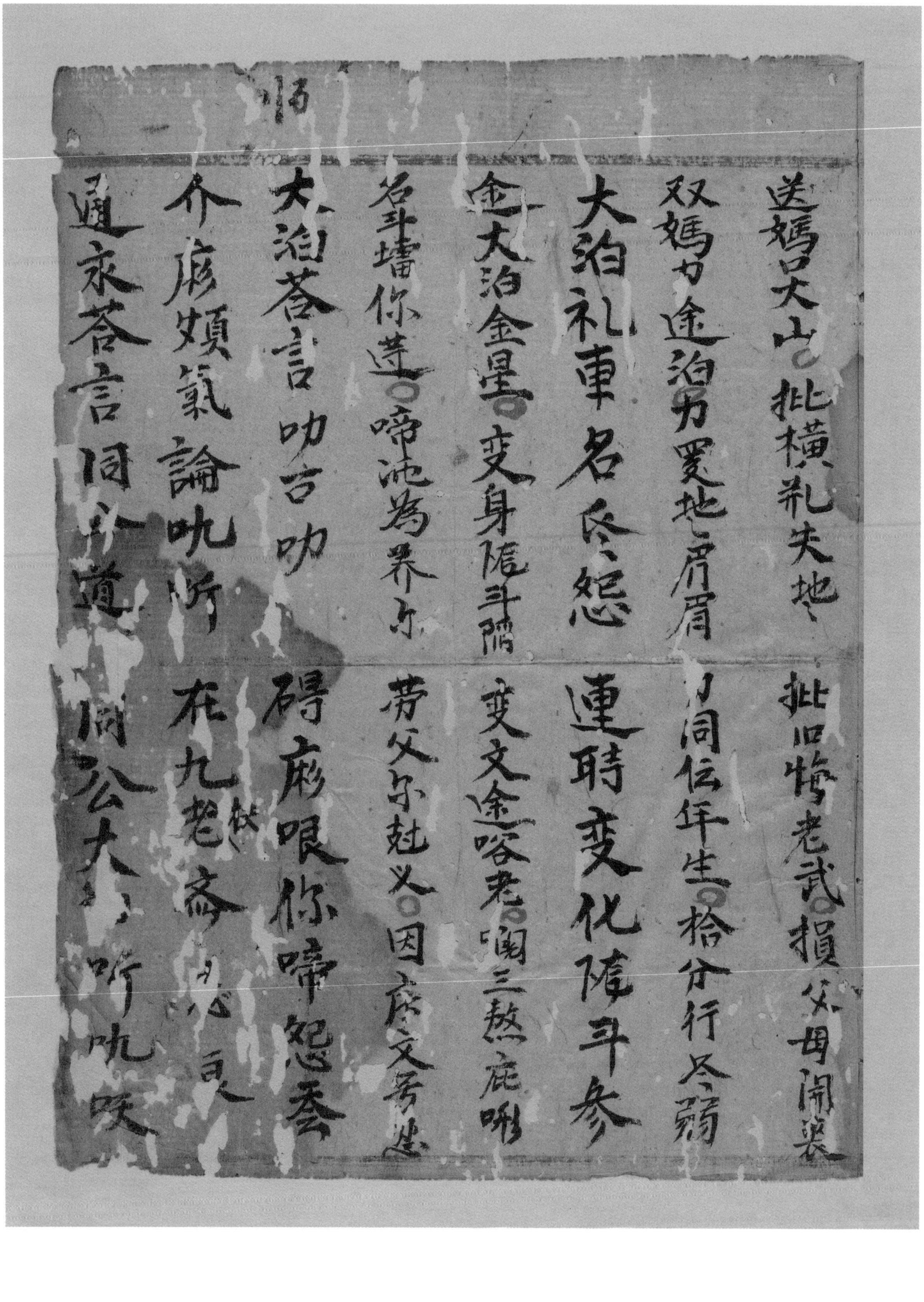

43

送媽口大山。批横礼失地丶批口悔老武。損父母閙裂

双媽力途泊力罢地屑屑力同伝年生。给分行尽蹄

大泊礼車名辰怨連聃变化陪斗参

金大泊金星。变身陪斗陪变文途咯老。陶三熬鹿咧

名斗墙你进。啼沌爲界斤靑父尔赴义。因庅文旁迭

大泊荅言叻古叻碍庅哏你啼怨吞

介庅傾氣論吭听在九老斋乃良

通永荅言同斗道同公大丶听吭吠

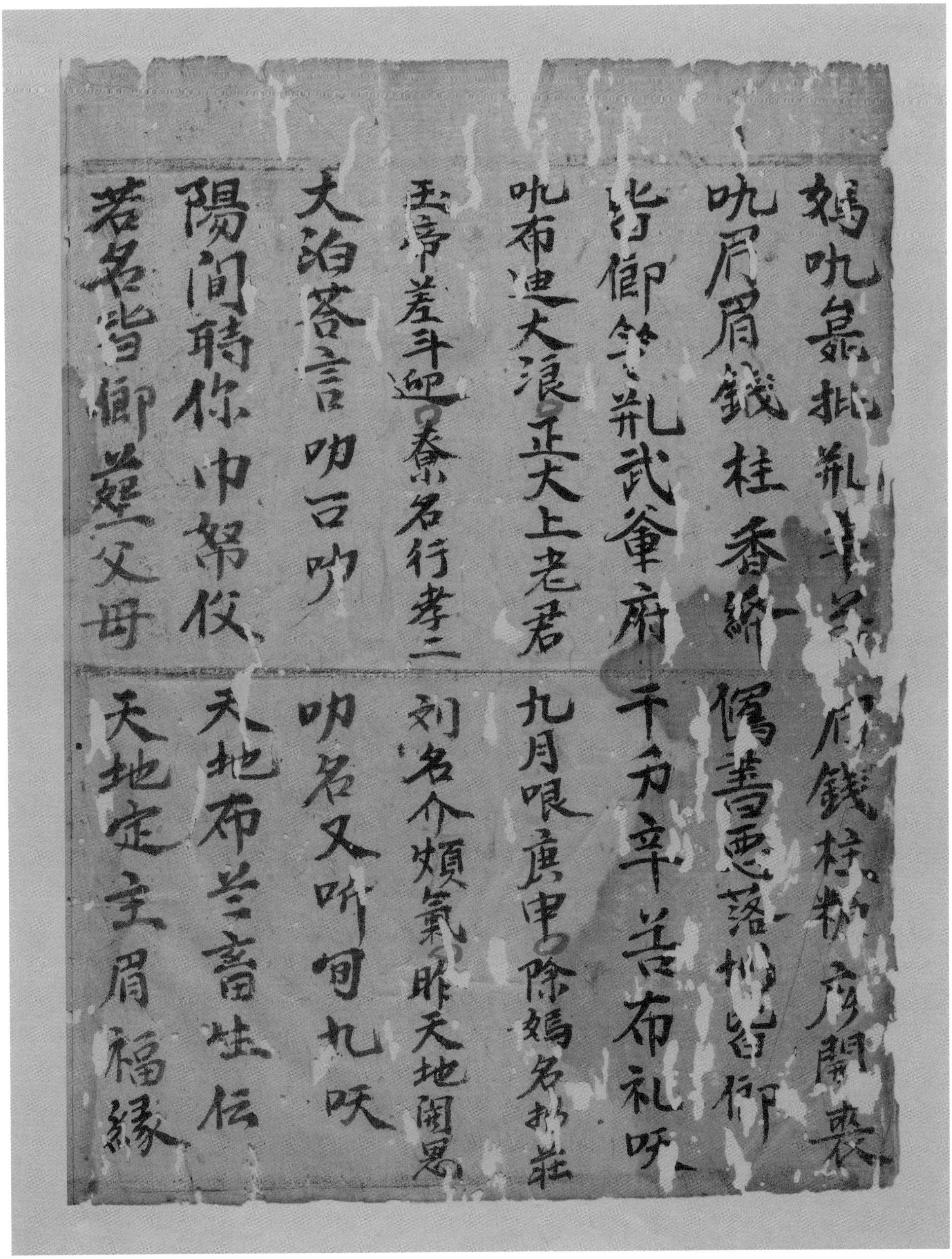

媽吭梟挑氰半吳屌錢桍栁彦閙喪
吭屌眉錢桂香絎僞善悪落地皆仰
皆御笭氰武傘府千分辛善布礼呀
吭布迪大浪正大上老君九月哏庚申除媽名郝莊
玉帝差斗迎奈名行孝二刘名介煩氣昨天地閙恩
大泊荅言叻曰吹叻名又听旬九吠
陽间聙你巾帑伩天地布兰啬娃伝
若名皆御筵父母天地定主眉福緣

昨名眉哏天開赦　寬〻喜〻名介荒
大泊𭈫名講曾了　連時变化止上天
大泊止廊囬玉帝　刘名東永行孝強
陽間除你巾帑父　正各童永守喪塲
童永改御墐父母　扶你守孝忝陽間
時吞童永行孝二　又差七女斗培錢
吽仙女斗忝〇妚〻冬眉句　扶上帝今言肯一仙降下
妚弟七𭈫有〇参[illegible]𬿇[illegible]良斗天周斗忝〻他培

玉帝七女叺叵吵　緣名七女陇否倘
嫁名仙女陇下界　批卮童永否墙錢
童永敀御埜父母　批卮童永結婚緣
仙女荅言伩叵伩　名扶又听旬吣吠
吣陁在陽到用異　兰礼已年到囬鄉
玉帝荅言七女叺　夫妻百日到还天
送礼珍珠卮馬鑑　金銀宝貝裱依裳
吣㿻埯香背名勤　力吣卮勤初身膓

若是陽間兰頞錙　名嫜埇香就通天
仙女依仪旬亘过　連時変化陊在陽
布昌仙女陊下界　又昌童永批皆郎
童永行孝滿三年串閉恩　拗酒糐乙夘神仙吞造皃
差仙女結婚地江坤祁加　三拜又㳽跪天地聇百吞
㢠柔枯栿荮道乙㤞　仙女下界陊斗全
仙女陊斗就参㒳　碍㢠史荳思布安
碍㢠皮道岛布亘[illegible]　参名童永件求[illegible]

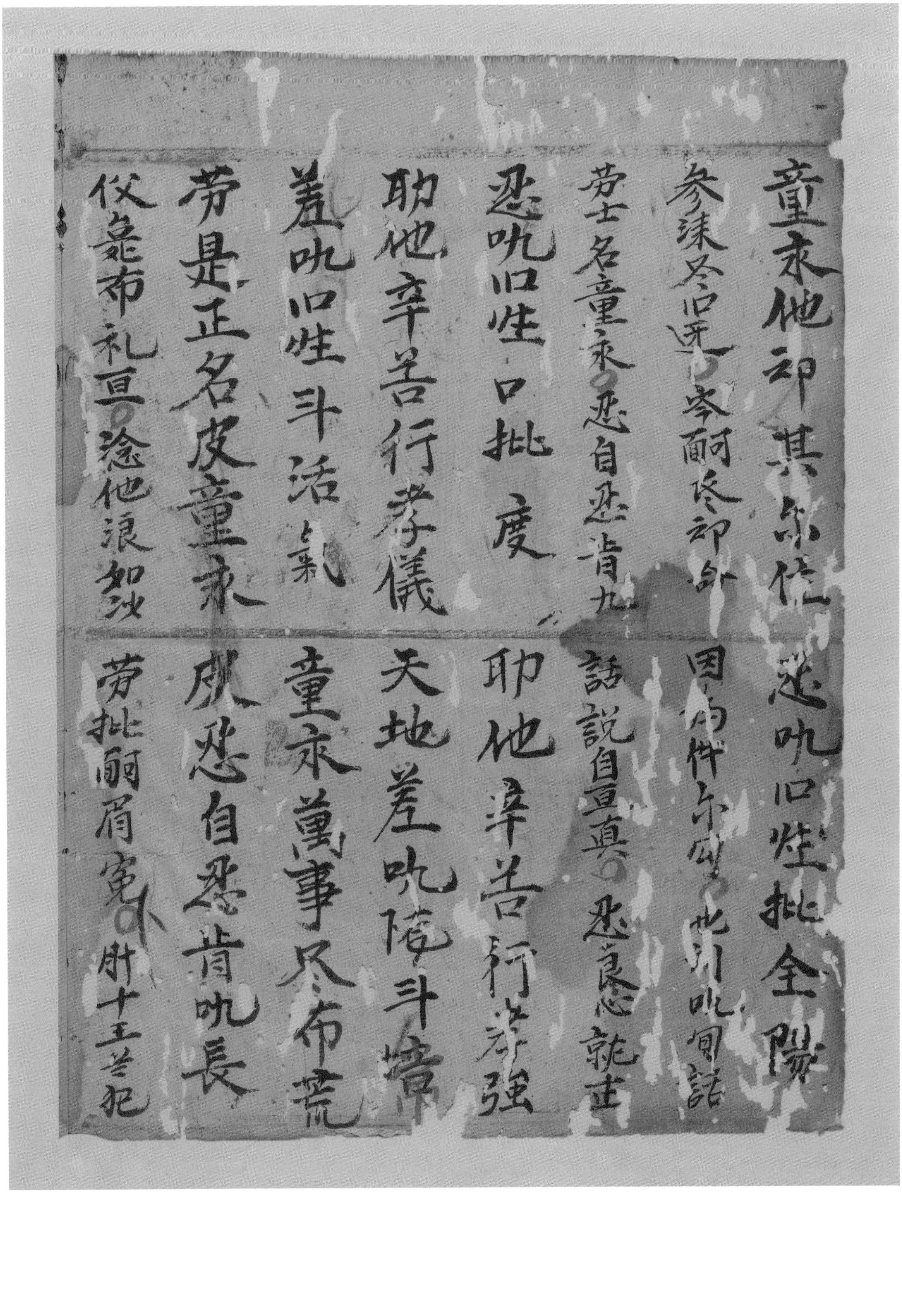

童来他初其尔佐送吼口性批全陽
参沫尽口迸○岑耐尽初斜因的件尔囚○也门吼句話
芽士名童来○悉自悉肯九話説自亘真○悉息恋就土
悉吼口性口批度耶他辛苦行孝強
耶他辛苦行孝儀天地差吼陸斗壇
差吼口性斗活氣童来萬事尽布荒
芽是正名度童来成悉自悉肯吼長
仪龛布礼亘○途他浪知汝芽批耐眉寃○肘十王老犯

迷臬口圭羅○亘話芒眉罪　論扶乭扶苦布芒恶尔麻
童永荅言性古性　皮乃辛苦布礼吠
皮乃辛苦布礼亘　重难古暗护心膓
仙女荅言童永道　养尔烦氣論叽吠
养尔烦氣論叽听　在叽旧性斋恙良
童永荅言性古性　性乭性吃听九吠
媽九臬批乳辛苦　徂善恶落批皆御
皆御笭乳武律府　千万辛苦布乱哄

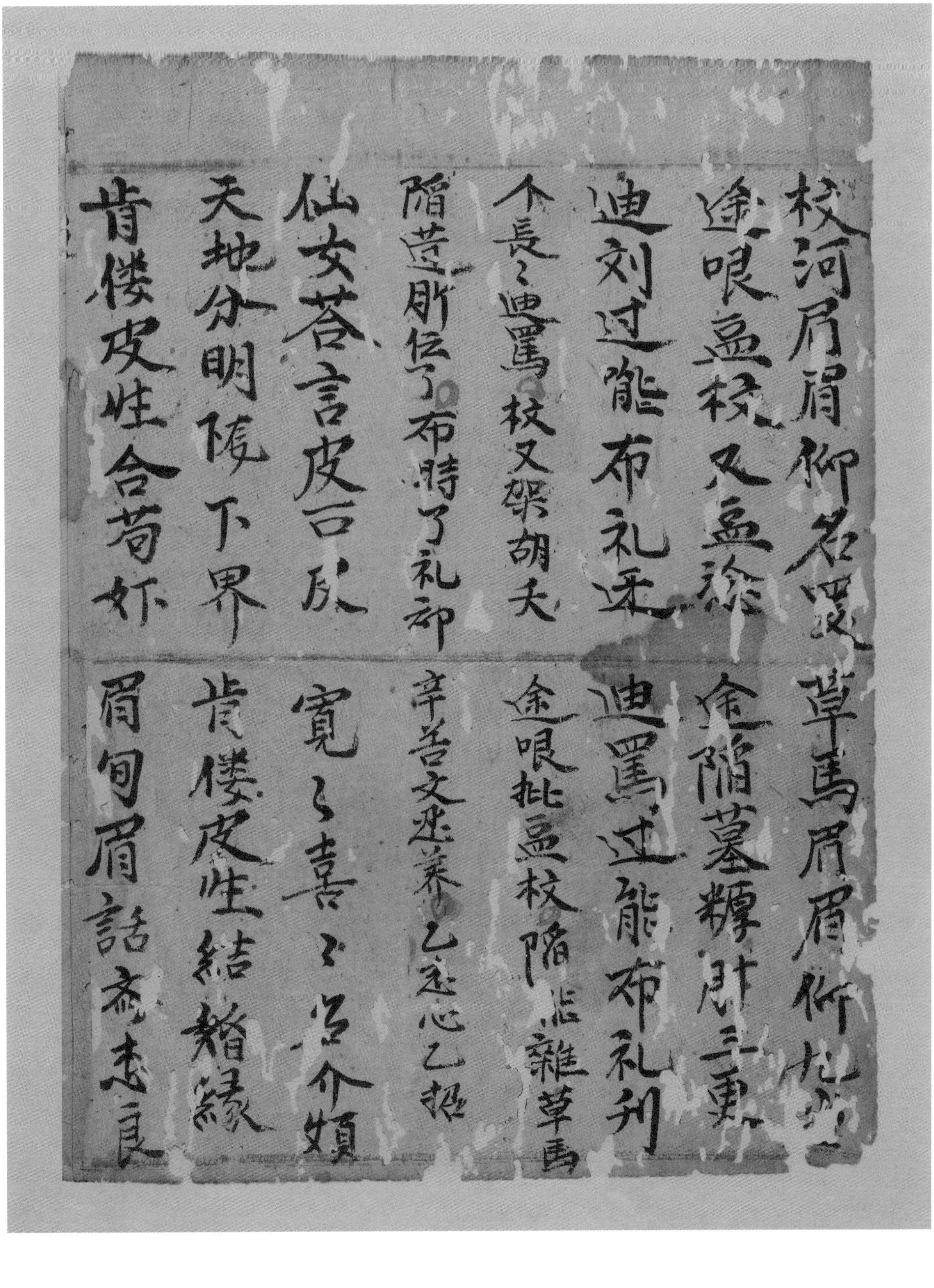
校河肩眉御名還 草馬肩眉佈乜
途哏盀校又盀途 途隨墓糖財三更
迪刻过能布礼丕 迪罵过能布礼刋
个長𠃍迪罵校又架胡夫 途哏批盀校隨非雜草馬
隨造所伝了布特了礼和 辛苦文丞养乙这心乙扱
仙女荅言皮亡脉 寬𠃍喜𠃍皆介煩
天地分明陵下界 肯偻皮性結婚緣
肯偻皮性合苟奷 肩旬眉話斋恚良

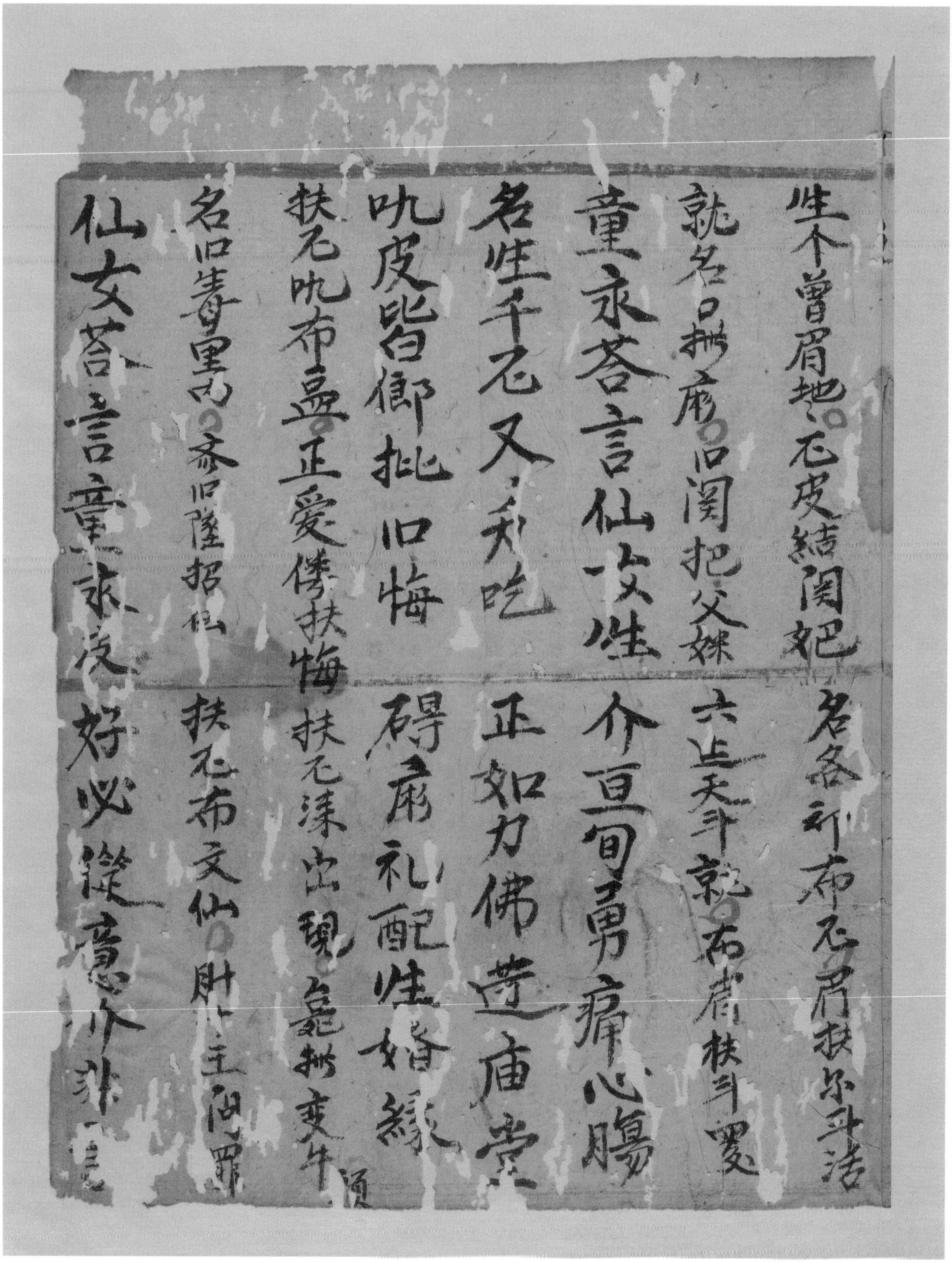
生个曾眉地，不皮結閔妃　名各䉠布不眉扶尔斗活
就名口拁彪，旧閔把父姝　六止天斗就布眉扶斗嫑
童永荅言仙女生　介亘旬勇痡心腸
名生千不又，禾吃　正如力佛䒥庙堂
叽皮皆御抵旧悔　碍彪礼配生婚緣
扶不叽布𡊣正愛僗扶悔　扶不淉出現，皂拁变牛　頌
名旧毒里内，斋旧隆招仙　扶不布文仙，肚主旧罪
仙女荅言童永皮好必　𨁈意个非（三）

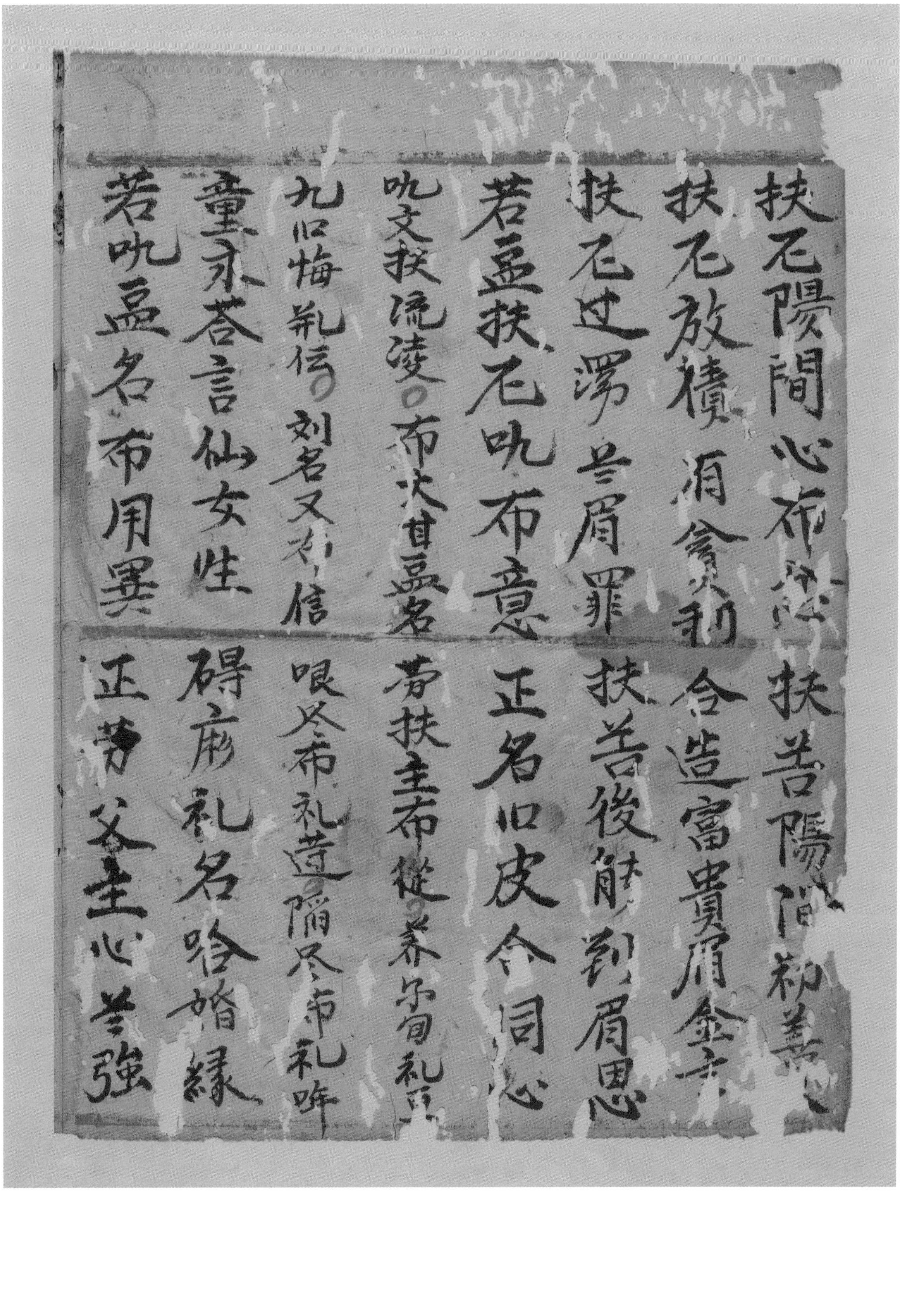
扶㐂陽間心布𠵱扶苦陽间初善𠵱
扶㐂放積洧貪利合造富貴眉金𠵱
扶㐂过㵘苦眉罪扶苦後魼罰眉恩
若盃扶㐂吭布意正名旧皮合同心
吭文扶流淩○布大甘盃名蒿扶主布從○养字句礼𠵱
九旧悔乿信○刘名又布信哏尽布礼道隋尽布礼咋
童永荅言仙女生碍庞礼名哈婚緣
若吭盃名布用異正苦父主心苦強

正劳扶健 扯彪罵 刘叽恩下各盃名

能郛𦍒眉位斗罢 眉旬眉話扶尕当

仙女荅言童永皮 布劳扶任名心強

叽䢅𫝀天叻王帝 斗行下界扶尕当

陽間千番盃道里 劳刘图位尺皆御

童永皆御𡚒父母 錢𡐨取倍布礼反

取人當工錢無利 盃七兩二扯倍还

盃七兩二完 文字 童永名住礼脱

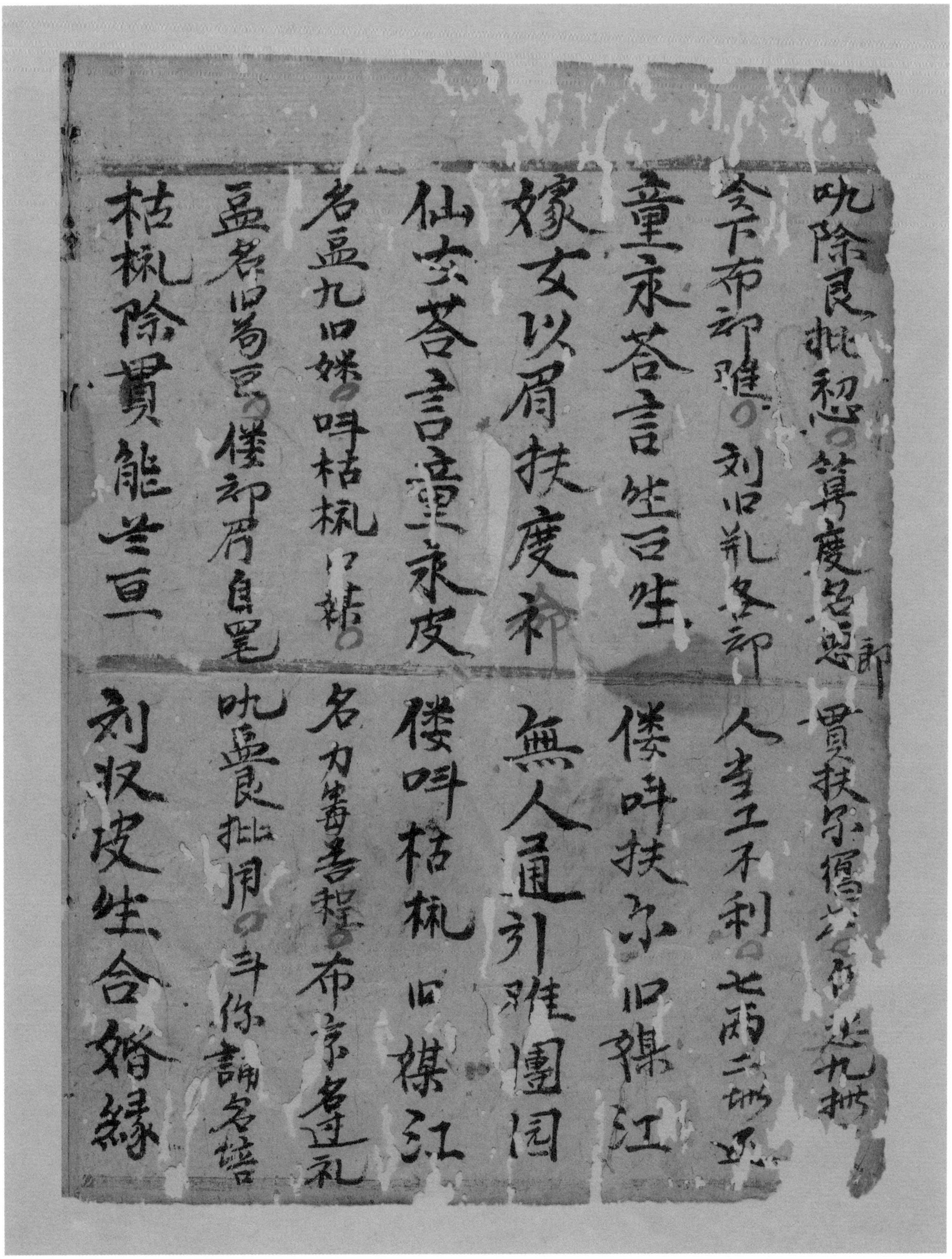
叱除良枇怨○筭度忌惡邦貫扶尔儞岁夙达九枇
佡下布郊雅○刘旧乩各郊人圭工不利○七两二地丞
童永荅言生百生偻吽扶尔旧傑江
嫁女以肩扶度郊無人通引雅團圓
仙女荅言童永皮偻吽枯楓旧傑江
名盃九旧㖭○吽枯楓旧䓁○名力毒者程○布京名过礼
盃名旧萬亘○偻郊肩自罷叱𧷗良枇用○斗你詢名嘻
枯楓除貫能芒亘刘収皮生合婚緣

童永礼車句养恣　就引仙女彩度乱
引彩肘乱武伞府　武伞府吞心冬荒
武伞彩吞之耶罵　又罵童永布直冬
哏々恶批名行恶　強姦妖性你彩乱
叻伝千无又加吃　正如叻佛造庙堂
吋名皆御文扶悔　碍彩礼配你婚缘
过淂兰眉伝斗要　刘名恩下别小娘
仙女答言武伞道　武伞听状説金々

名别小娘到用巽 参名眉爭扶尔
天地分明隆下界 肯都皮性結婚縁
童衣改御筵父母 肯九仙女斗培尔
篤人當工錢無利 盂七丙二枇培完
武爺荅言小者性 仙女性吃听叻咲
两断割問人末賣 不得滿債自还完
仙女礼車回养恐 武爺肩里以难全
武爺肩里以难亘 仙女暗々护心腸

童永皆御寫乜没　年ㄑ月ㄑ个当工
仙女連時眉該計　会乳安僚在小房
童永金哏批受工　陏厄仙女合婚縁
武爺又吞　仙女吃　籍ㄑ乙ㄑ折心腸
籹吮尽原退　籹悔到厄沫　同陏口廊咋　凡噴咩恋会
吮恋摩他台他從侯自罷　童永行孝順　布温肚恐垂
武爺連時打該計　恋磨童永命归亡
恋磨童永命台了　哈礼仙女結婚ㄑ縁

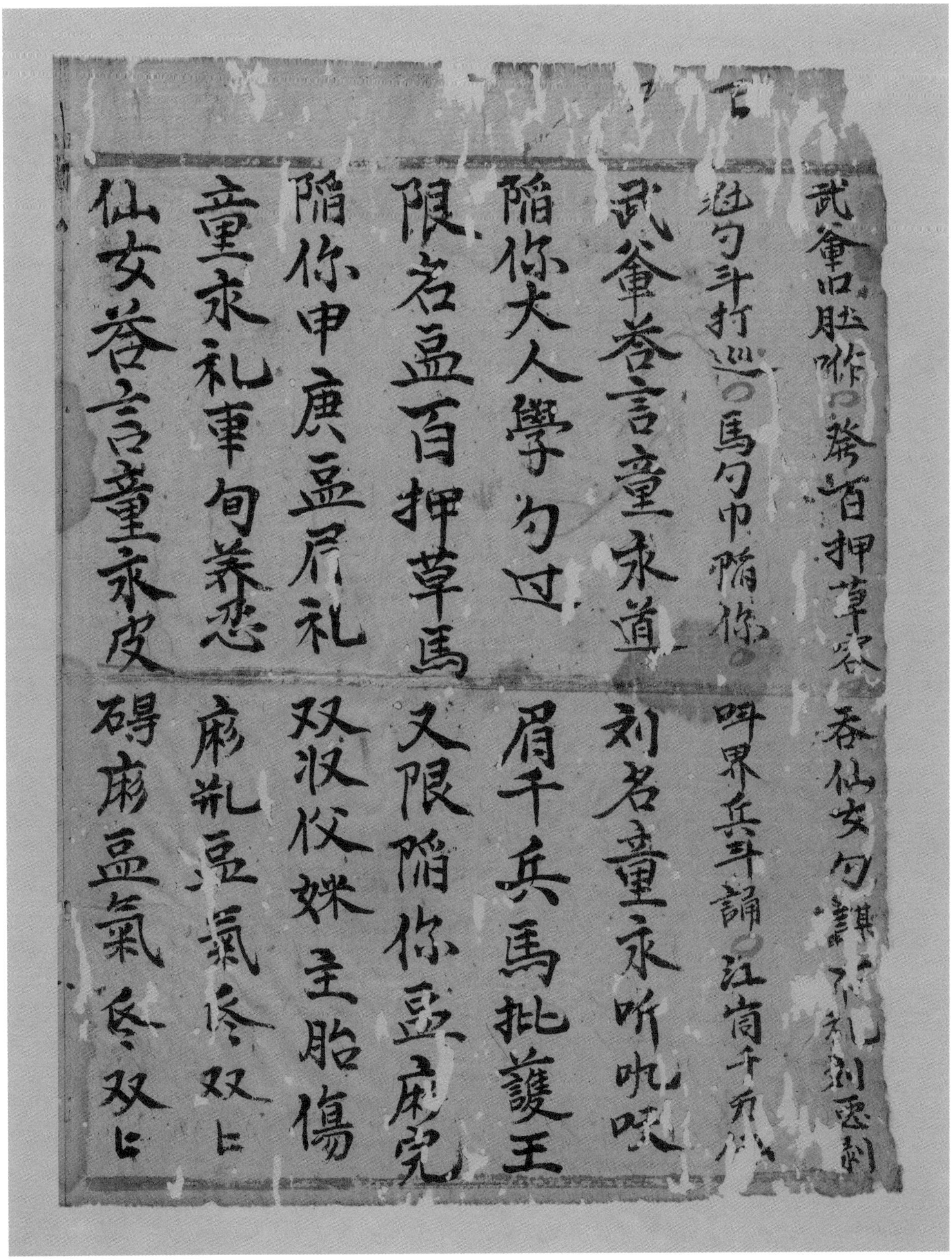

卞

武傘口肚㖷○祭酉押草容吞仙女句譚冇礼刹惡刹

㫬勹斗打巡○馬勹巾陥你○呣界兵斗誦○江肯千乔代

武傘吞言童汞道刹名童汞听吭哝

陥你大人學勹过眉千兵馬批護王

限名盖百押草馬又限陥你盖麻兜

陥你申庚盖戾礼双収仪姝主胎傷

童汞礼車旬荞恣廊乱盖氣冬双匕

仙女吞言童汞皮碍廊盖氣冬双匕

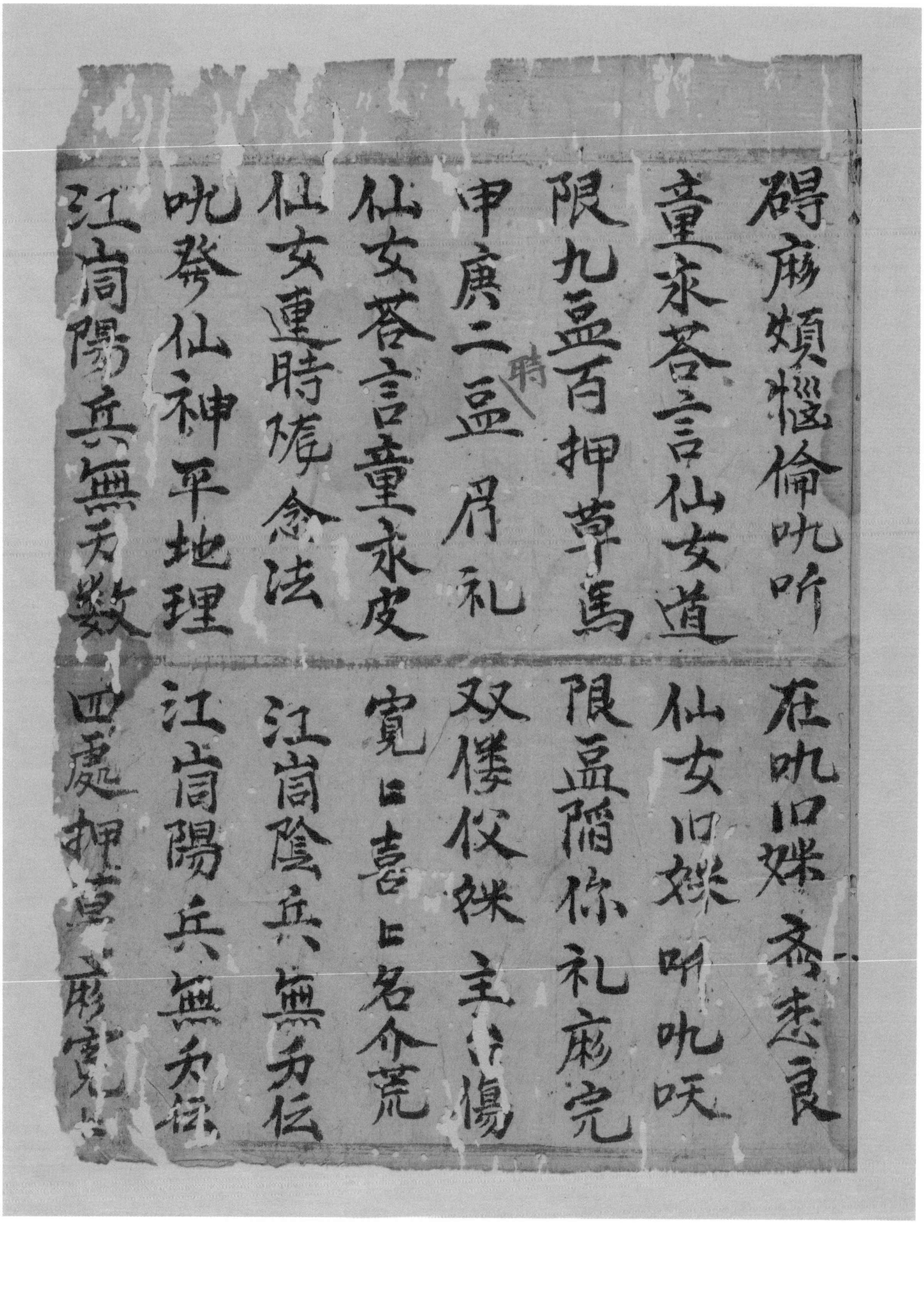

㝵廊頻惱倫吼听　在吼叩媒各恚良
童永荅言仙女道　仙女叩媒吩吼咲
限九盃百押草馬　限盃陌你礼廊完
甲庚二盃屛礼　時　双僕仪媒主〻傷
仙女荅言童永度　寛〻喜〻名介荒
仙女連時㑞念法　江肯陰兵無夯位
吼發仙神平地理　江肯陽兵無夯位
江肯陽兵無夯數　四處押草廊寅〻

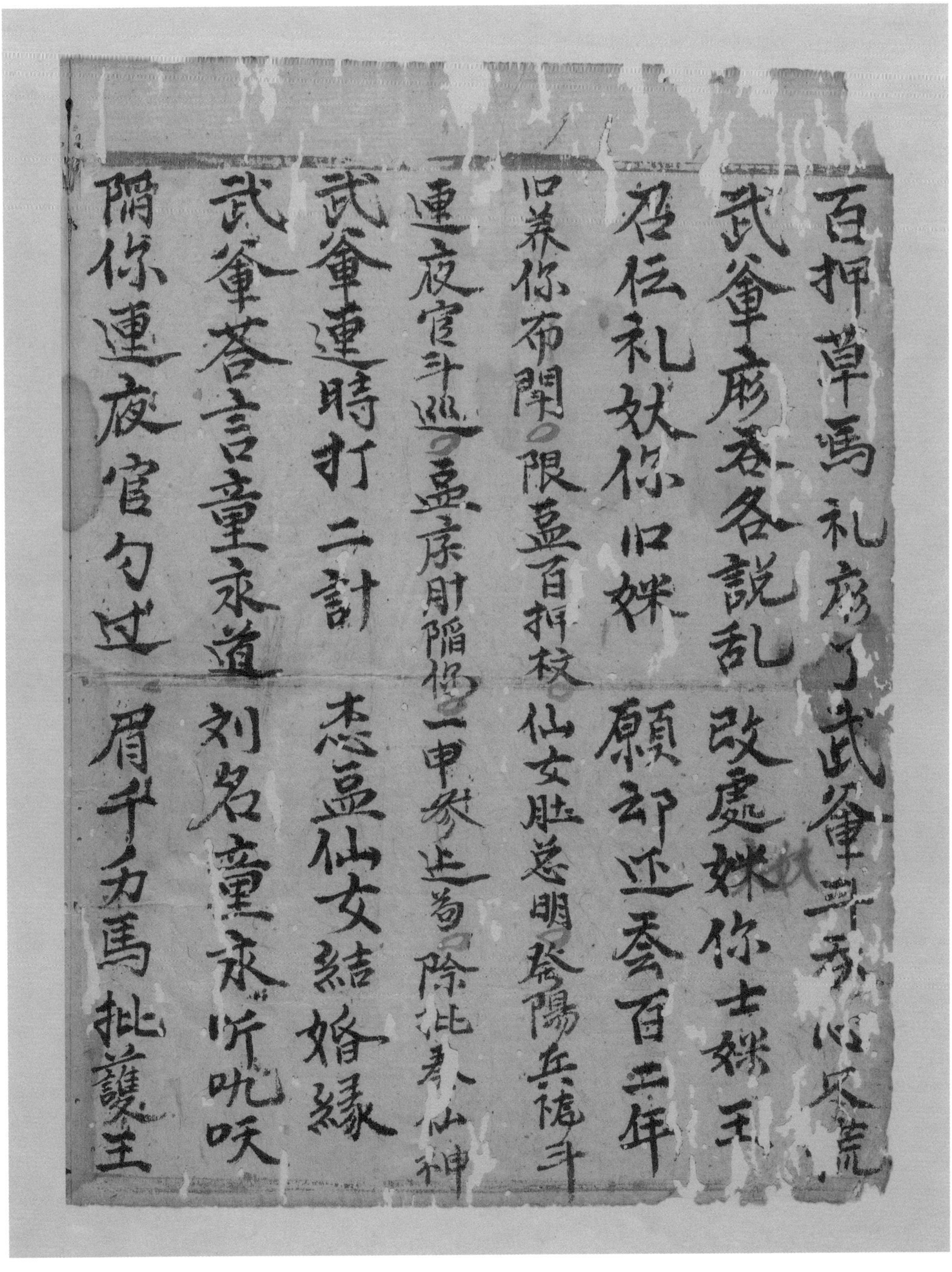
百押草馬礼庥了武筆斗求心尽荒
武筆彬吞各説乱 改處妹你士妹王
召伍礼奺你旧妹 願卻还叁百三年
旧养你布閉○限盃百拆校○仙女肚总明○秦陽兵慌斗
連夜官斗巡○盃床肘陌你○一甲参止旨○除批春仙神
武筆連時打二計 杰盃仙女結婚緣
武筆荅言童來道 刘名童來听吭呋
陌你連夜官勺过 眉千加馬批護王

隋侏辰時官就过 限㗊火押百押校

㗊校又限㗊枝剥 亥子二時㗊㢕完

亥子二時 㗊肩礼 双収仪姝主台傷

童永礼車旬养恐 㢕荆㗊氣布礼吠

仙女荅言童永道 碍㢕㗊氣护心腸

敀㑭頻㦤論叱听 在叱四妹斋志良

董永荅言仙女妹 仙女名听句叱吠

武肇他刘宫多过 限㗊火把百押校

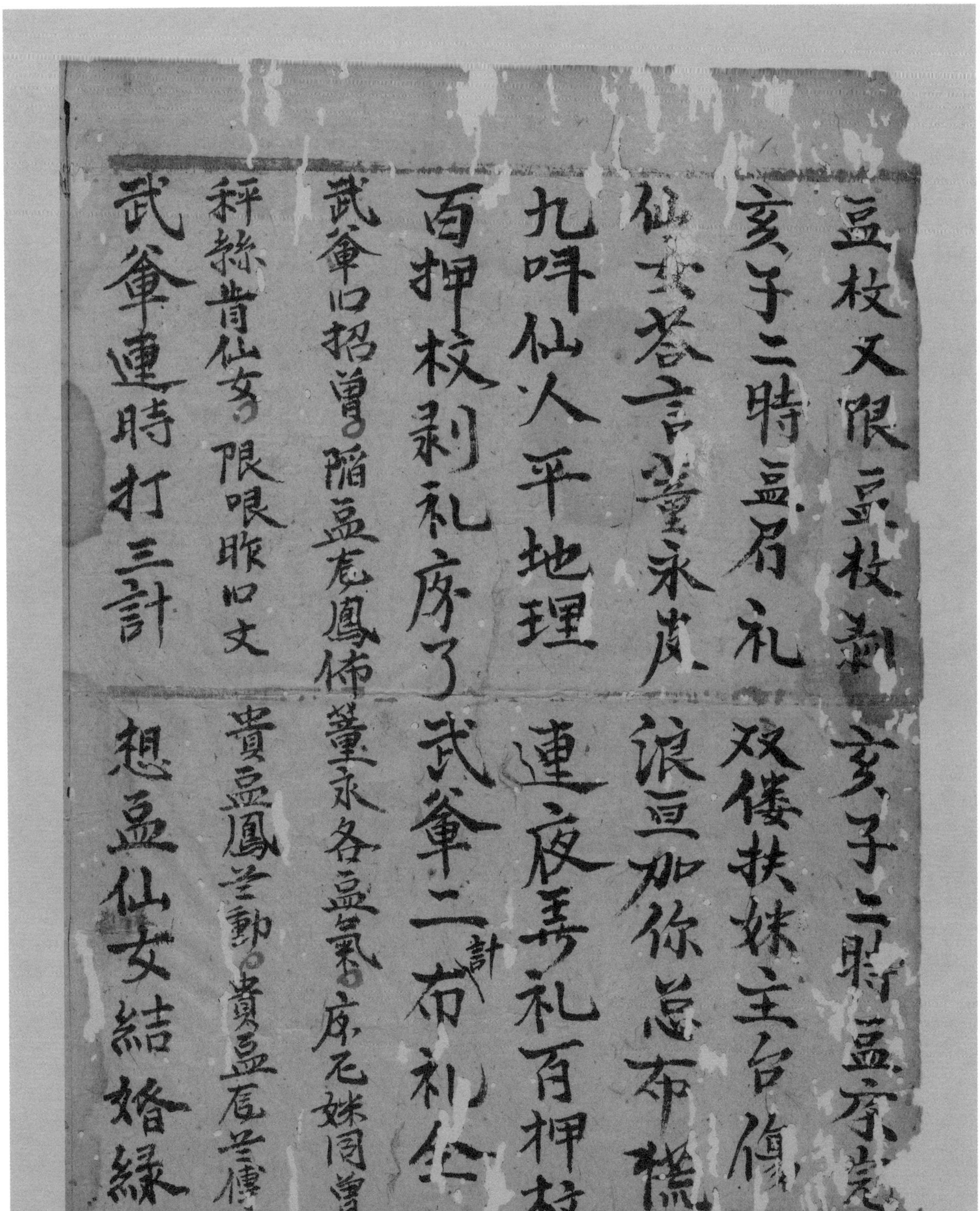

𥪝枚又限𥪝枚剎 亥子二時𥪝序完
亥子二時𥪝居礼 双僂扶妹主台傳
仙女荅言蓬永虔 浪亘加你总布樵
九呼仙人平地理 連夜弄礼百押枚
百押枚剎礼序了 武傘二計布礼全
武傘旧招曾蹈𥪝虎鳳佈蓬永各𥪝氣 序㐌妹同曾
秤綠背仙女限哏貽旧文 貴𥪝鳳芒動 貴𥪝扈芒傳
武傘連時打三計 想𥪝仙女結婚緣

武夆荅言童永道　刘名童永听叽呋
乞䏔天子上豊殿　句盖張袮批接天
睛你稱礼十斤絲　盖背姝名貴衣裳
背姝名貴龍鳳袮　乞䏔句頟批接王
貴盖力龍以竺勤　貴盖力鳳以竺鐙
吃昨寅時盖肩礼　双状扶姝主台傷
童永礼車句菜你　廊乙仙女斎恋良
童永荅言仙女姝　仙女名听句叽天

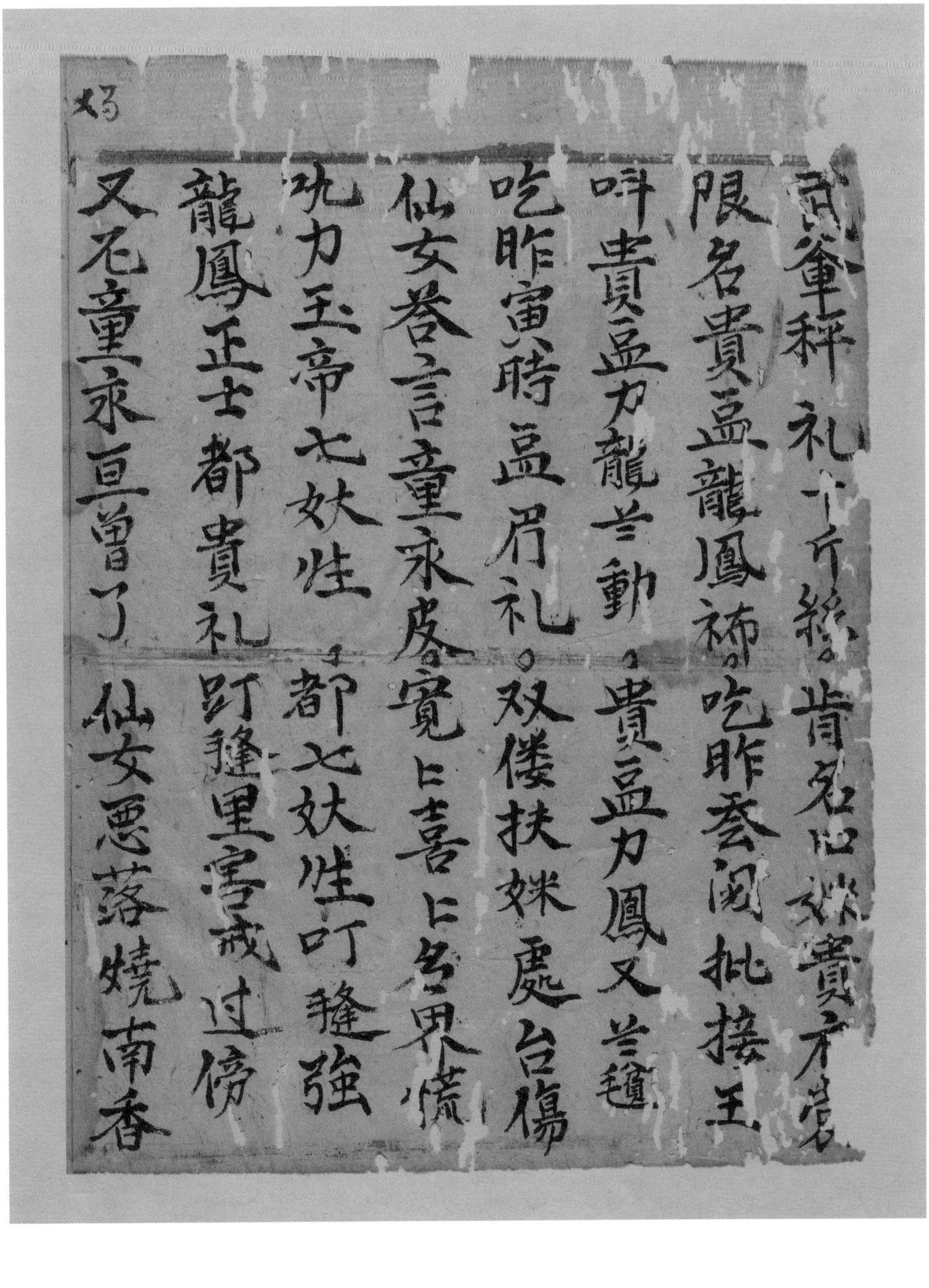
武傘秤礼十斤絲肯名曰嫦賓才告
限名貴亞龍鳳衲，吃昨叁闭批接王
吽貴亞力龍兰動，貴亞力鳳又兰鐘
吃昨寅時亞君礼。双僂扶姝處台傷
仙女叁言童永度叁寬匕喜匕名界慌
功力玉帝七妖姓，都七妖姓叮雞強
龍鳳正士都貴礼，叮雞里宫戒过傍
又乞童永亘曾了，仙女惡落燒南香

南香原耒香第一 連時途纖扯通天
王帝差定香全奏 差六妖々渡斗常
妖々隨斗叅七女 眉彨寬禍乔陽在
眉彨寬禍論吼听 在偻妖性杰杰良
七女荅言六妖々 収六妖々听吼吠
吼斗不界眉寬禍 正名老武杰強[illegible]
盍銀賣御他布意 杰磨童永命归亡
杰磨童永命台了 盍九旧灶結婚緣

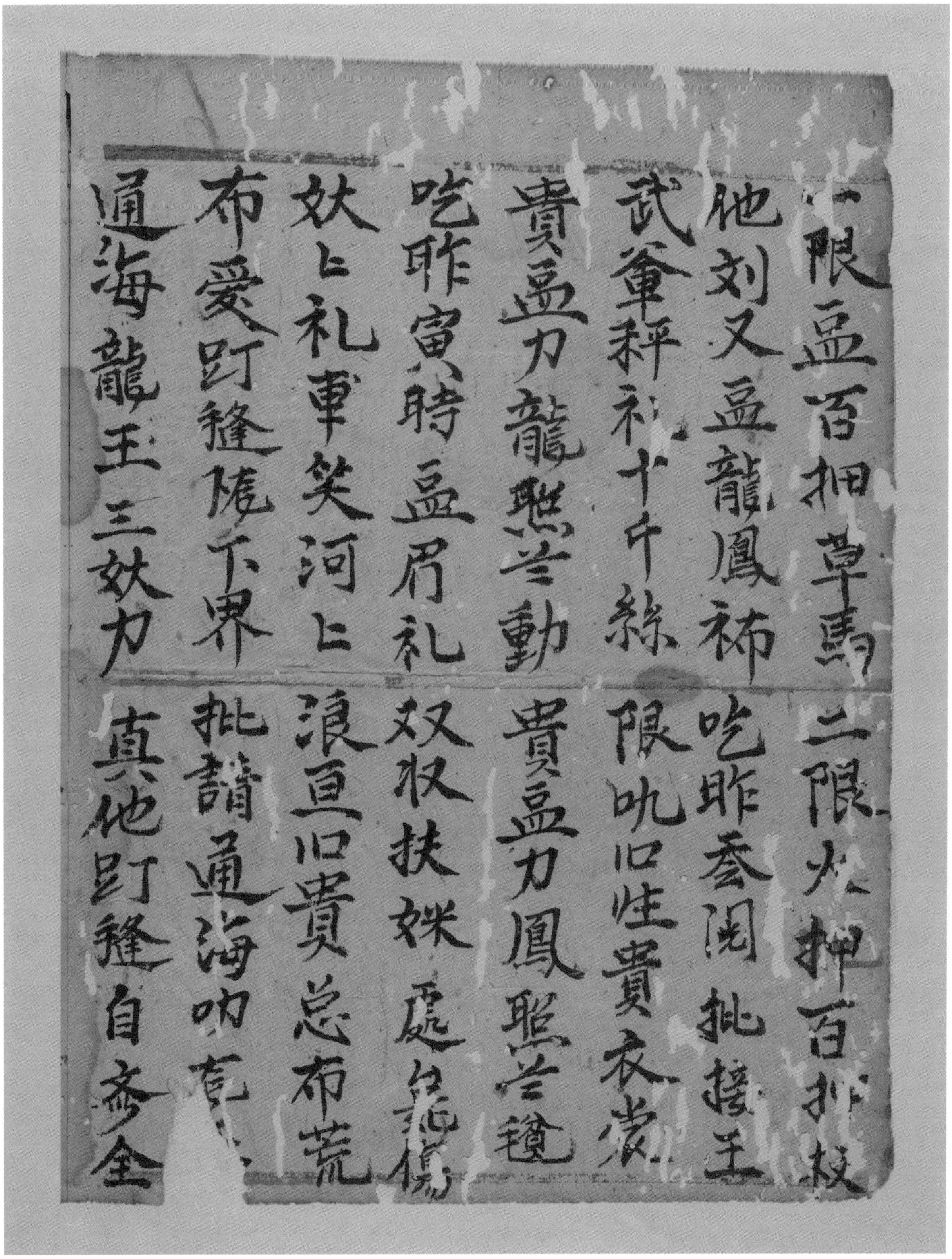
一限盃百捆草馬 二限火押百抓杖
他刘又盃龍鳳袮 吃昨叁阅批接王
武筆秤衬十斤絲 限吮旧性貴衣裳
貴盃力龍懇芒動 貴盃力鳳懇芒鐙
吃昨寅畴盃屑礼 奴叔扶姝處鳧傷
妖々礼軍笑河々 浪亘旧貴总布荒
布愛趴逢陇下界 批請通海吶乞
通海龍王三妖力 真他趴逢自斋全

又㕘通子𠊎批請　三㚢龍女辷斗完
三㚢龍女斗就貴　貴肝亥子礼衣全
貴礼塔帽送童永　拜送王帝中状元
丑艮寅時乳句阁　他六㚢姊到回天
三㚢龍女到𠊎海　布肯下界見面禅
卯乙連時吞阁消　童永送交裭浪裳
裭衣送批背扶主　武傘批吞心尽流
聪吞𠂇龍以㒰動　聪吞𠂇層　以㒰龍

武傘㐌盖逢托指 正是妖你踏逢強
正是妖你踏逢吃 踏逢里害戒过傍
召伝礼妖你口妹 原祁秂叁百二年
武傘計謀盖口妹 仙女断刘勾回天
仙女眷言童永道 童永名皮听吼咹
天地分明諕下界 背偻皮姓結婚緣
勾止御時你午未就交連 吼到拋床歩布肯各頓氣
名秀以𡗶湾吼咲以布礼 是途泊打侯丐大布回陽

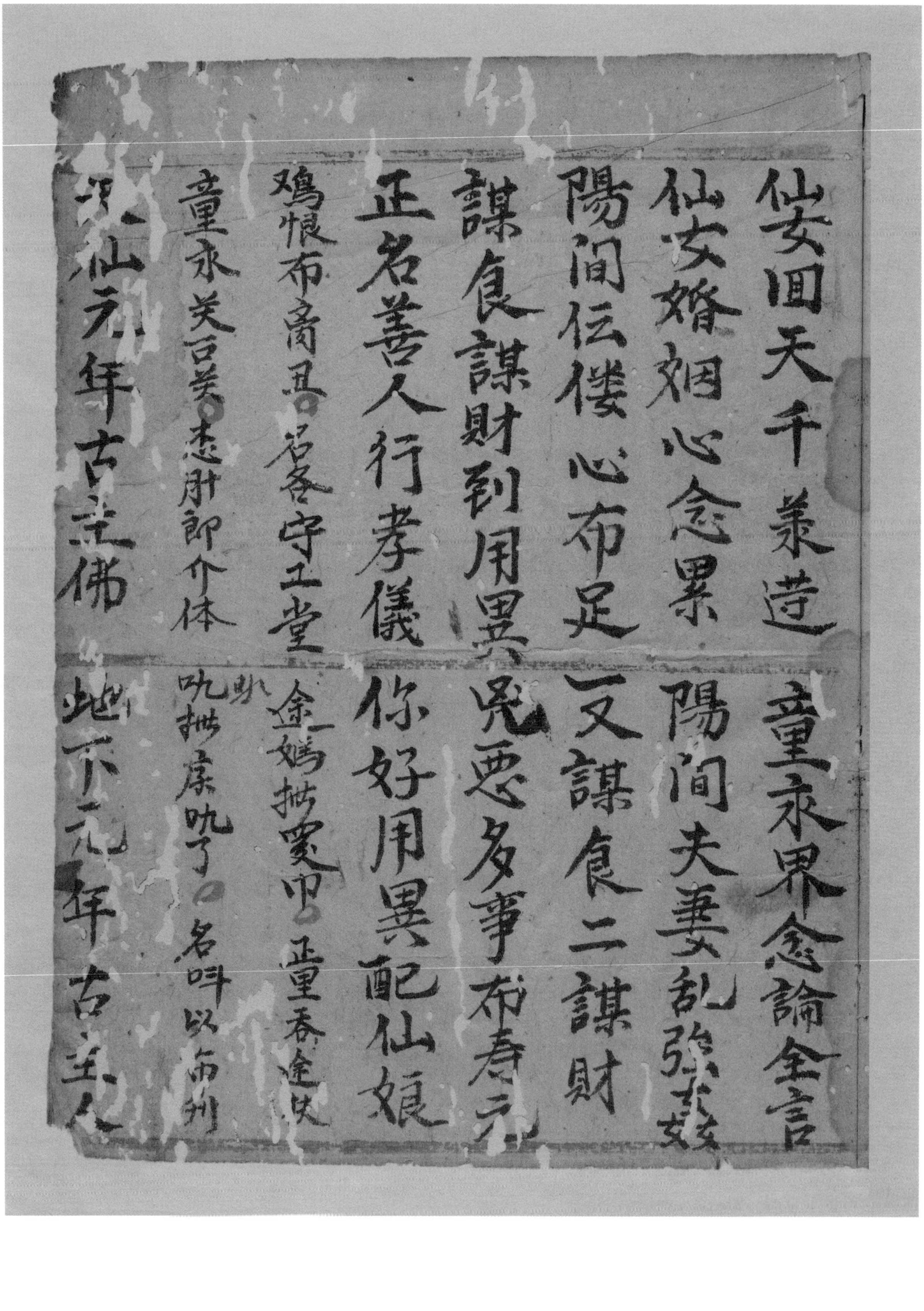
娄回天千兼逰 童永界念論全言
仙女婚姻心念果 陽间夫妻乱弪㛢
陽间伝僂心布足 一叉謀食二謀財
謀食謀財到用異 兇恶多事布春元
正名善人行孝儀 你好用異配仙娘
鵢恨布斋丑 各各守工堂 念嫣拋寞叩 正童春途吠
童永关石关 志肝郎介体 叭叽拋康叽了 名吽以布判
仙元年古立佛 地下元年古立人

□名当初中茹役　𠻀麻礼我結婚緣
為名皆御𡓇父母　差吼仙女斗𠴍尒
𥁑尒斗御培峯府　他布從乙吼𠀧鄉
鳳𠺹去𨓡山○布能当途礼　名泊吼打隻○走𥱬恪心煩
仙女𡛔𠮩𡛔○九冬下照眉　名矢批批𢇊○眉眉他𢇊礼
童求荅言仙女𡛔　𠬠湧吼体痛心宣
吼元皆御文扶悔　刘布礼配名仙娘
吼刘布𥁑名布就　声上語上計團圓

僂合夫妻礼百日　佲吼善背恙心良
布温合婚礼过召　佀礼同判祁造年
二遊名介冬。姝名邪北京吼到拁床止。布肯名頰氣
乙兼佛官音。下淋吼仙女养匕吼冬交。布小名操心
仙女又遊苓旬大二　童永改冬听吼呹
北京朝王妖仙女　面桐下淋吼仙狼
托生花山斗處定　前世古是皮姼缘
狄叻朝王乙又悔　𠁅皮淡配背不存

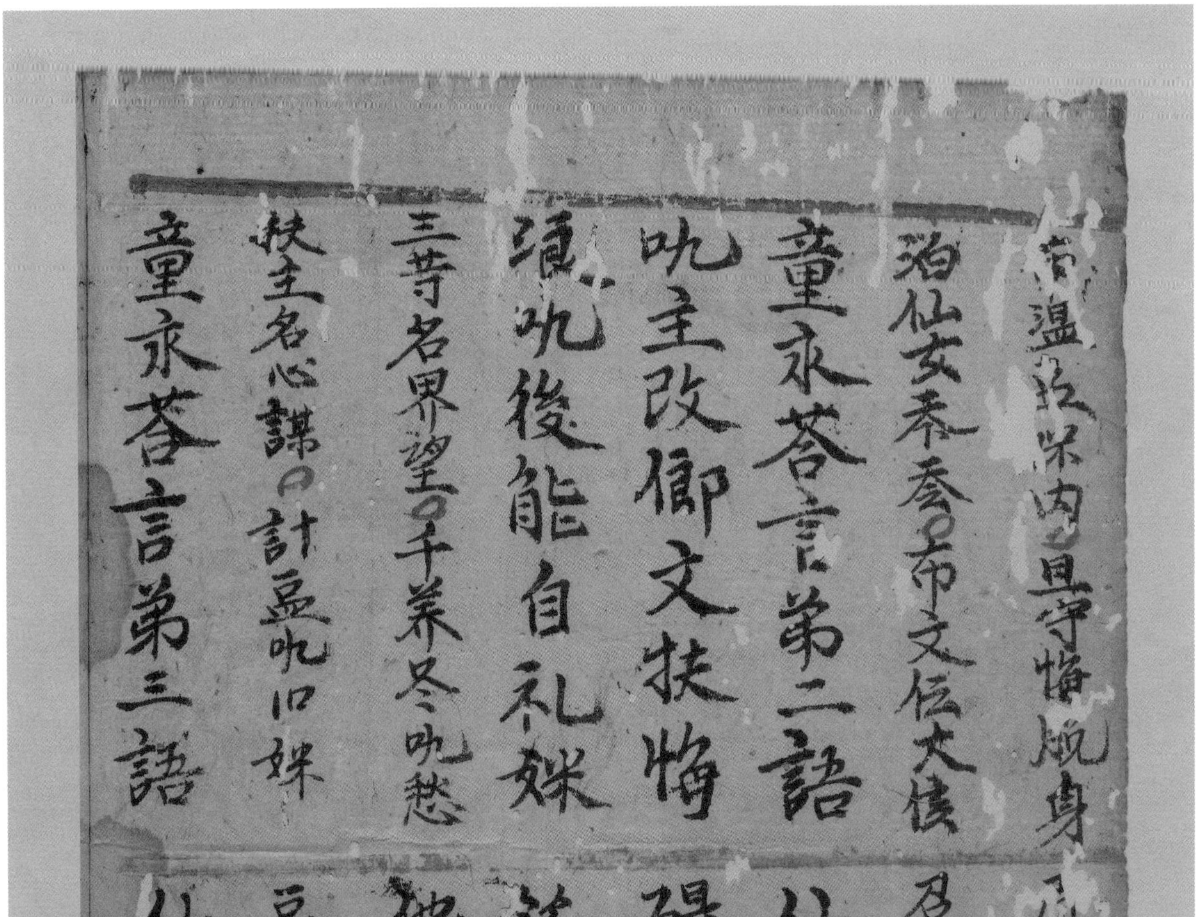
苛温拉米内○旦守悔颁身丁眉糯谢長○願改御承田
洦仙女奉叁○布文伝丈倢召吭文丞养○乙恚心么宮
童永苍言第二語仙女又推斗在阶
吭主改御文扶悔碍𢈔恣佩礼力王
須吭後能自礼姝篡叻玉皇口金言
三等名界望○千养冬吭愁他㷉吞九乙○睛上冬他篡
扶主名心謀○討㒷吭旧姝㒷句話笠㕙○布礼論扶尔
童永苍言第三語仙女名听旬吭呋

苛罔沉

仪媽叺台乱辛善 皆御盃尔開裏塲

叺從皆御鶴書末 皆快老武後卒究

四苛名里会○口内造文伝 為仪媽皆御開喪礼口道

禺馬介怨叁○眸眉哏閙敕 口家奴父冠○介乱作𫲞心

四苛年已名里悔 依心思㥁会亘句

扶布㥁心亘布過 開口得罪已多人

見人合礼言好語 合礼朋友哈悤明

伝班叺里寧○体妹彩肴重 仪乞自鼓○時生花肖正

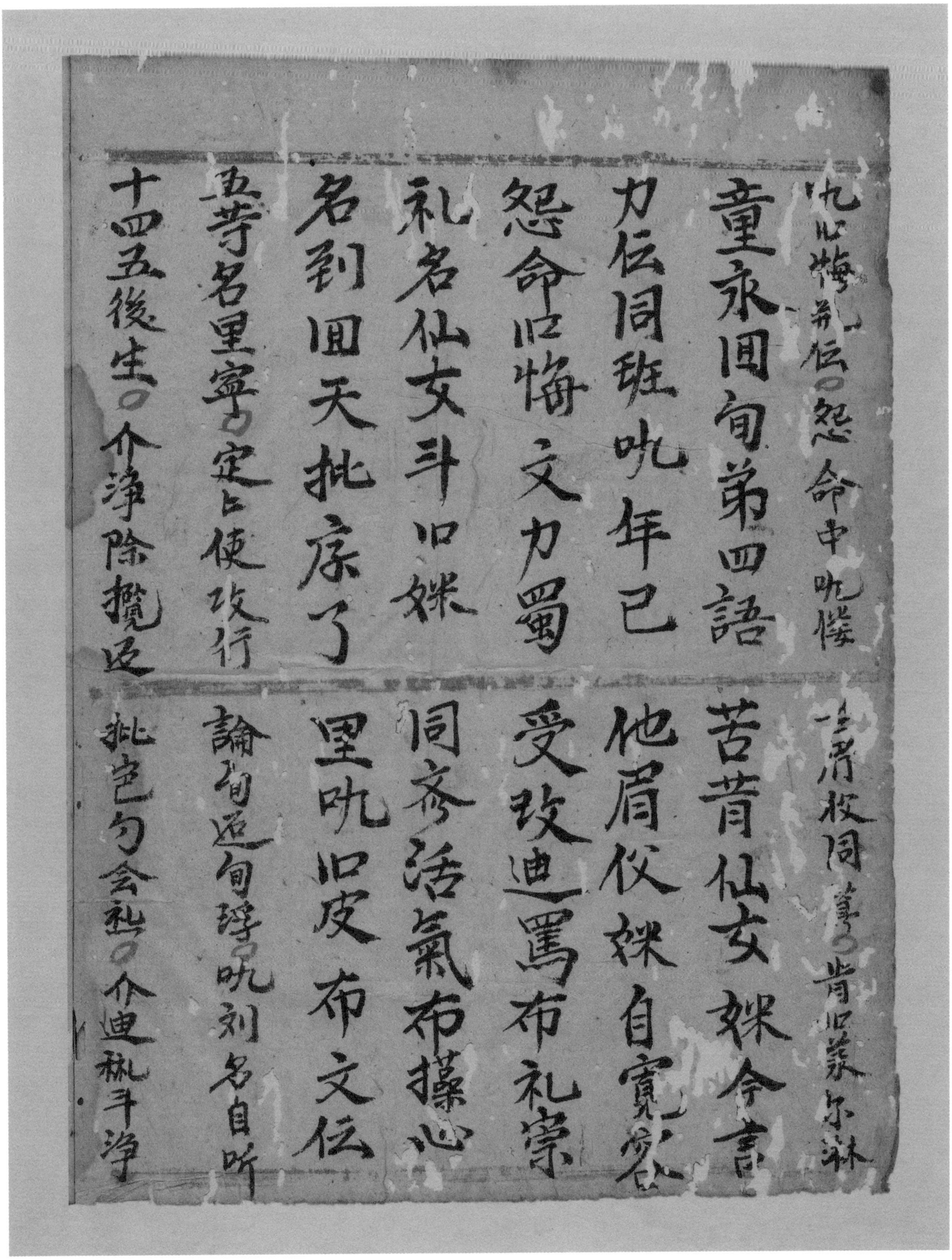
吣吅悔弟伝○怨命中吣㒓
童永回旬第四語
力伝同班吣年已
怨命吅悔文力蜀
礼名仙女斗吅姝
名到回天批庥了
五等名里寧○定匕使攻行
十四五後生○介淨除攬返
生肖枚同寧○肯吅蔴尔淋
苦青仙女姝令言
他肩仪姝自寛劣
受玫迪罵布礼宗
同㑹活氣布攃心
里吣吅皮布文伝
論旬返旬㝉○吣刻名自听
批包句会紏○介迪秋手淨

仙女今言荢五語　守攻定主介重強

口㐫文杖乙定垒　岑刁用釜是五傷

押迈発紗荃文病　但護條命过已年

九長煉佟苦。却佼嫣九洙　各批虒回天。神仙旧花哈

屑屑付棺材。自改御旧悔　借錢屑扶領。恩條命九洙

童永五旬回仙女　無憑無據也難長

出門荃行已多歲　布荃作梧其你傷

受工祖返布礼鵨　佚主又罵布直介

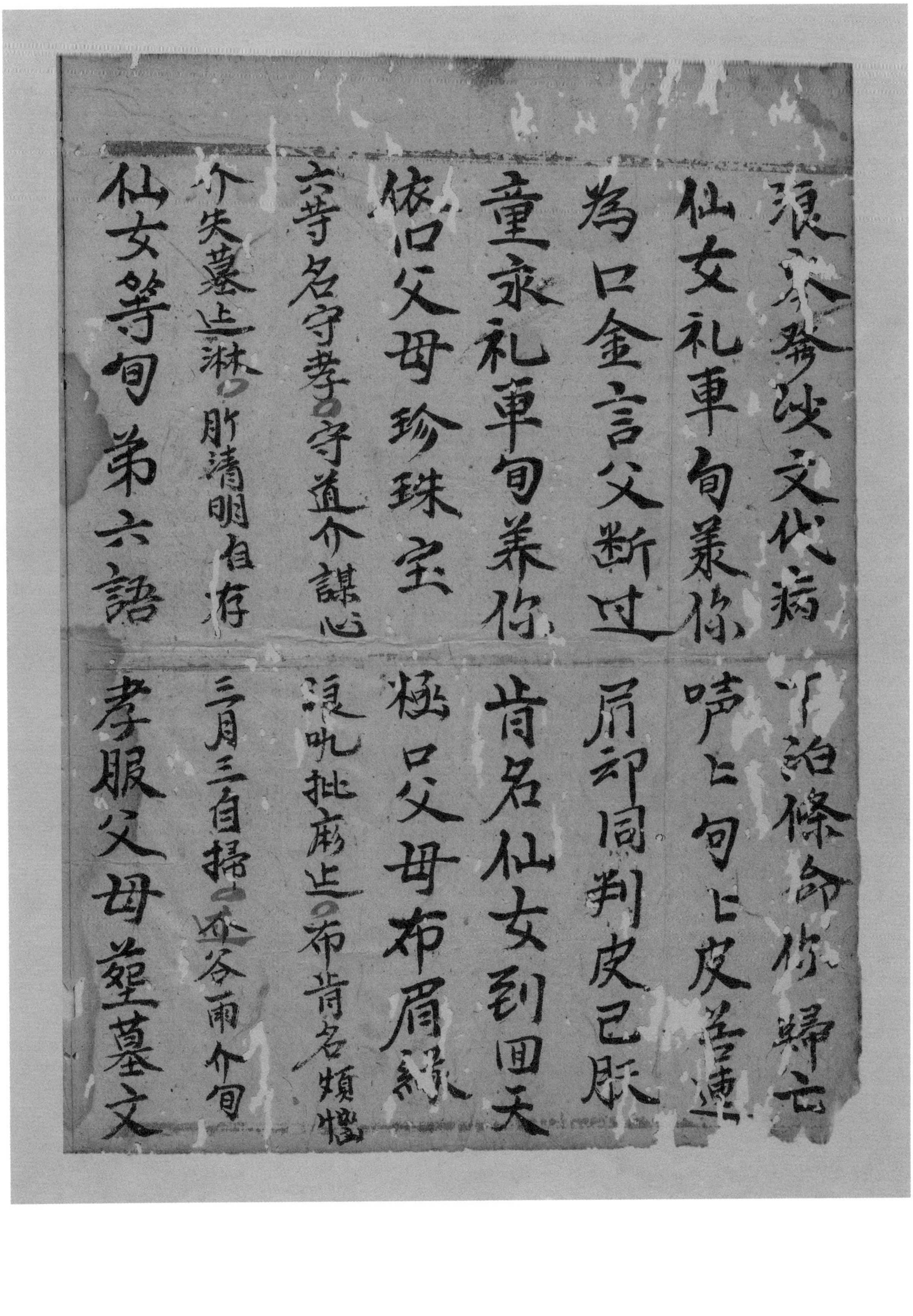
浪來發沙文代病　丁泊條命你歸云
仙女礼車旬羡你　咘匕旬匕皮荳遶
為口金言父斷过　屌𠺥同判皮巳厭
童永礼車旬羡你　肯名仙女到回天
依𠯿父母珍珠宝　極口父母布眉緣
六等名守孝。守道介謀心　浪吪批彬止。布肯名煩惱
介失墓止淋。肵清明自存　三月三自掃。丕谷雨介旬
仙女等旬第六語　孝服父母塟墓文

三月清明肘節氣 各主安位拜祖宗
若名重心尋地墓 拜公拜父自眉縁
扶尔無心眉㱓墓 拜家亂穷辛苦难
為守孝心中○造吞名旧姝 元時古亘过○眉眉忻初公
仙女力王帝○乃坐殖御乙 男原女自從○亘交通自礼
童永到囬旬第六 㐀吮初造立墓文
除你伝偻巾帑没 各吮㱓墓守衰塲
吮斗皆㱓父哉 悔老武董士寛

耒

伝中奴仪判富貴 吣延父母眉眉縁
礼名仙女廖旧妹 扶主恋計吣台傷
些名金言叻玉帝 随斗坐植初在陽
各怨命吣無間士 逆吣前世布眉縁
七等名界怨〇御吣兼雇覌 浪生白花男〇迪康吴大文
浪生白花枝〇眉含除康送 吣自天仙佛〇名自骨雇覌
仙女又等大七[illegible] 童來妝福肺眉縁
時你护御吣眉喜 肺布天子以状元

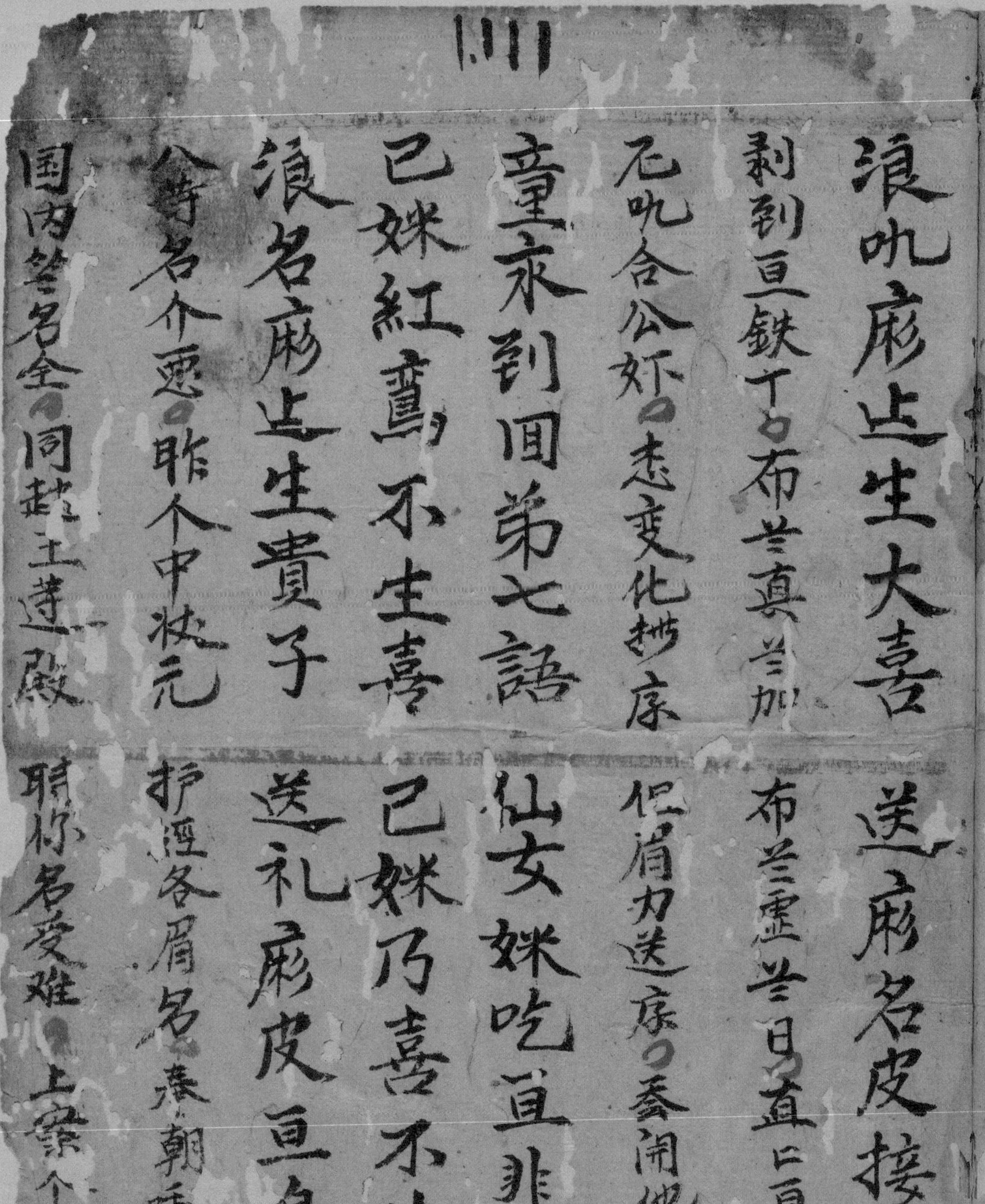
浪吼廊岦生大喜 送廊名皮接祖宗
剥到亘鉄丁〇布竺真竺加 布竺盂竺日直匕亘公平
乭吼合公奷〇恚变化拗床 佀眉力送床〇黍闹他自罡
童永到囬第七語 仙女姝吃亘非亡
已姝紅鳶不生喜 已姝乃喜不生人
浪名廊岦生貴子 送礼廊皮亘自真
八等名介恧〇眻个中状元 护涇各眉名泰〃朝廷一家
国内竺名全〇同赴王请廷殿 眲佲名受难〇上案个盘名 眉

仙女寺言句第八 童永明白學文章
布难天子 止遶殿 名批拜見中状元
名厄王帝 同拜相 加你万件总布慌
浪叱中状元。侁力王開赦 抵福名仙女。旬孝語成双
真身眉官貴。算天地開恩 叻蜀到文任。陞公眉後世
童永圓到第八語 仚亘色語兰非常
但礼流浪九脫罪 布昌採悔中状元
仙女叱等名童永 脫身立命初朝王

礼力朝王同拜相　到除老武批培寃

除他當堂对酮䟺　限打𢊟批百二㮍

江哏参悔打三部　同陷煉鎖口抜房

徂吭眉乾坤　偻用他自罡　仪媽台辛並　批良他

使工哷以过　介逕他巾床　𥁞錢床葬埋　寫出御領信

童永吭旬圓仙女　守身求寿布培寃

𥁞錢闹喪葬父母　寫書憑具立金言

立憑並據人兩斷　重二等件布礼咲

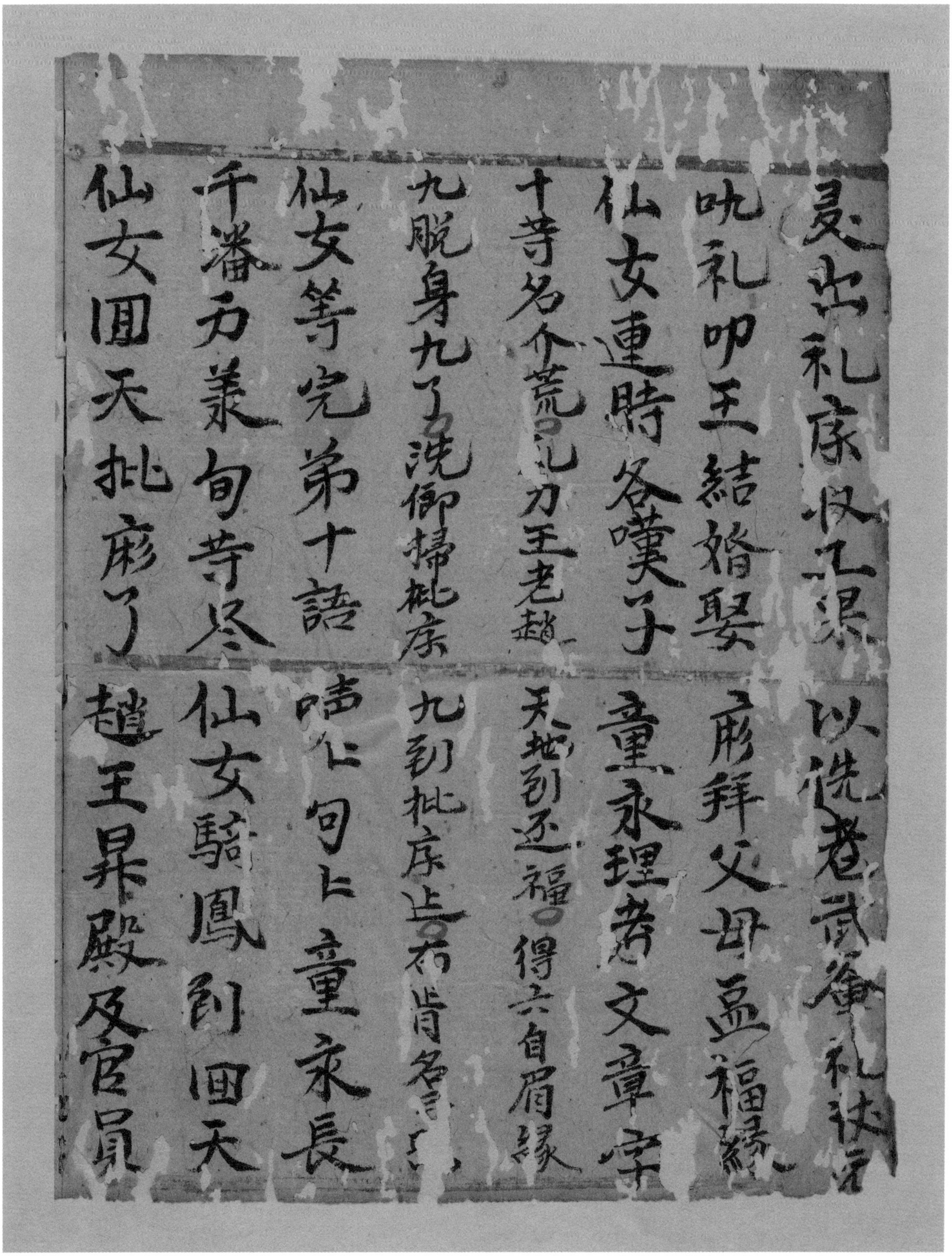
㚇出礼床收工泉　以洗老武奢礼法宗
吭礼叩王結婚娶　彨拜父母益福緣
仙女連時各嘆子　童永理者文章字
十等名介荒礼刀王老趙　天地到还福得六自眉緣
九脫身九了洗御掃批床　九到批床上右肯名言
仙女等完第十語　咭乚句乚童永長
千潘万兼句等尽　仙女騎鳳到回天
仙女回天批彨了　趙王昇殿及官員

冠老冠尧斗謝後　衆官全奏批接王
㖠九扶悔眉公丄　仙女律里否長上
吼等名脱身差君除老武　队三堂批押吊打八百会
护胡太架鎖批面呵跪会刘　禁他那劳宇刹信名字㤅
武伞礼車黄遊殿　就除張部口批全
董永礼車黄遊殿　又除塔娟以批閗
王帝就閙隆部聪　照吞龍鳳㲽菩邁
王帝吝言武伞崩　張部龍鳳扶了会

裳袮龍鳳扶仔貴 名叫扶你斗叺長

武拿荅言王帝道 王帝听我説金言

双扶童永彤旧悔 姝他好看兼仙娘

張袮龍鳳他兰貴 限他連夜貴礼完

武拿王帝講曽了 童永太娟口批仚

童永口批就㳂跪 塔娟龍鳳送我主

王帝開吞冬兰動 塔娟龍鳳好高強

王帝荅言童永道 塔娟龍鳳扶尔全

塔娟龍鳳扶尔貴　名論扶你斗叭常
童永叩头又論語　我主名听句叭呋
皆御旧悔𡓾父母　叭礼仙女結婚緣
叭礼仙女庥旧妹　叮逢里害界过條
塔娟龍鳳仙旹貴　張裇武傘以他仝
武傘秤礼十斤絲　陷了連夜貴衣裳
王帝礼車句羕你　妹名童永亘廬言
王帝到陷句弟二　吽妖仙女斗叭常

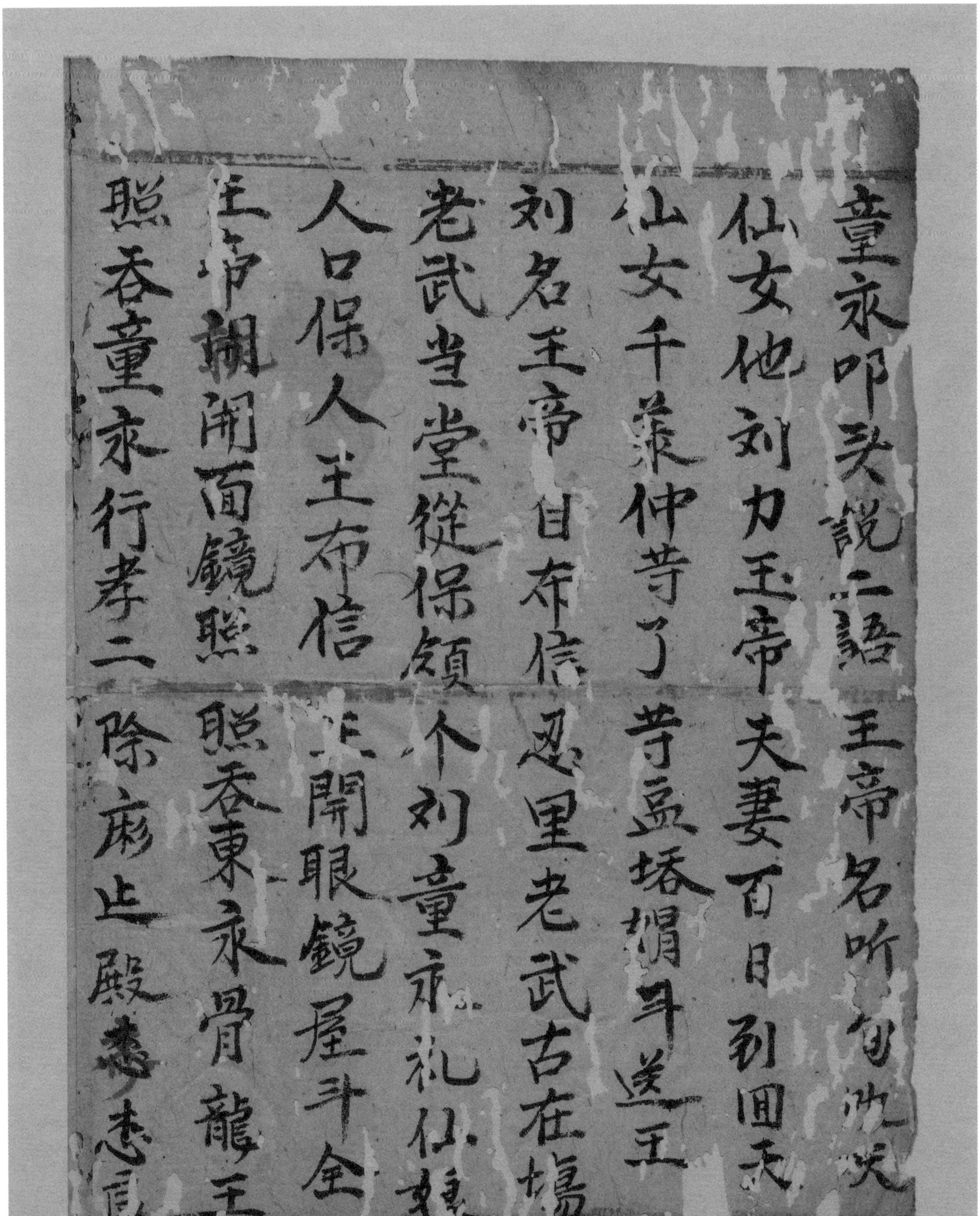

童永叩头説二語 王帝名听旬沈吠
仙女他刘力王帝 夫妻百日到回天
仙女千菜仲苛了 苛豆塔埍斗送王
刘名王帝 日布信 忍里老武古在塲
老武当堂從保領 个刘童永礼仙娘
人口保人王布信 王開眼鏡屋斗全
王帝捆開面鏡照 照吞東永骨龍王
照吞童永行孝二 除㢘止殿恚恚貞

起
趙王又眉小姐女 娶計童永結婚緣
礼叺王帝同配相 中貢假上中狀元
中礼狀元護王帝 布乱出處行皆方
布乱出行屋外處 初一十五忽行者
布唱童永礼官戕 又唱仙女到回天
仙女彨出喜滿月 催生貴子白花強
玉帝父名冬斋愛 叻倗下界斗生天
三吃七㫰安桂號 安旧童宝初莊

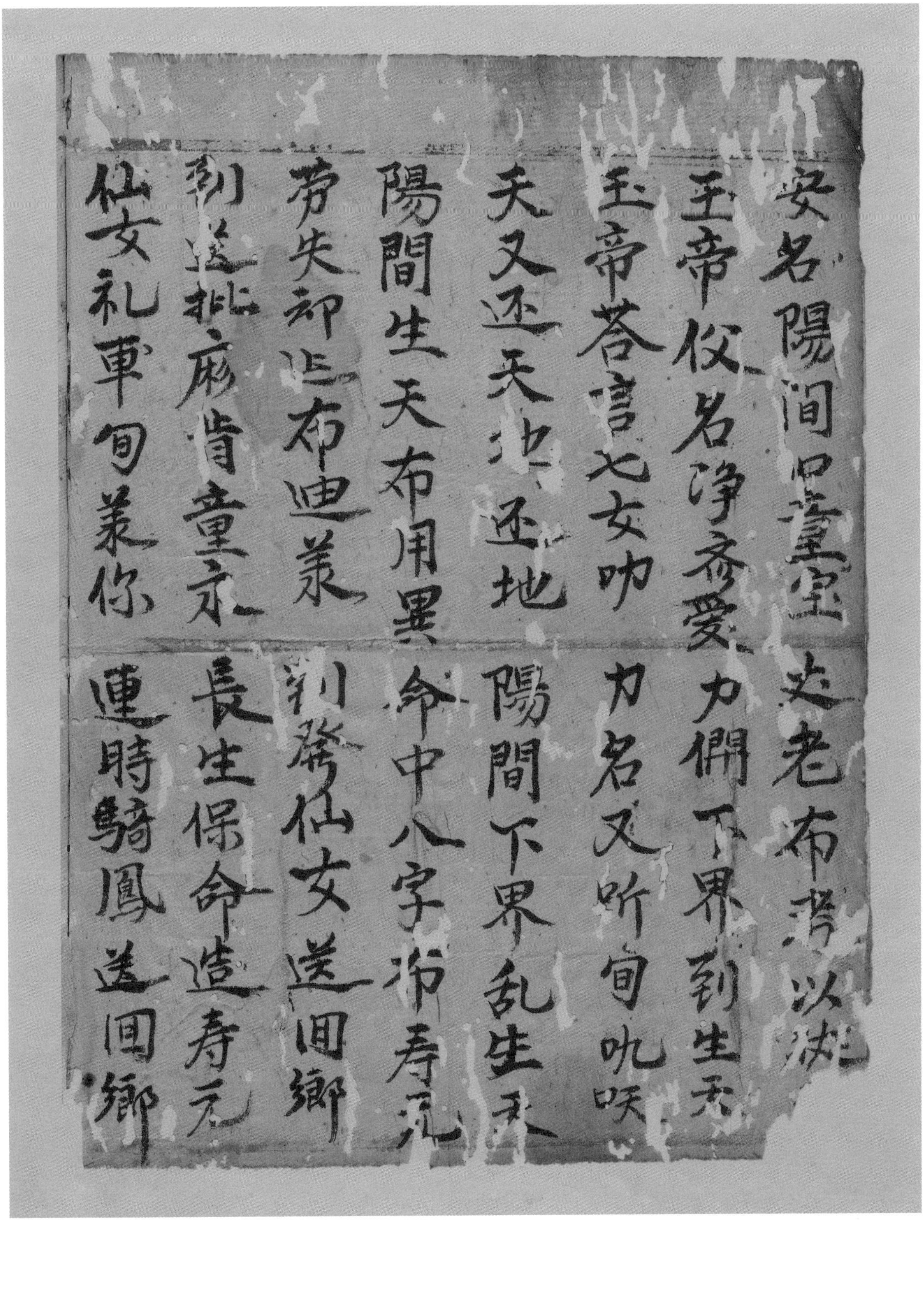
安名陽间口臺宝　老老布君以决
玉帝仪名净斋爱　力倜下界到生天
玉帝荅言七女叻　力名又听旬叱咲
天又还天地还地　陽間下界乱生天
陽間生天布用異　命中八字帀寿元
劳失部𠃊布迪莱　判發仙女送回鄉
判送批厖肯童元　長生保命造寿元
仙女礼軍旬莱你　連時騎鳳送回鄉

仙女送庙江皆坐 童永十五恶行香
門子撰堂吗了二 扶尔奴偹俩街方
仙女荅言門子道 名刘奴偹扶尔狼
童永切逢托剥望 望吞仙女刘面前
聪吞仙女誋偾焉 双他公妳亘一長
仙女荅言童永道 童永名听旬吼咲
吼刽庙近生贵子 肖礼吻你白花强
三吃佽吼安明號 安旧童宝相左

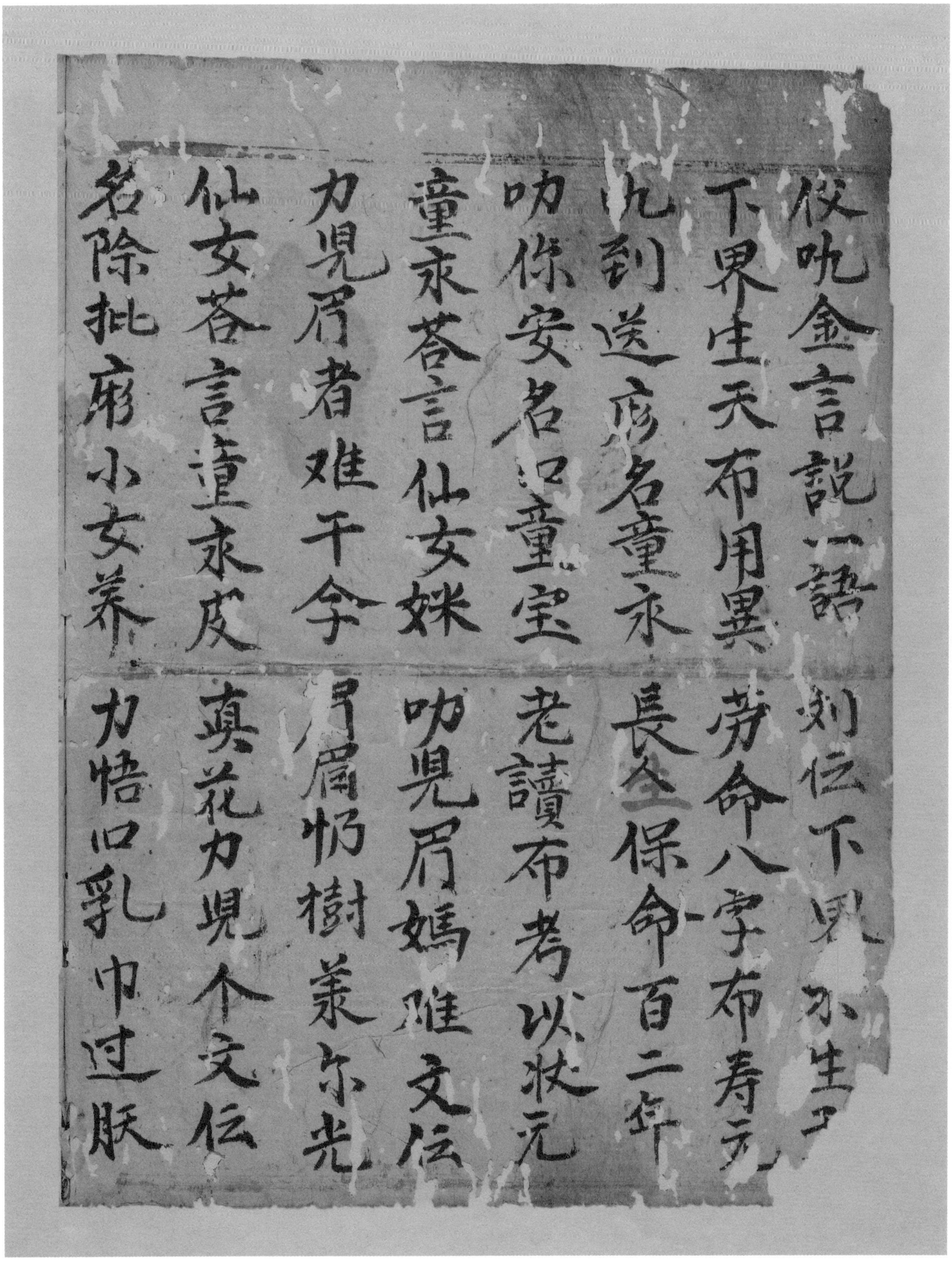
伩吭金言説一語　刘位下界尔生
下界生天布用異　劳命八字布寿元
㕧到送庅名童汞　長全保命百二年
叻侬安名口童宝　老讀布考以狀元
童汞荅言仙女姝　叻見眉嫣雖文位
力見眉者难千令　眉屑㤼樹蒹尔光
仙女荅言童汞皮　真花力見个文位
名除批庅小女养　力悟口乳巾过朕

取嫣鵶头彨千今
取嫣仍乳亘姐光
仙女布亘言多話
連時騎凰到回天
仙女回天批彨了
童永口廟批行香
批拜观音庙帝母
保寿童宝叻仙娘
口庙拜香都危偹
騎馬代子到回堂
到彨肘堂就陀馬
亘袍遮那口庫帮
放迪上床冬吲卜
小娘斗聪心冬慌
小娘荅言童永道
批祀礼力你宥金

名批其尔礼个子 叩你亮利好高强

董汞荅言女妹道 叩你妹貫生迠会

妹貫仙女力王帝 夫妻百日到回天

他批彪迠生大喜 生礼叩你白花強

他刘邹迠布迪兼 灵刘造彪倭撵社宗

小娘花吮仲斋爱 哏〻隋〻當真生

取妹亜头彪干今 取妹㤹乳盂者光

又盂力悟除康丈 哏布背放邹迠床

丈礼三朕吞苎卜　六朕苎苛道又尘圓
丈礼三年吞苎貢　护肚閙淰苎文章
又丈礼六七卑半　王帝奉上中秋元
奉名通宝旧官戰　國下忝忝苎名全
國下忝忝坐苎尽　相算年命心尽宣
命伝財官眉仪嫣　童宝卯受嫣在大
通宝宗明肚亮利　批飞國師斋志良
法師咆漻趾洗𠰳　聪吞通宝口哃宫

國師答言通寶叻
咄你斗闹眉彨迠
通寶叩夭就請社
老師開剥算命長
命宮八字叱無伩
因彨生我斗在陽
老師治釐笑河匕
布用托过算命長
媽名元𡚸天仙女
妹叻王帝隨在陽
伩名改御𠃍老武
天處肯他斗培錢
天處肯他名旧娧
夫妻百国到迠天
媽名刧忝御代闺
彨迠生名白花強

地日王帝安名号 安口童室知在陽
玉帝金言說一語 名伝下界不生天
下界生天布用異 命中八字布寿元
劳名到达布得兼 発媽名到送囬鄉
媽名送㕑父童永 長生保命中状元
童室礼車囘兼你 想心嗏媽痛心腹
童室荅言國師道 兼尔計較批通天
兼尔眉路通天去 荅媽仙

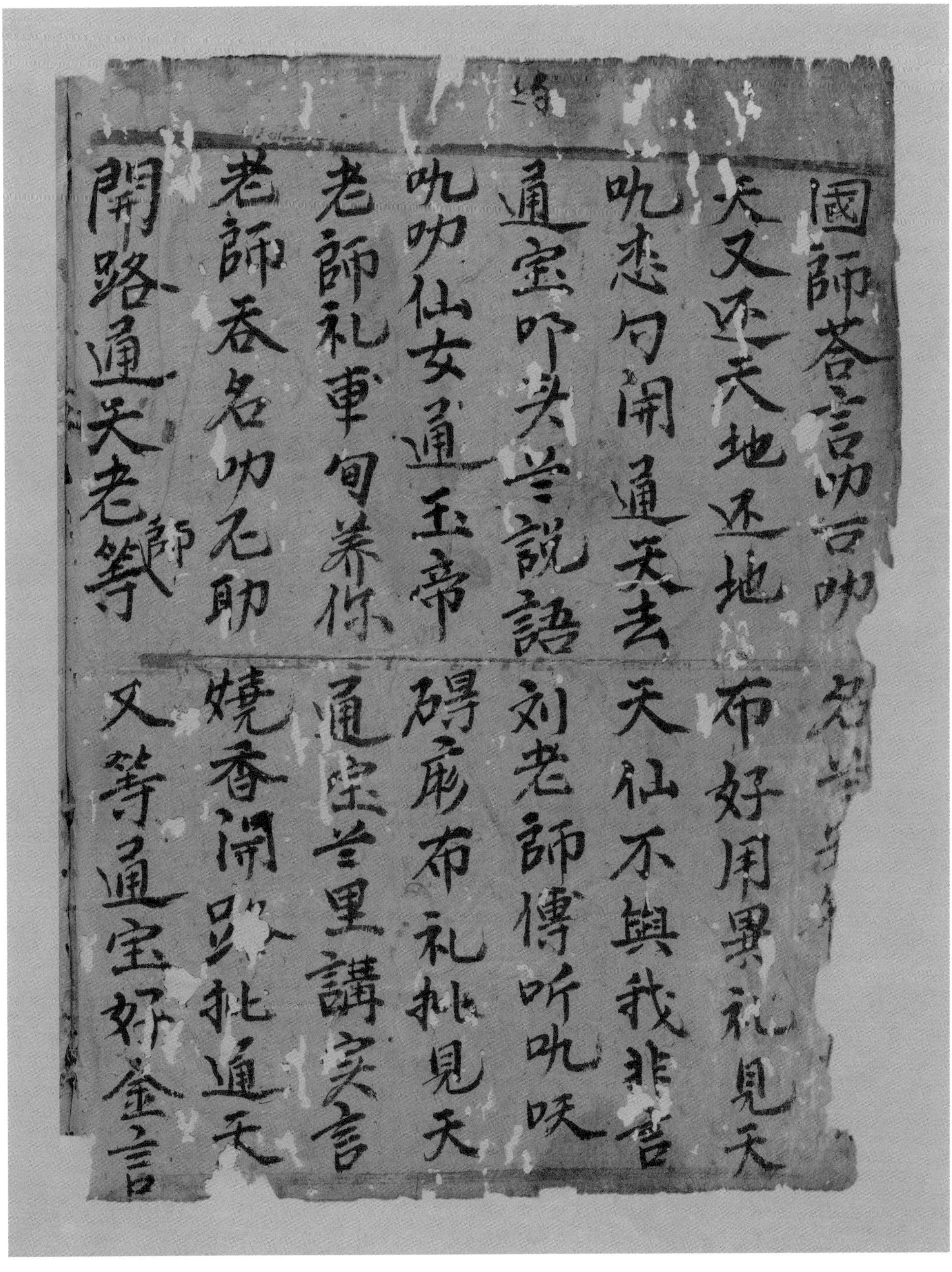
國師荅言叻古叻 名⺾笄
天又还天地还地 布好用畀礼見天
叽恋句開通天去 天仙不與我非言
通宝吓头兰說語 刘老師傳听叽呋
叽叻仙女通玉帝 碍序布礼扎見天
老師礼車旬养你 通宝兰里講实言
老師吞名叻乭助 燒香開路扎通天
開路通天老師等 又等通宝好金言

金蓮明燈献黑暗存榮華永真在
説居亡者出窩敀依生淨土
合常礼天寸
金闕化身聖天寸
諷經長華長樂界了
四月初五日完

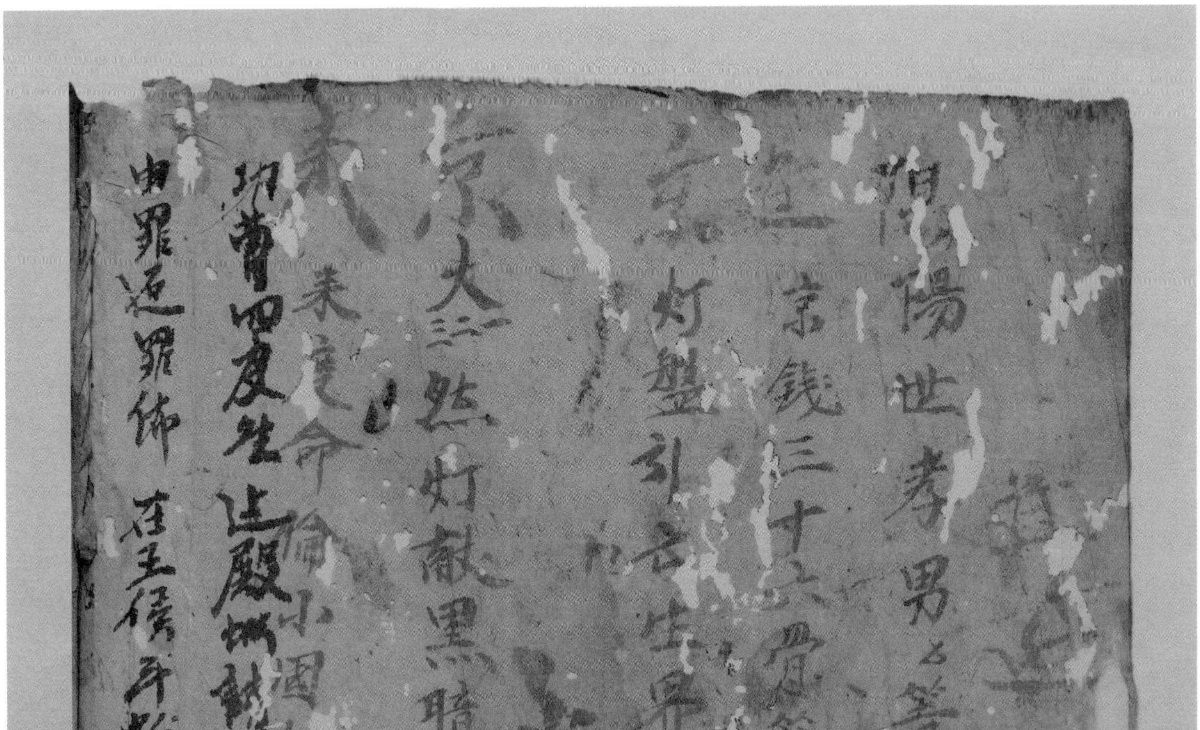
陽世孝男等
京錢三十六貫節 進奉亡故太公
灯盤引亡生界
光
石 光榮
京大然灯献黑暗進帶幡 孝浄招魂
救散
未度命 小國灯流光
切曾四度生 殿城 王 下凡依歸之 請王 句斷
由罪返罪佈 在王債 断

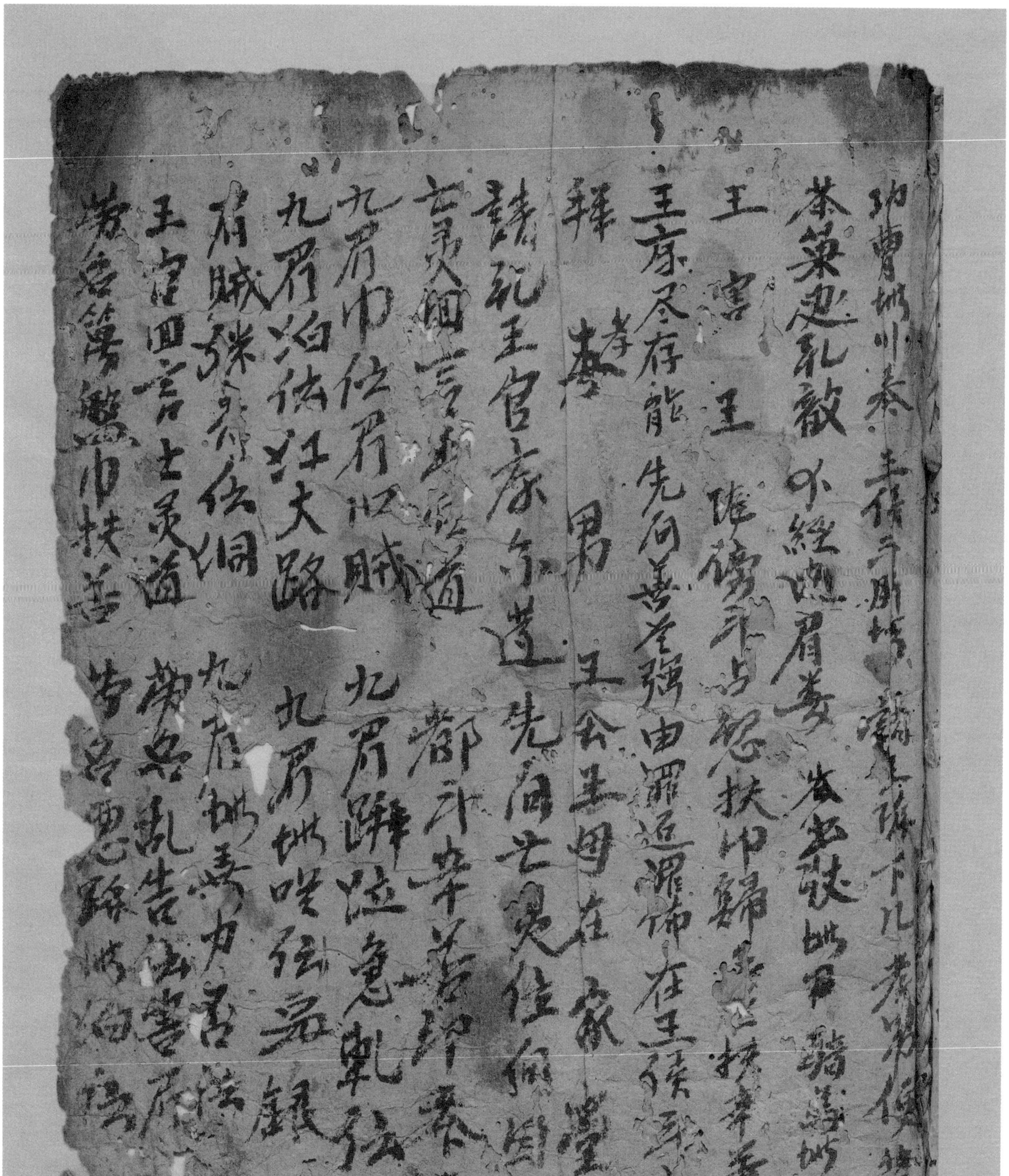

功曹姚川奈　王位二月姚[illegible]下儿[illegible]使[illegible]
茶菜迎乱敬　不经迎眉姜　[illegible]姚[illegible]
王　害　王　陇傍亓占怨扶印归[illegible]
王家尽存能　先何善老强由罗道罗佈在王孩[illegible]度
拜　孝　男　王公生母在家堂
请乱王官家在道　先同亡灵位[illegible]
亡灵入回[illegible]道　都亓卒[illegible]印[illegible]
九君巾位君旧贼　九君[illegible]乱[illegible]
九君治依江大路　九君姚[illegible]银
有贼[illegible]依同　九[illegible]姚[illegible]力[illegible]
王官回言士灵道　[illegible]乱告[illegible]
[illegible]巾扶善　[illegible]

后 记

作为一个家喻户晓的民间传说，董永行孝传说在壮族聚居地区被广泛传颂，有关董永行孝传说的经文、民歌也广为流传。1987年，原广西忻城县文化局组织编辑《忻城县民间文学三套集成：歌谣、谚语辑》，当时在县文化局工作的樊圣林先生从忻城县思练镇毛洞村罗志恒先生手上搜集到一批古壮字古籍，其中有清光绪三十二年（1906年）罗玄文抄本《古事董永灯科》。后来樊圣林先生又陆续搜集到几种故事情节大同小异的董永传说抄本，含清光绪三十一年（1905年）石道戢抄本《古士董永灯一卷》。2012年初，樊圣林先生将这批古籍一并交给广西壮族自治区少数民族古籍保护研究中心（以下简称"广西少数民族古籍中心"）收藏。这为本书进入翻译整理打下了坚实的文献基础。

承蒙广西少数民族古籍中心信任，2019年6月，该中心把《古壮字〈董永传说〉影印译注》项目的整理研究任务交给广西民族大学文学院蒙元耀教授，由蒙元耀和樊圣林组成项目组，负责本书的整理翻译和研究工作。项目组成员随即开展"五对照"翻译整理工作，多次前往忻城县，与发音人核对每个古壮字的音、义，走访当地的文化传承人，破解疑难字句。经过一年多的艰苦奋战，2020年10月，项目组基本完成了该书"五对照"任务，形成了送审稿。在此过程中，项目组的工作始终得到广西少数民族古籍中心和广西教育出版社编辑的精心指导与支持。广西少数民族古籍中心毫无保留地开放古籍资源，并优先对收入该项目的古籍文本进行了数字化，为项目的顺利开展提供了诸多便利。该中心主任韦如柱负责全书的后期统纂，该中心其他同志也为本书的出版付出了诸多努力。

2020年10月，书稿正式交到广西教育出版社后，得到了社领导的高度重视。广西教育出版社对《古壮字〈董永传说〉影印译注》进行精品化打造，积极申报"十四五"时期国家重点图书、音像、电子出版物出版专项规划项目并成功入选，之后该项目又获2024年广西古籍整理出版项目资助。项目组参与的国家社会科学基金重大项目"滇黔桂越边区百部珍稀土俗字文献收集译注与研究"（编号21&ZD308）获得立项，课题组负责人韦名应教授及其他课题组成员也为书稿的学术提升、质量把关提供了诸多帮助，充实了该项目的团队力量。广西民族大学文学院十分支持少数民族古籍整理出版工作，给予该项目相应的扶持，并参与该项目的多个环节工作，一同为该项目的精品化打造保驾护航。

作为编者，能得到这么多部门、单位的大力支持，能看到自己付诸心血的成果得以顺利出版，这是深感幸运的事情。学术著作出版不易，更何况这是少数民族古籍整理研究的冷门领域，得到如此优厚待遇，实属幸运！

在本书编校出版过程中，得到广西教育出版社古籍出版中心团队的精心校改与完善，他们为此付出了大量的时间与精力。我们深知，这份书稿繁难的古壮字字符、国际音标符号以及复杂的多文种混合编排，定然给编校人员带来很大的困扰。然而他们始终以一丝不苟的敬业精神和精益求精的工作态度，对文稿的诸多瑕疵提出针对性的修改意见，让我们受益匪浅。

在此，谨对在搜集、翻译、整理、出版过程中曾给予支持帮助的各级部门和单位及有关领导、专家学者、民间艺人等，表示衷心的感谢！

由于水平有限，书中难免有讹误和不足之处，敬请方家不吝赐教。

编者

2024年9月15日